잠중록 4

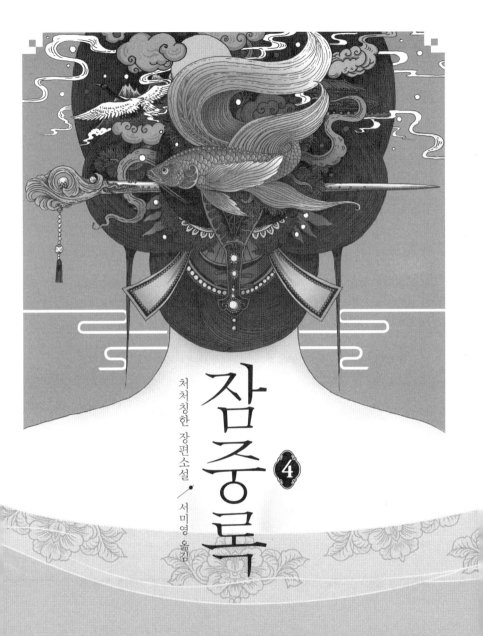

처처칭한 장편소설 / 서미영 옮김

잠중록

4

arte

주요 등장인물

황재하 촉 지방 형부 시랑의 딸. 어릴 적부터 영특하기로 소문난 소녀. 온가족을 독살했다는 누명을 쓰고 이서백 곁에서 환관 '양숭고'로 변장하고 지내으나, 진상을 밝히고 신분을 되찾았다.

이서백(기왕 이자) 당나라 황제의 넷째 동생. 명철하고 기억력이 대단히 뛰어나며 냉정한 성격. 장안의 기이한 사건들을 해결하는 데 황재하의 도움을 받고 그녀의 보호자가 되어준다.

왕온(왕 통령) 황후의 가문인 낭야 왕 가의 후계자. 황재하와 정혼한 사이로 그녀를 깊이 사랑하고 있다.

주자진 성도부 포두. 넉살 좋고 엉뚱한 성격의 한량이지만, 시체 검시에 관해서는 따라올 자가 없다. 황재하를 몹시 좋아해 숭배하다시피 한다.

이윤(악왕) 당나라 황제의 일곱째 동생. 죽은 진 태비의 하나뿐인 아들로 효심이 지극하다. 이서백과 가장 사이가 좋은 형제.

왕작(왕 황후) 낭야 왕 가 출신. 선녀와도 같은 아름다움을 지녔다. 신분을 속였다는 사실을 들키고 냉궁으로 내쳐졌다가 환궁했다.

왕종실(왕 공공) 대환관. 낭야 왕 가 출신으로 조정에서 가장 큰 권력을 지닌 환관이다.

장항영 기왕부 의장대 소속이었으나 황재하의 주선으로 군에 들어가고, 후에 기왕의 호위병이 된다.

차례

일러두기

주석은 모두 옮긴이의 것이며,
본문 하단에 각주로 표기했다.

1장

무지개 치마와
깃털 웃옷

중추절, 달이 유난히 밝았다.

계화나무 그림자가 어지러이 흔들리고 달콤한 향이 은은하게 퍼졌다. 날이 어두워지자 나무에 걸린 수많은 궁등 빛이 수면 위를 부드럽게 비추고 꽃 그림자가 여기저기 흩뿌려져, 마치 천상의 궁전을 보는 듯 비현실적인 느낌을 주었다.

물가 작은 정자에서 가희들이 노래를 했다. 물 가까이에서 들려오는 노랫소리는 현악 선율보다 더 맑고 청아했다. 대뜰 위에는 비단옷을 입은 30명의 여인이 나풀나풀 춤을 추었다. 무지갯빛 치마와 노을빛 어깨걸이, 진주와 패옥 장식의 화려한 색채가 순식간에 주위를 가득 채웠다.

황재하는 다른 여인들과 함께 정자에 쳐진 가림막 안쪽에 앉아서 바람에 실려오는 노랫소리를 들으며 춤을 감상했다. 이곳은 서천 절도부 화원이었다. 중추절을 맞아, 절도사 범응석이 이서백을 초청해 연회를 열었고, 황재하는 집안 여인들과 함께 절도사 부인의 초청을 받아 「예상우의무(預裳羽衣無)」를 감상하러 왔다.

이 춤은 안사의 난 이후로 전수가 끊어졌으나, 양주 악방에서 교방 노장들에게 가르침을 청해 최대한 정교하게 편성해 새롭게 만든 것이었다.

남자들은 전정 밖에 있었고, 황재하와 다른 여인들은 후당 안에 있었다. 안쪽에는 대나무 발과 얇은 휘장이 드리워져 전정 밖 무희들의 자태가 마치 안개 속 꽃처럼 희미하게 보였다.

여인들은 무대에 크게 관심이 없는 듯 중간중간 한담을 나누었다.

"재하 언니, 우리 오라버니가 집에서 언니 얘기를 얼마나 자주 하는지 알아요? 어제는 언니가 자기랑 어깨를 견줄 정도로 똑똑하다고 말해서 저한테 또 엄청 욕먹었잖아요. 어떻게 언니를 자기랑 비교할 수 있대요?" 주자연이 황재하 옆에 턱을 괴고 앉아서 웃으며 말했다. "제 생각에 언니는 세상에서 제일 완벽한 여자인 것 같아요!"

황재하는 살짝 난감한 표정을 지으며 고개를 숙이고 말했다. "아니에요."

주자연도 주자진처럼 혼자 떠드는 데 능했다. 이들 남매가 신이 나 떠들면 그 누구도 막을 수 없었다. "모든 게 완벽하잖아요. 얼굴 예쁘죠, 명문가 출신이죠, 천하에 이름을 떨친 재인이죠, 게다가 정혼자는 낭야 왕 가의 종갓집 장손이잖아요. 나중에 왕 가에 시집만 가면 평생 아름답고 행복한 삶이 보장되는 것 아니겠어요!"

황재하는 주자연의 말에 아무 대답도 하지 않고, 발과 휘장 너머로 희미하게 보이는 왕온에게로 시선을 돌렸다. 뚜렷하게 보이진 않았지만, 눈에 띄게 출중한 왕온의 자태는 수많은 여인의 마음을 흔들기에 충분했다.

어릴 때 정혼한 자신의 약혼자. 명문가 출신에 문인의 풍아함이 넘치며, 거동과 언행이 따뜻한 봄바람 같은 남자였다. 하지만 황재하는 부모님이 거두신 고아, 우선에게 마음을 주었다. 그러면 안 되는 줄 알면서도 자신의 감정을 막을 수 없었다.

황재하가 우선에게 쓴 연서는 가족을 독살했다는 증거물이 되었으며, 성도에서 도망쳐 사건을 재조사하기 위해 찾아간 장안에서 인생 최대의 전환점을 만났다.

황재하의 시선이 왕온을 건너 조금 더 먼 곳에 있는 사람에게로 향했다.

온통 아첨하는 자들에 둘러싸여 유독 차갑고 정갈해 보이며, 더없이 우아한 자태의 기왕 이서백. 황재하의 인생에 찾아온 기적이자 절망 속에 나타난 구원의 손길이었다. 이서백을 만난 황재하는 과감히 가족의 사건을 제쳐두고, 이서백에게 발생한 의문의 사건을 해결해주었다. 그 대가로 이서백은 황재하와 함께 촉으로 와서 가족의 사건을 재조사해주기로 약속했다.

이서백은 정말로 황재하를 성도부로 데려와주었고, 황재하 가족에게 벌어진 사건의 모든 진상을 밝힐 수 있었다. 그런데 황재하의 약혼자 왕온은 그런 이서백을 암살하려 했다. 더 놀라운 것은 황재하와 우선 사이에 그토록 깊은 정이 오갔음을 알고 있었으며, 이서백을 살해하려 한 사실을 황재하에게 들켰으면서도, 황재하의 집안 어르신을 찾아가 두 사람 사이의 혼약을 추진할 것에 대해 언급했다는 점이다.

황재하와 왕온이 정말로 다시 이어질 수 있단 말인가?

오래전에 성해진 혼사라고는 하지만, 모든 것이 달라진 상황에서 굳이 지킬 필요가 있는 것인가?

멍하니 생각에 잠긴 황재하의 귓가에 사람들의 감탄이 들려왔다. 고개를 돌려보니, 무리 지어 있던 무희들이 모두 배경처럼 물러나고, 비단 자수가 놓인 휘황찬란한 옷차림의 여인이 무대 한가운데에서 회전무를 추고 있었다. 여인은 손을 살짝 아래로 내려뜨린 채 마치 바람결에 빙글빙글 도는 눈송이처럼 회전하는 중에도 매혹적인 눈빛을 반짝였다. 휘날리는 얇은 비단옷이 구름인 듯 안개인 듯 여인의 얼굴을 가렸다. 그 자태가 마치 선녀가 빛을 뿜어내는 듯했다.

무대를 보던 사람들이 모두 놀람을 금치 못하는 가운데 달빛이 구름에 가려지듯 여인의 모습이 다른 여인들 속에 가려져 사라졌다. 그제야 다들 정신이 들었다.

누군가가 물었다. "저 독무를 추는 여인은 누구야?"

"누구겠어? 양주에서 왔다는 그 무희겠지……. 포주에서 왔다던가? 어쨌든 얼마 전에 사람을 죽인 공손 부인과 자매지간이라지. 저 여인이 범 절도사 앞에서 아첨을 해서 범 절도사가 그 두 여인을 풀어주기로 했대."

황재하는 순간 누군가가 떠올라 저도 모르게 툭 내뱉었다. "난대?"

"맞아, 그런 이름이었던 것 같아!"

황재하는 다른 무희들 속에서 모습을 감췄다 드러냈다 하며 가볍게 나는 듯 춤을 추는 난대의 자태에 절로 감동이 몰려왔다. 운소육녀 중 셋째 난대. 연무에 능하고 자매들 중 가장 의기가 넘치는 여인이다. 매만치가 실종된 후 사방으로 그 행방을 찾아다녔으며 매만치의 딸 설색을 데려다 돌봐주기까지 하였다. 이번에는 공손 부인과 은노의에게 일이 생기자 두 사람을 구하려 천 리 길도 마다하지 않고 달려온 것이다.

옆 사람이 계속해서 말했다. "남편이랑 자식까지 있다던데, 어찌 사람들 앞에서 저리 농염한 춤을 보이며 노리개를 자처하는지. 남편은 간섭도 안 하는 모양이지?"

또 누군가가 히죽 웃으며 말했다. "춤으로 먹고사는 여인이 무슨 부끄러움을 느끼겠어? 그런 여자를 집에 들인 남자도 그 나물에 그 밥이겠지."

부인들은 드디어 공통의 화제를 찾았는지, 얼굴이 환히 밝아져 가까이 붙어 앉아 소곤거렸다. 주자연을 비롯한 처녀들은 수줍어하면서도 호기심 어린 눈빛으로 난대를 뚫어져라 쳐다보며 그 모습에 점점 빠져들었다.

황재하는 자신도 모르게 한숨을 쉬었다. 어렴풋이 들려오는 악기 소리를 들으며 망연히 난간 쪽으로 걸어가니 호수에 둥근 달이 비쳐 보였다.

가벼운 바람이 불어와, 잔잔한 물결이 달의 그림자를 늘였다 줄였다 반복하며 불안하게 일렁였다. 난간에 몸을 기대고 있던 황재하 곁에서 갑자기 차갑고 맑은 목소리가 들려왔다. "꽃도 아름답고, 달도 이리 둥근데, 어찌 즐겁지 않고 이리 우울한 기색을 하고 있느냐?"

고개를 돌리자 가림막 너머로 이서백이 보였다. 모두가 난대의 춤에 빠져 있는 중에, 이서백만 홀로 난간 쪽으로 향하는 황재하를 보았던 것이다.

고개를 숙인 채 난간에 기대어 있던 황재하는 가림막 너머의 이서백 쪽으로 천천히 다가가며 작은 소리로 말했다. "가족들 생각이 나서요."

이서백은 묵묵히 고개를 돌려 황재하를 바라보았다. 이서백의 얼굴 옆선이 달빛 아래 더욱 수려해 보였다. 황재하를 바라보는 두 눈에 물결이 은은하게 비쳐 별빛이 반짝이는 듯했다. 낮게 깔린 음성이 황재하의 귓가에 가볍고 느리게 울렸다.

"죽은 자는 영원히 돌아오지 않고, 산 자는 어떻게든 살아가야 한다지 않더냐. 너희 가족들도 네가 이 땅에서 행복하게 살아가길 바라지, 언제까지나 슬픔에 잠겨 있는 건 원치 않을 것이다."

황재하는 가만히 고개를 끄덕였다. 미세하게 불어오는 바람에 가림막이 천천히 흩날렸고, 황재하의 불안한 마음도 함께 흔들렸다. 하지만 이서백의 왼쪽 어깨에 걸린 둥근 달이 이서백의 그림자를 황재하

위로 길게 드리우자, 황재하는 깊은 신뢰를 느끼며 안정을 되찾았다.

말로 설명하기 어려운 감정이 가슴속에 가득 차는 것을 느꼈다. 마치 머릿속에 수증기가 피어오른 듯 눈앞의 세상이 불안정하게 구불거리기 시작해, 바람이 실어오는 노랫소리보다 더 희미하고 아득하게 느껴졌다.

두 사람은 더 이상 말없이, 정자 지붕 위로 떠오른 보름달이 구석구석 환한 빛을 뿌리는 모습을 지켜보았다. 「예상우의곡」의 복잡하고 빠른 곡조를 연주하는 악기 소리가 귓가에 들려왔다. 무희들의 춤사위가 더욱 빨라지면서, 수면 위에도 구름이 수놓인 듯, 마치 30개의 비단 뭉치가 각기 빠르게 빙글빙글 돌고 있는 것 같았다. 물에 비친 그림자가 더욱 어지러이 움직이고, 생황과 퉁소 소리도 급하고 빠르게 이어지는 가운데, 이서백이 미간을 살짝 찌푸렸다.

"흠."

"왜 그러세요?"

이서백이 무언가 생각에 잠긴 듯한 표정으로 말했다. "두 번째 공후 소리에 잡음이 들리는구나."

「예상우의곡」은 규모가 큰 기악곡이어서, 성도부 관기가 거의 다 동원되었다. 현악기는 비파 둘, 칠현금 둘, 공후 둘, 슬 하나, 쟁 하나, 완함 하나로 구성되었으며, 관악기는 필률 둘, 피리 둘, 생황 둘, 퉁소 하나, 그리고 종, 북, 징, 바라, 경쇠 등의 타악기까지 20명 넘는 사람이 한 조를 이루어 무대 옆에 열을 맞추고 앉아 연주했다.

황재하에게는 연주자들이 제대로 보이지도 않고, 이서백이 말한 잡음도 들리지 않았다. 그래서 연주자들 쪽을 흘낏 한 번 보고는 무심히 말했다. "음을 틀렸나 보네요."

이서백은 황재하를 향해 웃어 보이고는 더 이상 아무 말도 하지 않았다.

두 사람은 가림막을 사이에 두고 난간에 기댄 채 함께 춤을 관람했다. 등불이 정자를 환히 비추어, 바람처럼 빙글빙글 휘몰아치는 무희들의 자태가 수면 위로 비쳐 보이면서, 화려하고 눈부신 장면이 정자와 수면 위에서 동시에 펼쳐졌다. 물결 반짝이고, 계화 향 은은히 퍼지는 아름다운 광경이었다.

그때였다. 갑자기 호수 저편에서 누군가의 외침이 들려왔다. "아이고! 이게 무슨 일이야!"

황재하는 소리가 들리는 쪽으로 몇 발자국 나가 보았다. 창포가 무성한 호숫가에서 들려온 목소리였다.

하인 하나가 이쪽으로 미친 듯이 뛰어오며 소리쳤다. "큰일 났어요! 사람이 죽었습니다!"

사람이 죽었다는 말에 주자진이 제일 먼저 반응해 쏜살같이 물가 쪽으로 뛰어갔다.

정자 안쪽에 있던 여인들은 황재하와 주자연을 제외하고는 모두 크게 놀라 어쩔 줄을 몰라 했다.

황재하가 휘장 밖을 흘끔 쳐다보는데 이서백의 평온한 목소리가 느릿느릿 들려왔다. "가보거라."

황재하는 고개를 끄덕이고는 곧바로 휘장을 들추고 계단을 내려갔다. 황재하와 함께 온 숙모의 당황한 목소리가 등 뒤로 날아들었다.

"재하야, 어딜 가는 게냐?"

"시신 좀 살펴보고 올게요." 황재하는 숙모에게 예를 취한 후, 곧바로 몸을 돌려 창포 수풀 쪽으로 발을 옮겼다.

숙모가 발을 동동 굴렀다. "여자아이가 무슨 시체를 보러 간다는 게야……."

황재하는 숙모의 말에 아무 대답도 하지 않고 현장으로 빠르게 달려갔다.

이미 주자진이 창포 수풀 한가운데에 웅크리고 앉아 시체를 검안하고 있었다. 죽은 이는 여자였는데, 몹시 부자연스러운 자세로 물속에 엎드린 채였다. 얼굴은 물속에 잠기고, 어깨와 가슴 쪽은 반쯤 잠긴 채 두 손은 앞쪽 진흙탕 속에 꽂혀 있었다.

"숭고, 어서 와서 시체 좀 봐봐!"

시신을 앞에 두고 속수무책이던 주자진은 황재하가 다가오는 것을 보고는 재빨리 손을 흔들었다. 주자진은 황재하를 여전히 숭고라 불렀다. '양숭고'가 여자라는 사실을 받아들이기 힘든 듯했다.

황재하는 시체의 발치까지는 갔으나, 앞쪽이 온통 진흙탕이어서 비단 신발과 주름치마 차림으로 더는 들어가기가 쉽지 않았다. 하는 수 없이 그 자리에 선 채로 옆에 있던 포졸 손에 들린 등롱을 건네받아 시체를 비춰 보았다.

꽤 풍만한 몸매의 여인으로, 양 갈래로 백합 상투를 튼 머리며 옷이며 온통 진흙을 뒤집어써 원래의 모습을 찾아볼 수 없었다.

주자진은 시체의 몸을 뒤집어 진흙탕 속에 박혀 있던 두 손을 잡아 뺀 뒤 물로 씻었다.

나이는 대략 열여덟아홉 정도에 피부가 희고 깨끗했으며 이목구비가 단정하여, 생전에 용모가 꽤 어여뻤을 거라고 짐작됐다. 길고 가는 손가락은 진흙 속에 박히면서 작고 가는 상처를 잔뜩 입은 듯했다. 또한 막 칼에 베인 듯한 상처도 있었는데, 손등에서부터 시작해 집게손가락 가까이까지 이어졌다. 황재하는 등롱을 시신의 얼굴 쪽으로 천천히 옮겼다. 비록 진흙 범벅이었지만 분칠을 한 흔적이 남아 있었다.

"자진 도련님, 오늘 여기 악단 관리자를 불러다주세요. 혹시 그쪽 사람이 아닌지 확인해보게요."

"아니! 벽도야! 네가 어찌 이리 죽었단 말이냐!"

눈물 콧물을 흘리며 울부짖는 악단 관리자의 얼굴이 차마 보기 힘들 정도로 일그러졌다.

주자진이 물었다. "그쪽 악사가 맞습니까?"

"네, 맞습니다. 다 같이 여기 도착한 뒤에 시간이 아직 이르다며 정원을 좀 둘러보겠다고 했는데, 공연을 시작할 때까지도 돌아오지 않았습니다! 다행히 벽도를 따라왔던 욱리도 「예상우의곡」을 익혔던 터라 욱리에게 대신 연주를 맡겼습니다."

황재하는 욱리라는 여인에게 시선을 돌렸다. 자그마한 여인이 얼굴을 두 손에 파묻고 슬피 울었다. "스승님, 스승님……."

황재하가 계속 욱리를 살펴보는데 주자진이 다가와 말했다. "숭고, 이 사건은 꽤 어렵겠어!"

황재하가 주자진을 슬쩍 쳐다보며 물었다. "왜요?"

"생각해봐, 수상쩍은 부분이 한두 가지가 아니야! 첫째, 얼굴이 물속에 잠긴 채 엎어져 있었으니, 누군가에게 머리채를 잡혀 물속에 처박혀서 익사한 것으로 봐야 하는데, 머리카락이 조금 헝클어지긴 했지만 누군가가 잡아당긴 흔적은 없어."

황재하는 그 말에 동의한다는 듯 고개를 끄덕였다.

황재하의 반응에 주자진은 더욱 눈빛을 반짝이며 말을 이었다. "둘째, 시신의 머리를 물속에 누르고 있으려면 범인은 시신 옆에 쭈그리거나 무릎을 꿇거나 했을 텐데, 시신 옆에 발자국 같은 흔적은 전혀 없었어. 설마 시신 위에 올라타서 눌렀을까? 그랬으면 힘을 쓰기 어려웠을 텐데."

황재하가 잠시 생각하더니 물었다. "그럼 뭐부터 수사해야 한다고 보세요?"

"내 생각엔 말이지, 일단 여기 있는 사람들의 신발과 옷을 다 조사해봐야 해. 진흙이 묻었거나, 물에 젖은 흔적이 있는 사람들을 잡아서 심문을 해야지. 특히 힘이 센 남자들 위주로."

황재하가 반문했다. "현장에 발자국 같은 건 전혀 없었다면서요?"

"그게…… 뭔가 수를 써서 흔적을 없앤 것 아니겠어?"

황재하는 쪼그리고 앉아 등롱으로 시신을 비추며 시신의 소맷자락을 들췄다. "여기 손에 난 상처들도 봤어요?"

주자진은 고개를 끄덕였다. "대부분 진흙탕 속 모래나 돌 같은 것에 스친 상처였어."

"모래와 돌에 스친 흔적 말고는요?"

주자진은 다시 한 번 자세히 살펴본 뒤 손목에서부터 집게손가락까지 난 길고 가느다란 상처를 가리켰다. "이건…… 다른 상처 같네."

"어떻게 하면 이런 상처가 나올 수 있을지, 한번 잘 생각해보세요."

주자진이 "아" 하고 외치더니 말했다. "누군가가 저 여인의 손목에서 뭔가를 빼내 간 거야! 그때 저렇게 긁혔겠지."

"네……." 황재하가 고개를 끄덕이고는 악단 관리자에게 물었다. "혹시 죽은 여인이 오늘 두 번째 공후를 맡았었나요?"

관리자는 즉시 고개를 끄덕였다. "맞습니다!"

"그래서 대신 연주한 사람이 욱리라는 저 여인이고요?"

"그렇습니다. 「예상우의곡」은 공후 두 대가 필요한데, 벽도가 두 번째를 맡고 있었습니다. 다행히 독주는 없고 협주로만 이루어져 있어서 다른 사람을 투입할 수 있었지요."

황재하는 슬피 울고 있는 욱리에게 시선을 돌리며 천천히 말을 이었다. "제 생각엔, 욱리 아가씨가 왜 자신의 스승을 죽였는지 설명해줘야 할 것 같은데요?"

뜻밖의 말에, 악단 사람 모두 몹시 놀라 순간 멍하니 있었다. 욱리는 얼굴을 더 깊이 파묻고 통곡하며 목멘 소리로 외쳤다. "제가요……? 왜 저를 의심하시는 거죠? 억울합니다……."

주자진도 크게 놀라 고개를 돌려 황재하를 바라보았으나, 확신에 찬 황재하의 얼굴을 보고는 욱리를 향해 의심을 눈초리를 보냈다. 주자진이 슬며시 황재하 가까이 다가가 귓가에 대고 물었다. "숭고, 잘못 본 건 아니고? 옷도 아주 깨끗하고 신발에도 진흙은 전혀 묻지 않았어. 그저 소매 끝에 흙 자국이 조금 있는 정도야. 게다가 저 여자는 죽은 여인보다 체격도 훨씬 작고, 저 손도 봐, 힘이 있을 것 같지 않아. 누군가를 물속에 처박아 죽였을 만한 정황은 하나도 안 보인다고!"

황재하는 일언반구 없이 욱리에게 다가가 옷소매를 들췄다.

욱리의 손목에 팔찌 하나가 몇 바퀴 감겨 있었다.

순간 옆에 있던 기녀들이 소리쳤다. "저건 벽도 팔찌예요! 며칠 전에 진륜운 나리한테 선물 받았다고 저희한테 자랑했거든요!"

욱리는 무의식적으로 팔찌를 찬 손을 품속에 넣어 가렸지만, 다들 자신을 주시하는 상황인지라 울면서 황급히 변명했다. "이건…… 스승님이 제게 빌려주신 거예요……."

"그런가요? 스승님이 참으로 잘해주셨나 보네요. 이렇게 중요한 순간에 갑자기 실종되어 욱리 아가씨의 소원을 이뤄줬을 뿐만 아니라, 다른 사람에게 선물받은 팔찌까지 빌려주고 말이에요. 그런데 뭔가 하나를 잊었던 모양이네요."

황재하의 시선이 악단 관리자에게로 향했다. "여기 악단은 평소에 관리가 느슨한가 봐요. 연주할 때 장신구를 해도 되나 보죠?"

관리자가 황급히 대답했다. "그게…… 저희도 계속 주의를 줍니다. 처음 들어와 악기를 배울 때부터 타악기를 칠 때는 절대 장신구를 달 수 없고, 관악기를 연주할 때는 절대 길게 늘어지는 장신구를 할 수 없다고요. 그리고 평소 하고 있던 장신구들은 무대 시작 전에 미리 겁습니다. 공연에 영향을 끼칠까 봐서요."

"그러니까 말이에요. 팔찌 하나 정도는 몰래 품속에 숨겨둘 수 있겠지요. 하지만 이렇게 큰 팔찌는 품속에 숨기면 볼록 튀어나와 금세 눈에 띄겠죠. 게다가 조금 전에 죽은 여인의 팔찌를 가지고 있다는 건 범인임을 시인하는 것이나 마찬가지니, 손목에 끼어 감추는 수밖에 없었겠죠. 팔찌를 위로 밀어 올리면 소매에 가려 안 보일 테니까요."

황재하는 그렇게 말하면서 욱리의 손을 놓았다. "팔찌를 숨기기 위해, 연주할 때는 장신구를 할 수 없다는 규정도 무시하고 손목에 차고 있었지만 운이 좋지 않았어요. 하필이면 기왕 전하가 듣고 계셨거든요. 연주를 하던 중 조심치 못해 팔찌가 공후 현에 부딪혀 잡음을 냈고, 기왕 전하가 그 소리를 들으셨어요."

이서백과 다른 사람들도 이미 사건 현장에 와 있었다. 황재하의 말에 이서백이 입을 열었다. "그렇다. 「예상우의곡」 제7편이 끝날 때쯤 두 번째 공후에서 금속성이 들렸다. 황 낭자도 그 소리를 듣고 사건의 진상을 유추했을 것이다."

사람들은 놀라움과 선망 가득한 눈빛으로 이서백을 보았다. 두 번째 공후는 화음을 맞추는 역할이어서 비중이 크지 않고 다른 악기들 소리에 묻히는데, 그 소리에서 이상한 낌새를 눈치채다니!

존경스럽다는 눈빛으로 황재하를 보는 이도 있었다. 그처럼 사소한 단서를 가지고 이렇게 빨리 범인을 추론해내다니!

악단의 누군가가 말했다. "그러고 보니, 연주가 시작되기 전에 다들 자리를 찾아 앉았는데 벽도가 보이지 않아서 욱리가 찾으러 갔어요. 조금 있다 돌아와서는 아무리 찾아도 안 보인다고 했거든요. 그 시간에 죽인 게 아닐까요?"

"하지만 말이 안 됩니다." 관리자가 울상을 하고서 말했다. "욱리는 덩치가 이렇게 작은데 어디서 그런 힘이 나온단 말입니까? 저 작은 몸으로 혼자 벽도를 물에 빠뜨려 죽일 수 있다고요? 그러고서 다시 차분하게 돌아오고요?"

욱리가 필사적으로 고개를 끄덕이면서 울먹이는 목소리로 말했다. "맞아요. 전 그저 스승님의 팔찌가 예뻐서 부러워했는데, 스승님이 팔찌를 빼더니 잠시 끼고 있으라고 하셨어요. 그래서 대신 끼고 있었을 뿐인데, 제가 범인이라니요……."

주자진이 고개를 끄덕이며 말했다. "이렇게 연약한 여인이 어떻게 사람을 죽였겠어? 또 범행 흔적들을 어떻게 그리 빨리 없애고? 숭고, 좀 더 신중하게 다시 조사해보는 게 어때?"

"그럴 필요 없어요. 제가 지금 바로 그 상황을 재연해 보일게요." 황재하는 주자진을 한 번 쓱 훑어보며 말했다. "주 포두님, 저랑 같이 상황 재연할 사람을 좀 찾아주시겠어요?"

주자진이 자신의 가슴팍을 툭툭 쳤다. "다른 사람을 왜 찾아, 내가 하면 되지."

황재하는 눈을 깜빡이고는 다시 주자진을 위아래로 훑어보았다. 오늘은 명절 연회에 초청받은 몸이었기에 주자진도 포두 복장이 아니라 푸른색 비단 두루마기 차림이었다. 푸른 비단에는 붉은 꽃문양이 수놓였고, 허리춤에는 노란 허리띠에 자색 향낭, 녹색 염낭, 은빛 상어 가죽 칼이 걸렸고……. 어하튼 위아래로 열 개도 넘는 색을 두르고 있었다.

'그래, 물에 푹 담가서 눈을 찌르는 저 색들 좀 씻어내자.' 황재하는 순간적으로 그런 생각이 들었다.

"좋아요." 황재하는 주자진을 향해 손을 까딱이고는 욱리의 손목에서 팔찌를 빼왔다. 그런 다음 주자진을 데리고 호숫가 창포 수풀로 가까이 다가갔다.

"날이 좀 찬데 물에 들어가면 너무 추울까요?"

주자진은 황재하의 말뜻을 이해하지 못했다. "저번에 장안에서 물속에 들어가 시체를 건졌을 때는 아마 오늘보다 더 추웠을걸……. 그런데 나 지금 물에 들어가는 거야?"

"잠시만요." 황재하는 욱리의 손목에서 빼온 팔찌를 들어 앞쪽으로 던졌다. '퐁당' 하는 소리와 함께 진흙이 일어 앞쪽의 얕은 물이 잔뜩 흐려졌다. 팔찌는 이미 물속에 빠져 보이지 않았다.

주자진은 의아한 표정으로 황재하를 보며 물었다. "팔찌는 왜 물속에 던지고 그래?"

"도련님이 좀 주워다 주시겠어요?"

주자진은 그제야 상황을 파악하고는 재빨리 창포 수풀 속으로 들어갔으나, 반쯤 들어갔을 때 발이 진흙에 빠지는 걸 느끼고는 머뭇거렸다.

황재하는 고개를 돌려 이서백을 보았다. 이서백은 황재하의 의중을 알아채고 주자진 가까이 다가가 손을 붙잡으며 말했다. "내가 잡아주마."

"알겠습니다!" 주자진은 이서백의 손을 꼭 잡은 채 몸을 앞으로 기울여 흙탕물 속에 손을 넣어 더듬거렸다.

황재하가 살짝 눈짓을 보내자, 이서백은 동정 가득한 눈빛으로 주자진을 보며 손을 놓아버렸다. 몸이 앞으로 쏠려 있던 주자진은 그대로 철퍼덕 엎어졌다.

주자진이 놀라 비명을 지르려는데 입속으로 진흙이 한가득 들어왔다. 이서백은 허둥대는 주자진의 발목을 두 손으로 들어올렸다. 주자진은 온몸의 힘을 잃고 흙탕물에 얼굴을 처박은 채 진흙탕 속에서 허우적댔다. 아무리 버둥거려보아도 사방으로 진흙만 튀길 뿐 몸을 일으킬 수 없어 연신 물만 먹었다.

이서백은 재빨리 주자진을 끌어냈다. 주자진은 호숫가에 앉아 꽃게처럼 입속의 흙탕물을 토해냈다.

황재하가 주자진에게 손수건을 건네며 옆에 웅크리고 앉아 물었다.

"괜찮으세요?"

주자진은 머리카락을 닦아내며 맹렬히 재채기를 했다. "괜…… 괜찮아……. 그런데 팔찌는 못 건졌어."

"죄송해요, 도련님." 황재하는 자신의 손목에서 팔찌를 빼내며 말했다. "생각해보세요. 만약 팔찌가 물속에 빠졌다면, 범인이 어떻게 그걸 건졌겠어요? 시체를 밟고 올라선 흔적도 없는데요. 그래서 범인이 이런 수법을 썼을 거라고 확신했어요. 팔찌를 던지는 척하면서 실제로는 돌멩이 같은 걸 던진 거죠. 진흙이 일어 물이 흐려지니 그게 팔찌인지 돌멩이인지는 전혀 알아볼 수 없었을 테고, 그저 뭔가가 그쪽에 빠졌다는 것만 알겠죠."

주자진은 순간 엄청난 깨달음을 얻은 듯 고개를 끄덕였다. "그런 거였구나……."

옆에 있던 주상은 아들의 몰골에 마음이 쓰려 거의 울기 직전이었다. 하지만 다른 누구도 아닌 기왕이 한 일이기에 얼굴에 억지웃음을 띤 채 곁에 있던 자에게 분부했다. "어서 포두가 갈아입을 옷을 가져오거라."

황재하는 고개를 돌려 이미 바닥에 주저앉은 욱리를 향해 천천히 말했다. "당신 소맷자락에 남은 흙 자국을 보고 이런 수법을 썼을 거라 짐작했어요. 물론 소매에 묻은 진흙을 없애려 애썼겠지만 그래도 희미하게 자국은 남았고, 그 자국은 마침 벽도의 신발 가장자리 윤곽과 비슷했어요. 이런 경우 외에는 벽도의 신발 가장자리 진흙이 당신의 소맷자락에 찍힐 이유가 없겠죠."

얼굴이 창백해진 욱리는 목이 메여 제대로 말을 하지 못했다.

주상은 원망스러운 눈으로 욱리를 보며 뒤에 있던 포졸들에게 당장 끌고 가라고 명했다. "스승을 해친 이 짐승만도 못한 여자를 당장 끌고 가서 심문하도록 하여라!"

몇몇 동료들이 욱리를 보며 눈물을 주룩주룩 흘렸다. "욱리야, 어떻게 이런 짓을 저질렀어……."

"이게 다…… 하늘이 불공평해서 그런 거예요!" 욱리는 끌려가면서도 절망에 가득 찬 목소리로 날카롭게 외쳤다. "내가 저 여자보다 못한 게 뭐가 있어요? 저 여자는 10년을 넘게 배워서 겨우 두 번째 공후를 연주하는 멍청이였다고요! 난 옆에서 귀동냥으로 배웠을 뿐이어도 저 여자보다 잘했어요! 그저 생긴 게 조금 나을 뿐이면서, 뭐 잘났다고 매번 나를 밟고 올라서는 거냐고요……!"

황재하는 나지막이 한숨을 내쉬고 말했다. "당신이 진주라면 분명 언젠가는 빛을 내는 날이 올 텐데, 왜 이렇게 극단적인 행동을 한 거죠?"

욱리가 입을 열자 욱리를 끌고 가던 포졸들도 잠시 멈추고 기다려 주었다. 욱리는 벽도의 시신에 시선을 둔 채 흐느끼며 말했다. "저 여자가…… 나를 업신여기는 건 참을 수 있었습니다. 하지만 내가 진 공자를 사모하는 걸 뻔히 알면서 매일 진 공자에게 찰싹 달라붙어 있더니, 진 공자에게 받았다며 내 앞에서 팔찌를 자랑하기까지 했다고요……."

생기를 잃은 욱리의 눈빛이 황재하의 얼굴로 향했다. "이 상황을…… 머릿속으로 몇 번이나 되풀이하면서 몇 달 동안 계획했어요. 한 치의 오차도 없이 성공할 거라 생각했는데……. 한눈에 이 모든 상황을 알아채는 사람이 있을 줄은 꿈에도 몰랐네요……."

황재하는 그 말에는 아무 대답도 하지 않고 포졸들에게 욱리를 데리고 가라고 눈짓했다.

주자진이 깨끗하게 씻어낸 머리카락을 닦으며 탄식했다. "참으로 어리석은 아가씨야."

황재하가 주자진을 돌아보며 고개를 끄덕이고는 나지막이 말했다.

"벽도(碧桃)와 욱리(鬱李), 복숭아와 자두라……. 서로 비슷한 이름을 가진 걸 보면, 아마도 같은 시기에 들어왔을 거예요. 하지만 한 사람은 관리자의 눈에 들어 인기를 얻는 자리에 올랐고, 한 사람은 말이 '제자'이지 실제로는 하녀처럼 살았을 거예요. 거의 모든 시간을 함께하면서, 풍류를 즐기기로 유명한 진륜운 공자도 두 사람이 동시에 알게 됐을 테고, 그 미묘한 관계가 지금까지 이어져오다가 끝내……."

황재하의 시선이 팔찌로 옮겨졌다.

"진륜운 공자가 벽도에게 준 팔찌를 보며 욱리는 간신히 쥐고 있던 마지막 지푸라기까지 없어진 느낌을 받았겠죠."

"세상에서 사람의 마음에 가장 큰 상처가 되는 것은 죄다 감정과 얽힌 문제이지 않소."

뒤에서 누군가의 목소리가 천천히 들려왔다. 황재하에게만 들리도록 나지막이 억누른 목소리였다. 부드럽고 온화한 그 목소리에 황재하는 순간 흠칫하며 고개를 돌려 보았다.

왕온이 뒤에 서 있었다. 줄곧 황재하 뒤에 서서 사건을 해결하는 모습을 지켜보다가 그제야 입을 연 듯했다. 희미한 등불 아래 왕온이 심오한 광채를 띤 두 눈으로 그윽하게 황재하를 보았다. 그 시선에 마음이 약해진 황재하는 저도 모르게 고개를 숙였다.

왕온은 아무 일도 없었다는 듯이 담담하게 말했다. "사람마다 모두 각자의 인연과 그 귀결이 있을진대, 어찌 자신의 것이 아닌 인연을 탐내 공연히 일을 만드는지 모르겠습니다. 필경 다른 사람을 해치고, 자신까지 해치는 결과에 이를 뿐인데 말입니다."

황재하는 순간 심장이 철렁했다. 왕온이 말하는 바를 명백히 알아들었으나, 반박할 힘이 없어 그저 묵묵히 고개만 숙이고 있었다.

보름달이 서쪽으로 기울었다. 이미 삼경이 지난 시간이었다.

성대한 연회가 이런 식으로 끝나버려, 범웅석은 꽤 난처한 기색이었다. 다행히 황재하가 순식간에 사건의 진상을 밝혔고, 사람들은 이에 감탄하느라 조금 전「예상우의무」를 감상한 일마저 잊을 정도였다.

다들 절도부를 나와 각자 귀갓길에 올랐다. 황재하도 숙모를 따라 마차에 올랐는데 누군가가 뒤에서 부르는 소리가 들렸다. "재하."

고개를 돌리니 왕온이 미소 띤 얼굴로 문 앞 등롱 아래 서 있었다. 왕온이 마차 위의 황재하를 향해 작은 소리로 말했다. "내일 황 가 문중에 들러 몇 가지 일을 상의하려고 하오. 그때 시간이 되면 몇 마디 나누었으면 좋겠소."

황재하는 순간 몸이 경직되는 것을 느끼며 고개를 숙여 예를 취한 뒤, 아무 말도 하지 않고 몸을 돌리고는 마차 가림막을 내렸다.

황재하의 마차가 멀어지자 왕온의 얼굴에 드리웠던 부드러운 미소도 사라졌다. 왕온은 그 자리에 꼼짝 않고 서서 짙푸른 밤하늘을 올려다보았다. 밝은 달이 서쪽으로 기울자 하늘을 가득 채운 별들이 더 찬란히 빛났다.

손에 닿지 않는 것들은 다 그렇게 유난히 반짝여 보였다. 어쩌면 너무 밝게 빛나기 때문에 손을 대기 어려운지도 모른다. 예전엔 손만 뻗으면 닿을 수 있을 거라 생각했던 여인이었건만, 지금은 저 멀리 은하수에서 가장 눈부시게 빛나는 별이 되어 있는 것만 같았다. 그 찬란한 빛이 왕온의 마음을 태워 날마다 잠 못 이루고 그리워하게 만들었다.

왕온도 거처로 돌아가려 몸을 돌려 말에 올라탔다. 낭야 왕 가의 친족 중 촉으로 옮겨와 살면서 재산을 크게 일군 이가 있어서, 종갓집 종손인 왕온을 극진히 대접해주었다.

말도 밤이 깊어 졸린지 천천히 걸음을 옮기기 시작했다. 그때 방울 소리가 귓가에 들려왔다. 왕온은 군이 돌아보지 않아도 기왕의 마차 소리임을 알고는, 마차가 지나갈 수 있도록 말 머리를 살짝 틀어 옆으로 길을 피해주었다.

　어두운 밤, 길가 모퉁이에 걸린 등롱 빛만이 희미하게 길을 밝혔다. 이서백이 마차 가림막을 걷어 올리고 왕온을 불렀다. "온지."

　왕온은 이서백을 향해 고개를 숙여 인사했다. "전하."

　"명절이라고 절도부에서 한바탕 떠들썩한 시간을 보내고 나니, 아직 그 여운이 가시지 않는군. 마침 좋은 찻잎을 한 병 얻었는데, 반딧불과 등불 빛 아래에서 함께 음미해보지 않겠는가?"

　왕온도 태연히 미소를 지으며 답했다. "'낮은 짧고 밤은 긴 것이 안타깝다면, 어찌 불을 밝혀 밤놀이를 즐기지 않는가' 하는 시구도 있지요. 전하께서 그러한 풍류를 즐기고자 하시면, 소관이 어찌 따르지 않겠습니까?"

　이서백은 더 이상 아무 말도 하지 않고 왕온에게 뒤를 따르라 눈짓했다. 얼마 가지 않아 이서백이 임시로 머무는 돈순각에 도착했다.

　현종이 안사의 난을 피해 촉에 도착했을 당시 임시로 지은 행궁으로, 현종은 태상황에 봉해져 다시 장안으로 돌아가고 한창 짓던 중인 돈순궁만 남게 되었다. 후에 촉에서 이를 축소해 건축을 완성한 뒤 이름을 '궁' 대신 '각'이라 고치고 촉 관아의 원림(園林)으로 사용하다가, 이번에 급히 수리해 기왕에게 임시 거처로 내주었다.

　왕온은 이서백을 따라 춘화당 안으로 들어갔다. 차를 마실 준비가 끝나자 이서백은 장항영을 비롯해 모든 사람을 자리에서 물렸다.

　궁등이 밝게 두 사람을 비추었다. 서로의 생각을 잘 알면서도 둘 다 쉽게 말을 꺼내지 못해, 결국 마음을 드러내지 않은 채 조정의 자잘한 일들에 대해서만 몇 마디 나누었다. 동창 공주가 최근 왕릉에 매장되었는데 그 운구 행렬이 20리에 달했다는 둥, 조정 신하들 중 장례 절차가 도를 넘었다고 말하는 이도 있었지만, 황제는 오히려 공주를 '위국문의 공주'에 봉하고, 관을 내보낼 때는 곽 숙비와 함께 친히 궁문 앞까지 나와 슬피 소리 내어 울었으며, 그 뒤로는 어느 누구도 감히 황제 앞에 나서서 간언치 못했다는 둥 하는 이야기였다.

"어의들의 가족은 어찌되었습니까?" 왕온이 물었다.

동창의 죽음에 진노한 황제가 결국 한종소, 강중은 등 여러 어의를 죽이고, 그들의 친족 300여 명 또한 감옥에 가두라 명하였으나 대리 사경 이서백이 대당의 법령에 그러한 선례가 없음을 근거로 들어 처분을 내리지 않자, 황제는 이를 경조윤 온장에게 넘겨 반드시 연좌제로 처리하라 명했다.

"어사대에서는 감히 진언을 올리지 못하고, 승상 유첨이 직접 폐하께 간청해보았지만 코앞에서 면박만 당한 뒤, 지금은 영남으로 좌천되었다더구나. 온장이 결국 그 300여 명을 유배 보냈는데, 최근에 누군가가 온장이 뇌물을 받고 가볍게 처리했다며 고발했다고 한다. 아무래도 폐하께서 가볍게 넘어가시진 않을 듯하다." 이서백은 짐짓 무심한 투로 조정의 일들을 이야기했다. 비록 몸은 촉에 있었지만, 이서백은 그 누구보다 빠르게 조정의 소식을 접했다.

왕온이 탄식하듯 말했다. "조정의 대사는 원래 그렇게 바람과 구름이 뒤집히듯 하여, 참으로 예측할 수 없는 풍파들이 일어나지요."

이서백은 찻주전자를 들어 왕온에게 차를 따라주며 미소 지었다. "작금의 조정에도 물론 갖은 풍파가 변화무쌍하게 일어나고 있으나, 모두 나의 예측을 벗어나지 않는다. 다만 딱 한 가지, 백번을 생각해보아도 도무지 알 수 없는 일이 있다."

장안에서 이서백은 늘 유행을 이끄는 사람이었다. 다도, 축국, 격구 등 모든 방면의 고수답게, 차를 따를 때 생기는 거품도 균일하고 부드럽게 일어 오래도록 흩어지지 않았다.

왕온은 세 손가락으로 찻잔을 집어 차를 음미하며 물었다. "전하께서도 짐작하시지 못하는 일이라니, 그게 어떤 일인지요?"

"3년 전 가을, 내 이름이 알려진 지 얼마 되지 않았을 때 곡강지에서 우리가 처음 만났지. 그때 나는 네가 이듬해에 과거 시험을 치를 거라 생각했는데, 뜻밖에도 내가 위구르를 막으러 변경으로 떠난다는 소식을 듣고는, 내 군대를 따라오지 않았더냐."

낭야 왕 가는 늘 문관만 배출해온 귀족 집안이었다. 그래서 당시 그 일을 기이하게 여긴 이서백이 왕온에게 물은 적이 있다. '왜 군대를 따르느냐? 너희 집안 배경이면, 조정에서 크게 권세를 떨칠 텐데 말이다.'

그때 왕온은 이렇게 답했다. '저는 이미 남들이 닦아놓은 양관[1] 대도를 걷기보다는, 선조들은 피했던 길을 가보는 쪽이 더 흥미로울 것 같습니다.'

초가을의 밝은 햇살 아래, 아직 앳된 티가 남아 있던 왕온은 마치 평생을 바쳐 도달할 자신의 종착점을 본 듯한 표정을 하고 있었다.

이서백은 조정에 올리는 수행 호위 명단에 왕온의 이름을 더했다. 중추에 사막 변방 지역에 도착한 이서백 일행은 봉화대 위에 올라 길게 이어진 관문을 내려다보았다. 마른 풀과 저녁노을이 펼쳐진 가운데, 한 줄기 연기가 하늘로 올라가고, 긴 강이 굽이굽이 흘렀다.

이서백은 사막을 종군하며 영토를 침범한 위구르족을 무찔렀다. 한 번은 수십 명의 기마병이 달이 뜰 때까지 추격하다, 한밤중이 되어서야 피투성이가 된 채 영지로 돌아온 적이 있었다. 이족의 땅에는 8월부터 눈이 내렸다. 하늘 끝에는 아직 달이 걸려 있었고, 사막 가득 눈이 흩날렸다. 갑옷의 차가운 기운이 뼛속을 파고들었다. 선두에서 달리던 이서백은 고개를 돌려 먼 곳을 바라보다가 천천히 속도를 늦추고는 말에 매여 있던 술 자루를 풀어 멀리 있는 왕온에게 던져주었다.

---

1 고대 중국에서 서역 정벌을 위한 중요한 관문 중 하나.

한 모금 술을 들이켜자 온몸의 피가 다시 뜨겁게 달아오르더니 한기가 싹 물러갔다. 막 승전을 하고 돌아오는 길이라 흥분한 상태였던 병사들은 기뻐 흥을 주체하지 못하고, 그 황량한 광야에서 다 쉬어빠진 목소리로 고성을 내지르며 목청껏 노래를 부르기 시작했다.

왕온은 그들과 함께 노래를 부르지는 못하고 그저 하늘을 바라보며 말을 몰았다. 멀리 병영이 보이기 시작했다. 병영 입구의 느릅나무는 흩날리는 눈발 속에서도 한눈에 들어왔다. 왕온은 몸에 쌓인 눈을 떨어내다가 문득 시구가 떠올라 한 구절 읊었다. '농우의 느릅나무 아래, 때마침 관산에 눈발 날리고, 봉홧불은 끊어져 연기조차 나지 않네.'

"그래서, 그때 위구르를 격퇴하고 돌아온 뒤, 다시는 너를 전장에 데리고 가지 않았지." 이서백이 천천히 말을 이었다. "사람은 다 자신에게 맞는 자리가 있는 법이다. 그리고 너는 이번 생에는 태평성세의 귀한 가문, 낭야 왕 가의 장자로서 사는 게 네 자리다. 아무리 예리하고 날카로운 보검이라 해도, 전장에서는 평범한 검보다 못한 법이다. 모래바람과 피는 그저 칼날을 마모시키고 망가뜨릴 뿐이지."

왕온은 가만히 눈을 내리뜬 채 입을 열었다. "하지만 전하 곁에 있던 그 시간 동안 잠자던 제 칼날을 깨웠기에, 이 길에 들어설 수 있었습니다. 비록 어림군에서 좌금오위로 옮기긴 했지만, 최소한 왕 가가 제 앞에 강제로 마련해놓은 그 길은 벗어날 수 있었지요. 전하께서 저를 거두신 은혜는…… 평생 감사히 생각할 것입니다."

"네가 진심에서 하는 말이라는 건 나도 안다. 하지만 이 세상엔 어쩔 수 없이 해야만 하는 일들도 있지. 예를 들면, 나를 죽이라는 임무를 받은 이상은 맡은 바 소명을 다해 나를 사지로 몰아넣어야 했던 것처럼 말이다." 이서백의 표정이 어찌나 여유롭던지, 마치 지금 왕온과의 대화가 그저 창밖 야경을 논하는 한담이라 해도 믿을 정도였다.

왕온의 표정이 살짝 굳더니 찻잔을 받쳐 든 손도 움찔했다. 찻잔이 살짝 기울었으나 차 거품은 여전히 흩어지지 않고 넘칠 듯 말 듯 찰랑였다.

왕온은 천천히 찻잔을 내려놓고 고개를 들어 이서백을 보았다.

깊은 밤의 고요 속에 계화 향이 그윽하게 감돌았다. 곡강지에서 두 사람이 처음 만난 그날도 이렇게 계화 향이 가득했다.

그때 왕온은 이서백을 향해 예를 갖춘 뒤 말했다. '낭야 왕온, 자는 온지라 하옵니다. 오늘부터 전하를 따라 천하를 누비며 대당의 강산을 지키고 싶습니다.' 그 말이 아직도 귀에 들리는 듯했지만, 고요한 가운데 서로 마주 앉은 두 사람은 이미 그때와는 다른 지경에 이르러 있었다.

왕온은 손에 들고 있던 찻잔을 천천히 내려놓고는 눈을 들어 이서백을 보았다. 그리고 얼굴에 가까스로 미소를 띠며 말했다. "이 왕온, 신하된 자로서 명을 따를 수밖에 없어 사사로운 뜻은 버려야 했으니, 전하께서도 너그러이 용서해주시기 바랍니다."

이서백은 왕온이 시원하게 인정하는 모습에 미소를 보이며 말했다. "내가 그것을 마음에 두었다면, 지난번 재하가 계속해서 너를 추궁하려 할 때 왜 굳이 나서서 막았겠느냐. 내가 처한 형편은 물론, 네가 처한 형편도 이미 잘 알고 있다. 나도 당하기 원치 않는 것을 타인에게 강요할 수는 없지."

왕온은 가만히 고개를 끄덕였으나, 온 신경이 '재하' 이 두 글자에 집중되었다. 이서백이 그토록 친밀한 호칭으로 자신의 약혼자 이름을 부르는 것을 듣고 왕온은 순간 자신의 귀를 의심했다. 하지만 이서백 같은 사람이 절대 실언할 리 없음을 바로 깨달았다.

왕온의 생각을 간파한 듯 이서백이 담담히 말을 이었다. "그 임무를 받았을 때, 그들에게는 일석이조의 계략임을 너도 눈치챘어야 한다. 내가 죽으면 조정 최대의 위험인물이 제거될 것이고, 만약 일을 그르쳐 탄로가 나더라도 왕 가가 그 짐을 떠안게 되겠지. 그러니 일이 어떻게 되든, 이 일의 설계자들은 먼 산 쳐다보듯 가만히 앉아서 호랑이 싸움을 구경만 하면 되었다. 다음 단계를 위해 길을 평탄히 닦는 것이지.”

“전하께서 이 일을 더 키우지 않고 묻으신 것은…… 두 가지 다 실패하게 만들기 위해서였군요?”

“너도 그렇지 않으냐?” 이서백은 잠시 멈칫하더니 다시 말을 이었다. “방화 사건은 네가 한 짓이 아니란 걸 나도 안다. 그런 마구잡이 학살은 너의 풍격이 아니지.”

왕온은 낮은 소리로 말했다. “저도 그 계획을 알았으나…… 막을 방법이 없었습니다.”

“네가 막을 수 없는 일이지. 감히 막으려는 사람은 모두 산산조각 나게 될 테니 말이다. 유첨이 그랬고, 온장이 그랬으며, 너와 나 또한 마찬가지다.” 영원히 침착하고 평온하기만 할 것 같던 이서백의 얼굴에도 결국 피로한 표정이 스치듯 지나갔다.

이서백은 앞에 마주한 왕온을 응시하며 낮은 소리로 말했다. “너는 네게 주어진 임무를 완수하지 못한 데다가 또, 그 신분을 내게 들키고 말았다. 아무래도 왕 가가 이 일로 꽤나 곤욕을 치를 것 같구나……. 하나 내가 너를 도울 수 있다.”

왕온이 천천히 고개를 끄덕이고는 입을 열었다. “전하께서 절대 식언하시는 분이 아님은 잘 압니다. 하오나…… 전하께서 저희 왕 가에게…… 혹은 제게 무엇을 원하시는 것이온지?”

이서백은 한참 침묵했다.

인적은 끊기고 만물도 고요히 잠든 깊은 가을밤, 마치 밤빛이 응고되어 모든 시간이 멈춘 듯, 세상의 모든 아름답고 추악한 것들도 어둠 속으로 사라져버린 것만 같았다.

그렇게 침묵한 채로 얼마나 지났을까, 이서백은 드디어 마음의 결심을 한 듯 입을 열었다. "옛 혼약은 그만 포기하거라."

옛 혼약.

열다섯의 왕온이 수줍음 탓에 이윤을 끌고 가서 몰래 훔쳐보았던 소녀. 소녀가 고개를 돌리며 왕온의 눈앞을 스쳐가던 순간, 그 옆모습이 얼마나 황홀했는지 모른다.

왕온이 어렸을 때에 정해진 혼약이었다. 한 장의 종이에 두 사람의 이름이 적혔고, 낯설었던 여인은 장차 그의 가장 가까운 사람이 될 것이었다.

그런데 지금 이서백이, 그것을 포기하라고 말했다.

왕온은 고개를 숙인 채 저도 모르게 차가운 웃음소리를 냈다. 그리고 입을 열었다. "전하는 역시나 빈틈없이 형세를 잘 살피시는 분입니다. 저의 이 한마디에 저희 왕 가의 존망이 달려 있음을 잘 아시면서, 저 스스로 선택하라고 관용까지 베풀어주시니 참으로 놀라울 따름입니다."

"온지, 이 일은 내 너에게 미안하다." 이서백은 가만히 시선을 내린 채 무의식적으로 손에 든 찻잔을 돌리며 천천히 말을 이었다. "하나 황후 폐하의 과거를 들추어낸 재하가 너희 집안에 시집을 간다면, 앞으로 어찌 될지 생각해본 적 있느냐."

왕온이 차갑게 웃으며 말했다. "제 아내이니 당연히 제가 힘을 다해 지킬 것입니다. 어찌 전하께서 그것을 염려하시는지요?"

"그럼, 너의 그 기습이 실패로 돌아간 뒤, 내가 곧바로 장안으로 가 폐하를 뵈었다면, 사태가 어찌되었겠느냐?" 이서백은 얼굴색 하나 변하지 않고 물었다. "너희 왕 가가 이번 일을 그냥 피해갈 수 있었겠느냐? 네가 지키고 싶다 해도, 무슨 힘으로, 어찌 지킬 수 있겠느냐?"

왕온이 천천히 말했다. "왕 가가 멸문할 확률이, 기왕부가 무너질 확률보다 크지 않을 것 같습니다만?"

이서백이 냉랭한 투로 말했다. "기왕부는 반격할 여력이 있지만 왕가는 없다."

춘화당 안에 또다시 적막이 감돌았다. 무거운 밤빛이 두 사람 위로 드리웠다. 실내의 등불은 밝으면서도 위압감이 느껴졌다. 두 사람은 서로의 눈빛에 담긴 복잡한 심경을 보았으나, 어둡고 희미하여 그 의미를 파악하긴 어려웠다.

찻잔에서 김이 모락모락 피어올라 공중에서 알 수 없는 형상을 만들어내더니, 곧바로 그 형체를 지우며 사라졌다.

한참 후 왕온이 먼저 입을 열었다. "전하께서 이미 모든 진상을 아시니, 저도 숨기지 않겠습니다. 전하께서는 이 배후의 인물이 왜 이때를 골라, 모든 위험을 무릅쓰고 그간 장악하지 못했던 것을 평정하려 손을 뻗친다고 생각하시는지요?"

이서백은 눈을 내리뜨고서 가만히 입을 열었다. "어쩌면 일전에 강남도 지역에 지진이 났을 때, 누군가가 조정에 큰 이변이 있을 거라고 말한 것 때문이겠지. 지금 손을 쓰면, 천운에 따른 일이라는 느낌을 주지 않겠느냐."

"그렇다면, 전하는 다음 계획을 어떻게 준비하고 계십니까? 재하가 전하 곁에 있으면 어떤 일을 겪게 될지 생각해보셨습니까? 전하는 이러한 판국에 재하의 안전을 책임질 수 있다고 생각하시는 겁니까?"

왕온은 이서백을 노려보며 나지막하지만 또렷한 목소리로 한 자 한 자 힘주어 말했다. "하늘이 내린 인재인 전하께서도 아무리 책략을 세우고 전략을 짠다 해도 국가 앞에서는 지푸라기와 같은 목숨일진대, 의지할 곳 하나 없는 일개 고아 소녀의 목숨은 말할 수 없겠지요. 지극히 작은 실수 하나가 곧게 자란 한란(寒蘭)을 그대로 꺾어버리기도 하지요."

"내 힘으로 온전히 지킬 것이다."

이서백은 고개를 숙인 채 탁자 위에 놓인 유리병에 시선을 주었다. 붉은 물고기가 조용히 바닥에서 휴식을 취하고 있었다. 잠을 자는 것인지 아니면 그들을 바라보는 것인지 알 수는 없지만, 미동도 않고 있는 그 모습이 마치 바닥에 떨어진 핏방울처럼 보였다.

"어떤 일들은 내가 직접 가서 매듭짓고 친히 눈으로 진상을 확인해야 할 것이다. 하나 네 말이 맞다. 어쩌면 이대로 가면 다시는 돌아오지 못할 수도 있겠지. 그래서 재하가 나와 같이 위험에 빠지지 않도록 모든 것을 철저히 안배해놓을 것이다."

왕온은 분노가 치밀어 이서백의 말을 되받아치고 싶었지만, 결국 화를 가라앉히고 말했다. "전하는 이미 마음의 결정을 내리고 제게 혼약을 깨라고 말씀하신 것 아닙니까? 이미 모든 수를 그리고 계신 것이지요?"

"아니다. 사실 나 자신의 미래에 관해서는 확신이 없다." 이서백이 손가락으로 유리병에 담긴 물 위를 살짝 건드렸다. "난 그저, 자유롭게 해주고 싶구나."

물고기가 놀랐는지 꼬리를 흔들었다. 이 위험한 움직임이 만들어낸 잔잔한 물결로부터 도망치고 싶어 하는 듯했지만, 유리병 안에서 일어난 물결은 피하려야 피할 수 없어 홀로 감내하는 수밖에 없었다.

왕온이 벌떡 몸을 일으키더니 날카로운 목소리로 말했다. "전하의 뜻은, 재하가 제 곁에 있으면 자유롭지도 행복하지도 못할 거라는 말씀이십니까?"

이서백은 말없이 눈을 들어 왕온을 보았다. 늘 봄바람 같던 남자가 황재하 때문에 순식간에 평정을 잃은 모습에, 이서백은 저도 모르게 웃음을 보이며 말했다. "온지, 조급해 말고 진정하거라."

평소 보기 드문 이서백의 웃음을 보게 된 왕온은 순간 멍한 표정을 지으며 하는 수 없이 다시 자리에 앉았다. 그러고는 딱딱한 투로 말했다. "무례했습니다……. 용서하십시오."

"내 뜻을 오해했다. 나는 그저 재하에게 자유롭게 선택할 기회를 주고 싶은 것이다. 너를 선택하든, 나를 선택하든, 어떠한 구속도 받지 않게 말이다. 그리고 너와 내가 동일한 저울 위에 있도록……." 미소를 머금은 이서백의 시선이 왕온에게서 창밖으로 천천히 옮겨졌다. 겹겹이 드리운 나무 그림자가 고요한 어둠 속에 가만히 웅크리고 있었다. 마치 매복한 괴수처럼도 보이고, 악몽 속 식인처럼도 보였다. "나는 곧 장안으로 돌아갈 것이고, 그날의 습격 사건도 그대로 끝날 것이다. 뒤에서 이를 주도하고 교사한 자들이 누구인지 나는 모르는 일이며, 왕 가 또한 이번 폭풍에 얽힐 일은 없을 것이다."

왕온은 시선을 아래로 내린 채 아무 말도 하지 않았지만, 아래턱은 살짝 위로 치켜들고 있었다.

이서백이 다시 왕온에게 차를 따라주었다. 청록색 차가 푸른 찻잔 속에 채워졌다. 등불을 받은 이서백의 길고 하얀 손가락이 봄날의 배꽃처럼 우아했다.

이서백이 살짝 웃으며 말했다. "온지, 설마 그리도 자신이 없는 것이냐? 혼인을 약속한 그 종이 한 장이 없으면 재하가 너를 선택하지 않을 거라고 생각하는 게냐?"

그토록 여유만만한 이서백의 모습을 보노라니 왕온은 가슴이 타는 듯하여 도저히 참고 있을 수 없었다. 손을 들어 이서백이 건네는 찻잔을 받으며 말했다. "장안까지 조심히 돌아가십시오. 저도 전하께 염려를 끼치지 않도록 최대한 빨리 이쪽 일들을 처리하겠습니다."

2장

수많은 강산

왕온은 황 가에 오지 않았다.

왕온 측근이 황 가 문중에 찾아와 말을 전해주었다. 공무가 있어 찾아뵙지 못하게 되었으니 양해를 바란다는 말이었다.

"원래는 오늘 찾아와 혼사를 상의하려는 눈치였고, 왕 가 어른들도 건너왔다고 들었는데……." 황재하의 당숙 황용은 문중 어른들을 다 소집하여 기쁜 마음으로 왕온을 기다리다가, 왕온이 오지 않자 의아한 마음을 감추지 못했다.

"설마…… 왕 가에서 이 혼사를 망설이는 것은 아니겠지?"

"그럴 리가. 어제도 왕 공자가 사람을 보내와 앞으로의 일들을 상의하자 했잖은가. 그게 장안으로 돌아가 혼사를 치르는 일에 대해 상의하자는 말 아니면 뭐겠는가……."

"약혼녀가 가족을 죽이고 도망갔다는 말이 떠돌 때에도 혼사에 대해 아무 이의가 없었는데, 모든 진상이 다 밝혀진 지금은 더더욱 혼사를 엎을 리 없지."

어른들은 각기 자신들이 추측하는 바를 말하며 황재하의 혼약은 절대 엎어지는 일 없이 원래대로 잘 진행될 것이라 확신했다.

왕온이 오지 않아 일단은 각자 집으로 돌아가려는데, 갑자기 밖에서 문지기가 뛰어 들어오며 소리쳤다. "나리, 여섯째 아씨께 서신이 왔습니다."

여섯째 아씨라 함은 황재하를 말하는 것이었다.

황용은 순간 흥분하며 물었다. "왕 공자가 보내온 것이냐?"

"아닙니다." 문지기가 고개를 저으며 말했다. "기왕 전하께서 보내신 것입니다."

어른들은 서로 눈을 마주치며 그제야 황재하가 얼마 전까지 기왕 곁에서 소환관으로 있었다는 사실을 떠올렸다.

"하지만…… 재하는 이제 황 가의 여인으로 돌아왔는데, 기왕 전하께서 어찌 재하에게 서신 보낼 일이 있단 말인가?"

다들 크게 의아해하며 서신을 건네받아 봉투 겉면에 쓰인 글자를 보았다.

기왕부 환관 양승고를 촉에 남겨두는 문건.
황재하가 받아서 보관할 것.

"기왕부는 일처리가 정말 확실하구먼. 재하가 다시 여인의 신분으로 돌아왔다 하더라도, 기왕부를 떠나는 데 일련의 과정이 필요하지 않겠는가."

어른들은 그리 말하면서 감히 기왕부의 서신을 뜯어보지는 못하고 사람을 시켜 황재하에게 전달했다.

"기왕부 환관을 촉에 남겨두는 문건?"

황재하는 얼른 봉투를 뜯어 안에 든 종이를 꺼냈다. 종이를 펼치는 순간, 서신 제일 윗부분에 적힌 세 글자가 눈에 확 들어왔다.

　파혼서

　황재하는 가만히 서신을 다시 접은 뒤 서신을 가지고 온 사람을 밖으로 내보내고 문을 닫았다. 그러고는 파혼서라 적힌 종이를 다시 펼쳐서 읽어보았다.

　낭야 왕온은 어릴 적에 성도부 황재하와 혼약하였으나, 두 사람의 나이가 들어감에 따라, 하늘과 땅이 먼 것처럼 마음이 서로를 따르지 않으니, 이 서신으로 혼약을 파하고 금일 이후로 각자의 혼사로 절대 논쟁치 않을 것이다.

　황재하는 멍하니 창가에 앉았다. '낭야 왕온'이라는 글자를 보고, 다시 봉투를 들어 거기 적힌 이서백의 필체를 보았다.

　이서백은 약속한 대로, 정말 황재하의 혼약을 파기해주었다.
　이제 황재하와 왕온은 더 이상 아무 관계도 아니었다.
　황재하는 파혼서를 다시 접어 봉투 안에 집어넣었다. 그런데 봉투 안에 무언가가 있는 듯 손가락에 만져져, 봉투를 거꾸로 들어 안에 든 물건을 손바닥 위로 쏟아보았다.
　맑게 반짝이는 붉은 팥알 두 알이 가늘고 긴 금실로 엮여 있었다.[2]
　황재하는 팥알을 이리저리 굴리며 가만히 들여다보았다. 팥알들은 금

2　중국에서는 예로부터 사랑하는 남녀가 서로에 대한 그리움과 사모를 담은 증표로 팥을 주고받았으며, 그러한 마음을 상징하는 단어로 사용되었다.

실 위에서 미끄러지듯 움직이며, 떨어졌다 붙었다를 반복했다. 마치 꽃술 위를 미끄러지는 두 개의 이슬방울 같아 보였다.

황재하는 팥알을 쥐고서 창가 탁자에 엎드려 팔 위에 가볍게 턱을 얹었다. 마치 귓가에 이서백의 목소리가 들리는 것만 같았다. '걱정하지 말거라, 내가 있으니.'

창밖 정원은 가을빛이 완연해 노랗게 물든 잎이 분분히 흩날렸다.

황재하는 멀리서 혹은 가까이서 들려오는 바람 소리와, 낙엽이 떨어지는 소리와, 새가 나뭇가지 위에서 폴짝거리는 소리를 들으며, 팥알을 꼭 움켜쥐었다.

주자진은 매일을 흥겹게 살고 있었다.

사건이 있을 때는 사건을 조사하고, 사건이 없을 때는 거리로 나가 좀도둑이나 시장 거리를 단속했다. 매번 좌판을 어지럽게 벌여놓는 양고기 아가씨가 주요 단속 대상이었다. 비록 며칠 전에 황재하의 장난으로 흙탕물을 몇 모금 삼키긴 했지만, 그 정도로는 끄떡없이 건강한 주자진이기에 오늘도 여전히 활기차게 팔짝팔짝 뛰어다녔다. 평소처럼 양고기 아가씨 쪽으로 가서 몇 마디 입씨름을 하고 몹시 만족스러워하며 몸을 돌리는데 길가에 서 있는 황재하가 보였다. 손에 귤 한 꾸러미를 들고서 히죽히죽 웃으며 주자진 쪽을 보고 있었다.

황재하의 웃는 얼굴이 햇살 아래 반짝반짝 빛나는 것을 보며 주자진은 왜인지 얼굴이 달아오르는 것을 느꼈다. 황재하 곁으로 다가가 귤 하나를 집어 들고 껍질을 까며 주자진이 물었다. "오늘은 어떻게 여기까지 왔어?"

"가을이라 피부가 건조해져서 면지(面脂)랑 수약(手藥)³을 좀 사려

---

3 면지는 화장용 기름이고 수약은 오늘날의 핸드크림 같은 것임.

고요."

주자진은 순간 정색하며 말했다. "사지 마! 내가 만들어줄게! 밖에서 파는 면지는 다 소의 골수를 쓰는데, 나는 사슴 골수를 써서 소기름 냄새가 안 나. 게다가 나는 구릿대, 둥굴레, 정향, 복사꽃 같은 걸 추출해서 섞기 때문에 향도 좋고 자극적이지도 않아. 내일이나 모레쯤 만들어다 줄게!"

황재하는 고개를 끄덕이고는 웃으며 말했다. "좋아요. 그럼 부탁드릴게요."

주자진은 고개를 돌려 양고기 아가씨를 슬쩍 쳐다보더니 잠시 머뭇거렸다.

"만드는 김에 좀 더 만드세요. 양고기 아가씨도 날마다 이른 아침부터 거리에 나오니 피부가 많이 틀 거예요. 수약도 좀 더 만들고요. 그리고……." 황재하는 양고기 아가씨 쪽을 쳐다보고는 웃으며 말했다. "도련님이 뭐라도 챙겨주면, 저 아가씨도 도련님과 좀 더 친해져서 도련님 말을 잘 들어주지 않겠어요?"

"그렇네. 그럼 하나 더 만들어서 갖다주지 뭐. 그런데 무슨 향을 좋아할지 모르겠네. 또 어떤 종류의……."

"저 아가씨는 계화를 좋아해요. 그리고 약간 건조하고 열이 많은 체질이라 동과 씨를 많이 넣고, 구릿대랑 복사꽃은 적게 넣는 게 좋을 것 같아요." 황재하가 다시 양고기 아가씨를 흘끔 쳐다보고 말했다. "부모님이 안 계시고 아래로 동생들이 몇 명 있어요. 그러니 도자기에 담지 말고, 옻칠한 나무통에 담는 게 좋겠어요. 어린아이는 피부가 약하니 담비 기름을 좀 넣어주고요. 분명히 동생들에게 쓰라고 줄 테니까요."

주자진이 의아한 표정을 지었다. "아는 사이야?"

"아니요. 그냥 겉모습을 보고 추측해봤어요."

"믿을 만한 거야……?" 주자진이 입을 삐죽거렸다.

"그럼 나도 한번 추측해보마." 뒤에서 어떤 목소리가 들려왔다. 황재하는 고개를 돌리지 않고도 누구인지 알아채고는 저도 모르게 입가에 살며시 미소를 드리웠다.

주자진은 뒤를 돌아보고는 깜짝 놀라며 말했다. "전하도 관상을 보십니까?"

이서백이 입은 푸른색 비단 두루마기는 언뜻 단색 옷처럼 보였지만, 몸을 움직이면 전설 속 맹수의 문양이 은은하게 나타나 잘생긴 외모를 더 부각시키고 범상치 않은 느낌을 주었다. 근처에 있던 사람들은 다들 흘끔흘끔 훔쳐볼 뿐 아무도 감히 이서백을 똑바로 쳐다보지 못했다.

장항영은 충실하게 이서백의 뒤를 따르며 웃음 띤 얼굴로 주자진에게 공수했다.

주자진은 이서백을 붙잡고 물었다. "그럼 어서 맞혀보십시오. 숭고보다 전하 실력이 나은지 보겠습니다!"

이서백은 양고기 아가씨를 쭉 훑어보더니 술술 읊었다. "봄에 태어났구나. 부친은 백정이고, 모친의 친정집은 누에를 쳤다. 관상을 보니 조실부모하고 큰 오라비도 요절해, 남동생 둘과 여동생 하나, 이렇게 네 남매만 남았구나. 파혼을 당했는데, 정혼자의 집도 너무 가난한 터라, 혼인 후 처가의 세 동생까지 보살피기는 힘들다는 이유였다. 그래서 부친이 생전에 하던 일을 저 여인이 다시 시작한 것이지. 이 길에서 양고기를 판 지는 4년이 넘었고, 남동생들을 개인 서당에 보내고 있는데 배움이 꽤 좋구나."

주자진의 입이 크게 벌어지고 얼굴에는 이서백을 향한 무한한 존경의 빛이 드리웠다. "그 정도로 구체적으로요……? 전하의 관상 보는 솜씨가 정말 보통이 아니십니다!"

이서백은 입꼬리를 살짝 올리며 보일 듯 말 듯한 미소를 지었다. "가장 중요한 것은, 양미간이 밝고 눈썹에 광채가 있는 걸 보니, 내 확신하건대, 며칠 지나지 않아 기쁜 소식이 들려오겠구나."

주자진은 반신반의하며 양고기 아가씨의 미간을 슬쩍 보고는 혼잣말로 중얼거렸다. "진짜야 가짜야……."

이서백과 황재하가 서로 시선을 마주치며 웃는데 옆에서 떠들썩한 소리가 들려왔다. 살이 피둥피둥 오른 배불뚝이 남자가 예쁘게 단장한 여종 서너 명에게 둘러싸여 걸어오고 있었다. 남자는 양고기 아가씨를 보자마자 얼굴을 파르르 떨더니 좌판 가득한 기름도 아랑곳 않고 바짝 다가가 아가씨의 옷소매를 붙잡으며 말했다. "너…… 둘째 아니냐?"

양고기 아가씨는 멍한 표정으로 물었다. "누구세요?"

"네 넷째 당숙이다! 네 할아버지가 내 숙부님이시지! 네 할아버지가 아직 어린 네 아비를 우리 집에 데리고 와 제사를 돕게 한 적이 있다. 네 아비와는 그때 딱 한 번 만났지! 네 아비 어렸을 때와 꼭 닮았구나!"

"아……. 넷째 당숙이시군요." 그렇게 대답하는 아가씨의 얼굴에 이런 표정이 떠올랐다. '정말 눈썰미가 예사롭지 않으시네요. 기억력도 대단하시고요.'

당숙은 그런 표정은 전혀 개의치 않고 곧바로 몸에 지니고 있던 족보를 꺼내어 펼쳐 보였다. "자, 보거라. 네 조부 류양상께서 분가하여 성도부로 와서 도축을 생업으로 삼았지. 그리고 아들 류가호를 낳으셨고……. 바로 네 아버지다. 그렇지? 다시 여기를 보거라……." 그의 손가락이 긴 작대기와 수많은 낯선 이름들을 넘어 마침내 어느 이름에 닿았다. "류희영, 바로 나다. 항렬을 따지자면, 네 넷째 당숙이 아니냐?"

양고기 아가씨는 갑작스러운 먼 친척의 등장에 어찌할 바를 몰라 했다. "당숙 어른, 제가 몰라 뵈어 죄송합니다."

"아휴, 친척들끼리 왕래가 적으니 당연하지. 괜찮다, 괜찮아." 류희영은 곧바로 아가씨의 손에 들린 칼을 뺏어 매대에 툭 내던지고는 말했다. "둘째야. 내가 지금 면주(綿州) 관아에서 사창(司倉)⁴을 맡고 있는데, 내 조카딸이 어찌 거리에서 양고기를 팔도록 두겠느냐? 나와 함께 집으로 가자. 내가 널 수양딸로 들이마. 제대로 의식도 치르고, 너를 정식으로 족보에 올리겠다. 앞으로 너는 나 류희영의 딸이다!"

양고기 아가씨가 뭐라 말해야 좋을지 몰라 눈만 껌뻑거리는데, 뒤쪽에서 벌써 청색 덮개의 마차가 다가왔다. 당숙이 얼른 마차에 오르라 재촉했다.

"너무 서두르지 않으셔도 됩니다. 오늘 들고 나온 고기도 다 팔아야 하고요." 양고기 아가씨는 다시 칼을 집어 들었다.

류희영은 재빨리 사람을 불렀다. "여기 있는 고기를 싹 다 챙겨서 우리 주방으로 가져가거라. 둘째야, 너는 양고기를 좋아하는 것이더냐?"

"아니요. 다 못 팔면 어쩔 수 없이 먹었죠." 양고기 아가씨는 그렇게 말하면서 볏짚으로 양고기를 묶어 내주었다. "그럼 이 고기들은 당숙을 처음 뵙는 선물로 그냥 드리지요. 그런데 전 집으로 가서 동생들에게 밥을 지어주어야 해요."

"그러지 말고 둘째야, 당숙 집에 가서……."

"아닙니다. 양고기나 팔던 제가 어찌 당숙 댁에 양녀로 들어가겠습니까? 집에 돌봐야 할 동생들도 있는데."

"동생들도 불러서 같이……."

---

4 관아의 창고와 세수를 담당하는 관직.

주자진은 이 감격스러운 장면을 바라보며 아래턱이 거의 땅에 떨어지기 직전이었다. 고개를 돌려 평소와 다름없이 평온한 이서백을 보며, 거의 그 앞에 무릎을 꿇고 절이라도 할 기세로 탄복했다. "전하, 전하는 정말 신이십니다! 미래를 이토록 정확히 예측하시다니요!"

황재하는 옆에서 장난스럽게 웃으며 말했다. "누구에게나 지위 높은 친척 한 명쯤은 있지 않겠어요?"

"하지만 이렇게 먼 친척이 찾아올 확률은 거의 없지. 그런 일이 양고기 아가씨에게 일어나다니……."

황재하는 웃으며 이서백을 보았다. 이서백도 황재하에게 미소를 보내더니 고개를 숙여 황재하의 귓가에 나지막이 속삭였다.

"류희영이 어쩌다 우연히 소문을 들었던 게다. 자신의 먼 조카딸이 성도부 외곽에서 위험에 처한 기왕을 도와준 일이 있다고. 은밀하게 돈순각까지 와서 알아보고는 소문이 맞는다고 확신했는지 그새를 참지 못하고 이리 급히 달려온 것이다."

황재하는 양고기 아가씨 가까이 달려가 이것저것 염탐하는 주자진을 바라보며 참지 못하고 빙그레 웃었다. "전하는 정말 세심하세요."

이서백은 시선을 내려 한참 황재하를 응시하다가 담담하게 말했다. "그저 경쟁자를 하나 더 만들고 싶지 않았을 뿐이다."

황재하는 주자진이 어떤 면에서 이서백의 경쟁자가 될 수 있는지 의아했지만, 곧바로 몸을 돌려 걸어가는 이서백을 보고는 얼른 주자진에게 손을 흔들어 인사한 뒤 재빨리 이서백의 뒤를 따랐다.

중추절이 지나자 날씨도 점차 추워지고, 다니는 사람 없는 길가에 나뭇잎이 가득 쌓였다. 두 사람이 걸음을 옮길 때마다 발아래에서 낙엽이 바스락거렸다. 성도는 늘 햇빛이 적고 안개와 습기가 많았다. 희미한 안개 속에 떨어진 낙엽은 공연히 더 적막하고 쓸쓸해 보였다.

이서백의 목소리가 나지막이 귓가에 들려왔다. "어젯밤에 왕온과 이야기했다."

황재하는 고개를 숙인 채 아무 대답도 하지 않았다. 어쨌거나 왕온은 황재하의 정혼자였기에 이서백과 황재하가 함께하기 위해서는 왕온을 피해갈 수는 없었다. 하지만 지금 세 사람의 관계는 난처한 상황들로 복잡하게 얽혀 있어, 그 관계를 정리하는 것 또한 쉽지 않았다.

황재하에게서 아무 대답이 없자 이서백이 다시 낮은 소리로 물었다. "내가 보낸 서신이 있는데, 받았느냐?"

황재하가 살짝 고개를 끄덕이고는 나지막이 말했다. "왕 가에는 송구한 일입니다."

"나도 안다. 그래서 장안에 한 번 다녀오려 한다. 가서 반드시 마무리해야 할 일이 있다. 어쩌면 더 많은 일이 생길 수도 있고, 시일이 많이 걸릴 수도 있지만, 반드시 돌아올 것이다."

"네, 기다리고 있겠습니다." 들릴 듯 말 듯 작은 목소리로 그렇게 대답하는 황재하의 볼에 홍조가 떠올랐다. 하지만 이서백을 바라보는 눈빛만큼은 조금의 의심도 없이 확고해 보였다.

이서백은 고개를 숙여 황재하를 응시했다. 가을날의 흐릿한 햇살 아래, 옅은 홍조를 띤 황재하의 얼굴이 말로 표현할 수 없을 만큼 아름답게 느껴졌다. 이서백의 가슴에서 미세한 파도가 출렁이더니 뜨거운 피가 온몸의 세포를 달구는 것 같았다. 가슴에서부터 손끝까지 이어지는 모든 핏줄에서 심장 박동이 빠르게 느껴지며 순간 정신이 아득해졌다.

마치 가슴을 달군 뜨거운 피에 미혹이라도 당한 듯 돌연 이서백이 손을 들어 황재하를 품에 꼭 끌어안았다.

갑자기 이서백의 품에 안긴 황재하는 깜짝 놀라 몸을 미세하게 떨었다. 손을 들어 이서백을 밀어내려 했지만, 이서백의 가슴에 손이 닿는 순간 온몸의 힘이 빠져버렸다.

손목에 차고 있던 팥알이 황재하의 눈에 들어왔다. 손을 들 때 팔꿈치 쪽으로 미끄러져 내려가면서 팥 두 알이 천천히 서로 맞닿았다.

황재하는 정신이 아득해지는 기분이었다. 단단히 조인 이서백의 두 팔 속에서 천천히 손을 내리고는 이서백이 안는 대로 자신을 내맡겼다. 이대로 꼭 붙어 영원히 떨어지지 않겠다는 듯이.

이서백은 고개를 숙여 황재하의 머릿결에 얼굴을 파묻고는 깊이 호흡하며 황재하의 향기를 느꼈다. 차고 맑으면서도 아득하게 느껴지는 그 옅은 향기는, 마치 내리자마자 금세 녹아버리는 봄눈처럼 이서백의 의식을 녹여 완전한 공백 상태로 만들었다. 언제인지 모르게 황재하의 손도 이미 이서백을 안고 있었다. 황재하는 이서백의 가슴에 얼굴을 묻고서 빠르게 뛰는 두 사람의 심장 소리를 느꼈다. 얼굴이 뜨겁게 달아올랐다.

한참이 지나서야 이서백이 황재하를 놓아주며 말했다. "무슨 소식을 듣더라도 절대 두려워하거나 걱정하지 말거라. 그저 안심하고 기다리면 된다."

발그레 달아오른 아리따운 얼굴을 가만히 끄덕이던 황재하는 순간 예민하게 뭔가를 느꼈다. 가슴이 철렁하며 겁이 났지만 참지 못하고 물었다. "무슨 일이 일어나는 건가요?"

이서백의 얼굴에 부드러운 미소가 번졌다. 그윽한 눈으로 황재하를 바라보며 작은 소리로 말했다. "아무 일도 아니다. 그저 기다림이 무료해 네가 날 잊을까 봐 걱정이구나."

황재하는 자신도 모르게 손을 들어 가볍게 이서백의 어깨를 때렸다. "그런 소리 마세요."

이서백은 웃으며 그 손을 붙잡고 가만히 황재하를 바라보았다. 이서백의 손바닥이 황재하의 손목을 타고 서서히 미끄러져 내려가더니 황재하의 손가락 사이사이로 손가락을 끼워 넣어 손깍지를 했다.

황재하의 손목에 걸린 두 개의 팥알이 두 사람의 손목 위에서 가볍게 부딪혔다.

둘은 더 이상 아무 말도 하지 않고 그저 손을 맞잡은 채 낙엽이 떨어지는 거리를 천천히 걸었다. 아무도 없는 적막한 가을 길 위, 두 사람은 알지 못하는 방향으로 걸어 나갔다.

주자진은 행동파였다.

다음 날 곧바로 면지를 만들어 왔다. 제일 큰 병 하나는 황재하에게 주고, 친척 자매들에게 나눠주라며 작은 병도 열 개 넘게 가져오고, 미무에게도 한 병 챙겨주었다.

황재하는 손바닥에 덜어 먼저 손등 위에 살짝 발라보았다.

주자진은 황재하의 새하얀 손목 위에 금실로 엮인 팥 두 알이 걸려 있는 것을 보았다. 하얀 손목 위, 검붉은 팥알이 유난히 눈에 띄었다. 그 모습이 순간 눈부실 정도로 매혹적이어서 주자진은 황재하의 손목에서 한참 동안 시선을 떼지 못했다.

황재하는 소매를 걷어 올린 뒤 뒤돌아서 면지를 찍어 바르며 물었다. "양고기 아가씨는 계화 향을 좋아하던가요?"

주자진은 그제야 정신을 차리고는 살짝 실망한 목소리로 말했다. "오늘은 나오질 않았더라고. 다른 사람한테 그 아가씨 사는 곳을 물어보긴 했는데…… 그렇다고 가져다주기도 좀 그렇고……."

주자진을 등지고 있던 황재하는 저도 모르게 고개를 숙이며 웃음을 터뜨렸다. 주자진도 부끄러워할 때가 있다는 사실이 신기할 따름이었다.

"아, 맞다, 숭고. 중추절에 벌어졌던 사건 말이야, 그건 이미 종결됐어. 그리고 내가 아버지랑 상의해봤는데, 여자 포두는 확실히 전례가 없긴 하지만, 우리가 특별히 너를 여자 포두로 뽑을 수는 있어. 너는 우리를 도와 사건을 해결해주고, 관아는 매달 네게 은자를 내려줄 거야. 어때?"

"어떻긴 뭐가 어때!" 황재하가 미처 대답하기도 전에 누군가가 안으로 뛰어 들어오면서 노발대발 주자진의 말을 끊었다.

황재하의 숙모였다. 황재하는 곧바로 일어나 숙모를 향해 예를 갖추었다. 노기등등한 숙모의 얼굴을 보며 황재하가 공손히 물었다. "숙모님, 혹 분부할 일이라도 있으신지요?"

숙모는 주자진을 노려보고는 소매를 펄럭이며 자리에 앉았다. "훌륭하신 조카님께 내가 어찌 감히 분부라는 걸 하겠느냐? 황 가의 체면이 너 하나 때문에 바닥으로 떨어졌는데, 우리가 무슨 할 말이 있다고?"

황재하는 변명할 생각도 없이 가만히 서서 숙모의 훈계를 들었다.

"엄연한 처자가 어찌 하루 종일 포졸이니 잡역이니 하는 치들과 한데 어울려 다니는 것이냐. 전에야 네 아버지가 곁에 계시고 사람들도 다들 너를 사군부의 딸로 존중하고 귀하게 여겨주니 그냥 두었다만, 지금은 네 부모도 다 세상을 떠나고 없고 왕 가의 예비 며느리 신분이지 않느냐. 얌전히 집에서 혼례 날만 기다리면 될 것을, 어찌 그런 흙탕물에 자꾸 발을 들이는 게야? 그러니…… 그러니 벌써부터 왕 공자가 혼약을 물리려고 장안에 계신 부모에게로 돌아갔다는 말이 나돌지 않느냐!"

"어디서 들은 소식이에요?" 황재하는 잠시 생각해보다가 그 출처를 눈치챘다. 이서백이 틀림없었다. 혹여나 왕온이 후회할까 봐 먼저 모든 가능성을 끊어놓은 것이다. 정말 철저한 사람이었다.

그 내막을 모르는 주자진은 펄쩍 뛰며 소리쳤다. "뭐라고요? 왕온, 이 나쁜 놈. 감히 혼약을 물려? 장안에 돌아가서 숭고와의 혼약을 깰 거란 말이지? 어디 그래보라지. 내가 쫓아가서 얼굴에 멍이 들도록 흠씬 두들겨줄 테니까!"

"아니, 그 원흉은 주 포두가 아니었던가?" 황재하의 숙모는 노기등등하여 눈을 부릅뜨고 주자진을 째려보았다. "재하가 전국에 수배령이 내려진 상황에서도 왕 가는 일절 파혼 얘기를 꺼내지 않았는데, 어찌 누명을 벗은 지금 갑자기 파혼 얘기가 나오는 거냔 말일세. 그게 다 주 포두가 우리 조카에게 사건 조사를 맡겨서 그리 된 거 아니냔 말이야. 양갓집의 이 아리따운 규수를 주 포두가 허구한 날 끌고 다니면서 무시무시한 살인 사건들을 조사하게 시키니, 아니 어느 집 낭군이 그런 걸 참고 보겠는가?"

주자진 역시 순순히 물러설 사람이 아니어서 즉시 반격에 나섰다. "숙모님께서 모르시는 게 있습니다! 왕 공자는 장안에 있을 때도, 가장 흠모했던 것이 숭…… 재하 아가씨의 용의주도한 성격과 귀신같은 추리력이었다고요. 게다가 저희가 사건 현장을 조사하러 갈 때 도와준 적도 있고요. 그런데 어떻게 그런 이유로 파혼을 한다는 말씀입니까? 분명히 다 헛소문일 겁니다. 절대 믿을 수 없어요!"

"흥……. 왕 공자가 이미 성도를 떠났다는데, 아니긴 뭐가 아니야! 전에 우리 집안에 몇 번이나 찾아와서 늘 조카의 일은 걱정 말라고 우리를 안심시키던 사람이었는데, 지금은 어떤가? 며칠 전만 해도 곧 찾아와서 혼사를 논하겠다고 말하더니 돌연 취소하고는 장안으로 돌아가면서 우리에게 한마디 언질도 없고, 이게 다 어찌된 일이겠는가?"

주자진이 목을 꼿꼿이 세우고 말했다. "그야 당연히 왕 형이 이별하는 슬픔이 두려워서, 재하 아가씨를 두고 도저히 발길이 떨어지지 않을 거 같아 그런 거죠. 그래서 하는 수 없이 석별의 정을 억누르고 말없이 떠나기로 한 거 아니겠습니까!"

황재하의 숙모는 그저 보통 사람이었고, 그에 반해 주자진의 억지 부리는 실력은 당초 장안에서도 그 적수를 찾아볼 수 없을 정도가 아니었던가. 그러니 어찌 주자진을 이기겠는가? 숙모는 그저 씩씩거리며 아니꼬운 듯 흥 하고 콧소리를 내고는, 휙 몸을 돌려 자리를 뜨며 한마디 던졌다.

"재하야, 만일 이번 혼사가 정말로 틀어지게 된다면, 앞으로는 언행과 몸가짐에 신경을 많이 써야 할 것이야."

주자진은 숙모의 등에 대고 익살스러운 표정을 짓더니 다시 황재하를 돌아보며 말했다. "숙모님 말씀은 신경 쓰지 마! 전에 내가 자주 어림군에 가서 밥을 얻어먹어서 왕 형 성격을 잘 아는데, 그렇게 부드럽고 선량한 사람이 파혼한다고 나서진 않았을 거야! 게다가 그 약혼녀가 다른 사람도 아니고 숭고 너인데, 나는 그냥 봐주고 넘어간다 쳐도 기왕 전하는 절대 용서치 않으실 거야!"

황재하는 주자진의 말에 웃을 수밖에 없었다. "자진 도련님, 면지와 수약 감사해요. 언제 한 번 큰 사건을 해결해드리는 걸로 보답할게요."

"사건 해결하는 방법을 내게 가르쳐주는 건 어때? 난 아무래도 검시 실력은 천하제일인데, 사건을 추리하고 해결하는 건 너무 힘들어." 주자진은 머리를 쥐어 잡고서 괴로워하며 한숨을 쉬었다. "물론, 기왕 전하처럼 관상 보는 실력이 있으면 더 좋겠지. 거리를 지나다가 슬쩍 한 번 보고도 누가, 언제, 어디서, 무슨 일을 했는지, 무슨 죄를 지었는지 다 간파할 수 있을 거 아니야. 그러면 그 사람을 그냥 노려만 보고 있어도 사건이 해결될 텐데……."

황재하는 저도 모르게 헛웃음을 터뜨렸다. "그럼 전하께 관상 보는 법을 가르쳐달라고 해보세요."

"가르침은 무슨, 이미 떠나셨는데. 오늘 아침 일찍 출발하셨어. 설마 너한테 아무 말씀 안 하고 가셨어?"

황재하의 얼굴이 살짝 붉어졌다. "말씀하셨어요."

주자진은 전혀 눈치채지 못하고 그저 뭔가 생각난 듯 울상을 지으며 낮은 소리로 말했다. "맞다, 장 형이 성도부에서 적취 소식 좀 알아봐달라고 부탁하고 갔어. 적취가 여기까지 올 가능성이 있을까?"

황재하도 목소리를 낮추어 말했다. "그야 모르는 일이죠. 여기저기 떠돌다 어느 날 성도까지 오게 될지도요."

"맞아. 이 넓은 천하 어디든 확률은 반반이겠지." 주자진은 그렇게 말한 뒤 다시 바깥으로 고개를 내밀어 이리저리 살피더니 주위에 아무도 없는 걸 확인하고는 소리를 죽여 말했다. "내가 갔을 때 장 형이 짐을 챙기고 있었거든. 이번에는 동천과 서천 각처의 절도사가 호위하고, 전에 있던 친위병 중 일부 돌아온 사람들도 있어서 분명히 조금도 빈틈이 없을 텐데, 장 형이 엄청 노심초사 안절부절못하고 있더라고."

"네." 황재하는 그렇게만 반응하고는 어제 이서백이 헤어지며 했던 말을 떠올렸다. '무슨 소식을 듣더라도 절대 두려워하거나 걱정하지 말거라. 그저 안심하고 기다리면 된다.'

황재하는 눈을 내려뜨고 손목에 낀 마노 팔찌를 천천히 돌렸다. 그러다가 한참 뒤에야 물었다. "장 형이 뭐라고 했어요?"

"아무 말도 안 했지. 그래서 내가 묻고 또 묻고, 계속 매달리니까 겨우……."

주자진은 사람한테 매달리는 실력 또한 만만치 않았다. 황재하도 당해내지 못하는데 장항영은 오죽했겠는가. 시달림 끝에 장항영이 입을 오물거려 겨우 내뱉은 말은, '붉은 동그라미가……'였다.

황재하는 주자진에게서 '붉은 동그라미'라는 말을 듣는 순간 온몸에 한기가 들며 모골이 송연해졌다. 황재하가 급히 물었다. "어느 글자요?"

주자진이 당황하며 되물었다. "어느 글자라니?"

황재하는 그제야 자신의 반응이 지나쳤다는 생각이 들었다. 분명히 주자진은 이 일에 대해 모를 것이다. 황재하는 겨우 마음을 진정시키고 목소리를 가라앉힌 다음에야 입을 열었다. "그러니까…… 그 말 말고 장 형이 더 말한 건 없어요?"

주자진은 고개를 내저었다. "없어. 딱 그 한마디만 하고는 실언했다고 생각했는지 곧바로 입을 닫았어. 내가 계속 그게 무슨 말이냐고 물어보니까, 오히려 장 형이 나한테 더 이상 묻지 말아달라고 사정하더라고. 예전에 기왕부 의장대에서도 규정을 위반해 쫓겨났던 거 알지 않느냐고, 자기가 다시 단서당에 돌아가서 약재나 말리고 사는 걸 보고 싶지 않으면 더 이상 묻지 말아달라고. 장 형이 그렇게까지 말하는데 거기다 대놓고 내가 뭘 더 물어보겠어?"

황재하는 잠자코 있다가 한참이 지나서야 고개를 끄덕였다. 하지만 그뿐, 더 이상 아무 말도 하지 않았다.

주자진이 황재하를 추궁했다. "너도 그 붉은 동그라미에 대해 뭔가 알고 있지? '어느 글자'냐니, 그게 무슨 뜻이야? 또 나한테만 숨기는 일이 있는 거 아니야?"

황재하는 한숨을 쉬었다. "어떤 일들은 모르는 게 차라리 나을 때가 있어요."

"모든 걸 다 알아도 좋고, 아무것도 몰라도 좋아. 하지만 반만 아는 건 정말 참기 힘들다고!" 주자진은 괴로운 얼굴을 하고서 눈이 빠지도록 간절하게 황재하를 바라보았다. "숭고, 조금만 가르쳐줘, 응? 조금이면 돼……."

"반만 아는 것보다 더 참기 힘든 게 바로 조금만 아는 거예요." 황재하는 매정하게 주자진의 청을 거절했다. "괜히 휘말렸다가 득 될 게 하나도 없는 일이에요."

"하지만 너는 알고 있잖아. 너는 이미 그 일에 휘말렸다는 뜻 아니야? 난 상관없어. 우리가 형제로서의 의리를 빼면 시체지. 휘말려도 같이 휘말리는 게 맞아!"

황재하는 천천히 고개를 내저으며 말했다. "네. 전 이미 그 일에 휘말렸어요. 지금 폭풍이 휘몰아치고 있는데, 저를 거기서 밀어내더라고요……. 하지만 그렇다고 제가 발을 뺄 수 있겠어요?"

주자진은 영문 모를 표정으로 황재하를 보았다. 황재하가 무슨 말을 하는지 도저히 이해가 되지 않았다.

문득 황재하가 고개를 돌려 주자진을 향해 미소 지으며 물었다. "도련님, 혹시 돈순각에 들어갈 수 있어요?"

워낙 산만하게 금방금방 화제를 바꾸는 주자진이었지만, 황재하가 예상 밖의 질문을 던지자 입만 벌린 채 멍하니 있다가 한참 후에야 대답했다. "들어갈 수 있지."

"저도 데리고 들어가주세요. 기왕 전하가 묵으셨던 곳을 좀 보고 싶어요."

주자진은 순간 입꼬리를 스윽 올렸다. "숭고, 너무 웃긴 거 아니야? 전하 곁에서 소환관으로 있을 때 기왕부에서 늘 봤잖아?"

황재하가 하는 수 없이 다시 말했다. "좋아요. 그럼 행궁이 어떻게 생겼는지 보고 싶으니 저 좀 데리고 들어가주세요."

"그건 문제없지. 내가 관복 빌려줄게. 가자."

주자진은 여전히 두루두루 발이 넓어 몇 달 사이에 성도의 웬만한 사람들과는 이미 안면을 다 텄다. 돈순각 입구를 지키는 호위병들이 주자진을 보자마자 외쳤다.

"주 포두 나리, 어찌 또 오셨습니까? 아까 아침에도 기왕 전하를 배웅하시지 않았습니까?"

"내가 뭘 두고 나와서 말이야. 들어가서 좀 찾아보겠네."

주자진은 호위병들에게 손을 흔들며 얼굴색 하나 변하지 않고 황재하를 데리고 안으로 들어갔다. 아무도 포졸 복장의 황재하를 제지하지 않았다. 다만 시시덕거리며 한마디 던질 뿐이었다.

"여기 우리 어린 형님은 용모가 참으로 고우십니다."

푸른 소나무 한 그루가 춘화당 대청을 가리고 있었다. 황재하는 춘화당 앞 돌길을 한참 걷다가 옆에서 정원을 손질하던 사람에게 물었다. "기왕 전하께서 계실 때 누가 시중을 들었는지요?"

"원래 전하를 호위하던 이들이 산발적으로 돌아온 뒤로는 대부분 그 호위병들이 시중을 들었습니다."

"그중에 여기 남은 사람이 있나요?"

"한 사람 있습죠. 근육과 뼈를 다치는 바람에 전하를 따라나서지 못했습니다. 마침 촉 출신이었던지라 전하께서 사군께 말씀드려 이곳에 남아 사군부 일을 돕게 하셨습니다. 이미 사군부 명부에 넣은 걸로 압니다."

황재하는 고개를 끄덕이고는 그 사람이 있는 곳을 물어 찾아갔다. 남다른 기백이 엿보이는 스무 살 남짓의 남자였다. 다만 지금은 오른손이 부러진 상태라 더 이상은 병사로 지낼 수 없었다. 황재하도 본 적이 있는 병사로, 이름이 전오였던 것을 기억해냈다.

"양 공공." 황재하를 알아본 전오가 인사를 건넸다.

황재하도 예를 갖추어 인사하고는 은근슬쩍 물었다. "전하께서 제게 남기신 물건은요?"

전오는 순간 당황해하며 말을 더듬었다. "무…… 무슨 물건 말씀이십니까?"

"전하께서 떠나기 전에 남기신 물건요. 나중에 제게 전해주라 분부하셨잖습니까." 황재하는 전오를 바라보며 평온한 얼굴로 말했다.

전오는 입을 벌리긴 했으나 주저하며 쉽게 말하지 못했다. "그게……."

두 사람의 대화를 듣던 주자진은 도무지 무슨 대화인지 종잡을 수 없어 아예 이해하길 포기하고 씨앗이나 까먹으려고 한쪽으로 물러나 앉았다.

"하지만 전하께서 분부하시길, 그 서신은 내년 이맘때에 전해드리라 하셨습니다." 전오는 혼란스러운 표정으로 머리를 쥐어 잡고서 의심스러운 눈빛으로 물었다. "그런데 어찌 지금 가져가려 하십니까? 전하께서 혹 공공께 무슨 말씀이라도 남기셨습니까?"

황재하는 눈 하나 깜빡하지 않고 태연히 말했다. "전하께서 만약 급한 일이 생기면, 제게 남기신 그 서신을 먼저 열어봐도 괜찮다고 말씀하셨어요."

전오가 고개를 내저으며 말했다. "하지만 전하는 내년 이맘때 드리라고 하셨습니다."

"아침에 전하를 배웅하는데, 긴급한 일이 생기고 말았습니다. 장안으로 돌아가시는 길에 필시 엄청난 위험이 도사린 상황이지요. 그래서 전하께서 말씀하시길, 원래는 이곳에 서신을 남겨 나중에 읽어보게 할 생각이었으나, 지금 상황이 매우 위급하니 최대한 빨리 열어보는 게 좋겠다고 하셨습니다."

주자진은 씨앗을 손에 든 채 어리둥절한 표정으로 물었다. "숭고, 너도…… 전하 배웅했어?"

"그럼요. 도련님보다 더 일찍 뵀죠." 황재하는 고개를 돌려 주자진에게 '제발 입 좀 다물라'는 눈빛을 보냈다.

주자진은 고개를 파묻고 다시 씨앗을 까먹으며 더 이상 아무 말도 꺼내지 못했다. 전오는 의연하고 평온한 황재하의 눈빛을 보며 거짓을 말하고 있을 거라고는 전혀 눈치채지 못했다. "알겠습니다, 양 공공. 잠시 기다리십시오." 방으로 갔다가 잠시 뒤 돌아온 전오는 밀봉

된 서신 하나를 황재하에게 건넸다. "이 서신입니다."

봉투 겉면에는 아무것도 적혀 있지 않았다.

"정말 감사해요." 황재하는 서신을 받아들고는 바로 몸을 돌려 바깥으로 걸어 나오며 서신을 뜯었다.

재하에게.

이 서신을 뜯을 때에는, 나는 이미 죽고 없을 것이다.

조정의 비바람은 능히 피할 자가 없구나. 수년을 그렇게 고심하며 살얼음 위를 걷듯 살았으나, 결국 엎질러진 물을 다시 담지 못하는 날이 오고야 말았다. 서산으로 넘어가는 해처럼 왕조의 기운이 미약하니, 이는 내가 구할 수 있는 것이 아니라, 오히려 내가 무너뜨릴 수 있는 것이더구나. 미천한 내 힘으로는 전심전력하여도 천지의 흐름과 조정의 거센 파도를 막아낼 수가 없다.

이처럼 죽기를, 내 10여 년을 기다려왔다. 엎어진 둥지에서 구차하게 살아 있는 것보다, 차라리 덧없는 꿈에서 깨어나는 순간을 정면으로 직시하는 것이 낫다. 내 일생 마음에 담은 것은 원래 없었으니, 나를 둘러싼 그 수수께끼의 정체를 알지 못한 것 외에는 죽어도 아무 여한이 없다. 다만 그 늦은 봄날 너와 만난 이후로 한 걸음 한 걸음 걸어온 그 길은 결국 나를 잊는 데까지 이르더구나. 재하, 너는 내 생의 큰 실수이자 큰 행운이다.

낭야 왕 가는 좋은 선택이 아니다. 내 다음 순서는 분명 왕 가일 것이나, 너는 이미 왕온과 아무런 연결 고리도 없으니, 너의 혜안으로 다른 좋은 인연을 찾을 수 있을 것이다. 충분히 뜻대로…….

서신을 미처 다 읽기도 전에 순간 눈앞이 아득해지며 암흑이 찾아들었다. 이서백의 깔끔하고 아름다운 서체가 마치 연기처럼 눈앞에서 사라졌다. 황재하는 두 다리에서 힘이 빠져 휘청이며 뒤에 있는 커다란 측백나무에 몸을 기댔다.

"……숭고?"

걱정스러워하는 주자진의 목소리가 황재하의 귓가에 들렸다.

황재하는 눈앞이 캄캄해 아무것도 보이지 않아 손에 든 서신을 되는대로 대충 접어 품속에 챙겨 넣었다. 그러고는 망연자실한 목소리로 주자진을 불렀다. "자진 도련님……."

"왜? 나 여기 있어." 주자진이 얼른 대답했다.

"저…… 현기증이 일어서요." 잠시 후 어지럼증이 가신 황재하는 벽을 짚고 천천히 난간 쪽으로 걸어갔다. 기둥에 기대어 난간 위에 걸터앉은 뒤 손을 들어 이마를 짚으며 말했다. "기혈이 부족한 듯해요. 이렇게 조금 앉아 있으면 괜찮아질 거예요."

주자진은 자신의 머리를 탁 치더니, 곧바로 옆에 있던 누각으로 뛰어가 접시 위에서 깨강정 두 개를 집어 황재하에게 갖다주었다. "기왕 전하 안 계신다고 사탕 들고 다니는 거 까먹으면 안 돼."

"그렇게까지 약한 건 아니에요……. 근래엔 이리저리 전하를 따라 뛰어다닐 일도 없었고요." 황재하는 깨강정 하나를 집어 천천히 입에 넣고는 한참을 멍하니 회랑에 앉아 있었다.

눈앞에 있는 소나무의 가지들이 구불구불한 뱀으로 변하고, 빼곡한 잎은 음침하게 드리운 검은 그림자로 보였다. 가지런히 잘 정리된 원림이 백 년 동안 방치된 행궁으로 퇴화되었다.

황재하는 순간 조정이란 얼마나 무서운 곳인지 깨달았다.

주자진은 옆에서 걱정스러운 표정으로 황재하를 보며 물었다. "숭고, 괜찮아?"

"괜찮아요……." 황재하는 무릎을 구부리고 얼굴을 팔꿈치에 파묻은 채 잠시 엎드려 있다가 주자진에게 물었다. "도련님, 저랑 같이 부모님 묘에 가줄 수 있어요?"

황 사군의 묘에는 가느다란 잡초가 자라나 있었다. 강인한 생명력의 잡초는 어디든 흙만 있으면 사계절 내내 고개를 삐죽 내밀고는, 사람들이 자신들의 존재를 소홀히 여기기를 기다렸다가 쑥쑥 자라난다.

주자진은 무덤 앞에서 절을 한 뒤 성심으로 기도했다. "재하 아가씨의 아버님, 어머님, 형님, 할머님, 그리고 숙부님……. 지난번에는 귀찮게 해드려서 죄송합니다. 분명 다 이해해주시리라 믿습니다! 아무튼 끝내 재하 아가씨가 진범을 잡았습니다. 그리고 저도 어느 정도는 일조를 했습니다……."

황재하는 주자진은 신경 쓰지 않고 곧바로 무덤 앞에 꿇어앉아 멍한 얼굴로 비문에 쓰인 글자를 보았다. 비석 위에는 어느샌가 황재하의 이름이 새겨져 있었다.

효녀 황재하

늘 화기애애했던 일가족이, 이제는 황재하 한 사람만 남았다.

황재하의 시선이 바로 앞에 있는 묘를 넘어 뒤쪽의 볼품없는 작은 무덤으로 향했다. 무덤 앞에 비석이 세워져 있었다.

우선의 묘

그 외의 다른 글자는 없었다.

황폐한 한 줌의 흙 속에 황재하가 세상에서 처음으로 사랑했던 남자가 묻혀 있었다. 무덤 속의 사람이 생전에 어떠한 풍모와 자태를 지녔는지, 어떤 삶을 살았는지 아무도 모를 것이다. 그 사람이 황재하의 소녀 시절을 얼마나 아름다운 환상으로 만들어주었는지는 더더욱 아는 이가 없으리라.

지금 그 환상은 깨어졌고, 황재하는 우선과 영원한 이별을 나누었다. 그리고 더없이 고통스러운 길 하나가 황재하 앞에 놓였다. 이서백은 자신이 홀로 모진 역경을 헤치고 다시 돌아올 때까지 황재하가 이곳에서 가만히 기다리길 원했다. 그러나 황재하는 잘 알고 있었다. 자신은 다가올 운명을 가만히 앉아서 기다릴 사람이 아니라는 사실을 말이다.

세상사는 본시 풍파가 끊이지 않는 법. 조정에 비바람 불고, 천하가 기울고 있었다. 하지만 황재하가 가장 견디기 힘든 것은, 이 비바람을 그 사람과 손잡고 나란히 헤쳐 나갈 수 없다는 사실이었다. 그것은 살아도 사는 것이 아니며, 결코 황재하가 원하는 삶도 아니었다. 황재하는 아랫입술을 깨물며 가족들의 무덤 앞에 깊이 허리 숙여 세 번 절을 올렸다.

황재하는 내내 침묵을 지켰다. 주자진은 황재하가 왜 그러는지 알수 없어 그저 의아한 눈빛으로 바라보기만 했다. 황재하가 왜 갑자기 눈물을 흘리는지도 주자진은 알 수 없었다.

뭇 산이 망망하게 펼쳐지고, 긴 길이 끊임없이 이어졌다.

앞에 놓인 길은 마치 끝이 없는 듯, 가고 또 가도 하염없이 길게 이어졌다. 끝을 알 수 없는 길을 향해 나아가면서, 장안에 가까워질수록 이서백의 불안한 감정은 더해져만 갔다.

유리병 속 물고기는 오랜 여정에 지쳤는지 바닥에 깊게 가라앉아 한동안 기척이 없었다. 이서백이 손을 뻗어 유리병을 가볍게 튕기자 힘없이 꼬리만 몇 번 흔들 뿐, 별로 상대하고 싶지 않은 눈치였다.

마차 창 너머에서 비춰 들어오는 색상들은 갈수록 더 따뜻한 빛을 냈다. 붉은빛, 노란빛 낙엽들이 우수수 떨어졌다. 창 가림막을 젖히자 자그마한 붉은 잎 하나가 날아 들어와 이서백 위로 내려앉았다. 낙엽을 집어 든 이서백은 성도의 적막한 길에서 황재하와 헤어지던 때를 떠올렸다. 그때도 붉은 낙엽 하나가 황재하의 머리카락 위로 떨어졌다.

황재하는 분명 몰랐을 것이다. 이서백이 황재하를 품에 안았을 때, 머리카락 위로 떨어진 그 낙엽을 몰래 집어서 가져갔다는 사실을 말이다.

이서백은 탁자 위의 서책을 들어 낙엽이 꽂혀 있는 곳을 펼친 뒤 좀 전의 그 낙엽도 함께 끼웠다. 나란히 붙어 있는 붉은 낙엽 두 장은 더없이 친밀해 보였다.

황재하는 지금 뭘 하고 있을까. 가을 오후 창가에서 깊이 잠들어 있진 않을까. 아름다운 꿈속에 한창 빠져 있는 건 아닐까.

그런 생각을 하며 이서백의 입가에 절로 미소가 지어졌다. 한편으로는 시간이 흘러 황재하가 더 이상 기다리지 않으면 어쩌나, 왕 가와의 혼약을 깨뜨렸다고 마음속으로 원망하고 있지는 않을까 하는 생각도 들었다.

하루 또 하루 여정이 이어진 끝에 창밖으로 익숙한 풍경이 펼쳐지기 시작했다. 장안 외곽의 산세는 다른 지방들보다 더 웅장했다. 첩첩이 이어지는 산과 여덟 강줄기가 장안을 둘러쌌다. 청산벽수의 호위를 받으며 천하에서 가장 번화한 이 도시는 대당 왕조의 억만 백성이 찾아드는 땅이 되었다.

성 밖 거처에서 하룻밤을 묵은 뒤, 동천군과 서천군은 성 밖에 머무르고 기왕의 마차는 해 뜰 무렵에 장안성 안으로 들어갔다.

익숙한 마차의 모습을 본 관리들과 백성들은 분주하게 소식을 전했다……. 기왕 전하가 돌아오셨다!

그 소식에 각 부의 관원들은 거의 눈물이 그렁그렁할 정도로 흥분하며 반겼다. 마치 눈앞에 산처럼 쌓인 공문서들이 신속하게 사라지는 광경을 이미 보기라도 한 것처럼 말이다.

이서백의 마차가 영가방에 도착하기도 전에 왕부 대문 앞에는 이미 수많은 사람이 당도해 있었다. 익숙한 방울 소리가 울리자 사람들은 환호하며 분연히 앞으로 나아가 기왕을 뵀다. 공부 상서 이용화는 모든 사람을 밀치고 앞으로 나와 거의 울먹이는 목소리로 말했다. "전하, 드디어 돌아오셨습니까! 폐하께서 성 외곽에 120개의 불탑을 세워 법문사 불사리를 모시라 하셨는데, 어찌하면 이를 지을 수 있을지 전하께서 가르침을 내려주십시오."

최순잠이 이용화를 밀치며 황급히 말했다. "전하, 경조윤 온장의 뇌물 수수 사건을 대리사에서 심리하고 있습니다. 전하께서 보시기에는……."

"호부의 금년 세본(稅本)입니다. 전하께서 좀……."

…….

시끌벅적 소란스러운 가운데 드디어 이서백이 마차에서 내렸다. 워낙 키가 큰 이서백인지라 눈앞의 사람들을 한눈에 훑어보았다. 사람들은 이서백이 이미 자신을 보았다는 생각에 안심이 되었는지 순간 조용해졌다. 그리고 손에 든 공문서들을 이서백에게 내밀었다.

하지만 이서백은 문서는 받아들지 않고, 시종들을 시켜 길을 튼 뒤 왕부 문을 향해 걸어가며 말했다. "본왕은 먼저 좀 씻고 옷을 갈아입어야겠으니, 대청에서 기다리고 있으면……."

여기까지 말하던 이서백은 갑자기 대문 앞에 우뚝 멈춰 서더니, 멍하니 넋을 잃은 표정을 지었다.

사람들은 기왕이 대체 무엇을 보았는지는 몰랐지만, 하던 말까지 멈춘 채 멍한 표정으로 꿈쩍 않고 선 모습을 보고 더 이상 찍소리 하지 못했다. 다들 고개를 쭉 빼고 대문 안을 기웃거리며, 대체 뭐가 있기에 평소 태산이 무너져도 표정 하나 바뀌지 않을 기왕이 이렇게 넋나간 표정을 짓는지 궁금해했다.

다시 정신을 차린 이서백은 대문 안으로 들어선 뒤 곧바로 몸을 돌려 사람들을 향해 말했다. "오늘은 몹시 피곤하니 다들 돌아가는 것이 좋겠소. 모든 업무는 내일 다시 논의하도록 하겠네."

"전하, 목숨이 달린 일입니다! 온장 건은 어떻게……."

"전하, 120개의 불탑을 지어야 합니다! 저희 공부 사람들의 목이 달렸습니다……."

"전하, 한 번만 살펴봐주십시오……."

이서백은 아무것도 들리지 않는 듯 사람을 시켜 문을 닫게 했다.

대문 안 돌층계 위에 선 이서백은 조벽 앞에 서 있는 가녀린 형체를 응시했다.

황재하였다. 노란색 치마를 입고, 간단히 틀어 올린 머리에는 이서백이 선물한 비녀를 꽂고 있었다.

창백한 얼굴에 살짝 볼우물이 팬 황재하가 미색 조벽 앞에 서 있었다. 황재하는 이서백의 두 눈에서 세상에서 가장 밝은 별 한 쌍이 빛나는 것을 보았다. 이서백의 눈 속에 비친 모든 것이 찬란한 광채를 발했다.

이서백은 한 걸음 한 걸음 천천히 계단을 내려와 황재하에게 다가갔다.

바람 속에서 황재하의 노란 치마가 조금씩 펄럭이고, 검은 머리카락이 흩날렸다. 황재하가 미소 짓자 이서백의 두 눈에서 반짝이던 별이 가볍게 동요했다.

이서백의 가슴을 돌던 숨결도 덩달아 어지럽게 흩어져 호흡마저 거칠어졌다. 가슴속 피가 거꾸로 솟아오르며 추워졌다 더워졌다를 반복했다. 이서백은 지금 자신이 느끼는 감정이 기쁨인지 슬픔인지 분간되지 않았다.

이서백은 황재하와 두 걸음 정도 떨어진 거리에 멈춰 서서 물었다. "왜 온 것이냐?"

황재하는 고개를 들어 이서백을 올려다보았다. "전하 일행은 사람도 많고, 오는 동안 여러 고장에서 연회가 열려 저보다 늦게 도착하셨을 테지요. 저는 그제께 도착해서 벌써 이틀이나 쉬었습니다."

황재하가 화제를 돌렸지만, 이서백은 말려들지 않았다. "성도에서 안심하고 기다리고 있으라 하지 않았더냐?"

"어떻게 기다립니까? 내년 가을까지 기다렸다가 전하의 마지막 편지를 받으라고요?" 황재하는 긴 한숨을 쉬었다. 얼굴에는 여전히 미소를 띠었으나 두 입술은 미세하게 떨리고 있었다. 호흡을 고르는 것도 쉽지 않아 보였다. "물론 전하께서 모든 일을 잘 처리하시고 무탈하게 돌아오시리라는 것은 저도 압니다. 하지만…… 제가 인내심이 그리 좋지 않아서요. 게다가 손에 아무것도 없이 그냥 기다리는 것보다는 뭐라도 붙잡고 있는 걸 더 좋아합니다……. 제 손에 쥐고 있어야 안심할 수 있다고요."

황재하의 웃는 얼굴은 무척이나 고집스러우면서도 찬란하게 아름다웠다. 가을날의 석양이 황재하의 얼굴을 비추자 온 세상이 황홀한 빛으로 물드는 기분이었다. 순간 이서백은 금빛으로 빛나는 황재하의 얼굴을 똑바로 쳐다보지 못했다. 눈이 시큰거렸다.

모든 것을 뒤로한 채 홀로 나푸사를 타고 수많은 강산을 건너왔을 황재하의 모습이 눈에 선하게 그려졌다. 이서백은 순간 목이 메여 아무 말도 하지 못하고 그저 손을 들어 황재하의 얼굴을 살며시 어루만졌다. 마치 꿈속의 형상을 어루만지는 듯, 눈앞에 황재하가 있다는 사실이 믿어지지가 않았다.

늘 냉정하고 침착하던 이서백의 목소리가 이때만큼은 결국 떨리고 말았다. "하나…… 지금의 형세가 내게 얼마나 위험한지 알고 있느냐?"

이서백은 늘 가지고 다니던 구궁 자물쇠 상자를 시종에게 들고 있게 한 뒤, 그 속에서 종이를 꺼내 황재하에게 건넸다. 여정 내내 몇 번이나 펼쳐보았던 그 저주의 종이를.

보일 듯 말 듯한 기이한 무늬가 있는 두꺼운 미황색 종이에 '환잔고독폐질' 여섯 글자가 적혀 있고, 이미 모든 글자에 핏빛 동그라미가 그려져 있었다. 그리고 또 하나, 여섯 글자 밑으로 붉은색이 스며든 듯한 옅은 글자가 하나 보였다.

　망(亡)

불길한 부적 위에 있는 듯 없는 듯 은은하게 나타난 글자를 바라보며 황재하는 순간 몸서리치게 놀랐다. 한참 그 글자를 응시하다 다시 고개를 들어 이서백을 바라보는 황재하의 얼굴에는 뜻밖에도 옅은 미소가 드리워 있었다.

황재하는 손을 들어 이서백의 손을 잡았다. 그리고 이서백이 자신의 손을 잡았던 때처럼 깍지를 끼고는 부드러운 미소를 보이며 말했다. "제가 말씀드렸잖아요. 전 영원히 전하 곁에 있을 거라고요."

이서백의 가슴속에서 어지럽게 끓어오르던 피가 마침내 제방을 무너뜨렸다. 더 이상 황재하를 돌려보낼 힘이 없었다. 이서백은 아무것도 생각하지 않고 그저 황재하를 힘껏 끌어안았다. 다소 거칠게 느껴질 정도로 강한 힘이었다. 황재하는 이서백의 떨리는 몸과 가빠지는 호흡을 느꼈다. 마치 아직 세상의 때가 묻지 않은, 어쩔 줄 몰라 당황하는 소년 같았다. 황재하는 평소 늘 냉담하고 침착하기만 하던 이 남자를 살짝 놀려주고 싶었으나, 입을 열고 입꼬리를 끌어올리기도 전에, 눈에서 뜨거운 눈물이 먼저 솟구치며 흘러내렸다.

황재하는 이서백의 품에 얼굴을 묻은 채 자신의 눈물이 이서백의 비단옷에 스며들도록 가만히 내버려두었다.

장안의 깊은 가을날, 금빛 석양이 드리우고 흐드러지게 핀 국화꽃 향기가 기왕부의 모든 누각을 뒤덮었다. 이 순간의 평안과 고요는, 어쩌면 두 사람에게 남은 마지막 평온일지도 몰랐다.

3장
천하가 무너지다

대명궁의 화려하고 웅장한 전각도 떨어지는 홰나무 낙엽에 가을빛이 물씬 풍겼다.

황재하는 또다시 이서백을 따라 자신전을 밟게 되었다.

이서백은 촉의 현재 상황을 간략히 보고하고 각지에서 보내온 공물을 바쳤다. 황제는 여전히 상냥한 미소를 띠었으나, 살이 올라 두툼하던 아래턱이 지금은 조금 말라 보였다. 동창 공주의 죽음으로 이루 말할 수 없는 슬픔에 잠겼던 터라 황제와 곽 숙비 모두 적잖이 살이 빠진 듯했다.

"얼마 전 중양절에 형제들이 다 같이 궁에 모여 연회를 가졌다. 넷째만 자리에 없어서, 일곱째가 왕유의 시구를 읊었단다. '모두 수유 꽃을 머리에 꽂는데 한 사람이 빠졌구나.'" 황제는 손으로 구슬 팔찌를 쓰다듬으며 웃는 얼굴로 말했다. "짐이 쌍궐(雙闕)을 새로 지었는데 아직 보지 못했겠구나."

"쌍궐을 지으셨습니까?" 이서백은 진작 소식을 들었지만 모르는 척 물었다.

"그래. '구름 속 황성에 있는 두 봉궐'[5] 말이다. 대명궁을 들어오면 제일 처음으로 보이는 게 함원전과 상난각, 서봉각인데 너무 오래되어서 새롭게 지으라 명하였다. 함원전이 새롭게 변했으니 넷째도 가서 보면 분명 감탄할 것이다."

이서백은 고개만 끄덕일 뿐 다른 말은 하지 않았다. 이미 촉에 있을 때 저보(邸報)[6]를 통해 함원전과 쌍궐이 원래보다 훨씬 호화롭게 중수(重修)되었다는 사실을 접했다. 들보는 침향목, 기둥은 금사남목으로 했으며, 곳곳에 금박과 금칠을 하는 데 황금 수천 냥이 들었고, 진주 수백 곡에, 무소뿔과 각종 보석이 사용되었다. 후에 공부의 동쪽 벽을 허물고 여기 서쪽 벽을 보수했는데, 지금까지도 마무리되지 못했다.

하지만 황제는 흥분을 감추지 못하고 말했다. "금년 동지에 대제를 지낸 후 새롭게 꾸민 쌍궐에 모여 다 같이 술 한잔 하자꾸나. 거기에 아름다운 가무까지 있으면 필시 대명궁 역사에 길이 남을 우아하고 화려한 순간이 될 것이다."

"맞는 말씀이십니다. 그런데 이 공사에 소모되는 비용이 상당한 것으로 압니다. 어제 공부에서 저를 찾아와 말하길, 불사리를 모시기 위해 120개의 불탑을 짓는다 하던데, 그 또한 꽤나 어려움이 있는 것 같았습니다."

이서백의 말에 황제는 미간을 찡그리더니 턱수염을 쓰다듬으며 말했다. "이용화가 일을 못해서 그렇지. 공부에서 그렇게나 많은 돈을 관리하면서 불탑 120개를 못 짓는단 말이냐?"

"금년에는 공사가 많았습니다. 연초에 건필궁을 지었고, 연중에는

---

5 왕유의 시 속 한 구절.
6 당시 나라에서 발간하던 관보.

공주의 묘를 지은 데다 얼마 전에는 또 쌍궐 공사까지 있었으니, 여기서 불탑까지 지으려면 재정적으로 곤란한 지경에 이르지 않을까 염려됩니다."

황제가 탄식하듯 말했다. "넷째야, 요 근래 짐은 마음이 많이 불안하다. 당시 나의 운이 트이는 것을 예지라도 한 듯 영휘가 처음으로 입을 열어 한 말이 바로 '살았다'였지. 그런데 지금 그 아이가 세상을 떠났지 않느냐. 짐은…… 자식을 먼저 떠나보내고 나니 마음이 참으로 풍전등화와 같다. 내가 언제까지 살 수 있을지, 내일이라는 게 있긴 있을지 어찌 알겠느냐."

"폐하께서는 이제 한창 시절이시지 않습니까. 어찌 벌써 이러한 탄식을 하신단 말입니까? 조정과 사직이 여전히 폐하만을 바라고 있사오니, 부디 그런 외롭고 처량한 마음은 거두시옵소서. 소신 생각에는 굳이 불사리를 모시지 않으셔도 될 듯합니다."

"불사리는 반드시 모셔야 한다. 내가 살아서 그걸 보아야 죽어도 여한이 없을 것이야." 황제는 고개를 내저으며 단호한 투로 말했다. "그럼…… 넷째야, 너는 고금의 경서와 역사를 두루 알고 있으니, 네 생각에 구구 팔십일, 여든한 개 불탑은 어떻겠느냐?"

"구구귀일(九九歸一), 돌고 돌아서 결국 원점으로 돌아간다. 이 또한 좋은 숫자군요." 이서백은 그렇게 말하고는 저도 모르게 미간을 찡그리며 다시 말했다. "하지만 폐하, 만약 불사리를 꼭 모셔야겠다면, 소신 생각에 가장 중요한 것은 마음이지 않을까 싶습니다. 불가에서는 십이연기설(十二緣起說)을 말하지 않습니까. 폐하께서도 열두 개의 탑을 지으시면 충분하다 생각되옵니다. 혹은 세 개의 석탑만 지어도 좋습니다. 불가의 세 가지 보배인 불법승(佛法僧), 혹은 각정정(覺正淨)을 의미할 수 있으니 이 또한 굉장히 적합한 수라 여겨집니다."

"넷째는 참으로 짐의 신심 깊은 마음을 헤아리지 못하는구나. 그리

적은 숫자가 어찌 적합하다는 말이냐?" 황제는 불쾌해하며 그만 물러가라고 손을 내저었다.

이서백이 몸을 일으켜 문 앞까지 물러나왔을 때, 황제의 목소리가 다시 들렸다. "일흔두 개로 하지. 불탑 안에 불가의 72향을 피워도 좋을 것 같군."

"앞서 불사리를 모신 것이 원화 14년 때의 일이니까, 벌써 50년이 흘렀네요."

악왕부에서 이서백에게 차를 따르던 이윤이 흥분하며 말했다. "당시에도 전례가 없을 정도로 성대했다던데, 이번에도 그렇겠죠? 듣기로 도성 안 백성들은 이미 불사리를 맞을 준비를 하느라 앞다퉈 향촉을 사놓는다고 하더라고요."

이서백은 이윤이 새로 끓여준 차를 받쳐 들고서 천천히 물었다. "일곱째야, 너도 이 일을 들어봤는지 모르겠구나. 법문사에서 불사리가 나오던 그날, 한 노파가 어린 손녀를 데리고 법문사 밖에서 기다리다가, 불사리가 나오자 그 어린 손녀의 몸에 수은을 들이부어 아이의 몸을 공양으로 바친 일이 있었지."

이윤은 순간 차가운 숨을 들이마시고는 눈을 크게 뜨며 말했다. "하지만…… 불법이 심오하여 많은 신도가 있으니 개중에는 그렇게 광적으로 변하는 이도 있지 않겠습니까. 그저 불법으로 보우받기를 구할 뿐이지요."

"민간의 불자들은 원래 이 정도까지는 아니었으나, 백성들의 본보기가 되어야 할 황실이 친히 불사리를 모시니 화근이 될 수밖에 없지 않느냐. 국력은 국력대로 쏟아붓고, 어리석은 백성들은 광적으로 변하니, 좋은 점이 어디 있단 말이냐?" 이서백은 고개를 저으며 말했다. "당시 한유는 불사리를 모시는 일을 놓고 간언을 올렸다가 좌천당하지 않았느냐, 아무래도 작금의 조정에서도 누군가 한 사람이 앞장서서 이 일을 말려야 할 것이야."

"형님, 절대 어리석은 일은 하지 마십시오!" 이윤이 급히 말했다. "폐하는 동창이 죽은 뒤 매번 악몽을 꾸신다고 합니다. 지금 불사리를 궁중에 모시려는 것도 다 액운을 없애기 위해서이지요. 폐하께서 이미 결심하신 일은 아무도 막을 수 없습니다!"

이서백은 고개를 끄덕이긴 했으나, 가타부타 말이 없었다.

이윤은 차를 마시며 이서백의 기색을 살폈다. 이서백이 더 이상 그 일을 언급하지 않자 그제야 마음을 놓고는 고개를 들다가 황재하를 보고 나지막이 탄성을 내뱉었다. "아니, 형님께서 드디어 시녀를 곁에 두기로 하셨습니까?"

황재하가 이윤을 향해 고개 숙여 예를 취했다.

"어디서 본 것 같은데……." 여기까지 말한 이윤은 순간 "아" 하고 외치더니 자신의 머리를 탁 쳤다. "양숭고! 최근 장안에 소문이 돌았지. 황재하가 소환관으로 위장하고 있었는데, 기왕 전하가 남쪽으로 내려가 황재하 집안의 사건을 해결해주었다고 말이야. 세간의 이야기꾼들은 벌써부터 노래를 만들어 부르고 있다지!"

황재하는 고개를 숙이고 말했다. "전에는 감히 신분을 드러낼 수 없어 뜻하지 않게 악왕 전하를 속였습니다. 부디 용서해주시옵소서."

"용서는 무슨. 나도 몇 해 전에 왕온을 데리고 입궁해 널 본 적이 있으면서도, 그리 여러 번을 만나고도 알아보지 못했으니, 그 고운 용모와 자태를 알아보지 못한 내 탓 아니겠느냐." 이윤은 황재하에게도 자리를 권한 뒤 친히 차를 따라주었다. 그러고는 의아해하며 물었다. "한데, 왕온도 이미 장안에 돌아오지 않았는가? 어찌 아직 형님 곁에서 시중을 들고 있는 것인지?"

황재하는 묵묵히 차만 마시고, 이서백이 대신 입을 열었다. "양숭고는 제 손으로 친히 수결하고 기왕부에 정식으로 등록된 말단 환관이다. 비록 그 신분이 바뀌었다 해도 내가 허락지 않는 한은 떠날 수 없는 것 아니냐."

황재하는 짐짓 이서백에게 그 '뻔뻔함'을 질책하는 듯한 눈빛을 보냈다. 그리고 이서백의 이런 모습을 처음 본 이윤은 그저 어안이 벙벙하여 찻주전자에 물을 더 넣는 것조차 까먹었다.

황재하는 소매 속에서 금낭 하나를 꺼내어 살며시 이윤 앞에 놓아주었다. "악왕 전하, 이 물건을 원래 주인께 돌려드립니다."

"무슨 물건?" 이윤은 의아해하며 금낭을 열어 안에 든 물건을 꺼내 보았다.

매끄럽게 빛나는 옥팔찌였다. 옥 표면이 미세한 빛을 발해 마치 얇은 연기 층이 팔찌를 휘감고 있는 것처럼 보였다. 이윤은 아무 말 없이 팔찌를 손에 꼭 쥐었다. 이윤의 손이 움직일 때마다 옥의 빛깔이 변하여 오색찬란한 빛깔을 만들어냈다.

이윤은 한참을 멍하니 팔찌를 들여다보다 물었다. "아원이…… 이걸 내게 돌려주라 하던가?"

이서백이 천천히 고개를 끄덕이며 말했다. "그 여인이 죽기 전에 네게 돌려주라며 공손 부인에게 부탁했다."

"죽기 전에요……?" 이윤은 순간 고개를 번쩍 들고는 눈을 휘둥그렇게 뜨며 물었다.

"황재하가 사건을 해결한 이야기를 들었다면, 어느 기녀의 죽음이 사건 해결의 단초가 되어주었다는 얘기도 들었을 텐데?"

이윤은 멍하니 이서백을 바라보다가 그제야 상황을 이해했다. 미간의 검붉은 점이 창백한 얼굴에서 유난히 더 진하게 보였다. 이윤의 손에서 찻잔이 미끄러지더니 검푸른 돌바닥 위로 떨어져 산산조각 났다. 청록색 찻잎이 바닥에 흩뿌려졌다.

이서백이 가볍게 한숨을 쉬었다. "일곱째야, 일단 팔찌는 잘 챙기거라. 태비의 유품이니 원래 주인에게 돌아가는 게 마땅한 것 같구나."

"네……." 이윤은 여전히 멍한 얼굴로 대답하고는 팔찌를 더 꽉 쥐었다.

이윤의 어두운 표정에 이서백이 몸을 일으키며 말했다. "이제 막 장안에 돌아와 밀린 일이 많구나. 일단 팔찌는 전해주었으니, 오늘은 이만 돌아가도록 하마."

"형님……." 이윤이 무의식적으로 손을 들어 이서백의 손목을 붙잡았다.

이서백이 돌아보자 이윤은 아랫입술을 깨물며 낮은 소리로 말했다. "형님께 도움을 청하고 싶은 일이 있습니다."

이서백은 다시 자리에 앉았다. "무슨 일이냐?"

"제 생각에……." 이윤은 말을 하려다 말고 팔찌를 잡은 손에 더 힘을 주었다. 어찌나 세게 힘을 주었던지 뼈마디 부분이 새하얗게 질렸다. 갑자기 이윤이 벌떡 몸을 일으켜 활짝 열린 창밖을 둘러보며 아무도 없는 것을 확인하더니, 그제야 애써 호흡을 가다듬으며 입을 열었다. "제 생각에 누군가가 어마마마를 해친 것 같습니다."

이서백은 미간을 찡그리며 황재하를 향해 고개를 돌렸다.

황재하는 잠시 생각에 잠겼다가 침착한 목소리로 물었다. "뭔가 이상한 점을 발견하신 건지요? 어찌 그런 말씀을 하십니까?"

이윤은 아랫입술을 깨물며 무겁게 고개를 끄덕였다. "형님, 저를 따라와보십시오."

진 태비는 선황의 비였으니, 규율에 의하면 원래는 태극궁에서 여생을 보내야 했다. 하지만 선황이 승하한 그날 밤 슬픔을 이기지 못해 정신을 놓은 진 태비를 태극궁 궁녀들은 제대로 시중들지 않았다. 당시 열 살 남짓했던 이윤이 모친을 보러 갔을 때, 진 태비는 제대로 입지도 먹지도 못하고 머리는 산발을 한 채 형편없는 몰골이었다. 이윤은 자신전 앞에 오래도록 꿇어앉아 모친을 왕부로 모시도록 윤허해달라고 황제에게 애걸복걸 빌었다.

그렇게 이윤의 왕부로 옮겨간 진 태비는 비록 가끔씩 발작을 하긴 했지만, 정성스러운 보살핌을 받은 덕에 이전보다는 안정을 찾을 수 있었다. 효심 지극한 이윤은 왕부의 정전 뒤쪽에 소전(小殿)을 지어 모친을 자신의 거처 가까이에 모셨고, 모친이 세상을 떠난 뒤에도 그곳을 그대로 보존해두었다.

이윤은 이서백과 황재하를 데리고 소전으로 들어갔다. 안에는 진 태비의 위패가 모셔져 있고, 영전에 꽃과 향촉이 놓여 있었다. 소전 전체에 무거운 기운이 감돌았다.

이서백은 황재하와 함께 진 태비의 영전에 향을 피운 뒤 이윤을 바라보았다.

이윤은 팔찌를 모친의 영전에 바친 뒤 합장하고 기도를 올렸다. 그러고는 한참 뒤에야 두 사람을 향해 몸을 돌리고 말했다. "어마마마께서 돌아가시기 전에 잠깐 정신을 차리신 적이 있습니다. 그때 제게 '대당 천하는 이제 망할 것이다'라고 말씀하셨습니다."

순간 이서백과 황재하는 결코 가볍게 들어 넘길 이야기가 아님을 직감하고는 이어지는 이야기에 더욱 귀를 기울였다.

"어마마마는 정신을 놓으신 지 꽤 오래되었고, 저 또한 어마마마의 상태를 잘 알고 있었습니다. 하지만 그 순간에는 정말 정신이 맑고 또렷하셨어요. 평소와는 전혀 다른 모습이셨습니다." 이윤은 당시를 회상하며 가볍게 탄식했다. "결코 정신을 놓고 하시는 말씀이 아니었습니다. 제 생각에는, 부황께서 임종하실 때 어마마마가 어떤 일을 아시게 되어, 그 충격으로 정신을 놓으신 게 아닐까 싶습니다. 필시 엄청난 비밀과 관련된 일이었겠죠. 그렇지 않았다면 어찌 마지막으로 정신을 차린 순간에 대당 천하와 사직을 떠올리셨겠습니까?"

황재하가 물었다. "당시 태비께서 어찌 말씀하셨습니까? 저희에게 그대로 들려주실 수 있으신지요?"

이윤은 잠겨 있던 궤짝을 열어 그 속에서 화장함 하나를 꺼냈다. 꽃 문양으로 자개가 장식된 그 화장함은 색이 바래 한눈에도 오래되어 보였다. 이윤은 화장함을 조심스럽게 열어 어두운 색의 청동거울을 잡아당겼다. 거울 뒤편에 좁은 틈새가 보였다.

이윤은 궤짝에서 또 다른 작은 상자도 꺼내 열었다. 그리고 그 속에서 세 개의 검은 먹 자국이 그려진 종이를 꺼내 잘 접어서 거울 뒤편에 보이는 좁은 틈새에 가져다 대고 말했다. "어마마마께서 여기 이 틈새에서 종이를 꺼내셨습니다. 얼마나 오래 숨겨두셨던 것인지는 저도 모릅니다. 이 종이를 제게 건네시면서, 천신만고 끝에 그려서 숨겨 놓은 것이니 잘 보관해야 한다고 말씀하셨습니다……. 천하의 존망이 걸린 일이라고요."

"말씀하시는 것을 들으니 당시 태비마마가 확실히 맑은 정신이었으리라고 짐작이 됩니다." 황재하는 '천하의 존망'이라는 말을 머릿속으로 되새기며 고개를 살짝 돌려 이서백을 보았다.

이서백은 황재하를 향해 슬며시 고개를 끄덕이고는 다시 이윤에게 물었다. "또 다른 것은?"

"그리고 말씀하시길……." 이윤은 조금 주저하다가 결국 입을 열어 말했다. "제게 넷째 형님과 가까이 지내서는 아니 된다고 하셨습니다."

이서백은 시선을 아래로 내려 이윤이 들고 있는 종이 위 먹 자국을 자세히 살펴볼 뿐 아무 말도 하지 않았다.

왠지 난처해진 황재하가 입을 열었다. "그렇다면 어찌하여 이 일을 저희에게 말씀하시는 것입니까?"

"나는 넷째 형님과 대명궁에서 함께 자랐고, 또 함께 출궁당했다. 어릴 적부터 지금까지 넷째 형님과 가장 잘 지냈지. 나는…… 넷째 형님이 이 대당 천하에서 어떤 존재인지 아주 잘 안다." 이윤은 종이를 탁자 위에 올려놓고는 온몸에서 힘이 빠진 듯 간신히 태비의 영전 앞에 버티고 섰다. "그래서 내 생각에는, 어마마마께서 누군가의 계략으로 무언가를 아시게 되어 정신을 놓은 것이며, 그런 말씀을 하신 것도 다 그 계략에 포함된 것이 아닌가 싶다. 그리고 어마마마를 해친 그 사람은 틀림없이 선황의 붕어와도 관련이 있을 것이며, 분명 넷째 형님과 대립하는 자일 것이다."

이서백은 천천히 고개를 끄덕일 뿐, 여전히 아무 말도 하지 않았다.

황재하가 다시 물었다. "이곳이 생전에 태비께서 머무신 곳입니까? 모든 게 그대로 보존되어 있고요?"

이윤은 고개를 끄덕인 뒤 앞쪽에 놓인 의자에 앉아 이마에 손을 얹으며 낮은 소리로 말했다. "한번 자세히 살펴보거라. 어쩌면 무슨 단서가 있을지도 모르겠구나."

황재하는 칸막이를 돌아 옆쪽의 침실로 가서 살펴보았다. 침실은 그다지 크지 않았다. 왼쪽에는 작은 창문이 나 있고, 낮은 침상과 화장대, 그리고 탁자와 의자가 놓여 있었다. 오른쪽에는 꽃문양이 조각된 단향목 침대가 있었는데, 비단 휘장이 드리우고 복숭아나무와 옥석 장식품이 걸려 있었다.

황재하는 화장대를 한번 돌아보았다. 당시 진 태비가 쓰던 물건들은 이미 다 정리되어 화장대 위는 텅 비어 있었다. 매일 청소를 하는지 꽤나 깨끗했다. 손으로 화장대 가장자리를 미끄러지듯 훑으며 지나가던 황재하가 갑자기 멈춰 섰다.

황재하가 허리를 굽혀 책상 가장자리 부분을 자세히 살피는 모습을 보고, 문 앞에 서 있던 이서백이 물었다. "무언가 있느냐?"

"손톱 같은 것으로 긁어 움푹 팬 흔적 같습니다."

이서백은 이윤에게서 건네받은 화장함 속에서 눈썹 안료를 꺼내어 황재하에게 건넸다.

청색 안료를 책상 가장자리에 가볍게 바르니 움푹 팬 자국이 명확하게 드러났다. 손톱으로 새긴 듯한 지저분한 글자 두 개가 보였다.

　　기왕

이서백은 아무런 표정의 변화 없이 지켜보며 그 옆에도 안료를 바르라고 눈짓했다.

비뚤비뚤 새겨진 글자의 흔적이 천천히 드러났다.

　　재앙의 화근은 기왕

이서백 곁으로 온 이윤이 그 글자들을 보고는 넋이 나간 표정을 지었다. "설마…… 어마마마가 쓰신 것인가?"

황재하가 고개를 끄덕이며 말했다. "글자가 더 있는 것 같습니다."

황재하가 손을 옆으로 움직이며 안료를 더 발랐다. 짙은 검정색의 자단목 화장대 위에 발린 청색 안료가 햇빛을 받아 또 다른 검은빛을 내며 길게 이어졌다. 어지러이 새겨진 글자들이 드러났다.

　　대당은 반드시 망하리라. 조정과 재야가 다 어지러우니, 그 재앙의 화근은 기왕!

그 외에 더 이상의 글자는 없었다.

황재하는 침대와 궤짝 등도 살펴보았으나 별다른 점은 보이지 않았다.

황재하는 눈썹 안료를 화장함 안에 넣고 다시 한 번 그 글자들을 들여다본 뒤, 가지고 있던 수건으로 그 흔적을 천천히 닦아냈다.

이윤은 문 앞에 선 채 어쩔 줄 몰라 하며 이서백을 바라보았다. "넷째 형님……."

이서백이 가볍게 이윤의 어깨를 두드렸다. "알겠다. 당시 무슨 일이 있었는지 조사해보도록 하마. 대체 누가 뒤에서 이 모든 것을 조종하는지 말이다."

기왕부로 향하는 마차 안. 이서백과 황재하는 창밖으로 빠르게 지나가는 거리 풍경을 바라보았다. 두 사람 다 마음이 무거웠다.

"나는 진 태비와는 그리 잘 아는 사이가 아니다." 이서백이 황재하에게로 시선을 옮기며 드디어 입을 열었다.

황재하가 고개를 끄덕이며 말했다. "선황께서 돌아가시고 태비께서 정신을 놓았을 때, 전하께서는 겨우 열세 살이셨지요?"

"그렇지. 그때까지 쭉 대명궁에서 지냈고, 대부분은 부황께서 여유가 있을 때 나를 보러 오셨지, 내가 부황을 뵈러 간 적은 거의 없었다. 그래서 부황 말년에 줄곧 진 태비께서 시중을 드셨어도 내가 그분을 만날 기회는 그리 많지 않았다. 선황께서 붕어하신 뒤로는 더더욱 그렇고."

황재하가 손가락으로 창에 드리운 꽃무늬 가림막을 가볍게 건드리며 나지막이 말했다. "겨우 열세 살인 아이를, 그것도 몇 번 보지도 않은 황자를 태비마마는 왜 그렇게 집착하듯이 기억하셨을까요? 게다가 정신을 놓으신 중에도 어떻게 그 소년이 천하를 무너뜨릴 사람이라고 생각했을까요?"

이서백이 살짝 양미간을 찡그리고는 작은 탁자 위를 톡톡 두들기며 물었다. "네 생각은 어떠하냐?"

"저도 악왕 전하와 같은 생각입니다. 만약 진 태비께서 정신을 놓은 것이 누군가의 계략이라면, 범인은 분명히 전하를 적대시하는 자일 것입니다. 그래서 태비마마가 전하에 대해 악의를 가지도록 유도했겠지요."

이서백은 희고 긴 손을 탁자에 올린 채로 한참을 침묵하다가 다시 입을 열어 나지막이 물었다. "재하…… 너는 나를 믿느냐?"

황재하는 이서백이 왜 갑자기 그런 말을 하는지 영문을 몰라 의아한 표정으로 그를 보았다.

"장주지몽(莊周之夢), 꿈에서 깨어났을 때 내가 나비인지 사람인지 알 수 없었다 하였지. 아까 진 태비께서 새겨놓은 글자를 보는 순간 갑자기 우선이 떠올랐다." 이서백은 황재하를 보지 않고 시선을 창밖으로 돌렸다. 초점을 잃은 듯한 그 눈빛이 거리 풍경을 하나하나 미끄러지듯 스쳤다. "그자가 너의 가족을 죽였으나 후에 모든 기억을 잃고서, 오히려 여러 가지 암시로 인해 네가 범인이라고 확신하지 않았느냐."

황재하가 순간 눈을 크게 뜨고서 의아한 표정으로 물었다. "그러니까 전하의 말씀은?"

"어쩌면 그때 내가 정말로 어떠한 일을 했고, 그것이 진 태비께 깊은 인상을 남겼을 수도 있지 않겠느냐?" 이서백의 양미간이 다시 찌푸려졌다. 흔들리는 마차 안, 창밖을 향한 그의 눈에 미세한 파동이 일었다. "그리고 갑자기 내 인생에 나타난 붉은 물고기는, 우선이 중요한 기억을 잃은 동안 사라진 그 물고기와 또 무슨 관계가 있단 말이냐?"

눈앞의 모든 것이 갑자기 짙은 안개 속으로 들어가 더 이상 아무것도 선명하게 보이지 않았다.

순간 황재하 안에서도 의구심이 고개를 들었다. 지금 덜커덕거리며 거리를 달리는 이 마차와, 빠르게 지나가는 거리 풍경, 그리고 손만 뻗으면 닿을 거리에 있는 이서백까지, 모든 것이 환상은 아닐까.

내가 가진 기억이라는 것은 참일까, 거짓일까. 지금까지의 인생이 누군가에 의해 곡해되거나 왜곡된 것은 아닐까. 의심할 여지도 없이 굳게 믿었던 것이 사실은 누군가가 보태 넣은 기억이거나, 마음 깊이 새겼던 것이 누군가에 의해 철저하게 지워진 것은 아닐까.

마차 안에 적막이 감돌았다. 두 사람 다 아무 말이 없었다. 마치 무겁게 가라앉은 중압감이 둘을 뒤덮은 듯 호흡마저 무겁고 느려졌다.

한참 후, 황재하가 살며시 손을 들어 이서백의 손등 위에 가볍게 포갰다. "결국 마지막에 밝혀질 모습이 어떤 것이든지, 저희가 함께했던 시간은 모두 진실이지요……. 적어도 지금, 서로를 향한 저희 두 사람의 마음만큼은 진실이에요."

이서백은 말없이 황재하의 손을 들어 그 두 손바닥에 얼굴을 파묻었다. 고요한 가운데 황재하는 이서백의 무겁고 어지러운 숨결이 자신의 손바닥으로 거칠게 쏟아져 나오는 것을 느꼈다.

두 사람이 처음 만났을 때 이서백은 손금으로 황재하의 신분을 알 수 있다며, 손금은 한 사람의 인생을 기록한다고 말했었다. 그리고 지금 이 순간, 이서백의 호흡이 황재하의 인생을 물들이고 있었다. 황재하의 손금 위로 영원히 지워지지 않을, 영원토록 잊을 수 없는 흔적을 새기고 있었다.

얼마나 지났을까, 마차가 서서히 멈추고 밖에서 누군가가 알려왔다. "공부에 도착하였습니다."

이서백이 고개를 들더니 황재하의 손을 살짝 움켜쥔 채로 잠시 가만히 있다가 입을 열었다. "가자."

이미 냉정을 되찾은 듯 그 목소리는 맑고 차가웠다. 두 사람만의 공간을 떠나 마차에서 내린 순간, 이서백은 다시 냉랭한 표정의, 결코 약한 모습을 드러내지 않는 기왕으로 돌아갔다. 황재하는 잠자코 그 뒤를 따라 함께 대문 안으로 들어갔다.

이서백과 이용화가 공무를 상의하는 동안 황재하가 대청에 앉아 기다리노라니 주위 관리들이 연신 귓속말로 무언가를 속닥댔다. 황재하는 그예 몸을 일으켜 앞에 보이는 뜰로 나가 국화꽃을 감상했다.

이제 곧 10월이었다. 국화도 이미 서리를 맞아 시들기 시작했다. 황재하가 무심히 꽃을 바라보며 '재앙의 화근은 기왕'이라는 말의 뜻을 골똘히 생각하는데, 갑자기 누군가가 뛰어오며 크게 소리쳤다.

"숭고! 역시 여기 있었어!"

황재하는 고개를 돌려 보았다. 아직까지 황재하를 양숭고라 부르는 이는 역시 주자진밖에 없었다. 주자진은 보기 드물게 어두운 청록색 옷차림을 하고 있었는데, 안타깝게도 허리에 두른 생강 빛 허리띠 때문에 볏짚에 묶인 보리 싹 같아 보였다.

하지만 황재하는 개의치 않고 반가워하며 물었다. "자진 도련님! 도련님이 어떻게 장안에 계신 거예요?"

"네가 먼저 해명해봐. 어떻게 한마디 말도 없이 나만 버리고 떠났는지!" 주자진이 따지듯 말했다.

황재하는 어쩔 수 없었다는 듯 쓴웃음을 지어 보이며 대충 둘러댔다. "도련님도 아시잖아요. 매일 어른들 잔소리와 꾸중만 듣고 있는 게 얼마나 괴로운 일인지요."

"그건 맞는 말이지. 아휴, 어르신들은 왜 이렇게 우리를 압박하는지 모르겠어. 나도 마찬가지야. 도망치지 않고 가만히 있다간 정말 끝장날 것 같았다니까!" 주자진은 그렇게 말하면서 금방이라도 눈물이 떨어져 내릴 것 같아 손을 들어 눈을 비볐다. "정말 생각만 해도 숨이 턱턱 막혀오는 것 같아! 글쎄 아버지가 나를 강제로 혼인시키려 하셨다니까⋯⋯."

황재하는 실소를 금치 못하며 물었다. "어느 댁 아가씨인데요?"

"성도 사창 관직에 있는 누구의 서녀라고 하던데, 듣기로는 성격이 어마무시하게 사나운 여자래. 내가 시체를 좋아한다는 얘기에도 전혀 놀라지 않았다는 거야. 내가 그 집 하인들에게 몰래 좀 알아봤는데, 사납기가 이루 말할 수 없는 데다 일자무식이라 하더라고. 가축 잡는 칼을 능수능란하게 다루고, 양 한 마리쯤 통째로 어깨에 메는 건 일도 아니래! 생각해봐, 그런 여자랑 혼인하면 내가 살아남을 수나 있겠어?"

황재하는 잠시 생각하고는 물었다. "이름이 뭐라고 하던가요?"

주자진은 분연히 말했다. "이름은 더 기가 막혀! 류이아(劉二丫)[7]가 뭐야? 이름만 들어도 감이 오지 않아? 여자들이 죄다 나한테 시집오기를 무서워하니까 아버지가 대충 아무나 사나운 여자로 골라서 평생 내 인생을 억압하려 하시는 게 틀림없어!"

"음⋯⋯." 황재하는 고개를 끄덕이며 말했다. "그러게요, 들어보니 보통 일이 아니네요. 얼굴도 예쁘고 하는 짓이 제법 귀여운 아가씨인데, 그 '이아'라는 이름은 확실히 별로네요⋯⋯."

"⋯⋯그 여자를 알아?" 주자진은 순간 멍한 표정을 짓더니 금세 자신의 머리를 탁 쳤다. "아, 너도 당연히 알겠네! 사군부 딸이던 시절에, 관리 집안 자제들끼리 한 번은 만나지 않았겠어?"

황재하가 웃으며 말했다. "만나긴 만났는데, 불과 얼마 전에 알게 된 사이예요."

"아휴, 언제 만났든 그건 상관없고, 어서 말해봐. 정말 소문대로 사

---

7 '이아(二丫)'는 둘째 계집아이라는 뜻이다.

납고 무서워?"

"그럼요. 소문대로 돼지나 양을 얼마나 잘 잡는데요. 보통 사람이 그 아가씨를 괴롭힌다는 건 상상도 못 할 일이죠."

주자진은 비통하기 그지없는 표정으로 가슴을 치며 말했다. "이제 난 죽은 목숨이야……."

"행동만 사나운 게 아니라 말도 얼마나 거친지, 사람을 '하 포두'라 놀리는 걸 즐기더라니까요."

"하? 아니, 그 사람들은 다들 대체 왜 그런대? 뭐가 그렇게 좋아서 사람을 '하'라고 놀리고……." 주자진은 그제야 무언가를 깨닫고는 잠시 멍하니 있다가 떠듬떠듬 물었다. "하…… 하 포두?"

"네, 고기 잡는 칼을 능수능란하게 다루고, 양 한 마리를 통째로 어깨에 메는 것쯤은 일도 아닌 데다, 누군가를 하 포두라 부르길 좋아하고, 양고기를 파는, 어느 집안의 둘째 딸이었던 그 아가씨요." 황재하는 빙그레 웃으며 주자진을 바라보았다.

주자진은 두 눈이 휘둥그레지고, 아래턱은 거의 땅바닥에 닿기 직전이었다. "양…… 양고기 아가씨? 하지만…… 그 아가씨는 부모님이 다 돌아가신 거 아닌가?"

"그날 못 보셨어요? 류희영이라는 통통한 남자가 찾아와서는 먼 친척이라고 하면서 아가씨를 수양딸로 거두겠다고 했잖아요. 성도 사창이 얼마 전 사직한 걸로 아는데, 아마 면주 사창이었던 류희영이라는 분이 그 자리로 옮겨온 모양이죠."

"몰랐어! 사창이 바뀌었다는 얘기는 들었지만, 별로 신경 써서 듣질 않았어!" 순간 주자진의 얼굴이 벌겋게 달아올랐다. "설, 설, 설, 설…… 설마……."

"그러게요." 황재하는 옆에 있던 난간을 손으로 툭툭 치며 말했다. "혼인을 피해 이렇게 멀리 장안까지 도망치다니, 기왕 전하께 도움을 청하려 오신 거겠죠? 혼사를 물릴 수 있도록 아버지께 말씀 좀 드려 달라고요?"

주자진은 고개를 숙이고는 아무 말도 하지 못했다.

황재하가 다시 물었다. "자, 지금도 기왕 전하께 그리 청하실 생각이에요?"

"잠시만…… 생각 좀 해보고……." 주자진은 입을 삐죽거리며 주절주절 변명했다. "어쨌든…… 좌우간…… 아무튼 서로 안면도 있는데, 거절하는 건 좀 그렇지 않아……? 게다가 너도 알겠지만, 이 세상에 시체를 무서워하지 않는 여자가 흔치도 않고……."

"그럼 다시 잘 고민해보세요." 황재하의 얼굴에 의미심장한 미소가 번졌다.

주자진은 황재하의 웃는 얼굴을 보며 땅굴이라도 파서 숨고 싶은 심정이었다. "뭐…… 뭐?"

"아니에요." 황재하는 담담하게 고개를 들어 하늘을 보았다.

"사실…… 너도 꽤 괜찮아." 주자진은 한숨을 쉬더니 낮은 소리로 말을 이어갔다. "그게, 그러니까 우리가 만난 시기가 좀 잘못돼서 그렇지. 난 네가 자꾸 소환관으로 느껴져. 우린 그저 형 아우 하며, 같이 무덤 파고 검시나 하는 동료로 남는 게 가장 좋을 것 같아."

황재하는 가만히 고개를 숙인 채 터져 나오려는 웃음을 간신히 누르고는 주자진을 향해 공수하며 물었다. "그럼 지금이라도 어서 성도로 돌아가 그 혼사를 받아들이겠다고 말씀드려야 하는 거 아니에요?"

"급할 거 없어……. 어쨌든, 어 그게, 이미 정해진 거니까." 주자진은 부끄러운 듯 천천히 말을 잇다가 갑자기 뭔가를 떠올리며 물었다. "맞다, 기왕 전하의 그 부적 얘기가 정말이야?"

황재하가 놀라서 물었다. "도련님도 그 부적에 대해 아세요?"

"무슨 소리야. 장안 전체가 다 알고 있는 것 같은데?" 주자진은 사방을 살펴 주위에 아무도 없음을 확인하고는 서둘러 황재하를 잡아 끌고 구석으로 갔다. "어제저녁에 장안에 도착하자마자 내가 제일 좋아하는 전병을 사 먹으러 서쪽 시장에 갔거든……. 그런데 무슨 일이 있었는지 알아? 내 옆에 앉아서 전병을 먹던 두 사람이 글쎄 기왕부 얘기를 하고 있잖아!"

황재하는 눈썹을 살짝 찡그리며 물었다. "무슨 얘기를 하던가요?"

"그 사람들 말로는…… 기왕 전하가 서주에 있을 때, 방훈을 죽였다고!"

"…….." 황재하는 살짝 어이없어하며 말했다. "뭐가 '그 사람들 말로는'이에요? 온 세상이 다 아는 사실을!"

"아니!" 주자진이 한껏 비밀스러운 표정을 짓더니 몸을 숙여 황재하의 귓가에 대고 소곤거렸다. "그러니까 그 사람들 말로는, 기왕 전하께서 방훈을 죽인 뒤 방훈의 망령이 기왕 전하의 몸에 붙어 다닌다는 거야! 지금 기왕 전하의 몸에는 이미 전하의 영혼이 아닌 방훈의 영혼이 씌어 있다고 하더라니까!"

이런 허무맹랑한 망령이니 뭐니 하는 소리 앞에서 황재하는 할 말을 잃었다.

"기왕 전하는 영민하시고 무예도 뛰어나시고 타고난 재주도 많고, 절대 보통 사람이 아니잖아? 그게 다 귀신의 힘을 빌린 덕이라고 말이야. 그래서 한 번 보신 것은 절대 잊어버리지 않고, 지략에도 뛰어나신 거라고."

"증거가 있대요?" 황재하가 참지 못하고 물었다. "설마 전하가 너무 똑똑하시기 때문에, 단지 그 때문에 귀신의 능력이라 말하는 거예요?"

"어……."

"기왕 전하가 어렸을 때 이미 선황께서 수많은 사람들 앞에서 전하만큼 총명한 이는 없을 거라고 칭찬하셨다는 이야기 못 들어보셨어요? 다른 황자들은 만 열 살이 되면 곧바로 왕으로 책봉한 뒤 출궁시켜 각자의 저택에서 살게 했는데, 기왕 전하만은 왕으로 책봉한 뒤에도 대명궁에 남겨 선황께서 친히 교육을 하셨다잖아요. 그땐 방훈이 아직 어디 있는지도 모를 때라고요!"

주자진은 머리를 긁적이며 괴로운 표정을 했다. "그건 그렇긴 한데⋯⋯."

황재하는 입술을 깨물며 잠시 생각하더니 다시 물었다. "다른 얘기는요? 부적은 어떻게 된 거래요?"

"아 맞다. 그러니까, 방훈의 망령이 기왕 전하께 붙을 때 전하의 운명을 보여주는 부적을 한 장 남겼다는 거야! 그 부적 위에 전하의 운명이 예견되어 있는데, 결국 기왕 전하는 정상적인 상태가 아니고 방훈이 모든 걸 조종하고 있으며, 마지막에⋯⋯." 주자진은 또다시 비밀스러운 표정으로 좌우를 살피더니 황재하의 귓가에 대고 소리를 낮추어 말했다. "그 부적 위에 '망'이라는 글자가 나타나면 기왕 전하가 방훈에게 완전히 의식을 빼앗겨서 이 천하를 망하게 한다는 거야!"

황재하는 순간 벌떡 일어나 떨리는 목소리로 물었다. "세간에⋯⋯ 이미 그 정도로 소문이 났단 말이에요?"

주자진은 황재하의 낯빛이 무척 안 좋아 보이자 황급히 손을 휘젓고는 손가락을 입에 가져다 댔다. "쉿. 그저 이야기꾼들이 아무렇게나 지어냈거나, 항간에 떠도는 뜬소문이겠지. 뭘 그렇게 긴장해? 너무 그렇게 진지하게 받아들이지 마⋯⋯."

"도련님은 모르세요⋯⋯." 애써 호흡을 가다듬는 황재하의 이마에 식은땀이 송골송골 맺혔다.

부적 이야기가 사람들에게 새어나간 건, 분명히 당초 이 일을 꾸민 자의 짓일 터였다. 그리고 여섯 글자에 모두 동그라미가 그려진 그 종이 위로 은은하게 올라온 '망' 자 또한 이미 만천하에 알려졌다. 기왕을 향한 압박이 이제 마지막 단계에 이르렀다는 뜻이 틀림없었다.

'기왕 전하가 천하를 망하게 한다.' 악왕부에서 보았던 '그 재앙의 화근은 기왕'이라는 말과 정확히 일치하는 소문이 세간에 은밀하게 퍼진 것이다. 4년 전, 종이 한 장을 시작으로 펼쳐진 그물이 이제 서서히 거두어지기 시작했다. 하지만 그 그물의 주인이 누구인지 아직 확실히 알지 못했다.

상대를 모르니 필사적으로 싸워볼 기회조차 갖지 못했다.

황재하의 안색이 무서우리만치 창백해진 것을 보고 주자진은 순간 당황하며 어쩔 줄 몰라했다. 주자진이 황재하의 소맷자락을 잡아당기며 낮은 소리로 물었다. "숭고…… 왜 그래? 난 그냥 별 생각 없이 말한 거야. 정말이야……."

황재하는 벽에 등을 기댄 채 가까스로 숨을 가다듬었다. 가슴 한편에 얼음장처럼 차가운 무언가가 느껴졌다. 마치 어지럽게 뒤얽힌 일들이 가슴을 틀어막고는 온몸을 무기력하게 만드는 기분이었다.

주자진이 여전히 어찌할 바를 모르고 있는데 뒤에서 사람들의 목소리가 들려왔다. 돌아보니 공부의 관리들이 만면에 웃음을 띠고서 뜰로 나오고 있었다. 주자진과 안면이 있는 몇 명이 다가와 인사를 건넸다. "자진, 다시 장안에 돌아온 것인가? 왜, 성도는 별로 재미가 없어?"

"아이고, 전 형님, 양 형님, 우 형님……." 주자진은 대충 인사를 하면서 한편으로는 걱정스러운 듯 계속 황재하의 소매를 잡아당겼다. 조금 전에 황재하에게 전한 말을 깊이 후회하는 눈치였다.

"이분은…… 황재하 아가씨가 아니오?" 사람들이 눈을 반짝이며 황재하에게도 인사를 했다. "잠시만 기다리시면 전하께서도 곧 나오실 것이오."

황재하는 그들을 향해 고개를 숙여 인사했다.

관리들의 얼굴에 희색이 가득한 것을 보고는 주자진이 물었다. "공부에서 120개의 불탑을 지어야 한다면서요? 자금이 턱없이 모자라서 다들 해자[8]에라도 뛰어들고 싶은 심정이라고 들었는데, 오늘은 어찌 다들 기분이 좋으십니까?"

"그런 말 말게! 며칠만 지나면 해자 난간을 3층으로 두를 수도 있을 정도로 돈이 넘쳐날 거라고!"

주자진이 눈을 껌뻑거리며 물었다. "설마 호부를 털 생각은 아니시죠?"

"쳇, 지금 호부는 뭐 돈이 있는 줄 아는가? 기왕 전하가 계시면 해결 안 될 일이 없지. 조정은 불사리를 장안에 모시는 길을 따라 72개의 불탑을 세울 계획이라고 발표할 걸세. 누구든지 불사리를 영접하여 공덕을 쌓고 싶은 자가 있다면, 자비로 불탑을 세울 수 있네. 생각해보게. 천하에 돈 있는 사람이 그렇게 많은데, 72명쯤은 금방 차지 않겠는가? 아마 서로 자기가 불탑을 세우겠다고 피 터지게 달려들걸세."

옆에 있던 사람이 맞장구치며 말했다. "그러니, 우리 돈은 한 푼도 들이지 않고 불탑 72개를 지을 거란 말이야. 어디 그뿐이겠나. 공부에도 거금이 유입되겠지……."

주자진은 그제야 어찌 된 일인지 깨닫고는, 아래턱을 쓰다듬으며 말했다. "불사리를 모시는 날에는 길을 따라 꽃나무에 장식도 하고 각 방에 패루[9]도 세운다고 들었는데요……."

"당연히 그 또한 관례대로 다 해야지. 공덕 쌓고 싶은 부자들이 쌔

---

8 적의 침입을 막기 위해 성 주위에 둘러 판 못.

9 큰 거리 중간에 경치를 아름답게 꾸미거나 경축의 뜻을 나타내기 위해 세웠던 문.

고 썼는데 무슨 걱정이야!"

공부 사람들이 들뜬 기분으로 공문을 작성하러 가는 모습을 보며 주자진은 저도 모르게 황재하를 돌아보고 말했다. "정말 대단해…….
기왕 전하가 오시니 어려운 문제들이 단번에 해결되네!"

황재하는 가만히 서서 눈앞에 펼쳐진 스산한 가을 풍경을 바라보며 천천히 입을 열었다. "그게 다 무슨 소용이에요……."

"응?" 주자진은 그게 무슨 말이냐는 표정으로 황재하를 보았다.

하지만 황재하는 더 이상 아무 말 없이 눈을 들어 하늘가를 물들이는 석양을 바라보았다. 금빛이 장안 전체를 뒤덮었다. 이제 곧 황혼빛이 대당의 온 대지에 어둡게 내려앉을 것이다. 머지않아 무너지리라는. 조정은 이미 뿌리부터 철저하게 썩었는데, 기왕 이서백이 아무리 천하를 다스릴 지혜와 경천동지할 재기를 가졌다 한들 무슨 소용이겠는가.

결국 최후에 잠깐 화려하게 비추는 석양일 뿐이다.

4장

꽃과 꽃받침이
서로를 빛내다

장안에 소문이 한창 무성한 가운데 날씨도 나날이 추워지고, 어느새 동지가 되었다.

대당은 동짓날이면 하늘에 제를 드렸는데, 그 제례 의식은 굉장히 복잡하고 규모가 컸다. 금년의 대사례(大射禮)에서는 황제가 첫 활을 쏘고, 황후가 두 번째, 기왕이 세 번째 활을 쏘기로 해, 이서백은 아침 일찍 의복을 갈아입고 대명궁으로 향했다.

이서백을 배웅한 황재하가 혼자 왕부에 남아서 뭘 해야 하나 생각하는데 마침 주자진이 찾아왔다. "숭고, 오늘 장안의 큰 도교 사원들에서 법회가 있어. 사람도 많고 볼거리도 많을 테니 같이 가서 구경하자!"

황재하는 조금 망설이다 남장을 하고서 따라나섰다. 주자진은 여전히 소하를 타고 왔는데, 나푸사와는 이미 꽤 친숙한 사이이기도 하고, 두 말 모두 성격이 온화해 서로 코를 비비며 다정한 모습을 보였다.

하늘이 흐릿하고 날이 추워 곧 눈이라도 내릴 것 같았다. 장안의 내로라하는 도교 사원마다 저마다의 신통함을 자랑하며, 불사를 거행

할 때도 각자 비장의 무기를 내놓았다. 어느 사원은 특별히 외모가 준수한 법사에게 경전을 낭송시켰고, 어느 사원은 칼에 불을 뿜는 묘기를 보였는데 하마터면 도목검이 불에 탈 뻔했다. 또 어느 사원에서는 징을 칠 때 두 사람이 서로 징을 날려 주고받았는데, 조금의 흐트러짐 없이 손발이 척척 맞았다.

주자진과 황재하는 성안을 한 바퀴 돌아다니며 길에서 간식거리도 네다섯 가지 사 먹었다. 그러고 나니 어느덧 오후가 다 되었다.

"숭고, 또 어디 놀러 가고 싶어? 내가 데려가줄게……. 맞다, 너 아직도 말단 소환관이지? 이번 달 녹봉은 받았어?"

황재하는 체념하듯 말했다. "아니요. 요즘도 꽤나 힘들게 지내고 있어요. 이제 다들 제가 여자라는 사실을 아니까 아무래도 승진하기는 그른 것 같고, 녹봉도 안 줘요. 그래서 요즘은 매일같이 기왕부 안에서 식사를 해결해요."

"그러니까 내가 뭐랬어. 나랑 같이 있는 게 훨씬 낫다니까. 성도 포두로 오면 무조건 재미있을 거야. 네 인생의 가치를 발견할 수 있을 뿐만 아니라, 매달 녹봉도 받고. 녹봉은 다른 사람의 두 배, 어때?"

"됐어요. 부모님이 남겨주신 재산만 해도 평생 먹고살 만큼은 돼요." 황재하는 한숨을 쉬고는 살짝 손이 시려 입김을 불며 말했다. "기왕 전하가 계시는 한, 문중 어른들도 감히 재산을 꿀꺽하진 못하겠죠."

주자진은 가만히 생각에 잠겼다가 또 한 가지 심각한 일이 떠올라 황급히 물었다. "맞다, 숭고. 왕 형이 정말 혼사를 물렸어?"

"그런 셈이죠." 황재하는 그 일은 더 이상 언급하고 싶지 않다는 듯 몸을 돌려 느린 걸음으로 걸어갔다.

주자진은 그 뒤를 따라가며 화난 목소리로 말했다. "왕온 이 나쁜 놈, 너같이 좋은 여자가 또 어디 있다고! 얼굴 예쁘지, 똑똑하고 착하지, 게다가 나랑 같이 무덤 파고 검시까지 할 수 있는 여잔데! 너를 놓치면, 어디 너 같은 여자가 천하에 또 있을라고?"

황재하는 지금 이 말이 자신을 칭찬하는 소린지 욕하는 소린지 헷갈려 그저 쓴웃음만 지었다. 그러다 고개를 든 황재하는 자신이 어디에 와 있는지 깨닫고는 순간 멍한 얼굴로 우뚝 멈춰 섰다.

광덕방 앞이었다.

열두 살의 황재하를 단숨에 유명하게 만들어준 곳이자, 우선의 옛집이 있는 곳이었다.

황재하는 당시 우선이 살았던 집의 문 앞까지 천천히 걸어가 낮은 벽 앞에 서서 안을 들여다보았다.

당시와는 완전히 다른 집이 되어 있었다. 벽을 뒤덮었던 넝쿨은 자취도 없이 사라졌고, 드러난 석벽 위로 온통 푸른 이끼가 끼었다. 정원 안 석류나무도 베여 나갔고, 검푸른 돌바닥에는 잿빛 먼지가 잔뜩 쌓였으며, 수채는 쓰레기로 막혀 있었다. 게다가 마당에는 온갖 대나무 광주리가 여기저기 쌓여 있어 순간 집을 잘못 찾았나 하는 생각도 했다.

주자진은 황재하가 왜 이 집 앞에 이렇게 멍하니 서 있는지 의아해 물었다. "누구 찾을 사람 있어?"

황재하는 고개를 내저으며 말했다. "아니요, 그냥 한 번 보려고요."

"이 집에 뭐 볼 게 있다고?" 주자진은 곧바로 몸을 돌려 옆에 있던 우물 난간에 걸터앉았다. 황재하도 앉으라고 난간 위 먼지를 떨어주고는 아까 산 귤을 꺼내 껍질을 까서 황재하에게 반을 건넸다. "되게 달아, 자."

황재하는 주자진 옆에 앉아 귤 한 쪽을 입에 넣으며 가라앉은 목소리로 말했다. "여기가 예전에 우선이 살았던 집이에요."

주자진은 순간 "아" 하고 외마디 탄성을 지르더니 놀라 벌어진 입을 다물지 못하고 물었다. "그걸 아직 기억하는 거야?"

"그럼요. 처음으로 아버지를 도와 사건을 해결한 곳이니까요."

"만약에⋯⋯." 주자진은 그 집을 한 번 쳐다보고, 다시 고개를 돌려 황재하를 보며 머뭇거리다 물었다. "그러니까 내 말은 만약에 말이야, 네가 지금 열두 살 때로 돌아가 다시 이 사건을 마주하게 된다면⋯⋯ 우선의 인생이 완전히 뒤바뀐다는 사실을 알면서도, 그래도 우선의 형이 범인이라고 아버지께 말할 수 있을 것 같아?"

"네." 황재하는 조금도 망설이지 않고 대답했다.

주자진은 놀라 휘둥그레진 눈을 껌뻑거렸다. 대답이 그렇게 빨리 나올 줄은 생각도 못 했다.

"제가 우선의 인생과 우리 가족의 운명을 아무리 되돌리고 싶다 한들, 그 범죄는 이미 벌어진 일이에요. 진상을 명백히 알면서 어떻게 진실을 바로잡지 않고 외면할 수 있겠어요?" 황재하는 귤을 손에 쥐고서 고개를 들어 금방이라도 눈이 쏟아질 듯한 음침한 하늘을 보며 천천히 말했다. "하지만 그때로 돌아간다면 사람을 시켜 그 집안의 상황을 잘 살피고, 그런 비참한 일이 또다시 발생하지 않도록 돕겠죠. 적어도 그 어머니만큼이라도 잘 보살펴서, 아들의 죽음으로 정신을 놓는 일이 없도록, 그래서 스스로 목숨을 끊는 일도 없도록 말이에요."

주자진은 진지하게 고개를 끄덕였다. "응, 그리고 우선에게도 세심하게 신경 써주고 말이야."

황재하는 오래도록 하늘을 올려다보다가 낮게 한숨을 쉬었다. 날씨가 제법 추워 하얗게 뿜어져 나온 입김이 어두운 공기 속으로 사라지는 게 보였다.

황재하는 천천히, 아주 또렷한 목소리로 말했다. "아니요. 만약 인생을 다시 한 번 살게 된다면, 그때는 우선을 알게 되는 일은 없을 거예요.”

과거의 아름다운 추억, 몽환과 같았던 소녀 시절, 그리고 석양 아래 살며시 미소 짓던 그 소년…….

이제는 다 원치 않았다.

“하지만…… 인생은 되돌릴 수 없는 거잖아요?” 황재하는 자문자답인 듯, 혼잣말인 듯 중얼거리고는 차갑고 신선한 공기를 깊이 들이마신 뒤, 마치 가슴에 막혀 있던 것을 내뱉기라도 하듯 조금씩 허공을 향해 숨을 내쉬었다.

“그만 가요. 더 이상 미련도, 특별한 감정도 남아 있지 않아요.” 황재하가 천천히 몸을 일으켰다.

주자진은 걱정스러운 눈으로 황재하를 보며 물었다. “숭고, 그럼 앞으로 넌 어떡해?”

황재하가 고개를 돌려 주자진을 보았다.

“왕 형과의 혼사도 틀어지고…… 우선도 죽었잖아…….” 주자진은 근심 가득한 표정으로 귤을 먹으며 미간을 찌푸렸다. 귤이 시어서인지, 마음이 시어서인지는 알 수 없었다. “아님, 나랑 같이 가자. 정말 포두가 되고 싶은 마음은 전혀 없는 거야?”

황재하는 고개를 흔들며 말했다. “나중에는 혹시 몰라도, 지금은 해야 할 일이 있어요.”

“응? 무슨 일?” 주자진이 눈을 껌뻑이며 물었다.

“저희 집 사건의 진상을 밝힐 수 있었던 건 다 기왕 전하 덕분이었어요. 지금 전하 곁에 그 이상한 부적이 있는 이상, 저도 전하를 도와 그 내막을 철저히 조사해드리고 싶어요.”

주자진은 자신의 가슴을 툭툭 치며 의기양양한 투로 말했다. “맞아, 기왕 전하는 내게도 많은 도움을 주셨지. 내가 가지고 있는 그 시신 검안 도구들도 다 전하께서 특별히 병부에 얘기해 만들어주신 거야.

전하의 일이라면 나도 빠질 순 없지!"

"잘됐어요. 도련님이 도와주시면 훨씬 빨리 진상을 파헤칠 수 있을 거예요." 황재하가 고개를 끄덕이며 말했다. "누군가가 그 부적에 색이 빠지는 먹물을 써서, 마치 기왕 전하 신변에 벌어지는 안 좋은 일들이 운명인 것처럼 꾸민 것 같아요."

"색이 빠지는 먹물이라면 내가 잘 알지. 불에 타서 재가 된 종이에 적혀 있던 글자를 내가 다시 보이게 했었잖아. 그것과 비슷한 원리여서 다시 한 번 보여줄 수도 있어."

"아니요, 그것과는 달라요. 이번에는 붉은 먹이에요." 황재하가 눈썹을 잔뜩 찡그리며 말했다. "붉은 먹은 제조 방법이 보통 먹과는 완전히 달라요. 도련님이 그때 썼던 시금치 즙으로는 안 될 거예요. 게다가 상대는 종이에 어떤 흔적도 남기지 않았어요."

"고수인가 봐……. 분명 내가 모르는 어떤 수법이 있을 거야!" 주자진은 순간 두 눈을 번뜩이더니 흥분하며 말했다. "나도 꼭 배우고야 말겠어!"

"어디 가서 배운단 말이에요?"

"나만 따라와!" 주자진은 품에 들고 있던 귤을 소하 위에 걸쳐놓은 작은 바구니 속에 다 쏟아 넣고는 황재하를 데리고 서쪽 시장으로 달렸다.

표구사 앞에 도착한 주자진은 가게 안에 앉아 있는 숱 적은 염소수염의 노인을 가리키며 말했다. "저기 저 노인장 보여?"

커다란 솜저고리 속에 양손을 집어넣은 채 꾸벅꾸벅 졸고 있는 노인을 보며 황재하가 고개를 끄덕였다.

"표구로는 이 장안에서 가장 유명하지. 그때 그 시금치 즙도 고서적에서 발견한 것을 저 노인장이랑 같이 연구해서 만들어낸 거야."

황재하는 순간 주자진에게 존경의 눈빛을 보냈다. "그것 때문에 여기 와서 표구까지 배운 거예요?"

"그럼! 검시관은 죽을 때까지 무언가를 배워야 하는 자리 아니겠어? 지난번 왕비 사건 때는 왕약과 금노의 손을 구분해내려고 특별히 뼈와 골격에 대해 배웠잖아. 내가 도살장에 가서 돼지발을 얼마나 많이 썰어냈는지 모른다고."

주자진은 황재하를 잡아끌고 표구사 안으로 들어갔다. 노인장이 눈을 가늘게 뜨고서 슬쩍 쳐다보더니 맥 빠진 목소리로 물었다. "주 공자 아니신가. 이번엔 또 무슨 용무로 이리 오셨는가?"

주자진은 곧바로 아부의 웃음을 활짝 지어 보였다. "아무래도 겨울은 너무 심심하지 않습니까. 그래서 뭐라도 좀 배워볼까 하고 또 왔지요."

노인의 낯빛이 새하얗게 질렸다. "가시게, 가, 가! 자네랑 보낼 시간 없으니 그만 돌아가시게. 지난번에도 그 시금치 즙 만든다고 반년 넘게 자네한테 시달린 걸 생각하면 이 늙은이가 죽지 않은 게 다행이지!"

"에이, 그러지 마시고요……. 붉은 묵의 흔적을 감쪽같이 사라지게 만드는 방법이 안 궁금하세요?"

"그리 간단한 걸 굳이 연구할 필요가 있는가? 식초로 주사(硃砂)를 용해시킬 수 있지 않나!" 노인은 주자진에게 눈을 흘겼다.

"하지만 식초는 냄새가 날 텐데요?" 주자진은 가르침을 갈구하는 간절한 표정으로 물었다.

노인은 으스대듯 턱을 치켜들며 크게 웃었다. "하하하……. 우리 집안에 조상 대대로 전해 내려오는 비법이 있지. 설마 내가 그걸 자네에게 가르쳐주리라고 생각하는 건 아니겠지?"

"알겠습니다……." 주자진은 어쩔 수 없다는 표정을 지으며 매대 앞으로 걸어갔다. "어르신 집안에 대대로 내려오는 그 방법으로 정말 주묵(朱墨)을 말끔하게 지울 수 있다는 거죠? 아무 흔적도 남기지 않고요?"

"두말하면 잔소리! 붉은색이 언제 있었느냐는 듯이 완전히 새것으로 바뀌지! 우리 역 씨 집안이 이 장안에서 얼마나 오랫동안 표구를 하며 살았는데, 그런 비법 하나 없이 지금까지 버텼겠어?"

"진짜죠?"

"진짜지!" 노인은 싸움닭처럼 목을 꼿꼿이 세우고 말했다.

"그렇다면……." 주자진이 곱게 표구된 그림 한 장을 집어 들어 매대 위에 착 펼치더니, 옆에 놓여 있던 반쯤 마른 주묵 접시를 들어 그림 위에 아주 시원하게 흩뿌렸다. 눈 깜짝할 사이에 벌어진 일이었다.

의자에 몸을 기대고 앉아 있던 노인이 벌떡 몸을 일으켜 황급히 그림을 가로챘지만 그림은 이미 붉게 물든 뒤였다. 노인은 화가 머리끝까지 치밀어 온몸을 부들부들 떨며 거의 울먹이는 목소리로 말했다. "전자건[10] 그림이라고……. 전자건의 와마도(臥馬圖)란 말이야……."

황재하도 가까이 다가가 살펴보니, 한눈에도 전자건의 진품으로 보였다. 그림 속 말은 비록 바위 아래 누워 있었지만 금방이라도 몸을 일으켜 달려나갈 듯한 기세가 어찌나 생생한지 정말 살아 있는 것처럼 보일 정도였다. 확실히 대가의 솜씨였다. 다만 지금은 주사가 흩뿌려진 터라 말이 상처 입고 온몸이 흥건하게 피로 물든 모양새여서 차마 눈뜨고 보기 어려울 정도로 참혹했다.

"자네 어떻게…… 어떻게 집어도 그걸 집어? 어?" 노인은 거의 미치기 일보 직전이었다. 금방이라도 주자진을 갈기갈기 찢어 죽일 기세로 눈을 부릅뜨고 쏘아보았다. "그 옆에 있는 왕 대학사나, 류 대상서의 그림들은 100장을 가져다 뿌려도 상관없지만, 하필이면 전자건

---

10   수나라 때의 화가.

의 그림에! 이걸…… 이걸 뿌린단 말이야?"

노인은 옆에 있던 족자를 하나 집어 들고는 곧바로 주자진을 향해 달려들었다. 주자진은 머리를 감싼 채 가게 안의 기둥을 돌아 도망치면서 말했다. "흔적도 없이 깨끗하게 지울 수 있다면서요?"

"그렇긴 하지만…… 최소한 사흘은 걸린다고! 이건 오늘 가져가기로 한 그림이란 말이야!" 노인은 숨을 헐떡거리며 신경질적으로 고함을 질렀다. "게다가 이건 전자건의 그림이라고! 잘못해서 손톱만큼이라도 찢어지는 날에는, 썩을 네놈 100명을 때려 죽인대도 그 화를 못 당해낼 거라고!"

"에이……. 그림 주인이 누군데요? 뭐 기껏해야 권력 믿고 사람을 업신여기는 그런 사람이겠죠. 사흘만 기다렸다가 가져가라고 해요."

"쳇! 자네도 고작 자네 집안 권세 믿고 그리 허세를 부리나 본데, 자네가 감당할 만한 사람이 아니네! 왕제 전하라고!"

"……뭐 기껏해야 왕부 앞에 꿇어앉아 사죄하면 될 일이죠." 주자진은 원래 낯짝이 두꺼운 인간이라 뻔뻔하게 물었다. "전하라면, 어느 전하요?"

"소왕 전하!"

"진작에 말씀하시지. 소왕 전하는 저와도 친분이 좀 있으니, 제가 지금 곧바로 가서 말씀드릴게요. 사흘만 늦게 가지러 오시라고요." 주자진은 그렇게 말하면서 바깥으로 걸음을 옮기다가 멈칫하더니 다시 고개를 돌려 물었다. "사흘이면 다 된다는 거죠? 그럼 저도 그때 와서 참관을 좀……."

"썩 꺼지지 못하겠는가!" 노인은 타오르는 분노를 참지 못하고 족자 하나를 집어 들어 주자진을 향해 내던졌다.

주자진은 머리에 크게 생긴 혹을 문지르며 풀이 죽어 표구사를 뛰쳐나왔다.

황재하는 그 뒤를 따르며 답답한 마음에 말했다. "도련님, 앞으로는 이렇게 무모하게 덤비지 마세요."

"에잇, 이게 다 기왕 전하를 위한 거잖아." 주자진은 혹을 문지르며 신바람 난 목소리로 말했다. "봐, 벌써 주묵을 사라지게 할 수 있는 방법을 조사해냈잖아. 내가 너 대신 굉장히 중요하고 어려운 문제를 해결한 거야, 그렇지?"

"아니요." 황재하는 고개를 내저었다. "상대는 부적에 손을 쓸 때, 사흘의 시간을 들여야 하는 위험을 무릅쓰지는 않았어요. 만일 기왕 전하께서 하루 이틀 내에 다시 꺼내 보시기라도 하면, 그대로 수포로 돌아갈 테니까요."

"……알았어. 그럼 난 쓸데없이 가서 괜히 맞고만 온 거야?" 주자진은 억울해하며 혼잣말로 중얼거렸다.

황재하는 여전히 생각에 잠겨서 걷다가 문득 고개를 들었다. 여 씨 향초 가게 앞이었다.

동짓날이라 향초 가게엔 손님이 넘쳐났다. 황재하와 주자진은 바깥에 서서 장항영의 형 부부가 숨 돌릴 틈도 없이 바쁘게 움직이는 모습을 지켜보다가, 안에 들어가 인사를 건네는 건 포기하고 발걸음을 돌렸다.

"어떻게 보면…… 적취의 운명이 그리 좋은 건 아니지만, 그래도 인생에 어두운 부분만 있는 건 아니었다고 생각해." 주자진은 한숨을 쉬며 말했다. "적취의 아버지도 그렇고, 우연히 만난 장항영의 가족들도 그렇고, 다들 적취를 진심으로 아꼈잖아."

황재하는 아무 대답 없이 다시 한 번 향초 가게를 돌아보았다.

가게 앞으로 수많은 사람이 끊임없이 오갔다. 그때, 굉장히 익숙한 형체가 자그마한 여인이 향초 가게 맞은편 나무 아래에 미동도 않고

서 있는 것이 보였다. 황재하는 의아해하며 눈을 크게 뜨고 아예 몸을 돌려 그 여인을 향해 걸음을 옮겼다.

하지만 거리 가득한 사람들에게 길이 막히고 말았다. 발 디딜 틈 없을 정도로 오가는 인파에 떠밀려 몇 걸음 뒤로 물러났다가 겨우 몸을 가누고 다시 앞으로 나아갔으나, 그 여인은 이미 사라지고 보이지 않았다.

황재하는 초조하게 인파 속을 두리번거렸으나 아무 소득도 없었다.

주자진이 물었다. "뭘 그리 찾아?"

"적취요……. 향초 가게 맞은편에 서 있던 여인이 적취랑 정말 비슷했어요!"

"정말? 말도 안 돼." 주자진은 까치발을 하고서 사방을 둘러보았으나, 결국은 포기하고 실망한 목소리로 말했다. "아니겠지. 네가 잘못 봤을 거야."

"그렇겠죠……?" 황재하도 그렇게 생각하는 수밖에 없었다.

적취는 여전히 수배 중인 죄인인데, 어떻게 감히 장안으로 돌아오겠는가?

날이 점차 어두워져 주자진은 황재하와 함께 영가방으로 향했다. 기왕부에 도착하기도 전에 드문드문 눈발이 날리기 시작했다. 이쪽은 오가는 사람이 적은 덕에 두 사람은 말을 더 재촉해 금세 왕부 앞에 도착할 수 있었다.

황재하가 채 말에서 내리기도 전에 문 앞에 서 있던 누군가가 종종 걸음으로 계단을 내려왔다. "아이고, 황재하 아가씨. 이제야 돌아오셨네!"

왕부 소환관 노운중이었다. 여전히 시끄럽고, 여전히 말이 빨랐다. "전하께서 궁에서 전갈을 보내오셨네. 오늘 밤 대명궁에서 연회가 열

리지 않나. 작년에 소왕 전하께서 술에 취해 궁문 안에서 쓰러져 잠드
셨는데, 궁중 일손들이 하도 바빴던 탓에 날이 밝도록 아무도 소왕 전
하를 발견하지 못한 일이 있었네. 그 바람에 전하께서 크게 병을 앓으
셨지! 금년에 또 이렇게 눈이 내리니, 각 왕부마다 시중들 사람을 입
궁시킨다 하는군. 전하들께서 너무 취해 또 그런 일이 발생하지 않도
록 말이야!"

황재하는 말에서 내려 처마 밑으로 가 몸에 쌓인 눈을 떨어냈다.
"전하께서 저더러 입궁하라 하셨습니까?"

"그렇네. 어서 가서 예전에 입던 환관복으로 갈아입고…… 아, 맞
다. 며칠 전에 막 완성된 여우 갖옷이 있는데, 그걸 입혀 보내라 하셨
네." 노운중은 그러면서 다짜고짜 황재하 품으로 옷을 안겨주었다.

황재하는 씁쓸한 미소를 지으며 주자진에게 먼저 돌아가라 인사했
다. 옷을 갈아입고 나오니 마차가 이미 문 앞에서 대기하고 있었다.
노운중이 얼른 황재하를 끌어다가 마차에 태웠다.

황재하가 하늘빛을 살피며 말했다. "아직 이르지 않나요? 연회는
이제 막 시작됐을 텐데, 한밤중이나 되어야 끝나지 않겠어요?"

"그래도 어서 가서 기다리고 있어야지. 혹여나 전하께서 시중들 사
람이 필요하실 수도 있잖아?"

마차는 눈과 바람을 뚫고 대명궁으로 향했다. 다행히 영가방은 대
명궁과 그리 멀지 않았다. 마차가 움직인 지 얼마 지나지 않아 금세
대명궁의 높은 궁벽이 눈에 들어왔다.

오늘 연회는 황제의 뜻대로 서봉각에서 열렸고, 상난각에서는 기녀
들의 가무가 펼쳐졌다. 황재하는 망선문 앞에 이르러 마차에서 내렸
다. 드문드문 내리던 눈발은 잠시 그친 상태였다. 황재하는 다행이라
여기며 붉은빛 궁등을 든 환관의 인도 아래 용수거(龍首渠)를 지나 소
훈문으로 들어갔다. 그리고 다시 동조당을 지나 기다랗게 난 용미도

(龍尾道)를 따라 5장 높이의 서봉각으로 한 걸음 한 걸음 올라갔다.

함원전은 웅장하고 아름다운 자태를 뽐내며 정중앙에 위치했고, 그 양쪽으로 각각 자리한 서봉각과 상난각이 마치 봉황이 날개를 펼친 듯 조정을 둘러싸고 지키는 형세였다. 새롭게 단장한 모습으로 환한 불빛 속에서 아름답게 빛나는 함원전과 쌍궐은 마치 신선의 궁궐처럼 보였다.

황재하는 걸쳤던 여우 갖옷을 벗어 들고 쪽문을 통해 서봉각 안으로 들어갔다. 황제 바로 아래가 기왕의 자리였다. 황재하는 표정 하나 변하지 않고 벽 쪽으로 붙어 안으로 들어갔다. 모두가 상난각의 가무를 감상하느라 아무도 황재하의 등장을 눈치채지 못했다. 황재하는 이서백 뒤로 가서 살며시 자리에 앉았다. 이서백이 고개를 돌려 황재하를 보고는 미세하게 미간을 찌푸렸다. "두껍게 입고 오라 이르지 않았더냐?"

황재하는 궁녀에게서 술 주전자를 건네받고는, 이서백 옆으로 옮겨 앉아 잔에 술을 따르며 소리를 낮추어 대답했다. "두껍게 입고 왔습니다. 전각 안이 따뜻하여 조금 전에 벗은 것이옵니다."

이서백은 술잔을 건네받으며 아무런 표정의 변화 없이 자신의 손등을 황재하의 손등에 대어보고는, 크게 냉기가 느껴지지 않음을 확인하고서야 고개를 살짝 끄덕였다. 황재하는 몸을 일으켜 다시 이서백 뒤로 가서 선 뒤, 건너편에서 펼쳐지고 있는 가무를 감상했다.

100보가량 떨어진 상난각은 다시 흩날리기 시작한 눈발 속에서 아스라이 마주 보였다. 등불은 대낮처럼 밝고, 아치형 버팀벽 구조의 상난각에서는 예인들이 부르는 노랫소리가 부드럽고 아련하게 들려와, 100보의 거리가 노래를 감상하기에 적절하게 느껴졌다. 전각 안 촛대에 밝혀진 촛불 빛이 벽에 박힌 금은보화 등 휘황찬란한 벽 장식을 비추었다.

상난각은 모든 문과 창문을 떼어낸 상태여서, 마치 신선의 궁궐에서 신선의 음악이 흐르는 가운데 100명의 선녀들이 춤을 추는 듯 보였다. 밤새 봄바람이 불어와 모란의 만개를 재촉한 듯, 태평성세의 화려한 꽃들이 눈앞에서 눈부시게 피어났다.

황재하는 무심히 무대를 지켜보았다. 무녀들의 자태와 동작 모두 무척 아름답긴 하나, 난대의 「예상우의무」에는 미치지 못한다고 생각하며 시선을 돌려 대전 안을 한 바퀴 쭉 둘러보았다. 기왕의 맞은편에 앉은 악왕 이윤과 소왕 이예도 고개를 돌려 바깥 무대를 바라보고 있었다.

시선이 이윤에게 닿는 순간, 황재하는 뭔가 이상함을 느꼈다. 이서백과 이예와 마찬가지로 이윤 또한 자색 도포를 입었는데, 유난히 그 색이 어둡게 느껴졌다. 하지만 동일한 색깔의 비단옷인 것은 틀림없었다.

다시 이예에게로 시선을 옮기니, 속에 입은 무늬 없는 미색 명주 내의가 살짝 보였다. 반면, 이윤은 삐져나온 옷깃과 소맷자락으로 보아 속에 검은색 내의를 입은 듯했다. 그래서 도포의 자색이 그리 선명하게 보이지 않은 것이다. 왠지 그 미간에 난 붉은 점조차 어둡게 보이는 것 같았다.

황재하의 시선이 다시 이서백에게로 향했다. 이서백 또한 미색 명주 내의를 입고 있었다. 똑같은 예복이었으나, 이서백이 입으니 마치 맑은 노을이 첫눈을 비추는 듯한 느낌이 들었다. 대청 가득 모인 수많은 사람 중에 이서백만 한 이가 없었다.

황재하는 저도 모르게 입가에 미소를 지으며 다시 시선을 거두어 무대를 바라보았다. 내리던 눈은 이제 완전히 그친 듯했다. 건너편의 가무 또한 막바지에 이르렀는지, 급하고 화려한 악기 소리에 맞춰 무희들의 치맛자락이 빙글빙글 빠른 속도로 돌았다. 회전하는 치마가 일으킨 바람에 전각 안 모든 등촉 불빛이 휘청 옆으로 몸을 숙였다.

박자를 탄 추임새 속에 가무가 끝나고, 모든 무희들이 사뿐히 나아와 절을 했다. 등촉이 하나둘 꺼지고 남은 불빛 아래 무희와 가녀, 그리고 악사들이 줄지어 무대 밖으로 물러나는 모습이 보였다. 처마 밑에 걸린 궁등 몇 개만이 상난각을 밝혔다.

서봉각의 문과 창문을 닫으니 등불과 화롯불의 열기가 금세 실내를 따뜻한 봄처럼 만들어주었다. 온기와 함께 술기운이 올라왔는지 황친들과 조정 대신들은 한껏 흥분하고 들떠 연거푸 황제를 향해 축하주를 올렸다. 덕분에 군신 모두가 화기애애하게 어울리며 연회를 이어갔다.

이서백 뒤에 선 황재하는 전혀 딴 세상에 있는 것처럼 눈앞의 사람들을 보았다. 비록 저녁식사는 하지 못했지만 오후에 주자진과 간식을 몇 가지나 사 먹었던 터라 배는 조금도 고프지 않았고, 그저 연회가 빨리 끝나고 돌아가기만을 기다렸다. 황재하의 시선이 전각 안 사람들을 훑었다. 술잔이 세 순배 돌자 거의 대부분의 사람은 취기가 올랐으나, 유일하게 이윤만은 연회에 집중하지 못하는 듯 산만한 모습을 보였다. 다른 사람과 술잔을 주고받을 때를 제외하고는 대부분 멍하니 넋을 잃고 있는 모습이 어딘가 이상했다.

이서백도 그런 이윤의 모습을 눈치채고는 술잔을 들어 이윤을 향해 안부를 물었다. 이윤도 이서백을 향해 무심히 술잔을 들어 예를 취하긴 했으나, 허망한 눈빛으로 힘겹게 술을 들이켰다.

한창 떠들썩한 가운데 바깥에서 이각을 알리는 시보(時報) 소리가 희미하게 울렸다. 이윤은 손에 든 술잔을 비우더니 몸을 일으켜 천천히 바깥으로 걸어 나갔다.

악왕부 사람도 그 뒤에 서서 따르다가 급히 앞으로 나서며 이윤을 부축했다. 그러나 이윤은 따라오지 않아도 된다고 손을 휘젓고는 홀로 문 쪽으로 걸어갔다. 황제하는 이윤이 옷을 갈아입으러 가는 것이려니 생각하며, 다시 시선을 거두어 이서백에게 집중했다.

이서백은 주량이 센 편이어서 황제 다음으로 많이 마시고도 취한 기색은 전혀 보이지 않았다. 황제는 이미 거하게 취해 눈이 거의 감길 정도였으나, 그래도 이서백을 향해 손을 까딱여 가까이 다가오라 하고는 말을 건넸다.

"넷째야, 듣기로 불탑 72개는 이미 해결이 되었다고 하더구나?"

"네. 어제 그 일과 관련하여 이미 논의를 마쳤습니다. 각 주와 현마다 불탑을 세워 공덕을 쌓겠다는 거상들이 서로 나서고 있습니다. 공부 현장은 지금 가격 경쟁으로 꽤나 시끌벅적한 상황입니다."

"좋구나, 아주 좋아. 넷째야, 역시 조정에는 너 같은 인재가 반드시 있어야 한다!" 황제는 이서백의 팔을 토닥이며 한참을 칭찬하더니 다시 얼굴이 어두워졌다. "한데, 아우는 그런 생각은 해보았는가? 그 72개의 불탑과 72개의 공덕이 아우의 그 한 수로 인해 더 이상 짐의 것이 아니게 되었단 말이지. 그 거상들의 것이 되어버렸다고! 불사리를 장안에 모시려고 한 것은 짐인데, 어찌 그 공덕을 그들이 나눠 가지느냔 말이다."

"폐하, 많이 취하셨습니다." 이서백은 표정 하나 변하지 않고 말했다. "이 천하가 모두 폐하의 것 아닙니까. 불사리 또한 궁중 불당에서 모시는 것이니, 이는 폐하께 바치는 것이나 다름없습니다. 폐하는 만백성에게 봉양을 받는 몸이시니, 천하 모든 사람의 공덕이 다 폐하의 공덕이지요. 설사 손가락 사이로 빠져나가는 듯 보이는 모래가 있다 할지라도, 결국엔 그 모래까지 모두 모여 조당의 탑이 쌓이는 것일진대, 어찌 공덕을 나누어 가졌다 말씀하십니까?"

황제는 고개를 끄덕이며 이서백의 말을 곱씹어보더니 미소를 띠었다. "넷째 말이 맞구나. 이 천하가 다 짐의 것이고, 만백성도 결국 짐을 위해 분주히 뛰어다니는 개미에 불과하니, 거론할 만한 것이 못 되지……."

황제의 말이 채 끝나기도 전에 굳게 닫힌 문밖에서 날카로운 비명이 들려왔다.

서봉각 안에 있던 사람들은 무슨 일이 벌어진 것인지 의아해하고 있는데, 바깥은 이미 큰 난리가 벌어졌다. 누군가가 크게 소리쳤다. "악왕 전하!"

또 다른 누군가가 외쳤다. "어서, 어서 가서 구하게!"

그리고 누군가는 대전 안으로 급히 들어와 어전에 꿇어앉아 고했다. "폐하, 악왕 전하께서…… 상난각에서……."

황제는 이미 잔뜩 취해 무슨 상황인지 깨닫지 못하고 멍하니 있었다. 이에 이서백이 대신 나섰다.

"폐하, 소신이 가보겠습니다."

그리고는 곧바로 몸을 일으켜 빠른 걸음으로 밖을 향했다.

황재하도 급히 그 뒤를 따랐다. 황재하가 대전 문 앞에 이르렀을 때, 이서백은 이미 난간 앞에 서서 맞은편 상난각을 바라보고 있었다.

찬바람도 아랑곳 않고 환관과 시위병이 서봉각의 문과 창을 활짝 열어젖혀 모든 사람의 시야에 상난각 뒤편 난간 위에 서 있는 이윤의 모습이 들어왔다. 100보가량 떨어진 곳에서 바라보니 얼굴은 창백하고 미간 사이 붉은 점도 선명하게 보이지 않았지만, 그 얼굴과 몸의 형체는 누가 봐도 악왕 이윤이 틀림없었다.

언제 그 높은 난간까지 올라갔는지, 이윤은 한참을 찬바람 속에 미동도 않고 서 있었다. 바람이 매섭게 불어와 바닥에 쌓인 눈이 흩날렸다. 눈송이가 이윤의 자색 옷과 머릿결 위로 내려앉았다. 서봉각은 순식간에 놀람과 탄식 소리로 가득했다.

누군가가 크게 소리쳤다. "악왕 전하, 절대 움직이시면 아니 되옵니다!"

"전하, 많이 취하셨습니다! 조심하십시오!"

이윤은 그런 말들에는 전혀 신경 쓰지 않고 그저 혼란에 휩싸인 서봉각 쪽을 바라만 보았다.

이서백은 고개를 돌려 어느새 옆에 와 있는 왕온에게 물었다. "상난각 쪽에 또 누가 있느냐?"

왕온이 미간을 찌푸리며 말했다. "아무도 없습니다. 가무가 끝난 후 모두 이리로 옮겨와 지금 상난각에는 아무도 남아 있지 않습니다."

이서백의 눈썹이 일그러졌다. "저리 큰 전각에 어찌 지키고 선 자가 없단 말이냐?"

"호위병들은 대부분 아래에서 지키고 있어서, 올라와 있는 자들은 애초에 수십 명에 불과합니다. 게다가 황제 폐하와 중신들이 모두 서봉각에 계시니 자연히 모두 이곳에서 보초를 섰고, 상난각 쪽은 크게 신경을 쓰지 않았습니다." 왕온은 그렇게 말하면서 잠시 시선을 옮겨 황재하를 보았다. 복잡한 표정을 하고서 무언가를 말하고 싶은 눈치였지만 결국 아무 말도 하지 않았다.

황재하도 난처하여 어찌할 바를 모르고 있는데, 건너편에서 이윤이 크게 소리쳤다. "절대 가까이 오지 마라! 한 발자국만 더 다가오면, 본왕은 바로 뛰어내릴 것이다!"

난간 쪽으로 뛰어가던 호위병들은 모두 그 자리에 멈춰 서는 수밖에 없었다.

이윤이 손을 들어 이서백을 가리키며 말했다. 목소리가 떨리긴 했으나 또렷하고 명확하게 들려왔다. "넷째 형님…… 아니! 기왕 이자! 갖은 꼼수와 계략으로 조정의 기강을 추잡하게 만드는 놈! 오늘 나 이윤이 죽음을 택하는 것은 너의 그 위협으로 인해 더 이상 다른 선택이 없기 때문이다!"

이서백은 날카롭게 꾸짖는 듯한 이윤의 말을 들으며 밤바람 속에 미동도 않고 서 있었다. 그렇게 오랫동안 그 자리에 가만히 서서 건너편의 이윤을 응시했다.

밤바람에 날려온 눈송이가 이서백의 머리로, 피부로 내려앉았다. 날카로운 칼로 베는 듯한 추위가 뼛속까지 파고들어, 그 엄청난 한기에 순간 전혀 움직일 수 없었다.

이윤의 말을 들은 사람들은 장안에 떠도는 괴소문을 떠올렸다. 무리의 시선이 일제히 이서백에게로 모였다. 이서백 뒤에 서 있던 황재하는 순간 이서백의 얼굴이 새하얗게 질리는 것을 또렷이 보았다. 그리고 그 눈에 절망적인 분노와 한이 서리는 것도. 황재하는 심장이 철렁 내려앉으며, 가슴속에 얼음장 같은 한기가 퍼졌다.

전혀 생각지도 못한 일이다. 이서백에게 치명상을 입힐 그 첫 번째 일격이 이윤에게서 나오리라고는 전혀 예상치 못했다. 온화한 미소와 아련한 표정을 띠던 어린 왕제, 이서백과 가장 가깝게 지내던 일곱째 동생 이윤. 불과 며칠 전만 해도 누군가가 모친을 해친 듯하다며 이서백에게 사건의 진상을 밝혀달라고 부탁했던 이윤 아니었던가. 그런 이윤이 이처럼 뜻밖의 일격을 가할 줄은 몰랐다.

이서백은 서봉각 바깥에 서서 상난각의 이윤을 건너다보며 말했다. 여전히 나지막한 음성이었으나 다급한 기색이 묻어났다. "일곱째야, 이 형님이 평소 네게 무슨 잘못을 하여 네가 그런 생각을 가지게 되었는지 모르겠으나, 일단 내려오너라. 내려오면 내 천천히 다 해명을 하마."

"해명? 하하하……." 이윤이 하늘을 올려다보며 마치 실성한 듯 크게 웃었다. "기왕 전하, 당신이 어떤 사람인지 내가 모를 거라 생각하셨습니까? 그때 방훈과 싸우기 위해 출정한 이후로, 네놈은 완전히 다른 사람이 되었지! 너는 기왕 이자가 아니라, 방훈의 망령에 사로잡

106

힌 놈이다! 만일 오늘 내가 이 자리에서 죽지 않고 네놈 손에 들어간다면, 죽는 것보다 더한 고통을 겪게 되겠지!"

난간을 붙잡은 이서백의 손에 힘이 들어가 손등의 파란 힘줄이 눈에 띄게 불거졌다. 이서백이 이윤을 향해 크게 소리쳤다. "어찌되었든 일단 진정하고, 거기서 얼른 내려오너라……!"

"기왕 이자…… 아니, 이 방훈의 망령아! 내 오늘 나의 이 죽음을 대당 천하에 바친다! 하늘이시여! 나의 혼백이 하늘로 올라가 이 씨 황족이 멸하지 않도록 천년만년 지키게 하소서!" 이윤은 그리 말하면서 품속에서 흰 종이 뭉치를 꺼냈다. 동일한 글귀가 적힌 종이 같았으나, 거리가 멀어 뭐라고 적혔는지는 알아볼 수 없었다.

이윤이 손에 든 종이 뭉치를 공중으로 날렸다. 종이는 밤바람에 실려 함박눈처럼 사방으로 흩날렸다.

"네가 내게 준 것들을 오늘 네놈 앞에서 태워 없앰으로써 그간 우리 사이에 쌓았던 형제의 정에 제를 올리지!"

이윤이 등불을 들고 마지막으로 이서백을 쳐다보았다. 밝게 타오르는 불빛이 기이하게 일그러진 이윤의 얼굴을 비추었다. 이윤이 새된 소리로 외쳤다. "대당은 반드시 망하리라. 조정과 재야가 다 어지러우니, 그 재앙의 화근은 기왕!"

그 말을 내뱉은 직후 이윤의 몸이 뒤로 젖혀지는가 싶더니, 순식간에 난간에서 추락하여 어두운 허공으로 사라졌다.

바닥에 떨어진 등불이 순간 화르르 크게 타올랐다.

상난각 위에 더 이상 이윤의 모습은 보이지 않았다.

이서백은 즉시 상난각으로 달려갔다.

다시 어림군으로 전출되어 돌아온 왕온은 좌우 어림군에게 명했다. "어서 상난각 난간 아래를 살펴라!" 왕온은 그렇게만 말했지만 다들 그 뜻을 알아들었다. 서봉각과 상난각은 5장 높이의 기단 위에 세워졌으니, 그 높이에서 뛰어내렸다면 목숨이 붙어 있을 리 없었다. 시신을 수습하는 외에는 할 수 있는 일이 없으리라.

황재하는 얇게 쌓인 눈을 밟으며 이서백 뒤를 따라 상난각 쪽으로 뛰었다. 이서백은 보폭이 크고 발이 빨라 어느새 사병들을 앞질러 상난각으로 뛰어 들어갔다.

타오르는 불이 상난각을 밝혔다. 바닥에 검은 기름이 뿌려져 불은 더욱 맹렬하고 사납게 타올랐다. 이서백이 이윤에게 주었던 물건들은 이미 불속에서 다 타버렸다. 유일하게 해청왕에게서 받아 이윤에게 선물로 주었던 금자단 염주만이 목질이 단단하여 아직 다 타지 않고 뜨거운 불길 속에 남아 있었다.

상난각 앞에 도착한 황재하는 불길 앞에 꼼짝도 않고 서 있는 이서백의 모습을 보았다. 난간 쪽으로 다가가 아래를 내려다보니, 사병들이 이윤의 시신을 찾느라 한창 수색 중이었다. 황재하는 저도 모르게 미간을 찡그리고는 다시 고개를 돌려 이서백을 보았다. 이서백은 비통하고 망연자실한 얼굴로 불길 앞에서 금자단 염주를 지켜보고 있었다.

황재하가 다가가 작은 소리로 말했다. "전하, 너무 슬퍼 마세요. 분명히 어떤 속임수일 것입니다."

이서백은 형제 중에 이윤과 가장 사이가 좋았던지라, 갑자기 이런 일을 당하니 평소의 냉정함과 침착함은 온데간데없이 사라지고 뭘 어떻게 해야 할지 아무 생각도 나지 않았다. 그런 가운데 들려온 황재하의 목소리에 이서백은 그제야 겨울밤의 한기를 느끼며 정신을 차렸다. 이서백은 천천히 고개를 돌려 황재하를 보았다.

황재하가 소리를 더욱 낮추어 말했다. "저 아래에 악왕 전하의 시신은 없습니다."

순간 이서백이 속눈썹을 파르르 떨며 곧바로 몸을 돌려 난간으로 가까이 다가갔다.

눈이 얇게 쌓인 난간 위에는 두 개의 발자국 외에 아무런 흔적도 남아 있지 않았다. 이서백과 황재하는 난간 밖으로 몸을 내밀어 아래를 내려다보았다. 좌우 어림군이 상난각 아래 너른 터를 수색했지만 시신은커녕, 혈흔조차 나오지 않았다.

이서백은 시선을 거두어 황재하와 마주 보았다.

두 사람은 이윤이 추락하기 전에 한 말을 떠올렸다.

하늘이시여! 나의 혼백이 하늘로 올라가 이 씨 황족이 멸하지 않도록 천년만년 지키게 하소서!

길게 이어진 용미도를 따라 아래로 내려가면, 함원전 사방을 둘러싼 광활한 평지가 펼쳐지고, 잘 마모되어 매끄러운 큼지막한 청회색 돌길이 깔려 있었다. 대명궁의 웅장하고 광활한 모습을 부각시키려고 길옆으로 석등 외에는 아무것도 세우지 않았다.

그런데 100여 명이 지켜보는 앞에서 몸을 내던진 이윤이 땅에 떨어진 흔적이 없었다. 마치 상난각과 지면 사이 공중 어디에선가 연기처럼 사라져버리기라도 한 것처럼 말이다.

이서백과 황재하는 질주하듯 용미도를 따라 상난각 아래의 넓은 평지로 내려갔다. 사병들도 당황하여 한창 술렁거리고 있었다.

바닥은 온통 이윤이 뿌린 종이로 가득했다. 몇 사람이 질퍽한 눈길 위에서 사람들에게 밟힌 종이를 주워 들어 그 위에 적힌 글씨를 자세히 들여다보았다. 무어라 쓰였는지 알아본 이들은 황급히 종이를 다시 내던질 뿐, 감히 소리 내어 읽는 자가 없었다.

황재하 또한 허리를 굽혀 종이를 집어 들고는 활활 타오르는 횃불빛에 비추어 살펴보았다.

길쭉한 종이 위에 어지럽고 빽빽한 글씨가 한 줄 적혀 있었다.

대당은 반드시 망하리라. 조정과 재야가 다 어지러우니, 그 재앙의
화근은 기왕!

악왕부 진 태비 침실의 나무 탁자에서 본 그 글자들이었다.

'악왕 전하가 그 글자들을 베껴 써 궁중에 뿌리다니!'

황재하는 심장이 빠르게 뛰기 시작하고 손이 참을 수 없이 떨려왔
다. 뒤를 돌아보니 이서백은 시선을 종이 위에 고정시킨 채 더없이 침
울한 표정을 짓고 있었다.

황재하는 손에 든 종이를 소매 속에 집어넣고는, 다른 종이들이 바
람에 날려 온 대명궁을 휘젓고 돌아다니는 것을 힘없이 지켜보았다.

옆에서 누군가가 나지막이 중얼거리는 소리가 들렸다. "설마, 악왕
전하가 정말로 사직을 위해 몸을 던지신 거야? 그래서 태조와 태종의
현령이 나타나 전하를 공중에서 바로 신선으로 만드셨단 말이야?"

옆에 있던 자가 황급히 팔꿈치로 툭 치자, 그 사람도 곧바로 입을
닫고서 더 이상 아무 말도 하지 않았다.

왕온이 이서백에게 다가와 황재하를 스치듯 쳐다본 뒤 굳은 표정
으로 이서백에게 말했다. "샅샅이 수색했으나, 악왕 전하의 흔적을 찾
지 못했습니다."

이서백은 주위를 둘러보며 물었다. "당시 이곳을 지키던 어림군은?"

"당시 이곳에는…… 어림군이 지키고 있지 않았습니다." 왕온은
미간을 찌푸리며 말했다. "규정대로라면 보초병이 있어야 하지만, 전
각이 지면에서 5장 높이에 있어 누군가가 침입할 가능성이 없으니 굳
이 이곳을 지켜봐야 소용없다 여겨왔습니다. 그래서 규정은 유명무실

해진 지 오래고, 이곳은 지난 수십 년간 보초를 서지 않았습니다. 오늘 밤도 용미도와 각 출입구만 지켰지 이곳은 병사가 배치되지 않았습니다."

이서백이 눈을 들어 사방을 둘러보며 다시 물었다. "네가 여기 제일 먼저 도착했느냐?"

"네, 수하들을 이끌고 당도했을 때는 공터 전체에 눈이 얇게 쌓여 있을 뿐, 아무런 흔적이 없었습니다. 악왕 전하의 시신은커녕 발자국 같은 것도 찾지 못했습니다."

왕온 뒤에 있던 어림군들도 저마다 왕온의 말에 동의를 표하며, 쌓인 눈 외에는 아무것도 보지 못했다고 이구동성으로 말했다.

황재하는 고개를 들어 위를 올려다보았다. 상난각에는 이미 등불이 환하게 밝혀졌다. 5장 높이의 기단 벽은 여전히 매끄럽고 반들반들했다. 잘게 부서진 눈이 드문드문 내려앉은 것 외에는 긁혔거나 닦인 흔적은 전혀 보이지 않았다.

상난각에 도착한 황제는 이윤이 뛰어내린 자리에 서서 몸을 숙여 아래를 내려다보았다.

이서백의 시선이 황제와 정면으로 마주쳤다. 황제의 얼굴에 드리운 음산하고 흉악한 표정이 등불 빛을 받아 그대로 드러났다. 타닥타닥 튀어 오르는 불꽃이 황제의 얼굴을 왜곡되어 보이게 해, 마치 음침하고 무서운 악마가 온 궁성을 굽어보는 것 같았다.

삼경을 알리는 북소리가 온 장안성에 울려 퍼졌다.

동지 밤이 지나가고 다음 날 새벽에야 모든 마차가 대명궁을 빠져나갔다.

이서백과 황재하는 마차 안에 앉아 있었다. 마차가 조금씩 흔들리면서 유리등 불빛도 불안정하게 흔들렸다.

황재하는 마차 벽에 몸을 기댄 채 이서백을 바라보았다. 귓가에는 마차에 매달린 금방울이 내는 가볍고도 기계적인 소리가 들릴 뿐, 깊은 밤의 장안성은 적막만이 감돌았다. 황재하는 무슨 말이라도 해서 이 적막을 깨고 싶었지만 무슨 말을 해야 좋을지 몰라 그저 말없이 이서백을 바라보기만 했다. 등불이 두 사람 위로 짙은 그림자를 드리웠다.

"어차피 올 것은 오게 되어 있는 법이고, 피할 곳은 없다. 그렇지 않느냐?" 이서백의 낮게 깔린 목소리가 들려왔다. 평소와 다름없이 냉철한 얼굴에 덤덤하고 평온한 목소리였다. "다만 일곱째가 내게 이처럼 치명적인 일격을 가하리라고는 생각도 못 했다."

"어쩌면 악왕 전하의 본심이 아닐지도 모릅니다." 황재하는 소매 안에서 그 종이를 꺼내어 다시 자세히 살펴보고는 천천히 입을 열었다. "불과 얼마 전에 태비마마의 일을 조사해달라고 청하지 않았습니까. 만약 전하께 이런 수를 쓰실 생각이었다면, 왜 군이 태비마마의 이야기를 언급하여 전하께서 방비하실 수 있도록 했겠습니까?"

이서백은 고개를 끄덕이고는 대답했다. "그래, 나도 비슷한 생각이다. 일곱째도 우선처럼 섭혼술에 빠진 것은 아닌가 싶구나. 다만…… 대체 누가 감히 악왕을 병기로 삼으면서까지 나를 해하려 한단 말이냐?"

황재하는 이서백을 바라보며 아무 대답도 하지 않았다.

이서백도 그 이상은 말하지 않았다. 사실 두 사람은 마음속으로 이미 답을 알고 있었지만, 입 밖으로 내고 싶지 않았고, 입 밖으로 낼 수도 없었다.

유리등이 조금씩 흔들리면서 불빛도 같이 흔들렸다. 마차 안이 밝아졌다 어두워졌다를 반복했다.

거리의 불빛이 창을 통해 은은하게 들어와 마차 안을 희미하게 밝혀주었다. 이서백은 화제를 돌리려는 듯 말했다. "일곱째는 과연 어디로 사라졌겠느냐? 분명히 누각 아래로 떨어지는 것을 우리 눈으로 보았는데, 어찌 공중에서 그렇게 사라진 것이지?"

황재하가 낮은 소리로 말했다. "무슨 장치가 있었던 게 틀림없습니다. 다만 저희가 아직 모를 뿐이지요."

"일곱째가 난간 위에 서 있는 모습은 우리가 진짜로 본 게 맞느냐?"

"네, 정말 난간 위에 서 계셨습니다." 황재하는 손을 들어 은비녀의 권초 부분을 눌러 안에 든 옥비녀를 뽑아 들고는, 자신의 옷 위에 천천히 오목할 요(凹) 자 모양을 그렸다. 서봉각과 상난각은 함원전 앞 양쪽으로 봉황이 날개를 펼친 듯 튀어나와 '凹' 자 모양을 이루었다.

황재하는 그 모양의 왼쪽을 비녀 끝으로 찍고는 당시의 상황을 떠올리며 미간을 찡그렸다. "서봉각과 상난각은 모두 지면에서 5장 정도 높이에 지어졌으며, 사방이 난간으로 둘러싸여 있습니다. 그리고 악왕 전하는 서봉각에서 가장 멀리 떨어진 뒤쪽 난간 위에 서 계셨지요. 이 점이 첫 번째 의문입니다."

이서백도 고개를 끄덕였다. "만약 나를 질책한 뒤에 목숨을 끊으려 했다면, 서봉각과 더 가까운 난간을 택하는 것이 당연한 이치겠지. 그래야 서봉각에 있는 우리에게 정면으로 잘 보이지 않았겠느냐. 몸을 던지는 순간은 물론 땅으로 떨어지는 모습까지도 모두가 목도했을 테고 말이다. 사람들에게 나를 향한 원망과 두려움을 심어주려면 그 자리가 훨씬 나았을 게다."

"맞습니다. 반드시 뒤쪽 난간이어야 하는 다른 이유가 있었다면 모르지만요. 어쩌면 거기에 어떤 장치 같은 것이 설치되어 있던 건 아닐까요?"

"그런 건 없었다." 이서백이 천천히 고개를 내저었다. "일곱째가 떨어지자마자 우리가 곧바로 달려가지 않았느냐. 난간 위에는 얇게 쌓인 눈 위로 일곱째의 발자국 외에 다른 흔적은 아무것도 없었다."

가만히 고개를 끄덕인 황재하는 비녀를 쥔 손을 들어 옷 위에 점을 두 개 찍으며 말했다. "두 번째 의문점은 상난각 한쪽 옆, 악왕 전하 앞에서 타오른 불입니다."

이서백은 고개를 들어 긴 한숨을 쉬고는 마차 벽에 몸을 기대며 낮은 소리로 말했다. "내게 받은 모든 물건을 죽기 직전에 태운다는 것은 틀어진 사이를 극적으로 보여주기에 아주 좋은 방법이었겠지."

"저는 비통함에 목숨을 끊으려는 상황에서 그런 극적인 연출에 신경 썼으리라고는 생각지 않습니다. 악왕 전하께서 사라지시는 데 불이 어떤 도움이 된 게 틀림없습니다."

이서백은 타오르는 불속에서 홀로 빛나던 금자단 염주를 다시 떠올렸다. 워낙에 성정이 조용하고 진중한 이윤은 진심으로 불교를 믿었다. 그래서 그 염주가 손에 들어왔을 때 이서백의 머릿속에 제일 먼저 떠오른 사람이 이윤이었다. 하지만 뜻밖에도 이윤은 그런 의미 있는 물건마저 남기고 싶지 않다는 듯 모조리 불태워버렸다.

이서백은 잠시 멍하니 있다가 다시 입을 열었다. "또한 서둘러 태워버려야 했던 것인지, 바닥에는 검은 기름이 가득 뿌려져 있었다. 그래서 순식간에 모든 것이 잿더미로 변해버렸지."

"세 번째는, 한 가지 가설입니다. 누각 아래로 떨어진 악왕 전하는 정말로 돌아가셨는지도 모릅니다. 다만 악왕 전하께서 '하늘로 올라가'라고 말씀하셨기에, 누군가가 그 말을 실현시키기 위해 시신을 숨겼을 가능성이 있습니다. 그리고 그런 일을 꾸밀 수 있는 자는 당시 상난각 아래에 있던 사람이자, 사람들이 함원전 앞으로 모여들기 전까지 일부러 전각 아래의 수비를 소홀히 한 사람일 것입니다."

이서백과 황재하는 약속이나 한 듯 동시에 왕온을 떠올렸다.

오늘 연회에서 대명궁 전체를 지키는 좌우 어림군의 책임자는 왕온이었다. 이윤이 상난각 위에서 뛰어내린 뒤, 제일 먼저 수하들을 이끌고 현장에 도착하여 이윤의 시신을 수색한 사람도 왕온이었다. 지상으로부터 5장 높이에 지어진 전각에는 절대 아무런 문제가 없을 거라 생각했던 사람도, 그래서 용미도와 각 출입구에만 병사를 배치했던 사람도 바로 왕온이었다. 가무가 끝난 뒤 곧바로 시위병을 상난각에서 해산시켜 이윤이 홀로 상난각으로 들어갈 수 있도록, 그래서 그러한 참극이 벌어지도록 빌미를 제공한 사람 또한 바로 왕온이었다.

세 가지 의문점을 정리한 뒤 황재하는 다시 옥비녀를 은비녀 속에 꽂아 넣고는, 평온한 표정으로 이서백을 바라볼 뿐 아무 말도 하지 않았다.

이서백이 한참을 망설이다 입을 열었다. "그래서 지금, 내 앞에 놓인 가장 큰 문제는 일곱째의 죽음도 아니고, 일곱째가 어떻게 사라졌는지, 어디로 사라졌는지도 아니다. 그 배후에 숨은 인물에 어떻게 대응해야 하는지, 그게 가장 큰 문제로구나."

황재하는 고개를 끄덕이고는, 유리등의 불빛을 받아 별빛처럼 반짝이는 눈으로 이서백을 바라보았다.

하지만 이서백은 마차 창문을 열어 뒤에서 들려오는 말발굽 소리에 귀를 기울여보더니, 다시 창을 닫고서 천천히 황재하를 향해 고개를 돌렸다. "지금 떠나도 늦지 않다."

"아니요. 이미 늦었습니다." 황재하는 가볍게 고개를 내젓고는 이서백을 응시하며 말했다. "몸이 떠난다 한들 제 마음은 여전히 전하 곁에 있을 테니, 어딜 가도 마찬가지일 것입니다."

이서백도 황재하를 응시했다. 황재하의 맑고 깨끗한 눈동자에 이서백의 얼굴이 또렷이 비쳐 보였다. 더 이상 무슨 말을 한들 소용없을 터였다.

불빛이 유리에 굴절되어 혼란스러운 파도처럼 두 사람 주위를 어지럽게 비추었다. 하지만 지금 이 순간에는, 외부 세계의 모든 것이 다 허망하고 의미 없어졌다. 적어도 두 사람이 함께 있는 이 순간 느끼는 평온함만큼은, 앞으로 닥칠 모든 비바람에서 철저하게 분리되어 있었다.

기왕부에 도착해 마차에서 내린 두 사람은 왕부 문 앞에 서서 뒤따라온 궁중 마차를 기다렸다.

황제의 최측근인 대환관 서봉한이 친히 와 황제의 칙령을 읊었다. "기왕은 오늘 고생이 많았다. 무서운 일까지 당하여 크게 놀랐을 터이니 집에서 열흘 정도 쉬도록 하라. 조정의 일은 다른 사람에게 대신 맡길 것이며, 이후의 일들은 추후에 다시 안배토록 하겠다."

한마디로 이서백의 모든 직권을 박탈하겠다는 뜻이었다.

이서백은 매우 평온한 표정으로 경항을 불러 서봉한과 함께 응접실에서 이야기라도 나누라 이른 뒤, 몇 사람을 서재로 보내 각 부에서 보내온 문서들을 정리해 봉한 다음 문간방에 가져다 두게 했다. 아침 일찍 각 부로 돌려보내기 위한 조치였다. 잠시 후 이서백에게서 하사품을 받은 뒤 몸을 일으킨 서봉한은 문간방에 쌓인 문건들을 보고는 속으로 혀를 내둘렀다. 하지만 감히 무어라 말은 하지 못하고 곧바로 마차에 올라 기왕부를 떠났다.

황재하는 이서백과 함께 아홉 개의 문을 지나서 정유당으로 돌아왔다.

정유당 앞 소나무는 가볍게 눈을 뒤집어썼지만 쌓인 눈 아래로는 변함없는 초록빛이 드러났다. 불빛 아래서 보니 더욱 그윽한 멋이 있었다.

황재하는 가볍게 이서백의 손을 잡고 말했다. "꼭 나쁜 일만은 아닌 것 같아요. 어쨌든 조금 쉬실 수 있게 되었으니까요."

이서백도 황재하의 손을 마주 잡고는 한참을 가만히 있다가 미소를 지으며 말했다. "그래. 그저 4년 전으로 돌아간 셈일 뿐이다."

황재하는 이서백의 표정을 살피면서 살짝 웃으며 말했다. "전 그렇게 생각 안 하는데요?"

이서백도 황재하를 따라 웃었다. 무겁고 답답하던 밤공기가 겨우 가벼워졌다. "여전히 그물은 빈틈이 없고, 그물 속에는 여전히 물고기가 갇혀 있지. 하나 애석하게도 물고기는 4년 전에 비해 더욱 살지고 비늘도 훨씬 단단해졌구나."

어부가 그물을 거두어 물고기를 잡을지, 아니면 물고기가 어부의 배를 뒤집어 전복시킬지, 그건 아직 아무도 모르는 일이었다.

지금 황재하의 신분은 여전히 왕부 소환관이었다.

다만 양숭고가 황재하가 되었다는 사실을 이미 모두 알았기에 계속 환관들 옆방에 머물 수는 없어, 정유당에서 멀지 않은 곳으로 옮겨와 지냈다.

방으로 돌아오니 이미 오경이 다 되었다. 야간 당직을 서던 시녀 장의가 황재하를 보고는 서둘러 맑은 물을 길어왔다. "어제 왕부에서 동지 하사품이 나왔는데, 아가씨는 왕부 규정에 따라 아직 말단 환관이라고 하사품이 저보다도 적게 나왔습니다. 내일 서둘러 경익 공공에게 물어보겠습니다. 이제 곧 있으면 또 새해 하사품이 내려올 텐데, 그땐 이리 적게 받으시지 않도록 말입니다!"

황재하는 웃으며 고개를 내저었다. "어차피 나 혼자 왕부에 머무는 몸인데 새해 하사품을 많이 받아서 무엇에 쓴다고."

'새해까지 살 수 있는지도 모르는 일이고.'

장의는 몹시 피곤해하는 황재하의 모습을 보며 더 이상 말을 걸지 않고 서둘러 쉴 수 있도록 시중을 들어주었다.

황재하는 몹시 피곤했으나, 침상에 누워서도 쉬이 잠이 들지 않았다. 더 말똥해진 눈으로 서서히 밝아오는 창밖 하늘빛을 바라보는 동안 눈앞으로 수많은 장면이 번뜩이며 스쳤다.

악왕 이윤의 신선과 같은 온화한 얼굴, 미간 중간에 난 붉은 점.

나무 탁자에 어지럽게 새겨진 글자들, 그 글자를 베껴 적은 종이.

바람에 흩날려 눈송이와 함께 대명궁 전체를 가득 채운 글자들.

난간 위에서 허공에 드러눕듯이 몸을 날리고는 그대로 사라져버린 악왕.

정리되지 않는 실마리들로 사건의 진상을 밝힐 방법은 없었다. 뻣뻣한 몸으로 침대 위에 누워 뒤척이던 황재하는 창문 너머로 서서히 밝아오는 하늘을 보며 긴 한숨을 쉬었다.

결국 올 것이 왔을 뿐이라 할지라도, 황재하는 절대 가만히 앉아서 죽기만을 기다릴 수는 없었다. 안개 자욱하여 도무지 전말을 알 수 없는 일들이 그냥 그렇게 자신을 침몰시키도록 내버려두지는 않을 것이다.

5장

신책과 어림

장안의 북아금군[11]은 여러 차례 변화와 발전을 겪어, 현재는 신책군이 으뜸이고, 어림군은 그다음이었다.

환관복 차림의 황재하는 신책군 군영을 지나 어림군으로 가 왕온을 만나길 청했다. 어림군으로 전출된 뒤 얼마 지나지 않아 우통령으로 승진한 왕온은 순풍에 돛 단 듯 탄탄대로를 걷는 중이었다. 황재하는 명패를 건넨 뒤 막사 너머에서 훈련 중인 병사들을 보았다. 아무래도 한참 뒤에야 나오겠구나 생각했는데, 왕온이 바로 나와 황재하에게 명패를 돌려주며 말했다.

"양숭고의 명패는 앞으로 쓰지 마시오. 다음번엔 그냥 그대 이름을 밝힌 뒤 바로 들어오면 되오."

황재하는 왕온이 어떻게 이리 빨리 나왔는지 의아해했다.

"조금 전에 신책군에서 돌아오는 길에 그대를 보았소." 왕온은 황재하를 데리고 안으로 들어갔다. 어림군의 시종은 어찌나 영민하고

---

11 당의 정규 군사 제도 중 황실의 경호를 맡은 친위대.

빠른지 벌써 차를 끓여 내왔다.

왕온은 화롯불을 더 키우며 황재하 눈 밑의 그늘에 시선을 주었다. "어제 그런 놀라운 일이 벌어져서 나도 잠을 제대로 이루지 못했소."

"오늘 온 것도 그 일 때문입니다." 황재하는 시선을 아래로 내려 손에 든 찻잔을 보며 낮은 목소리로 말했다. "청이 하나 있습니다."

왕온이 눈을 가늘게 뜨고서 황재하의 표정을 유심히 살피더니, 한참 후에야 웃으며 입을 열었다. "군자는 위험한 담 밑에는 서지 않는 법이오. 그대는 총명한 사람이니 어찌 처신해야 자신에게 유리할지 알 거라 생각하오만."

황재하는 가만히 아랫입술을 깨물며 나직이 말했다. "하지만 어떤 일들은 설사 그것이 달걀로 바위 치기라는 사실을 뻔히 안다 해도, 그 바위가 태산만큼 크다는 사실 또한 안다 해도, 그리 할 수밖에 없는 일도 있습니다."

찻물이 떫어 마치 목구멍에 생선 가시가 걸린 것 같았다. 왕온은 황재하의 무겁고도 단호한 표정을 보며 호흡마저 목구멍에 걸려 넘어가지 않는 기분이었다. 마음속에 수많은 말들이 맴돌았지만 한마디도 입 밖으로 나오지 않았다.

"무엇 때문에 말이오?" 왕온은 손에 든 찻잔을 가볍게 내려놓고는 시선을 창밖으로 돌렸다. 한차례 눈이 지나간 하늘에는 먹구름이 잔뜩 끼었다. "그 사람이 그대의 무엇이란 말이오? 그대는 또한 그 사람의 무엇이고?"

이서백은 황재하에게 어떤 존재이며, 황재하는 또한 이서백에게 어떤 존재일까…….

지나간 일들이 황재하의 눈앞을 스쳤다. 무수한 단편들이 손만 뻗으면 닿을 곳에 있는 것만 같았다. 약속 같은 것은 없었으나, 의심의 여지 없이 명확했다.

황재하는 크게 숨을 들이켜고는 지극히 평온한 목소리로 말했다. "그분은 저와 함께 성도로 가 제가 누명을 벗을 수 있도록 해주셨지요. 그리고 진범을 찾도록 도와주셔서 저희 가족의 억울함을 풀 수 있었습니다. 그 은혜는 영원토록 갚아도 다 갚지 못할 것입니다."

"영원토록……." 왕온이 쓸쓸한 웃음을 지었다. "결국 내게는 그럴 수 있는 기회가 없었던 것이군."

황재하는 가만히 고개를 숙인 채 아무런 대답도 하지 않았다.

왕온이 못마땅한 기색으로 물었다. "그 억울함을 풀고자 장안에 왔을 때, 처음부터 그 사람을 찾아갈 생각이었던 것이오? 이곳에는 황가 친족도 있고, 그리고 나도 있지 않소……. 더군다나 당시 나는 당신의 정혼자였소. 어찌 나를 찾아와 도움을 청할 생각은 하지 않았던 것이오?"

"그저 우연한 만남이었을 뿐입니다. 장항영의 도움으로 의장대에 숨어들었는데, 그때 그분께 발각되었습니다." 황재하는 고개를 숙인 채 손에 든 찻잔만 만지작거렸다. 고개가 점점 더 깊이 숙여졌다. 하지만 황재하는 알았다. 당시 이서백에게 도움을 청하지 않았더라도, 절대 왕온을 찾아가는 일은 없었으리라는 사실을. 왜냐하면 정인 때문에 일가족을 살해했다는 누명을 쓴 입장이었으니 말이다.

왕온도 자연스레 그 사실을 떠올려 두 사람 모두 침묵에 잠겼다. 결국 왕온이 어색한 분위기를 깨뜨리려 황재하에게 차를 따라주며 미소 지었다. "오늘은 무슨 청이 있어 이리 찾아온 것이오?"

황재하는 고개를 들어 건너편 신책군 군영을 바라보았다. "일전에 태극궁에 갔다가 왕 공공을 뵌 적이 있습니다. 그때 왕 공공께서 제게 아가십열 키우는 방법을 가르쳐주셨지요. 그 덕분에 실수로 잃었던 물고기를 순조롭게 찾을 수 있었습니다. 그래서 감사의 말씀을 전해야 하지 않나 싶어서 말입니다."

왕온은 곧바로 황재하의 뜻을 알아챘다. "왕 공공은 오랫동안 좌신 책군 호군 중위로 계시는 데다가 폐하의 두터운 신임을 받으시니, 왕 공공을 뵈려 찾아오는 사람이 끊이지 않소. 그게 번거로워 왕 공공은 평소에 두문불출하며 군영에도 잘 나오시지 않소. 쉬이 사람을 만나는 분이 아니오."

"저도 그런 분이신 걸 알기에 이렇게 왕 통령을 찾아온 것 아니겠습니까. 혹시 한 번 만나 뵐 수 있을지 서신이라도 보내주시면 감사하겠습니다."

왕온은 미간을 살짝 찌푸리며 말했다. "왕 공공은 비록 왕 가이나, 우리와 같은 혈맥은 아니오. 왕 공공이 우리 낭야 왕 가와 왕래가 많지 않다는 사실은 조정 전체가 다 아는 사실인데, 어찌 나를 찾아와 왕 공공과의 만남을 청하는 것이오?"

"그렇습니까?" 황재하는 맑고 깨끗한 눈빛으로 왕온을 바라보며, 가벼우나 확신에 찬 어투로 말했다. "하지만 그분이 황후 폐하를 지지하며 힘을 보태고 계시니, 당연히 왕 통령 집안과도 친분을 유지하고 있지 않겠습니까. 최소한 왕 통령께서는 왕 가에서 특출한 인재이시니 필시 왕 공공께서도 흡족히 여기고 계시겠지요."

왕온은 저도 모르게 웃음을 지었다. 그 수려한 얼굴에 웃음이 더해지니 한층 더 준수해 보여, 동틀 녘 서서히 밝아오는 태양 같기도 하고, 얼음을 녹이는 봄바람 같기도 했다. 왕온은 오른손으로 턱을 받치고 황재하를 바라보면서 가볍게 웃으며 말했다.

"아니오. 왕 공공이 가장 마음에 흡족히 여기는 사람은 당신이오."

갑작스러운 농담 같은 말에 황재하는 의아해 눈을 휘둥그레 뜨고는, 왕온이 무슨 뜻으로 하는 말인지 생각해보았다. 하지만 왕온은 더이상 아무 말도 하지 않고 몸을 일으켰다.

"잠시만 기다리고 계시오. 금방 돌아오겠소."

과연 왕온은 금세 군복을 벗고 검은 여우 갖옷으로 갈아입은 뒤 돌아왔다. 그러고는 곧바로 황재하를 데리고 밖으로 나갔다.

"갑시다. 왕 공공의 거처가 여기서 멀지 않소."

잿빛 하늘에 펼쳐진 먹구름이 조금 전보다 더욱 무겁게 내려앉았다. 왕온과 황재하는 각자 말에 올라타고서 대명궁 북쪽에 있는 건필궁으로 향했다.

전날 내린 눈은 이미 다 녹았으나 엄동설한에 땅이 꽁꽁 얼어붙었다. 황재하는 말 위에서 몸을 엎드려 나푸사의 발굽을 살핀 뒤, 격려의 의미로 나푸사의 목덜미를 쓰다듬어주었다.

앞서가던 왕온이 황재하를 돌아보았다. 조금 전에 나푸사의 발굽을 살필 때 귀밑머리에 묻었던 얼음 부스러기가 금세 녹아 황재하의 볼 위에서 반짝 빛났다. 왕온은 황재하의 볼 위에서 반짝이는 물방울을 바라보며 말고삐를 늦추어 황재하 옆으로 나란히 섰다. 손만 뻗으면 닦아줄 수 있건만, 그 손을 내밀 수 없었다.

왕온은 왜인지 모르게 화도 나고 울적해, 순간적으로 말에 채찍을 휘둘러 다시 앞으로 질주했다. 앞에 보이는 건필궁 옆으로 수많은 나무가 바람에 스치며 소리를 냈다. 숲속 호수 일대는 낮은 담벼락이 구불구불 이어져 있고, 문 앞에는 감나무 두 그루뿐, 그 흔한 수호 석상 하나도 세워져 있지 않았다.

왕온은 손을 들어 그곳을 가리키며 말했다. "저곳이오."

왕종실이 수비가 삼엄하고 높은 담장으로 둘러싸인 대저택에 살거라고 생각했던 황재하는 눈앞의 소박한 집을 보며 절로 의아한 마음이 들었다.

왕온이 문손잡이를 가볍게 두드리자, 한참 뒤에야 소년 하나가 문을 열고 나와서는 왕온을 보고 느릿느릿 입을 열었다. "아직 이른 시간이라 공공께서는 기침하지 않으셨습니다……. 그런데 이분은 누구십니까?"

"황재하 아가씨다."

"아." 소년은 무심한 듯 그리 대답하고는 몸을 돌려 안으로 들어갔다가, 얼마 지나지 않아 다시 나와 잣 한 움큼을 왕온에게 건네며 말했다. "저희는 여기서 이야기나 나누며 기다리지요. 황재하 아가씨 혼자 들어가시면 됩니다."

"들어가보시오." 왕온은 황재하를 향해 고개를 끄덕이고는 정말로 그 소년과 함께 난간에 등을 기대고 앉아 잣을 까먹기 시작했다.

황재하는 문안으로 천천히 걸음을 옮겼다.

문을 들어서자 복도 아래로 맑은 물의 연못이 있었다. 이렇게 눈이 내린 날씨에도 개구리밥은 여전히 청록색을 띠었다. 심지어 물 위에 연잎도 드문드문 자라나 있었고, 자그마한 연꽃까지 몇 송이 수면 위로 얼굴을 내밀었다.

황재하는 물 위를 가로지르는 다리를 건너 연못가에 있는 작은 누각으로 걸어갔다. 그곳에 왕종실이 서 있었다. 민무늬 비단으로 만든 평상복 차림의 왕종실은 유독 야위고 키가 커 보였다. 날카롭고 음침한 기운을 풍기는 두 눈이 자신에게 닿자 황재하는 오싹한 기분이 들면서 영문 모를 두려움을 느꼈다.

왕종실은 아무 말 없이 몸을 돌려 황재하에게 안으로 들라 손짓하고는 누각 바닥에 자리를 잡고 앉았다. 안으로 들어서자마자 정면으로 거대한 유리 항아리가 보였다. 항아리 속에는 붉거나 검은 물고기들이 천천히 유영하고 있었다. 바깥에서 들어오는 빛이 유리 항아리와 그 안의 잔물결, 그리고 물고기 비늘을 비추어 사방으로 은은한 빛이 굴절되었다. 실내가 온통 기이하고 아름다운 빛줄기로 가득했다.

바닥 아래에 불을 때는 방식으로 난방을 해 실내가 봄처럼 따뜻한 기운으로 가득했다. 그래서 왕종실은 얇은 비단옷 하나만 걸친 차림이었다. 막 찬바람 부는 바깥에서 들어온 황재하에게는 특히나 덥게 느껴졌다. 왕종실은 황재하가 갖옷을 벗을 수 있게 병풍 뒤쪽을 가려 보였다. 황재하가 외투를 벗고 나오니 왕종실은 창문 아래 탁자에 앉아 두 개의 찻잔에 차를 따라놓고 기다리고 있었다. 청자 잔 속에는 청록빛 차가 가득 따라져 있었고, 화롯불에서는 열기가 훈훈하게 전해졌다.

황재하는 왕종실 앞에 앉아 고개 숙여 인사를 올렸다.

왕종실은 오래도록 실내에만 있었는지 피부가 창백하다 못해 투명해 보일 정도였다. 맑고 깨끗한 피부 아래에서 기이한 광채가 뿜어져 나오는 듯한 기분이었다. 황재하는 왕종실이 풍기는 음산한 기운 때문에 감히 눈을 들어 정면으로 쳐다보지 못하고, 그저 고개를 숙인 채 차만 음미했다.

얼음장처럼 차가운 목소리가 들려왔다. "기왕 전하는 잘 계시는가?"

황재하가 낮은 소리로 대답했다. "네, 잘 계시옵니다."

"하." 왕종실이 차가운 웃음소리를 내더니, 찻잔을 탁자 위에 가볍게 내려놓고는 황재하를 응시하며 물었다. "그렇다면 그대는 어인 일로 이곳까지 왕림하셨을까?"

황재하는 침착하게 입을 열었다. "기왕 전하께서 키우시는 아가십 열이 근래 들어 많이 불안해하는 것 같아, 왕 공공께 가르침을 좀 얻고자 왔습니다. 두려움에 질린 이 물고기를 어떻게 하면 안정시킬 수 있는지 알고 싶습니다."

"날씨가 급변하고 눈비가 흩날리니, 물고기도 갑작스러운 추위를 견디지 못하는 것이지. 이상을 보이는 게 정상적인 반응 아니겠는가." 가볍고 느린 말투였으나, 그 목소리에는 감추기 어려운 한기가 서려 있었다. "다만 그 물고기가 몸을 날려 밖으로 튀어나오지 않고 얌전히 물속에만 있다면, 평안하고 무사할 수 있겠지."

황재하의 눈앞으로 섬광처럼 어떤 장면이 스쳤다. 이윤이 상난각 아래로 떨어지는 모습이었다.

황재하는 왕종실이 조정 곳곳에 눈과 귀를 많이 심어놓은 사실을 잘 알고 있었다. 게다가 지난밤의 그 참극은 이미 장안 전체에 다 퍼졌으니 왕종실 또한 진작에 알았을 것이다. 황재하는 유리 항아리 쪽으로 시선을 옮겨, 물속에서 경쾌하게 헤엄치는 물고기를 보면서 가볍게 탄식하며 말했다.

"역시 공공의 식견은 뛰어나십니다. 다만 그렇게 편안히 잘 사는 물고기가, 왜 굳이 물 밖으로 튀어나오려는 것인지 모르겠습니다. 목숨이 아깝지 않은 것일까요? 무슨 연고로 목숨을 내던지려는 것일까요?"

"나는 기왕 전하의 물고기를 본 적도 없고 키워보지도 않았는데 그 물고기의 사정을 내 어찌 알겠는가?" 왕종실은 몸을 일으켜 어항 앞으로 가까이 다가가더니 유리를 손으로 가볍게 두드렸다. 물고기들이 금세 손가락 앞으로 모여들었다. 마치 검은빛 잿더미와 붉은빛 핏덩이가 한꺼번에 그의 손끝을 따라 움직이는 것처럼 보였다. 물고기들은 유리 때문에 그 형체가 왜곡돼 보여, 모호하면서도 괴기한 느낌을 풍겼다.

"더군다나, 기왕 전하의 물고기가 나와 무슨 관계가 있다고?"

황재하는 왕종실을 향해 미소를 지어 보이며 말했다. "기왕 전하의 물고기는 공공의 물고기와 다르지 않습니다. 전하의 물고기가 물 밖으로 튀어나온 적이 있기에, 어쩌면 공공의 물고기도 그러했던 적이 있지 않을까 생각했지요. 공공께서도 지금 날씨가 그리 좋지 않으며, 이미 계절이 크게 변했다는 사실을 아실 테니 말입니다."

왕종실이 음산한 두 눈을 가늘게 뜨고서 황재하를 자세히 살폈다. 그러고는 한 자 한 자 뜸을 들이며 천천히 물었다. "그러하면, 그대는 어찌 알았을까? 물고기를 불안하게 만드는 그 이상한 날씨가, 내가 아니라는 사실을."

"공공께서는 이리도 많은 물고기를 키우시니, 분명히 원래의 날씨가 유지되길 원하시리라고 생각했습니다. 가족처럼 소중한 물고기들에게 해가 미치기를 원치 않으실 테니까요……. 그렇지 않으십니까?" 황재하도 몸을 일으켜 왕종실 곁으로 다가가, 물속에서 모였다가 흩어지기를 반복하는 작은 물고기들을 들여다보았다. 황재하의 입가에 한 줄기 미소가 드리웠다.

왕종실은 손가락으로 유리를 가볍게 튕기고는 한참을 망설였다. 그러고는 고개를 들어 옆에 서 있는 황재하를 보았다. 물결에 반사되어 은은하게 흔들리는 빛 속에서 황재하는 마치 매끄러운 옥구슬처럼 차분하고도 환하게 빛났다.

그런 황재하를 바라보며, 음산하기만 하던 왕종실의 눈빛도 조금은 부드러워졌다. 왕종실은 몸을 돌려 다시 창가의 탁자로 가 앉은 뒤, 황재하의 찻잔에 차를 따라 건네주었다.

맞은편에 꿇어앉은 황재하는 고개를 숙이며 공손하게 찻잔을 받아들었다.

왕종실은 자신의 잔에도 차를 따른 뒤 아무런 표정의 변화 없이 입을 열었다. "하나 요 근래 날씨가 왜 이리도 이상한 것인지 나도 그 이유를 잘 모르겠네. 그리고 이 갑작스러운 날씨 변화로 물고기가 또 어떤 이상을 보일지, 어떤 방식으로 이상해질지 그것은 더더욱 모르겠네."

"공공께서도 그 조짐을 모르신단 말입니까?" 황재하가 왕종실을 바라보며 물었다.

왕온이 기왕을 암살하려 한 일은 비록 기밀이긴 하나, 왕종실이 어찌 모르겠는가?

하지만 왕종실은 황재하의 질문에 그저 미소를 지어 보일 뿐이었다. 물결에 반사된 은은한 빛 탓에 그 미소는 더욱 비밀스럽게 보였다. "설령 안다 하여도 내가 어찌 그대에게 가르쳐주겠는가? 이미 온지와도 파혼하여 더 이상 우리 왕 가 사람도 아닌데 말이네."

황재하가 한참을 머뭇거리다 다시 입을 열었다. "지금 형세가 이러하니, 공공께서도 공공의 물고기에게 화가 미칠까 염려하실 줄 알았습니다만……."

"맞네. 하지만 나는 외부 사람에게 부탁할 생각은 조금도 없네." 왕종실은 왼손으로 찻잔을 든 채 오른손으로 턱을 괴며 천천히 말했다. "왕 가의 며느리와 기왕부의 환관, 신뢰도에 있어서 그 둘은 너무 차이 나지 않는가."

황재하는 잠자코 왕종실을 바라볼 뿐 아무 말도 하지 않았다.

왕종실도 황재하의 표정을 유심히 살폈다. 왕종실의 음침한 얼굴에 처음으로 진심이 담긴 웃음기가 서렸다. 다만 실내 가득 흔들리는 빛 때문에 그 모습이 왜곡되어 보여 황재하에게는 한층 더 음산하게 느껴졌다.

"왕 가와의 혼약을 재고해본다면, 그대가 이 일을 조사할 수 있게 해주겠네."

황재하가 기왕부로 돌아왔을 때는 이미 오시가 다 되어, 나푸사를 마구간에 데리고 가 구유에 여물과 콩을 넣어주었다. 디우가 얼른 다가와 나푸사의 목에 자신의 목을 비볐다.

황재하가 디우의 머리를 쓰다듬으려는데 디우가 매몰차게 그 손을 피했다. 황재하는 순간 어이가 없어서 디우의 머리를 톡 치고는 말했다. "너도 참. 우리는 그래도 생사를 함께한 사이인데 어떻게 조금도 곁을 주지 않니?"

"네게 원망이 쌓였을 텐데 그렇게 쉽게 곁을 내주겠느냐?" 뒤에서 누군가가 말했다. "아침 일찍부터 나푸사를 데리고 나갔으니, 저 혼자 울적했겠지."

황재하는 돌아보지 않아도 목소리의 주인공을 알 수 있었다. 이서백이었다. 순간 살짝 긴장되었다. 황재하는 이서백을 돌아보며 미소를 띠고 말했다. "그럼, 오히려 제가 디우에게 미안하다 해야겠네요?"

이서백은 나푸사 몸에 묻은 진흙을 보고는 사람을 불러 깨끗이 씻겨주라고 이른 뒤 황재하에게 말했다. "옷을 갈아입거라. 마침 점심 들 시간이니."

황재하는 얌전히 고개를 끄덕이고는 이서백의 뒤를 따라 걸음을 옮기다가, 아무래도 마음이 켕겨 입을 열었다. "아침에…… 왕종실 공공을 찾아갔었습니다."

"그래." 이서백의 말투는 담담했다. "이제 나도 일 없이 한가한 몸이니, 너처럼 밖에를 좀 다녀봐야겠구나."

왕종실을 방문한 일에 전혀 개의치 않아 하는 이서백을 보며 황재하는 그제야 안도의 한숨을 내쉬었다. "가서 넌지시 떠보았는데, 왕 공공은 이 일과는 무관한 듯 보입니다. 어쩌면 전하께 도움이 될 수도 있을 것 같습니다."

이서백은 잠시 멈칫하더니 고개를 돌려 황재하를 보며 낮은 소리로 말했다. "나는 왕종실과 단 한 번도 왕래한 적이 없다."

황재하는 의문스러운 눈빛으로 이서백을 바라보았다.

이서백은 황재하의 맑은 눈동자를 바라보며 긴 한숨을 쉬었다. "네가 나 때문에 걱정하는 것은 원치 않는다."

날이 제법 추웠다. 이서백의 입에서 나온 하얀 입김이 허공에서 덧없이 사라졌다.

"무엇을 염려하십니까?" 황재하는 가만히 이서백의 손을 잡으며 작은 소리로 말했다. "전하께서는 여러 해 조정에 계시면서 매사에 바르고 공명하시지 않았습니까. 그들도 도무지 전하의 책을 잡을 수 없으니, 방훈의 망령이니 하는 허무맹랑한 소문으로 사람들을 미혹하고 전하를 중상모략하는 수밖에 없었을 것입니다. 하지만 그러한 망상은 그것이 비롯된 출처가 있게 마련이니, 저희는 이 기회를 잡아 배후에 있는 그 검은 손을 찾으면 될 것입니다."

이서백은 황재하를 바라보며 고개를 내저었다. "이 정도로 그치지 않을 것이다. 촉에 있을 때도 자객을 만나지 않았더냐. 지금 내가 처한 상황은 저들이 손을 쓰기 가장 좋은 기회일 텐데, 이 좋은 기회를 놓치겠느냐?"

황재하의 미간이 살짝 찌푸려졌다. "전하의 말씀은, 그들이 다시…….."

황재하가 말을 마치기도 전에 바깥에서 발소리가 들리더니, 경익이 와서 고했다. "신책군 좌호군 중위 왕 공공께서 사람을 보내, 미시에 전하를 뵙겠다며 시간을 내주시길 청해왔습니다."

이서백의 눈빛이 황재하에게로 향했다.

황재하는 눈을 깜빡이며 물었다. "두 분은 이제껏 왕래가 없었다고 하시지 않았습니까?"

이서백은 처음으로 황재하 앞에서 당황한 모습을 보였다. "내가 어찌 알겠느냐? 너는 왕종실이 무엇 때문에 나를 만나려는지 아느냐?"

황재하는 순진한 표정을 지으며, 자신도 전혀 모르겠다는 눈빛을 보냈다. 하지만 그 순간 머릿속에 왕종실이 마지막으로 한 말이 떠올라 가만히 고개를 숙였다.

이서백은 황재하가 갑자기 조용해지자 더 이상 다른 말은 않고 천천히 황재하의 손을 붙잡았다. "폐하께서 그 많은 조정 중신 중 유일하게 나와 아무런 연결고리가 없는 왕종실을 중재자로 정하신 이유는 단 한 가지일 것이다."

황재하는 의문스러운 표정으로 이서백을 보았다.

"왕종실이 신책군의 좌호군 중위이기 때문이지. 현재 장안에서 병부가 가진 병사의 수는 신책군의 반에도 미치지 못한다. 그러니 지금 도성에서 내게 압력을 가할 수 있는 사람은 왕종실이 유일할 것이다."

황재하는 곧바로 그 뜻을 이해했다. "폐하께서 전하의 병권을 빼앗을 것이란 말씀이세요?"

"그렇다. 현재 북아금군에는 신책군과 어림군 외에 당시 내가 농우 지역에서 이끌어온 군대로 이뤄진 신무군과 신위군도 주력 부대로 편성되어 있지. 그리고 현재 각지의 절도사를 견제하고 있는 남아 십육위도 원래는 안사의 난 이후 유명무실했으나, 내가 서주를 평정한 뒤 여러 절도사와 함께 장안의 각 절충부[12]를 기초로 하여 번상제(番上制)를 새롭게 조직한 것이지. 그러니 이를 통제할 수 있는 이도 나밖에 없는 상황이다." 이서백은 미간을 살짝 찌푸리며 낮은 소리로 말했다. "그래서 나는 사병을 가지고 있지는 않으나, 확실히 조정 입장에서는 숨어 있는 우환인 게지."

"당초 전하께서 그 두 곳의 힘을 키우셨기에 황실의 힘으로 왕 공공을 견제할 수 있었고, 그래서 폐하 또한 전하를 지지하셨던 것 아닙니까."

"그래. 하지만 지금 폐하께서 선택하신 사람은 내가 아닌 것 같구나." 이서백은 가만히 속눈썹을 아래로 드리우며 황재하와 굳게 맞잡은 두 손을 응시했다. 이서백의 표정이 미세하게 어두워졌다. "재능을 감추고 마땅히 때를 기다려야 입신할 수 있다는 그 도리를 내 어찌 모르겠느냐? 하나 황실이 약한 탓에 여러 해 동안 온갖 일을 도맡

---

12 부병제 관리를 위해 지방에 설치한 군부.

으며 내 힘과 재능을 지나치게 드러내고 말았구나. 내가 길을 잘못 든 것이다."

"길을 잘못 드신 것이 아닙니다. 전하께서 황실의 위세를 세우시지 않았다면, 이 천하의 어느 누가 왕종실 공공을 견제했겠습니까? 순종, 헌종, 경종, 모두 환관의 손에 목숨을 잃었지요. 천하가 환관의 존재는 알아도, 황실의 존재는 모른다는 말도 있을 정도 아닙니까. 역대에 있었던 그 일들이 재연되지 않으리란 법이 어디 있겠습니까?"

황재하가 확신에 찬 말투로 절실하게 말하자, 이서백은 미소를 지으며 황재하의 머리를 부드럽게 어루만졌다. "폐하께서 너와 같은 생각이셨다면 얼마나 좋았겠느냐."

왕종실은 곁에 어린 소년 하나만 거느리고 왕부를 방문했다. 그 모습이 어찌나 편하고 가볍게 보이는지 지극히 평범한 방문처럼 느껴졌다. 하지만 왕종실이 자리에 앉자마자 입을 열어 한 말에 이서백 뒤에 서 있던 황재하는 절로 미간을 찌푸렸다.

"소관 이렇게 찾아뵌 것은 폐하의 뜻이옵니다."

"폐하께서 어떤 분부가 있으시오?"

왕종실은 의자에 몸을 기대며 입가에 보일 듯 말 듯한 미소를 지었다. "원래 이 일은 저와 무관하나, 장안의 어느 누가 감히 전하께 무례를 범하려 하겠습니까? 결국 그 고역이 제게 떨어졌지요."

"그 말인즉슨, 꽤나 중요한 일인가 보오."

"전하께서도 아시겠지만, 어제 있었던 그 일이 이미 조정과 세간에 다 퍼져나갔습니다. 이러한 소란이 지속되면 전하께도 좋지 않지요. 그렇다고 어리석은 백성들의 입을 막는 것도 쉬운 일이 아닙니다. 어쨌거나 악왕 전하께서 기왕 전하를 두고 조정의 기강을 추잡하게 만들며 천하를 망하게 할 사람이라 하셨으니 말입니다."

이서백은 말없이 왕종실이 하는 말을 듣고 있었다.

이서백에게서 아무런 대꾸가 없자, 왕종실은 허리를 바로 세워 앉아 이서백에게 예를 갖추며 표정 하나 변하지 않고 말했다. "3년의 복무 기간이 끝났으니, 남아십육위도 장수들을 교체할 것입니다. 만일 전하께서도 우리 조정이 십육위 장수들을 견제하기를 원하신다면 신위와 신무, 두 병권을 내어주십시오. 그리하여 전하께서 역모의 마음을 품은 것이 아님을 이 조정과 천하 백성에게 보이시기 바랍니다. 그리하면 세간에 떠도는 풍설들은 즉각 수그러들 것이며, 어리석은 백성들도 사직을 향한 전하의 충정을 깊이 깨달으리라 사료됩니다……."

"왕 공공도 어리석은 백성이라 하지 않으셨소. 어리석은 자들이 속으로 추측하는 것을 본왕이 신경 쓸 이유가 무엇이겠소?" 이서백은 평소 보기 드문 미소를 드러내며 느릿느릿 왕종실의 말을 잘랐다.

왕종실의 입가에 보일 듯 말 듯한 미소가 다시 드리웠다. "소관도 전하께서 흔쾌히 내어주시리라고는 생각지 않았습니다. 하지만 폐하의 뜻을 어기기는 어려우실 텐데요. 지금 천만 백성의 질타를 받으시는 상황에 대해 느끼시는 바가 없다면, 앞으로 백성들을 어찌 대하려고 그러십니까?"

"천하에 수천만의 사람이 있다면 남녀노소, 현자와 우자, 각기 그 생각도 수천만 가지로 다를진대 본왕이 어찌 그 모든 사람을 살필 수 있단 말이오?" 이서백은 여전히 미소를 머금고 말했다. "게다가 왕 공공도 필시 알 것이오. 본왕은 최근 암살 위협을 받았소. 지금 내 수중에 있는 사람들조차 잡고 있지 못한다면 필시 조만간 또다시 습격을 받게 될 것이오. 세상 어느 누가 자신의 안위를 생각지 않겠소? 지금은 도리가 없으니, 일단 백성들에 대해서는 잠시 내려놓아야겠소."

"전하께서 그리 생각하신다면 저도 들은 그대로 폐하께 말씀드리는 수밖에 없겠습니다." 왕종실은 이서백에게 공수로 예를 취했다. "그리고 한 가지 용건이 더 있습니다. 악왕 전하의 사건은 대리사가 관여할 수 없는 관계로, 폐하께서 제게 형부와 협조하여 사건을 조사하라 명하셨습니다. 전하께 사건과 관련하여 몇 가지 여쭐 것이 있으니 협조 부탁드립니다."

물론 이서백은 어떤 질문이 오갈지 알고 있었지만, 먼저 언급하는 일 없이 그저 고개를 끄덕였다. "그야 당연히 그래야지."

"악왕 전하의 죽음은 전하와 어떤 관련이 있습니까?"

"본왕도 매우 궁금하오. 악왕과는 어릴 때부터 함께 자라 형제애가 무척 깊었는데 말이오." 이서백은 그저 유감스러운 표정만 지어 보일 뿐, 침착하게 말을 이었다. "본왕은 악왕에게 미안할 일을 한 적이 없는데, 악왕이 죽기 직전 그런 유언비어를 퍼뜨려 천하 사람들이 본왕을 오해하게 만들 줄을 누가 알았겠소. 본왕 또한 참으로 이해가 되지 않소."

황재하는 이서백의 덤덤한 말투를 들으며 악왕이 난간 아래로 몸을 던진 그날 밤 이서백이 느꼈을 비통함이 떠올라 절로 가슴이 미어졌다.

어쩌면 이 세상에서 악왕을 가장 아낀 사람은 이서백일지도 모르나, 지금 이 순간만큼은 그 일곱째 동생의 죽음을 이토록 덤덤한 태도로 말하는 수밖에 없었다.

왕종실은 눈을 가느다랗게 뜨고 이서백의 표정을 살핀 뒤, 다시 시선을 내려뜨리며 물었다. "전하께서 마지막으로 악왕 전하를 보신 때는 언제인지요?"

"이달 초였소."

"당시 악왕 전하께서는 전하께 어떤 태도를 보이셨습니까? 이상한 점은 없었습니까?"

"없었소."

"당시의 정황을 소관에게 들려주시겠습니까?"

"그날 본왕은 외부에 유실된 진 태비의 팔찌 하나를 악왕에게 돌려주었소. 악왕은 그 팔찌를 받아 들고는 모친의 영전에 올려드렸지."

이서백은 그 외의 일들은 말하지 않았지만 거짓된 대답도 아니었다. 결국 왕종실은 일어나 인사를 고했다.

왕종실이 예를 갖추고 말했다. "감사합니다, 전하. 소관 곧바로 악왕부로 가서 유용한 증거가 있는지 조사하여 최대한 빨리 전하의 결백을 밝히도록 하겠습니다."

이서백은 살짝 손을 들어 보이며 왕종실을 배웅했다.

예를 거두며 몸을 일으킨 왕종실은 순간 황재하에게로 시선을 돌렸다. 방금까지도 얼음장처럼 차가운 표정이던 왕종실의 얼굴에 옅은 미소가 드리웠다. "그 일은 고민해보았는가?"

황재하는 왕종실이 이서백 앞에서 갑자기 그 일을 언급하리라고는 생각도 못 했기에, 순간 깜짝 놀라 어떻게 반응해야 할지 몰랐다.

왕종실은 나이가 마흔가량 되었지만, 평소 몸을 잘 보양하여 피부가 백옥처럼 새하였다. 그런 그가 옅은 미소를 띠자 봄버들이 하늘거리는 듯, 왕온과 무척 비슷한 분위기가 풍겼다. 다만 두 눈은 여전히 차갑고 날카로워, 보는 이의 등골을 오싹하게 만들었다. "혹 고민이 끝났다면, 지금 바로 나와 함께 악왕부로 가서 사건을 조사하지."

황재하는 머뭇거리며 이서백에게로 시선을 옮겼다.

이서백은 황재하가 왕종실과 어떤 이야기를 나누었는지 알지 못하는지라, 황재하를 바라볼 뿐 아무런 말도 하지 않았다. 황재하는 절로 마음이 켕겨 고개를 숙여 발끝만 내려다보았다.

왕종실의 얼굴에 웃는 듯 마는 듯한 표정이 다시 드러났다. "전하께서는 부디 양해해주십시오. 황 낭자가 여전히 전하 곁의 소환관 신분으로 있는 한은, 황 낭자 또한 혐의가 있으니 이 사건에 간여할 수가 없지요. 그래서 오늘 낭자가 저를 찾아와서는 왕온과의 혼사를 다시 고려해보겠다고 대답했습니다. 그러면 황 낭자는 어림군 우통령의 부인이자 형부 상서의 며느리로 왕 가의 여인이 되니 이 사건의 혐의를 받는 신분에서 벗어나게 되고, 전하께서 윤허만 해주신다면 곧바로 저희와 함께 이 사건을 조사할 수 있습니다."

"그럴 것 없소." 이서백은 황재하에게서 시선을 거두고는 대충 얼버무리듯 말했다. "이번 일은 왕 공공과 왕 상서가 친히 조사할 터인데 기왕부에서 염려할 일이 뭐가 있겠소? 소환관 하나를 더 들여봤자 거추장스럽게 방해만 될 뿐이지."

"그러하시다면, 모든 건 전하의 결정에 따르겠습니다."

왕종실은 예를 갖추고는 몸을 돌려 천천히 자리를 떠났다.

방 안에는 이서백과 황재하만 남았다. 이서백은 황재하에게 맞은편에 앉으라고 손짓했다.

이서백 앞에 앉은 황재하는 깍지 낀 자신의 손만 내려다보며 좌불안석이었다. 마음이 어수선해 어떻게 해명을 해야 할지 도무지 생각나지 않았다. 그렇게 어쩔 줄 몰라 쩔쩔매고 있는데 이서백의 목소리가 들려왔다.

"왜냐?"

"그러니까…… 제가 그러겠다고 대답을 한 건 아니에요." 황재하는 서둘러 변명했다. "왕 공공이 그리 제안했을 뿐입니다. 왕 총통과의 혼사를 재고하면 제가 이 사건을 함께 조사할 수 있도록 해주겠다고요. 왕 공공이 전하께 적의를 품었는지 아닌지 확인하고 싶어서 찾아갔던 입장인지라 그 앞에서 일언지하에 거절하기 어려웠습니다. 그래서 고민은 해보겠다고 그저 형식적으로 말한 것인데, 그걸 전하 앞에서 그런 식으로 곡해하리라고는 생각도 못 했습니다."

"오늘 왜 느닷없이 그런 생각이 나서, 너 혼자 멋대로 왕종실을 찾아갔단 말이냐?" 그렇게 책문하던 이서백은 순간 또 다른 사실에 생각이 미쳐 미간을 찌푸리고는 차가운 목소리로 말했다. "너 혼자서는 절대 왕종실을 만날 수 없었을 테니, 왕온이 데려다주었겠구나."

황재하의 입술이 살짝 달싹였지만, 아무 말도 나오지 않았다.

"넌 나를 믿지 않는 것이냐, 아니면 내 능력을 의심하는 것이냐? 설마 내가 남의 도움을 받아야만 할 정도라고 생각하는 것이냐?" 이서백이 차갑게 물었다. 목소리에 노기가 배어 있었다.

황재하는 입술을 깨물며 고개를 내젓고는 얼굴을 들어 이서백을 똑바로 쳐다보았다. 어떻게든 해명은 해야 했기에 기어 들어가는 목소리로 입을 열었다. "전하께서는 비바람이 저를 해치지 못하도록 온 힘을 다해 저를 지키시고 싶겠지만, 저는 전하께서 홀로 그 모든 시련을 감당하시도록 가만히 보고만 있을 순 없습니다. 저는 전하의 인생에서 화려한 비단 위에 더해지는 한 송이 꽃이 되고 싶은 것이 아니라, 전하와 손을 잡고 나란히 설 수 있는 한 그루 오동나무가 되고 싶습니다. 비바람이 몰아치면 서로 비바람을 막아줄 수 있는 존재 말입니다."

이서백이 천천히 고개를 내저으며 말했다. "물고기가 마른 바닥에서 서로를 거품으로 적셔주며 목숨을 잇느니, 차라리 강과 호수에서 서로를 잊고 사는 것이 낫다고 하지 않느냐."

"하지만 저 홀로 살아남은들, 눈앞의 세상이 아무리 풍요롭고 화려한들, 전하를 잊지 못할 텐데 어떡합니까?" 황재하는 이서백을 응시하며 나지막이 물었다. "전하께서도 지금 이 상황에 왕 가가 저희에게 가장 좋은 동반자가 되리란 사실을 모르시는 건 아니겠지요?"

가늘고 긴 속눈썹 아래 황재하의 두 눈이 봄날의 아침 이슬처럼 반짝였다. 눈을 깜빡이며 이서백을 바라보는 황재하의 눈동자에 이서백의 모습이 또렷이 비쳐 보였다. 그 순간, 이서백은 묻지 않아도 알 수 있었다. 황재하에게 가장 중요한 사람은 다른 누구도 아닌 바로 자신이라는 사실을 말이다.

이서백의 가슴속 현 하나가 맹렬하게 진동하며 떨렸다. 그대로 손을 뻗어 황재하를 끌어안고 싶었다. 그렇게 품에 꼭 끌어안고, 이번 생에 두 번 다시는 떨어지고 싶지 않았다.

하지만 황재하는 바람에 날리는 가벼운 연기였고, 따뜻한 샘물 위에 내려앉은 눈송이였으며, 쉽게 꺾여버릴 가녀린 한란이었다.

살짝 손만 대도 곧바로 연기와 구름처럼 사라져버릴 것만 같았다. 그토록 연약했다.

그날 왕온이 했던 말이 다시 이서백의 귓가에 맴돌았다.

'그렇다면, 전하는 다음 계획을 어떻게 준비하고 계십니까? 재하가 전하 곁에 있으면 어떤 일을 겪게 될지 생각해보셨습니까? 전하는 이러한 판국에 재하의 안전을 책임질 수 있다고 생각하시는 겁니까? 하늘이 내린 인재인 전하께서도 아무리 책략을 세우고 전략을 짠다 해도 국가 앞에서는 지푸라기와 같은 목숨일진대, 의지할 곳 하나 없는 일개 고아 소녀의 목숨은 더할 나위 있겠습니까. 지극히 작은 실수 하나가 곧게 자란 한란을 그대로 꺾어버리기도 하지요.'

이서백은 지금까지 살면서 누군가를 보호해본 적이 없었다. 긴 세월 비바람을 거치면서 곁의 수많은 사람이 죽고 다쳤으나 그저 모두 평범한 일로 치부했다. 그런데 지금은 어떠한가. 암살, 자객, 독약, 술수, 섭혼…… 이 모든 일이 황재하에게 일어날지도 몰랐다.

비록 황재하가 천하에 이름을 떨칠 만큼 총명하다 해도, 가녀린 열일곱 살 소녀라는 사실 또한 현실이었다. 스스로는 잎이 무성한 오동나무가 되길 원하나, 거친 천둥의 진노를 어떻게 넘기겠는가. 하늘이 내리는 불에 타지 않고 버틸 나무가 있단 말인가.

이서백은 결국 봄 이슬처럼 맑은 황재하의 두 눈을 피해 고개를 돌리고는, 몸을 일으켜 문 앞으로 다가가 대청 앞 소나무를 바라보았다.

두 사람이 깨닫지 못한 새에 바깥에는 이미 눈이 펄펄 내리기 시작했다. 어두운 하늘에서 거침없이 함박눈이 쏟아져 마치 바닥에 옥가루를 까는 듯했다.

이서백은 내리는 큰 눈을 바라보며 입을 열어 낮게 깔린 음성으로 말했다. "가거라."

황재하는 천천히 몸을 일으켰다가 어리둥절한 표정으로 물었다. "무슨 말씀이세요?"

"네가 왕 가에 도움을 청해 정말 나를 도왔다 한들, 그것이 무슨 의미가 있겠느냐? 너는 그것이 나를 돕는 길이라 생각했겠지만, 사실은 나를 그들의 웃음거리로 만드는 일이다." 이서백의 시선은 줄곧 함박눈에 고정되어 있었다. 정원이 눈으로 온통 하얗게 뒤덮였다. "내가 왕 가에 위협을 가하면서까지 네게 자유를 찾아주었건만, 너는 나의 계획을 무너뜨리고 뜻밖의 문제를 만들어내는구나."

"하지만 지금 저희가 마주한 세력은 너무 강대합니다. 이미 저희의 상상을 넘어섰어요. 저희가 무사히 빠져나가기 위해서는, 전하께서 원치 않는 방법이라 할지라도, 설령 그것이 왕 공공, 왕 총통과 협력하는 것이라 해도, 왕 가에게 큰 결례를 범하는 일이라 해도, 저는 뭐든지 다 할 거예요. 게다가 아주 잘 해낼 거라고요!" 황재하는 흥분으로 두근대는 가슴을 가라앉히려 숨을 가다듬었다. "이리 하는 것이 왕 가에게도, 그리고 전하와 저에게도 모두 좋은 선택이라고 저는 믿어요. 그런 수단을 사용할지라도 마지막에 저희가 원하는 곳에 도달할 수만 있다면 그게 가장 좋은 선택이지 않겠습니까?"

"군자가 할 것이 있고, 하지 말아야 할 것이 있다." 이서백은 낯설게 들릴 정도로 낮게 가라앉은 차가운 목소리로 말했다. "내가 네게 유일하게 바라는 것은 네가 떠나는 것이다. 너의 존재가 오히려 내 약점이 될 것이다."

"어떻게 제가 전하의 약점이 되리라 생각하십니까? 전하께서 원하시기만 한다면 저는 전하와 함께 달릴 수 있습니다. 전하의 걸음을 따라갈 수 있단 말입니다." 황재하는 살짝 입술을 깨물고 말했다. "일부러 저를 자극하실 필요 없습니다. 절대 전하의 짐이 되지 않을 테니까요."

이서백은 긴 한숨을 쉬며 바깥의 눈보라를 보았다. 처마 끝은 흩날리는 눈을 막아줄 뿐 엄습하는 한기까지는 막을 수 없었다.

"떠나라 하였다." 이서백은 몸을 돌려 책상 앞으로 걸어가더니 하얀 종이 한 장을 펼쳐 옥척(玉尺)으로 고정시켰다. "장안은 겨울이라 기후가 좋지 않으나 지금 남조는 꽃이 피어 봄날과 같을 것이다. 그곳에 주둔한 군사는 믿을 만하니, 내 친서와 기왕부 영패를 가지고 내려가 봄을 감상하면서 내가 내려갈 때까지 기다리고 있거라."

황재하는 아무 말도 하지 않고 옥척을 들어올렸다. 하얀 종이가 다시 도르르 말려 이서백은 붓을 들었으나 글을 쓸 수 없었다.

이서백은 황재하를 한 번 쳐다본 뒤 잠자코 다시 옥척으로 종이를 눌러 펼치고는 덤덤한 투로 말했다. "촉도 괜찮고, 강남도 괜찮다. 농우도 나쁘지 않지. 어디가 좋으냐?"

"저를 쫓아 보내지 마세요." 손으로 책상을 누르고 있던 황재하의 목소리가 미세하게 떨렸다. "그냥 전하 곁에 함께 있고 싶어요. 우리 둘 다 무사할 거라고요."

이서백은 들고 있던 붓을 내려놓고 황재하를 정면으로 응시하며 말했다. "재하, 나를 공격하는 가장 좋은 방법이 너라는 것을 저들이 모를 것 같으냐? 지금 내가 너를 보내는 건, 너를 위해서이기도 하지만, 또한 나를 위해서이기도 하다. 그러니 최대한 빨리 떠나거라."

"악왕 전하 사건을 해결하기 전까지는 떠나지 않을 겁니다." 황재하가 고개를 내저으며 단호한 눈빛으로 이서백을 보았다. "왕 공공의 허락만 얻으면 함께 사건을 조사할 수 있습니다. 악왕 전하가 사라진 이 수수께끼를 풀어 전하의 누명을 씻고, 더 나아가 그 부적과 붉은 물고기의 진상도 반드시 알아낼 것입니다!"

"아니, 절대 너에게 그런 위험을 무릅쓰게 하진 않을 것이다." 이서백은 일언지하에 황재하의 모든 가능성을 차단시켰다.

"어째서요? 저를 위해서입니까, 아니면 전하의 그 알량한 자존심 때문입니까?" 황재하는 끝까지 단호한 이서백의 모습에 분노가 치밀어 올라, 저도 모르게 옥척을 집어 들어 종이 위를 매섭게 내리쳤다. 옥척이 그렇게 얇고 잘 부서지는 것일지 누가 알았겠는가. 황재하가 내리친 순간 옥척은 두 동강이 났다. 게다가 한쪽은 바닥으로 튕겨 날아가 아예 산산조각이 났다. 옥이 깨지는 소리가 실내를 크게 울렸다.

그 날카로운 소리에, 두 사람 모두의 마음에 날카로운 상처가 새겨졌다. 이서백은 붓을 내던지고는 차가운 목소리로 물었다. "알량한 자존심?"

"네, 전하가 말씀하시는 소위 남자의 존엄이라는 것 말입니다. 저의 도움을 받는 것을 체면 깎이는 일로 여기시지 않습니까! 전하께서는 저를 보호하려고만 하시는데, 그러면 지금 이 상황에 저 외에 달리 전하께 도움이 될 힘이라도 있습니까?" 황재하는 애써 호흡을 가다듬으며 참았으나 결국 또 내뱉었다. "전하를 위해 뭐라도 하고 싶은 제 마음을 정말 모르시는 겁니까!"

이서백이 차갑게 웃었다. "나를 위해 무언가를 해줄 필요 없다. 애초에 네가 얌전히 내 말을 듣고 성도에서 가만히 기다렸더라면, 이런 성가신 일도 생기지 않았겠지."

황재하는 이서백이 이런 식으로 자신에게 책임을 전가한다는 사실을 차마 믿을 수가 없어, 고개를 내저으며 천천히 한 걸음 물러섰다. 그러고는 떨리는 목소리로 물었다. "이 모든 성가신 일이…… 다 저 때문에 생겼다는 말씀이십니까?"

이서백은 황재하의 창백해진 낯빛과 파랗게 질린 입술을 보았다. 추운 날씨 탓인지, 상심과 슬픔 때문인지는 알 수 없었다. 비록 총명하기가 세상의 그 누구도 따라올 수 없는 이서백이었지만, 여자에 대해서는 별로 아는 게 없어 어떻게 반응해야 할지 몰랐다. 황재하의 창백한 얼굴을 보며 가슴이 몹시 저리고 아팠지만, 어쩔 수 없이 마음을 다잡고 말했다.

"재하, 사람은 자신을 정확히 아는 것이 중요한 법이다. 부디 널 만난 걸 후회하게 만들지 말거라."

황재하가 얼굴에 참담한 미소를 드리우며 혼잣말처럼 중얼거렸다. "그래서, 저희가 만난 것조차 잘못인 것입니까?"

이서백은 고개를 내저으며 말했다. "가서 짐을 챙기거라. 눈이 그치면 곧바로 남조로 길을 나서거라."

"좋습니다……. 떠나드리지요." 황재하는 그 말만을 남기고는 이서백을 더는 쳐다보지 않고 그대로 문을 나섰다. 그러고는 함박눈이 쏟아지는 정원을 지나 곧장 저택 밖을 향해 걸어갔다.

뒤도 한번 돌아보지 않고, 빠른 걸음으로, 서둘러 벗어나고 싶다는 듯이.

이서백은 고개를 들어 눈 위를 걸어가는 황재하를 보았다. 붓을 손에 쥐었지만, 마음속에 복잡하고 혼란스러운 감정들이 들끓어 글자를 써 내려갈 수 없었다.

이서백은 황재하가 떠난 방향만 하염없이 바라보며 한숨을 내쉬었다. 황재하가 남긴 발자국은 이미 새로 내린 눈에 덮였다. 소나무도 눈에 뒤덮여 형태만 보일 뿐 그 푸름은 온데간데없었다. 기왕부 전체가 온통 새하얀 색으로 물들었다. 의지할 곳 없는 이서백의 텅 빈 마음처럼.

황재하는 빠른 걸음으로 정원을 지나 대문을 향해 뛰어갔다.

눈이 몹시 뜨겁게 달아올라 더 이상 그 속의 것을 머금고 있을 수 없었다. 눈물이 주르륵 흘러내렸다. 찬바람이 살을 찔렀으나 아무런 감각도 없었다. 황재하는 질주하듯이 세 개의 문을 넘고 아홉 개의 회랑을 지났다. 눈앞에 보이는 것이라고는 눈보라 속 모호한 풍경뿐이었다. 황재하는 이서백에게 남긴 자신의 마지막 말을 속으로 떠올리며 한 걸음 한 걸음 걸어갔다.

눈발이 점점 더 거세졌다. 문간방 화롯불 앞에 앉아 땅콩을 까먹고 있던 소환관 노운중이 눈보라 속에 회랑을 걸어오는 황재하를 발견하고는 깜짝 놀라, 저도 모르게 급히 일어나 황재하를 화롯불 앞으로 끌고 왔다. 얼어서 새파랗게 변한 황재하의 얼굴을 보며 노운중이 발을 동동 굴렀다.

"아이고, 너울이라도 걸치지! 아가씨가 감기라도 걸리면 우리도 전하께 말씀드리기가 이만저만 난처한 게 아닌데!"

황재하가 멍하니 고개를 떨궜다. "말씀드릴 필요 없어요."

"응?" 노운중은 무슨 말인지 모르겠다는 표정으로 황재하를 쳐다보았다.

"급한 일이 있어서 이만 가봐야 해요." 황재하는 손을 들어 팥알이 묶여 있는 금실을 손목에서 빼내려 했다. 하지만 화롯불에 비친 두 개의 붉은 팥알을 멍하니 바라보다가 결국 다시 팔을 내려놓았다. 팥알이 손목으로 미끄러지듯 내려갔다.

노운중이 급히 물었다. "이렇게 눈이 많이 오는데 어딜 간단 말이야? 마차를 불러서 데려다주라고 할게!"

황재하는 고개를 흔들고는 앞에 보이는 길을 내다보며 물었다. "왕공공은 가셨나요?"

"방금 가셨어. 간발의 차이로 놓쳤네." 노운중은 눈길 위에 남은 마차 바퀴 흔적을 보며 말했다.

황재하는 더 다른 말은 않고 곧바로 몸을 일으켜 계단을 뛰어 내려갔다. 노운중이 깜짝 놀라 뒤에서 불렀지만, 황재하는 걸음을 더 재촉해 이내 눈보라 속으로 사라졌다.

입을 크게 벌린 채 멍하니 서 있던 노운중은 세차게 불어오는 찬바람에 재채기를 하고는 서둘러 몸을 돌려 화롯불로 달려가 계속 불을 쬐었다.

하얀 소복을 입은 듯, 장안은 넓고 망망하기만 했다.

휘몰아치는 눈보라 속에서 황재하는 마차의 흔적을 따라 힘겹게 영가방 길을 걸었다.

눈이 세차게 내리니 왕종실도 그리 멀리 가진 못했을 것이다. 그런데 북쪽으로 향하던 마차 바퀴 자국이 흥녕방 안국사 앞에서 갑자기 끊어졌다.

안국사의 원래 이름은 청선사였다. 회창 6년에 이름이 바뀌었는데, 황재하가 장안에서 지내던 시절에만 해도 어른들은 여전히 옛 이름으로 부르곤 했다.

문 앞에 선 황재하는 옷에 쌓인 눈을 떨어낼 생각도 못 하고 굳게 닫힌 절 문을 힘껏 두드렸다. 안에서 빠른 걸음으로 뛰어나오는 소리가 들렸다. 승려의 걸음은 아니니 필시 신책군이나 어림군일 터였다. 왕종실과 왕온이 각자 자신의 병사들을 이끌고 온 것이다.

큰 눈이 기세 좋게 쏟아져 내리는 가운데 살을 에는 듯한 추위가 느껴졌다. 원래도 기혈이 부족한 황재하는 눈보라 속을 바삐 헤쳐 온 탓에 문에 몸을 기대는 순간 눈앞이 캄캄해지면서 온몸에서 힘이 빠져나갔다. 두 다리가 풀리며 더 이상 몸을 지탱하고 서 있지 못했다.

문에 기대고 있던 황재하의 몸이 천천히 미끄러져 그대로 바닥에 털썩 주저앉고 말았다. 황재하는 두 팔로 무릎을 끌어안고서 오른손으로 왼쪽 손목을 붙잡았다. 금실 위로 서로 기대고 있는 팥알 두 개가 손에 잡혔다.

매끄럽고 부드러운 팥알들은 가볍게 서로 붙어 있었다.

황재하가 손가락으로 떨어뜨려놓아도 두 팥알은 조금도 굴하지 않고 다시 미끄러져 내려와 몸을 붙였다. 서로 얼마나 떨어져 있든, 조금의 힘만 가해지면 곧바로 둥근 원을 따라 서로를 향해 바싹 다가갔다. 결코 서로에게서 떨어지지 않겠다는 듯이.

그런데 조금 전 황재하는 이 팥알을 준 사람에게 말했다. 떠나드리겠다고.

손으로 얼굴을 가렸다. 굵은 눈물방울이 흘러내렸다. 소금기를 머금은 차가운 얼음 같은 것이 바닥으로 뚝뚝 떨어졌다. 온몸이 떨리고, 얼굴은 이미 얼어서 시퍼렇게 변해 있었다. 황재하는 그저 힘없이 웅크리고 앉아서 차가운 두 손으로 자신의 몸을 꼬옥 안았다.

대문이 열리고 발소리가 들리더니 누군가가 급히 황재하 앞으로 뛰어왔다. 체온이 그대로 남아 있는 검은 갖옷이 심하게 떨리는 황재하의 몸을 가볍게 감싸고, 크고 따뜻한 두 손이 차갑게 얼어버린 황재하의 손을 잡았다.

갑작스러운 온기에 황재하는 고개를 들어 망연한 눈으로 앞에 있는 사람을 바라보았다. 황재하 앞에 허리를 구부리고 선 왕온이 하얀 비단 손수건을 건넸다. 자신의 외투는 황재하에게 벗어주고 둥근 옷깃의 검정 겹저고리 차림이었다. 은실로 기린 문양이 은은하게 수놓인 검정 옷에 눈송이가 떨어져 내려, 누구와도 견줄 수 없는 귀족 자제의 품격이 고스란히 느껴지는 듯했다.

황재하는 힘을 다해 입술을 달싹였지만 목소리가 잘 나오지 않았다. 눈앞이 다시 어두워지며 현기증에 머리가 핑 돌았다. 왕온이 건네는 손수건을 붙잡고 황재하가 겨우 목소리를 내 중얼거렸다.

"저를…… 믿어주시지 않아요……."

왕온은 황재하를 바싹 끌어안으며 낮은 소리로 물었다. "어찌된 일이오?"

황재하의 참담한 얼굴 위, 두 눈에서 광채가 사라졌다. 가슴속에 맺힌 말을 내뱉음과 동시에 암흑이 황재하를 완전히 뒤덮어, 그다음 말을 내뱉기도 전에 곧바로 의식을 잃었다.

황재하가 다시 의식을 찾았을 때는 이미 왕온의 품에 안겨 있었다. 왕온은 황재하를 안고 빠른 걸음으로 복도를 지나 실내로 들어갔다.

손님을 대접하는 승려들의 선방으로, 장식은 간소하여 탁자 하나와 낮은 침상 하나가 전부였다. 숯이 벌겋게 달궈진 화로 위에서 때마침 찻주전자가 끓고 있었다.

탈진한 듯 온몸에 아무런 힘이 없는 황재하는 그저 왕온에게 몸을 맡기는 수밖에 없었다. 왕온은 황재하를 침상에 눕히고 화로를 가까이 가져와 숯을 더 넣은 뒤, 아무 말 없이 망연한 눈으로 자신을 응시하는 황재하에게 뜨거운 차를 한 잔 따라 건넸다.

황재하는 따뜻한 화롯불 옆에서 침상에 비스듬히 기댄 채 따뜻한 찻잔을 손에 쥐었다. 그 열기가 서서히 퍼지면서 그제야 온몸의 피가 녹아내려 다시 몸속 구석구석 흘러가는 기분이었다.

황재하를 집어삼킬 것만 같았던 무시무시한 눈보라는 아직 그 기세가 수그러들지 않았으나, 황재하는 이미 완전히 다른 세상에 와 있는 듯했다.

조금 전에 왕온에게서 받은 손수건이 아직 자신의 손에 있다는 사실을 깨달은 황재하는 천천히 손수건으로 두 눈을 가렸다. 왕온의 체온이 담긴 손수건이 따뜻하게 눈을 감싸자, 마치 봄날의 햇살이 부드럽게 감싸 안아주는 듯한 느낌과 함께, 세상의 모든 혹독한 추위가 천리 밖으로 물러나는 기분이었다. 왕온은 차가운 눈을 녹이는 따뜻한 햇살처럼 황재하 앞에서 반짝이고 있었다.

왕온이 황재하를 부축해 침상에 눕혀주고는 여우 갖옷을 덮어준 뒤, 나지막하지만 부드러운 목소리로 말했다. "왕 공공을 따라 나왔다가 조금 뒤처졌는데 그만 눈보라 때문에 이 절에 발이 묶였소. 그런데 이 시간에 당신도 이곳에 오리라고는 생각 못 했소."

황재하는 고개를 돌려 왕온의 미소 짓는 얼굴을 보았다. 입술을 미세하게 떨며 무어라 말을 하려 하였으나 아무 말도 입 밖으로 나오지 않았다.

왕온은 부드러운 눈으로 황재하를 보며 말했다. "이렇게 궂은 날씨에 어찌 혼자 밖에 나온 것이오? 옷도 이렇게 얇게 입고서 말이오. 몸이 얼어서 상하면 어쩌려고."

황재하는 말없이 고개를 숙였다. 왕온의 따뜻함이 조금 전에 받은 마음속 상처를 건드려 아프게 했다. 황재하의 눈이 촉촉해지며 눈앞의 세계가 다시 흐릿해졌다.

황재하는 가늘고 약한 목소리를 힘겹게 내뱉었다. 그 목소리가 마치 흐느끼는 듯 들렸다. "왕 총통과의 혼사 문제로 갈등이 있었습니다……. 이제는…… 돌아갈 수도 없게 되었습니다."

누구와의 갈등인지 황재하는 말하지 않았다. 왕온도 묻지 않고, 그저 따뜻한 차를 잔에 반 정도 따라 건넸다.

왕온은 부드러운 눈빛으로 황재하를 바라보며 나지막이 말했다. "그대에게 파혼 서신을 쓸 때 그런 생각을 했었소. 이 세상에는 두 가지 부류의 부부가 있다고 말이오. 하나는 정은 깊으나 인연이 약하여, 깊이 사랑하며 아끼나 결국 끝까지 함께하지 못하는 부부요. 나처럼 말이오. 당시의 혼약을 지켜 평생 그대와 함께하고프나, 그대가 다른 이를 마음에 품어 나와는 인연이 닿지 않으니…… 이는 나로서는 어찌할 수 없는 일이었소."

황재하는 '다른 이를 마음에 품었다'는 말에 씁쓸함을 느꼈다. 왕온이 가리키는 사람이 누구일까…….

참으로 운명이라는 것은 예측 불가능했다. 황재하는 자신의 마음을 일찍이 우선에게 주었으며, 이서백에게 맡기기도 했다. 하지만 정작 정혼자였던 왕온은 황재하가 이 세상에서 유일하게 사랑할 수 있는 사람이었으나 줄곧 아무 인연도 없었다.

황재하는 고개를 숙인 채 침묵했고, 왕온은 그런 황재하를 보며 다시 말을 이었다.

"또 다른 하나는 사실 애정은 옅으나 인연이 깊은 사람들이오. 내가 보기에 많은 벗과 친지가 다 이러하더이다. 부부 두 사람이 동상이몽으로 서로 다른 마음을 품고, 한평생 조금의 정도 주지 않고 살다가 결국 마지막엔 서로 원망만 하는 반려자로 생을 마감하지. 설사 살아 있을 때 동침하고, 죽어서 함께 묻힌다 한들 그것이 무슨 의미가 있겠소? 그대가 만일 내게 시집을 오게 된다면 이와 같지 않겠소?"

황재하는 마음속 깊이 통곡하고 있었다. 왕온과의 혼약을 다시 생각해보라는 왕종실의 제안을 떠올리고, 이서백이 한 말을 떠올렸다. 황재하가 이서백에게 성가신 존재가 될 거라는…….

사실 황재하도 분명히 알았다. 이서백은 황재하를 이 일에 끌어들이지 않기 위해, 그 위험의 그림자가 황재하에게 미치지 않도록 하기 위해 떠나보내려 한다는 사실을 말이다.

그렇기에 황재하는 더더욱 이서백을 떠나야 했다. 이서백이 동의하지 않는다 해도 황재하는 마음먹은 대로 떠날 것이었다. 설령 고육지책으로 왕온에게 접근한 것이라 해도, 자신을 향해 이토록 부드러운 얼굴을 하는 이 사람을 속이는 일이라 해도, 그런 자신이 너무나도 싫고 밉다 해도, 왕 가라는 명분을 빌려 그 사건에 가까이 갈 수만 있다면 무엇이든 주저 않고 할 것이다.

"그래서 나 스스로 그대를 포기하여 그대가 내 곁에서 정 없는 인연으로만 남아 있지 않도록 파혼서를 썼던 것이오. 그대와 연은 닿지 않더라도 그대를 향한 나의 깊은 정만은 남기고 싶었소. 그런데 지금 보니 아무래도, 내가 실수한 것 같소……."

줄곧 낮고 부드러운 음성으로 말하던 왕온이었으나 결국 감정을 누르지 못하고 목소리가 미세하게 떨려 나왔다. "재하, 나는 이토록 그대를 아끼고 연모하는데, 그대는 다른 이에게 거듭해서 상처를 입다니, 정말이지 참을 수 없소!"

혼잣말인 듯 나직이 중얼거리는 그 떨리는 목소리가 황재하의 귓가에 맴돌았다. 황재하의 눈에 눈물이 고이더니 주체할 수 없을 정도로 흘러내렸다.

황재하는 얼떨떨한 감정으로 고개를 들어 눈물 너머 맑고 아름다운 남자를 응시했다. 원래는 이 사람이 황재하와 인생을 함께할 운명의 남자였다. 봄바람처럼 부드럽고 따스한 남자. 하지만 황재하가 한 걸음 한 걸음 나아갈 때마다 운명의 파도는 황재하를 이 사람에게서 점점 더 멀리 밀어냈다. 이 사람을 놓친 것이, 어쩌면 황재하의 인생에서 가장 큰 후회로 남게 되는 것은 아닐까?

왕온의 목소리가 다시 황재하의 귓가에 부드럽게 울렸다. "지금 나는 후회하오. 그대에게 그러한 슬픔과 고통을 겪도록 하느니 차라리 내 마음이 원하는 대로 그대를 내 곁에 둘 걸 그랬소. 그랬다면 적어도 그대가 홀로 눈보라 속을 걷는 일은 영원히 없었을 텐데 말이오."

왕온의 말에 황재하는 망연자실 오른손으로 왼쪽 손목을 쥐고는, 무의식적으로 손목에 걸린 팥알을 매만졌다. 동그랗고 매끄럽기는 진주알과 같고, 검붉기는 핏빛을 닮은 연정의 증표를 확인하며 또다시 눈물이 하염없이 흘러내렸다.

왕온은 손을 들어 황재하의 얼굴 위로 흐르는 눈물을 닦아주며 낮은 소리로 물었다. "내게 되돌릴 수 있는 기회를 주겠소? 그대에게 보낸 파혼 서신을, 내게 돌려주지 않겠소?"

황재하는 손을 들어 얼굴을 가린 채 차마 고개를 들지 못했다. 깊은 연정이 담긴 왕온의 눈빛을 감히 쳐다볼 수 없었다. 그 부드러운 목소리를 감히 들을 수 없었다. 스스로가 원망스러웠다.

'황재하, 넌 정말 운이 좋구나. 이런 사람의 관심과 사랑을 받으니. 그런데 너는 그 마음을 이용해 왕 가의 도움을 받으려 하다니, 어찌 그리 잔인하니…….'

황재하는 손에 얼굴을 파묻고 약하게 몸을 떨면서 아무 대답도 하지 않았다. 왕온은 그런 황재하를 보며 더 이상 아무 말 않고, 그저 황재하의 어깨를 가볍게 끌어안아 자신의 어깨에 기대게 해주었다.

한참 후, 왕온은 황재하의 외마디 음성을 들었다. 마치 "네"라고 답한 듯도 했고, 그저 숨을 고르면서 새어나온 의미 없는 소리 같기도 했다.

6장

진눈깨비
부슬부슬 내리고

평소 몸이 튼튼했던 황재하도 이번만큼은 당해내지 못하고 한차례 크게 앓았다.

아무리 왕온과 정혼했던 사이라 해도 왕온의 집에 계속 머무는 것은 온당치 않았다. 게다가 지금은 과거의 혼약은 이미 무효가 된 상황이었고, 파혼 서신은 촉에 두고 온 터라 당장 돌려줄 수도 없었다. 하지만 왕온은 파혼서에 대해서는 개의치 않았다.

왕온은 영창방에 있는 한 저택에 황재하의 거처를 마련해주었다. 시종과 하인 모두 친절하여 황재하에게 고개를 끄덕이며 웃어주었다. 다만 말을 걸어오는 이는 없었다.

황재하가 의아해하자 왕온이 설명해주었다. "다들 농아이니, 말로 소통하지 않아도 되오."

황재하는 고개를 끄덕이며 속으로 생각했다. '대체 왕 가는 이곳에서 뭘 하는 거지?'

어림군은 늘 바빴다. 악왕 사건이 있은 뒤로 성안의 경계가 강화된 데다가 어림군은 줄곧 궁성을 지켜야 해 왕온도 가끔 한 번씩 들러 얼굴만 급히 보이고 가기 일쑤였다. 황재하는 몸을 보양하며 휴식을 취했다. 그날 내린 눈은 거의 다 녹았다. 날씨가 좋아지면서 살을 에는 추위도 수그러졌다. 황재하는 그제야 옷을 두껍게 챙겨 입고 밖으로 나와 좀 걸을 수 있었다.

일단 정원으로 나와 화원 쪽으로 걸어갔다. 화원으로 이어진 회랑 벽은 커다란 바위들의 가운데를 파내고 앞뒤는 얇고 투명한 수정으로 막아, 그 안에 물을 넣어 각종 작은 물고기를 키우고 있었다. 황재하는 천천히 회랑 위를 걸었다. 왼쪽에는 검푸른 계화나무가 심겨 있고 오른쪽 벽에는 물고기들이 저마다 몸을 흔들며 유영했다. 아름답긴 했으나 굉장히 기이한 느낌이 들었다.

순간 이곳이 어디인지 알 것 같았다. 당시 왕종실이 마련한 저택이 틀림없을 것이다.

황재하가 유리 벽 속에 외롭게 갇혀 있는 작은 물고기 한 마리를 멍하니 바라보는데, 뒤에서 다정한 목소리가 들려왔다. "예쁜가 보오?"

뒤를 돌아보니 왕온이 옅은 햇살 아래서 황재하를 바라보고 서 있었다. 그 입가에 드리운 미소는 부드럽고 따스했다. 황재하는 왕온을 향해 고개를 살짝 끄덕이고 희미한 미소를 지었으나, 얼굴은 여전히 창백하고 혈색이 좋지 않았다. 왕온이 다가가 황재하가 걸친 두봉(斗蓬)[13]을 더 단단히 여며주고는, 고개를 낮추어 황재하와 눈을 맞추며 말했다.

"여긴 바람이 세니, 바람이 들지 않는 곳으로 가서 햇볕을 쬐는 것이 좋겠소."

황재하는 살며시 고개를 끄덕이고는 왕온을 따라 굽은 회랑을 걸으며 짐짓 무심한 말투로 물었다. "여긴 왕 공공의 저택인가요?"

---

13 망토와 같은 겉옷.

왕온이 고개를 끄덕이며 말했다. "공공은 지금 신책군 주둔지와 가까운 건헌궁에 머물고 계셔서 여긴 줄곧 비어 있었소. 공공이 그대를 이곳에 머물게 하라 하셨소."

황재하는 가벼운 투로 물었다. "두 분은 무슨 관계이십니까?"

왕온은 잠시 멈칫하더니 입을 열었다. "왕 공공 가문은 왕 가의 다른 분파인데, 다른 지역으로 이주해서 지내다가 어느 사건에 연루되어 거의 맥이 끊겼소. 왕 공공은 그때 거세당한 뒤 환관으로 궁에 들어왔고, 선황의 신임을 받아 신책군을 맡게 된 거요."

낭야 왕 가는 늘 고귀한 신분을 자랑하는 가문이었으니, 환관이 된 왕종실을 왕 가에 다시 입적하기가 거북했을 것이다. 최근 여러 해 동안 이렇다 할 인재를 내지 못한 왕 가가 여전히 조정에서 영향력을 행사할 수 있었던 데에는, 왕 황후 외에 왕종실의 공로도 없지 않았지만 왕 가에서는 아무도 그 사실을 언급하지 않았다. 그래서 현재 가장 권세가 막강한 환관이 낭야 왕 가의 사람이라는 사실을 조정 내에서도 아는 이가 없었다.

황재하가 낮은 소리로 말했다. "왕 가의 비밀일 텐데, 제게 말씀해주시지 않아도 됩니다."

"그대가 물어보면 내가 당연히 말해주리라는 사실을 알고 물은 것 아니오?" 왕온은 미소를 지으며 황재하를 바라보았다. 그 눈빛에 애틋함이 가득했다. "게다가 그대도 왕 가 사람이니 당연히 알아야 하지 않겠소."

황재하는 설로 마음이 찔려 입술을 깨물며 고개를 살짝 돌렸다.

왕 가 시종들은 굉장히 세심했다. 회랑 끝에 무성하게 자라난 백량금 나무 앞쪽에 이미 자리를 마련하고 손화로도 가져다놓았다. 열매를 매단 백량금은 서리와 눈을 맞은 뒤 한층 아름답게 변했다. 푸른 잎과 붉은 열매 사이사이 감춰진 새하얀 눈을 보노라니 이 엄동의 추위마저 사랑스럽게 여겨졌다.

왕온은 순금으로 만든 손화로를 비단 보자기에 싸서 황재하의 품에 안겨주었다. "또 감기에 걸리지 않도록 손을 안에 넣어 따뜻하게 하시오."

황재하는 고개를 끄덕이고는 비단 보자기 안으로 손을 넣었다. 햇살이 따뜻하게 내리쬐자 점점 나른해져 졸음이 왔다. 두 사람은 이런저런 대수롭지 않은 이야기들을 나누었다. 대부분 정원의 꽃과 나무에 관한 사소한 이야기였다.

황재하가 물었다. "오늘은 점호에 가지 않으시나요?"

"실은 왕 공공께서 병문안을 오신다 하오. 그대 혼자 공공을 만나기 불편할 것 같아서 말이오."

황재하는 눈을 감고서 의자에 등을 기대며 말했다. "그럴 리가요. 꽤나 상냥하신 분이던데요."

왕온은 그저 미소로 대답한 뒤, 황재하가 피곤해 보이자 바로 몸을 일으키며 말했다. "갑시다. 왕 공공이 오셨는지 가봅시다."

두 사람이 내당에서 기다린 지 얼마 되지 않아 왕종실이 하인의 안내를 받으며 들어왔다.

바깥의 밝은 햇살이 왕종실을 환히 비추어 그 얼굴이 한층 더 창백하고 차갑게 보였는데, 지극히 작은 티끌 하나도 병적으로 허용치 않을 것 같은 느낌이 들었다.

왕종실은 왕온과 황재하에게 편히 앉으라 손짓하고는 뒤에 있던 용모가 빼어난 소환관에게 물건을 가져오게 했다.

"온지에게 듣기로 그대가 앵두 비뤄를 좋아한다 하여 특별히 사람을 시켜 만들어왔네. 맛이 꽤 좋으니 한번 들어보게."

왕종실은 차분한 음성으로 말하며 직접 비뤄를 잘라 접시에 담아 황재하에게 건네주었다. 하지만 그런 친절한 행동에서도 왠지 모르게 음산하고 차가운 기운이 느껴졌다.

황재하는 왕종실과 시선을 마주치지 않고 고개를 숙인 채 말했다. "지금 시기에 앵두가 있다니 뜻밖입니다."

왕온이 웃으며 말했다. "여산 온천 옆에 심어 검은 비단 천과 등촉으로 밤낮 빛을 조절해 키운 것이오. 앵두나무가 봄이 되었다 착각하여 꽃을 피우고 열매를 맺은 것이지. 앵두는 보관하기가 쉽지 않아 말을 채찍질하여 급히 보내왔는데도 오는 길에 적잖이 상해 실제로 먹을 수 있는 건 얼마 되지가 않았다오."

황재하는 놀라서 말했다. "양귀비가 즐겨 먹은 여지보다 더 귀한 것이군요."

"그런 셈이오. 촉의 노주 일대에서 나는 여지가 맛이 가장 좋다던데, 내년 5월에 같이 따러 가봅시다. 나무에 열매가 달려 있는 모습도 아주 아름답다고 들었소."

"네, 푸른 잎 위로 붉은 열매가 구슬처럼 매달려 따기가 아까울 정도로 아름다웠습니다."

"노주를 가본 적이 있소?"

황재하는 가볍게 고개를 끄덕이며 작은 소리로 말했다. "예전에 여지 화원 안에서 사건이 발생한 적이 있어서요."

두 사람의 대화를 듣던 왕종실이 물었다. "그대는 지금까지 몇 건의 사건을 해결했는가?"

황재하는 잠시 생각하더니 고개를 내저으며 말했다. "정확히 세어보진 않았습니다."

왕종실은 눈을 가늘게 뜨고 황재하를 바라보았다. "지금까지 해결한 사건 중에서 그대 가족의 사건이 가장 마음에 사무쳤을 테지만, 그외에도 아주 위험한 사건이 있었던 것으로 아는데."

황재하는 잠시 생각하고는 고개를 끄덕이며 말했다. "네, 왕약의 실종 사건이 그러했습니다."

왕 황후와 기왕, 낭야 왕 가가 말려든 이 사건에는 많은 세력이 얽혀 있었다. 만일 그 세력들이 서로를 견제하며 적절히 잘 꼬이지 않았더라면 황재하는 이미 이 세상 사람이 아니었을지도 모른다.

"그대는 운이 좋은 것이 아니라, 안목이 좋은 걸세. 아직 정치에는 깊이 발을 들이지 않았지만 후각적으로 아주 영민하지. 무엇보다 중요한 사실은 그대에게는 기왕 전하도 따라잡을 수 없는 재주가 있다는 것이네. 기왕 전하는 복잡하게 얽힌 사건의 모든 실마리를 순간적으로 머릿속에 다 집어넣어 기억할 수 있지만, 그대는 그 속에서 가장 관건이 되는 하나를 신속하게 찾아내어 사건이 발생한 원인을 단박에 찾아내지 않는가." 왕종실의 말투는 매우 부드러웠다. 여전히 차가운 목소리였으나 급하지도 느리지도 않았으며, 냉철했지만 아득하기도 했다. "온지의 부친에게 들었네. 지난 10여 년간 드러나지 않았던 우리의 일을 일거에 밝혀냈다지. 그러고는 아무 일도 없었다는 듯 빠져나갔고. 그 일로 인해 그대를 참으로 쓸만한 인재라 여겼네. 사건 추리 능력 때문이 아니라, 아슬아슬하게 저들의 힘을 빌려 그 힘의 균형을 맞추는 능력 때문에 말일세. 왕 황후를 향한 황제 폐하의 미묘한 감정이 그 저울의 균형을 지켜주었고, 그대 스스로도 그 줄다리기의 정중앙에 서서 조금도 다치지 않았지. 물론 기왕 전하의 도움도 있었겠지만, 그보다 더 빛을 발한 것은 그대의 천부적인 정치적 후각과 예민함이네. 나는 그대 나이 때에 그 정도로는 해내지 못했지."

황재하는 입술만 깨물고 있다가 잠시 후에야 고개를 들어 억지로 미소를 지어 보였다. "과찬이십니다. 실은 가족을 잃고 마음이 다 타버린 재와 같았기에, 죽음도 두려워하지 않고 함부로 날뛸 수 있었을 뿐입니다. 그렇게 마구 헤집고 다니면서도 목숨을 부지할 수 있었던 것은 모두 운이 좋았던 덕이고요."

"관료 세계에서는 운이 좋은 것도 능력이지. 비록 우리 왕 가에 실례를 범했지만, 그대가 온지의 약혼자인 황재하임을 알고는 오히려 왕 가가 그대와 연을 맺은 것이 행운이라 생각했네." 왕종실은 입가에 어렴풋이 미소를 지어 보이며 천천히 말했다. "온지가 촉에 갈 때 내가 그랬지. 그대를 얻지 못한다면 차라리 망가뜨리리라고……."

왕종실의 눈빛이 왕온을 향했다. 왕온은 고개를 끄덕이고는 잠시 머뭇거리다 입을 열었다. "하지만 결국 난 그대와 적이 될 수는 없었소. 그대를 해칠 수도 없었고."

황재하의 마음속으로 수많은 장면이 스쳐 지나갔다. 왕온과의 과거를 떠올려보니 그 말은 결코 거짓이 아니었다. 저도 모르게 감동이 밀려왔지만 동시에 커다란 슬픔도 느껴졌다.

황재하는 한참 후에야 겨우 입을 열어 말했다. "저도 알고 있습니다……. 지금까지 왕 공자께서 많이 보살펴주셨지요."

왕온은 고개를 내저으며 미소를 지었다. "어찌 그리 남처럼 말하는 거요?" 그러고는 잠시 머뭇거리더니 다시 물었다. "그런데 악왕 전하의 사건을 함께 조사하길 원한다고?"

황재하는 가만히 고개를 숙이고 말했다. "기왕 전하께서는 저희 가족의 억울함을 씻도록 도와주신 분입니다. 지금은 그 곁을 떠났지만 은혜는 여전히 남아 있으니, 기회가 된다면 저도 힘을 다해 보답하고 싶습니다."

왕종실은 가만히 웃기만 할 뿐 아무 말도 하지 않았다.

왕온이 말했다. "마침 황제 폐하께서 악왕 전하 사건을 왕 공공께 맡기셨소. 그대는 아직 몸을 더 보살펴야 하니 건강이 좋아지고 나면 왕 공공을 도와 사건을 조사하면 되겠소."

왕종실은 그제야 천천히 고개를 끄덕이며 말했다. "그렇게 하지. 위낙 사안이 심각하고 폐하께서도 유심히 지켜보시는 사건인데, 내가 사건을 추리하는 데에는 그다지 능하지 않으니 모든 걸 그대에게 맡기겠네. 내일 삼법사에 연통을 넣어 그대가 정식으로 이 사건을 맡을 수 있도록 조치할 테니 그리 알게."

황재하는 살짝 고개를 끄덕이고는 다시 시선을 내려 접시 가운데에서 검붉게 반짝이는 앵두 비뭐를 보았다. 앵두가 자신의 손목 위 팥알과 닮아 보여 저도 모르게 손목을 움츠렸다. 팥알 두 알은 다시 조용히 소매 속으로 들어가 숨었다.

순간 가슴속으로 먹구름이 잔뜩 드리운 듯, 정체를 알 수 없는 쓰라림에 참을 수 없이 목이 메여와 호흡을 잇기도 어려울 정도였다.

왕종실의 차가운 눈이 황재하의 표정을 보고 말했다. "그대 홀로 이곳에 거하니 많이 외로운가 보군. 여인네들은 아기자기한 노리개 같은 것을 좋아한다지. 내 그래서 특별히 작은 선물을 준비했네."

왕종실은 역시 물고기를 좋아하는 사람답게 황재하에게도 작고 붉은 물고기 두 마리를 선물했다. 맑은 물이 일렁이는 유리병 속에서 얇은 비단 천 같은 꼬리를 흔들며 유영하는 아가십열 한 쌍이었다.

"번식이 매우 어려운 물고기지. 아가십열이 어떻게 부화하는지 아는 사람은 거의 없네. 그래서 희소한 물고기야. 한데 내가 천축의 한 고승으로부터 그 비법을 배워 한 무리를 번식시켰지." 왕종실은 유리병을 황재하에게 건네고는 다시 말을 이었다. "아가십열은 다행히 생명력이 강해 평소 먹을 것만 좀 챙겨주면 100년도 넘게 살 수 있네. 편히 키우면서 데리고 놀게. 다만 알을 부화하는 것은 매우 힘들고, 비법도 모를 테니 나중에 산란하거든 내게 알려주게나. 내 직접 와서 받아갈 테니."

황재하는 유리병을 챙겨 들고는 몸을 일으켜 왕종실에게 감사 인사를 했다. "공공은 참으로 물고기를 아끼는 분이십니다."

왕종실은 유리병 속 물고기를 응시하며 천천히 입을 열었다. "다음 생애에는 나도 저들처럼 아는 것도 없고, 느끼는 것도 없으며, 기억하는 바도 없이 그저 얕은 물속에서 평생을 살아갈 수 있다면 좋겠네."

황재하는 어쨌거나 젊은지라 기본적인 체력이 좋아, 크게 한차례 앓고도 얼마 지나지 않아 거의 기운을 차렸다.

왕종실에게 물고기 두 마리를 선물받았지만 물고기에 흥미가 없는 황재하로서는 하루 종일 실내에서 물고기만 마주하고 있는다는 것은 상상도 못 할 일이었다. 왕온은 몸을 빼기가 어려워 황재하를 보러 와도 늘 시간이 촉박했기에, 황재하를 데리고 나가 바람을 쐬어주지도 못했다.

다행히 왕종실이 전갈을 보내둔 덕에 황재하는 삼법사에 가서 사건과 관련된 문서를 볼 수 있었다. 하지만 당시 현장에 있던 이들의 진술은 그날 저녁 황재하가 본 장면과 일치하여 특별한 수확은 없었다.

유일하게 위로가 되는 것이라면, 아직은 삼법사도 감히 기왕을 난처하게 만들지는 못한다는 점이었다. 비록 사건에 진전은 없지만 기왕이 처한 상황도 아직까지는 별탈없이 평온한 상태였다. 이서백은 현재 모든 업무를 물리고 집에만 틀어박혀 외부의 일에는 일절 관여하지 않았다. 조정도 이번 일을 어찌 처리해야 할지 계속 논의만 할 뿐 여전히 답보 상태였다.

어느 날, 황재하는 남장을 하고 대리사에 갔다가 익숙한 장안 거리를 따라 천천히 영창방으로 돌아오고 있었다.

연말이 가까워오는 때라 동쪽 시장, 서쪽 시장 할 것 없이 사람들로 붐볐다. 뒤숭숭한 소문이 진작부터 장안 가득 퍼져 거리의 분위기가 무겁게 가라앉은 채, 다들 그 일에 대해 분분히 떠들었다.

황재하는 길가의 한 찻집에서 차를 마시며 기왕이 악왕을 죽게 만든 참극에 대해 사람들이 떠드는 소리를 들었다. 이야기는 터무니없이 과장되고 부풀려졌지만, 대부분은 기왕이 방훈의 망령에 사로잡혀 이 씨 왕조를 무너뜨릴 거라고 믿었다.

누군가가 은밀한 목소리로 말했다. "내가 볼 때, 기왕 전하가 망령에 홀린 것이 확실해. 그렇지 않으면 악왕 전하가 뭐하러 목숨을 바치면서까지 기왕 전하의 진상을 폭로했겠어?"

또 누군가는 성을 내며 말했다. "기왕 전하야말로 억울하시지! 아니 막말로 최근에 서주와 남조, 농우, 어디 한 곳이라도 기왕 전하가 평정하지 않은 곳이 있어? 죄다 기왕 전하가 다스렸잖아!"

또 다른 누군가는 마치 내막을 알고 있기라도 한 듯 말했다. "내가 감히 입 밖에 낼 수 없어서 그렇지, 이 일에는 다른 내막이 숨어 있다고. 조정에서도 감히 말을 못 하고 있지. 자네들은 지금 이 사건에서 가장 중요한 사실이 무엇인 줄 아는가? 거야 당연히 누각에서 몸을 날린 악왕 전하가 공중에서 사라졌다는 것이 아니겠는가!"

악왕이 사라진 수수께끼 같은 상황을 둘러싸고 또다시 한바탕 논쟁이 벌어졌다. 악왕을 데려간 이는 선황이다, 아니다 태조의 현령이다, 혼백만 하늘로 올라갔다, 아니다 신선이 되어 육신까지 성불했다…….

말로는 도저히 결론이 나지 않으니 주먹다짐까지 할 기세들이었다. 황재하는 자리에서 일어나 계산한 후 찻집에서 나왔다.

날이 꽤 추웠으나 설에 쓸 물건을 파는 사람들로 서쪽 시장은 한창 시끌벅적 붐볐다. 황재하는 시장 길을 걷다가 역 씨네 표구 가게 앞에서 걸음을 멈추고 가게 안을 들여다보았다. 주자진 때문에 그림을 망쳤던 노인은 여전히 앉아서 꾸벅꾸벅 졸고 있을 뿐, 특별히 눈에 띄는 점은 없었다.

아마도 그림은 이미 원상복구 했으리라 생각하며, 황재하가 가게 안으로 들어가 물어보려던 참이었다. 누군가가 뛰어와 황재하의 어깨를 쳤다. "숭고! 드디어 찾았네!"

이렇게 추운 날씨에도 힘이 남아돌아 펄쩍펄쩍 뛰어다닐 사람은 주자진밖에 없었다.

황재하는 뒤를 돌아보며 믿을 수 없다는 듯한 표정을 지어 보였다. "자진 도련님, 매일 이렇게 한가로이 바깥을 돌아다니시는 겁니까?"

장안이 이리도 넓은데 어떻게 이 한 번의 외출에 주자진을 딱 맞닥뜨린단 말인가.

주자진은 득의만만한 표정으로 웃으며 말했다. "역시 내 예상이 귀신같이 들어맞았어! 아니, 며칠 전에 널 찾으러 기왕부에 갔다가 네가 떠났다는 말을 들었지 뭐야. 대체 어딜 가야 널 찾을 수 있을지 막막했는데, 가만 생각해보니 네가 그 전자건 그림이 복원됐는지 한 번은 와볼 것 같더라고. 그래서 벌써 며칠을 여기 쭈그리고 앉아 기다렸어. 정말 지루해 죽는 줄 알았다고. 그래도 결국 이렇게 잡았단 말씀!"

황재하는 쓸쓸한 웃음을 지으며 말했다. "정말 대단한 우연이네요." 사실 황재하는 아무 생각 없이 여기까지 걸어온 것이었다. 자신의 귀신같은 추리력에 한창 도취해 있는 주자진에게 황재하가 물었다. "그 그림은 잘 복원되었어요?"

"그럼, 며칠 전에 소왕부 사람이 와서 그림을 가져갈 때 옆에서 봤는데 정말 감쪽같았어. 아무 흔적도 없이 완전히 새것 같더라니까!"

"얼마나 걸렸어요?"

"사나흘 정도? 나흘째 되던 날 노인장이 그 그림을 꺼내는 걸 봤어."

"그렇군요……." 황재하는 그렇게만 대답하고는 몸을 돌려 앞으로 걸어갔다.

사나흘. 기왕 이서백의 눈을 피해 부적을 빼낸 뒤 며칠씩 들여 그 흔적을 바꾼다는 건 불가능한 일이었다.

앞쪽 멀지 않은 곳에 여 씨네 향초 가게가 있었다.

황재하가 고개를 들어 앞쪽을 바라보는 순간, 향초 가게 맞은편 나무 아래에 낯익은 형상이 보였다.

적취였다.

너울을 쓴 채 나무 아래에 서서 몰래 가게 안쪽을 살핀 적취는 다시 벽 쪽으로 몸을 돌려 천천히 자리를 떠났다.

황재하는 지난번에도 이곳에서 적취를 보았음을 떠올렸다. 그때는 비슷한 여인을 잘못 보았겠거니 생각했으나, 지금은 확실히 적취를 알아볼 수 있었다. 비록 너울로 얼굴을 가리긴 했으나 그 체형과 몸의 윤곽이 적취가 틀림없었다.

주자진이 눈을 크게 뜨고서 조용히 황재하의 귓가에 대고 물었다. "저기 말이야…… 저 아가씨 뒷모습이 왠지…….'

황재하는 주자진의 말이 끝나기도 전에 빠른 걸음으로 적취를 뒤쫓았다.

적취는 자신이 몸을 숨기고 비밀스럽게 다녀야 하는 처지임을 잘 알기에 작은 골목만 골라 멈추지 않고 걸었다. 인적 없는 한 골목에 들어선 뒤에야 황재하가 골목 중간쯤 가고 있는 적취를 나직이 불렀다. "적취 아가씨."

적취는 순간 멈칫하더니 뒤도 돌아보지 않고 골목 끝을 향해 내달렸다.

황재하도 재빨리 그 뒤를 쫓으며 말했다. "놀라지 마세요. 양숭고입니다. 기왕부 소환관 양숭고요. 기억하시지요?"

뒤따라온 주자진도 크게 외쳤다. "저는 주자진이에요. 장 형 친구요! 무서워 말아요!"

적취는 분명 두 사람의 소리를 들었으나 걸음을 잠시 멈칫했을 뿐 필사적으로 내달렸다.

황재하는 아직 기력이 완벽하게 회복되지는 않은 상태여서 몇 걸음 쫓아가지 못해 금세 숨을 헐떡이며 벽을 붙잡고 섰다.

주자진은 계속해서 적취를 뒤쫓으려 했지만 안색이 창백해진 황재하가 가슴을 부여잡고 숨을 헐떡이자 걱정이 되어 멈춰 서 황재하를 살피는 수밖에 없었다.

이미 골목 끝까지 도망친 적취는 두 사람이 멈춘 것을 알고는 걸음을 늦추고 뒤를 돌아보았다. 둘이 더 이상 쫓아오지 않는 것을 확인하고 잠시 머뭇거리는가 싶더니, 갑자기 바닥에 웅크리고 앉아 나뭇가지를 주워들고 벽에다 힘껏 무언가를 끼적인 뒤 다시 몸을 돌려 달아났다.

"적취 아가씨."

황재하가 다시 한 번 적취를 불렀지만 적취는 고개 한번 돌리지 않고 사라졌다.

황재하는 벽에 기댄 채 한참 숨을 고르고 나서야 벽을 짚고 한 걸음씩 앞으로 걸어갔다.

주자진은 진작에 적취가 뭔가 남겨놓은 곳으로 달려가 열심히 들여다보고 있었다. 황재하도 느린 걸음으로 골목 끝으로 걸어가 벽 위에 남겨진 자국을 살펴보았다.

황토로 된 벽 위에 나뭇가지로 긁은 흔적이 희끄무레하게 보였다.

북(北) 자였다. 그리고 북 자 왼쪽 아래에 'ㄴ' 모양의 기호가 있어서, 마치 북 자의 왼쪽과 아래쪽은 감싸고, 위와 오른쪽은 뚫려 있는 듯 보였다.

"북의 반쪽을 감싸고 있다니, 이게 무슨 뜻이지?" 주자진이 머리를 긁적이며 물었다.

황재하는 나뭇가지를 주워 그 흔적이 보이지 않도록 벽을 긁었다.

누런 흙이 벗겨지자 적취가 남긴 글자는 흔적도 없이 사라졌다.

주자진이 고개를 돌려 물었다. "숭고, 무슨 뜻인지 알겠어?"

황재하가 담담히 입을 열었다. "적취는 가난한 집안에서 자라 글자를 잘 모를 거예요."

주자진은 멍한 표정으로 물었다. "글자를 모른다고? 그런데……방금 북 자를 쓴 거 아니었어?"

황재하는 주자진의 말은 듣지 못했다는 듯 그저 앞으로 걸어갔다.

조급해진 주자진은 얼른 뛰어가 황재하의 소매를 붙잡고 말했다. "적취가 무얼 썼든 간에, 어쨌든 이 엄청난 일을 어서 빨리 장 형 집에 알려야 해! 어서 가자!"

황재하가 주자진을 흘깃 쳐다보며 물었다. "말해줄 필요가 있어요?"

"어떻게 말을 안 해! 장 형이 적취를 찾느라 거의 미쳐 있는 걸 알면서도 알려주지 않으면 우리가 친구야? 안 돼, 안 될 말이지! 친구가 아니고 그냥 지나가는 행인이라 해도 알려주는 게 맞아!"

황재하는 조급해 펄쩍 뛰는 주자진의 뜻에 따라주는 수밖에 없었다. "알겠어요, 가요."

뜻밖에도 장항영이 집에 있다가 문을 열어 두 사람을 보고는 깜짝 놀라더니 반가워하며 물었다. "재하 아가씨, 어떻게 여기를 다 오셨습니까? 어찌…… 왕부로 돌아가시지 않고요?"

"아……. 그럴 일이 좀 있었어요." 황재하는 대충 얼버무렸다. "장 형이야말로 오늘은 어떻게 전하를 모시지 않고요?"

"전하께서 최근 계속 왕부에만 계시니 별일 없다고, 장안에 집이 있는 자들은 언제든 집에 다녀와도 된다고 하셨습니다."

"그랬군요." 황재하는 주자진과 함께 장항영을 따라 안으로 들어갔다. 정원 바닥은 깔끔하게 청소가 되어 있고, 개울물도 여전히 맑고 깨끗했다. 황재하가 넌지시 화제를 돌렸다. "집이 여전히 깨끗하게 관리되어 있네요?"

장항영은 무심한 투로 대답했다. "그럼요, 집은 항상 깨끗해야죠."

"아버님은 몸이 편치 않으시고, 형님과 형수님도 늘 향초 가게에 매여 계신데, 장 형이 집을 다 청소하시는 건가요?"

장항영이 순간 멈칫하더니 대답했다. "아 네, 그렇죠……."

황재하는 집 안을 둘러보며 작은 소리로 물었다. "아버님 몸은 좀 괜찮으신가요?"

"괜찮으십니다. 완쾌될 병은 아니지만 오랜 시간 요양하고 계시니 이제 곧 좋아지실 겁니다." 장항영의 얼굴에 다시 밝은 기색이 드러났다.

"다행이네요. 어르신들 건강은 늘 조심스럽게 돌봐드려야 하죠." 황재하는 정원의 포도나무 지지대 아래에 자리를 잡고 앉았다. 잎이 다 떨어진 포도나무는 구불구불한 넝쿨만 대나무 지지대 위로 뒤엉켜 있었다.

주자진이 장항영의 손을 잡아당기며 낮은 소리로 말했다. "좀 전에 서쪽 시장에서 누굴 봤는지 알아요? 적취를 봤어요."

순간 깜짝 놀란 장항영은 멍한 얼굴로 한참을 가만히 서 있다가, 곧바로 뛰어가 문을 굳게 잠그고 돌아와 더듬더듬 물었다. "아가씨와 공자께서…… 적취를 보셨다고요?"

주자진은 힘껏 고개를 끄덕이며 말했다. "저희가 적취의 소재를 노출시킬까 봐 무서웠는지 저희를 보자마자 도망치더라고요."

장항영은 눈만 크게 뜬 채 말을 잇지 못하더니, 한참 후에야 천천히 자리에 앉으며 낮은 소리로 물었다. "그래서…… 두 분도 적취가 어디 있는지는 모르시고요?"

"하지만 장안에 있는 것은 분명해요. 서쪽 시장에서 두 번이나 봤거든요." 황재하가 말했다.

"그럼 제가, 제가 가서 찾아보겠습니다."

주자진이 긴장하며 말했다. "적취는 아직 황제 폐하의 원망을 산 죄인이니 장 형도 조심해야 해요. 지금은 기왕 전하도 장 형을 지키기 여의치 않은 상황이니까요."

장항영은 얼굴이 굳어지더니 고개를 연거푸 끄덕였다. "알겠습니다. 얼른 찾으러 가봐야겠어요……."

황재하와 주자진은 장항영의 집을 나와 길 입구에서 헤어졌다.

주자진이 급히 물었다. "그럼 넌 이제 어디로 가는 건데? 널 찾으려면 어디로 가야 해?"

황재하는 곰곰이 생각하다 솔직히 말하는 수밖에 없다고 판단했다. "영창방에 있어요. 왕온 공자께서 대신 거처를 찾아주셨어요."

"왕온?" 주자진은 눈을 껌뻑거리더니 안도의 한숨을 내쉬었다. 그러고는 흥분한 목소리로 말했다. "거봐, 내 그럴 줄 알았다니까. 왕 형이 혼약을 깰 리 없지! 어찌됐든 두 사람은 예비부부인 셈이니까."

황재하는 씁쓸한 미소를 지으며 대충 고개를 끄덕였다. "무슨 일 있으면 영창방으로 찾아오세요. 네 번째 우물가에 있는 왕 가 저택이에요."

주자진과 헤어진 황재하는 영창방으로 돌아왔지만, 저택 문 앞에서 잠시 머뭇거리다 다시 길을 돌아 대명궁으로 향했다.

마침 왕온은 대명궁 입구를 한 바퀴 둘러본 뒤 영지로 돌아가려던 참에 황재하를 보고는, 말에서 내려 황재하에게 다가가 웃으며 말했다. "오늘은 안색이 많이 좋아진 듯하오. 최근에 삼법사에서 뭐 좀 발견한 것이라도 있소? 다음에 나올 땐 꼭 사람을 한 명 거느리고 나오도록 하시오."

"공자님과 병사들이 장안을 이렇게 안전하게 지켜주고 계신데 군이 사람을 데리고 다닐 필요가 있겠습니까."

왕온은 뒤에서 누군가가 이쪽을 살피는 걸 느끼고는 황재하를 데리고 한쪽 옆으로 자리를 옮겼다. "무슨 일로 찾아왔소?"

"제가 일이 있어 찾아왔다는 걸 어떻게 아셨습니까?"

"아무 일 없다면 그대가 먼저 나를 찾아올 리 있겠소." 왕온은 그렇게 말하며 눈에 한 줄기 어두운 빛이 스쳤으나, 이내 웃어 보이며 말했다. "자, 말해보시오."

왕온의 웃는 얼굴에 황재하는 순간 양심의 가책을 느꼈지만, 입술을 깨물며 마음을 다잡고 물었다. "황제 폐하께서 최근에…… 동창 공주님 사건과 관련해 내리신 지시 같은 건 없었는지요?"

왕온은 잠시 생각해보고는 입을 열었다. "동창 공주님을 무덤에 안장하고 난 뒤로는 궁중에서도 폐하의 마음을 달래느라 되도록 그 일은 입에 올리지 않았소. 폐하께서도 마음을 다잡으셔야 하지 않겠소."

"네……." 황재하는 생각에 잠겼다가 다시 물었다. "그럼 폐하께서 당시 범인의 딸에 대해 다시 언급하신 적은 없습니까?"

"없었소. 다만 이미 명령이 있었기 때문에 지금까지도 철저히 수배 중일 것이오."

황재하가 가만히 고개를 끄덕였다. 왕온은 황재하의 표정을 보며 목소리를 더 낮추어 물었다. "여적취를 본 것이오?"

"확실치는 않습니다. 다만 순찰 도실 때 저를 위해 조금만 더 유심히 살펴봐줄 수 있으신지요?"

"알겠소." 왕온은 그렇게만 대답할 뿐 더 이상 캐묻지도 않았다.

황재하는 고마움이 가득 담긴 표정으로 왕온을 바라보며 살며시 고개 숙여 인사했다. "정말 감사합니다."

"어찌 그리 또 남 대하듯 하는 것이오?" 고개를 숙여 황재하를 보는 왕온의 눈빛에 다정함이 가득했다.

황재하는 또다시 양심의 가책이 느껴져 고개를 숙여 작별을 고한 뒤 곧바로 몸을 돌려 자리를 떠났다.

때로는 세상일이 이처럼 희한할 때가 있다. 황재하는 향초 가게 앞에서 적취를 두 번이나 봤으나, 왕온과 장항영, 그리고 주자진까지, 이들 세 사람은 장안성 안을 샅샅이 뒤지고도 적취의 종적을 찾지 못했다.

"그럼 찾지 않으면 되는 것 아니오. 찾는 것이 꼭 좋은 것만은 아니잖소. 어쩌면 더 성가신 일을 불러일으킬 수도 있고." 며칠 후 왕온이 황재하를 찾아와 말했다.

황재하는 고개를 끄덕이고는 왕온의 옆머리에 묻은 물방울을 보고 물었다. "밖에 비가 오나요?"

"눈이 조금 내리는데, 머리에 닿아 녹았나 보오." 왕온은 물방울을 가볍게 떨어냈다.

바깥에 보일 듯 말 듯 진눈깨비가 날리는 것을 보고 황재하는 화로에 숯을 더했다. "이런 날씨에 그 말씀을 하러 일부러 오신 건가요?"

"그거야, 보고 싶어서 온 것이지." 왕온이 웃으며 말했다. 그러고는 한참 동안 가만히 황재하를 응시하다가 다시 나지막이 말했다. "악왕 전하 사건에 별 진전도 없는데 그리 관아를 드나드니 너무 고생하는 것 같아 걱정되오. 잘 쉬어야 한다는 사실도 잊지 마시오."

황재하는 자신을 응시하는 왕온의 눈빛에 난처한 마음이 들어, 시선을 한쪽으로 돌려 유리병 속 아가십열을 보며 말했다. "왕 공공이 선물해주신 물고기를 보며 시간을 보낼 때도 있어 괜찮습니다."

"설마 하루 종일 쉬면서 계속 물고기 밥만 주고 있는 것은 아닐 테고, 어디 봅시다, 살이 좀 쪘는지." 왕온은 웃으면서 유리병을 들고 들여다보았다. "어휴, 이거 참, 물고기도 사람도 이렇게 말라서야 원. 계속 눈이 와서 날씨가 궂은 탓은 아니오?"

황재하도 절로 웃음이 나와 말했다. "눈이 억울하다 하겠네요. 물고기 살이 찌고 안 찌고가 언제부터 자기 소관이 되었는지 말입니다."

왕온은 웃으며 손에 든 물고기를 보았다가 다시 황재하를 보았다. 아직 가시지 않은 미소와 맑고 깨끗한 눈, 완만한 곡선을 그리는 눈썹과 미세하게 올라간 입꼬리를 보며, 왕온의 마음에 절로 달콤함이 번졌다.

왕온은 유리병을 탁자 위에 가볍게 내려놓으며 낮은 소리로 황재하를 불렀다. "재하……."

황재하가 눈을 들어 왕온을 보았다.

하지만 왕온은 자신이 무슨 말을 하고 싶었던 것인지 몰랐다. 그냥 그렇게 황재하의 이름을 부르고 싶었던 것도 같고, 자신을 바라보는 황재하의 눈빛을 한 번 더 보고 싶었던 것도 같았다.

한참 후에야 왕온이 어색해하며 말을 꺼냈다. "사실, 여적취 얘기를 하러 온 것은 아니오."

"네?" 황재하가 의아해 물었다.

"황후 폐하께서 그대를 만나길 원하시오."

황재하는 순간 더 의아했다. "황후 폐하께서 저를요? 분부하실 말씀이라도 있는 건가요?"

"그건 나도 모르겠소. 장령이 내게 소식을 전해왔소. 그대를 데리고 함께 황후 폐하를 알현하라고 말이오."

촘촘하게 날리는 진눈깨비 속에서 황재하는 궁녀를 따라 대명궁 봉래전의 계단을 올랐다.

왕 황후는 선산누각(仙山樓閣)을 새긴 병풍 앞에 정자세로 앉아 있었다. 저녁노을을 닮은 자줏빛 비단에 금실로 수를 놓은 치마가 눈이 부실 정도로 반짝였다. 이러한 휘황찬란한 빛깔을 감당할 수 있는 여인은 이 세상에 왕 황후밖에 없으리라.

사람들을 모두 물리고 두 사람만 남자 그 큰 대전 안이 유난히 더 적막하고 쓸쓸하게 느껴졌다. 순금 박산로[14] 안에서 향이 모락모락 피어올라 대전 안이 더 흐릿하고 아득해 보였다. 황후의 얼굴 또한 구름 너머에 있는 것처럼 선명하게 보이지 않았다.

어떤 감정도 실리지 않은 덤덤한 목소리가 들려왔다. "황재하, 누명을 벗고 집안의 억울함을 푼 것을 축하하네."

황재하가 고개를 숙이고 말했다. "다 황후 폐하의 하해와 같은 은혜 덕분입니다."

"듣기로 이번에 촉에 갔을 때 양주 기녀의 사건도 해결했다던데?"

황재하는 놀라지 않고 담담한 목소리로 대답했다. "네, 양주 운소원에서 안무를 짜던 기녀였사온데, 이름은 부신원이라 하옵니다. 촉 땅에 갔다가 연인인 제등의 손에 죽임을 당했습니다. 그 뒤 자매 지간인 공손연과 은노의가 복수를 위해 제등을 모살하였는데, 역시 자매 지간인 난대가 중간에서 선처를 구해 목숨을 부지하고 서부 변경으로 유배를 갔사옵니다."

"참으로 안타깝군……. 자매들의 정이 깊어 그렇게 복수하고서는 다시 평소처럼 화목하게 살아갈 수 있었을 것을, 왜 또 나서서 물을 휘저어 흙탕물을 만들었을까." 황후의 목소리에 냉기가 서렸다.

황재하는 고개는 숙였으나, 허리를 곧게 세우고는 낯빛 하나 바뀌지 않고 말했다. "법도와 인정에 있어서 법이 먼저고, 정이 그다음입니다. 억울한 일이 있다면 관아에서 이를 처리하여줄 터인데, 어찌 개인이 사사로이 형벌을 내릴 수 있겠습니까?"

---

14 산동성 박산 모양을 본떠서 만든 향로.

황후는 황재하를 한참 응시하다가 천천히 몸을 일으켜 침향목 침상에서 내려왔다.

황재하 앞에서 걸음을 멈춘 황후는 여전히 황재하에게서 시선을 떼지 않았다. 황재하는 크게 꾸짖음당하리라 각오했는데 황후는 오히려 살짝 웃어 보이며 말했다. "그거야 너를 만나는 행운이 있었기에 가능한 얘기지. 만일 이번에 네가 촉에 가지 않았다면 부신원의 억울한 죽음을 밝혀줄 이가 있었겠느냐? 그리고 공손연과 은노의가 함께 저지른 사건도 누가 파헤칠 수 있었겠어?"

황재하가 낮은 소리로 답했다. "하늘의 이치가 명백하니, 바른 길은 응당 드러나게 되어 있습니다."

"네가 나타나지 않았다면 많은 일이 더 좋지 않았을까 생각할 때도 있다." 황후가 황재하 곁을 한 바퀴 돌며 다시 천천히 입을 열었다. "그런데 또 어떨 땐 네가 없었다면 어떤 일들은 영원히 그 진실을 알지 못했을 거라는 생각도 들더구나. 그리고 나도…… 때마침 그 진실이 필요했지."

황재하는 황후를 향해 깊이 허리 숙여 예를 취하고는 묵묵히 다음 말을 기다렸다.

황후는 황재하를 정면으로 응시하며 천천히 입을 열었다. "적어도 네가 내 대신 머리뼈를 거둬주어 그 불쌍한 아이를 온전히 수습할 수 있었으니까."

황후의 목소리가 미세하게 떨리는 것 같았다. 고개를 든 황재하는 황후의 깊고 그윽한 눈 위로 옅은 물기가 어리는 것을 보았다. 하지만 얼굴은 평온하기 그지없어 눈 속 물기는 그저 착각인 것도 같았다.

더 자세히 들여다볼 틈도 없이 황후가 고개를 돌렸다. "그리고 보면, 네 특기가 바로 단서 없는 기이한 사건을 해결하는 것 아니더냐. 그리고 지금 장안에서 가장 기이한 사건이라 하면 단연코 악왕의 사건이겠지."

황재하는 고개를 끄덕이며 말했다. "그렇습니다……. 도무지 감을 잡기 어려울 정도로 기이한 사건입니다."

"비록 많은 사람의 의견이 분분하지만, 내가 생각하기로 그 진상을 알 수 있는 사람은 악왕을 제외하고는 너밖에 없지 않을까 싶은데. 왕 공공이 이 뜨거운 감자를 넘겨받았으니 황제 폐하께 어느 정도 체면 치레는 할 수 있어야 하지 않겠느냐." 황후는 그렇게 말하면서 천천히 옆을 향해 걸음을 옮겼다. 영문을 몰라 머뭇거리던 황재하는 그대로 계속 걸음을 옮기는 황후의 뒤를 재빨리 따라나섰다.

봉래전 후문 앞으로 좁은 길이 구불구불 길게 나 있었다. 문 앞에서 대기하던 장령이 손에 들고 있던 우산 중 하나를 황재하에게 건네고, 다른 우산은 펼쳐 황후의 머리 위로 들었다.

황후는 황재하를 보는 듯 마는 듯 그저 치맛자락을 살포시 들고 앞으로 걸었다. 황재하는 황후의 은빛 장화를 보며 황후가 처음부터 자신을 데리고 밖으로 나올 생각이었음을 알았다. 다행히 황재하도 낮은 장화를 신고 왔기에 빗물에 젖을 걱정은 하지 않아도 되었다.

청회색 돌길 위로 낙엽 몇 개가 떨어져 있었다. 진눈깨비가 흩날리는 춥고 습한 날씨 탓에 다들 실내에 틀어박혔는지, 가는 길 내내 다른 사람이라곤 보이지 않고 조용했다. 황재하는 황후를 따라 계속해서 걸었다.

황후는 앞에 보이는 계단을 따라 올라갔다. 황재하는 고개를 들어 눈앞의 웅장한 궁전을 보았다. 자신전이었다. 본래는 자신전에 들어가려면 반드시 선정전 좌우로 나 있는 각문을 지나야 해, 자신전에 드는 일을 '입각(入閣)'이라고도 불렀다. 그런데 봉래전 뒤쪽에 이렇게 은밀하게 숨겨진 길이 있는 줄은 생각도 못 했다.

내전 문 앞에 이르러 장령은 우산을 접고 걸음을 멈추었다. 황후는 황재하에게는 눈길 한번 주지 않고 그대로 작은 문 안으로 들어갔다. 황재하는 그 뒤를 따라 안으로 들어가고 나서야 그곳이 사면의 벽 모두 문양이 투각된 칸막이 방이라는 사실을 알았다. 장식 또한 매우 단출했다. 낮은 침상 하나와 그 앞에 높인 탁자 하나가 다였다. 그리고 탁자 위에는 지필묵과 벼루가 놓여 있었다.

황후는 낮은 침상 위에 앉아 편하게 기댔다.

실내에 의자 같은 것도 없어 황재하는 조용히 침상 옆으로 가서 섰다. 황후가 아무 말도 하지 않아, 황재하도 아무 기척 내지 않고 가만히 서 있었다.

그때 어디선가 가벼운 발소리가 들리더니 뒤이어 서봉한의 목소리가 들려왔다. "폐하, 기왕 전하 당도하였습니다."

목소리가 매우 가까워 마치 귓가에 울리는 듯했다. 황재하는 깜짝 놀라 고개를 들어 좌우를 살폈다. 칸막이 너머에서 들리는 소리였다.

황제의 목소리가 옆에서 들려왔다. "들라 하라."

황재하는 문양이 투각된 칸막이 벽 앞으로 다가갔다. 두 겹의 칸막이 사이에 빛이 통과하지 못할 만큼 두꺼운 가림천이 쳐져 있었다. 보아하니 칸막이 방과 황제의 정전 사이는 두 겹의 칸막이와 그 사이의 가림천 하나로만 막혀 있는 듯했다. 소리가 그토록 또렷하게 들려온 이유가 있었다.

세간의 소문에, 황제는 성정이 약하고 몸도 좋지 않아 대부분의 조정 일을 황후의 뜻에 따라 결정한다고 하였는데, 알고 보니 황후가 언제든지 이곳에 와서 옆방의 정사를 들을 수 있도록 해놓은 것이었다. 다만 실내를 보니, 황후가 태극궁으로 옮겨갔던 사건 후에는 황제도 황후를 향한 경계심이 이전보다 심해져 오랫동안 이곳을 사용하지 않았던 듯 보였다.

황재하가 그런 생각을 하는데 칸막이 너머에서 너무나도 익숙한 목소리가 맑고 또렷하게 들려왔다. "소신 전하를 뵙습니다."

여러 날 보지 못한 이서백의 음성을 다시 들으니 갑자기 다른 세상의 사람처럼 느껴져, 황재하는 순간적으로 넋을 잃고 멍해졌다. 황후는 웃는 듯 마는 듯한 표정으로 황재하를 슬쩍 쳐다보고는 낮은 침상에 몸을 편히 기댄 채 눈을 감았다.

옆방에서 황제와 이서백의 목소리가 또렷이 들려왔다. 형제 사이에 오갈 법한 일상적인 이야기를 잠시 나눈 뒤 황제가 물었다. "일곱째 사건은…… 무슨 단서라도 있느냐?"

이서백은 잠시 침묵하다 입을 열었다. "폐하께서 왕종실에게 이 일을 조사하라 명하신 후 왕종실이 소신의 거처에도 찾아와 몇 가지 물었습니다. 다만 소신 또한 이 사건에 대해서는 전혀 아는 바가 없어 별다른 단서를 줄 수 없었습니다."

"음……." 황제는 잠시 망설이다 다시 물었다. "지금 장안에 소문이 흉흉하구나. 하나같이 네게 불리한 소문뿐이야. 왕종실은 어떤 대책을 가지고 조사하고 있다더냐?"

"왕종실이 소신에게 신무군과 신위군 등의 군사를 내놓으라 하였습니다. 사람들 입에 오르내리는 소문을 잠재우기 위해서 말입니다."

이서백이 군사 이야기를 꺼내자 황제는 잠시 아무 말도 하지 않았다. 순간 어색한 분위기가 감돌았다.

황재하의 손에 땀이 맺혔다. 황재하는 투각된 칸막이 벽 쪽으로 좀 더 머리를 낮추었다. 군사와 관련하여 황제가 지시한 일을 이서백은 왕종실이 주도한 것처럼 말했다. 과연 황제가 자신의 본의를 드러낼 것인지, 아니면 이서백이 오늘 이 자리에서 빠져나갈 어떤 수를 가지고 있는 것인지 황재하로서는 도무지 알 수 없었다.

하지만 이서백은 매사에 생각이 치밀하고 주도면밀한 사람 아닌가. 황재하는 자신이 걱정할 필요가 없다고 생각했다.

과연 황제는 하하 웃으며 말했다. "그런 사소한 일들은 네가 왕종실과 상의하여 처리하면 될 것이다. 짐은 염려치 않으마."

"감사합니다, 폐하." 이서백은 잠시 침묵했다가 다시 입을 열었다. "소신은 현재 조정의 많은 일들을 물린 상태라 비록 몸은 홀가분하여도, 일곱째 사건에 대해서는 여전히 마음이 놓이지 않습니다. 왕종실은 분명 폐하와 가까운 중신이기에 믿을 만한 자이긴 하오나, 법사와 관련된 관직은 맡은 적이 없으니, 왕종실에게 이번 사건을 맡기심이 혹 적합지 않은 처사가 아닌지 염려되옵니다."

"나도 알고 있다. 이런 사건이라면, 네 곁에 있던 그 소환관 양숭고만큼 적합한 자도 없지." 황제가 탄식하며 말했다. "하나 방법이 없구나. 그자 또한 필경 네 사람이기에 혐의가 있지 않겠느냐. 그 밖에는, 대리사와 경조윤도 너와 관계가 깊어 대신들이 감히 천거하지를 못했다. 형부 상서 왕린은 황후의 일 이후 짐이 비록 명확한 처분을 내리지는 않았지만 스스로 사직하고 고향으로 내려갈 준비를 하고 있더구나. 어사대 늙은이들은 그저 입씨름만 할 줄 알지, 이런 일 앞에서는 어쩔 줄 몰라 허둥대기만 할 뿐이고 말이다. 한참을 고민했는데도 결국 조정의 고관들 중에는 믿을 만한 사람이 하나도 없었다. 그래서 하는 수 없이 평소 너와 왕래가 적었던 환관 왕종실을 택했다. 이 일을 짐의 집안일이라 여겨 더욱 마음을 쓰기도 하였다."

"옳은 말씀이십니다. 폐하의 마음 쓰심에 감사할 따름입니다." 이서백은 황제가 이리도 길게 설명하는 것을 보니 왕종실에게 사건을 맡기려는 마음을 절대 바꾸진 않을 것 같아 화제를 돌렸다. "왕 공공이 사람을 시켜 악왕부도 조사했는지 모르겠습니다."

"했겠지. 최근 짐도 일곱째의 일로 심히 마음이 좋지 않아 두통이 다시 도지는 바람에 물어볼 틈이 없었다." 황제가 한숨을 내쉬었다. "내 형제가 너와 일곱째, 그리고 아홉째밖에 남지 않았는데, 일곱째마저……. 어찌 그리 스스로 목숨을 끊었을꼬. 그리고 어쩌자고 죽기 전에 그리 놀랄 만한 발언으로 넷째 너를 비방했단 말이냐…….”

이서백이 가만히 입을 열었다. “소신 이 일에는 반드시 숨은 내막이 있으리라 생각합니다. 다만 지금은 그걸 모르고 있을 뿐이지요.”

“시일이 좀 지나면 분명 다 밝혀지리라 믿는다. 짐이 널 잘못 봤을 리 없다. 그저 세상 사람들도 때가 되면 넷째의 진심을 알아주기만을 바랄 뿐이다.”

이서백은 시선을 내려뜨려 바닥에 깔린 금전(金甎)[15]을 보며 말했다. “폐하께서 그리 믿어주시니, 소신 깊이 감사드리옵니다.”

“다만 짐이 걱정되는 것이 있다. 넷째야, 신위군과 신무군이 현재 장안성에 주둔한 지도 3년이 지났으니 규정대로 전부 교체해야 하지 않겠느냐. 그해 서주 사병들도 오래 타지에 체류하며 고향이 그리운 나머지 반란을 일으키지 않았더냐. 지금 당장은 네가 앞에 나서기 어려울 것 같으니, 일단 적합한 자를 세워 이 일을 처리하게 하는 것이 어떻겠느냐?”

에둘러 여기까지 왔으나, 결국 오늘의 진짜 승부가 이제야 시작된 것이다. 옆방에 있던 황재하도 오늘 황제가 이서백을 부른 이유가 이 일 때문이라는 것을 진작 눈치챘다. 하지만 이미 황제가 입 밖으로 낸 말을 이서백이 받아들이지 않을 도리가 있겠는가?

황재하는 저도 모르게 칸막이 벽을 손으로 꽉 움켜쥐었다. 손바닥의 땀은 이미 차갑게 식어 있었다.

이서백의 목소리가 빠르지도 느리지도 않게 들려왔다. “폐하께서 이토록 천하 만민의 안정을 생각하시는데, 소신 어찌 폐하의 명을 거역하겠습니까?”

---

15 궁궐 등의 주요 건물 바닥에 사용되던 벽돌.

황제는 줄곧 목소리를 억누르고 있었으나 순간 흥분을 감추지 못하고 목소리가 높아졌다. "넷째야, 정말 그리하겠다 답한 것이냐?"

"네, 폐하의 말씀에 소신이 어찌 감히 순종하지 않겠습니까." 이서백이 몸을 일으켜 황제를 향해 예를 갖추었다. "한데 송구하오나, 소신 폐하께 한 가지 청이 있습니다."

"말해보거라." 황제는 이서백에게 예를 거두라 손짓했다.

이서백이 고개를 들어 황제를 보며 말했다. "신무군 등은 애초에 소신이 폐하의 명을 받들어 재편성했사오니, 장수들을 바꾸는 일 또한 폐하께서 명만 내리시면 당장 시행할 수 있습니다. 다만 소신 촉에 있을 때 두 차례나 피습을 당하였으니, 비록 지금은 장안에 있다고는 하나 수시로 위험이 들끓는 듯해 안심할 수 없습니다. 부디 폐하께서 이 일을 몇 달만 미루도록 윤허해주신다면, 소신 병사들을 잘 다독여 추후 모든 풍랑이 잠잠해진 뒤 군사들을 다시 배치했으면 합니다. 폐하께서는 어찌 생각하시는지요?"

순간 낯빛이 급변한 황제가 뭐라 말하려 입을 여는데, 돌연 명치 한복판이 조여오면서 말썽을 부렸다. 자리에서 일어서 있던 황제는 갑자기 털썩 주저앉았다.

이서백은 황제의 몸이 휘청거리며 의자 밖으로 기우는 것을 보고는 민첩하게 달려가 황제를 붙잡았다. 황제는 가쁜 숨을 몰아쉬며 몸을 바들바들 떨었다. 얼굴은 핏기가 사라져 창백했고 이마에는 식은땀이 송골송골 맺혔다. 한쪽에 서 있던 서봉한이 급히 황제 곁으로 올라와 옆에 있던 서랍 안에서 환약 하나를 꺼내 물에 녹인 뒤 황제의 입에 넣어주었다.

황제는 머리를 붙잡으며 의자에 기댄 채 숨을 골랐다. 이서백이 미간을 찌푸리며 낮은 소리로 서봉한에게 물었다. "폐하의 두통이 어찌 이전보다 더 심해진 것이냐?"

서봉한이 고개를 숙이며 비탄에 잠긴 목소리로 말했다. "어의들도 심혈을 기울여 살펴보았으며, 민간 명의들도 수없이 불러 진맥을 보게 하였지만, 아직도 이렇다 할 치료법을 찾지 못했습니다."

"최근 이런 발작을 얼마나 자주 하셨느냐? 얼마 만에 한 번씩 이러시느냐?"

서봉한이 미처 대답하기도 전에 황제가 먼저 말했다. "오래된 고질병이라 어쩔 수가 없다. 이런 두통은…… 당시 위무제도 앓지 않았느냐. 아무리 문무를 겸비하고 뛰어난 재능과 원대한 지략을 가졌어도, 제아무리 드넓은 천하의 주인이었어도…… 어느 누가 그의 병을 낫게 할 수 있었느냐?"

이서백은 통증을 참느라 목소리까지 떠는 황제를 보며 자신도 모르게 말했다. "폐하, 옥체를 잘 보존하셔야 합니다. 이 넓은 천하에 분명히 화타 같은 신의가 있어 반드시 폐하의 병을 낫게 할 것입니다. 소신, 폐하께서 분부만 내리신다면, 각 지역에 명해 두통에 정통한 의원들을 찾아 장안으로 불러들이겠습니다. 분명 폐하의 두통에 적합한 치료 방법을 찾을 수 있을 것입니다."

머리를 감싸 안은 황제는 신음을 멈추지 못하다가, 한참 후에야 띄엄띄엄 겨우 목소리를 냈다. "됐다, 그만 가보거라."

황재하는 고개를 돌려 황후를 보았으나 황후는 여전히 꿈쩍도 하지 않고 침상에 비스듬히 기대어 있었다. 눈을 가늘게 뜬 채 창밖을 바라보며 평온하기 그지없는 표정을 짓고 있어, 무슨 생각을 하는지 전혀 알 수 없었다. 이서백이 물러갔다고 느낀 황후는 그제야 몸을 일으켜 칸막이 방과 대전 사이를 가르고 있던 문을 밀어 열고는, 순식간에 태도를 바꾸어 마치 몸도 제대로 가누지 못하는 듯 휘청거리며 급히 달려가 황제를 껴안았다. 그러고는 눈에 눈물을 그렁그렁 매달고 슬픈 목소리로 황제를 불렀다. "폐하, 괜찮으십니까?"

황제는 황후의 손을 붙잡으며 이를 악물고 통증을 참았다. 굵은 땀방울이 이마에서 뚝뚝 떨어졌다. 황후는 황제를 끌어안고 뺨을 쓰다듬으며 말했다. "폐하, 조금만 참으셔요……. 저 쓸데없는 태의들을 먹여 살리는 것이 대체 무슨 소용인지!"

황재하는 황후가 그리 말하면서 자신의 손을 황제의 입가로 가져가는 것을 보았다.

황후가 울면서 말했다. "폐하, 절대 혀를 깨무시면 아니 됩니다. 차라리 소첩의 손을 물고 계십시오!"

옆에 있던 서봉한이 서둘러 황후를 떼어놓으며 말했다. "황후 폐하의 귀하신 몸을 어찌 상하게 한단 말입니까? 이 종의 손을 무심이 나을 것이옵니다……."

황재하는 옆에 서서 황후의 얼굴에 흐르는 눈물을 바라보며 난처하기 그지없었다.

황제가 먹은 약이 그제야 효과를 보이기 시작했다. 비록 여전히 황후의 손을 힘껏 붙잡고 있었으나 호흡은 점차 안정을 되찾았다. 황후와 서봉한은 황제의 몸을 살짝 들어 바닥에 비단 천을 더 깔아주었다.

황제는 그제야 조금 전 스스로를 통제하지 못해 손톱이 황후의 손등을 파고들었다는 사실을 깨달았다. 그런데도 황후는 소리 한번 내지 않고 참고 있었던 것이다. 한숨을 쉬며 황후의 손을 어루만지던 황제의 눈이 황재하에게로 향하더니 한참을 뚫어져라 보았다. "뒤에 있는 저 아이는…… 황후의 궁인이 아닌 것 같소?"

황재하는 서둘러 예를 갖추었다. 황후는 표정 하나 바뀌지 않고 말했다. "밖에서 새로 들여온 어린 궁녀입니다. 옆에 두고 좀 익히게 하려 합니다."

"그러하오?" 황제는 더 이상 묻지 않고 눈을 감았다.

서봉한이 조심스럽게 물었다. "폐하, 내전으로 가서 쉬시겠습니까?"

황제는 고개를 끄덕이며 자신의 다리를 가볍게 툭툭 쳤다. 서봉한은 바로 그 뜻을 알아채고는 재빨리 황제를 부축해 일으켜 후전으로 향했다. 서봉한의 체격이 큰 편이긴 했으나 황제가 워낙에 살집이 있어, 서봉한 혼자서는 부축하기 힘들어 황후도 얼른 곁에서 도왔다.

황재하의 등에서 식은땀이 조금씩 배어나왔다.

황후가 오늘 황재하를 부른 의도를 드디어 알았다.

황제의 두통은 이미 매우 심각한 상황에 이르러 있었다. 시력에 손상을 입어 낯선 사람은 제대로 알아보지도 못할뿐더러, 걷는 것조차 힘든 상태였다. 다만 궁 안팎으로 수많은 감시의 눈이 있기에 분명 서봉한과 왕 황후, 둘만이 이 사실을 알 터였다.

그리고…… 황제 본인이 이러한 사실을 발설치 않고 숨기는 이유는 당연히 아직 완수하지 못한 일이 있기 때문이었다. 지금의 태자는 아직 나이가 어려, 만약 황제가 중병을 앓는다는 말이 퍼질 경우 자연스레 황권 계승이 위태로워질 수 있었다. 그렇다면 황제가 보기에, 가장 큰 위협이 되는 인물이 과연 누구겠는가?

황재하가 여전히 생각에 빠져 있는데 이미 후전에서 나온 황후가 황재하에게 말했다. "폐하를 모시던 궁인들을 모두 들라 이르거라. 폐하께서 잠자리에 드셨다."

황재하는 짧게 대답하고는 빠른 걸음으로 대전 문 앞으로 가서 바깥에 서 있던 궁녀들과 환관들에게 들어오라 일렀다. 바깥은 여전히 진눈깨비가 날렸다. 찬바람이 옷 속으로 파고들자, 아직 채 마르지 않은 식은땀이 피부를 엘 듯해 황재하는 저도 모르게 몸서리를 쳤다.

7장

생사를 함께하기로
약속하다

황재하는 황후를 따라 봉래전으로 돌아온 뒤 작별을 고했다.

황후는 물러가라 손짓할 뿐 어떠한 표정도, 어떠한 감정도 드러내지 않았다. 그저 황재하를 데리고 궁중 뜰을 한 바퀴 거닐다 들어온 것 같은 얼굴을 하고 있을 뿐이었다.

황재하는 우산을 받쳐 들고 홀로 궁문으로 향했다. 진눈깨비가 내리는 어두침침한 날씨 속에 고개를 돌려 저 멀리 함원전을 올려다보았다. 구름 속에 서봉각과 상난각이 마치 양 날개처럼 함원전을 둘러싸며 지키고 있었다. 대당에서 기세가 가장 웅장한 그 궁궐은 추적거리는 진눈깨비 속에서 그 형체가 보일 듯 말 듯하여, 마치 이 세상의 건물이 아니라 신선이 거하는 곳처럼 보였다.

황재하의 시선이 상난각에서 멈췄다. 그날 밤 이윤이 아래로 떨어지며 그리던 곡선을 떠올려보았다. 아무리 바람이 불었다 해도 높은 곳에서 뛰어내린 사람을 아무 흔적도 없이 다른 곳으로 날려 보냈을 리는 없었다. 당시 상난각 아래 넓은 광장에는 눈이 얇게 쌓여 있었는데, 그리로 뛰어내린 사람이 어떻게 자국 하나 남기지 않고 감쪽같이 사라질 수 있단 말인가?

황재하는 눈을 감고 당시 보았던 광경을 다시 떠올려보았다. 어두운 밤, 가루눈, 불, 바람에 날리던 종이들…….

뺨이 차갑게 얼었다. 눈송이가 황재하의 얼굴 위로 내려앉았다.

황재하는 망연한 기분으로 눈을 떴다. 이윤이 사라진 수수께끼를 도무지 풀 수 없어서 생각의 흐름을 다른 쪽으로 돌렸다. 악왕은 대체 무슨 이유로 목숨을 끊으면서까지 자신과 가장 사이좋았던 기왕을 비방했을까?

조금 전 황제가 두통을 앓던 모습이 갑자기 황재하의 눈앞에 떠올랐다.

황제는 병이 중하고, 태자는 연소하며, 기왕은 세력이 크다…….

우산을 쥐고 있던 손에 갑자기 힘이 들어갔다. 대략적인 사정은 어느 정도 짐작하고 있었지만, 눈앞을 가렸던 것이 걷히면서 그 속의 진실이 드러나자 덜컥 두려움이 먼저 밀려왔다.

진눈깨비가 내리는 가운데 흐릿하게 보이는 대명궁은 마치 신기루 같았다. 화려한 용궁처럼 보이던 것이 금세 위험천만한 파도로 변했다. 천하에서 가장 강력한 그 힘은, 겉으로는 휘황찬란함으로 사람들을 매혹시켰지만, 그 안에 움츠린 파도는 모든 사람을 집어삼키기에 충분했다. 심지어 거품 하나 일으키지 않고 말이다.

"재하, 이렇게 추운데 어찌 계속 그리 서 있는 것이오?"

뒤에서 부드러운 목소리가 들려왔다. 황재하는 왕온이 계속 기다리고 있었다는 걸 알았다. 고개를 돌려 왕온을 향해 살짝 끄덕인 후 잠자코 우산을 받쳐 쓰고 대명궁의 높은 성문을 걸어 나왔다.

왕온은 황재하에게 가죽 손싸개를 건넨 뒤 곧바로 우산을 건네받아 대신 들어주었다.

손싸개 안에 손을 넣고 안쪽의 부드러운 새끼 양 털을 어루만지노라니 순간 마음도 덩달아 따뜻해져와 황재하는 왕온을 바라보았다. 눈이 촘촘히 내리는 가운데, 싸락눈이 우산을 때리는 소리가 크게 울렸다. 왕온도 황재하를 내려다보았다. 왕온의 오른쪽 어깨에 조금씩 눈이 쌓였지만 전혀 느끼지 못하는 듯했다.

황재하는 왕온의 왼편에서 걸으며 고개를 숙인 채 아무 말도 하지 않았다. 두 사람은 진눈깨비가 흩날리는 가운데 함께 대명궁을 걸어 나와 마차에 올랐다.

말발굽 소리를 바삐 울리며 마차는 장안 거리를 달려 영창방으로 향했다. 황재하는 낮게 깔린 음성으로 슬쩍 왕온에게 물었다. "섭혼술에 대해 혹 아시는지요?"

왕온은 눈썹을 살짝 찡그리며 물었다. "다른 사람의 의지를 통제한다는 술법 말이오?"

황재하가 고개를 끄덕였다.

왕온은 순간 황재하의 의도를 깨닫고는 물었다. "그대는 악왕 전하께서 그러한 통제를 받아 사람들 앞에서 그런 말을 하고 뛰어내렸다고 생각하는 것이오?"

황재하가 다시 고개를 끄덕이며 물었다. "공자께서는 장안에 오래 계셨으니, 누가 그런 술법을 부리는지 혹 아시는지요?"

왕온이 미간을 찡그리며 말했다. "그런 요사스러운 술법은 서역에서 건너온 것인데, 지금은 서역 쪽에 전란이 계속되는 통에 아마 그 명맥이 끊어졌을 것이오. 애초에 숙련된 자가 극히 적었으니 말이오. 나도 그대가 성도에서 지목했던 그 목선이라는 노승만 알 뿐, 다른 사람은 알지 못하오."

황재하는 고개를 끄덕였다. 지금의 황제는 깊은 궁 안에서 자랐고, 왕에 봉해진 뒤로는 줄곧 운왕부에 틀어박혀 좀처럼 밖으로 나오지 않았으니, 결코 그런 요사스러운 술법을 접할 기회가 없었을 것이다.

하지만 만약 곁에 그러한 존재를 두었다면, 진작부터 그 술법을 사용해왔음이 틀림없다. 그게 아니라면 애당초 그 많은 승려들 중에서 섭혼술 말고는 다른 능력이 없던 목선 법사를 눈여겨봤을 리 만무했다.

그런데 섭혼술에 능한 사람을 찾았다고 한들, 정말로 기왕을 처리하기 위해 악왕을 희생시키는 일도 마다하지 않았을까? 형제들 중 가장 온화하고 세상일에 무관심한 악왕이 정말 이 일의 희생양으로 선택된 것일까? 단지 이서백과 가장 형제애가 깊다는 이유만으로?

황재하는 속으로 고개를 내저었다. 말이 안 되는 가설 같았다. 황재하의 눈빛이 왕온에게로 향했다. 왕온 또한 황재하를 바라보고 있었다. 좁은 공간 안에서 눈이 마주치니 왠지 모를 어색함이 피어올랐다.

황재하는 고개를 숙이고는 일부러 말할 거리를 찾았다. "악왕 전하께서 상난각에서 뛰어내렸을 때, 누각 아래에 가장 먼저 도착한 분이 공자셨죠?"

왕온이 고개를 끄덕이고는 입을 열었다. "어찌 아직도 그리 거리감 느껴지는 호칭을 쓰는 것이오? 온지라 부르면 되오. 벗들도 다 그리 부르니."

황재하는 가만히 시선을 내려뜨리며 천천히 고개를 끄덕였다.

"그럼…… 어디 한번 불러보시겠소?" 왕온이 놀리듯 물었다.

황재하는 잠시 머뭇거리다가 결국 살짝 고개를 끄덕이고는 입술을 달싹여 왕온을 불렀다. "온지……."

왕온은 고개 숙인 황재하를 보았다. 아직 완전히 회복되지 않아 창백한 빛을 띤 그 얼굴이 마치 고개 숙여 피어난 매화꽃 같아 마음에 파도가 일렁였다. 그 잔잔한 물결이 금세 온몸으로 퍼지면서 왕온의 머리를 텅 비게 만들었다. 다시 정신을 차렸을 때에는 이미 황재하의 손을 잡고 있었다.

황재하가 손을 빼내려 움찔거리는 게 느껴졌지만 왕온은 더 세게 움켜잡으며 낮은 소리로 황재하를 불렀다. "재하."

황재하는 고개를 들어 왕온을 보았다. 연꽃 같은 얼굴 위의 두 눈이 영롱한 이슬 같았다. 비록 볼이 붉게 물들긴 했지만 왕온을 바라보는 맑은 그 눈에는 조금의 감정도 담겨 있지 않았다.

황재하의 마음은, 이곳에 있지 않았다. 왕온에게 있지 않았다.

조금 전 왕온을 온전히 정화시켜줄 것만 같았던 가슴속 물결이 순식간에 가라앉았다. 왕온은 가만히 황재하의 손을 놓고는 말없이 앉아 있었다.

황재하는 손을 소매 속으로 거둬들이고는 손가락에 힘을 주어 치맛자락을 움켜쥐었다.

"내게 묻고 싶은 게 무엇이오?" 왕온이 천천히 입을 열었다. "그날 밤 내가 무엇을 보았는지 알고 싶은 이유, 그리고 그대가 왕 공공과 함께 이 사건을 조사하고 싶은 이유, 모두 기왕 전하의 오명을 벗겨주고 싶어서인 것이오?"

"네."

조금의 망설임도 없는 황재하의 대답에 오히려 왕온이 당황해 순간적으로 아무런 반응도 보이지 못했다.

황재하는 고개를 들어 왕온을 향해 옅은 미소를 지어 보였다. "왕 공공께서도 그때 말씀하시지 않았습니까? 왕부의 소환관이라면 먼저 혐의부터 벗어야 하나, 전 성도 사군의 딸이자, 낭야 왕 가 장손의 약혼녀 황재하라면 그럴 필요 없다고요."

얼음장처럼 차갑게 굳었던 왕온의 마음이 '약혼녀'라는 세 글자에 금세 다시 풀렸다. 왕온은 찡그렸던 미간을 펴고는 황재하를 응시하며 물었다. "한데, 그대는 어찌 여전히 기왕 전하를 위해 무언가를 하려는 것이오?"

"물 한 방울의 은혜를 받았더라도, 넘치는 샘물로 보답하는 것이 당연한 도리 아니겠습니까. 하물며 기왕 전하께서는 제게 그토록 큰 은혜를 베풀어주셨는데, 지금 이렇게 어려운 일을 당하신 때에 저도 작은 힘이나마 보태어 그 은덕에 보답하려는 것이지요."

왕온은 더 이상 다른 말은 하지 않고 그저 고개만 끄덕였다.

마차 안 분위기가 살짝 가라앉을 무렵 마차가 서서히 멈추어 섰다.

"무슨 일이냐?" 왕온이 마차 벽 너머로 마부에게 물었다.

"마차 한 대가 눈길에 미끄러졌는지 길에 넘어져 있습니다. 사람들이 말과 수레를 옮기고 있으니 조금만 기다려주십시오, 공자님."

왕온은 외마디로 짧게 대답하고는 고개를 들어 바깥을 보았다. 마침 태청궁 근처였다. 길이 언제 정리될지도 알 수 없어 왕온이 황재하에게 말했다. "안에서 종과 북 소리가 들리는 듯한데, 혹 도사들이 분향을 드리는 중인지 한번 들어가서 보지 않겠소?"

황재하는 왕온을 따라 마차에서 내려 태청궁 안으로 들어갔다. 도사들이 모두 왕온을 아는지 안으로 들 것을 청하며 미소로 말했다. "왕 공자님 오셨습니까. 차를 준비해드릴 테니 잠시 기다려주십시오."

도사들을 따라 따뜻한 실내로 들어간 왕온과 황재하는 순간 깜짝 놀랐다.

이서백이 그곳에 앉아 차를 마시고 있었다. 그도 그럴 것이, 이서백의 마차도 왕온의 마차와 거의 비슷하게 대명궁을 떠났으니, 마찬가지로 여기서 길이 막혀 태청궁으로 안내받아 들어왔을 터였다. 이미 마주친 상황에서 다시 뒤돌아 나가는 건 더 볼품없는 짓이었다.

왕온은 살짝 미소 지으며 고개를 숙여 황재하를 보았다. 그러더니 갑자기 황재하의 손을 낚아채 잡고는 이서백에게로 다가갔다.

"전하께서도 이곳에 계셨습니까. 뜻밖의 장소에서 뵈니 참으로 더 반갑습니다."

이서백은 아무 대답이 없었다. 눈빛은 황재하의 얼굴에 고정한 채,

왕온이 붙잡은 손에는 거의 시선도 주지 않았다. 황재하를 응시하는 그 얼굴은 조금의 표정 변화도 없었으나, 눈빛은 순간적으로 흐려지는 것이 보였다. 평소 결코 감정을 드러내는 사람이 아니었지만 이 순간만큼은 놀람을 감추지 못하고 손을 미세하게 떨어, 손에 들린 찻잔이 살짝 흔들리면서 손등 위로 찻물이 몇 방울 튀었다.

이서백은 시선을 내려뜨리며 찻잔을 살며시 탁자 위에 내려놓았다. 그러고는 다시 눈을 들어 손을 잡고 걸어오는 두 사람을 보았다. 평온을 가장하여 부자연스럽게 굳은 얼굴로 이서백이 입을 열었다.

"온지, 오랜만이군. 별일 없이 무탈한가?"

"다 전하 덕분이지요." 왕온은 그렇게 말하면서 황재하를 끌어당겨 자신과 가까운 자리에 앉혔다. "소관의 약혼녀인 황재하는 전하께서도 잘 아실 터이니, 굳이 소개해드리지 않아도 되겠지요?"

이서백이 차갑게 웃고는, 시선은 여전히 황재하를 향한 채 천천히 입을 열었다. "당연히 잘 알지. 나와 함께 자네 사촌 동생의 실종 사건을 파헤쳤고, 동창 공주 사건도 해결했지 않은가. 더욱이 내가 직접 촉으로 데리고 가서 그 가족의 원한을 풀도록 도왔고, 가족들 묘에 함께 제도 올렸으니 말이야."

황재하는 이서백의 담담한 목소리에 저도 모르게 가슴이 시큰해 고개를 숙인 채 멍하니 손에 든 찻잔만 내려다보았다.

왕온은 조금도 흔들림 없이 웃으며 말했다. "그랬지요. 저의 약혼녀 재하가 누명을 벗을 수 있도록 전하께서 깊은 은혜를 베풀어주신 일은 참으로 감사드립니다. 곧 있으면 저희 두 사람은 촉으로 가서 혼례를 올리려 합니다. 그때 전하께 마지막 인사를 드리러 갈 기회가 있을지 잘 모르겠으니, 마침 이렇게 뵌 김에 여기서 전하께 인사를 드리는 것도 괜찮을 듯합니다."

왕온은 일부러 '재하' 앞에 '약혼녀'라는 단어를 거듭 언급했다. 그

의도를 이서백이 어찌 모르겠는가. 그저 차갑게 웃으며 다시 시선을 황재하에게로 돌린 이서백은 고개를 숙인 채 아무 말도 않는 황재하를 보며 순간 피가 거꾸로 솟는 기분이었다. 숨이 막히고 심장 박동마저 희미해졌다.

"그리 예를 차릴 필요 있는가?" 이서백은 몸을 뒤로 젖혀 의자에 등을 기대며 천천히 말했다. "본왕도 황재하에게 신세를 많이 졌는데 말이야. 적어도, 누군가가 본왕을 암살하려 했을 때, 중상을 입고 죽어가던 이 목숨을 황재하가 살려주었지. 황재하가 아니었다면 본왕은 지금 아마 이 세상 사람이 아닐 것이야."

이서백이 '누군가가 본왕을 암살하려 했을 때'라고 말하는 걸 들으며 왕온의 눈빛이 순간 무겁게 가라앉았다. 겨우 미소를 짓고는 있었으나, 어색해진 공기가 세 사람을 뒤덮었다.

"게다가……." 이서백이 황재하에게 시선을 주었다가 또다시 천천히 말을 이었다. "네 약혼녀는 당초 자신의 누명을 벗고자 본왕의 저택에 자진하여 들어와 말단 환관이 되었다. 이를 증명해줄 문서가 기왕부 공문서로 등록이 되어 있지. 지금 본왕이 왕 통령에게 묻고 싶은 것은 이것이다. 왕 통령이 본왕의 환관을 부인으로 취하고 싶은 거라면 어떤 절차를 밟아 데리고 갈 생각인가?"

왕온은 이서백이 그 문제를 언급하고 나서리라고는 생각도 못 했기에 자신도 모르게 되물었다. "지금 재하가 여전히 기왕부의 환관이라는 말씀이십니까?"

"본인이 수결한 명부가 여전히 있으며, 말소한 적도 없다." 이서백이 담담하게 대답했다.

"하지만 재하가 누명을 벗고 가족의 원한을 풀고자 기왕부에 소환관으로 들어갔다는 사실은 이제 만천하가 압니다. 모든 진상이 밝혀진 마당에 어찌 전하께서는 그 일을 다시 들추어 상황을 어렵게 만드십니까?"

"나라에는 국법이 있고, 한 집안에는 그 집안의 법도가 있다. 물론 각자 고충이 있기에 부득불 법도를 어기겠지만, 그것을 추궁하지 않고 넘어간다면 어찌 왕부의 규율을 엄격하게 유지할 수 있으며, 조정은 또 어떻게 법을 엄정하게 지키고 수호할 수 있겠느냐?"

두 사람은 더없이 친밀하고 평온한 얼굴로 한 치의 양보 없이 날카로운 논쟁을 이어갔다. 황재하는 자기가 자초한 상황임을 잘 알았으나 어찌해야 할지 몰라 그저 침묵하며 옆에 앉아 있을 뿐이었다.

왕온이 하는 수 없이 물었다. "전하의 말씀은 그러니까, 소관과 재하의 혼사를 막으시겠다는 겁니까?"

"내 언제 막는다고 하던가? 본왕은 그저 온지가 내 왕부에 등록된 환관을 대체 어떻게 취하여 혼례를 올릴 것인지 궁금해 알고 싶을 뿐이지."

이서백이 전혀 여지를 남기지 않고 한 걸음 한 걸음 압박해오자 온화한 성정의 왕온도 도저히 참지 못하고 반문했다. "그럼 전하는 어떻게 제 약혼녀를 강제로 왕부에 남겨 계속 환관 일을 시킬 계획이신가요?"

이서백은 황재하를 힐긋 쳐다보며 물었다. "두 사람 사이에는 이미 파혼 서신이 오간 것으로 아는데?"

왕온이 황재하를 보며 미소를 지었다. "연인 사이야, 헤어졌다 다시 만나는 것쯤은 늘 있는 일 아니겠습니까. 저희 두 사람 사이에는 혼약서도 있고, 파혼서도 있지요. 하나 결국엔 또 둘 다 없어졌지요. 그리고 그 일을 아는 사람이 몇이나 된다고요. 그저 저희 두 사람의 마음만 통하면, 다른 것들은 절로 해결되지 않겠습니까?"

황재하는 자신을 두고 벌어진 이 신경전을 어찌해야 좋을지 몰라 쩔쩔매다가, 끝내 이를 악물고 일어나 왕온을 향해 말했다. "길이 다

치워졌을지 모르겠네요. 나가보는 게 어떻겠는지요?"

왕온은 황재하를 향해 미소 짓고는 다시 이서백에게 공수하며 말했다. "전하, 결례를 용서하십시오. 재하가 아무래도 여기 더 오래 머물기를 원치 않는 듯합니다. 그럼 저희는 먼저 물러가보겠습니다."

이서백은 왕온이 친근한 투로 '재하'라 칭하는 것을 들으며, 그 뒤에 시선을 내려뜨린 채 서 있는 황재하를 보았다. 기품과 용모가 뛰어난 두 사람이 함께 서 있으니 서로 더 돋보이는 것 같았다.

이서백 안의 뜨거운 피가 다시 한 번 거꾸로 치솟아 더 이상 참기 어려웠다. 이서백은 천천히 몸을 일으켜 말했다. "눈발이 더 거세진 듯한데, 이런 궂은 날씨에 굳이 두 사람 다 나가서 살펴볼 필요가 있겠는가? 양 공공은 잠시 남아서 본왕의 질문에 몇 가지 답을 좀 해주었으면 하는데?"

왕온은 이서백의 말에 잠시 망설이다 황재하를 향해 고개를 끄덕이며 말했다. "내가 나가서 살펴보고 올 테니, 그대는 여기 잠시 앉아 계시오."

실내에 이서백과 황재하 두 사람만 남았다. 바깥에 내리는 진눈깨비는 여전히 그칠 생각이 없었고, 열린 문을 통해 바람이 들어와 실내 공기도 차가워졌다.

바깥에 서 있던 경항은 잠시 고민하다가 문을 닫지 않고 그대로 두었다.

이서백과 황재하는 찻주전자를 얹어놓은 화로를 사이에 두고 마주 앉았다. 침묵이 감돌았다.

이서백의 낮게 깔린 음성이 침묵을 깨뜨렸다. "내가 말하지 않았더냐? 왕 가는 지금 풍전등화와 같아 그 불이 언제 꺼질지 모르는 상황이라고. 한데 어찌하여 내 말을 듣지 않는 것이냐?"

황재하는 가까스로 마음을 억누르며 자신이 낼 수 있는 가장 냉담한 목소리로 말했다. "전하께서 제게 떠나라 명하지 않으셨습니까? 저는 전하의 명에 따라 떠났고, 제가 어디로 가는지는 전하께서 굳이 마음 쓰실 필요 없사옵니다."

"천하 강산에 수많은 길이 있고, 내 너를 위해 가장 편한 길을 가리켜 보였거늘, 어찌해서 굳이 이 어려운 다리를 건너려는 게냐?" 이서백은 손가락을 탁자 위에 올려놓고 가볍게 까딱였다. 화가 난 기색이 역력했다.

"전하께는 독성 강한 비상일지 모르나, 제게는 달콤한 사탕과 같습니다. 각자가 어느 각도에서 보느냐에 따라 다르게 보이겠지요." 황재하는 낮은 목소리로 말을 이었다. "왕 가가 무엇이 안 좋다는 말씀입니까. 수백 년을 이어오며 수많은 비바람에도 넘어지지 않은 가문이지요. 또한 세도가는 설령 무너져도 그 영향력은 여전히 이어지지 않습니까. 무슨 위험이 있다 해도 어찌 전하께서 말씀하시는 것처럼 그리 심각한 수준이겠습니까?"

"너같이 총명한 아이가 어찌 곧 불어닥칠 거센 폭풍을 알지 못한단 말이냐? 기를 쓰고 그 소용돌이 한가운데로 들어가겠다는 까닭이 대체 무엇이냐?" 이서백이 눈을 가늘게 뜨고서 황재하를 응시했다.

황재하는 자신을 다그치듯 바라보는 그 시선에 몹시 심란해져, 이서백을 마주 볼 용기가 나지 않아 하는 수 없이 급히 몸을 일으켰다. "저는…… 이만 왕온 공자께 가보겠습니다……."

등 뒤에서 이서백의 목소리가 날아들었지만, 황재하는 고개를 돌릴 필요가 없었다. 이서백이 한 걸음 한 걸음 다가오고 있었다. "너는 여전히 네 고집대로 나를 도우려는 것이겠지. 왕 가의 손을 빌려 이 난제를 해결하고 진실을 밝혀, 내게 씌워진 누명을 벗겨주려고 말이다. 안 그러느냐?"

이서백이 황재하 뒤에 바싹 붙어 섰다. 고개를 숙인 이서백의 숨결이 황재하의 목덜미로 뿜어졌다. 순간 황재하는 온몸의 털이 삐쭉 서는 것을 느꼈다. 위험을 감지했을 때 느껴지는 두려움, 그리고 알 수 없는 유혹 앞에서 느껴지는 긴장과 당혹이 황재하의 온몸을 가득 채웠다.

황재하가 미세하게 떨리는 목소리로 나지막이 부인했다. "아니요……. 전하와는 무관합니다. 전 다만, 왕온 공자가…… 좋습니다."

이서백은 흠칫했다. 호흡도 가빠졌다. "왕온이 좋아서, 그래서 나를 떠나 지체 없이 왕온의 품에 뛰어들었다는 것이냐? 그래서 왕온이 마련한 저택에 지내면서, 함께 마차를 타고, 둘이 손을 잡고 내 앞에 나타났다?"

순간 황재하의 마음속에도 격렬한 파도가 일었다. 반박하고 싶었으나, 조금도 부인할 수 없었다. 황재하 자신이 그렇게 보이길 바란 상황이었고, 이서백은 인정사정없이 정곡을 찔러왔을 뿐이다.

더 이상 논리적인 변명도, 둘러댈 말도 없었다. 황재하는 가슴속에 묻어둔 말들을 꺼낼 수 없어 결국 사시나무 떨듯 온몸을 떨었다. 눈이 붉게 물들고, 가빠진 호흡에 목이 멨다.

"맞아요. 저는…… 왕온 공자와 함께할 겁니다. 어찌 말씀드려도 전하는 모르실 거예요!" 황재하는 마지막 남은 힘을 끌어모아 몸을 돌려 이서백을 올려다보았다. 자신이 무슨 말을 하는지도 모른 채, 그저 이를 악물고 말했다. "저는 왕온 공자와 혼인하여 행복하고 아름다운 삶을 살아갈 거예요. 이제 저는 저이고, 전하는 전하입니다. 황재하와 전하 사이에는 아무런 관계도 남아 있지 않습니다!"

이서백이 황재하의 어깨를 거세게 붙잡고 그 눈을 노려보았다. 이서백의 눈 속에 짙게 깔린 어둠이 황재하의 영혼을 빨아들일 것만 같았다.

황재하가 정신을 차리기도 전에 갑자기 몸이 세게 앞으로 당겨지더니, 눈 깜짝할 사이에 이서백의 품에 단단히 안겼다. 황재하는 깜짝 놀라 벗어나려 했으나, 이서백의 몸에서 나는 침향목 향기에 순간 머리가 새하얗게 비어버렸다. 마치 높은 공중에서 떨어지는 것처럼 온몸에 조금도 힘이 들어가지 않았다. 이서백은 뒤에 있던 기둥에 황재하를 살짝 밀어붙이더니 고개를 숙여 황재하의 입술에 입을 맞추었다.

황재하가 미처 다 하지 못한 말들, 이서백에게 상처를 주면서 동시에 자신에게도 상처가 되는 말들이 모두 황재하의 입 안으로 다시 삼켜졌다. 더는 그 어떤 말도 새어나오지 못했다.

황재하는 무력한 자신의 손을 들어 이서백의 가슴에 갖다 대었다. 이서백을 밀쳐내려 했으나, 온몸에서 힘이 빠져 이서백이 입을 맞추는 대로 내버려두는 수밖에 없었다. 뜨겁고도 부드러운 입술이 황재하의 입술 위를 이리저리 돌아다녔다. 움직임은 거칠었으나 감촉은 부드러웠다.

온몸이 뜨거워지며 머리마저 아찔해져, 황재하는 자신도 모르는 새에 눈을 감았다. 이서백의 가쁜 호흡이 귓가에 울렸다. 황재하는 정신이 아득해지는 가운데서도 신기하게 생각했다. 평소 그토록 차갑고 냉정하던 사람이 이 순간만큼은 자신과 마찬가지라는 사실을 말이다. 그저 입술 사이의 친밀한 접촉이 있을 뿐인데, 온몸이 뜨겁게 달아오르고 호흡이 가빠지며 정신까지 아득해진다는 그 사실이.

찰나인 듯도 했고, 영겁이 흐른 듯도 했다. 이서백이 가볍게 황재하를 놓아주고는 가쁜 숨을 내쉬며 황재하를 정면으로 응시했다. 무슨 말인가를 하려는 듯 두 입술을 달싹였으나 한참 동안 아무 말도 하지 못했다. 황재하는 오른손을 들어 손등으로 입술을 가리며 가만히 고개를 숙여 이서백의 시선을 피했다. 이서백은 심호흡을 하며 가슴속에 들끓는 피를 달래고, 자신을 침몰시켜버릴 것만 열기를 억눌렀다.

한참 후에야 겨우 숨을 고른 이서백이 낮게 잠긴 목소리로 말했다.
"남조로 가서 기다리거라. 필요한 공문은 이미 다 마련해두었다."

황재하는 힘없이 기둥에 몸을 기댄 채 고개를 저으며 작은 소리로
대답했다. "싫습니다."

이서백이 눈썹을 찡그리며, 이유를 묻는 듯한 눈빛으로 황재하를
노려보았다.

살짝 부은 입술에 손등이 닿자 아픔이 느껴져 황재하는 저도 모르
게 얼굴이 붉게 달아올랐다.

황재하가 얼굴을 가리며 소리 죽여 말했다. "폐하의 병이 위중합니
다. 이미 위태로운 상황입니다."

이서백이 미간을 살짝 찡그리며 물었다. "네가 그걸 어떻게 아느냐?"

황재하가 고개를 들어 이서백을 보았다. 온몸의 피가 여전히 빠르
게 흘렀다.

황재하는 쉰 목소리로 나지막이 말했다. "왕 가가 원한다면, 궁 안
의 어떤 비밀도 알 수 있지요."

"그래서?"

"그래서 왕 가의 힘을 빌려 악왕 전하의 사건을 계속 조사할 것입
니다. 그리고 전하께서는, 제가 이미 하기로 결심한 일을 막지 않으셨
으면 합니다."

이서백을 올려다보는 황재하의 눈 속에 담긴 굳센 의지가, 황재하
를 야광주처럼 반짝이게 만들었다. 이서백은 순간 정신이 아득해질
정도로 눈이 부셔 황재하를 똑바로 쳐다보기가 어려웠다.

이서백은 한숨을 내쉬며 몇 걸음 뒤로 물러나 옆에 있던 창에 몸을
기댔다. 하지만 시선은 여전히 황재하에게 단단히 고정된 채였다. "만
약 내가 원치 않는다면?"

"전하께서 어찌 말씀하시든, 어찌 행동하시든, 저는 제가 결심한 대

로 할 거예요. 끝까지 흔들리지 않을 겁니다." 황재하의 목소리는 조금의 흔들림도 없이 단호했다. "하지만 제가 아는 기왕 전하는, 제가 이 난제를 파헤칠 수 있도록 분명 든든한 지원군이 되어주실 테죠."

이서백은 창밖으로 시선을 돌렸다. 북풍이 차갑게 몰아치며 비와 눈이 뒤섞여 드넓은 하늘에서 떨어져 내렸다. 잿빛 하늘은 유난히 높고 멀어 닿을 수 없을 듯 보였고, 진눈깨비는 땅에 닿기도 전에 녹아내리며 그 한기가 그대로 창틀 안으로 침입했다.

차가운 바람을 맞던 이서백의 속눈썹이 미세하게 떨렸다. 이서백은 입술을 굳게 다문 채 창밖에 내리는 진눈깨비를 가만히 바라보기만 했다.

"재하." 누군가가 열려 있는 문을 가볍게 두드리며 황재하를 불렀다. 그 부드러운 목소리는 춘삼월 햇살 같아, 차갑게 얼어붙은 이 시간을 모두 녹여버릴 수 있을 듯했다.

황재하는 고개를 돌려 왕온을 보았다. 아무것도 모르는 왕온은 웃으며 문 앞에 서서 황재하에게 말했다. "길은 이미 말끔히 치워졌소. 이제 그만 돌아갑시다."

황재하는 아무 말 없이 이서백 쪽을 쳐다보았다. 이서백의 시선은 여전히 창밖을 향해 있었다. 영원히 멈추지 않을 것처럼 쉴 새 없이 쏟아지는 진눈깨비를 바라보며 미동도 않고 있었다. 한 번이라도 눈을 돌려 바라봐주지 않을까 생각했지만 조금도 그런 기미는 보이지 않았다.

황새하는 긴 한숨을 내쉬고는 옆모습을 보이며 서 있는 이서백을 향해 말없이 예를 갖추었다. 그러고는 곧바로 몸을 돌려 왕온을 따라 나왔다.

따뜻했던 실내에서 나오자마자 바깥의 찬바람이 덮쳐왔다. 황재하는 저도 모르게 고개를 옆으로 돌리며 눈을 감았다 떴다.

갑자기 눈시울이 붉어지며 눈 속에 물기가 어리는 황재하의 모습에 왕온은 순간 어리둥절해 물었다. "재하, 왜 그러시오?"

황재하는 눈앞의 어두운 풍경 속에 급하게 휘날리는 진눈깨비를 보며 천천히 손을 들어 눈을 가렸다. 그리고 작은 소리로 대답했다. "별것 아닙니다……. 바람과 눈이 거세어서 눈을 뜨기가 어렵네요."

왕온은 업무가 바빠 황재하를 문 앞까지 데려다준 뒤 곧바로 돌아갔다.

황재하는 수많은 물고기가 헤엄치는 회랑을 따라 한참을 배회하며 걸었다.

벽면 어항 물의 온도를 따뜻하게 유지해주기 위해 벽 내부 바닥은 주방 아궁이 쪽과 연결되어 있었다. 아궁이의 따뜻한 기운 덕에 어항은 이 추위에도 얼지 않았다.

황재하는 이서백이 한 말을 떠올렸다. 물고기는 어리석은 생물이라, 아무리 마음 깊이 새긴 기억이라 해도 손가락을 일곱 번 튕기는 동안의 시간만 지나면 감쪽같이 잊어버리고 만다고.

아주 깔끔하고 깨끗하게 말이다. 잔인하면서도 동시에 유쾌한 삶이기도 했다.

왕종실이 말했었다. 다음 생애에는 아는 것도 없고 느끼는 것도 없는, 그저 한 마리 물고기로 살고 싶다고.

물고기가 헤엄치는 양쪽 벽 사이를 거닐다 보니 회랑 안이 각종 빛으로 반짝였다. 신비롭고 영롱한 빛들이 서로 떨어졌다 붙었다를 반복하면서, 회랑 안도 어두워졌다 밝아졌다를 반복했다. 황재하는 회랑 끝에 이르러 다시 회랑 초입으로 돌아왔다. 그 끝에 자신이 놓아둔 유리병 속 물고기 두 마리를 보았다. 아가십열 두 마리가 서로 닿으며 만나는가 싶더니 각자 제 갈 길을 갔다. 아마도 이 두 마리가 다시 만날 때에는 또 한 번 첫 만남이 될 터였다.

황재하는 고개를 숙여 벽에 투각된 넝쿨무늬를 멍하니 보았다. 도무지 생각을 집중할 수가 없었다. 이서백을 떠올렸다. 자신을 안았을 때 그 두 팔에 가해진 힘과, 그의 몸에서 풍기던 침향목 향기, 그리고 두 입술이 맞닿던 그 순간을 떠올렸다. 꿈인지 생시인지 미몽 속에서 헤어날 수 없었다.

황재하는 두 입술을 살짝 벌려 그 이름을 나지막이 불러보았지만 그 소리는 허공에서 곧바로 흩어져버렸다. 황재하는 벽에 등을 기대고 주위 소리에 귀를 기울였다. 쥐 죽은 듯 조용한 가운데 두근두근 빠르게 뛰는 심장 소리와 파닥파닥 물고기들이 튀어 오르는 소리, 그리고 사각사각 진눈깨비 날리는 소리만이 귓가에 생생하게 들려왔다.

밤새 뒤척인 탓인지, 지난 며칠간 앓은 병이 완쾌되지 않은 탓인지, 황재하는 뜬눈으로 밤을 지새운 뒤 한층 심해진 오한에 시달렸다.

저택 안 하인들은 비록 모두 농아였지만 조금의 부족함 없이 황재하를 보살펴주었다. 아침이 되자마자 잘 달인 약을 가져다주고, 담백하게 쑨 죽과 정갈한 반찬으로 조식을 차려다 주었다. 황재하는 차조기죽을 몇 입 먹은 뒤 고개를 들어 밖을 내다보았다. 어느새 눈이 그쳤는지 햇살이 밝게 반짝였고, 밤새 내린 눈으로 화원 전체가 하얗게 뒤덮였다.

황재하는 그릇을 손에 받쳐 든 채 창밖에 쌓인 눈을 멍하니 바라보았다. 그때 갑자기 바깥이 소란스러워졌다. 소란스럽다고 해봐야 이 저택 사람들은 말을 하지 않으니 문밖에서 누군가가 크게 외치는 소리였을 뿐이지만 말이다.

"숭고, 나와봐. 여기 있는 거 다 알아! 네가 지난번에 여기로 찾아오라고 했잖아!"

황재하는 그 목소리를 듣고 화를 내야 할지 웃어야 할지 헷갈렸다. 황재하의 거처는 대문에서 정원 두 개를 지나야 하건만, 그 거리가 무색하게 주자진의 목소리는 또랑또랑하게 들려왔다. 황재하는 고개를 돌려 옆에 있는 시종에게 주자진을 안으로 들여보내달라고 눈짓했다.

얼마 안 있어 주자진이 번개 같은 속도로 뛰어 들어와 크게 외쳤다. "숭고, 어떻게 된 거야? 곁에 있는 사람들이 어째 다 농아야?"

황재하는 태연하게 빈 그릇에 죽을 덜어 탁자 맞은편으로 밀어놓으며 주자진에게 앉으라고 눈짓했다. 맛있는 냄새에 주자진은 곧바로 의자에 앉더니 그 자리에서 죽 두 그릇과 닭고기무침 한 접시를 뚝딱 해치웠다. 그러고는 배를 두드리며 말했다. "나는 이미 아침을 먹고 와서, 조금만 먹을래."

주자진은 이미 황재하를 찾아온 이유를 까마득히 잊은 듯했다. 황재하는 그저 담담한 얼굴로 고개를 숙인 채 죽을 먹으며 물었다. "무슨 일이에요, 여적취라도 찾은 거예요?"

"아니, 아무 수확도 없어. 정말 희한하지. 이 넓은 장안성에서 너랑 나는 며칠 안 되는 기간에 적취를 두 번이나 봤다고. 그런데 막상 찾으려니까 전혀 안 보여! 왕 형과 장 형, 그리고 나까지, 아니지, 우리 세 사람뿐만이 아니라, 평소 거리 순찰을 도는 어림군까지! 그 모든 사람이 주의를 기울여 살피는데도 아무런 소득이 없다니, 이상하지 않아?"

"뭐가 이상해요. 당시 폐하께서 적취를 잡아오라 친히 명령하셨는데 지금까지 용케 피해 다닌 걸 보면, 분명 자기만의 숨는 방법이 있겠죠."

주자진은 그 말에 동의하며 고개를 끄덕이다가 뭔가 떠올라 급히 다시 입을 열었다. "맞다, 오늘 널 찾아온 용건은 따로 있어!"

"말씀하세요."

주자진이 갑자기 옷매무새를 단정히 하고 똑바로 앉았더니 황재하를 뚫어져라 쳐다보며 추궁했다. "너 왜 여기서 지내는 거야? 계속 기왕 전하와 함께하겠다고 하지 않았어?"

"어…… 왜냐하면, 저는 왕온 공자와 정혼을 했으니까요." 황재하는 전혀 동요하지 않고 대답했다.

"그건 그렇지. 내가 그 점을 깜빡했네." 주자진은 자신의 머리를 탁 치며 황재하의 말을 곧이곧대로 받아들였다.

황재하는 손에 들고 있던 그릇을 내려놓으며 말했다. "더 물어볼 말 있어요?"

"당연히 있지." 주자진이 표정을 더 엄숙히 하며, 초롱초롱한 눈으로 황재하를 똑바로 바라보았다. "너, 제대로 설명 좀 해봐. 늘 천하의 어려운 사건을 파헤치는 것이 네 소임이라고 하지 않았어? 그런데 지금은 왜 갑자기 한 남자의 아내가 되어 이 일에서 손을 뗀다는 거야?"

'한 남자의 아내가 되어'라는 말을 듣는 순간 갑자기 황재하의 심장이 크게 뛰며, 뭉툭한 통증이 사지의 뼈마디로부터 가슴까지 퍼졌다. 상아 젓가락을 어찌나 세게 움켜쥐었던지 손톱이 손바닥 안으로 파고들었으나, 얼굴에는 전혀 동요의 기색 없이 나지막이 말했다.

"그럴 리가요? 제게 훗날 낭군이 생기고 아이가 생긴다 해도 전 여전히 황재하예요. 억울한 사건이나 풀리지 않는 문제를 만나면 전 언제든지 있는 힘을 다해 그 진실을 파헤칠 거예요."

"그래? 그럼, 지금 악왕 전하 사건으로 온 장안이 뒤집어지고, 나도 그 뒤에 숨겨진 진실이 뭔지 궁금해 미칠 지경인데, 넌 어떻게 집 안에 틀어박혀서 맛있는 거나 먹으며 도통 그 일에 관심을 안 보여?"

황재하는 이마를 짚으며 낮은 소리로 말했다. "최근에 아팠어요."

"어……? 어, 그러고 보니, 그래 보이네. 낯빛이 안 좋아." 주자진은 그렇게 말하면서 겸연쩍은 표정을 지었다. "미안해. 내가 친구로서 말이야. 그런 줄도 모르고, 용서해줘!"

황재하는 고개를 끄덕이며 억지로 웃어 보였다.

"사실 널 찾으러 기왕부에 갔었는데, 기왕 전하는 최근 며칠간 문을 걸어 잠그고는 일절 아무도 안 만나고 계신대. 나도 만나주시지 않더라고. 널 만나러 왔다고 했더니 나중에 경항이 나와서 너는 이제 왕부에 없고, 어디 있는지도 잘 모른다고 말해주더라니까. 그래서 그냥 돌아오는데, 네가 영창방에 머물고 있다고 한 말이 그제야 생각났지 뭐야. 그래서 이렇게 바로 찾아왔지!"

황재하가 물었다. "무슨 일로 저를 찾으셨어요?"

"그거야 당연히 악왕 전하 일 때문이지! 너무 신기하고 기이한 사건이지 않아? 분명히 뭔가 내막이 숨겨져 있을 것 같지? 대체 그 숨은 진실이 뭘지 생각만 해도 골치가 아파서 밥도 안 넘어가고, 잠도 안 와. 이번엔 하늘이 은밀히 나를 장안으로 불러들인 게 틀림없어! 구천의 뭇 신들이 내게 하는 말이 들리는 것 같아. '주자진! 하늘이 네게 큰 임무를 내리리니, 너는 반드시 악왕이 자살한 이 기이한 사건을 해결해야 하며, 특히 시체가 사라진 그 수수께끼를 명백히 밝혀내야 한다!' 하고 말이야." 주자진은 두 주먹을 불끈 쥐더니 가슴 앞에 갖다 대며 말했다. "나는 이 사건을 해결하도록 하늘이 선택한 사람이야! 물론…… 너와 같이 해결해야지."

주자진의 경건하기까지 한 열정에 반해 황재하는 냉담했다. "무슨 단서라도 있어요?"

"당연히…… 없지. 악왕 전하가 뛰어내리시던 그때 난 대명궁 안에 있지도 않았어." 주자진은 조금 풀이 죽은 듯했으나 금세 다시 살아났다. "그래도 괜찮아. 왜냐하면 이미 최 소경한테 다녀왔거든. 최 소경이 기왕 전하 대신 임시로 대리사 업무를 총괄하고 있잖아."

"최 소경은 뭐라 그래요?"

"그야 악왕 전하에 대한 말을 꺼내자마자 절망적인 표정을 짓더라고. 아무런 단서도 없는 이 기이한 일을 어디서부터 손대야 하는지, 최 소경이라고 알겠어? 희망이 없다고 봐야지. 그래서 내가 사건 해결을 위해 대리사를 돕겠다고 했더니, 지금까지야 내가 시체 검안을 도왔지만 지금은 악왕 전하가 신선으로 변해 하늘로 사라진 마당에 어떻게 돕겠느냐고 하더라고. 그래서 내가 여덟 가지 가능성과, 열 가지 조사 방법에 대해 쭉 설명했거든……. 그랬더니 결국 최 소경이 추천서를 써주면서 왕 공공을 찾아가보라고 하더라고. 악왕부에 들어가 조사를 할 수 없겠는지 물어보라고 말이야."

주자진의 집요함은 이 세상에 따라올 자가 없지 않은가. 분명 최순잠도 주자진에게 하도 시달려 무슨 가능성이니, 조사 방법이니 하는 것들도 들어줄 여력이 없었을 것이다. 그저 종이 한 장을 써주며 최대한 빨리 이 도련님을 어디로든 보내버리고 싶었으리라.

"그래서 추천서는 받긴 받았는데, 지금 우리가 맞닥뜨린 첫 번째 난제는 바로, 이 사건을 맡고 있는 왕 공공을 찾는 일이야……. 신책군 영지에는 잘 안 계신다고 그러던데, 어딜 가면 찾을 수 있을까?"

"제가 찾아가볼게요." 황재하가 낮은 소리로 말했다.

주자진은 의아한 표정을 지으며 황재하를 보았다. "너도 참, 왕 공공은 엄청 무서운 분이야. 기왕부와 낭야 왕 가 앞에서도 전혀 거침없는 분이라고. 네가 무슨 신분으로 그분을 찾아뵐 수 있겠어?"

황재하는 낭야 왕 가와 왕종실의 관계를 알지만, 조정의 다른 이들은 아직 아무도 아는 이가 없었다. 그래서 그 사실은 말하지 않고 그저 이렇게 말했다. "악왕부에 먼저 가서 기다리고 계세요. 일단 대리사나 형부에 가서 도련님과 제가 입을 관복도 챙겨가는 거 잊지 마시고요. 저도 금방 갈게요."

한 시진 후 두 사람은 악왕부 대문 앞에서 만났다. 주자진은 최순잠이 써준 서찰을 들었고, 황재하는 왕종실의 명첩을 들었다.

악왕부는 분위기가 이만저만 흉흉한 것이 아니었다. 주자진과 황재하가 등장하자 보초병부터 내전 시녀들까지 전전긍긍 불안해하는 모습이 역력했다. 비록 다들 미소로 두 사람을 맞이하긴 했지만, 우두머리가 권력을 잃으면 부하들도 뿔뿔이 흩어지게 마련 아닌가. 그런 분위기가 왕부 전체를 뒤덮고 있었다.

황재하는 먼저 진 태비의 위패 앞에 가서 절을 올렸다. 태비의 영전에는 평소처럼 향촉이 배설되어 있었고, 실내의 물건들 또한 예전 그대로였다. 모든 것이 황재하가 지난번에 왔을 때와 똑같아 보였다.

황재하는 두 손으로 선향을 쥐고서 눈을 감고 낮은 소리로 기도한 뒤, 위패 앞에 놓인 지름 1척 반의 향로 앞으로 다가가 선향을 향로에 꽂았다.

선향이 가볍게 '탁' 소리를 내며 잿더미 속에서 부러졌다. 원래 부드러워야 할 향로의 잿더미 속에 무언가 딱딱한 물건이 있는 듯했다.

황재하는 표정 하나 변하지 않고 남은 반쪽짜리 선향을 다시 뽑아 들었다. 짙은 회색빛 재 속에서 무언가가 미세하게 반짝이는 것이 보였다. 황재하는 다시 재로 그 물건을 잘 덮어 감추고는, 아무 일도 없던 것처럼 부드러운 부분을 찾아 선향을 꽂았다.

그런 후 옆에 있던 시녀들에게 물었다. "악왕 전하께서는 매일 이곳에 와서 모친께 향을 올렸습니까?"

시녀들이 모두 고개를 끄덕였다. "네. 전하께서는 효심이 무척 깊으셨어요. 매일 아침 일어나시면 제일 먼저 이곳에 와서 절을 드렸습니다. 단 하루도 예외가 없었어요."

"그 일이 있던 날도요?"

"네, 평소와 마찬가지로 아침에 일어나시자마자 절을 하러 오셨어요. 날이 밝기도 전에 오셔서는 홀로 들어가서 문을 닫으셔서, 저희는 바깥에서 기다렸고요. 제 기억에…… 아마 한 시진 정도 지난 후에 나오셨던 것 같아요."

"맞아요. 당시 저희끼리 했던 말이 전하는 정말 효자시라고 했어요. 동짓날에도 어김없이 제를 드리신다고요. 그날은 유난히 더 진지하시기도 했어요."

황재하가 고개를 끄덕이며 다시 물었다. "악왕 전하는 최근에 어떤 분들을 만나셨습니까?"

"전하는 평소 성정이 조용하셔서 방문객이 그리 많진 않았습니다. 최근 기왕 전하께서 방문하신 후로는 문을 걸어 잠그고 방문객을 만나지 않으셨어요. 왕부 안의 사람들 말고는 다른 누구와도 만나신 적이 없어요."

황재하는 순간 어리둥절해하며 물었다. "외출도 일절 안 하셨습니까?"

"안 하셨어요." 모든 시녀가 고개를 저으며 확신에 차 말했다. "소인들도 나가셔서 산책도 하시고 바람도 좀 쐬시라고 말씀드렸는데, 전하께선 매일 기운 없이 침울하게 계시기만 했어요. 처음엔 화원이라도 거니셨지만 나중에는 이곳에 오실 때를 제외하고는 아예 문밖으로 나오시지도 않았어요."

"맞습니다. 원래 외출을 많이 하시진 않았지만 그래도 전에는 가끔 근처 법사에 가서 대사님들과 불도를 논하거나 차를 마시기도 하셨는데, 이때처럼 두문불출하신 적은 없었습니다……. 아마도 전하께서는 그때부터 이미 그런 결심을 하셨는지도 모르겠어요……."

이런 이야기를 하던 끝에 시녀들은 울음을 터뜨렸다. 그러자 감정이 옮겨가기라도 한 것처럼 옆에 있던 환관들도 따라 울기 시작했다.

주자진은 여자의 눈물 앞에서는 속수무책이어서, 어쩔 줄을 몰라

하며 난처한 얼굴로 황재하를 쳐다보았다. 황재하는 주자진에게 눈짓을 하고서는 곧바로 시녀들에게 말했다. "저희도 명을 받아 사건을 조사하러 왔으니, 악왕부에도 추후 만족스러운 결과를 알려드릴 수 있도록 하겠습니다. 일단 저희가 이곳을 좀 더 자세히 살펴볼 수 있도록 여러분들은 나가서 기다려주시면 감사하겠습니다."

그 말에 시녀와 환관들이 곧바로 물러나고 주자진이 문을 닫았다. 황재하는 이미 향로 앞으로 다가가 손수건으로 입과 코를 막은 뒤, 옆에 놓인 봉황 부리 모양 젓가락을 집어 잿더미 속을 헤집어보았다.

부드러운 잿더미 속에 숨겨져 있던 그 빛나는 물건의 정체는 비수였다. 황재하는 비수를 집어 들어 향로 가장자리에 두드려 재를 떨어냈다. 공중으로 날린 재가 가라앉은 뒤 번뜩이는 비수 한 자루가 명확히 모습을 드러냈다. 그 섬광이 눈이 부실 정도였다.

주자진은 비수를 보고는 순간 넋을 잃으며 놀람을 금치 못했다. "공손 부인의 그 비수잖아!"

길이 4촌, 너비 1촌 정도에 날이 종잇장처럼 얇은 비수였다. 다만 무언가에 심하게 눌렸던 것처럼 몸통이 구부러졌고 칼날도 마찬가지로 굽은 상태였다. 다만 칼날의 섬광만은 여전히 눈이 부시게 번뜩여 똑바로 쳐다보기 어려울 정도였다.

황재하는 천천히 비수를 탁자 위에 올려놓고 말했다. "맞아요. 전에 촉에서 본 공손 부인의 비수와 똑같은 거예요."

"태종 황제께서 한철로 총 스물네 자루를 만드셨는데, 가장 뛰어난 한 자루를 제외하고는 이미 모두 소실되었다고 들었거든. 그리고 그 유일하게 남은 비수는 아마 측천무후에게 하사되었고……."

"지금 이 비수는 구부러져 있어서 당시 공손 부인이 제등 판관을 죽일 때 썼던 그 비수인지는 정확히 분간할 수 없어요." 황재하는 그렇게 말하면서 다시 봉황 부리 젓가락으로 잿더미 속을 뒤적거렸다.

또 다른 물건 하나가 젓가락에 걸렸다.

타다 남은 붉은 비단 끈이었다. 길이는 새끼손가락 정도였고, 색깔이 매우 선명해 재를 살짝 떨어내니 눈부신 선홍색이 드러났다.

주자진은 황재하가 또다시 재를 뒤적이는 모습을 보고는 조급해하며 말했다. "재가 이렇게 많이 쌓여 있는데 언제 그걸 다 뒤적이겠어? 나와봐, 내가 할게."

주자진은 향로 다리를 번쩍 들어 그대로 바닥에 쏟아부었다. 엄청난 양의 잿더미가 바닥 가득 쏟아졌다.

황재하는 말문이 막혔다. "이러면 진 태비께 불경을 저지르는 거예요."

"어, 그런가? 에이, 어쨌든 진 태비께서도 돌아가신 지 오래됐으니 딱히 개의치 않으실 거야." 주자진은 그리 말하면서 옆에서 대나무 향 하나를 가져와 잿더미 속을 뒤지기 시작했다.

황재하도 어쩔 수 없이 주자진과 함께 잿더미를 파헤쳤다.

얼마 지나지 않아 몇 가지 다른 물건들이 추가로 발견되었다. 칼날이 구부러져 형체가 온전치 않은 비수, 불에 타고 남은 붉은 비단 끈 여러 가닥, 매끄럽게 빛이 나는 깨진 옥 조각 여러 개 등이었다. 옥 조각은 한데 모아보니 온전한 팔찌의 모습이 나왔다.

"어딘가 익숙하지 않아요?" 황재하가 옥 조각 하나를 집어 주자진에게 건네며 물었다.

주자진은 잿더미 속에서 끄집어냈는데도 여전히 매끄럽게 윤이 나는 옥 조각을 보며 절로 감탄했다. "성말 좋은 옥이야. 이렇게 예쁜 옥은 본 적이 없어……. 어, 아니다. 일전에 전하와 너를 도와 성도부 관아 창고에서 옥팔찌 두 개를 가져 나온 적이 있잖아? 그중 물고기 두 마리가 새겨진 팔찌는 네가 깨뜨려 먹었고, 다른 하나는 부신원의 것이었는데, 그 옥도 정말 천하제일의……."

거기까지 말한 주자진은 손에 든 옥 조각을 봤다가, 황재하가 한데 맞춰놓은 나머지 조각들을 보았다. 그 조각들이 온전한 하나의 팔찌 모습을 이루는 것을 보고는 순간 눈을 번쩍 뜨며 멍한 표정을 지었다.

"설마…… 그 팔찌야?"

"네, 맞아요." 황재하는 정확히 기억하고 있었다. 이서백이 팔찌를 이윤에게 돌려주었을 때, 이윤이 더없이 소중히 여기며 모친의 영전에 올려놓던 모습을 말이다. 그런데 뜻밖에도 며칠 지나지도 않아 그 팔찌가 이렇게 산산조각 난 것이다.

"어찌됐든, 사건과 관련 있는 물건들이니 일단 잘 보관하도록 하지." 주자진의 특기가 다시 한 번 발휘되었다. 곧바로 물건들을 챙겨 품과 소매 안에 집어넣었다. 과연 언뜻 보면 전혀 표가 나지 않았다.

8장

비단실로 연결된 마음

두 사람은 진 태비 거처 내부를 다시 한바탕 샅샅이 살폈다. 황재하는 특히 화장대에 새겨져 있던 그 글자들을 다시 찾아보았으나, 이미 누군가 그 위를 긁어 나뭇결이 새로이 드러나 있을 뿐, 글자는 한 자도 남아 있지 않았다.

후전에서 나온 두 사람은 바깥에 대기하고 있던 궁인들에게 말했다. "죄송합니다만, 안에서 조사하다가 그만 실수로 향로를 엎었습니다."

"아이고, 너희들이 어서 들어가 치우거라." 한 나이 지긋한 궁인이 재빨리 시녀들에게 분부를 내렸다.

황재하는 궁인에게 공수로 예를 갖추고는 물었다. "이곳의 여관이십니까?"

궁인도 황재하를 향해 공수로 예를 취하며 대답했다. "소인 월령이라 하옵니다. 10여 년 전부터 태비마마를 모셨는데, 병환으로 이곳 악왕부로 옮겨 오실 때 함께 왔습니다."

"월령 부인이셨군요. 일전에 궁 안에서 장령 부인과 연령 부인을

뵌 적이 있는데, 두 분이 월령 부인에 대해 말씀하시는 걸 들은 적이
있습니다."

"네, 함께 궁에 들어온 사이라 서로에 대한 마음이 남달랐지요." 월
령이 고개를 끄덕이며 말했다.

황재하가 다시 물었다. "부인께서는 궁에 들어오자마자 바로 진 태
비를 모신 건가요?"

"소인은 원래 조 태비마마 궁에 있었습니다. 당시 진 태비마마 곁
에 사람이 부족해 제가 차출되어 진 태비마마 궁으로 들어가게 되었
지요. 진 태비께서는 성정이 아주 좋으셨습니다. 소인도 태비마마와
마음이 잘 맞아, 나중에는 곁에서 가까이 모시게 되었습니다."

황재하는 고개를 끄덕이며 또다시 물었다. "태비마마에 대해 몇 가
지 여쭙고 싶은데, 혹 시간이 되실는지요?"

월령이 고개를 끄덕이고는 두 사람을 옆에 있는 작은 정자로 데리
고 가 자리를 권하고 손수 차를 따라주었다. "두 분께서 어떤 걸 알고
싶으신지 모르겠네요. 소인이 아는 것은 다 말씀드리겠습니다."

"10여 년 전 진 태비께서 갑자기 병을 앓기 시작했을 때도 태비마
마 곁에 계셨나요?"

월령이 고개를 끄덕이더니 탄식하며 말했다. "옛날에 태종 황제가
돌아가신 뒤, 서 현비께서도 곧바로 중병을 얻으셨는데, 고집스레 약
은커녕 치료도 받지 않으시고는 결국 태종 황제를 따라 떠나셨지요.
소인은 서 현비의 행동을 어리석다 생각했습니다. 그런데 소인이 모
시는 태비마마께서 서 현비보다 더 고집스럽게 연정에 빠져 계신 줄
은 생각도 못 했지요. 선황께서 붕어하신 후 큰 슬픔에 빠지시더니 결
국…… 그때부터 정신을 놓으셨습니다. 그 마음에 절로 탄복했지요."

"그렇다면 선황이 돌아가신 직후 정신을 놓으신 것이 확실하군요?"

"그럼요, 소인이 직접 봤으니까요. 궁중의 나이 드신 분들은 웬만큼

다 압니다. 그날 아침 일어나셨을 때만 해도 괜찮으셔서 평소처럼 직접 약을 달여 폐하께 갖다드렸지요. 태비마마를 따라 내전을 들어서려는데 궁중에서는 본 적 없는 낯선 얼굴들이 꽤 있었던 것이 아직도 기억납니다. 당시 왕 공공도 거기에 있는 것을 보고 태비마마께서 오늘 무슨 중요한 일이 있느냐고 왕 공공께 물었지요."

황재하는 월령이 갑자기 왕 공공을 언급하자 곧바로 다시 물었다. "신책군 호군 중위 왕종실 공공 말씀이십니까?"

"네, 맞습니다. 당시에는 아직 한창 젊으셔서, 아마 서른도 되지 않았을 때일 겁니다. 선황께서 마원지를 제거한 뒤 궁중 인사를 대거 교체한 적이 있었지요. 선황께서 워낙 왕 공공을 마음에 들어 하셨던 터라 젊은 나이였는데도 중임을 맡겼습니다. 선황은 원래 환관을 유독 경계하셨던 분이니 확실히 뜻밖이긴 했지요."

황재하가 고개를 끄덕이며 물었다. "태비마마의 물음에 왕 공공께서 무어라 답하시던가요?"

"폐하께서 병환이 깊어 일어나시질 못하니, 내국(內局)에서 각지의 승려들을 궁으로 불러 폐하를 위해 기도를 올리도록 했다고 하셨습니다. 그중 목선 법사라 하는 고승이 있는데 실로 높은 덕을 쌓은 분이라며, 안에서 폐하를 위해 기도를 올리고 있다고요. 그 말에 태비마마께서는 혹여 중간에 들어가면 의식에 방해가 되지는 않을까 난처해하셨지요……." 월령은 그날 있었던 일을 아주 생생하게 들려주었다. 아직도 눈에 선한지, 애써 기억을 떠올리는 기색도 없었다. "그랬더니 왕 공공께서 마침 안으로 들어가려던 참이라고 하더군요. 하지만 기도 의식이 낯설어 태비마마께서 놀라시기라도 하면 좋지 않을 거라고도 했고요. 그러면서 태비마마 손에 들린 탕약 그릇을 보고는, 이제 다른 명의가 폐하의 진료를 맡게 되었으니 기존의 약은 더 이상 드실 필요 없다고도 했습니다."

황재하가 생각에 잠긴 표정으로 물었다. "그러면…… 그 탕약은 선황께서 드시지 않았습니까?"

"아니요, 태비마마께서 반대하셨어요. 폐하의 병은 줄곧 태비마마께서 직접 간호해왔고 그 약도 계속 드시던 거였으니, 의원이 바뀌었다 해도 그 약은 일단 드시도록 하는 게 좋겠다고요. 그랬더니 왕 공공도 태비마마의 생각이 정 그렇다면 말리지는 않겠다고 했어요."

황재하는 미간을 살짝 찡그리며 물었다. "그렇다면 태비마마께서 내전 안으로 들어가 선황께 탕약을 드린 거네요?"

"그랬죠. 전 내전까지는 못 들어가고 전전에서 기다렸습니다. 안타깝게도 선황의 병세는 이미 매우 위중해서 약으로 나으실 수 있는 상황이 아니었습니다……. 하지만 태비마마는 지나치게 집착하셨던 탓에 정신을 놓는 지경까지 이르셨던 게지요……." 여기까지 말한 월령은 흐느끼기 시작하더니 눈물을 닦느라 말을 잇지 못했다.

황재하는 월령에게 차를 따라주며 너무 슬퍼하지 말라고 위로했다.

월령은 차를 마시고는 한참 동안 가만히 숨을 고르고 나서야 다시 입을 열었다. "두 분께서 오늘 뭐 발견하신 거라도 있는지요? 저희 전하 사건은 정말 아무런 단서가 없습니까?"

주자진은 한 손에 찻잔을 들고, 다른 손으로는 머리를 만지작거리며 의미심장한 표정으로 말했다. "단서가 있지요. 이미 아주 엄청난 것을 발견한 걸요!"

월령이 곧바로 물었다. "기왕 전하와 관련이 있는 건가요?"

"아……. 그건 기밀입니다. 일단 먼저 대리사에 보고를 해야 해서요." 황재하가 보내는 눈빛을 알아챈 주자진이 영민하게 말을 바꿨다.

월령이 뭔가 의문스러워하는 기색을 보이자 황재하가 다른 질문을 던졌다. "앞서 시녀와 환관 들에게 듣자 하니, 기왕 전하께서 팔찌를 돌려드린 그날 이후 악왕 전하는 한 번도 출타하신 적이 없다고요?"

"네, 한 번도 나가신 적이 없습니다. 소인이 권해도 보았지만, 늘 수심 가득한 표정으로 의기소침해 계셨어요. 누가 무슨 말을 해도 듣지 않으셨지요……." 월령은 긴 한숨을 내쉬더니 다시 소매를 들어 눈가에 맺힌 눈물을 닦았다.

"그렇다면, 왕부에 누가 방문한 적은요?"

"없었어요. 몇몇 사람이 별 용무도 없이 찾아와 만나 뵙기를 청했는데, 전하께서는 일절 만나지 않으셨어요."

황재하는 고개를 끄덕이며 잠시 생각해보고는 다시 물었다. "그러면 혹 누가 물건을 보내왔다거나 한 적은요?"

월령이 미간을 살짝 찡그리며 기억을 더듬는데 뒤에 있던 환관 하나가 먼저 입을 열었다. "그러고 보니, 그런 적이 있었습니다. 동지가 되기 며칠 전에 누가 찾아왔었습지요."

"이자는 전하 내전에 있는 가남이라 하옵니다." 월령이 그를 소개했다. "소인은 주로 후전에 있다 보니, 전하에 관한 일은 어쩌면 가남에게 물어보시는 게 더 나을 겁니다."

가남은 아주 영민한 소환관이었다. 입을 열자마자 막힘없이 이야기를 이어가는데, 말에 조리가 있고 명확했다. "대략 동지 사나흘 전이었을 겁니다. 그때 저는 다른 이들과 문간방에서 불을 쬐며 이야기를 나누고 있었는데, 바깥에 웬 낯선 환관이 찾아와서는 상자 하나를 건네주었습니다. 명첩까지 동봉해 자신을 기왕부 사람이라 소개하며 악왕 전하께 전달해달라고 했습니다. 처음 보는 자였기에 저희도 그대로 전하께 갖다드릴 수는 없어 상자를 열어 살펴보았지요. 안에는 붉은색 끈으로 짜인 동심결(同心結)[16]이 하나 들어 있었는데, 색이 선명하고 밝은 데다 술도 달려 있어 무척 아름다웠습니다."

---

16 끈으로 매듭을 만든 장신구로, 사랑하는 사이에 애정의 증표로 주고받기도 함.

주자진은 자신의 품속에 타다 남은 끈 조각들이 숨겨져 있는 걸 인식하며, 몰래 그 위로 손을 갖다 대고는 생각에 잠긴 채 물었다. "기왕 전하께서 악왕 전하께 동심결을 보냈다니, 그게 무슨 의미인가요?"

가남이 머리를 긁적이며 본인도 영문을 모른다는 듯이 말했다. "두 분 전하 사이에 관한 것은 소인도 당연히 모르지요. 저희는 그저 상자 안을 살펴보고 뭔가 특이점은 없는 것 같아 동심결과 상자를 원래 모습대로 돌려놓았습니다. 그러고는 소인이 상자를 들고 가 전하께 올려드렸지요. 전하께서도 동심결을 보시고 영문을 모르겠다는 눈치였습니다. 기왕부에서 보내온 것이라는 말에 곧바로 챙기시긴 했지만, 별다른 말씀은 없었습니다."

황재하는 고개를 끄덕이며 또 물었다. "그때 한 번뿐이었나요?"

"한 번 더 있었습니다. 동지 바로 전날이었지요. 전하께서는 마음이 좋지 않아 하루 종일 실내에만 계셨고, 저희들을 모두 밖으로 내보내셨습니다. 소인은 원래 안에서 전하를 모셔야 했지만 그날은 어쩔 수 없이 복도에 앉아 찬바람을 맞았습니다. 지독히 추웠지요. 그때 문지기가 상자 하나를 들고 왔습니다. 이틀 전에 왔던 그 사람이 보내온 거라고요. 소인이 '설마 또 동심결은 아니겠지?'라고 물었더니 문지기가 고개를 저으면서 비수 한 자루가 들어 있다고 했습니다." 여기까지 얘기한 가남은 턱짓으로 다른 소환관 하나를 가리키며 입을 삐죽이고는 말했다. "침단이 워낙 칼과 몽둥이 같은 걸 좋아해서, 비수라는 말을 듣자마자 그대로 상자를 열었습니다. 저희 전하께서 성정이 좋으셔서 저희를 별로 혼내시는 일이 없기도 했고, 어쨌든 비수는 흉기 아닙니까, 저희가 먼저 살펴보는 것이 맞긴 하지요……."

침단은 놀란 나머지 낯빛이 창백하게 변해 가남을 몇 번 흘겨보았다. 하지만 가남은 침단의 낯빛은 조금도 신경 쓰지 않고 당시의 정황을 생생히 들려주었다. "어쨌든 그렇게 해서 저희가 상자를 열어봤는데, 자색 융단 위에 비수 한 자루가 놓여 있었습니다. 눈이 부실 정도로 섬광이 번뜩여 비수를 똑바로 쳐다보는 것조차 힘들었습니다! 저는 너무 놀라서 뒤로 몇 걸음 물러났는데, 다리가 다 덜덜 떨렸지요……."

침단도 어쩔 수 없이 옆에서 거들었다. "맞습니다. 그 비수는 확실히 보기 드문 귀한 물건이었지요. 그래서 역시 기왕 전하는 저희 전하와 우애가 깊다는 생각을 했습니다. 그토록 신비한 절세의 무기를 저희 전하께 보내주셨으니 말입니다."

주자진이 머리를 긁적이며 말했다. "훌륭한 비수를 보내는 거야 그렇다 쳐도, 동심결을 보낸 건 대체 무슨 의미죠?"

"그러게 말입니다. 아무리 생각해도 잘 이해가 가지 않습니다."

황재하는 그들에게 예를 취하며 작별을 고하고는 주자진에게 말했다. "저희는 일단 돌아가죠."

주자진도 황재하를 따라 얼른 인사를 건네었다. 악왕부에서 나온 둘은 말을 타고 장안 거리를 따라 귀갓길에 올랐다.

사람 없는 한적한 곳에 이르렀을 때 황재하가 주자진에게 말했다. "그럼 오늘은 여기까지 하는 걸로 하죠. 전 먼저 영창방으로 돌아가 볼게요."

주자진은 순간 어리둥절하여 물었다. "뭐? 너 혼자 거처로 돌아간다고? 지금 엄청난 걸 발견했는데 어서 빨리 기왕 전하한테도 말씀드려야지!"

황재하는 순간 가슴이 쿵쾅거려 고개를 휙 돌리며 낮은 소리로 말했다. "저는…… 안 가요."

"어……?" 주자진은 황재하의 표정에 의아해하며 물었다. "왜 그래? 갑자기 왜 얼굴은 발개지고 그래?"

"……아, 아니에요." 황재하는 당황하며 손을 들어 얼굴을 가렸지만, 양볼이 점점 뜨거워지는 걸 스스로도 느낄 수 있었다. 주자진이 계속 주시하고 있어서 황재하는 하는 수 없이 궁색하게 변명했다. "바람을 너무 많이 맞았나 봐요……."

"면지를 많이 발라. 맞다, 지난번에 내가 준 면지는 괜찮았어?"

주자진의 물음에 황재하는 살짝 안도의 한숨을 쉬며 재빨리 화제를 그리로 돌렸다. "꽤 괜찮았어요. 밖에서 사는 것보다 확실히 좋더라고요."

"다음엔 내가 난초 향으로 하나 만들어줄게. 왕 형이 난초를 좋아하거든. 아…… 양고기 아가씨는 계화 향을 좋아하는지 모르겠네. 그걸 물어보기도 전에 시장을 떠나버려서……." 주자진이 그런 이야기를 하는 중에도 황재하 얼굴의 홍조는 가실 줄을 몰랐다. 그 얼굴이 마치 햇살 아래 빛나는 복숭아 같아 보여 주자진은 저도 모르게 이렇게 말했다. "숭고, 네가 만약 여자라면……. 아아, 너는 원래 여자였지……."

황재하가 여자라는 사실에 크게 실망이라도 한 듯 주자진이 입을 실쭉거리며 말했다. "에이 됐어, 가자."

황재하가 멀뚱히 물었다. "어딜 가요?"

주자진은 말 위에서 몸을 옆으로 비쭉 내밀어 황재하의 말고삐를 붙들었다. "기왕부!"

황재하는 아랫입술을 깨물며 고삐를 당겨 말을 뒤로 돌리려 했다. "저는 안 간다니까요……."

"왜 안 간다는 거야? 천하의 모든 어려운 사건을 파헤치는 게 너의 소임이라고 하지 않았어? 실컷 조사해놓고 왜 기왕 전하께 상의하러 가지 않겠다는 거야? 오늘 발견한 것들, 엄청 중요한 거 아니었어?"

황재하는 난처한 얼굴로 주자진을 바라보며, 심지어 애원하는 눈빛으로 말했다. "그냥 묻지 마세요. 어쨌든 저는…… 기왕 전하를 뵈러 갈 수 없어요…….”

두 사람은 다투었고, 헤어졌고, 갑작스러운 입맞춤을 했다. 이서백의 얼굴을 어떻게 다시 마주해야 할지 정말이지 알 수 없었다. 황재하는 일찍이 수많은 사건을 해결했고, 사람들마다 황재하의 총명함을 극찬했지만, 지금 황재하는 완전히 무지한 상태였다. 어떤 표정으로 이서백을 만나야 하는지, 만나서 제일 먼저 무슨 말을 해야 하는지, 제일 먼저 어떤 동작을 취해야 하는지, 아무것도 알 수 없었다…….

황재하는 혼란스러운 마음으로 말고삐를 붙잡은 채 어쩔 줄을 몰라 했다.

“아휴, 다 친한 사이끼리 못 볼 게 뭐가 있다고, 어서 가자.” 주자진은 다짜고짜 황재하의 말을 끌어당기더니 말 엉덩짝을 찰싹 때리며 소리쳤다. “가자, 가!”

엉덩짝을 세게 맞은 말은 곧바로 앞으로 달려나갔다. 황재하는 말 등에 바싹 엎드리며 화가 나서 소리쳤다. “지금 뭐 하는 거예요!”

“걱정 마. 떨어지진 않을 테니.” 주자진이 크게 소리 내어 웃고는 말을 이었다. “봐봐, 벌써 도착했잖아?”

황재하가 고개를 들어 보니 정말 이미 기왕부에 도착해 있었다. 황재하는 말에서 훌쩍 뛰어내려 곧바로 몸을 돌려 도망치려 했다. 그 순간, 옆에서 누군가가 황재하의 이름을 불렀다. “황재하.”

맑고 고결하며 동시에 차갑게 느껴지는 그 목소리를 듣자마자 황재하는 온몸을 흠칫했다. 두 다리가 더 이상 앞으로 나아가지 않았다.

천천히 고개를 돌리니 문 앞에 멈춰 서 있는 이서백의 마차가 보였다. 이서백이 마차 문을 열고 한 걸음 걸어 나와 마차 위에서 황재하를 내려다보았다. 역광을 받아 표정은 제대로 보이지 않았다.

그 자리에 멍하니 서 있던 황재하는 한참 후에야 기어들어 가는 목소리로 입을 열었다. “전하…….”

문지기가 나와 마차 앞에 계단을 놓자 짙은 보랏빛 옷차림의 이서백이 마차에서 내려섰다. 평소에 입던 옷보다 훨씬 선명한 그 색감에 황재하는 저도 모르게 홀린 듯이 이서백을 바라보았다. 마치 반짝이는 아침 해가 바로 앞에서 떠오르고 있는 것 같아 잠시라도 시선을 떼기가 아까웠다.

이서백이 한 걸음 한 걸음 황재하에게 다가왔다. 황재하의 볼을 어루만지려는 듯 한 손이 살짝 들려 있었으나, 잠시 망설이더니 천천히 손을 내렸다. 그러고는 가만히 황재하를 응시하다가 한참 후에야 입을 열었다. "들어오너라."

황재하는 고개를 푹 숙인 채 이서백을 따라 왕부 안으로 들어섰다.

주자진도 두 사람을 따라 안으로 들어가며 말했다. "이거 봐, 이거 봐. 그렇게 기를 쓰고 도망치려 하더니 지금은 또 왜 이렇게 얌전한 거야."

황재하는 그저 무력하게 주자진을 한 번 째려보고는 다시 고개를 푹 숙인 채 안으로 걸어 들어갔다.

정유당에 들어선 주자진은 하인이 차를 따르고 물러나자마자 사방을 둘러보더니 직접 문을 닫았다. 그러고는 자신의 품 안에서 물건들을 꺼내어 탁자 위에 내려놓았다.

"비수, 비단 끈, 옥 조각……."

이서백은 차를 마시며 아무 말 없이 지켜만 보고 있었다.

주자진이 말했다. "좀 전에 악왕부에서 찾은 것들입니다. 저희가 이걸 어디에서 찾아냈는지, 한 번 맞혀보시겠습니까?"

이서백은 그 물건들의 표면에 남은 재를 보며 물었다. "악왕이 진태비 영전 향로에다가 태운 것이더냐?"

황재하는 찻잔을 들고 고개를 숙인 채 그 세 가지 물품을 보며 대답했다. "네. 그런데 만약 평소에 그리 태우셨다면 금세 눈에 띄었을 것입니다. 듣기로 동짓날 악왕 전하께서 홀로 문을 닫고 태비마마의 영전에 한참을 계셨다고 합니다. 제 생각에…… 아마도 그때 이 세 가지 물건을 없애려 하셨던 것 같습니다."

"비수는, 공손 부인의 그 비수냐?" 이서백이 물었다.

황재하는 고개를 저으며 말했다. "잘 모르겠사옵니다. 나머지 23자루의 한철 비수가 공손 부인의 것과 모양이 똑같은지 아닌지 모르기 때문입니다. 만약 모두 같은 모양이라면 이건 그 23자루 중 하나일 수도 있겠지요."

"다시 촉에 돌아가서 관아 창고에 그 비수가 잘 보관되어 있는지 조사해보면 알 수 있겠지." 주자진은 그리 말하고서 걱정으로 한숨을 내쉬었다. "하지만 촉에 다녀오는 데만 해도 여러 날이 걸리겠네."

"내가 최대한 빨리 사람을 보내 알아보마." 이서백은 그제야 찻잔을 내려놓고 탁자 위의 물건들을 자세히 살펴보기 시작했다. "이 팔찌는 우리가 받아서 악왕부에 돌려준 그 팔찌가 맞는 것 같구나."

주자진이 말했다. "맞습니다. 저는 아무리 생각해도 모르겠는데, 악왕 전하는 왜 부신원의 물건을 모친의 위패 앞에서 부서뜨리고는 그걸 또 향로 잿더미 속에 파묻었을까요? 아니, 아니지. 그보다 먼저, 왜 전하와 숭고는 이 팔찌를 악왕 전하께 드렸던 겁니까?"

황재하는 이서백을 슬쩍 쳐다볼 뿐, 아무 대답도 하지 않았다. 이서백이 무심한 말투로 대답했다. "악왕의 모친이 아끼셨던 유품이다. 태비께서 돌아가신 후 악왕이 부신원에게 주었지."

주자진은 순간 '그런 엄청난 비밀이!'라는 표정을 지으며 입을 떡 벌리고는 말을 잇지 못했다.

황재하의 시선이 비수로부터 팔찌, 그리고 동심결로 옮겨 갔다. "그리고 동심결도 있습니다. 모두 동지 며칠 전 누군가가 기왕부의 이름을 빌려 악왕부에 보낸 것입니다. 물건을 가져온 자는 다른 사람이 이 물건들을 보는 것에 대해 전혀 꺼리지 않은 것 같습니다. 그래서 상자를 봉하지도 않은 채 가져왔고, 문지기가 상자 안을 살펴본 후 위험한 것은 없다 판단하고서야 악왕 전하께 전달하였습니다."

"내가 아니다." 이서백이 담담하게 말했다.

주자진이 고개를 끄덕이며 말했다. "당연히 전하는 아니시죠. 하지만 대체 누가 전하를 사칭해서 이 물건들을, 그것도 무슨 의도로 보낸 걸까요?"

"특히 동심결은…… 대체 무슨 의도였을까요?" 황재하가 생각에 잠긴 채 말했다.

이서백은 잠시 고민하더니 황재하를 향해 고개를 돌리며 물었다. "이것 외에 오늘 악왕부에서 발견한 것이 또 있느냐?"

황재하는 여전히 이서백을 제대로 쳐다보지 못하고 손을 들어 은비녀를 붙잡고 안에 든 옥비녀를 뽑아 들었다. 그러고는 탁자 위에 동그라미를 그리며 말했다. "악왕부 사람들이 말하길, 지난번에 전하께서 팔찌를 주고 가신 이후 악왕 전하는 두문불출하며 그 누구도 만나시지 않았다고 합니다. 하지만 당시 전하께서 저를 데리고 가셨기에 제가 감히 확신하건대, 그날 악왕 전하는 기왕 전하께 불만 같은 것은 전혀 없었습니다. 오히려 전하께 태비마마가 당시 발병한 까닭을 조사해달라고 하셨지요. 그때는 악왕 전하께서 섭혼술에 빠졌다고 생각되지 않습니다. 하지만 악왕 전하가 두문불출하던 그 시간 동안 전하께 뭔가 좋지 않은 마음이 생긴 것은 분명해 보입니다. 결국 목숨을 버리면서까지 전하께 엄청난 오명을 씌웠고, 그것으로 전하를 회생 불가능한 함정에 빠뜨렸죠."

이서백은 미세하게 고개만 끄덕일 뿐 아무 말도 하지 않았다. 주자진은 눈을 휘둥그레 뜬 채 멍하니 있다가 물었다. "숭고, 그러니까 네 말은, 악왕 전하께서 두문불출하며 아무도 만나지 않았으니, 섭혼술에 빠졌을 가능성은 없다는 거지? 악왕 전하의 모든 행동은 다 자발적이었다?"

황재하가 탁자 위에 선 하나를 그려 처음에 그렸던 동그라미와 서로 만나게 했다. "그게 아니면, 동짓날 악왕 전하께서 왕부를 나온 뒤부터 제사가 시작되기 직전까지, 그 시간 동안 누군가가 악왕 전하께 섭혼술을 썼을 가능성이 있습니다. 그렇다면 저희는 악왕 전하께서 그 한나절 동안 접촉한 모든 사람을 조사해봐야 합니다."

황재하는 또다시 동그라미에 연결되는 선을 그었다. "그리고 또 하나, 섭혼술에 능한 어떤 인물이 오랫동안 악왕부에 잠복해 있었을 가능성도 있습니다."

이서백이 고개를 내저으며 손을 들어 방금 그은 선을 없앴다. "그럴 리는 없다. 만일 섭혼술에 능한 자가 있다면 절대 악왕부로 보내진 않았을 것이다. 일곱째는 정치에 영향력이 크지 않았으니, 차라리 다른 사람 곁에 심어두는 편이 더 큰 쓸모가 있었을 것이다."

"그렇다면, 또 다른 가능성이 있습니다." 황재하는 동그라미 위로 또 하나의 선을 그렸다. "악왕 전하께서 이미 섭혼술에 걸리셨으나 그동안은 잠복기였을 수 있습니다. 비수와 동심결은 어쩌면 일종의 암시였겠지요. 그 물건들을 받고는 섭혼술이 발작을 해 다른 사람의 의지대로 움직이기 시작했고, 전하께 불리한 그런 상황을 만들어냈는지도 모릅니다."

이서백은 미간을 살짝 찌푸리며 말했다. "그렇게 기이한 술법이 이 세상에 정말 존재한단 말이냐? 만약 정말 그런 인물이 있다면 굳이 목선 법사를 장안에 불러들일 것까지 있었겠느냐?"

"네⋯⋯. 아주 희박하긴 하지만, 이 또한 가능성 있는 가설이지요." 황재하는 눈썹을 찡그리며 계속해서 말을 이어갔다. "그런데 이 사건의 가장 큰 수수께끼는 그날 밤 악왕 전하의 몸이 어떻게 공중에서 사라졌는가 하는 문제입니다."

주자진이 물었다. "제일 처음 누각 아래 도착한 사람이 시신을 숨겼을 수도 있지 않을까?"

"제일 처음으로 상난각 아래에 도착한 사람은 바로 왕 통령이었어요." 황재하는 담담하게 말을 이었다. "하지만 혼자 도착한 것이 아니라 어림군 한 무리가 뒤따랐지요. 게다가 어림군이 그곳에 도착했을 때는 바닥에 쌓인 눈 위로 다른 흔적은 전혀 없었다고 했습니다. 무언가가 떨어진 흔적도, 누군가가 오간 발자국도 전혀 없었지요."

주자진은 눈썹을 찡그리며 한참 생각에 잠겼다가 갑자기 탁자를 내리치며 말했다. "알겠어! 악왕 전하가 왜 사람들과 가까운 쪽 절벽이 아니라 굳이 상난각 안쪽 절벽으로 뛰어내렸는지 말이야!"

황재하가 궁금하다는 눈빛으로 주자진을 쳐다보았다.

"왜냐하면 악왕 전하께서 이미 누각 아래쪽에 어떤 구조물을 설치했거나, 난간에 부드러운 포대 같은 것을 걸어놓았던 거야. 반대편에서 봤을 때는 바닥으로 떨어지는 것 같겠지만 실제로는 구조물이나 포대 위로 떨어졌던 거지. 그래서 전혀 다치지도 않았을 테고." 주자진은 의기양양하여 마치 천하를 손에 넣은 듯한 표정을 지었다. "그리고 서봉각에 있던 사람들이 혼란 속에서 함원전을 돌아 상난각 아래로 달려오는 사이에 구조물이나 포대를 챙겨서 조용히 달아나버리신 거야!"

"처음에 저도 그런 추측을 해봤어요. 하지만 마침 그날은 눈이 내렸고, 저와 기왕 전하도 그곳에 일찍 도착한 무리 중 하나였어요. 당시 제가 난간들도 다 살펴봤는데 모든 곳에 눈이 균일하게 쌓여서, 포대 같은 걸 걸어놓은 흔적은 전혀 찾아볼 수 없었어요."

"그럼…… 바깥에 구조물 같은 걸 설치했을 가능성은?"

"나중에 저희가 악왕 전하가 뛰어내린 곳으로도 가서 살펴봤는데,

벽엔 아무것도 없었고 벽에 내려앉은 눈도 균일했어요. 어떤 물건이 부딪히거나 닿은 느낌이 전혀 없었죠."

"그렇구나, 그럼 다시 생각 좀 해볼게……." 주자진은 의기소침한 목소리로 대답하더니 다시 황재하를 보며 물었다. "다른 건? 숭고가 더 발견한 건 없어?"

황재하가 고개를 내저으며 말했다. "어쩌면 동심결과 비수를 가져 왔던 사람을 추적해볼 수도 있겠죠. 하지만 이름을 사칭한 걸 보면 변장을 했을 가능성도 있어서 찾기가 쉽지 않을 것 같아요."

"아님 그 상자에서 추적해보는 건 어때?" 주자진이 곰곰이 생각하며 말했다. "진 태비마마 처소에서 '양'이라는 글자가 새겨진 나무 상자를 본 것 같아. 그 상자가 아닐까? 아마 양기 목재소에서 만든 상자일 거야."

황재하가 고개를 끄덕였다. "거기 가서 물어봐도 되겠네요."

주자진은 자신의 의견을 황재하가 긍정적으로 받아들이자 순간 흥분하여 벌떡 일어나며 말했다. "그럼 지체할 필요가 뭐 있어, 어서 가보자!"

황재하는 "네" 하고 짧게 대답하고는 주자진을 따라 일어났다. 하지만 순간 자신도 모르게 고개를 돌려 이서백을 보았다.

이서백 또한 황재하를 바라보더니 손에 든 찻잔을 탁자에 내려놓으며 입을 열었다. "갑자기 생각난 것이 있다. 내가 가진 그 구궁 자물쇠 상자 또한 양기에서 산 것이다."

황재하가 물었다. "전하께선 그럼 악왕 전하께서 받으신 그 상자에 무언가 장치가 숨겨졌을 가능성이 있다고 보시는 건가요?"

이서백이 고개를 끄덕였다.

주자진이 곧바로 물었다. "뭐, 뭐? 구궁 무슨 상자?"

"조금 있으면 너도 다 알게 될 것이다. 나도 함께 가보도록 하지."

이서백이 일어나면서 말했다. "잠시만 기다리거라."

황재하와 주자진은 다시 앉아 차를 마시며 기다렸다. 차 한 잔을 채 다 마시기도 전에 이서백이 돌아왔다. 사람들 눈에 띄지 않도록 진줏 빛 회색에 자줏빛 꽃문양이 은은하게 수놓인 둥근 옷깃의 비단옷으 로 갈아입고 온 것이다.

세 사람은 양기 목재소로 향했다. 세밑에 가까운 때라 동쪽 시장은 사람들로 붐볐다. 양기 목재소도 예외는 아니었다. 다른 목재소에 비 해 비싼 편이었지만, 동쪽 시장 자체가 워낙 고관대작들이 사는 곳과 가깝기도 했고, 양기 목재소의 솜씨가 워낙 정교해 제법 많은 이들이 찾았다. 설 명절에는 일반 백성들도 분첩 같은 것들을 사러 왔다.

세 사람은 가게 안으로 들어갔다. 주자진은 선반 위에 진열된 상자 중에서 악왕부에서 본 것과 크기와 모양이 똑같은 상자를 발견했다.

주자진이 물었다. "주인장, 최근에 어떤 사람이 이 상자를 사갔습 니까?"

주인장은 마치 '이 인간은 또 어디서 굴러온 멍청이야?'라는 듯한 표정으로 주자진을 쏘아보며 말했다. "오늘 하루만도 50개 넘게 팔았 는데, 내가 그 50명이 누군지 무슨 수로 다 압니까?"

주자진은 순간 맥이 탁 풀려 선반 위에 엎어져서는 혼잣말로 투덜 거렸다. "50개가 넘는다니……."

이서백이 주자진의 어깨를 토닥이며 그만 일어나라 이르고는 주인 장에게 말을 건넸다. "주인장, 일전에 내가 이곳에서 구궁 자물쇠 상 자를 하나 산 적이 있는데, 목수 곽 씨가 만든 것이었소. 하나 더 만들 고 싶어서 그러는데 곽 씨와 아직 연락이 닿소?"

주인장이 고개를 내저었다. "곽 씨는 세상을 뜬 지 벌써 4년이 다 되어갑니다. 지금은 그 제자가 곽 씨 자리를 이어받아 일하고 있는데 솜씨가 꽤나 괜찮습니다. 비슷한 걸 만들 수 있을 듯한데, 어떻게 하시겠습니까?"

"그럼 자물쇠로 쓸 글자를 상의하게 그 제자를 만나게 해주시오."

"예, 알겠습니다." 주인장이 곧바로 젊은 심부름꾼 하나를 불렀다. 희색이 가득한 주인장 얼굴을 보니 그 상자 하나로 얼마나 큰돈을 벌 수 있는지 가히 짐작이 갔다.

목재소는 동쪽 시장에 있었지만, 실제 목공 작업은 성 남쪽에 있는 어느 집 뜰에서 했다. 이서백은 전에도 한 번 왔던 곳인지라 심부름꾼이 안내하기도 전에 알아서 뜰 동쪽의 첫 번째 방으로 들어갔다.

제자라는 사람은 서른이 넘어 보이는 장년의 남자였다. 남자는 기운 없이 고개를 파묻고 나무 깎는 일에 열중하고 있었다.

심부름꾼이 열려 있는 문을 두드리고는 말했다. "손 씨 아저씨, 누가 구궁 자물쇠 상자를 만들고 싶다고 찾아왔어요."

그 말에 손 씨가 번쩍 고개를 들며 웃음이 만발한 얼굴로 말했다. "아이고, 그 상자를 만들어달라는 손님이 얼마 만인지. 세 분께서 만드시려고요?"

이서백이 말했다. "그렇소. 아홉 칸, 아홉 칸으로 해서 총 여든한 칸의 구궁 자물쇠 상자를 만들고 싶소."

손 씨는 신이 나서 거의 실눈이 되도록 웃으며 말했다. "아홉의 아홉, 여든하나 격자로요? 그럼 값이 만만치 않을 텐데요? 격자 하나당 100전에, 안에 비밀 쇠뇌까지 더하면 도합…… 10관은 될 겁니다."

이서백은 고개를 끄덕이며 말했다. "좋소. 비밀 글자는 언제 와서 설정하면 되겠소?"

손님이 시원시원하게 나오자 손 씨는 곧바로 열성적으로 뒤쪽 궤짝 안에서 구궁 상자 하나를 꺼내왔다. "마침 하나 만들어둔 것이 있습니다. 스승님께서 돌아가신 뒤 제가 짬이 날 때마다 배운 대로 만들어보았는데, 반년이 지나서야 완성할 수 있었지요. 다만 이것이 가격은 비싸고, 행여나 이 물건의 진가를 모르는 누군가가 이걸 열겠다고 도끼로 한번 찍어버리면 바로 끝나는 물건인지라, 찾는 손님이 없었지요……. 하하, 귀하처럼 이렇게 고아하신 분이야말로 좋은 물건을 제대로 알아보시지요."

이서백은 입꼬리를 살짝 올리며 말했다. "아니오. 나도 그저 이 물건에 흥미를 가지는 사람이 있을지 궁금해서 가져보고 싶을 뿐이오."

구궁 상자는 이미 골격은 완성되어 있고, 글자를 꽂을 구멍 80개만이 비어 있는 상태였다.

주자진은 구궁 자물쇠 상자를 본 적이 없었기에 작은 소리로 황재하에게 물었다. "이게 대체 무슨 물건인데? 어떻게 사용하는 거야?"

손 씨가 그 말을 듣고는 크게 웃으며 말했다. "이건 저희 스승님이 독보적인 기술로 발명하신 거지요! 그런 물건이 두 가지 있는데, 그중 하나가 연꽃 상자이고, 다른 하나가 바로 이 구궁 상자입니다. 손님, 여길 한번 보십시오. 이 구궁 상자 위쪽에는 81개의 손톱만 한 빈칸이 있지요. 각 빈칸 아래에는 작은 구멍들이 있고요. 81개의 빈칸에 80개의 자그마한 나무 토막을 채워야 합니다. 나무 토막에는 각기 길이가 다른 작은 구리 막대가 있어서, 이 80개의 구리 막대가 원래 설정한 것과 똑같은 자리에 꽂혀야만 자물쇠가 열립니다. 말하자면, 80개의 글자로 된 비밀 자물쇠 상자인 것이지요."

주자진이 멍한 표정으로 말했다. "80자라니……. 그 글자를 다 꽂는 것도 보통 일이 아니겠군요!"

"그렇진 않습니다. 빈칸은 81개에 나무 토막은 80개라서, 토막을 빈칸의 궤도에 따라 순서대로 이동시킬 수 있지요. 손으로 몇 번 흐트러뜨리면 곧바로 순서가 뒤죽박죽되어 잠그는 건 매우 편리합니다. 열 땐 당연히 조금 어렵긴 하지요."

"글자 80개의 순서를 외우는 건 정말 어렵겠죠?" 주자진이 물었다.

"그래서 보통은 격자를 9개나 12개, 많아도 36개로 하지요. 81개라면 애초에 자신이 외우는 경전의 문장으로 하거나, 아니면 아예 그림으로 그려놓고 나중에 그림을 보며 맞추는 형식으로 해야지요. 그렇지 않으면 웬만해선 맞추기 어렵습니다." 손 씨는 그리 말하며 이서백을 향해 웃어 보였다. "손님은 어떤 식으로 하시겠습니까?"

이서백이 담담하게 말했다. "아무려나 상관없소. 이미 파놓은 글자가 있으면 그냥 그걸 주시오. 그걸로 아무렇게나 배치하면 되오."

"그럼 손님께서 시 한 수를 놓는 걸로 하시죠. 아니면 종이에 베껴두시든가요. 안 그랬다가 혹여 잊어버리면 아예 못 쓰게 되니 말입니다." 손 씨는 글자가 새겨진 손톱 크기의 나무 토막이 가득한 판을 앞으로 내밀었다. "다행히 당시 제가 조각을 배우면서 만들어놓은 것들이 있습니다. 이게 없었으면 글자를 새기는 데만도 보름 이상은 더 기다리셔야 했을 겁니다."

이서백은 손이 가는 대로 글자를 집어 상자 위에 올려놓았다. 손 씨는 이서백이 '가, 우, 호, 리, 쌍, 기, 약, 즉, 위, 죽' 등 의미라고는 찾아볼 수 없이 글자들을 늘어놓는 모습을 보고 다급하게 손을 뻗어 저지했다. "손님, 일단 먼저 종이에 적어놓고 배열하시지요. 이거 배열을 잊어버리셨다가는 10관을 그냥 허투루 날리는 겁니다!"

주자진이 손 씨의 손을 잡아당기며 말했다. "걱정 마십시오. 이분은 한 번 본 건 절대 잊지 않는 분이라, 잠시 보아도 다 기억하십니다."

"진짜입니까, 농담입니까?" 손 씨가 반신반의하며 물었다. "그런 능력을 가진 분은 기왕 전하가 유일하다 들었는데."

주자진은 의기양양한 표정으로 웃으며 손 씨의 어깨를 두드렸다. "걱정 마세요."

잠시 뒤 80개의 글자가 다 놓이고, 하단 왼쪽 모서리에 한 칸만 비었다.

손 씨가 물었다. "정말 이대로 괜찮겠습니까?"

이서백이 놓인 글자들을 한 번 슥 훑어보더니 말했다. "됐소."

손 씨는 기름 먹인 천으로 격자 위를 단단히 덮은 다음 상자를 뒤집어 모든 글자가 아래를 향한 상태로 궤도에 고정시켰다. 그러고는 가는 구리 막대를 한 움큼 집어 글자 토막 뒷면에 하나하나 박아 넣었다.

무려 80개의 구리 막대를 높고 낮게, 혹은 구부리거나 비스듬히, 위치 또한 왼쪽 상단에 치우치거나 오른쪽 하단 모서리, 혹은 정중앙에 해서 박았다. 마치 길이가 제각각인 풀들이 질서 없이 자라난 잔디밭 같았다.

손 씨는 다시 이서백을 보고 말했다. "손님, 보셨다시피 이 구리 막대는 전부 다 제가 아무렇게나 박아 넣었습니다. 이제 구리 막대의 높낮이와 서로 간의 간격에 따라 자물쇠 심을 설치할 겁니다. 제가 보장하건대, 천하에 유일무이한 자물쇠지요. 자물쇠 심 80개의 길이와 간격이 이와 완전히 똑같은 것이 어찌 또 존재할 수 있겠습니까? 혹시라도 믿지 못하시겠다면, 직접 구리 막대를 더 박으셔서 길이를 달리하셔도 됩니다."

"제가 해볼게요." 주자진이 망치를 붙잡고는 박혀 있는 구리 막대 몇 개를 아무렇게나 더 박아 넣었다. 그러고는 이서백을 향해 물었다. "어떻습니까?"

이서백이 고개를 끄덕이자 손 씨는 강판 하나를 꺼내 상자 위에 박아 넣었다. 그리고 길이와 간격이 각기 다른 구리 막대를 따라 자물쇠 심을 설치하기 시작했다. 종횡으로 교차된 조금 더 굵은 구리 막대가 하나로 연결되었고, 각각의 점은 바로 글자 뒤의 구리 막대와 만나는 지점이었다. 80개의 점이 한곳으로 모이면 상자의 각 면에 설치된 총 16개의 강철선이 끌어당겨지며 찰칵하는 소리와 함께 상자가 완전히 잠겼다.

손 씨는 구궁 상자를 다시 뒤집어 천을 제거한 뒤 두 손으로 받쳐 이서백에게 건넸다. "손님, 그럼 글자 순서를 마음대로 흩어보십시오. 이 세상에 이 상자를 열 수 있는 사람은 이제 손님 한 분뿐입니다."

주자진이 인정할 수 없다는 말투로 말했다. "솔직히 그저 글자 80개를 순서대로 배열하면 되는 거 아닙니까? 내가 한번 시도해보지요. 여러 번 하다 보면 분명 답이 나오지 않겠습니까."

"손님도 참, 농담도 잘하십니다. 80개 글자입니다. 만일 첫 번째 글자가 확실치 않다면 그에 따른 경우의 수는 80가지겠지요. 두 번째 글자의 경우의 수는 79개, 세 번째 글자는 78개, 네 번째 글자는 76개, 다섯 번째 글자는……."

주자진은 순간 혀를 내두르며 말을 끊었다. "아휴, 그만요, 그만. 머리가 다 어질어질하네요……. 그렇게 힘들다니, 그냥 도끼로 찍어 열고 말겠어요."

황재하는 이서백의 손에서 상자를 건네받고는 한참을 자세히 살펴보더니 이서백에게 물었다. "지난번 그 상자도 이런 방식으로 만든 것입니까?"

"그래. 내가 직접 글자를 배열했고, 역시나 아무 의미도 없는 조합이었지. 만든 직후 곧바로 순서를 흩어버렸고 누구도 손댄 적이 없다."

"그래서……." 황재하는 그렇게 중얼거리며 손에 든 상자를 내려다보았다. 무질서하게 흩어진 80개의 글자, 아무렇게나 박은 80개의 가는 구리 막대, 절대로 똑같이 만들어질 수 없는 자물쇠 심. 분명 이 세상 그 어느 누구도 풀 수 없는 비밀 자물쇠였다. 그런데 그 속에 숨겨둔 물건은 어찌하여 계속 변하는 것일까? 대체 어느 지점에서 그렇게 손쓸 수 있는 빈틈이 생겨난 것일까?

황재하는 손가락으로 상자 위를 두들겨보았다. 무겁고 둔탁한 소리가 들렸다.

손 씨가 곧바로 황재하에게 설명해주었다. "두꺼운 원목을 썼지요. 튼튼한 자단(紫檀)에 이 정도로 고르게 옻칠까지 한 물건이니 10관이면 정말 괜찮은 가격입니다!"

황재하는 고개를 끄덕였다. 가만히 들고 있기에도 제법 무겁게 느껴졌다.

황재하는 다시 시선을 옮겨 손 씨가 작업하는 선반 위를 훑어보았다. 선반 위에는 어지럽게 흩어진 공구 외에도 나무 부스러기와 톱밥이 잔뜩 깔려 있었다. 조금 전 상자를 고정했던 기름 먹인 천도 아무렇게나 널브러져 있고 남은 글자 조각들도 굴러다녔다.

특이한 점은 없었다. 황재하는 상자가 무겁게 느껴져 바로 주자진에게 건넸고, 주자진은 별말 없이 얌전히 받아 들었다.

이서백은 그리 많은 돈을 지니고 있지는 않았기에 은자로 값을 치렀다. 손 씨는 비록 은자를 돈으로 바꿔야 하는 수고를 해야 하지만 원래 받을 돈보다 더 값이 나가는 것이었기에 싱글벙글하며 문을 나서는 세 사람의 뒤통수에 대고 연신 감사 인사를 했다.

구궁 상자를 손에 든 주자진은 감탄하며 말했다. "저렇게 산만하고 지저분한 아저씨가 솜씨는 꽤 좋은 것 같네요. 이 상자도 정말 보통이 아니고요."

"너한테 주마." 이서백이 무심히 말했다.

"……글자를 바꿀 수는 없을까요? 아무 연관도 없는 80개 글자를 제가 어떻게 기억합니까?" 주자진이 쓸쓸한 얼굴로 물었다. "아무래도 글자를 바꿀 순 없을 것 같던데요?"

"당연히 못 바꾸지. 자물쇠 심이 고정된 것이라 영원히 바꿀 수 없다."

"그래서 이 세상에 단 하나밖에 없는 거겠죠? 자물쇠 글자를 바꿀 수도 없는 유일무이한 것."

"그렇지." 이서백은 담담하게 대답하고는 황재하를 쳐다봤다.

황재하 또한 이서백을 보고 있던 터라 순간 두 사람의 눈이 마주쳤다. 황재하는 절로 얼굴이 붉어져 황급히 고개를 돌렸다. 그 모습을 본 이서백의 마음이 살짝 출렁였다. 마치 호수 물이 마음속에서 끊임없이 파동을 일으키는 것만 같았다. 이서백은 걸음을 늦추었고, 두 사람은 주자진과 약간 거리를 벌려 걸었다.

둘은 아무 말 없이 그저 길가의 나무들만 보며 걸었다. 눈이 그친 지 얼마 되지 않아, 나뭇가지에 쌓인 눈이 후두두 떨어졌다. 파란 하늘이 마른 나뭇가지와 새하얀 눈을 비추고, 섣달의 매화 향이 맑고 차갑게 코끝을 스쳤다.

두 사람은 어깨를 나란히 한 채 천천히 걸었다. 간혹 황재하의 왼손과 이서백의 오른손이 가볍게 스치기도 했다. 비록 비단옷에 덮인 채였지만 서로의 온기가 그대로 전달되는 것만 같았다.

이서백은 결국 참지 못하고 작은 소리로 황재하의 이름을 불렀다. "재하……."

황재하는 이서백이 자신을 부르는 소리를 똑똑히 들었지만 고개를 깊이 숙일 뿐이었다. 홍조 띤 얼굴이 마치 한 송이 장미처럼 고왔다.

태청궁에서의 그 짧은 순간이 있은 후에도, 두 사람은 분명 이전과 변함이 없었고, 함께하는 일 또한 예전과 다름없었다. 그런데 이전과는 모든 것이 달라진 기분이었다.

고개를 숙인 채 얼굴을 붉힌 황재하의 모습을 보며 이서백은 감정을 주체할 수 없어 손을 내밀어 황재하의 손을 강하게 붙잡았다.

깜짝 놀란 황재하는 손을 빼내려 했지만, 이서백의 따뜻한 손이 황재하의 차가운 손을 편안하게 녹여주었다. 금실에 묶여 있던 붉은 팥알이 아래로 흘러내리며 황재하의 맥박이 뛰고 있는 손목으로 와서 닿았다. 순간 온몸에서 힘이 빠져나가는 기분에, 그저 손을 아래로 늘어뜨리고는 이서백의 손에 가만히 붙잡혀 있는 수밖에 없었다.

하지만 그것도 잠깐이었다. 두 사람이 뒤처졌다는 사실을 눈치챈 주자진이 곧장 뒤를 돌아보며 물었다. "다들 어찌 이리 걸음이 늦습니까?"

황재하는 다급하게 이서백의 손을 뿌리쳤다. 붙어 있던 두 사람의 소맷자락도 다시 떨어지면서, 마치 그저 서로의 소맷자락만 스쳤던 듯이 보였다.

주자진이 다시 고개를 돌리자 황재하는 두 손을 비비며 낮은 소리로 물었다. "자진 도련님께도 전하의 그 부적에 대한 진상을 얘기해야 할까요?"

이서백은 마치 소년처럼 펄쩍펄쩍 뛰며 앞서가는 주자진의 모습을 보면서 가만히 고개를 내저었다. "됐다. 한 사람에게 더 알린다는 건, 한 사람을 더 물속으로 끌어들이는 것이나 마찬가지이니, 뭐가 좋겠느냐."

황재하는 고개를 끄덕이며 말했다. "구궁 상자는 전혀 빈틈이 보이지 않습니다. 게다가 그 상자 안에는 연꽃 상자까지 있지 않습니까. 그 두 상자를 열고 그 안의 부적에 손을 쓴다는 것은 여간 어려운 일이 아닐 듯합니다."

"연꽃 상자는 그저 겸사겸사 넣은 것이다. 24개의 돌기를 제자리에 맞추면 곧바로 열리는 것이니 기밀이라 할 것이 있겠느냐? 결국 관건은 이 구궁 상자다." 이서백은 소리를 낮추어 말했다. "지난번에 너도 확인해봐서 알겠지만, 짧은 시간으로는 주사의 붉은색 흔적을 없앨 수 없다. 어떨 땐 내가 일부러 하루에도 몇 번씩 부적을 꺼내어 확인하는데, 상대가 어떻게 며칠씩 걸리는 방법을 사용하겠느냐? 게다가 내가 왼팔을 다쳐서 불구가 될 뻔했을 때, '잔' 자 위에 그려졌던 붉은 동그라미는 내 상처가 호전되는 경과에 따라 서서히 사라졌다. 이런 일을 벌일 수 있을 뿐만 아니라, 내 부적에 수시로 손을 대어 색을 옅게 만들 정도로 담이 몹시 큰 자일 듯하구나."

황재하가 살짝 한숨을 내쉬자 입김이 하얗게 뿜어져 나와 얼굴을 감쌌다. 황재하는 살짝 낙심한 표정으로 말했다. "아무래도 이 사건이 끝나려면 아직도 가야 할 길이 먼 것 같습니다."

이서백은 황재하의 눈썹이 잔뜩 찌푸려진 것을 보고는 자신도 모르게 손을 들어 황재하의 미간을 쓰다듬으며 위로하듯 말했다. "괜찮다. 어찌되었건, 난 우리가 결국엔 구름을 헤치고 해를 볼 수 있으리라 믿는다."

그 단호한 표정과 조금의 의심도 없는 눈빛에 황재하의 불안한 마음은 곧바로 자취 없이 사라졌다. 이서백을 응시하는 황재하의 입가가 살짝 올라갔다.

황재하가 한 걸음 천천히 물러서며 말했다. "오늘도 꽤 수확이 있었으니, 이만 돌아가서 잘 정리해보겠습니다……. 전하께서도 혹 생각나는 것이 있으면 제게 말씀해주세요."

이서백은 미간을 살짝 찡그리며 물었다. "다시 거기로 돌아가려는 것이냐?"

"그럼요. 지금까지 들인 공을 수포로 돌아가게 할 수는 없지요. 어쨌든 왕 가에서 이 사건을 조사할 수 있도록 도와준 덕택에 얻게 된 수확도 적지 않으니, 쉽게 오지 않을 이 기회를 놓쳐서야 되겠습니까." 황재하는 그렇게 말하면서 또 한 걸음 물러났다. 하지만 시선은 여전히 이서백에게서 거두지 않았다. "새롭게 발견하시는 것이 있으면…… 서신을 보내주세요. 왕 가 저택의 하인들은 모두 농아이니, 서신 겉봉투에 반드시 '황재하 친전'이라고 적어 보내주십시오."

이서백은 그저 고개만 끄덕일 뿐 아무 말도 하지 않았다.

황재하는 또 한 걸음 물러선 뒤에야 시선을 옮기며 주자진을 향해 손을 흔들었다. "저 먼저 갈게요."

주자진은 그냥 헤어지는 것이 섭섭해 황재하에게 마구 손을 흔들며 인사했다. 그러고는 나지막이 투덜거렸다. "어휴, 정말. 아무리 저희랑 잘 어울리면 뭐해요. 결국엔 다시 왕 가로 가야 하는 걸……. 뭐 어쩔 수 없죠. 왕 형이랑 약혼한 몸이니."

이서백은 입술을 깨물며 아무 말도 하지 않고 빠른 걸음으로 주자진을 지나쳐 앞으로 갔다.

"엥? 왜 갑자기 저를 없는 사람 취급하십니까?" 주자진은 상자를 품에 안은 채 급히 이서백을 쫓아갔다. "전하, 기다려주세요. 같이 가요……."

9장

찬란한 불꽃

영창방 저택으로 돌아오니 왕온이 대청에 앉아 황재하를 기다리고 있었다.

황재하는 조금 전 이서백에게 잡혔던 손이 갑자기 뜨거워지는 것을 느끼며, 왕온에게 미안한 마음이 들었다.

왕온이 황재하를 향해 미소 지어 보였다. 예의 비 온 뒤 맑게 갠 하늘 같은 부드러운 미소를 보며 마음이 조금 안정되었지만, 양심의 가책은 더 심해지는 것 같았다.

황재하는 왕온 앞에 앉아 조심스럽게 물었다. "오늘 어림군은 쉬는 날인지요? 어떻게 이리 이른 시간에 오셨습니까?"

왕온이 고개를 끄덕이며 말했다. "날이 추워 폐하께서도 옥체가 편치 않으신지 근간에는 계속 조정에 나오지 않으셔서, 궁중 경비도 그리 삼엄하게 하지 않소."

황재하는 화로 위 주전자의 물이 끓는 것을 보고는 손을 씻고 찻잎을 빻은 뒤, 왕온에게 차를 우려주었다.

왕온은 황재하 곁에 앉아 우려지는 찻물을 바라보다가 갑자기 물었다. "날도 이리 추운데 어찌 또 나갔다 온 것이오? 따뜻한 집 안에 있지 않고."

황재하는 고개를 숙인 채 차를 우리며 평온한 얼굴로 말했다. "자진 도련님이 저를 찾아오셔서, 함께 악왕부로 가서 단서들을 좀 찾아봤어요."

"어쩐지 남장을 했더라니." 왕온은 웃으며 말하고는 황재하가 건넨 차를 마시며 상등품 차에서 느껴지는 그윽한 향과 쓰고 떫은 맛을 음미했다. 그리고 잠시 멍한 표정으로 아무 말도 않았다.

황재하가 물었다. "차 맛이 별로인가요?"

"아니오, 좋소." 왕온은 고개를 들어 황재하를 바라보았다. 그러고는 얼굴에 담백한 미소를 띤 채 물었다. "악왕부에서 이리 오래 조사를 한 것이오? 지금까지?"

황재하는 고개를 숙여 차를 맛보며 담담한 투로 답했다. "네."

왕온은 황재하를 바라보며 무언가 말을 하려다 말더니 결국 입을 열어 물었다. "그럼 성 남쪽에는 무슨 일로 갔던 것이오?"

왕온은 처음부터 황재하가 성 남쪽에 다녀온 사실을 알고 있었던 것이다. 황재하는 순간 등이 뻣뻣하게 굳는 기분이었다. 잠시 기억을 더듬어보았으나, 이서백과 함께 돌아오던 그 길에는 분명 인적이 없었다. 황재하는 그제야 평소와 같은 표정으로 머리를 쓸어 올리며 말했다. "기왕 전하의 그 부적에 관해서는 공자께서도 아시지요. 누군가가 배후에서 손을 쓰는 것이 확실해 보입니다. 자진 도련님이 기어코 저를 기왕부까지 끌고 가는 바람에 저도 어쩔 수 없었습니다. 하는 수 없이 두 분을 따라 부적을 보관한 상자에 무슨 이상한 점이라도 있는가 싶어, 그것을 조사하러 성 남쪽에 갔습니다."

황재하가 담담하게 반응하자 왕온도 웃으며 말했다. "자진이 원래 그리 막무가내이지 않소. 다른 사람 생각은 잘 헤아리지 않고 말이오."

234

황재하는 고개를 숙인 채 더 이상 아무 말도 하지 않았다.

왕온은 고개 숙인 황재하의 옆모습을 보며 한참을 망설이다 다시 입을 열었다. "내가 얼마간 낭야에 좀 다녀와야 할 것 같소."

황재하는 눈을 들어 무슨 일인지 묻는 듯한 눈빛으로 바라보았다.

"이제 곧 설 명절도 다가오고 하니, 장손으로서 제사를 드리러 가야 하오. 매년 그리 해온 일이라 어쩔 수가 없소……." 왕온은 그렇게 말하면서 무언가 기대하는 눈빛으로 황재하를 바라보았다.

황재하는 물론 왕온의 의중을 알아챘지만 한참을 망설이다 결국은 왕온의 시선을 피하며 말했다. "조심히 다녀오세요. 늦지 않게 돌아오시길 기다리겠습니다."

황재하의 대답에 왕온은 자신도 모르게 황재하의 귓가에 바싹 다가가 물었다. "그대도…… 나와 같이 가지 않겠소?"

왕온의 숨결이 가볍게 와닿자 왠지 귓가가 저릿저릿한 기분이었다. 황재하는 순간 까닭 모르게 긴장이 되어 얼굴을 돌렸다. "제가…… 무슨 신분으로 가겠습니까? 아직 혼례도 치르지 않은 여인이 어찌 약혼자의 조상님께 제사를 드립니까……."

왕온은 절로 웃음을 터뜨리고는 가볍게 손을 들어 황재하의 귀밑머리를 쓸어주며 낮은 소리로 말했다. "내가 너무 허황된 생각을 했나 보오……. 맞소, 말이 안 되는 이야기였소."

황재하는 가만히 고개를 숙인 채 왕온의 손끝이 가볍게 자신의 볼을 스치듯 지나가는 것을 느꼈다. 이상한 감촉이었다.

왠지 모를 불안이 엄습해왔다. 황재하는 자신도 모르게 몸을 웅크리며 왕온의 손가락을 피해 몸을 살짝 뒤로 젖혔다. 하지만 왕온의 손은 아래로 미끄러지듯 내려와 황재하의 어깨를 가볍게 감싸 쥐었다.

왕온이 촉촉하게 젖은 눈으로 황재하를 그윽이 바라보며 물었다. "그만 가야 할 것 같은데, 그대가…… 배웅해주겠소?"

이미 황혼 녘이었다. 바깥에 쌓인 새하얀 눈이 노을빛을 받아 금빛과 자줏빛으로 찬란하게 반짝이며 두 사람을 비추었다. 그 아름다운 빛깔이 왕온의 얼굴을 슬픔인 듯도, 미련인 듯도 보이는 빛으로 물들이고 있었다. 왕온은 고개를 숙여 황재하를 응시하며, 혈색이 거의 느껴지지 않는 입술을 살짝 열어 작은 목소리로 황재하를 불렀다.

"재하……."

그 목소리는 흐릿하면서도 뭔가 여운을 담고 있었다. 황재하는 흠칫하며 자신도 모르게 온몸에 힘을 주어 최대한 몸을 뒤로 빼, 지척에서 느껴지는 왕온의 호흡을 피하려 했다.

왕온은 떨고 있는 황재하의 양어깨를 가볍게 누르며 몸을 앞으로 숙였으나, 순간 황재하의 눈에 물기가 어리는 것을 보았다. 더 이상 피할 수 없음을 안 황재하는 두 눈을 꼭 감았다. 파르르 떨리는 속눈썹으로 마음 가득 차오르는 두려움의 눈빛은 숨길 수 있었을지 모르나, 사시나무 떨듯 떨리는 몸은 무엇으로도 숨길 수 없었다.

왕온의 호흡이 갑자기 무겁게 가라앉았다. 뜨겁고 거칠게 달아오르던 온몸의 피가 순식간에 냉각돼버린 기분이었다. 석양은 희미하게 반짝이던 금빛과 자줏빛을 거두었고, 실내 또한 어두워지기 시작했다. 황재하는 분명 왕온의 손이 닿는 곳에 있었지만, 왕온은 더 이상 황재하를 똑똑히 볼 수 없는 것만 같은 느낌이 들었다.

왕온의 입술은 결국 황재하의 이마 위에 닿았다. 마치 나비가 갓 피어난 두구꽃 위에 가볍게 앉았다 날아가듯, 아주 잠시 닿았다가 떨어졌다.

황재하는 잠시 멍하니 있다가 다른 기척이 없는 것을 느끼고는 천천히 눈을 떴다.

왕온은 황재하를 가볍게 놓아주고는 곧바로 고개를 돌리고 일어났다. 그리고 낮게 잠긴 목소리로 말했다. "날이 많이 늦었으니 그만 돌아가야겠소. 그대 혼자…… 장안에 남아 있으니, 늘 조심하시오."

"네……. 그리하겠습니다." 황재하도 나지막이 대답했다.

"그럼 늦었으니, 난 이만 돌아가보겠소." 왕온은 그렇게 말하며 밖으로 향했다.

황재하는 가만히 따라 나가 화원 밖까지 배웅했다.

눈이 하얗게 쌓인 작은 정원에 찬바람이 불어왔다. 왕온은 문 앞까지 가서야 잠깐 걸음을 멈추고는 고개를 돌려 황재하를 바라보았다. 가만히 고개를 숙인 황재하의 창백한 얼굴은 마치 밤바람에 흔들리는 부용꽃 같았고, 아래턱이 연꽃처럼 뾰족하고 가녀려 안쓰러워 보였다. 화가 났던 마음이 서서히 가라앉아, 왕온은 자신도 모르는 새에 손을 들어 황재하의 옷깃을 여며주며 나지막이 말했다.

"장안의 겨울은 추우니, 몸을 잘 돌보아야 하오."

황재하는 고개를 들어 왕온을 보며 옅은 미소를 지어 보였다. "네. 낭야까지 다녀오시려면 고생일 텐데, 늘 조심하시고요."

왕온은 고개를 끄덕이고는 황재하의 손을 한 번 쥐었다 놓으며 말했다. "어서 들어가시오."

황재하는 고개를 끄덕였으나 문 앞에 서서 왕온이 떠나는 모습을 끝까지 눈으로 배웅했다.

왕온이 낭야로 떠나고, 날은 갈수록 더 추워졌다. 섣달그믐, 하늘은 맑고 청량했으나 엄동설한의 매서운 추위는 여전했다.

왕 가 하인들은 사람을 돌보는 일을 대충하지 않고 늘 빈틈없이 정성을 다했다. 일찍부터 다양한 빛깔의 등롱을 저택 곳곳에 내걸고, 대문의 도부(桃符)[17]도 진작 새것으로 바꾸었으며, 새 창호지에 한 쌍의

---

17 복숭아나무로 만든 부적의 한 종류로, 악귀를 쫓기 위해 대문에 붙인다.

붉은 종이 장식도 붙여놓았다. 탁자보도 모두 새로운 비단 천으로 바꾸어 썰렁하던 저택에 생기가 가득했다. 새해를 맞는 느낌이 물씬 풍겼다.

황재하는 오랜 기간 자신을 돌보아준 왕 가 저택 하인들에게 새해 선물을 내렸다.

의지가지없는 이곳 장안에서, 황재하는 홀로 바깥의 폭죽 소리를 들으며 조용히 책상 앞에 앉아 있었다.

먼 담벼락 너머에서 어린아이의 웃음소리가 들려왔다. 가가호호 온 가족이 모여 앉아 떠들썩한 시간을 보낼 터였다. 하지만 이 작은 저택에서는 어느 누구도 소리를 내지 않았다. 오직 황재하만이 혼자서 맑은 향 한 대를 피워 올리며 하늘에 있을 가족들과 함께 새해의 기쁨을 나누었다.

깊은 밤에 접어든 시간, 황재하는 등을 밝히고 책상 위에 놓인 아가씩열 한 쌍 앞에 홀로 앉아 있다가, 밀려오는 쓸쓸함과 외로움을 참기 어려워 몸을 일으켜 바깥으로 나갔다. 회랑을 지나는데 멀리서 즐겁게 웃는 소리가 아스라이 들려왔다. 황재하는 물빛이 반짝이는 회랑에서 걸음을 멈추었다. 추운 겨울밤, 자신의 숨소리만이 더없이 선명하게 들려왔다.

드넓은 하늘 위에 수많은 별들이 밝게 빛나고 있었다. 은하수가 아래로 길게 드리웠다.

황재하는 왕약의 사건을 해결한 뒤 태극궁에서 걸어 나오던 그 밤, 별빛 하늘 아래 옥과 같이 반짝이며 서 있던 그 사람을 올려다본 일이 생각났다.

같은 별빛 아래서, 그날과 마찬가지로 하늘을 올려다보지만, 그 사람은 오늘 밤 어느 곳에 있는지 알 수 없었다.

황재하는 미세한 온기가 느껴지는 벽 위에 손을 얹고는 유리 위를 가볍게 쓰다듬었다. 호기심 많은 물고기들이 황재하의 손끝으로 몰려왔다. 몽환적인 빛깔의 얇은 유리 벽을 사이에 두고, 분명 눈에는 보이나 영원히 닿을 수 없는 것을 향해 말이다.

저도 모르게 유리에 이마를 대고 가까이서 물고기들을 보노라니 머리 위 불빛이 황재하를 따뜻하게 감싸고, 반짝이는 물빛이 황재하의 얼굴 위로 둥둥 떠다녔다.

그때 회랑 끝에서 시종 하나가 웃음을 머금고 걸어와 서신을 한 통 건넸다.

봉투에는 낙관도 없이 '황재하 친전'이라고만 적혀 있었다. 서체가 낯설었다.

황재하는 순간 마음이 두근거려 재빨리 뜯어보았다. 평범한 흰 서신 종이 위에 단 한 문장만이 적혀 있었다. '오거라.'

군더더기 없이 곧고 수려한 그 서체는 황재하가 너무도 잘 아는 것이었다. 순간 가슴이 콩닥콩닥 뛰어, 황재하는 서신을 손에 들고 그길로 곧바로 회랑을 지나 대문으로 향했다.

제야의 밤, 집집마다 걸린 횃불이 주위를 환하게 밝혀 인적 없는 적막한 거리까지 은은히 비춰주었다. 황재하는 별빛 하늘 아래 서 있는 이서백을 보았다. 은은한 불빛이 이서백의 얼굴을 비추어, 조각 같은 그 아름다운 이목구비 위로 금홍빛 그림자가 드리웠다. 그 그림자마저도 그리 아름답게 보일 수 없었다.

왕 가 시종이 두봉을 들고 따라 나왔다. 황재하는 얼른 몸을 돌려 두봉을 건네받으며 시종의 시선을 가렸다. 그러고는 고맙다고 인사한 뒤 서둘러 시종을 안으로 들여보내고 담비 털로 된 두봉을 몸에 단단히 조여 매며 이서백에게로 걸어갔다.

보들보들한 담비 털이 양볼을 감싸 조그마한 황재하의 얼굴이 더욱 사랑스러워 보였다. 황재하는 얼굴을 들어 이서백을 올려다보았다. 양볼이 발그레 물든 황재하를 은은한 불빛이 비추었다. 그 모습이 어찌나 아름다운지 제대로 바라보기 어려울 정도였다.

이서백이 황재하를 응시하며 말했다. "늦어서 미안하구나. 이제 막 궁에서 돌아오는 길이다."

황재하가 급히 물었다. "무슨 일이 있었습니까?"

"아니다. 제야의 밤이니 전례대로 황족들이 궁에 불려가 나무(儺舞)[18]를 감상하거나, 초주(椒酒)를 하사받은 것뿐이다." 이서백은 그렇게 말하면서 황재하의 눈을 가린 담비 털 몇 가닥을 걷어주었다. "가자, 네게 보여줄 것이 있다."

황재하는 이서백을 따라 영창방을 나와 동쪽으로 향했다.

가는 길 내내 폭죽 소리와 생황 소리, 노랫소리가 뒤섞여 들려와, 온 장안성에 명절 분위기가 가득했다. 장안의 각 방은 오늘 밤 등롱을 높게 내걸고 밤새 불을 밝혔다. 섣달그믐부터 사흘간은 야간 통행금지도 없었기에, 깊은 밤인데도 어린아이들이 거리에 나와 장난을 치고 놀았다. 조금 더 큰 아이들은 대추와 말린 씨앗을 한 움큼 쥐고 문 앞에 앉아서 부모님에게 받은 물건들을 침 튀기며 자랑했다.

황재하는 순간 뭔가 생각나 소매 속을 더듬거려, 시종들에게 나눠 주고 남은 붉은 봉투를 꺼내 이서백에게 건넸다. "전하께도 드릴게요. 새해 선물이에요."

이서백은 봉투를 건네받아 안에 든 물건을 꺼내 보았다. 황금으로 만든 얇은 나뭇잎으로, 흔히 보이는 평범한 것이었다. 필시 곁에 있는 자들을 위해 명절 선물로 준비했던 것이리라 생각하며, 이서백은 황금 나뭇잎을 소매 안에 집어넣고 미소를 지었다. "고맙구나. 이리도 풍족한 걸 보니, 평생 말단 환관으로 지내도 별 상관은 없겠구나."

---

18 악귀를 쫓는 춤.

"다 전하 덕분이지요. 문중 어른들 모두 부모님이 남기신 유산에 감히 손대지 못하시더군요." 황재하는 저도 모르게 한숨을 쉬고는 고개를 들어 하늘에 총총한 별들을 보았다. 그러고는 다시 작은 소리로 말했다. "저곳에서는 다들 어떻게 지내실까요. 그곳에서도 다 같이 모여 즐겁게 명절을 보내고 있을까요……."

"그러시겠지. 아마 그곳에서도 너를 보고 계실 것이다. 그리고 자랑스러워하실 게야." 이서백은 그렇게 말하면서 손을 살짝 들어 두봉에 달린 모자를 쓰고 있던 황재하의 머리를 쓰다듬었다. "걱정 말거라."

황재하는 고개를 끄덕였다. 갑자기 눈시울이 뜨거워지며 금방이라도 눈물이 떨어질 것 같았지만 간신히 참았다. 애써 호흡을 가다듬으며 흘러내리기 직전의 눈물을 다시 속으로 삼켰다.

별빛 가득한 하늘 아래, 황재하는 이서백을 따라 기왕부로 향했다.

침류각 앞 곡교를 건너는데, 연꽃이 다 시든 연못 위로 그물 같은 것이 펼쳐져 있었다. 어두운 밤중이라 정확히는 보이지 않아 황재하가 이서백에게 물었다. "저게 무엇입니까?"

이서백이 미소 지으며 말했다. "조금 있으면 알게 될 것이다."

침류각에 도착해 이서백은 황재하가 손을 따뜻하게 녹이도록 금과 동이 상감되어 있는 손난로를 건네주었다. 그러고는 등불을 밝히며 물었다.

"네가 하겠느냐? 아니면 내가 해주는 게 좋겠느냐?"

황재하는 손난로를 품에 안고서 말했다. "그것이 무엇인지도 모르는데, 당연히 선하께서 하셔야지요. 얼마나 놀라운 것인지 전 구경이나 하겠습니다. 한밤중에 이곳까지 달려온 보람이 있을지 말입니다."

"그럼 여기 앉아서 보거라."

이서백은 한옆으로 가서 등불을 더 환하게 밝히더니, 그곳에 늘어져 있던 향촉에 불을 붙였다. 그러고는 다시 황재하 곁으로 돌아와 누각 난간에 방석을 대고 기대며 자리를 잡고 앉았다.

향촉에서 시작된 불빛이 하나하나의 선을 타고 연못 위를 환하게 밝히더니, 순식간에 오색찬란한 빛들이 터져 나왔다. 먼저 녹색 불빛이 솟구쳐 수많은 푸른 잎을 닮은 윤곽을 만들더니, 반짝이는 초록빛 속에서 붉은색, 보라색, 노란색, 흰색이 한데 타오르며 밝고 환한 불꽃을 내뿜었다. 녹색 물결 위로 거대한 모란꽃이 수없이 피어났다.

황재하는 절로 넋을 잃고 눈이 휘둥그레졌다. 밑에서 위로 쏘아올린 불꽃 그림을 보며 황재하가 물었다. "이건…… 거치대에 폭죽을 올린 것인가요? 그런데 보통 보던 것과 전혀 다른 것 같아요."

"보통은 폭죽을 만든 후에, 각각의 모양대로 한데 묶어 불을 붙이지 않느냐. 그래서 새로운 모양이 나오기 어렵지. 나는 일단 내가 원하는 도안대로 미리 실을 다 연결시켜놓고, 각종 색상의 화약을 가져다가 미리 그려놓은 도안 위에 발랐다. 그리했더니 화약이 타면서 닿는 곳마다 꽃이 피는 것 같지 않느냐?"

이서백의 말이 채 끝나기도 전에 불꽃 모란이 순식간에 사그라졌다. 실이 다 타버려 불이 만들어낸 꽃도 함께 끝난 것이다. 하지만 폭죽은 이미 뒤편에 설치된 실그물로 이어져, 상서로운 구름을 가득 만들어냈다. 신선이 머무는 선각의 문이 열리고 선녀들이 마주 보며 나와 나풀나풀 춤을 추었다. 불빛이 타는 것은 한순간이었다. 색색의 고운 빛깔 옷을 입은 선녀들이 순간 사그라졌다가 다시 또 밝아졌다. 매번 불꽃이 뿜어질 때마다 선녀의 모습이 그려졌고, 동작을 바꿀 때마다 치마와 색색의 띠도 함께 흩날렸다. 눈앞에 펼쳐진 찬란한 빛이 현실인지 환상인지 분간조차 어려웠다.

황재하는 눈을 크게 뜨고 멍한 얼굴로 물었다. "이건 또 어떻게 한 거예요?"

"일곱 장의 실그물을 앞뒤로 연달아 설치해서, 차례차례 타도록 한 것이다. 하나하나 불이 붙을 때마다 다른 모양이 나오는데, 다만 우리가 정면에서 보기에는 그 전후를 잘 구분하지 못하니 마치 같은 선녀가 춤을 추고 있는 듯 보이는 것이지."

"'등불 켜진 나무에 천 개의 빛이 비추고, 불꽃이 일곱 개의 가지로 퍼지는구나.'[19] 정말 아름답습니다……." 황재하는 이서백의 설명을 들으면서 불꽃들이 이리저리 움직이며 반짝이는 모습에서 한시도 눈을 떼지 못했다.

선녀의 모습이 멀리 사라지며 한차례의 폭죽이 끝나고, 이어 더 화려하고 눈부신 폭죽놀이가 시작되었다. 마치 하늘 가득 별이 반짝이는 것처럼 빛들이 여기저기를 수놓더니, 한순간에 다 사라지고 순간 밝은 달이 되어 나타났다. 초승달에서 보름달로 변한 불꽃은 다시 점점의 하얀 빛들로 흩어져, 마치 눈송이가 바람에 흩날리는 광경처럼 보였다. 흩날리던 눈송이는 또다시 한 마리 나비로 변하여 무수한 빛을 반짝이며 연못 위에서 눈부시게 날갯짓을 했다. 마지막으로 다시 별빛이 하늘을 가득 채웠다가 눈앞이 아찔하도록 아래로 쏟아져 내렸다.

신기하면서도 화려하고 아름다운 폭죽이 이어지는 가운데 이서백은 고개를 돌려 옆에 있는 황재하를 보았다. 황재하는 눈앞에서 펼쳐지는 환상적이고도 기이한 광경을 휘둥그레진 눈으로 보고 있었다. 폭죽 빛이 변할 때마다 시시각각 달라지는 빛의 물결이 황재하의 얼굴을 물들여, 마치 무지개에 휩싸여 있는 것처럼 보였다. 은은한 보라색과 연한 붉은색, 옅은 녹색과 반짝이는 노란색…….

황재하의 밝은 두 눈동자 속에 이 환상의 세계가 전부 담겨 있었다.

---

19 수양제가 정월 대보름 등불 야경을 보며 지은 시 「원석우통구건등야승남루(元夕于通衢建燈夜升南樓)」의 한 구절.

눈앞의 아름다운 광경이 황재하의 눈 속에서 환영으로 바뀌어, 실제 이서백의 눈에 보이는 것보다 훨씬 더 감탄을 자아냈다.

이서백은 자신도 인식하지 못하는 사이에 입가에 더없이 기분 좋은 미소를 지었다. 마치 물결이 일렁이듯 황재하의 속눈썹 위로 미끄러지는 빛들에 흠뻑 빠져들었다. 간혹 황재하가 눈을 깜빡일 때마다 속눈썹이 미세하게 떨렸는데, 그럴 때면 마치 잠자리 한 마리가 이서백의 가슴 위로 날아와 가벼운 날갯짓으로 심장 박동을 자극하는 것만 같았다.

황재하는 폭죽을 보았고, 이서백은 황재하를 보았다.

순간의 아름다움이었다. 신비스럽고 성대한 폭죽이 막을 내리자, 연못 위로 얇게 언 얼음과 시든 연 줄기가 보였다. 또다시 고요한 밤으로 돌아갔다.

황재하는 폭죽의 눈부신 화려함 속에서 여전히 헤어나오지 못하고 난간에 몸을 기댄 채 한참 넋을 잃고 앉아 있었다.

이서백이 살며시 황재하의 손을 잡으며 말했다. "가자. 연기 냄새는 몸에 좋지 않다."

황재하는 이서백을 따라 다시 곡교를 건너면서도 아쉬움이 남아 고개를 돌려 그물망에 남은 재를 보았다. 얼마나 많은 층의 그물망을 촘촘하게 설치해야 그처럼 놀라운 찰나의 아름다움이 만들어질지 가늠해보았다.

다리 끝에 이르렀을 때, 갑자기 황재하가 "아!" 하고 외치더니 걸음을 멈추었다.

바람이 불어오는 다리 끝에 서서 멍하니 허공을 응시한 채 표정이 급변하는 황재하의 모습을 보고 이서백이 물었다. "왜 그러느냐?"

황재하가 손을 들어 이서백을 저지하며 낮은 소리로 말했다. "잠시만요, 생각 좀……."

이서백은 황재하 곁에 서서 가만히 기다렸다.

밤바람이 불어오고 무수한 별들이 하늘 가득 반짝였다. 섣달그믐 저녁, 왕과 고관대작들의 저택이 모여 있는 영가방에는 도처에서 가무가 이어져 멀리서 또는 가까이서 노랫소리가 뒤섞여 들려왔다. 모든 소리가 모호하고 희미하게 들려 제대로 분간하기도 어려웠다.

폭죽의 남은 열기가 연못 표면의 얇은 얼음에 열을 가해 균열이 생기는지, 이따금 미세하게 얼음이 갈라지는 소리도 들려왔다.

밤바람이 부는 별빛 아래 멍하니 서 있던 황재하는 순간 드넓은 하늘에 걸린 별들이 하얀 눈송이가 되어 자신을 향해 와르르 쏟아져 내리는 듯한 기분을 느꼈다. 너무나 무시무시한 진실들이 황재하를 뒤덮고 짓눌렀다. 그 무게를 감당하지 못해 온몸이 떨리기 시작했다.

이서백은 살을 에는 밤바람을 느끼며 황재하의 손을 꼬옥 잡았다. 그러고는 몸을 덜덜 떠는 황재하를 멀지 않은 곳에 위치한 어빙각으로 데리고 갔다. 어빙각에 도착하자마자 이서백은 문과 창문을 닫고 화롯불을 지핀 뒤 황재하를 그 옆에 앉혔다.

"조금 전에…… 아마도 뭔가 생각해낸 것 같습니다." 황재하는 그제야 생각이 정리되어 머리를 두드리며 말했다. "악왕 전하께서 상난각 위에서 뛰어내리신 그 사건요. 실마리를 잡은 것 같습니다……."

"급할 것 없으니 한번 차근차근 생각해보자꾸나." 이서백은 의자를 황재하 곁으로 옮겨 앉으며 말했다. "무얼 보고 갑자기 떠오른 것이냐? 연못?"

황재하는 고개를 내젓더니 눈썹을 찡그렸다.

이서백이 다시 생각해보고 물었다. "그럼 폭죽?"

"네……. 폭죽요!" 황재하는 다급한 마음에 이서백의 소맷자락을 붙잡았다. "아까 전하께서 말씀하셨지요. 선녀 모양의 폭죽은 정면에서 보면 폭죽의 전후 위치를 분명하게 알 수 없기 때문에, 일곱 장의 그물망이 앞에서부터 차례대로 탄다는 사실을 모른다고요. 그래서 마치 한 장의 그물망이 일곱 번 타는 듯 보이고, 같은 선녀가 계속해서 변화무쌍한 춤 동작을 선보이는 것처럼 보인다고…….”

홍분으로 황재하의 목소리가 고조되고, 얼굴에는 두려움과 당혹감이 드리웠다.

“아무래도 알아낸 것 같아요. 하지만 도대체 어떻게……. 모르겠어요. 다만 전후 위치를 분간하지 못한다는 점이 이 사건의 관건임에 틀림없어요!”

이서백은 잠시 멍하니 있다가 곧바로 그 말뜻을 알아차리고는 황재하의 손을 잡고 물었다. “네 말은 그러니까, 당시 우리가 본 장면은 어쩌면 오늘 폭죽처럼 착시로 사람을 속인 것이란 말이냐? 그러니까 일곱째가…… 죽지 않았다?”

황재하는 힘껏 고개를 끄덕이며 말했다. “아직은 감히 확신할 수 없지만, 어쩌면 서봉각과 상난각의 지세와 ‘착시’를 이용해서, 가짜로 죽고 공중에서 사라지는 연기를 보인 것 아닐까요?”

이서백은 입술을 깨물며 한참을 생각하더니 입을 열었다. “그렇다면 내게 받은 물건들을 모든 사람이 보는 앞에서 태운 데도 분명 이유가 있겠구나. 그게 아니라면 모친의 영전에서 진작 태워 없앴어도 됐을 일이니까.”

황재하가 다시 힘껏 고개를 끄덕였다. “그렇습니다! 그 또한 중요한 단서가 될 것입니다. 악왕 전하께서 사람들이 보는 앞에서 감쪽같이 사라진 일과 관련되어 있는 게 틀림없습니다.”

이서백은 긴 한숨을 쉬며 천천히 의자에 몸을 기댔다. 여전히 황재하의 손을 붙잡은 채였는데, 손을 놓는 것을 잊었는지, 아니면 이게 꿈이 아니라는 사실을 확인하기 위해 황재하가 붙잡아줄 필요가 있어서인지는 몰랐다.

"일곱째가 아직 살아 있다······ 죽지 않고 살아 있다?"

황재하의 손을 잡고 있는 이서백의 손이 미세하게 떨렸다. 황재하는 절로 마음이 아렸다. 이서백은 이윤과 가장 사이가 좋았다. 이윤이 아직 살아 있을지도 모른다는 사실을 알게 되었으니 흥분할 수밖에 없으리라. 하지만 이윤이 연기를 하면서까지 이서백에게 그런 끔찍한 오명을 씌운 이유는 무엇일까?

어찌됐든 이윤이 살아 있기만 하면 찾아낼 수 있을 테고, 그렇게 되면 결국 진실을 밝히고 모든 일의 근원을 알아낼 수 있을 것이다.

"이렇게나 추운 날씨에 눈비까지 흩뿌리는데, 일곱째가 눈을 무릅쓰고 먼길을 떠난 건 아닌지 모르겠구나. 하지만 아직 장안이나 성 외곽 부근에 있을 가능성이 클 것 같다."

이서백은 이마에 손을 갖다 대었다. 너무 흥분했던 탓인지 관자놀이가 팔딱거렸다. 늘 냉정하고 침착했던 머리에 무엇이 침범이라도 한 듯 도무지 평소와 같은 냉철한 생각을 이어갈 수 없었다.

황재하는 고개를 끄덕이며 말했다. "악왕 전하께서 아직 살아 계신 것이 확실해 보이니, 어디 계신지 찾아봐야 할 듯합니다. 악왕 전하를 찾기만 하면 분명 이 사건을 해결하고, 전하께 씌워진 오명도 깨끗이 씻을 수 있을 것입니다."

"그래. 외곽 지역의 절과 오래된 사찰을 주의해서 찾아봐야겠구나. 내가 비록 모든 일에서 손을 뗐지만, 그래도 부릴 수 있는 자들은 부족하지 않게 있다." 이서백은 그제야 자신이 황재하의 손을 너무 세게 잡고 있다는 사실을 깨달았는지 힘을 살짝 풀었다. 얼굴에 드리웠던 흥분과 암담함은 이미 사라지고 없었다. 이서백은 자신이 꽉 쥐어 하얗게 질린 황재하의 손을 부드럽게 어루만지며 천천히 말했다. "어쨌든 내가 직접 일곱째에게 물어볼 것이다. 대체 왜 그랬는지."

정월 초하루, 장안 백성들은 저마다 아침 일찍 일어나 새해 분향을 하려 큰 절들로 향했다. 부처 앞에 신년 첫 분향을 올리면 운수대통한 다는 속설에 다들 '두향(頭香)'의 영광을 차지하려고 머리를 쥐어짰다. 하지만 대부분의 큰 절에서는 고관대작이나 명망 높은 사람에게 예약을 받았기에 일반 백성들은 아무리 밤을 새워 절 문 앞을 지켜도 두향을 올릴 기회가 없었다. 그래서 보통은 날이 밝은 후 각 절을 돌며 차례로 향을 피웠다.

황재하는 지난밤 기왕부에서 폭죽을 감상한 뒤 이서백과 오랫동안 이야기를 나누었기에, 다시 영창방 저택으로 돌아갔을 때는 이미 자정이 지난 시간이었다. 그런데 잠이 든 지 얼마 되지도 않아 바깥에서 누군가가 필사적으로 문을 두드리는 소리가 들렸다.

"숭고, 숭고, 숭고! 일어나, 어서 일어나봐!"

이 세상천지에 이럴 사람은 오직 한 명밖에 없었다. 황재하는 당최 당해낼 재간이 없어, 그저 몽롱한 소리로 짧게 대답하고는 일단 밖에서 잠시 기다리게 한 뒤, 억지로 몸을 일으켜 옷을 갖춰 입었다.

대충 단장을 끝내고 전정으로 건너가니 주자진이 그곳에 앉아 기다리고 있었다. 역시나 눈이 부셔 똑바로 쳐다보기 어려운 차림새였다. 새빨간 천에 진보랏빛 둥근 꽃문양이 그려진 옷을 입고 금빛 찬란한 허리띠를 둘렀는데 그 어느 것을 보아도 눈이 부셨다.

황재하는 자신의 눈을 가리며 주자진 맞은편에 앉았다. "오늘은 정월 초하루이니…… 어찌 입으셨든 제가 참겠습니다."

"왜, 멋있지 않아? 화려하잖아. 우리 어머니께서 정월 초하루에는 이렇게 경사스러운 색으로 입어야 좋다고 늘 말씀하셨어." 주자진은 그리 말하면서 품 안에서 빨간 봉투 하나를 꺼내 황재하에게 건넸다. "새해 복 많이 받아! 자, 새해 선물."

"고마워요. 도련님도 새해 복 많이 받으세요. 이건 제가 드리는 선물이에요." 황재하도 준비한 봉투를 건넸다.

"이야, 황금 나뭇잎? 네가 이 정도로 통이 큰지는 몰랐네?" 주자진은 빨간 봉투를 다시 잘 접으며 기뻐했다.

황재하도 주자진이 준 봉투 안을 들여다보았다. 길운을 상징하는 금 동전 두 개가 들어 있었다. 봉투를 소매 안에 집어넣으며 황재하가 말했다. "도련님한테 비하면 전 완전 빈털터리 수준인데요?"

"얼른 가자고, 빈털터리. 오늘 향촉 값은 내가 낼 테니까." 주자진이 자신의 가슴을 치며 호탕하게 말했다.

황재하가 물었다. "향촉 값이라니요?"

"아니, 오늘 정월 초하루잖아. 당연히 분향하러 가야지. 분향하러 가서 향촉도 안 살 거야?"

"……제가 간다고 했던가요?"

"안 가면 여기서 혼자 뭐하게? 새해 첫날 혼자 집에 틀어박혀 있으면 너무 쓸쓸하잖아. 얼른 나가자." 주자진은 그렇게 말하고는 조금도 지체 않고 황재하를 재촉해 아침을 먹은 뒤 문을 나섰다. 그리고 곧바로 근처에 있는 여러 사찰들로 걸음을 옮겼다.

모든 사찰이 인산인해를 이뤘다. 황재하와 주자진은 당시 천복사도 이처럼 발 디딜 틈 없이 붐볐던 것을 떠올렸다. 이번에는 사람들이 장안성 여러 사찰에 분산되어 방문한 터라 그래도 그때처럼 물밀듯이 밀려오는 게 아니어서 다행이었다. 향촉을 들고 대전 문 바깥에 서 있던 두 사람은 빼곡하게 몰린 인파가 한 발짝도 안으로 들어가지 못하자 서로 말똥말똥 눈만 마주쳤다.

그러다가 주자진이 말했다. "아니면 그냥 이 옆 안국사로 갈까?"

"오늘 장안의 절은 어디든 다 똑같을 거예요. 제 말 믿으세요." 황재하는 주자진에게 일말의 여지도 남기지 않고 말했다.

주자진은 한숨을 쉬더니 손에 들고 있던 향촉을 옆의 향로에 그냥 떨어뜨려 버렸다. 그러고는 곧바로 몸을 돌려 사람들을 비집고 바깥으로 향했다. "가자, 가."

인파를 헤집고 나오는데 대부분의 사람이 곧 장안으로 모셔질 법문사 불사리에 대해 흥미진진하게 떠들고 있었다.

"불사리가 장안으로 들어오는 날, 우리 가족은 불사리가 마지막으로 거쳐가는 불탑으로 가서 맞을 거야! 거긴 성 외곽에서 그리 멀진 않겠지?"

"그렇긴 하지. 원래는 총 120개의 탑을 세우려던 거여서 더 많은 사람이 가서 맞았을 텐데, 기왕 전하께서 중간에 압력을 행사해 72개로 줄였다더군. 그래서 제일 마지막 불탑은 장안에서 10리는 떨어져 있다고 하더라고."

"10리가 뭐가 멀다고. 100리라 해도 갈 텐데!"

"그나저나 기왕 전하는 정말로 방훈의 망령에 사로잡히기라도 한 건가? 불사리가 장안으로 들어오는 게 무서운 거 아니냔 말이야. 아니면 왜 이유 없이 불탑 수를 줄였겠어? 불탑이 뭘 어쨌다고?"

황재하는 옆에서 그런 이야기를 들으며 그저 미간을 찡그릴 뿐이었지만, 주자진은 이미 손이 올라가 그 사람을 향해 삿대질하며 소리쳤다. "저기요, 지금 뭐라 했습니까……."

황재하는 주자진을 잡아당기며 낮은 소리로 말했다. "신경 쓰지 마요!"

주자진은 씩씩거리며 소매를 뿌리치더니 양볼에 잔뜩 바람을 집어넣고 그들을 노려보았다. 하지만 주위가 너무 시끄러워 그 사람들은 애초부터 주자진의 존재를 눈치채지 못하고 계속해서 이야기를 나누었다.

"누가 알겠어……. 듣기로 기왕 전하가 불탑 건설을 적극적으로 뜯어말렸다던데. 폐하께서 끝까지 고집하셔서 그나마 그 정도는 짓기로 했다고 하더라고."

"들리는 소문으로는, 기왕 전하가 정말로 귀신에 홀려서 천하를 무너뜨리려 한다는 거야! 왜 동짓날에도 악왕 전하가 기왕 전하 때문에 대명궁에서 뛰어내려 목숨을 끊으셨다잖아!"

"그래, 나도 소문 들었어! 악왕 전하가 나라를 위해 목숨도 아끼지 않으셔서 하늘이 감동했는지, 악왕 전하의 몸이 공중에서 그대로 하늘로 올라갔다고 하더라고. 당시 대명궁에 있던 수많은 사람이 보는 앞에서 말이야! 그곳에 있던 사람들이 신선으로 변하는 악왕 전하를 향해 절을 하며 공손하게 하늘로 보내드렸다고 하더군."

"맞아, 맞아. 나도 들었어! 정말 실제로 있었던 일이라니까! 우리 셋째 고모부의 큰이모의 조카가 궁에서 어림군으로 있는데, 그때 상난각 아래서 직접 봤다고 했어!"

"나도 들었는데, 그게 말이 돼? 기왕 전하가 어떤 분이야? 서주 역도를 다 쓸어버리고, 남조를 평정하고, 서쪽으로는 위구르까지 막아내신 분이라고. 작금의 대당 사직이 있기까지 기왕 전하의 공이 얼마나 큰데…… 어떻게 그 오랜 세월 나쁜 마음을 품고 계셨겠느냔 말이야?"

"듣기로는 그때 서주에서 방훈의 망령이 달라붙어서 기왕 전하한테 저주를 걸었다지 아마. 그 저주가 조금씩 힘을 발휘해서, 지금은 아예 그 망령한테 점령당해 평소 기왕 전하의 성정을 완전히 잃었다고 하더군. 겉은 기왕 전하이지만, 그 속은 방훈의 악령이어서 대당 천하를 무너뜨리려는 거겠지!"

옆에 있던 사람이 황급히 말을 끊으며 소리 죽여 말했다. "자네 지금 죽으려고 작정했나! 감히 어찌 그런 말을 입 밖에 내는가?"

"말 못 할 건 또 뭐야. 설마 자네들은 못 들었단 말인가? 지금 온 장안성이 다 그 얘기를 하고 있는데, 모르는 사람이 어디 있다고! 지금 기왕 전하는 모든 직무에서 파직되었다던데, 그건 폐하께서도 기왕 전하의 흉악한 야심을 눈치챘다는 말 아니겠어?" 그 사람은 비록 목을 꼿꼿이 세우고 말했지만, 목소리는 뒤로 갈수록 작아졌다.

주자진은 그 사람들을 노려보며 작은 소리로 투덜거렸다. "대체 이게 무슨 일이야……. 저런 황당무계한 말들이 어째 갈수록 더 심해지는지!"

황재하가 주자진의 소매를 잡아끌어 계속 앞으로 나가는데, 그 사람들은 이미 화제를 돌려 이번에는 불사리에 관해 떠들기 시작했다. "들었는가, 불사리가 지나는 길마다 사람들이 엄청나게 숭배한다더군. 참으로 불법은 끝이 없고 무한해서, 어떤 사람은 한나절 내내 횃불을 들고 불사리를 따라가다가 관솔이 다 타버리고 손에 송진이 잔뜩 흘러내려 오른손 전체가 불타기 시작했는데도 아무 고통을 못 느꼈다더라고. 심지어는 그렇게 화상 입은 오른손을 들고서 한참을 더 불사리를 따라갔다지 뭔가!"

"어쩜 그렇게 독실한 신자가 다 있지! 분명 큰 도를 이루고, 우리 부처님께 인도되어 서천 극락으로 갈 것이야!"

주자진이 눈을 홉뜨고는 황재하에게 물었다. "이 세상에 고통을 겁내지 않는 사람이 있을까?"

"세상 사람 모두 각자가 추구하는 게 있잖아요. 명성을 위해 사사로운 정이나 자신의 신념을 버리는 사람도 있고, 이익을 얻기 위해 엄청난 위험을 불사하는 사람도 있죠. 그러니 신앙을 위해 물불 가리지 않는 사람 또한 있지 않겠어요?" 황재하는 계속해서 앞으로 걸어가며 미간을 살짝 찡그렸다. "누구나 자신의 모든 것을 걸고 싶어 하는 무언가를 하나씩은 가지고 있어요. 그리고 정말로 그 순간이 되면, 어쩌면 도련님이나 저도 뜨거운 불에 온몸을 덴다고 해도 기꺼이 참아낼

지 몰라요."

주자진은 가만히 생각해보더니, 여전히 침을 튀기며 신기한 이야기를 쏟아내는 그들을 바라보며 고개를 절레절레 흔들었다. "난 못해. 아픈 게 무서워서 못해."

"때로는 신앙이나 신념이 아무것도 두렵지 않게 만들어줄 때가 있어요." 황재하는 고개를 들어 눈앞에 시커멓게 모여 있는 인파를 보며 혼잣말처럼 중얼거렸다. "마치 섭혼술에 걸린 것처럼 말이죠. 죽음도, 파멸도 두려워하지 않고, 그저 제일 마지막에 있을 그 한 가지 목표를 향해 용감하게 앞으로 달려나가죠."

주자진이 혀를 차며 말했다. "섭혼술이 뭐가 그리 대단하다고. 목선 법사가 우선에게 한 것처럼 원래 마음속 깊이 숨어 있던 악마를 끄집어내는 것 아니겠어? 아무리 섭혼술에 뛰어난 법사라 해도, 내게 아무 이유 없이 너를 해치고 싶은 마음을 심어주진 못할 거라고!"

황재하는 고개를 끄덕이며 말했다. "맞아요. 사실 사람은 자기 내면의 악마를 당해내지 못해서 원망과 증오에 빠져드는 거겠죠. 그렇지 않고야 섭혼술이 지금까지 살아남았을 리 없어요."

두 사람은 가까스로 사람들을 비집고 사찰 문을 나올 수 있었다. 하지만 더 많은 인파가 사찰 안으로 몰려드는 바람에 어깨를 떠밀려 다시 문턱을 넘어 들어갔다.

옆을 스쳐가던 한 노인이 갑자기 놀라며 고개를 돌리며 물었다. "두 분…… 항영이 친구분들 아니십니까?"

황재하가 고개를 돌려 보니 뜻밖에도 장항영의 부친, 장위익이었다. 장위익은 늘 병상에 누워 있었고, 황재하와 주자진이 장항영의 집에 갔을 때 한두 번 본 것이 다였는데도 기억력이 대단한지 단번에 둘을 알아본 것이다.

두 사람은 재빨리 예를 취하며 물었다. "어르신, 건강은 괜찮으십니까?"

장위익은 기력도 좋아 보였고, 웃음 소리도 밝았다. "하하, 반년 넘게 요양하며 누워 있었지요. 명색이 의원이라고 직접 약을 처방해 먹었는데, 아휴, 의술이 참으로 형편없는가 봅니다. 이제야 집밖을 나오네요."

"무슨 말씀을요. 어르신은 장안에서 이름난 명의이신데, 의술도 당연히 뛰어나고말고요."

"항영이가 성도부에서 돌아와 두 분 얘기를 들려주었습니다. 우리 아들 녀석이 그리 오랫동안 나한테까지 숨겼더군요. 양 공공이 재하 아가씨일 거라고는 생각도 못 했습니다!"

"사정이 있어서 그랬으니 이해해주세요." 황재하가 난처해하며 주자진을 흘끔 쳐다본 뒤 정중히 말했다.

옆에 있던 장항영의 형이 웃으며 말했다. "여기서 이렇게 두 분을 만날 줄은 몰랐습니다. 알았다면 항영이도 따라나섰을 텐데 말입니다."

주자진이 재빨리 물었다. "그러게 말입니다. 장 형도 오늘은 쉬는 날일 텐데, 어디 다른 곳으로 놀러라도 갔습니까?"

"집에서 그냥 쉬고 있어요. 기왕 전하를 다시 모시게 된 이후 모처럼 며칠간 휴가를 얻었으니, 그냥 잠이나 실컷 자라고 두었지요." 장위익이 웃으며 대답한 뒤 절 안쪽을 들여다보고 말했다. "사람이 정말 많네요……. 두 분은 향을 다 피우고 나오는 길인가요?"

"무슨요, 들어가지도 못하겠더라고요. 그래서 그냥 나왔습니다." 주자진이 걱정이 담긴 목소리로 말했다. "어르신은 들어가시지 않는 게 좋을 것 같습니다. 혹시라도 사람들한테 떠밀려 넘어지기라도 하면 어쩝니까."

"맞아요. 아버지는 그냥 여기 앉아 계세요. 제가 아버지 대신 들어

가서 향을 올리고 올게요. 부처님도 그런 걸로 뭐라 하시진 않을 거예요."

장위익은 아들도 그리 말하니 손에 향촉을 꼭 쥔 채 그 자리에서 대전을 향해 삼배를 올렸다. 그러고는 황재하와 주자진을 따라 한쪽에 휴식을 위해 마련된 긴 돌 탁자로 가 자리를 잡고 앉았다. 장항영의 형은 비록 건장했지만 저 인파를 비집고 다녀오려면 한참이 걸릴 터였다. 가만히 앉아 기다리다 지루해진 장위익이 먼저 황재하에게 말을 건넸다.

"재하 아가씨, 그때 우리 집의 그 사건을 아직 기억합니까?"

황재하가 고개를 끄덕이며 말했다. "기억하지요. 당시 아직 어린 제가 아버지 뒤를 따라다니며 사건의 단서를 조사하다가 어르신께 야단을 맞기도 했잖아요."

"그랬죠. 그때 우리가 아무리 억울하다 외쳐도 누구 하나 도와주는 이가 없었는데, 형부에서 사람이 와서는 누가 이 사건에서 의문점을 발견했다며 사건을 다시 수사한다고 했지요. 그랬는데 의문점을 제기했다는 사람이 뜻밖에도 양 갈래로 머리를 땋은 어린 소녀였으니, 순간 하늘이 절 놀리는 줄 알고 하마터면 뒤로 나자빠질 뻔했죠……." 장위익은 당시를 회상하면서 하하 크게 소리 내어 웃었다.

금세 호기심이 생긴 주자진이 서둘러 물었다. "무슨 일이었는데요? 저한테도 말씀해주세요, 네?"

황재하가 대수롭지 않다는 투로 말했다. "별일 아니었어요. 어르신의 환자 한 명이 갑자기 세상을 떠났는데, 상대가 권세 있는 집안이었거든요. 화풀이로 어르신을 감옥살이시키려고 모함했던 사건이었어요."

주자진이 화가 나서 물었다. "아니, 그 몰상식한 집안이 대체 어느 가문이야? 고치기 힘든 병을 의원 탓을 해? 게다가 의원 가족까지 끌어들였단 말이야?"

황재하는 눈썹을 치켜세우고 주자진을 보며 말했다. "그런 일이 어디 그때뿐이었겠어요."

주자진은 순간 황제가 어의를 죽이고 그 가족들까지 죽이려 했던 일을 떠올렸다. 사실 황제도 심장을 찔린 공주를 살려낼 방법이 없었음을 알았으나 태의들에게 그 분풀이를 하고 심지어 그 가족들 수백 명까지 끌어들이려 하지 않았던가.

주자진이 한숨을 쉬며 말했다. "의원으로 사는 것도 정말 힘든 일이네."

세 사람은 더 이상 그 일에 대해 논하지 않았다. 장위익이 다른 일을 떠올리고는 재빨리 물었다. "맞다, 재하 아가씨. 선황께서 제게 주셨던 그 그림은 언제쯤 돌려받을 수 있겠습니까?"

주자진이 물었다. "그때 그 검은 먹 자국 세 개가 있는 그림 말씀이세요? 아직 못 돌려받으셨단 말이에요?"

"네, 아직요. 원래는 동창 공주님 사건과 아무 관련 없다고 다시 돌려주신다 했는데, 그 뒤로 무슨 이유에서인지 더 이상 아무 말씀 없으셨어요." 장위익은 탄식하며 말했다. "제가 십수 년을 의원으로 살면서 그때 무슨 운이 트였는지, 궁으로 불려가 황제 폐하의 진맥까지 보았지요. 제 인생에서 가장 영광스러운 순간이었기에, 훗날 무덤에 들어갈 때 선황께서 하사하신 그 그림을 가져가려 생각했죠……."

황재하는 그때 그 세 개의 먹칠과 함께 이서백이 했던 말을 떠올렸다. 선황이 그림을 그릴 때 사용하던 종이는 백마지이고, 황마지는 보통 궁중에서는 교지를 내리기 전 초안을 쓰던 종이라고 했다.

만약 그 검은 먹칠 아래에 무언가가 숨겨져 있다면, 그건 대체 무엇이었을까?

황재하가 여전히 생각에 빠져 있는데, 주자진이 자신의 가슴을 툭

툭 치며 자신 있는 말투로 말했다. "선황께서 어르신께 하사한 그림 아닙니까. 어르신께 돌려드리는 게 마땅하지요! 이 일은 제게 맡기십시오. 제가 대리사와 형부에 가서 대체 그림이 어디로 가 있는지 한번 알아보겠습니다. 그 사건과 거의 관계없는 물건이었으니 잘만 말하면 돌려받을 수 있을 겁니다."

"아이고, 그리만 된다면 너무나 고맙지요!" 장위익은 무척 기뻐 주자진의 손을 붙잡고 연신 감사의 말을 했다.

"아닙니다. 저란 사람은 특별히 장점은 없지만 늘 인정 많고 정의감 넘쳐서 남을 돕길 좋아하거든요!"

황재하는 못 말린다는 듯 고개를 절레절레 흔들다가, 장항영의 형이 드디어 절 안에서 사람들을 뚫고 나오는 것이 보여 곧바로 몸을 일으켰다.

"날씨가 제법 추우니 어르신도 일찍 들어가서 쉬세요. 아직은 몸을 잘 돌보셔야 합니다."

"아니, 그 아무렇게나 갈긴 그림을 대체 누가 가져갔을까? 아무리 생각해도 그건 선황께서 직접 그리신 그림이 아닌 것 같은데."

돌아가는 길 내내 주자진은 혼자 중얼거리며 어디 가서 그 그림을 찾아야 하나 고민했다.

황재하가 살짝 미간을 찡그리며 말했다. "그림이 아니에요."

"엥? 그림이 아니야? 그럼 그렇지. 지난번에 우리가 봤을 때도 그냥 갈겨놓은 먹칠 세 개가 다였잖아. 하도 엉망진창이어서 겨우 머리를 쥐어짜내 겨우 그 정도로 끼워 맞췄었지."

"아니요. 제 말은……." 황재하는 주위에 행인도 별로 없고, 두 사람 쪽을 주목하는 이도 없음을 확인한 뒤 목소리를 낮추어 말했다. "궁중에서 황마지는 대부분 글을 쓸 때 사용하는 거라고요. 그림을 그릴 땐 백마지를 사용하고요."

주자진이 깜짝 놀라 숨을 크게 들이켜고는 물었다. "그러니까, 네 말은⋯⋯."

황재하가 주자진을 향해 고개를 끄덕였다.

"선황께서 괴상한 병에 걸리신 바람에, 돌아가시기 직전에는 황마지와 백마지 색도 제대로 구분 못 하고 종이를 잘못 택했다는 거야?"

황재하는 순간 다리에 힘이 빠져 하마터면 주저앉을 뻔했다. "아니요!"

"그럼 뭔데?" 주자진은 제발 알려달라는 간절한 눈망울을 하고서 황재하를 바라보았다.

황재하는 하는 수 없이 입을 열었다. "선황께서는 오랫동안 병상에 계셨으니, 종이야 당연히 곁에 있던 시종이 갖다주었겠지요. 설사 선황께서 색을 잘 분간치 못하셨다 해도, 설마 곁에 있던 그 많은 사람이 다 구분하지 못했으려고요."

주자진이 고개를 끄덕이며 생각에 잠겨 말했다. "그래서⋯⋯ 사실 당시 선황께서는 종이 위에⋯⋯ 글을 쓰시려고 했다?"

"맞아요. 심지어는 엄청나게 중요한 교지였을 가능성이 커요."

주자진은 눈을 크게 뜨고 물었다. "그럼 그 교지 내용이⋯⋯ 먹칠세 덩이란 말이야?"

"제 생각에, 교지의 진짜 내용은 그 검은 먹칠 밑에 숨겨져 있을 것 같아요." 황재하가 엄숙한 표정으로 말했다. "그런데 글이 왜 지워졌는지, 어째서 글이 아닌 그림으로 바뀌어 선황의 진료를 위해 입궁했던 의원에게 하사되었는지, 그건 저도 잘 모르겠어요."

흥분한 주자진은 황재하의 등을 내려치며 말했다. "고민할 필요가 뭐 있어! 그림을 찾으면 시금치 즙으로 만든 그 약을 바르기만 하면 돼. 그럼 나중에 칠한 그 먹 자국이 먼저 사라지면서 잠깐 동안 뒤쪽에 남은 글자의 흔적이 나타날 거야…….”

“그러고 나면 종이에 있던 모든 먹 자국은 흔적도 없이 사라지고요?”

주자진은 순간 멈칫했다. “어…… 그게……. 어쨌든 최소한 우리는 그 가려진 선황의 교지를 볼 수 있는 거잖아.”

“하지만 그렇게 중요한 증거물을 영원히 사라지게 할 수는 없잖아요. 그리고 도련님이 그 교지를 본들 그게 무슨 소용이에요? 만약 그 물건이 정말 중요한 건데 아무도 도련님 말을 안 믿어주면 어떡해요? 아니면 도련님이 중요한 비밀을 알았다는 사실을 알고 배후 세력이 도련님을 죽인다면요?”

주자진은 치통이라도 앓는 듯한 소리를 냈다. “말도 안 돼……. 그 정도로 심각한 거야?”

“도련님 생각은요?” 황재하는 눈을 들어 하늘을 보았다. 짙은 구름이 장안 하늘을 무겁게 뒤덮었고, 어슴푸레한 안개는 흩어졌다 모였다를 반복했다.

“그 그림은 악왕 전하의 모친이신 진 태비께서도 한 장 갖고 계셨어요. 정신을 놓으신 중에도 깊숙이 잘 숨겨놓으셨던 모양이에요. 그래서 상난각에서 악왕 전하가 하신 행동들도 다 그 그림들과 관계있을 거라는 생각이 들어요.”

주자진의 얼굴이 순간 새하얗게 변했다. “그…… 그럴 가능성이 크겠네! 그러면 그 그림은, 정말로…… 엄청 중요한 물건이겠어!”

“그래서 우린 첫째로 일단 그 그림을 찾아야 하고, 둘째는 그 그림이 손상되지 않도록 최상의 상태로 잘 보관해야 해요. 그리고 마지막으로, 종이를 전혀 손상하지 않으면서 위에 덧칠된 먹 자국만 지워내고 그 아래의 글자를 드러내야 해요.”

황재하의 이야기에 주자진은 괴로움과 기쁨이 뒤섞인 표정을 지었다. "그렇게 어려운 도전이라니, 난 그런 게 좋더라!"

황재하가 물었다. "일단 어떻게 손을 댈 작정인데요?"

"그야 당연히…… 표구 가게에 가서 노인네 다리를 붙잡고 물어봐야지. 먹 자국만 없애는 묘안이 없느냐고 말이야!"

또 한차례 가슴을 치며 으스대는 주자진을 보면서 황재하가 말했다. "그럼 빠른 시일 내에 성공하시길 빌겠어요."

"걱정 마, 내게 맡기라고!" 주자진은 그렇게 말하고는 몸을 돌려 걸음을 옮기다가 뭔가를 떠올리고는 얼른 다시 돌아왔다. "숭고, 아주 심각한 일인데, 한 가지 물어봐도 될까?"

황재하는 고개를 끄덕이고는 주자진을 보며 물었다. "뭔데요?"

"그게…… 만약에 말이야, 우리가 그 위에 덧칠한 먹 자국을 벗겨냈는데 그 아래에 아무것도 없었다면 말이야…… 그럼 선황께서 붕어하시기 직전에 정신이 온전치 못해 아무렇게나 그리신 그 한 장의 그림을……."

"선황께서 직접 그리신 그림이 얼마나 많은데요. 궁중에서 소장한 것만도 수십, 수백 개가 될 거예요. 그리고 정말로 선황께서 아무렇게나 휘갈기신 것이라면, 오히려 없어지는 게 더 좋지 않겠어요? 사람들에게 괜한 말이 새어나가지 않도록요."

주자진은 고개를 끄덕였으나 여전히 찜찜하다는 표정으로 말했다. "숭고, 그래도 그건 선황께서 마지막으로 남기신 거잖아……."

황재하는 진지한 표정으로 주자진을 보며 말했다. "전자건의 그림에 주사를 뿌리는 사람도 있던데, 도련님 생각에는 어느 쪽이 더 심각한 것 같아요?

"그렇네…… . 설령 그 그림이 훼손된다 해도, 나는 그저 선황의 명성을 지키기 위한 것이었을 뿐이고." 주자진은 곧바로 몸을 돌리더니 손을 흔들어 보이고는 내달렸다. "숭고, 좋은 소식 기다리고 있어!"

"서쪽 시장은 그쪽이 아니잖아요!"

"무슨 소리야! 정월 초하루에 어느 가게가 문을 열어? 노인장 집으로 바로 찾아갈 거야!"

10장

영원히
돌아오지 않는다

한 해의 첫날 아침, 장안 거리는 아직 적막했다.

황재하는 홀로 영창방으로 걸어가고 있었다. 왕 가 저택을 향해 아무도 없는 조용한 골목을 지나쳐 오니, 준수한 청년이 저택 골목 입구에서 두 꼬마와 함께 제기를 차며 놀고 있었다. 청년은 득의양양한 표정으로 숫자를 셌다. "백스물하나, 백스물둘……."

옆에 있던 꼬마가 조급한 얼굴로 말했다. "빨리 좀 하세요. 우리도 기다리고 있잖아요!"

"너희는 제기차기 규칙도 모르냐? 원래 제기는 다른 사람이 멈추기 전까지는 절대 찰 수 없는 법이야……."

황재하는 절로 웃음이 나왔다. "경항 공공, 다 큰 어른이 아이들 제기를 빼앗아 놀면 어떡해요?"

"아, 재하 아가씨. 드디어 돌아오셨네요." 경항은 그제야 발을 멈추고 발끝으로 제기를 꼬마들에게 차주었다. 그러고는 황재하에게 다가오며 말했다. "이 저택에는 어찌 말을 할 줄 아는 사람이 한 명도 없습니까? 왠지 음산하기까지 하더군요."

"다들 원해서 농아가 된 건 아니니, 말을 못해도 어쩔 도리 없지요."

황재하의 대답을 들으며 경항은 이미 옆에 있던 홰나무 아래로 가 그곳에 매어둔 말 두 필을 풀고 있었다. 한 마리는 밤색 말이었고 또 한 마리는 나푸사였다. 고삐를 풀자마자 나푸사가 기쁜 듯이 달려와서는 황재하가 내민 손에 축축한 코를 마구 비볐다.

황재하는 나푸사의 목을 쓰다듬으며 물었다. "전하께서 절 찾으신 건가요? 어디로 가는 거예요?"

"성 남쪽의 호하로 갑니다."

호하와 휼하는 모두 장안 남쪽에 위치한 강줄기로 향적사에서 하나로 합쳐졌다.

겨울의 호하는 수심이 완만하고 맑았다. 안개 낀 양쪽 강둑으로 늘어선 버드나무는 잎이 다 떨어진 맨둥맨둥한 나뭇가지를 얇게 언 얼음 위로 가볍게 늘어뜨렸다. 황재하는 청명한 가지 아래 서 있는 사람을 보았다. 맑고 깨끗한 바람에 하얀 옷자락이 팔락였다. 곧게 우뚝 선 모습이 멋스럽고 아름다워 마치 홰나무가 바람을 맞고 서 있는 것 같았다. 이서백이었다.

황재하는 말을 몰아 이서백 앞으로 가 곧장 말에서 내린 뒤, 고개를 들어 이서백을 향해 물었다. "전하, 무슨 일로 찾으셨습니까?"

이서백은 황재하에게 몇 걸음 다가서더니 눈썹을 찡그린 채 한참 동안 입을 열지 않았다.

황재하는 그 모습을 보다가 이서백이 머뭇거리는 이유를 눈치챘다. 황재하의 시선이 이서백 뒤쪽으로 보이는 향적사로 향했다.

황재하가 나지막이 물었다. "악왕 전하를 찾으신 겁니까?"

이서백이 고개를 끄덕였다.

"가시지요." 황재하는 말고삐를 잡아당기며 조금도 지체하지 않고 바로 말에 올라탔다.

이서백을 태운 디우는 당연히 나푸사에게 뒤처지기 싫어 몇 걸음 앞서 나갔다. 그러고는 득의양양한 눈빛으로 투레질을 하며 나푸사를 흘깃 쳐다보았다.

황재하는 손을 뻗어 디우의 머리를 토닥이고는 고개를 들어 이서백을 보았다. "전하, 정말 빠르십니다. 어젯밤에 이에 대한 이야기를 나눴는데, 오늘 바로 악왕 전하의 행방을 찾아내시다니요."

"어쨌든 수하들이 많은 덕분이지." 이서백은 고개를 들어 향적사를 바라보며 가라앉은 목소리로 말했다. "게다가 장안이 아무리 넓다 해도, 일곱째가 갔을 만한 곳은 몇 군데 없더구나."

황재하는 잠시 생각에 잠긴 채 이서백을 바라보았다. 문득 마음에 한 가지 의문이 들었지만 묻지 않았다.

이서백이 황재하의 마음을 읽기라도 한 듯 말했다. "나 혼자…… 만나고 싶지는 않더구나."

황재하는 이서백의 얼굴에 희미하게 드리운 망설임의 기색을 똑똑히 보았다. 아무런 진실도 밝혀지지 않은 상황에서 두 사람이 어떻게 얼굴을 마주하면 좋을지 난처하다는 것을 황재하도 이해했다.

"나도 잘 모르겠구나. 일곱째와 만나서 내가 어떤 행동을 보여야 할지, 또 어떤 말들을 해야 할지 말이다……." 가볍게 한숨을 내쉬던 이서백의 눈이 어슴푸레한 먼 산을 향했다. 황재하는 그 옆에서 이서백의 얼굴을 보았다. 그 얼굴의 윤곽은 수려한 강산 같았으나, 그 위로 드리운 망설임 때문에 마치 어슴푸레한 해 질 녘 가랑비가 내리고 가는 바람이 부는 것 같아 보였다. "조금은 겁이 나는구나. 진실을 듣기가 두렵고, 일곱째가 정말로 나를 미워했을까 두려워. 아니면 정말로 다른 사람의 조종을 받은 것인지 그것도 두렵고, 배후에 있는 그 검은 손의 정체를 알게 되는 것도 나는 두렵다······."

"전하께서 제게 말씀하셨잖습니까." 황재하는 나푸사의 속도를 줄이고 이서백을 응시했다. "어차피 올 것은 오게 되어 있으니 피할 곳은 없다고요. 그러니 앞으로 다가올 모든 것을 직면하고 받아들이는 편이 낫지 않겠습니까. 적어도······."

황재하는 손을 뻗어 이서백의 손등을 감싸 쥐며, 분명하면서도 평온한 목소리로 말했다. "저는 항상 전하 곁에 있습니다."

이서백이 지금까지 황재하에게 수없이 했던 말이었다. 이번에는 그 말을 황재하에게서 들으며 이서백은 저도 모르게 손을 뒤집어 황재하의 손을 세게 붙잡았다.

두 사람은 계속해서 향적사를 향해 나아갔다. 가는 길 내내 절을 찾는 사람들이 끊이지 않고 이어졌다. 산 입구에 이르러 말에서 내린 두 사람은 수많은 인파와 함께 산 위로 이어진 계단을 올랐다.

향적사는 장안에서 이름난 사찰이었다. 절 안에는 우뚝 솟은 고탑과 전각들이 웅장한 위엄을 드러냈다. 정월 초하루를 맞이해 참배객들이 끊이지 않아 모든 전마다 향에서 피워 오른 희뿌연 연기가 가득 차 있었다. 왁자지껄한 사람들 소리도 끊이지 않았다.

이서백은 황재하를 이끌고 시끄러운 각 전을 지나 향적사 뒷산에 이르렀다. 좁은 오솔길에는 인적은 없고, 길 가장자리로 낙엽과 마른 나뭇가지만 쌓여 있었다. 좁은 길 저쪽 끝에서 누군가가 빗자루를 들고 천천히 길 위의 낙엽을 쓸고 있었다.

이서백은 바닥을 쓰는 데 전념하고 있는 무명옷 차림의 남자를 보더니 소나무 아래서 걸음을 멈췄다. 황재하도 이서백의 시선을 따라 그 사람을 보았다. 고개를 숙인 채 바닥을 쓸고 있는 남자는 무명천으로 된 승려복을 입었으나 머리는 삭발을 하지 않았다. 스무 살 정도 되어 보이는 나이에 피부가 희고 투명했으며, 이목구비가 매우 수려

하고 아름다웠다. 그리고 이마 정중앙에 난 붉은 점이 눈처럼 흰 피부와 칠흑같이 어두운 머리카락과 대비되어 속세를 초월한 듯한 기운을 풍겼다. 평소 화려한 색감의 비단옷을 입던 사람이 아무런 무늬도 장식도 없는 흰 무명옷을 입으니, 속되지 않은 그 기품이 오히려 더 부각되어 보였다.

그는 산자락을 타고 이어진 돌계단을 쓸었다. 한 계단, 한 계단, 진지하다 못해 경건하기까지 할 정도로 정성스럽게 쓸어 내려갔다.

이서백과 황재하는 아무 소리 내지 않고 오솔길 한끝에 서서 맞은편의 그를 조용히 바라보고만 있었다.

낙엽은 진작 다 떨어졌으나 겨울 찬바람이 몰고 온 마른 잔가지들이 이미 쓸고 지나간 길에 또 떨어졌다. 그는 고개를 돌려 보고는 다시 쓸기 위해 빗자루를 들고 뒤돌아 걸었다.

몇 걸음 걷다가 그제야 이상한 느낌이 들었는지 천천히 고개를 들어 이서백과 황재하가 있는 곳을 보았다.

그의 눈빛이 이서백에게 고정되었다. 놀람과 두려움으로 얼굴에 미세한 경련이 이는 듯했다. 순간 넋을 잃는 바람에 손에 쥐고 있던 빗자루가 청회색의 돌계단 위로 탁 소리를 내며 떨어졌다.

먼 곳의 종소리가 이곳까지 아스라이 전해져 깊은 산골짜기 전체에 은은하게 울렸다. 높은 산봉우리에서 전해지는 메아리가 물결치듯 그들 귓가에 한참 동안 울려 퍼졌다.

이서백이 그를 향해 걸어갔다. 발걸음이 조금 무겁긴 했으나 한 걸음 한 걸음 조금도 주저하지 않고 걸었다. 이서백이 다가오자 이윤은 그제야 정신을 차리고는 곧바로 몸을 돌려 달아나려 했다.

하지만 이미 이윤 옆까지 온 이서백이 담담하게 읊조렸다. "고목 우거진 길에 다니는 사람 없는데, 깊은 산 어느 곳에서 들려오는 종소리인가. 흐느끼는 샘물 소리 높은 기암에서 흐르고, 햇살은 푸른 소나무를 차갑게 비춘다……."[20]

이윤은 자신도 모르게 몸에서 힘이 빠져 뒤에 있던 소나무에 등을 기댄 채 눈을 감았다.

이서백은 이윤을 똑바로 쳐다보며 천천히 입을 열었다. "네가 가장 좋아하는 왕마힐의 시구이지. 지금 네가 그토록 바라던 대로 왕유의 시의(詩意) 속에 살고 있으니, 이 넷째 형이 축하해야 할 일이 아닌가 모르겠구나?"

이윤은 소나무에 등을 기댄 채 아랫입술을 힘껏 깨물었다. 어떻게 든 감정을 억누르려 애썼지만, 팔딱팔딱 뛰는 얼굴 근육과 점점 더 휘 둥그레지는 눈에서 지금 그가 느끼는 두려움과 분노의 감정이 고스 란히 드러났다.

눈앞에 서 있는 전혀 낯선 느낌의 아우를 바라보며 이서백의 가슴 한복판으로 둔탁한 아픔이 번졌다. 이서백은 순간적으로 목이 메여 더는 아무 말도 하지 못했다.

황재하가 이서백의 뒤로 다가가 이윤을 향해 예를 취했다. "악왕 전하를 뵙습니다."

이서백은 그제야 마음을 가라앉히고 물었다. "어찌 홀로 이곳에 은 거하고 있는 것이냐? 그날 상난각에서 네가 사라진 뒤 조정과 재야 할 것 없이 모두가 놀라고 나 또한 많은 의심을 받았다. 어제서야 동 지 다음 날 향적사 뒷산 외진 곳에 거사 한 명이 뛰어난 무사들의 보 호를 받으며 왔다는 소식을 들었다……. 그래서 네가 아닐까 싶어 이 리 찾아온 것이다."

황재하는 사방을 둘러보았으나 이윤을 보호하는 무사는 보이지 않 았다. 분명 이서백이 이미 손을 써둔 것이리라 생각했다.

---

20 시인 왕유가 향적사를 찾아가면서 본 경치를 묘사한 시 「과향적사(過香積寺)」의 한 구절.

이윤은 입을 굳게 다문 채 두 사람 앞에 서서 비통하고 분한 눈빛으로 이서백을 뚫어져라 노려보기만 했다.

이서백은 그런 이윤을 보며 한숨을 내쉬고 말했다. "일곱째야, 오늘 난 그저 한 가지 묻고 싶은 말이 있을 뿐이다. 근자에 혹 내가 너를 서운하게 한 일이 있었느냐?"

이윤의 눈빛은 칼처럼 날카롭고 얼음처럼 차가웠다. 끝도 없는 원한을 품은 듯한 그 눈빛을 보며 황재하는 왕종실을 떠올렸다. 뜻밖에도 독사와 같은 차가운 눈빛이 판에 박은 듯 똑같았다.

"누가…… 당신의 일곱째라는 거지?"

이윤이 드디어 입을 열었다. 잔뜩 쉰 목소리로 한 자 한 자, 악독하기 그지없는 말을 쥐어짜냈다.

이서백은 미동도 않고 서서 이윤의 눈빛을 직시했으나 아무 말도 하지 않았다.

이윤은 가까스로 호흡을 고르며 가슴속에서 솟구쳐 오르는 격정적인 분노를 억누르려 애썼다. 하지만 호흡은 떨리고, 콧김이 뿜어져 나와 얼굴 앞으로 퍼졌다. 두려움 때문인지, 원한과 분노 때문인지는 알 수 없었다.

이윤은 희미한 목소리로 말했다. "이 몸의 남은 생은 그저 조용한 곳에서 불경을 깊이 연구하고 싶었을 뿐인데……. 뜻밖에…… 불사리를 뵙고자 했던 그 마음 때문에, 이렇게 도망쳐 살 기회를 잃어버리게 될 줄은 생각도 못 했군."

이윤이 말도 안 되는 말을 조리 없이 늘어놓자 이서백이 말을 끊었다. "일곱째야, 나와 같이 가자. 네 마음에 이 넷째 형에 대해 어떤 선입견이 있든, 혹은 어떤 두려움을 느끼고 있든, 일단 나와 함께 돌아가서 내 결백을 증명해주었으면 좋겠구나. 아니면 이 형의 죄목이 무엇인지, 내게 가진 선입견이 무엇인지 정확하게 말해주었으면 한다."

"당신과 같이 돌아가자고?" 이윤은 쓴웃음을 지으며 천천히 뒤로 한 걸음 물러나더니 낮은 소리로 말했다. "내가 돌아갈 수나 있단 말인가?"

황재하는 가만히 이윤의 뒤로 가서 섰다. 혹시라도 이윤이 달아나면 다른 사람들을 놀라게 할까 봐 막으려는 의도였다.

하지만 이윤은 도망칠 마음은 없는지 뒤 한번 돌아보지 않았고, 그저 이서백을 노려보며 한 걸음 뒤로 물러섰다. 목이 바싹 말랐는지 힘겹게 뱉어내는 목소리는 다 쉬어 이윤의 목소리처럼 들리지 않았다.

"넷째…… 아니, 이서백. 갖은 수단으로 조정과 재야의 모든 이를 속여왔지만 결국 그 속셈은 드러나게 돼 있어. 절대 나를 속일 수는 없을 것이다!"

이서백은 잘못된 생각에 미혹된 이윤의 말에는 왈가왈부하지 않고 그저 이윤 가까이 다가가며 말했다. "일곱째야, 날 그리 비난만 하지 말고 일단 그 모든 것에 대해 정확하게 얘기를 해보아라!"

"다가오지 마!" 이윤이 오른손을 들어올렸다. 미세하게 섬광이 번뜩이더니 얇고 긴 비수가 이윤의 가슴을 향했다.

이윤 뒤에 서 있던 황재하는 이서백의 얼굴이 순식간에 새하얗게 질리는 모습을 보았다. 이서백은 걸음을 멈추고 더 이상 다가가지 못했다. 두 눈에 두려움의 빛이 가득했다.

이서백은 이를 악물고 미친 듯이 솟구치는 두려움을 가까스로 진정시키며 한 자 한 자 힘을 주어 말했다. "내려놓아라!"

이윤은 비수로 자신의 가슴을 겨눈 채 나른 한 손으로는 이서백을 가리키며 신경질적으로 소리쳤다. "이서백, 남은 생에 너는 반드시 그 대가를 치르게 될 것이다!"

말이 끝남과 동시에 비수가 이윤의 가슴을 매섭게 찔러 들어갔다.

이서백이 황급히 달려가 이윤의 손을 붙잡았지만, 독하게 찔러 넣은 날카로운 비수는 이미 가슴 깊숙이 박힌 뒤였다.

이서백은 바닥으로 쓰러지는 이윤의 몸을 부둥켜안으며 분노에 찬 목소리로 외쳤다. "어째서냐? 대체 무엇 때문에 목숨까지 끊으려는 것이야?"

그때 황재하의 귓가에 발소리가 들려왔다. 산길 저쪽 끝에서부터 누군가가 뛰어오고 있었다. 황재하도 몹시 놀란 상황이었으나 서둘러 이서백에게 달려가 다급하게 말했다. "전하, 가셔야 해요! 누군가가 오고 있습니다!"

이서백은 그제야 모골이 송연해지며 상황을 깨달았다. 이미 주변이 포위되기 시작했고, 심지어 상대는 잘 훈련된 호위무사들이었다. 이서백은 원래 경계심이 강한 사람이었으나, 이 순간에는 마음에 심한 동요가 일어 포위당하고 있다는 사실을 전혀 눈치채지 못했다. 이서백은 이를 악물고 이윤의 몸을 끌어안아 일으켰다.

황재하가 급히 말했다. "악왕 전하는 심장을 찌르셨어요. 절대 살 수 없을 거예요!"

이서백도 이윤을 버려두고 바로 자리를 떠야 한다는 사실을 잘 알았지만, 평소 가장 우애가 깊었던 이윤이었다. 긴 세월 서로 의기투합하며 지내왔는데, 그런 이윤이 자신의 눈앞에서 목숨을 끊었으니 마음이 몹시 혼란스러웠다.

이윤의 몸을 안으니 아직 온기가 생생히 느껴졌다. 여전히 몸과 팔다리로 뜨거운 피가 흐르는 아우를 어찌 그냥 버려두고 가겠는가.

황재하는 다급한 나머지 이서백의 팔을 잡아당겨 이윤의 몸을 내려놓게 하고 이서백을 이끌어 뒤쪽으로 달아나려했으나, 뜻밖에도 이윤이 이서백의 손목을 힘껏 붙들었다. 이윤은 마지막 남은 힘을 다해 필사적으로 이서백의 손을 붙잡고는 놓아주지 않았다.

이서백도 이윤의 손목을 붙잡았다. 죽음을 앞두고도 이서백을 매섭게 노려보는 이윤의 두 눈에는 여전히 원망과 증오가 가득했다.

이서백은 순간 가슴이 얼음장처럼 차가워졌다. 온몸의 피가 순식간에 머리로 쏠리면서 관자놀이가 빠르게 뛰었고 의식마저 아득해지는 것 같았다. 이서백은 문득 의문이 들었다. '어쩌면 내가 정말로 일곱째에게 미안한 짓을 했던 것은 아닐까? 정말로 용서받지 못할 죄를 지었던 것은 아닐까? 나 자신도 알지 못하는 죄를, 내가 지었다면?'

잠시 멈칫한 그 순간에 이서백의 마지막 기회도 사라져버렸다.

자줏빛 그림자 하나가 빠른 속도로 다가왔다. 매서운 찬바람을 일으키며 그들 앞에 나타난 사람은 다름 아닌 왕종실이었다. 그 뒤를 이어 당도한 신책군 정예부대가 이미 그들 주위를 에워쌌다.

숨이 끊어지기 직전, 이윤이 힘겹게 왕종실에게로 시선을 돌렸다. 헉헉거리는 소리만 내고 있던 이윤은 온 힘을 다해 마지막 남은 숨을 끌어올려, 다 쉰 목소리로 또렷이 말했다.

"기왕 이서백이…… 날 죽였소!"

그 말을 마지막으로 이윤은 숨을 거두었다. 이서백을 가리키던 손도 바닥으로 툭 떨어졌다. 이서백은 그저 고개를 숙인 채 감긴 이윤의 눈을 보며 미동도 하지 않았다. 더 이상 손을 뻗어 이윤을 붙잡을 힘도 없었다.

왕종실의 차가운 시선이 이서백과 황재하에게로 떨어졌다. 이서백의 흰옷은 이미 이윤의 선혈로 물들어, 마치 하얀 눈 위에 검붉은 매화가 만발한 듯 보였다.

천천히 앞으로 걸어온 왕종실이 얼음장처럼 차가운 목소리로 말했다. "감히 기왕 전하께 묻겠습니다. 무슨 이유로 친동생인 악왕 전하를 죽이셨습니까?"

이서백 곁에 서 있던 황재하는 솟구치는 두려움에 몸까지 미세하게 떨렸다. '대체 누가 이런 무서운 함정을 파놓은 것인가. 지금까지

수단과 방법을 가리지 않고 덤비더니, 결국 이렇게 성공하는 것인가.'

이서백은 왕종실의 질문은 아랑곳 않고 여전히 시선을 내려뜨린 채 품속에 힘없이 늘어져 있는 이윤을 응시했다. 한참 후에야 이윤을 시든 풀밭 위에 누이고는 일어나 옷매무새를 정리한 뒤 왕종실에게 물었다. "만약 본왕이 악왕을 죽이지 아니했다고 말한다면 믿겠소?"

왕종실이 고개를 내젓더니 손을 들어 주위를 에워싼 신책군 병사들을 가리켰다. "전하께서 악왕 전하를 죽이셨고, 악왕 전하께서 친히 전하를 범인으로 지목하셨지요. 그건 여기 100여 명의 신책군이 직접 눈으로 보고 귀로 들었습니다."

"그럼 가지." 이서백이 담담하게 말했다.

황재하는 급한 마음에 왕종실에게 다급히 달려가 말했다. "왕 공공, 이번 일은 다른 내막이 있습니다. 제가 현장을 자세히 한번 살펴볼 수 있도록 해주십시오!"

황재하를 보는 왕종실의 입꼬리가 보일 듯 말 듯 살짝 올라갔다. "그대가 어찌 이곳에 있는 것인지?"

"황재하는 이 일과 무관하오. 이미 오래전에 본왕과 연을 끊고 왕부를 나간 뒤 줄곧 영창방에 위치한 저택에서 지내고 있소." 이서백은 왕종실 옆을 지나면서 아주 잠깐 멈춰 서 낮은 소리로 말했다. "그 저택이 누구 것인지는 본왕도 모르는 바요."

왕종실은 이서백의 뜻을 바로 알아들었다. 황재하를 계속 추궁한다면 왕종실 본인도 어떤 문제에 있어서는 자유롭지 못할 터였다.

왕종실은 뒤에 있던 부하들에게 말했다. "황 낭자는 사건을 수사하는 데 뛰어나니, 현장을 조사해보게 하는 것도 좋을 것이다. 너희 중 둘은 남아서 황 낭자와 함께 현장을 조사하고, 나머지는 기왕 전하를 성안으로 호송하도록 한다."

황재하는 이서백이 떠나는 모습을 눈으로 배웅했다. 여전히 곧게 뻗은 자세로 여유롭고 평온하게 걸어가는 이서백의 모습을 보고서야 조금은 마음이 놓였다.

황재하는 이윤의 시신 곁으로 다가가서는 소매를 걷어 올리고 반쯤 무릎을 꿇고 앉아 검안을 시작했다.

이윤의 피부는 살아 있을 때보다 더 희고 투명했으며, 아직도 온기가 남아 있었다. 미간 한가운데에 난 붉은 점은 눈을 자극할 정도로 새빨갰다. 그토록 아름다운 얼굴이 마구 일그러져 있어, 이윤이 얼마나 참담하게 죽음을 맞이했는지 가히 짐작할 수 있었다.

이윤이 입은 옷은 비록 무명옷이었으나, 서역에서 온 무명이었고 안쪽에는 솜을 덧대 정성껏 지은 옷이었다. 비단옷보다 더 귀한 것이리라. 아무리 불심이 지극하고 사찰 뒷산에 몸을 숨겼다고는 해도, 결국 보통 승려들과는 전혀 달랐다.

황재하는 이윤의 가슴에서 비수를 뽑아냈다. 심장이 이미 멈춰 약간의 피만 흘러나왔다. 비수를 손에 들고 그 모양을 가만히 살피는 황재하의 마음은 이미 진정된 상태였다. 하지만 비수에 묻은 피를 닦아낸 뒤 그 위에 새겨진 '어장'이라는 인장을 본 순간, 다시 심장이 맹렬히 뛰었다.

어장검. 원래는 이서백이 늘 몸에 지니고 다니던 것으로 지난번 촉에서 기습을 당했을 때 황재하에게 주었던 검이다. 황재하도 이후 그것을 늘 몸에 지녔으나, 이서백과 다투고 급히 기왕부를 나오는 바람에 아무것도 챙겨 나오지 못했고, 나중에 사람을 통해 몇 가지 물건만 받아서 어장검은 여전히 기왕부에 있는 상태였다.

그런데 이윤이 어디서 손에 넣었는지, 자신의 목숨을 끊는 도구로 어장검을 사용한 것이다. 조정에도 어장검이 이서백의 물건이라는 사실을 아는 사람이 많았는데, 그것이 악왕을 죽이는 데 사용되었으니 이서백이 범인이라는 물증까지 제대로 갖춘 셈이었다.

역시나 신책군 병사도 황재하 손에 들린 단검을 알아보고는 소리쳤다. "어장검이다! 기왕 전하가 늘 허리에 차고 다니시던 그 단검!"

다른 한 명도 고개를 끄덕이며 말했다. "맞아, 그 검이 확실해."

황재하는 어장검을 병사들에게 건네며 가까스로 떨림을 감추고 물었다. "이 검을 아십니까?"

"이 검을 모르는 사람이 어디 있습니까? 기왕 전하께서 서주의 난을 평정하고 돌아오셨을 때 황제 폐하께서 친히 하사하신 검이 아닙니까. 당시 신위군, 신무군 병사들이 한동안 얼마나 으스대며 자랑했는데요. 황제 폐하께서 무기까지 하사하셨으니 우리 신책군을 제압이라도 할 수 있는 것처럼 여기더라니까요."

다른 병사가 조심스럽게 어장검을 받아 들고는 칼날을 쓰다듬어보며 말했다. "와, 정말 날카롭네."

"아무래도 장안에 떠도는 소문이 사실인가 봐. 기왕 전하한테 정말로…… 방훈의 망령이 달라붙은 게 확실해. 악왕 전하가 그 음모를 다 폭로했다고 죽여 없애기까지 했으니."

이윤의 옷을 수색하던 황재하가 차갑게 말했다. "지금은 아무것도 확실하지 않으니 절대 헛소문 퍼뜨리지 마세요."

병사는 곧바로 입을 다물고는 어장검을 챙겼다.

이윤은 산길을 쓸던 중이었기에 달리 지닌 물건은 없었다. 황재하는 몸을 일으켜 이윤이 머물던 작은 집으로 향했다. 산길 옆에 넘어져 있는 빗자루도 들어 살펴보았으나 평범한 빗자루임을 확인하고는 문 옆에 세워두고 집 안으로 들어갔다.

실내는 초라해 보일 정도로 간소하게 꾸며져 있었다. 탁자 하나, 궤짝 하나, 침대 하나, 그리고 몇 권의 서책이 쌓인 책장 하나가 다였다. 낮은 침대 위에는 이불이 깔끔하게 정리되어 있었고, 궤짝 안에는 몇 가지 옷이 개켜져 있었다. 이불과 옷은 모두 새것이었는데, 전부 어두운 색이어서 불가의 고독한 수련 생활에 잘 어울려 보였다.

황재하는 방 안을 한차례 샅샅이 뒤져보았으나 아무런 수확이 없었다. 그저 방 안에 서서 작은 창문 틈 사이로 들어오는 햇살을 바라보며 이곳에서 지냈을 이윤의 모습을 떠올려보았다.

태어나면서부터 호사스러운 삶을 살았던 이윤. 많은 이가 지켜보는 가운데 평소 늘 사이좋던 형에게 반역죄라는 누명을 씌우고, 자신은 홀연히 죽은 것처럼 꾸민 뒤 도망쳐, 사찰 뒷산에 은거하며 자신을 고독한 불도의 삶으로 몰아넣었다.

불심이 강하여 속세를 벗어나려 했다면, 왜 굳이 이미 오랜 세월이 지난 모친의 일을 조사해달라고 부탁했던 걸까. 이서백과는 대체 무슨 일이 있었기에 자신의 생명을 버리면서까지 모함했을까?

황재하는 어두운 방 안에 홀로 서 있었다. 이따금 바람에 일렁이는 소나무 숲 소리가 마치 미쳐 날뛰는 풍랑 소리처럼 들려왔다. 이윤의 결연한 죽음과 이서백의 옷을 흥건히 적신 피, 그리고 부적 위의 '망'자를 떠올렸다. 온몸이 희뿌연 안개 속에 빠진 듯, 한참을 그 자리에서 꼼짝도 할 수 없었다.

밖에서 기다리던 사병들이 서두르라 재촉하는 바람에 황재하도 하는 수 없이 방에서 나왔다. 쏴쏴 불어오는 바람이 간혹 위아래로 요동치며 수풀 사이를 훑고 지나갔다. 솔숲이 바람에 흔들리는 요란스러운 소리가 귀를 가득 채워 황재하는 흠칫 몸을 떨며 자신도 모르게 손을 들어 귀를 막았다.

거대한 바람이 인간 세상을 발아래 두고 훑으며 지나간다. 세상 모든 것은 그 거대한 힘에 잘게 부서져 가루가 되니, 이를 능히 막을 자가 있겠는가.

정월 초하루, 새로운 한 해의 첫날이었다.

황재하가 성안으로 돌아왔을 때는 이미 날이 저물었다. 장안 백성들은 여전히 한바탕 잔치를 벌이고 있었다. 가는 곳마다 폭죽 소리가 들려오고, 초롱과 오색 끈으로 장식되어 있었다.

개구쟁이 아이들은 등롱을 들고 서로 쫓고 쫓기며 뛰어다녔고, 여인들은 머리에 화려한 꽃장식을 꽂았다. 길에서 마주치는 사람들은 다들 하하 소리 내어 웃으며 공수하고 새해 덕담을 나누었다.

황재하를 모르는 사람들은 망연자실한 모습으로 걸어오는 황재하를 보고는 다들 조용히 한쪽으로 피했다. 이렇게 즐거운 날에 어찌 넋을 잃은 채 귀신처럼 창백한 얼굴로 혼자 돌아다니는지 아무도 이해할 수 없었으리라.

황재하는 영창방으로 돌아와서도 한참을 문 앞에 서 있다가 저택 안으로 들어갔다.

왕종실이 이미 안에서 기다리고 있다가, 황재하를 보고는 표정 하나 바꾸지 않고 차를 음미하며 말했다. "일전에 그대가 이 사건을 조사할 수 있도록 내 허락하긴 했으나, 어찌 이리도 조급하게 나서서 스스로를 위험에 빠뜨린 것인가?"

황재하는 고개를 숙이며 낮은 소리로 말했다. "조급했던 저의 실수를 용서하시옵소서. 오늘은 구해주셔서 감사드립니다. 기왕 전하는 이제 어떻게 되시는지요?"

왕종실은 손에 들고 있던 찻잔을 탁자에 내려놓으며 말했다. "기왕 전하의 일은 이미 폐하께 보고드렸고 이제부터는 종정시[21]에서 처리할 것이네. 당분간은 기왕부로 돌아오시지 않고 종정시에서 지내실 것이네."

---

21 황족 및 왕족 등에 관한 제반 업무를 담당하던 기관.

종정시에 머문다는 건 감금이나 마찬가지였다.

황재하가 다시 물었다. "그런데 공공께서 오늘 향적사 뒷산에 나타나신 때가 참으로 절묘하였습니다. 어떻게 그 시간에 그곳에 계셨습니까?"

"그러고 보니 절묘한 것도 같군. 원래 오늘 신책군은 쉬는 날이었지만 정오에 갑자기 폐하의 명이 있었네. 조정 신하 중 하나가 새벽에 향적사에 두향을 피우러 갔다가 악왕 전하와 비슷한 사람을 봤다고 했네. 바로 곁에 있던 자에게 명해 전하를 호위해오려 했으나, 전하가 사라졌을 때의 상황이 떠올라 차라리 신책군을 보내어 궁으로 모셔 오는 게 안전하겠다고 여겼다는군. 누군가가 악왕 전하를 해하지 못하도록 말이네." 왕종실은 거기까지 말하고는 얼굴에 차가운 미소를 띠었다. "영명하신 폐하의 명을 받들었으나 안타깝게도 그 기대를 저버리게 되었군. 기왕 전하의 손에서 악왕 전하를 구하지 못했으니."

황재하는 가만히 왕종실을 향해 절을 하고서 말했다. "지금까지 보살펴주셔서 감사합니다. 기왕 전하는 저의 은인이십니다. 지금 은인께서 어려움에 처해 계시니, 아무래도 돌아가서 그분을 도와야 할 것 같습니다."

"기왕 전하는 이미 종정시에 갇혔는데 그대가 무슨 수로 돕겠다고? 주인 없는 기왕부에서 이 일을 조사하도록 도와줄 이가 있다고 생각하는가?"

왕종실은 그렇게 말하면서 몸을 일으켜 천천히 황재하에게 다가가, 아무 말 없이 냉랭한 눈으로 황재하를 응시했다. 황재하는 입술을 지그시 깨물었다. 왕종실의 말은 틀리지 않았다. 지금 황재하에게는 이서백을 구할 방법이 아무것도 없었다. 황재하는 한참 후에야 왕종실의 말에 수긍하며 입을 열었다.

"공공의 고견을 부탁드립니다. 어찌하면 제가 은혜에 보답할 수 있는지 가르쳐주십시오."

"말했지 않은가. 그대를 꽤나 흡족히 여긴다고. 내가 볼 때 그대와 비슷한 연배의 젊은 자들은, 심지어 왕온까지도 그대의 반도 따라가지 못하는 것 같단 말이지." 왕종실은 고개를 숙여 황재하를 자세히 들여다보았다. 그러고는 침묵하고 있는 황재하의 옆모습을 보며 고개를 저었다. "그대가 왕 가의 사람이 된다면, 왕 가의 복이 될 것이야."

황재하는 꿈쩍도 않고 그 자리에 선 채 다시 한 번 아랫입술을 깨물었다.

"물론 그대가 왕 가와의 혼약을 다시 생각해보겠다고 해놓고는 그새 기왕과 어울렸다는 사실에 나는 아주 불쾌했네."

"전 그저 생각해보겠다고만 했지, 그리하겠다고 말씀드린 것은 아니었습니다."

"하, 그런 말장난은 해보았자 아무 의미 없네." 왕종실은 차갑게 웃으며 뒷짐을 진 채, 올해 처음으로 걸린 등롱이 내다보이는 창 앞으로 걸어갔다. 느릿느릿 걸음을 옮기는 그 소리가 황재하의 귓가에 전해졌다. 더 이상 피할 수 없었다. "지금 내게 확실한 대답을 하게. 기왕이 죽어가는 걸 두 눈 뜨고 보고만 있을 것인지, 아니면 우리 왕 가의 사람이 되어, 그대가 기왕을 도울 수 있도록 지원을 받을 것인지?"

황재하는 한참을 곰곰이 생각하고는 입을 열었다. "배후 세력이 엄청날진대, 왕 가가 정말 기왕 전하께 도움이 되어주실 수 있는지요?"

"그건 우리가 아니라 그대에게 달려 있지." 왕종실은 시선을 여전히 창밖에 둔 채 황재하를 향해 고개도 돌리지 않고 혼잣말하듯 말했다. "내가 약속할 수 있는 것은, 그대에게 이 사건을 조사할 수 있는 기회를 주겠다는 것뿐이네."

외로운 밤, 차가운 불빛이 대청에 서 있는 황재하를 비추어 그림자를 길게 늘어뜨렸다.

불안하게 흔들리는 그림자만이 황재하와 함께였다. 이 하늘 아래 홀로 고립되어 도와줄 이 하나 없이, 눈앞의 거대한 폭풍에 어떻게 홀로 저항하겠는가?

그 거대한 힘 앞에서 황재하는 일개 여인일 뿐이었다. 황재하 앞에 기다리는 것은 참혹한 죽음뿐일 것이다.

갑자기 눈에서 무기력한 눈물이 솟구쳤다. 추운 겨울밤, 온몸이 주체할 수 없이 떨려왔다. 황재하는 한없이 깊은 연못 앞에 서 있었다. 살얼음이 언 그 연못 위를 한 발만 디뎌도 심연 속으로 추락해 다시는 돌아올 수 없을 터였다.

그런데 그 심연 속으로 추락하는 사람은 다름 아닌 이서백이었다.

설사 모두가 황재하 앞을 막아선다 해도, 눈앞에 펼쳐진 길이 핏빛이라 해도, 거대한 권력의 중심에 휩쓸려 참혹한 결말을 맞게 된다 해도, 황재하는 이 길을 가야만 했다.

황재하는 왕종실의 뒷모습을 향해 삼가 예를 갖추며 천천히 절을 하고는 낮은 소리로 말했다. "왕 공공께 감사드립니다."

왕종실이 고개를 돌려 황재하를 보았다. "어떤가?"

"진지하게 고민해보도록 며칠의 말미를 허락해주십시오." 황재하는 살짝 고개를 저었다. 목소리는 쉬었고 눈시울은 붉어져 있었지만, 끝까지 눈물이 흐르지 않도록 간신히 버텼다. "왕온 공자께서 돌아오시면 그때 공자께 직접 답을 드리겠습니다."

황재하가 왕온을 따라 이곳으로 온 것은 그저 왕 가의 힘을 빌려 이번 사건을 조사하기 위해서였다. 그런데 이제는 더 이상 속일 방법이 없었다. 어쩌면 더 이상 거절하지 못할지도 모른다. 인생의 마지막에 마주 잡고 싶은 손은 따로 있으나, 지금 머리 위로 불어 닥치는 이 폭풍우를 더 이상 버틸 방도가 없었다.

황재하는 가만히 예를 갖추었다. 왕종실은 무언가 더 말하려다가 결국 다시 고개를 돌리고 말했다. "그리 하지. 계속 여기 머물면서 필요한 것이 있으면 언제든지 나를 찾아오게."

왕종실이 떠난 뒤 황재하는 홀로 대청에 앉아 있었다. 사방이 온통 쥐 죽은 듯 고요했다. 왕종실이 준 한 쌍의 아가십열만이 유리병 속에서 유영하며 물결을 일으켰다. 일렁이는 물결이 마치 황재하의 마음을 반영하듯 두 눈에 그대로 비쳤다.

황재하는 도무지 마음을 진정시킬 수 없어 저택을 나왔다. 추운 겨울 밤하늘에 별들이 차갑게 반짝였다. 절대 닿을 수 없는 높고 광활한 하늘에 적막하게 깔려 있는 별들을 올려다보며, 황재하는 그저 가슴 속에 흐르는 한 줄기 뜨거운 호흡에 의지한 채 홀로 서 있었다.

두 주먹을 힘껏 움켜쥐었다. 손톱이 손바닥 깊이 파고 들어 미세한 통증이 느껴졌다.

황재하는 조금의 망설임도 없이 동쪽으로 걸음을 옮겼다.

떠들썩한 거리와 와자지껄한 사람들을 지나 굳게 닫힌 기왕부 문 앞에 이른 황재하는 손을 들어 대문의 손잡이를 잡고 두드렸다.

안에서 문지기의 목소리가 들려왔다. "누구십니까……?"

"유 씨 아저씨, 접니다. 양숭고." 황재하는 목소리를 높여서 말했다.

"오! 돌아오셨습니까!"

안에서 여러 목소리가 들리더니 곧바로 작은 문이 열렸다. 유 씨 말고도 여러 사람이 문간방 화롯불 주위에 모여 있었다. 저마다 놀라고 불안한 표정이었다.

유 씨는 문을 닫고 초조한 목소리로 물었다. "재하 아가씨, 아가씨도 들으셨죠? 전하께서 지금 종정시에 들어가 계십니다!"

"알고 있어요. 악왕 전하의 죽음에 전하가 연루되셨어요."

문이 닫히고 화로의 열기가 따뜻하게 전해지자 황재하는 몸이 녹아내리는 듯했다. 아침 이후 아무것도 먹지 못한 데다가 하루 동안 너무 많은 일이 닥쳤던 터라, 열기에 몸이 노곤해지자 그제야 허기와 피로가 몰려왔다. 제대로 서 있기도 힘들 정도였다. 황재하는 유 씨가 주는 물을 건네받아 몇 모금 마시고 말했다.

"경익 공공을 만나러 왔습니다. 계신가요?"

기왕부는 지난번에 촉에서 당한 기습으로 이서백 측근 수하를 적잖이 잃었다. 거기에 성도부에서 화재로 경육을 잃고, 왕부를 보좌하던 왕부승은 정년퇴직 후 왕부를 떠나, 지금 힘을 쓸 수 있는 사람은 경익과 경항밖에 없었다.

황재하는 오늘 있었던 일을 경익과 경항에게 상세히 들려주었다.

경익이 말했다. "기왕 전하께서 종정시에 들어가 계시니 지금으로서는 저희도 신위군과 신무군을 움직일 수 없습니다. 외부의 도움은 다 끊겼다고 봐야 하지요. 왕부에 비록 의장병 100명이 있으나, 그 정도 인원으로 무슨 일을 도모하겠습니까? 저희는 이미 고립된 군사입니다."

경항이 고개를 끄덕이며 입을 열었다. "그렇기는 하나 조정에 전하와 친분이 두터운 사람이 적진 않을 겁니다. 특히 전하에게 발탁된 사람들은 절대 이 상황을 좌시하고만 있지는 않겠지요. 기왕부가 몰락하면 그들의 목숨에도 영향을 미칠 테니까요. 그 사람들을 찾아가서 도움을 청하면 분명 반응이 있을 겁니다."

황재하가 천천히 고개를 내저었다. "하지만 지금 전하께서는 너무 무거운 죄를 뒤집어쓰셨습니다. 아무리 조정 대신들이 상소를 올린다 해도, 친동생을 죽이고 역모를 꾀했다는 그 죄명을 어찌 덮겠습니까?"

경항은 한탄하며 자신의 머리를 붙잡고 말했다. "그렇지요. 다른 건 그렇다 치더라도 악왕 전하께서 직접 전하를 지목하셨으니 말입니다.

악왕 전하는 평소 저희 전하와 사이가 좋으셨으니 악왕 전하의 말은
꽤 설득력이 있지요. 게다가 하필 악왕 전하가 목숨을 끊으실 때 전하
가 곁에 계셨으니, 정말 어떻게 해도 해명할 방법이 없어 보입니다!"

경익이 소리를 낮추어 황재하에게 물었다. "악왕 전하가 돌아가시
기 직전에 저희 전하를 살해범으로 지목한 것이 사실입니까?"

황재하는 고개만 끄덕이고는 잠자코 있었다.

"대체 이게…… 어떻게 된 일이란 말입니까?" 경익은 눈썹을 잔뜩
찌푸린 채 더 이상 말을 잇지 못했다.

황재하도 고개만 절레절레 흔들 뿐, 달리 할 수 있는 말이 없었다.
지금 장안에 떠도는 모든 소문에 대해 반박할 도리가 없었다. 이윤이
스스로 목숨을 끊었다는 사실을 아는 사람은 오직 황재하와 이서백,
두 사람밖에 없었다. 하지만 누가 믿어주겠는가? 이윤이 자신의 목숨
을 버리면서까지 이서백을 함정에 빠뜨렸다는 사실을, 이런 비상식적
인 상황을 과연 누가 받아들이겠는가 말이다.

어쩌면 경익과 경항조차도 완전히는 믿지 못할지도 모른다.

황재하는 화제를 돌리며 말했다. "이번 일에는 분명 다른 내막이
있을 텐데 저희가 아는 바는 아무것도 없어요. 이제 악왕 전하까지 홍
거하셨으니 단서가 될 만한 것을 찾을 방법도 없는 상황이에요. 아무
래도 다른 쪽으로 손을 대야 할 것 같습니다."

경항이 황재하를 응시하며 힘없는 목소리로 물었다. "어느 쪽으로
말입니까?"

"악왕 전하가 목숨을 끊으실 때 사용한 검은 전하께서 늘 몸에 지
니셨던 어장검입니다. 그 검은 전하께서 제게 주셨는데, 지난번에 왕
부를 나갈 때 두고 나갔습니다. 그 뒤에 전하께서 그 검을 어떻게 처
리했는지 혹시 아십니까?"

"폐하께서 하사하신 단검을 전하께서 아가씨께 드렸단 말입니까?"

경항이 눈을 크게 뜨고서 물었다.

황재하는 별 생각 없이 말했다. "그때 상황이 너무 급박했거든요. 제게 주신다 하신 건 아니고, 그저 일단 사용하라고 건네주셨던 것입니다. 지난번에 왕부를 나가면서 그대로 두고 나갔고요."

"아……. 전하께서는 특별히 그 검에 대한 말씀은 없었습니다." 경항은 경익을 슬쩍 쳐다보며 물었다. "그 물건은 네가 챙겼지?"

경익이 황재하를 향해 말했다. "아가씨가 떠나신 후, 전하께서는 일절 아가씨와 관련된 일은 언급하지 않으셨습니다. 아가씨가 어디로 갔는지 소식을 들으신 뒤에야 제게 아가씨 물건을 챙겨 그리로 보내주라 하셨지요. 당시 제가 사람을 시켜 물건을 챙기긴 했는데, 저는 두 분이 잠시 다투신 것이라 생각해서 어쨌든 아가씨도 금방 돌아올 거라 여겼습니다. 그래서 평소 아가씨가 입던 옷가지와 금품 정도만 챙기고 다른 것들은 손대지 말고 그 자리에 가만히 두라고 일렀습니다. 만일 당시 방에서 어장검을 발견했다면 하인들이 분명 제게 알렸을 겁니다."

"그러면 제가 떠나자마자 누군가가 그 어장검을 가져갔다는 것이겠군요?" 황재하는 입술을 깨물고는 한참 말이 없다가 목소리를 더 작게 낮추며 입을 뗐다. "제가 떠난 후 누가 제 방에 들어갔는지 한번 조사해주십시오. 물론 왕부 시위병이 야간 순찰을 돌 때 몰래 잠입해 가져갔을 가능성도 있습니다."

"시위병?" 경항이 눈썹을 치켜세우며 중얼거렸다.

황재하는 고개를 끄덕였다. 눈에 주저하는 빛이 역력했으나 결국 크게 심호흡을 하고서 입을 열었다. "장항영요."

11장

흔들흔들
어두운 그림자

경익과 경항은 깜짝 놀라 한동안 서로 눈만 쳐다볼 뿐 아무 말도 하지 못했다.

황재하는 시선을 아래로 향한 채 잠시 머뭇거리다 입을 열었다. "그냥 추측일 뿐이니, 일단 두 분께서 확인하신 뒤 다시 얘기하지요."

"알겠습니다. 그럼 지금 제가 가서 이달 당직 일지를 찾아보겠습니다." 경항이 곧바로 몸을 일으켜 밖으로 나갔다.

황재하는 경항이 돌아오길 기다리며 턱을 괸 채 멍한 표정으로 있었다.

경익이 눈을 들어 힐끔 황재하를 쳐다보고는 물었다. "무슨 생각을 그리 하십니까?"

황재하는 경항 쪽으로 가까이 다가가 목소리를 죽여 물었다. "혹시 제가 종정시에 들어가서 전하를 뵐 수 있도록 해주실 수 있나요?"

"아……. 전하가 보고 싶어서요?" 경익이 눈썹을 올리며 물었다.

황재하는 금세 얼굴을 붉히고는 괜히 울컥해 궁색한 변명을 늘어놓았다. "그게 아니라……. 전하께서 종정시에서 지내시는 게 익숙지 않으실까 봐 걱정돼서요."

"그럴 리는 없을 테니 걱정 마세요. 전하의 신분이 있으니 절대 종정시 관아에 가두었을 리는 없지요. 곡강지 호숫가에 종정시의 누각이 하나 있는데, 관아에서 연회를 여는 장소로도 쓰여 저도 몇 번 가 본 적이 있습니다. 왕부와 비할 수는 없지만 그래도 매화 숲에 지어진 깔끔한 곳이어서 전하께서도 지내시기 힘들진 않을 겁니다."

경익이 가벼운 투로 얘기하니 황재하도 조금은 안심이 되었으나 그래도 다시 한 번 물어보았다. "어떻게 변통해서라도 한 번 뵐 방법이 없을까요?"

"그게 어찌 가능하겠습니까? 종정시에서 먼저 어느 누구도 사사로이 전하를 만날 수 없다고 전갈을 보내왔는데요. 물론 전하께서도 아무도 만나지 않으실 거고요." 경익이 수첩을 넘겨 각종 장부를 확인하며 말했다. "전하께서 조정에 계시는 동안 그 많은 관아를 주관하셨는데, 저희가 암암리에 손을 써볼 방도가 없어서 전하를 못 뵈었겠습니까?"

황재하가 경익의 맞은편으로 옮겨 앉으며 눈썹을 찡그리고는 물었다. "전하께서 저도 만나지 않으실 거라고요?"

"네. 아마 만나도 아무 소용 없다 여기시겠죠. 게다가 아가씨도 아시다시피, 전하께서는 아가씨가 전하 주변에서 일어나는 소용돌이에 휘말리는 걸 원치 않으세요."

황재하가 초조한 목소리로 말했다. "일이 이 지경까지 됐는데, 전하는 제가 혼자 살 길을 찾아 떠날 거라 생각하신단 말이에요?"

경익이 눈을 들어 황재하를 보고는 눈썹을 살짝 치켜세우며 말했다. "솔직히 왕온 공자도 나쁘지 않지요."

황재하는 순간 화가 치밀어 벌떡 일어나 경익 앞의 탁자를 걷어찼다. 탁자 위에 있던 벼루가 흔들려 먹물이 몇 방울 튀었다.

경익은 황재하를 바라보며 얼굴에 미소를 띠고 말했다. "알겠어요, 알겠어. 요 며칠 아가씨가 너무 초조해하는 것 같아 그냥 농담 한번 한 겁니다."

황재하는 씩씩거리며 경익을 노려보다가 다시 물었다. "최근에 기왕부에서는 특별히 새로 알게 된 내용은 없나요?"

"없습니다. 요 며칠은 조정 관원들도 다 휴가를 보내고 있어서 초나흘이나 되어야 관아로 나오기 시작할 테죠. 하지만 관원들도 지금 쉬는 게 쉬는 게 아닐 겁니다. 지금 장안이 들썩들썩한 걸 보니 이미 다들 이 일을 알고 있는 것 같습니다. 아마 초나흘이 되면 각 관아에서도 한바탕 파란이 일겠지요." 경익은 유감스럽다는 표정을 보이며 말했다. "안타깝지요. 초하룻날 폐하의 두통이 도지는 바람에 황제 알현과 열병식이 모두 취소되어서 그렇지, 안 그랬으면 조정의 그 엄청난 파란은 진즉 시작됐을 텐데 말입니다."

혹여 세상이 요동치지 않으면 어쩌나 걱정하는 듯한 경익의 말투에 황재하는 어이가 없었다. "마치 파란을 기대하는 듯한 그 표정 좀 안 지으면 안 되겠어요? 어쨌든 이건 엄청난 재앙이잖아요. 기왕부 위아래 할 것 없이 수백 명의 사람이 이 재앙을 피하지 못할 거라고요."

"오래 지속되는 고통보다 짧은 고통이 낫고, 매도 먼저 맞는 게 낫다고 하지 않습니까. 이틀은 더 지나야 이 소용돌이가 시작될 거라 생각하니 마음이 더 초조해집니다."

황재하는 경익의 말을 다 듣지도 않고 이마에 손을 얹고는 휙 몸을 돌려 자리를 떠나려 했다.

경익이 그제야 급히 황재하의 소매를 붙잡으며 말했다. "어휴, 그렇게 계속 침울하게만 있지 마세요. 그러고 있는 건 이 일에 별 도움이 되지 않아요!"

황재하는 경익과 처음 만났던 때를 떠올렸다. 자신에게 양숭고라는 새로운 신분을 만들어줄 때 경익은 이서백 앞에서도 편하게 행동했다. 역시 강산은 변해도 사람의 본성은 쉬이 변하지 않는다는 진리를 다시 한 번 깨달으며, 황재하는 한숨을 쉬고는 다시 자리에 앉았다.

"아가씨는 경육과 친분이 많았죠? 흥, 경육이 어디가 좋다고. 늘 침울한 얼굴에 통 말도 없는 그런 사람을……" 경익은 말하다 말고 잠시 멈칫하더니 다시 입을 열었다. "어휴, 아닙니다. 그래도 전하를 위해 죽은 사람인데 나쁜 말은 하지 않겠습니다."

황재하가 곧바로 물었다. "공공은 경육 공공과 함께 어릴 때부터 전하 곁에 있었나요?"

"저는 아니고, 경육은 아마 네다섯 살 무렵에 입궁했을 겁니다. 저보다는 많이 행복했지요. 어릴 때부터 궁에서 먹는 것 입는 것 걱정 없이 살았으니까요." 경익은 말하는 중에도 무심한 듯 장부를 뒤적이며, 붓으로 조금의 망설임도 없이 갈고리와 점을 찍어 넣고 또다시 다음 장으로 넘기고 했다. "저는 태어나자마자 선당으로 보내졌어요. 조금 큰 후에는 선당 밥을 아무리 먹어도 배가 부르지 않아 다른 사람 것을 뺏어 먹다가 두들겨 맞기도 했습니다. 어쨌든 결론적으로 선당에서 쫓겨났죠. 그 뒤로는 길에서 몇 년간 구걸하며 살았는데, 하루는 갑자기 비가 쏟아져서 꼬질꼬질하던 제 얼굴이 말갛게 씻겼지요. 그때 어떤 사람이 저를 보고 마음에 들어 해서……."

황재하는 눈을 끔뻑거리며 '마음에 들어 한다'는 것이 무슨 의미인지 가만히 생각해보고 있었다.

경익은 황재하를 슬쩍 째려보며 말했다. "이상한 생각은 말아요. 사지 멀쩡하고 얼굴도 반반하게 생겼다고 저를 데려다 씻기고 옷을 갈아입혀서는 궁의 환관에게 팔아버렸던 겁니다. 그러고는 거기서 그만 거세를……."

여기까지 말한 경익은 고개를 들어 황재하를 향해 귀여운 송곳니를 드러내며 미소를 지어 보였다. "어쨌든 그렇게 입궁해서 환관이 된 거죠. 궁에서 얼마 동안은 바닥만 쓸었는데 갑자기 기왕부를 짓는 다면서, 폐하께서 기왕부에 환관 몇 명을 보내실 거란 소식이 들렸죠. 이야, 그때 제가 그 좋은 자리를 차지하려고 얼마나 치열하게 애썼는 지 모를 겁니다!"

황재하가 작은 소리로 말했다. "그래도 공공의 재능이 남들보다 뛰 어났으니 전하의 눈에 들었겠죠."

"누가 아니래요. 엄청 노력했어요. 원래는 일자무식이었는데 입궁 하고 얼마 뒤에 경육이 제게 천자문을 구해다 주었습니다. 그때 글자 를 익히기 시작해서, 나중에는 장서각 환관에게 잘 보이려고 군고구 마 같은 것을 갖다 바치면서 거기 있는 책들을 빌려 보았지요. 몇 년 안에 장서각 서책은 모조리 다 읽었을 정도예요!"

경익의 어린 시절 이야기를 듣노라니 무언가가 황재하의 마음을 건드려, 가슴속 어디선가 아련한 고통이 전해져왔다.

황재하는 경익을 바라보며 낮은 소리로 말했다. "공공의 유년 시절 이, 제가 아는…… 누군가와 많이 닮았네요."

"알아요. 우선을 말하는 거죠?" 경익은 아무렇지도 않게 말했다.

황재하는 순간 멍한 표정을 지으며 천천히 물었다. "공공도 우선을 아세요?"

"그걸 말이라고요! 이 장안에서 제일가는 소식통이 누군지 알아 요? 노운중이 한담을 좋아하는 건 알고 있죠? 그게 다 제가 자투리로 조금 흘린 이야기를 듣고서 그렇게 떠들고 다니는 거라고요." 경익은 그 사실을 부끄러워하기보다 자랑스럽게 여기는 듯 침을 튀기며 계 속 말했다. "아가씨와 전하가 촉에 계시던 그때 우선에 대한 일도 제 가 다 파악하고 있었는걸요."

황재하는 얼굴을 다른 쪽으로 돌리며 화제도 돌렸다. "그래서……

공공은 경육 공공과 사이가 좋았겠네요? 경육 공공에게서 받은 은혜도 있으니까요."

"은혜는 무슨, 그 나쁜 인간은 그저 내게 일을 더 분담시키려고 그랬던 것뿐이에요." 경익은 그렇게 말하고는 잠시 멍한 표정으로 있더니 다시 입을 열었다. "그러게요……. 경육이 아니었다면 아마…… 전 아직도 무지몽매한 채 어디서 소환관이나 하고 있었겠죠."

경육 이야기를 하는 경익의 눈가에 어느새 촉촉한 안개가 서렸다. 황재하는 그런 경익의 모습을 보고는 차마 입이 떨어지지 않았다.

경익은 금세 눈치를 채고 말했다. "할 말 있으면 하세요. 경육과 관계된 건가요?"

"네……." 황재하는 천천히 고개를 끄덕이고는 다시 물었다. "경육 공공이 평소 어딘가…… 좀 이상한 점은 없었나요?"

경익은 잠시 멍하니 있더니 손에 들고 있던 장부를 천천히 내려놓았다. 그러고는 눈을 들어 황재하를 바라보며 천천히 물었다. "무슨 뜻이에요?"

황재하도 더 이상 아닌 척할 수 없어서 대놓고 말했다. "경육 공공이 의심되어서요."

"장항영을 전하의 측근 시위병으로 청했기 때문에요?"

"그뿐만이 아니에요. 예를 들어, 저와 전하는 당시 변장을 한 채 촉의 한 객잔에 숨어 있었는데, 하필 장항영과 경육 공공이 그 객잔으로 왔고, 두 사람이 온 지 얼마 지나지 않아 불이 나고 객잔 바깥에는 복병도 숨어 있었죠. 그리고 전하께서 부적을 몸에 지니고 다니실 때는 부적에 아무런 변화가 없었는데, 부적을 상자에 넣자 다시 변화가 생기기 시작했어요. 그때 경육 공공은 이미 죽은 뒤였고 전하 곁에는 장항영만 있었죠……."

"잠깐만요, 잠시 생각 좀 해볼게요." 경익이 손을 들어 황재하의 말을 끊었다.

황재하도 더 이상 말하지 않고 가만히 앉아서 기다렸다.

경익은 무거운 표정으로 한참을 생각하더니 천천히 입을 열었다. "몇 해 전, 방훈의 난이 있고 그 부적이 나타난 뒤 전하께서 왼팔을 다치셨죠. 그때 전하께서 측근 시위병을 전부 교체하셨는데 저와 경육도 그때 선발되었습니다."

"그전에 경육 공공이 다른 누군가와 접촉했을 가능성은요?"

"없을걸요? 왜냐하면 그때 전하께서 직접 행궁 문서를 보시고는 그냥 그 위에 있는 이름을 몇 명 지목해 데려가신 거였거든요. 키가 크든 작든, 얼굴이 잘생겼든 못생겼든 상관도 안 하셨죠. 전하께서 그때 왕부 환관을 고르러 가신다는 사실을 사전에 아는 사람도 없었고, 누구를 지목하실지 아는 사람은 더더욱 없었겠지요. 전하조차 그냥 이름만 보고 아무나 선발하셨으니까요." 경익은 가슴을 치며 긴 한숨을 내쉬었다. "다행히 당시 내 이름이 꽤나 그럴 듯해서 전하의 관심을 끌었던 거죠."

"그럼 모든 게 그저 우연이었던 거네요? 공공의 재능과도 아무 상관 없이 말이에요." 황재하는 지나는 말로 물었다. "그 당시 이름이 뭐였는데요?"

"이구자(二狗子)[22]요."

"……."

황재하가 뭐라 할 말을 못 찾고 있는데, 경익이 무언가를 곰곰 생각하더니 벌떡 일어나 탁자 위에 있던 등촉을 집어 들었다. "가요. 여기 앉아서 백번 말해봤자 아무 소용도 없으니, 가서 경육의 유품을 한번 살펴보죠."

---

22 얼간이라는 뜻.

경육의 방은 바로 옆에 있었다. 방에 들어서 등촉을 비추니 꽤나 널찍한 공간이 보였다. 입구에 탁자와 의자가 놓여 있고 오른쪽에는 침실이, 왼쪽에는 작은 방이 하나 딸려 있었다. 경육은 공예품을 좋아해서 탁자나 창가 위 등 모든 곳에 온갖 공예품이 진열되어 있었다. 크기는 제각각이었으나 굉장히 깔끔하게 관리되어 있었다.

"왕부에서 경육의 영향력이 꽤 커서, 경육과 왕래하던 사람도 적지 않았어요. 보세요, 여기 도화석 붓통은 최순잠 소경이 보낸 것이지요."

붓통은 전혀 눈에 띄지 않는 곳에 놓여 있었다. 황재하는 붓통을 들어 살펴보며 다른 석제품들도 둘러보았다. '대리사 소경이 보낸 것도 이리 무신경하게 놓아뒀는데, 그럼 다른 것들은 대체 다 누가 보내온 걸까?'

경익이 황재하의 생각을 간파하고는 입을 열었다. "경육은 모든 일처리가 꼼꼼하고 신중해서 선물도 받으면 모두 목록을 적어 장방[23]에게 갖다주었지요. 선물을 보낸 사람, 예상 가격, 날짜 등 하나도 빠짐없이 기록했습니다. 여하튼 전하께서도 그 물건들을 가져가시지 않아서 그냥 경육의 거처에 계속 보관했으니, 실제 그 물건들은 다 여기 그대로 있지요."

황재하는 고개를 끄덕이며 실내의 다른 물건들도 둘러보았다. 꽃무늬가 정교하게 조각된 석구(石球)가 보여 손에 들어보니 무게가 생각보다 가벼웠다. 내부가 비어 있는 물건 같았다. 혹시나 하는 마음에 두 손으로 붙잡아 살짝 당겨보았는데 역시나 두 개의 반구가 맞물려 굳게 닫혀 있었다. 엄지손가락 크기로, 표면에는 얕게 꽃무늬가 조각되어 있었고, 석구 가운데는 무언가를 넣을 수 있도록 텅 비워놓은 것

---

23 장부와 회계를 맡은 사람.

같았다.

"그건 경육이 가장 좋아하던 건데, 끈으로 연결시켜서 허리에 달 수도 있어요. 남들은 금은이나 옥을 허리에 차고 다니는데 경육은 돌을 달고 다녔다니까요. 웃기지 않아요? 내가 몇 번 비웃었더니 그 뒤로는 허리에 달지 않고 품속에 넣어 다니더군요. 어쨌든 몸에서 절대 떼질 않았어요."

황재하는 석구를 자세히 살펴보며 말했다. "살짝 물기가 있는 것 같아요."

"그래요? 뭐 그럴 수도 있겠죠. 얼마나 정교하게 만들었는지, 안에 물을 넣어놔도 새지 않을 정도니까요. 하지만 이 작은 물건 안에 뭘 얼마나 담을 수 있겠어요? 입술 축일 물도 안 담길 텐데."

황재하는 석구 위의 물이 마른 흔적을 보며 한참동안 아무 말도 않다가 생각에 잠긴 채 물었다. "늘 몸에 지녔다고 하지 않았어요? 그럼 왜 촉에 가져가지 않고 여기에 두고 갔을까요?"

"어라……. 그때 경육이 가져가는 걸 내가 봤는데, 이게 왜 여기 있지?" 경익은 무슨 생각이 들었는지 미간을 찡그리며 중얼거렸다. "그럼 혹시 똑같이 생긴 게 두 개였던 건가?"

"두 개요?" 황재하는 석구를 집은 채 고개를 돌려 경익을 보았다.

"네, 하나는 경육이 가져가고, 다른 하나는 여기 남겨둔 거 아닐까요?"

"똑같이 생긴 두 개의 물건……." 황재하는 혼잣말로 그렇게 중얼거리다가 갑자기 눈을 번쩍 뜨고는 자신도 모르게 다시 한 번 되뇌었다. "똑같이 생긴 것이 두 개……. 하나는 가져가고, 하나는 남겨두고……."

경익이 황재하를 보며 물었다. "왜 그래요?"

"아니에요……. 아무래도, 아주 중요한 사실을 방금 알게 된 것 같아서요."황재하의 안색은 하얗게 질렸으나, 그 창백한 얼굴 위로 희색이 감돌아 마치 구름을 뚫고 갓 솟아오른 태양 같았다.

경익은 가만히 황재하를 바라보다가 공치사를 한마디 보탰다. "내 가르침을 받고 나니 마음이 한결 밝아진 것 같죠?"

황재하는 열심히 고개를 끄덕였다. "맞아요, 공공의 가르침! 정말 감사드려요."

경항은 일솜씨가 꽤 훌륭했다. 명부에서 장항영의 자료도 찾아내 황재하의 손에 쥐어 주었다.

자료는 흠 잡을 데 없이 정리되어 있었다.

부친은 의원을 지냈으며, 당시 단서당 명의의 신분으로 입궁하여 선황 폐하를 진맥하였음. 모친은 별세하고, 형 부부는 여 씨 향초 가게를 운영함. 친족 삼대 중 범죄자 없음.

장항영은 장안 보녕방에서 성장하여, 열여덟이 되던 해 기왕부 의장대에 지원하고 엄격한 선별 과정을 통과해 왕부에 들어옴. 얼마 지나지 않아 규율을 어긴 죄로 의장대에서 쫓겨남. 그 뒤 단서당에서 견습생으로 잡일을 하다 그만두고 좌금오위에 들어갈 예정이었으나 실현되지 않고, 장안을 떠나 도처를 떠돌아다님. 촉에서 세운 공이 있어 다시 기왕부로 돌아와 전하의 측근 호위병이 됨.

황재하는 몇 줄 되지 않는 그 글을 읽고 또 읽었다. 자간과 행간 곳곳에서 장항영과 자신 사이에 있었던 시간들이 읽혔다.

장항영이 아니었다면 황재하는 장안에 들어오지도 못했을 것이며, 이서백을 만나는 일도 없었을 것이다. 그랬다면 이서백의 도움을 받아 촉으로 가서 누명을 벗고 판결을 뒤집는 결과도 없었을 것이다.

장항영은 정과 의리를 중시했으며, 마음에 뜨거운 피를 품은 사람이었다. 중병을 앓는 아버지께 효를 다했고, 친구였던 그들에게도 의리를 지켰으며, 비참한 일을 당한 적취를 품어주었다. 체격은 우람했으나 수줍음이 많아 조금만 긴장해도 말을 더듬는 그런 사람이었다.

은혜를 입으면 반드시 갚아야 하는 성격이어서, 본인이 그 죄를 감당해야 한다는 사실을 알면서도 황재하가 의장대에 섞여 장안으로 들어올 수 있도록 도와주었다. 마음이 순수하여, 오랜 시간 적취를 흠모하면도 그저 문 앞을 지나며 몰래 힐끔힐끔 보기만 했다……

황재하는 머리가 웅웅 울렸다. 그러고 싶지 않았지만, 그렇게 생각할 수밖에 없었다. 세상은 이토록 무서운 곳이었다. 이리 떼가 주위를 맴돌며 호시탐탐 먹잇감을 노렸고, 적군과 아군은 늘 뒤섞여 있었다. 자신 곁 가장 가까이에 숨어든 자가 누구일지 어떻게 알겠는가.

황재하는 장항영의 문서를 경항에게 돌려주고는 왕부를 떠나기 전 정유당에 들러, 이서백이 키우는 물고기에게 먹이를 주었다.

깨알만 한 먹이였지만 물고기가 워낙 작아 그마저도 손끝으로 뭉개어 가루로 만들어 뿌려주었다. 물고기가 먹이를 먹는 모습을 지켜보던 황재하는 지난해에 왕약 실종 사건을 해결하기 위해 이서백과 함께 마술하는 사람을 찾으러 서쪽 시장을 방문했던 일을 떠올렸다. 그때 산 먹이였다.

이서백은 그때 처음으로 황재하 앞에서 어색해하는 모습을 보이며, 이런 먹이를 물고기가 꽤 좋아하는 것 같다고 말했다. 황재하는 그때는 속으로 몰래 웃었는데, 지금 생각해보니 어쩌면 앞으로 다시는 그러한 이서백의 모습을 볼 수 없을지도 몰랐다. 이서백에게 그 정도나마 간직되어 있던 천진함은, 작금의 거대한 소용돌이 속에서 이미 다 사라지고 없는지도 몰랐다.

황재하는 유리병을 어루만지며 탁자에 볼을 붙이고 엎드려 투명한 푸른색 유리병을 가만히 쳐다보았다. 붉은 물고기는 유리병의 푸른색과 어우러져 아름다운 보랏빛을 띠었는데, 궁등의 금색 불빛에 감싸여 더욱 눈이 부셨다.

황재하는 머리 위 비녀를 뽑아 탁자 위에 커다란 원을 그렸다. 그리고 그 옆에 작은 원도 하나 그렸다. 큰 원이 마치 거대한 마차 바퀴처럼 작은 원을 밟고 지나갈 듯 보였다. 그 작은 원은 곧 부서질 운명에 처한 황재하와 이서백이었다. 그리고 커다란 원은 천하의 거대한 손이자 형제간의 불화, 조정과 재야의 수많은 사람인 동시에 망령의 힘이었다. 밤하늘 뭇별이 흘러내리고, 드넓던 하늘이 산산조각 나며 무너지는데, 뼈를 깎는 고통으로 노력한들 무슨 소용이 있겠는가. 결국 도망갈 곳은 아무 데도 없었다.

두 힘은 하늘과 땅만큼 차이가 났다. 누가 그를 구할 수 있으며, 누가 쏟아지는 별들을 다시 하늘로 걷어 올리고, 해와 달의 빈자리를 채울 수 있겠는가.

아무 희망도 보이지 않는 압박감에 황재하는 호흡이 거칠어지고 가슴을 찌르는 듯한 통증을 느꼈다. 유리병을 쥐고 있던 손이 주체할 수 없이 떨리는 바람에 물고기가 놀라 펄떡 뛰어올라 하마터면 물 밖으로 튀어나올 뻔했다.

황재하는 물고기가 유리병 밖으로 튀어나올까 봐 황급히 손으로 병 입구를 막고 잠시 기다렸다. 그러고는 크게 심호흡을 하며 억제할 수 없이 솟구치던 비참함과 고통을 천천히 마음속에서 풀어낸 뒤, 곧 몸을 일으켜 정유당을 나와 침류각으로 향했다.

어둠 속에서 별빛과 달빛이 길을 비춰주었다. 얼음이 언 연못 위로 시든 연 줄기가 어지럽게 꺾여 있는 모습이 마치 도롱이를 걸친 노인 같았다. 얼음 위에는 전날 터뜨렸던 폭죽의 흔적이 아직 남아, 소복이 쌓인 잿더미가 어슴푸레한 그림자를 만들어냈다.

황재하는 계단을 내려가 얼음 위로 한 걸음 내디뎠다.

얼음이 어느 정도로 얼었는지는 알 수 없었다. '이대로 계속 발을 내디디면 연못에 빠져 얼음 아래에 잠길 수도 있지 않을까, 그래서 파도처럼 거세게 밀려오는 그 무시무시한 미래를 더 이상은 마주하지 않아도 되는 것은 아닐까.'

하지만 황재하는 잠시 멍하니 있다가 이내 발을 거두었다. 몸을 돌려 침류각으로 올라가, 궤짝 안에 있던 부적 상자를 꺼내들었다.

지난번에 목재소에서 보았던 것과 똑같았다. 가로세로 아홉 칸씩 나뉜 81개의 격자 위에 80개의 글자가 있었다. 상자를 열 수 있는 문자 조합은 아무런 논리적 순서도 없이 순간적으로 만들어진 것이었다. 이 상자를 만든 장인이라 해도 그 짧은 시간에 갑작스럽게 만들어진, 아무 관련도 없는 80개의 글자 조합을 기억할 수는 없다.

황재하는 손을 들어 글자를 움직여보았다. 어지럽게 흩어진 글자들을 그림 조각 맞추듯 하나하나 이동시켜보았으나 견고하게 닫힌 상자는 꿈쩍도 하지 않았다. 상자를 열려면 수없이 많은 경우를 시도해보아야 하니, 괜히 해봤자 시간 낭비였다.

황재하가 한숨을 쉬며 상자를 다시 제자리에 돌려놓으려는데, 갑자기 책장 위로 그림자 하나가 드리웠다. 고개를 돌려 보니 장항영이 문 앞에 서서 어두운 얼굴로 황재하를 바라보고 있었다. 회랑 밖에 걸린 궁등 빛이 역광으로 비스듬히 비추어 얼굴 전체에 흐릿한 그림자가 드리웠고, 두 눈만이 희미한 빛을 내며 황재하를 응시했다.

순간 한 줄기 차가운 기운이 발끝에서부터 머리끝까지 퍼졌다. 황재하는 간신히 호흡을 가다듬으며 상자를 놓고 두 손을 거두어들였다. 그리고는 표정 하나 바꾸지 않고 몸을 돌려 장항영을 마주 보았다. "장 형."

장항영이 들어와 물었다. "재하 아가씨, 무얼 찾고 계십니까?"

황재하는 아무 일 아니라는 듯 말했다. "그 부적을 좀 보고 싶었는데, 아무래도 상자를 열기는 어려울 것 같네요."

"그러셨군요. 그 상자는 전하께서 중요하게 여기시는 물건이니, 전하가 안 계시는 상황에서는 아가씨도 건드리지 않는 게 좋을 듯합니다." 장항영은 그리 말하면서 상자를 궤짝 안쪽으로 밀어 넣었다.

황재하는 고개를 끄덕이고는 침류각 밖으로 향하면서 짐짓 평온한 목소리로 물었다. "장 형은 이곳에 어인 일이세요?"

"오늘 왕부 순찰을 맡아서요." 장항영은 눈썹을 살짝 찡그리더니 다시 말했다. "이왕 돌아오셨으니 일찍 들어가 쉬세요. 전하를 위해 애쓰시는 것도 좋지만, 그렇다고 아가씨 건강을 도외시하시면 안 됩니다."

"알겠습니다. 감사합니다, 장 형." 황재하는 고개를 끄덕이고는 다시 낮은 소리로 말했다. "이만 돌아갈게요. 여기 머물 수는 없어요."

장항영이 걱정스러운 눈빛으로 황재하를 보며 말했다. "이미 통행금지가 시작되었는데, 아니면 제가 모셔다드리지요."

"괜찮아요. 왕부 영패가 있거든요." 황재하는 그렇게 말하면서 장항영과 함께 마른 풀밭 위를 걸어 입구 쪽으로 향했다. "야간 당직을 자주 서시나요?"

"그렇진 않아요. 닷새에 한 번 꼴이니까요." 장항영은 고개를 들어 하늘 가득한 별들을 보며 긴 한숨을 쉬었다. "비록 전하께서 안 계셔도, 우리는 본분을 충실히 지켜야 하지 않겠습니까. 전하께서 돌아오셨을 때 무너진 왕부 질서 때문에 근심하시지 않도록 말입니다."

황재하는 고개를 끄덕이며 말했다. "그럼요. 전하께서 안 계신다고 왕부가 어지러워지면 안 되겠지요."

장항영이 갑자기 걸음을 멈추더니 낮은 소리로 물었다. "재하 아가씨, 혹시…… 전하를 뵐 수 있는 방법을 아십니까?"

황재하는 가만히 고개를 가로저으며 말했다. "제가 종정시에 아는 사람이 어디 있겠어요?"

"자진 공자님 쪽은 방법이 없을까요?" 장항영이 다시 물었다.

황재하는 또다시 고개를 절레절레 흔들었다. "저도 모르겠어요."

장항영이 한숨을 내쉬었다. "전하께서는 지금 어떻게 하고 계신지 모르겠네요. 뭐 필요하신 것은 없는지, 저희가 가서 돌봐드리지 않아도 괜찮은지."

"그런 걸 저희가 어떻게 알겠어요? 경익 공공 쪽에서 다 알아서 처리하겠죠." 황재하는 그렇게 말하고는 생각에 잠긴 표정으로 장항영을 보았다. "장 형한테 무슨 방도가 있나요?"

장항영은 고개를 내저었고, 두 사람은 침묵했다.

왕부 대문까지 황재하를 배웅한 장항영은 문 앞에 서서 서쪽으로 걸음을 옮기는 황재하를 끝까지 눈으로 배웅했다. 황재하는 한참을 걸어가다가 뒤를 돌아보았다. 장항영은 그때까지도 문 앞에 서서 황재하를 보고 있다가 손을 흔들며 말했다.

"조심히 들어가세요."

황재하는 고개를 끄덕이고는 두봉을 단단히 싸매며 다시 걸었다.

황재하의 얼굴로 찬바람이 몰아쳤다. 장안 골목마다 걸린 등롱 불빛이 눈앞에서 점차 흐릿해졌다. 새빨간 불빛을 보노라니 성도부에서 있었던 대형 화재가 떠올랐다.

불길 속에서 자신을 희생하면서까지 이서백을 위해 도망칠 길을 열어준 경육. 죽기 직전 장항영의 손을 잡고 간절하게 이서백을 바라보던 그 눈빛이 지금도 눈에 선했다.

그 눈빛을 생각하다가 황재하는 불현듯 온몸이 떨리며 식은땀이 나, 저도 모르게 오른손을 들어 가슴을 쳤다. 머릿속의 그 무시무시한 생각을 잠재우려 무던히 애를 썼지만, 아무리 해도 떨쳐지지가 않았다. 등골을 타고 식은땀이 천천히 흘러내려 온몸이 차갑게 얼었으나 머리는 한층 더 맑아졌다.

비밀 상자에 넣어 보관했는데도 기이하게 붉은 동그라미가 나타났던 부적…….

황재하는 결코 귀신의 힘 같은 것은 믿지 않았다. 분명 그 누군가는 비밀 상자에 접근할 수 있는 측근이었을 것이며, 죽기 전에 자신의 임무를 이을 후임을 찾아야 했을 것이다.

숨을 거두기 직전 경육은 간청하는 눈빛으로 이서백을 보며 장항영을 이서백 곁에 맡겼다. 당시 경육이 안도하는 듯한 미소를 보였을 때 황재하는 눈시울을 붉혔지만, 지금 그 미소를 돌이켜보노라니 식은땀이 줄줄 흘러내렸다.

설마…….

이서백을 위해 목숨까지 내놓았던 경육이, 사실은 음모 속에서 자신의 목숨을 내던진 바둑돌에 불과했단 말인가?

과묵하고 낯을 가리는 성격에, 체격이 듬직하고 믿음직스러웠던 사람. 황재하가 아는 가운데 가장 순진무구했던 사람. 그 사람이 정말로 감히 상상할 수 없는 그러한 일을 저질렀단 말인가?

황재하는 왕 가 저택으로 돌아왔다. 바깥의 추운 날씨 탓인지 아니면 다른 이유 때문인지, 왠지 의식이 흐릿해지는 느낌이 들었다. 시종들이 재빨리 따뜻한 물을 떠다 주고, 숯이 잘 지펴진 화롯불도 가져다주었다. 이불 속에는 탕파[24]도 넣어 황재하가 편히 잘 수 있도록 해주었다.

하지만 하루 동안 일어난 모든 일이 눈앞에 재연되어 황재하는 도

---

24 단지 안에 뜨거운 물을 넣어 그 열기로 몸을 따뜻하게 하는 기구.

무지 잠을 이루지 못했다.

끊임없이 눈앞에 펼쳐지는 장면들로 밤새 뒤척였다. 어장검을 들고 자신의 가슴을 깊이 찌른 이윤, 숨을 거두기 직전 참담한 미소를 짓던 경육, 단서당에서 팔을 높이 들어 키로 약초를 까부르던 장항영, 좁은 골목 끝에 기호를 남긴 적취…….

왼쪽과 아래쪽 모서리가 감싸져 있던 북 자. 그것은 사실 도망할 도(逃) 자를 그린 것이었다. 글을 모르는 적취가 그 글자를 어디서 배웠는지는 모르겠지만, 그렇게 기이하게 써놓았음에도 황재하는 단박에 알아보았다.

적취가 무엇을 알게 되었기에 도망치라는 신호를 보냈을까? 무엇을 보았기에 이 무서운 소용돌이에 휩쓸리지 말라고 알려주었을까? 하지만 안타깝게도 황재하는 당시 적취의 말을 믿지 않았고, 그들 앞에 얼마나 거대한 음모가 기다리는지도 전혀 알지 못했다. 지금, 천지가 요동치는 이때, 그 글자를 다시 떠올리면서야 적취가 이 거대한 폭풍을 미리 알고 있었음을 깨달았다.

황재하는 침대 위에 뻣뻣하게 누운 채로 관자놀이를 꾹꾹 눌러가며 더 깊이 생각을 이어갔다.

장항영……. 장항영이 정말로 이서백 곁에 잠복한 첩자일까? 중요한 한순간에 돌변하여 치명적인 공격을 가해올 것이란 말인가?

누군가가 어장검을 몰래 가져가 이윤에게 건넸고, 그 검으로 이윤이 자진해, 이서백은 이윤을 죽였다는 모함에 빠졌다. 정말 장항영이 한 짓일까, 아니면 다른 누군가가 있을까. 지금은 증거가 아무것도 없었다.

촉에 있을 때 황재하와 이서백은 장항영에게 의심을 품은 적이 있었다. 하지만 그때도 그저 짐작일 뿐 확실한 건 없었다. 지금 황재하가 장항영을 의심하는 근거 또한 경육과 적취밖에 없었다. 그것만 아니라면 어떻게 장항영을 의심할 수 있겠는가…….

황재하는 손을 들어 눈을 감쌌다. 머리가 깨질 듯이 아파, 더 이상 생각을 이어가다가는 미쳐버릴 것만 같았다. 지금 황재하가 할 수 있는 유일한 일은 일단 모든 생각을 내려놓고 쉬는 것이었다. 어차피 내일이 되면 또다시 열두 시진이 주어질 것이며, 그때 되면 다시 절망 가운데 혹 있을지 모를 희망을 찾으러 갈 것이다.

주자진은 아주 잘 쉬고 있었다. 매일 일찍 자고 일찍 일어났으며, 오늘도 예외는 아니었다. 그런데 아침에 일어나 거울에 얼굴을 비춰보니 안색이 영 좋지 않았다.

주자진이 한숨을 내쉬며 중얼거렸다. "이게 다 숭고 때문이야. 어제 기왕 전하한테 그리 큰일이 생겼다는 소식을 듣고 바로 영창방으로 달려갔는데, 어떻게 집에 없을 수가 있어! 대체 무슨 일이 있었던 건지 생각하느라 정말 밤새 머리가 터지는 줄 알았네!"

제대로 잠을 자지 못한 탓에, 문을 열고 나서는데 몸도 휘청거리고 눈도 잘 떠지지 않았다. 그때 복도 옆에 서 있던 누군가가 "자진 도련님"하고 주자진을 불렀다. 순간 너무 놀란 주자진은 하마터면 그대로 주저앉을 뻔했다. "숭…… 숭고?"

검정색 모피로 만든 두봉을 걸친 황재하가 방문 앞에 서 있었다. 놀라서 문에 바싹 달라붙은 주자진의 모습을 보며 황재하가 물었다. "왜 그러세요?"

"아니 니, 네가……. 평소 일이 있을 때마다 내가 널 찾으러 갔잖아. 그런데 오늘은 웬일로 네가 먼저 날 찾아왔어?"주자진은 황재하의 얼굴을 들여다보고는 더 깜짝 놀라며 말했다. "도대체 무슨 일이야? 내 얼굴만 엉망인 줄 알았는데, 너는 더 엉망이네?"

황재하는 그 말에는 대답 않고 단도직입적으로 말했다. "일이 있어서 찾아왔어요. 기왕 전하에 관한 일이에요."

"어제 안 그래도 그 일에 대해 물어보려고 널 찾아갔었는데 유시가 다 지나도록 안 오던데!"

"어제는 뭘 좀 조사하느라고 늦게 돌아갔어요. 하마터면 통행금지 단속에 걸릴 뻔했어요."

주자진은 일단 황재하를 응접실로 데려가 앉힌 뒤, 급히 주방으로 가서 먹을 것을 가지고 와 율무죽을 먼저 한 그릇 건넸다.

"전 먹었어요." 황재하가 고개를 내저었다.

"좀 더 먹어. 네 몰골 좀 봐. 배를 든든히 채우지 않으면 일을 할 수 없어. 이런 큰일은 더더욱 그래."

황재하는 주자진의 말을 듣고는 죽 그릇을 받아들어 몇 숟갈 떠먹었다.

"어서 말 좀 해봐, 어제 대체 무슨 일이 있었던 거야? 온 장안성에 소문이 쫙 퍼졌어. 정월 초하루에 기왕 전하가 악왕 전하를 죽였다고 말이야! 내가 아주 그 말을 듣자마자 넋이 다 나갔다고. 말도 안 되는 소리잖아!" 주자진은 초조해서 어쩔 줄 몰라 하며 탁자를 손톱으로 마구 긁었다. 탁자의 옻칠이 다 벗겨질 기세였다. "어서 말해봐!"

황재하는 죽 그릇을 든 채 미간을 찌푸리며 물었다. "온 장안성이 다 알고 있다고요?"

"그렇다니까. 기왕 전하는 종정시에 갇혔고, 악왕 전하의 시신은 악왕부로 보내졌다고 하더라고!" 주자진은 초조한 마음에 먹는 것도 제쳐두고 정신없이 말을 이었다. "100명 넘는 신책군이 직접 눈으로 봤다며! 기왕 전하의 검이 악왕 전하의 가슴을 찔렀고, 악왕 전하가 숨이 끊어지기 직전에 기왕 전하의 옷깃을 잡고서 '기왕이 날 죽였다'고 소리쳤다며!"

황재하는 고개를 끄덕이며 낮은 소리로 말했다. "맞아요. 실제로 악왕 전하께서 그렇게 말하셨어요."

주자진은 순간 벌떡 일어났다. 그 바람에 젓가락이 발등 위로 떨어졌는데도 아랑곳 않고 다급하게 물었다. "기왕 전하가 죽인 거야? 악왕 전하가 모함한 것 때문에 화가 나서 죽였다고? 말도 안 돼. 기왕 전하가 얼마나 냉철하고 침착한 분인데, 그럴 리가……."

황재하는 죽 그릇을 내려놓고는 고개를 들어 주자진을 쳐다보았다. "앉아서 제 말 좀 들어보세요."

"그래……. 알았어." 주자진은 초조한 나머지 눈, 코, 입, 귀 할 것 없이 얼굴의 모든 구멍에서 김을 뿜어내고 있었지만, 얌전하게 다시 자리에 앉았다. 그러고는 목을 길게 빼 얼굴을 내밀고 황재하를 뚫어져라 보며 기다렸다. 황재하가 할 말들을 한꺼번에 바로 배 속에서 꺼내지 못하는 것을 한스러워하는 듯 보였다.

"기왕 전하는 누명을 쓰셨어요." 이윤이 스스로 목숨을 끊으면서까지 이서백을 모함했다는 사실을 주자진이 쉽게 받아들이지 못할 것 같아 황재하는 요점만 간단히 말했다. 주자진이 과하게 놀라는 것을 미연에 방지하기 위해서였다. "비록 흉기가 기왕 전하의 어장검이었지만 말이에요."

몹시 놀라 넋이 나가 있던 주자진은 그제야 정신을 차리고 물었다. "그러니까 네 말은, 기왕부에 내통하는 자가 있어서 어장검을 몰래 빼내 기왕 전하를 함정에 빠뜨렸다?"

"네. 아마 전하와 굉장히 가까이 있던 사람이었을 거예요."

"경익, 아니면 경항? 경상은 촉에서 실종된 걸로 아는데 혹시 돌아왔어?"

주자진이 한참 생각에 빠져 있을 때 황재하가 다시 물었다. "지난번에 적취가 골목 끝 벽에 남기고 간 그 기호 기억해요?"

주자진이 힘껏 고개를 끄덕였다. "기억하고말고! 그런데 아무리 생각해도 그게 무슨 뜻인지 모르겠어⋯⋯."

황재하는 젓가락에 율무죽을 살짝 찍어 상 위에 북녘 북 자를 적었다. 그리고 다시 왼쪽과 아래쪽에 선을 그렸다.

주자진은 황재하가 그린 그림을 보며 말했다. "맞아, 이런 거였어. 대체 이게 무슨 뜻일까? 성의 북쪽에 머물고 있으니 그리로 찾으러 와라?"

황재하가 고개를 저으며, 다시 젓가락을 들어 왼쪽을 감싼 선 위에 점 하나를 찍었다.

점이 찍히자 주자진의 입이 크게 벌어졌다. 주자진이 자신도 모르게 큰 소리로 외쳤다. "도망치다!"

황재하는 고개를 끄덕이며 말했다. "맞아요. 적취가 우리에게 남기고 싶었던 말은 도망치라는 거였어요. 다만 적취는 글을 거의 몰라서 글자 쓰는 법도 잘 몰랐을 거예요. 아마 점은 너무 작게 찍혀서 저희가 주의 깊게 보지 못했을 거고요. 그래서 글자가 아닌 이상한 기호처럼 보였던 거죠."

"그럼 적취는 왜 그냥 말로 하지 않았을까?"

"분명 무슨 이유가 있을 거예요. 어찌 됐든 간에 적취를 찾아서 물어보면 돼요."

주자진은 생각에 잠긴 채 말했다. "그런데 말이 안 되잖아. 적취는 그저 평범한 여인일 뿐이고, 게다가 지금은 죄를 진 몸이잖아. 그런 적취가 앞으로 일어날 무서운 일에 대해서 어디서 듣고 와서 우리한테 경고를 보냈겠어?"

"그러니까 말이에요. 황제 폐하는 태의와 그 가족들한테까지 분노를 퍼부으셨는데, 흉악한 범인의 딸을 어찌 그냥 놓아주겠어요?" 황재하는 길게 한숨을 쉬고 말했다. "적취가 그러한 신분에도 장차 어떤 일이 벌어질지, 저희가 어떤 재앙을 당할지 미리 알고 경고를 남긴 거라면, 대체 그 정보의 근원이 어디일까요? 짐작할 수 있겠어요?"

곰곰이 생각하던 주자진의 낯빛이 점점 안 좋아졌다. 주자진은 황재하를 보며 무슨 말인가를 하려다 말기를 한참 반복하더니, 결국 떨리는 목소리로 물었다. "장 형……?"

"네. 유일한 가능성이죠, 안 그래요?" 황재하의 평온한 목소리에 조금은 피로감이 서려 있었다.

황재하 앞에 책상다리를 하고 앉은 주자진은 제대로 놀라 멍한 얼굴이었다. 두 눈은 초점을 잃어 흐리멍덩했고, 몇 번이나 입을 벌렸으나 결국 아무 말도 하지 못했다.

"도련님이나 저나 그 인물이…… 장 형이라고 상상하는 건 힘든 일일 거예요." 황재하의 목소리도 미세하게 떨려 나왔다. 마음이 혼란해 숨도 고르지 못했다. "아니라면 좋겠지만, 만약 정말 장 형이……."

"어떻게 장 형일 수가 있어? 말도 안 돼!" 주자진은 격분하며 황재하의 말을 잘랐다. "숭고, 장 형이라고! 장 형은 우리와 생사를 같이한 사람이야. 장 형이 우리를 구해준 게 어디 한두 번이야? 그리고 적취를 얼마나 사랑하는데……. 어떻게 장 형을 의심할 수 있어? 어떻게 우리 장 형을 의심할 수 있느냐고!"

황재하는 아랫입술을 깨물었으나 가빠지는 호흡을 달랠 수는 없었다. 거의 울기 일보 직전인 주자진의 얼굴을 피해 고개를 돌리고는 흐느끼며 말했다. "도련님, 장 형은 저에게도 마찬가지로 '우리 장 형'이에요. 저도…… 도련님처럼 힘들다고요."

주자진은 황새하가 괴로워하는 모습을 보며 어쩔 줄 몰라 하다가 조용히 황재하를 달래며 말했다. "그래도 아직까지는 확실한 게 아니잖아, 안 그래? 어쩌면 장 형이 아닐 수도 있으니까……."

황재하는 애써 고개를 끄덕였다. 두 사람은 무슨 말을 해야 할지 몰라 한참을 말없이 있었다.

황재하는 크게 심호흡하며 애써 마음을 가라앉힌 후 다시 입을 열었다. "지금 저와 기왕 전하는 상황이 좋지 않아요. 이미 곁에는 믿을 만한 사람도, 기댈 만한 사람도 남아 있지 않아요……."

주자진은 낮지만 그 어느 때보다 단호한 목소리로 말했다. "걱정 마. 적어도 나는 반드시 네 편에 서 있을 거야!"

"고맙습니다. 마침 지금 도련님의 도움이 꼭 필요해요." 황재하는 고개를 끄덕이고는 눈을 들어 주자진을 바라보았다. "도련님은 어쨌든 특별한 위치에 있으니, 어쩌면 악왕 전하의 시신을 검시할 기회가 있을지도 모르겠어요. 도련님께서 시신을 검안하면서 사건 해결에 도움이 될 무슨 단서라도 찾을 수 있으면 좋겠어요."

황재하의 말에 주자진은 이제 막 잠에서 깨어난 듯한 기분이 들었다. 망연한 얼굴로 고개는 끄덕였으나, 여전히 극도의 충격에서 벗어나지 못한 기색이 역력했다.

"알았어. 만약 내게 검시를 맡긴다면, 확실히 하도록 할게……."

주자진의 말이 채 끝나기도 전에 바깥에서 누군가가 뛰어 들어왔다. "도련님, 도련님!"

주자진이 고개를 돌려 하인을 보며 여전히 굳은 얼굴로 물었다. "무슨 일이야?"

"자주 오시던 형부의 그 유 주사가 오셨는데 종정시의 오 공공도 함께 오셨습니다. 도련님을 악왕부로 모시러 왔다고 합니다."

주자진은 황재하를 힐끗 쳐다보았다. 황재하의 귀신같은 예측에 놀라서 얼떨떨한 표정이었다. "알았어. 바로 건너갈게."

주자진이 몸을 일으켜 밖으로 걸음을 옮기자, 황재하가 그 뒷모습에 대고 말했다. "자진 도련님, 잘 부탁드려요."

주자진은 고개를 끄덕이고는 빠른 걸음으로 뜰로 나갔다.

"검시라……."

주자진의 반응은 형부와 종정시의 예상을 완전히 빗나갔다. 인생의 가장 큰 취미가 검시이던 주자진이 오늘은 갑자기 태도가 돌변해, 책상다리를 하고서 상에 살짝 몸을 기댄 채 괴로운 표정을 지었다. "형부에 검시관이 그리 많은데 어찌 저를 찾아오셨습니까?"

"어 그게……." 형부 유 주사는 오늘 태양이 서쪽에서 뜬 것은 아닌지 창밖을 내다보고 싶은 충동을 느꼈다. "자진 공자님은 검시 실력이 천하제일 아닙니까. 적어도 이 장안에서는 둘째가라면 서러울……."

"솔직히 말씀드리겠습니다. 제게 약혼녀가 있는데, 제가 검시하는 것을 좋아하지 않습니다. 평생 혼자서 늙어 죽지 않으려면 어쩔 수가 없어서, 성도부 포두 대장 자리도 내팽개치고 장안으로 온 것입니다. 좀 제대로 된 일을 해보려고 말입니다." 주자진은 진지한 얼굴로 진짜인 것처럼 말했다.

유 주사는 울상을 하고 말했다. "자진 공자님, 이번 일은 정말로 공자님이 없으면 안 됩니다……. 이번에는 평범한 사람의 시신이 아니에요."

주자진은 득의양양한 표정을 지으며 말했다. "평범한 사람이 아닌 시신을 제가 뭐 언제는 검시 안 해봤습니까? 동창 공주님, 왕 가 아가씨, 그리고 공주부 환관까지……."

"악왕 전하의 시신입니다." 유 주사는 하는 수 없이 사실대로 말했다. "공자님도 알다시피 우리 형부 검시관들은 솜씨가 서툴러서, 검시를 무슨 돼지 도살하듯 하지 않습니까. 하지만 악왕 전하의 시신을 어찌 그리 만들 수 있습니까? 그뿐만 아니라, 황실과 관련된 사안인 것은 둘째치고, 어쨌거나 악왕 전하의 시신을 어찌 그자들이 보도록 하겠습니까?"

주자진은 과연 숭고의 말이 틀리지 않았다는 생각을 했다. 역시 악왕의 검시를 맡기기 위해 찾아온 것이다. 그 뜨거운 감자는 결국 주자진 손에 떨어지게 되었다.

상대가 악왕의 검시를 맡기고자 찾아왔음을 밝혔으니, 깜짝 놀란 척이라도 해야 했다. 주자진은 눈을 휘둥그레 뜨고 입을 떡 벌리며, 자신이 엄청난 슬픔과 충격에 휩싸였음을 보여주었다. "뭐라고요? 악왕 전하요?"

"그렇다니까요, 공자님은 모르셨습니까······."

"악왕 전하는 저와도 친분이 있었는데, 갑자기 세상을 떠나시다니요. 가슴이 너무나 아프네요······." 주자진은 한숨을 쉬고는 검시 도구를 챙겨 오겠다며 자리에서 일어났다. "어찌 되었든, 악왕 전하의 시신이 엉망으로 훼손되게 둘 수는 없지요. 이 일은 도의상 절대 거절할 수 없겠습니다!"

주자진은 도구 상자를 챙기러 방으로 뛰어 들어갔다. 그때 언뜻 사람 모습이 시야를 스치는 듯해 시선을 돌리니 깡마른 소년 하나가 방 한쪽에 서 있었다.

주자진은 소년에게 물었다. "내 도구 상자는?"

소년이 옆에 있던 상자를 들어 건네며 말했다. "가요."

주자진은 그 목소리에 순간 멈칫했다. 목이 잠긴 듯 낮게 깔린 소년의 음성은, 주자진에게 익숙하기 그지없는 그 사람만의 독특한 목소리였다. 하지만 고개를 돌려 보니, 낯빛이 노랗고 눈매가 살짝 아래로 처진 낯선 얼굴의 소년이었다.

"너······ 넌 누구냐?"

"양숭고요." 황재하는 태연하게 옷매무새를 가다듬으며 말했다. "아필한테서 옷을 좀 빌렸어요. 몸에 잘 맞는 것 같나요?"

주자진은 입가를 실룩거리며 물었다. "누가 그렇게 변장해준 거야?"

"제가 직접 했어요. 방 안에 보니까 별의별 물건이 많기에 거기서 찾아서 썼어요." 황재하는 그렇게 말하면서 곧장 바깥으로 나갔다.

주자진은 서둘러 상자를 등에 지고 황재하를 쫓아가며 물었다. "너는 어디 가?"

"상자 챙기러 오신 걸 보니 악왕부에 검시하러 가는 거겠죠?"

주자진은 재빨리 고개를 끄덕였다. "그럼…… 너 예전처럼 내 조수 하는 거야?"

황재하가 고개를 끄덕였다. "네, 길도 가던 길이 낫다고, 늘 하던 대로요!"

"자진 공자님, 언제 조수까지 들였습니까?"

마차가 출발하자 유 주사는 눈꼬리가 처지고 얼굴 가득 우울함을 발산하는 소년을 훑어보았다. 이 소년을 사건에 들어오게 해도 되는지 망설여졌다.

주자진은 가슴을 치며 말했다. "무슨 그런 섭섭한 말씀을 하십니까. 제가 성도부 포두 대장인데, 제 신분과 지위에 어찌 조수 한 명 없겠습니까? 게다가 숭…… 숭칠이는 얼마나 대단한지, 비록 나이는 어리지만 이미 저의 모든 기술을 다 전수받았죠!"

종정시 사람이 물었다. "곁에 조수까지 두셨는데, 어찌 그 상자는 본인이 직접 들고 계십니까?"

주자진은 깜짝 놀라며 품 안의 상자를 멍한 눈으로 내려다보았다. "이…… 이건…….."

"안 그래도 제가 들겠다고 그리 말씀드렸는데." 황재하가 옆에서 쉰 목소리로 말했다. "이 상자에는 도련님만의 독보적인 비법들이 숨겨져 있어서, 혹여나 제가 그걸 몰래 배워 장안 제일 검시관 자리를 빼앗을까 봐 염려하시는 것 같습니다."

옆에 있던 두 사람은 일리가 있다 여기며 고개를 끄덕였다. 다만 주자진을 바라보는 눈빛에 살짝 얕보는 듯한 기색이 서렸다.

"그건 말도 안 되지! 이 도련님의 비법들을 네가 20~30년을 공부한다 한들 배워질 것 같으냐? 이깟 상자가 뭐 대단하다고?" 주자진은 짐짓 딱 잡아떼며 황재하를 향해 몰래 엄지손가락을 세워 보였다.

황재하는 시선을 아래로 내린 채 여전히 생기 없는 표정으로 가만히 앉아 있었다.

멀지 않은 길이어서 곧 악왕부에 도착했다.

예전에도 여러 번 와본 곳이나, 전과는 완전히 다른 분위기였다. 왕부에는 빈소가 마련되었고, 지난번 사건으로 걱정 근심이 가득하던 왕부 사람들은 이번에는 악왕의 소식을 확실히 전해 듣고 저마다 절망과 허탈을 느끼며 왕부 도처에서 구슬피 울었다.

하루 만에 기왕부와 악왕부 모두 극심한 변화를 맞아, 두 왕부에 소속된 이들 전부 몰락의 위험에 처했다.

황재하는 시선을 내린 채 한눈팔지 않고 잠자코 주자진의 뒤를 따라 후당으로 들어갔다. 악왕의 시신이 그곳에 누워 있었다. 황재하는 이미 한 번 육안으로 조사했지만 상처 부위는 들여다보지 못했기에, 그에 대한 확실한 조사가 필요했다. 이 점에서는 황재하보다 주자진이 훨씬 나았다.

주자진은 얇은 장갑을 끼고서 검시를 시작하며 무심코 내뱉었다. "검시 결과……."

이미 필묵을 준비한 황재하는 종이 위에 빠른 속도로 받아 적어 내려갔다.

사후 용모는 침착한 표정이나 근육은 다소 뒤틀려 있고, 두 눈과 입술은 모두 닫힌 상태임. 시신의 키는 6척 정도이며, 체형은 마른 편임.

초검에서는 가슴에 보이는 상처가 사인으로 여겨짐. 회색 무명옷 차림에 청색 실로 짠 신발을 신었으며, 몸이 굽지 않고 편안한 자세임. 등과 관절 쪽에 약간의 청색 시반이 보이며, 손가락으로 누르면 피부색이 퇴색되고 피부에 일정한 반점이 나타나 있음. 눈은 혼탁해지기 시작했으며, 구강 점막이 미세하게 녹음.

사망 시간 초검: 어제 신시 즈음.

사망 원인 초검: 날카로운 칼이 심장을 찔러 심장 혈관이 파열되어 숨이 끊김.

상처의 형태……

거기까지 말한 주자진은 말을 멈추고는 상처를 응시하며 머뭇머뭇 아무 말도 하지 못했다.

황재하가 수첩을 들고 상처를 내려다보며 물었다. "어떻습니까?"

주자진의 시선이 옆에 있던 유 주사와 오 공공을 향했다. 두 사람이 주자진에게 관심을 집중하고 있자 또다시 황재하를 향해 고개를 돌렸다. 입을 벌리긴 했으나 여전히 주저하는 얼굴이었다.

황재하는 쥐고 있던 붓에 먹을 묻히고는 담담한 표정으로 주자진을 바라보며 고개를 끄덕였다.

주자진은 여전히 변함없는 황재하의 표정을 바라보며 그제야 엄숙한 목소리로 말했다. "상처가 좁고 긴 것으로 보아 단검이나 비수로 찔렀음. 상처의 방향은…… 검시관 기준으로 우측 아래를 향해 미세하게 틀어져 있음."

황재하는 얼굴에 아무런 감정도 드러내지 않은 채, 토씨 하나 틀리지 않고 주자진의 말을 받아 적었다. 그러고는 붓을 떼고서 입으로 바람을 불어 종이 위 젖은 먹 자국을 말렸다.

유 주사가 일어나 다가와서는 황재하가 적은 기록을 살피며 물었다. "특별히 이상한 점은 없습니까?"

"유 주사께서 한번 보십시오. 이 상처는……." 주자진이 설명을 하려는데 누군가가 소맷자락을 살짝 잡아당기는 게 느껴져 옆을 돌아보았다. 황재하가 탁자 위의 물건들을 정리하는 척하면서 주자진을 흘깃 쳐다보았다. 그 눈빛에 담긴 왠지 모를 우려와 어둠이 느껴져 주자진은 재빨리 입을 닫았다.

황재하가 입술을 살짝 벌려 소리 없이 입 모양으로 말했다. '목숨을 지키려면, 말을 아끼세요.'

주자진은 속으로 황재하의 입 모양을 따라해보고는 바로 그 뜻을 알아차렸다.

이서백마저 저항할 수 없는 힘을 주자진이 어떻게 이기겠는가? 진실을 입 밖으로 내는 순간 주자진과 황재하 앞에는 죽음밖에 남지 않을 것이다.

주자진은 잠시 머뭇거리다가 말했다. "이 상처는 보아하니 굉장히 예리한 칼로 찔린 듯합니다. 유 주사께서도 한번 보십시오. 이 정도로 깔끔하고 완벽한 상처를 본 적 있습니까……."

유 주사는 주자진이 손을 뻗어 마치 한 송이 만개한 꽃을 쓰다듬듯 부드러운 손놀림으로 상처를 쓰다듬는 모습을 보고는 순간 모골이 송연해져 황급히 뒤로 물러났다.

"제가 어찌 그런 걸 봤겠습니까? 저는 형부에서 그저 문서나 관리하는 사람 아닙니까. 이런 걸 본 적이 있을 리가요."

"그렇겠네요, 문인이시니까요. 시 쓰는 걸로는 형부에서 최고라고 들었습니다." 주자진이 거짓으로 미소 지으며 유 주사를 추어올렸다.

유 주사는 얼굴에 득의한 빛이 떠올랐으나 고개를 저으며 말했다. "아이고, 아닙니다. 춘부장께서 형부에 오셨을 때 제가 두 번째로 밀려나지 않았습니까."

주자진은 손이 미세하게 떨리는 것을 감추기 위해 괜히 흥분한 척하며 황재하에게 시신 덮는 천을 건네달라고 손짓했다. "유 주사님, 검시 내용에 별다른 의문은 없으신가요?"

유 주사는 수첩에 적힌 내용을 한 번 훑어보고는, 주자진이 말한 것과 한 자도 다르지 않음을 확인하며 칭찬했다. "글씨가 좋습니다." 그러고는 주자진에게 수결을 받고 자신도 붓을 들어 왼쪽 가장자리에 수결을 했다. 종정시 관원도 그 옆에다 자신의 이름을 적었다.

황재하는 시신 검안서 사본을 유 주사에게 건넨 뒤 원본은 상자에 넣었다. 상자는 여전히 주자진이 짊어지고서 악왕부를 나왔다.

형부 사람들은 다들 주자진과 잘 아는 사이였다. 두 사람을 데려다줄 마차의 마부도 마찬가지였다. 마부가 주자진에게 밤 한 줌을 건네며 물었다. "자진 도련님, 춘부장께서는 촉에서 잘 지내십니까? 언제쯤 형부 사람들을 보러 한번 오실지……. 다들 보고 싶어 합니다."

"음, 아버지는…… 촉에 가신 지 얼마 안 돼서 지금은 바쁘시고, 시간이 좀 더 지나야 하지 않을까 싶어요." 주자진은 그렇게 말하면서 서둘러 찬바람을 피하고 싶다는 듯 얼른 마차 안으로 뛰어올랐다.

황재하가 뒤따라 마차에 오르니 주자진은 넋을 잃고 멍하니 의자에 앉아 있었다.

"도련님."

주자진은 "아" 하고 외마디 소리를 내고는 손을 파르르 떨었다. 조금 전 받아 든 밤이 바닥에 후드득 떨어졌다.

황재하는 주자진을 힐끗 쳐다보고는 쭈그리고 앉아 밤을 주웠다. 좁은 마차 안에 쭈그리고 앉으니 심하게 떨리는 주자진의 손이 바로 눈앞에 보였다.

황재하는 주자진의 손을 펴서 밤을 손바닥 위에 얹어주었다.

주자진은 긴장한 표정으로 마차 밖 동정에 귀를 기울이며 목소리를 잔뜩 낮추어 물었다. "대체 어떻게 된 일이야? 도대체 왜…… 악왕 전하께서 자진을 한 거야?"

"이래서 제가 자세히 설명하지 않았던 거예요. 말로는 설명이 어렵지만 상처를 보는 즉시 도련님도 알 거라 생각했어요."

"당연하지! 악왕 전하의 상처는 왼쪽 아래로 비스듬히 나 있다고. 이건 두 가지 가능성밖에 없어. 범인이 왼손잡이이거나, 아니면 악왕 전하가 직접 오른손으로 비수를 들고 찔렀거나!"

황재하가 차갑게 말했다. "또 한 가지 가능성이 있다면, 누군가가 뒤에서 악왕 전하를 두 팔로 감싸 안은 뒤 오른손을 움직여 찌른 거죠."

"맞아. 그렇게 해도 왼쪽 아래로 비스듬히 상처가 나지. 다만 악왕 전하는 칼에 찔린 후 사건 현장에 온 사람들에게 기왕 전하가 범인이라는 말을 했잖아. 그렇다면 정황으로 봤을 때, 당시 악왕 전하는 몸부림칠 여력이 남아 있었을 거야! 만약 누군가가 뒤에서 악왕 전하를 제압했다면, 조금이라도 몸부림을 쳤을 테고, 그럼 상처 부위에 그 흔적이 남았어야 해. 양손에도 저항으로 인한 흔적이 있어야 하고. 하지만 악왕 전하 시신에는 칼로 찌른 상처 말고 다른 흔적은 전혀 없어. 그래서 그 가능성은 제외!"

흥분한 주자진의 목소리가 점점 높아져 황재하는 손가락을 입에 갖다 대며 목소리를 낮추라는 신호를 보냈다.

주자진은 자신의 입을 막으며 막 튀어나오려던 말을 필사적으로 다시 삼켰다. 그러고는 눈만 휘둥그레 뜬 채 감히 더는 말을 잇지 못하고, 황재하를 쳐다보며 자신의 의문에 대한 답을 들려주기만을 기다렸다.

하지만 황재하는 눈을 감고 마차 벽에 등을 기댄 채 더 이상 아무 말도 하지 않았다.

오는 길 내내 조급함에 애를 태운 주자진은 집에 도착하자마자 마차에서 뛰어내려 안으로 뛰어 들어갔다.

황재하가 뒤따라 후원에 도착하자 주자진은 얼른 문을 닫고 빗장을 단단히 걸었다. 그러고는 황재하의 소맷자락을 붙잡으며 초조하게 물었다. "어서 말해봐! 악왕 전하가 왜 스스로 목숨을 끊은 거야? 기왕 전하는 왜 갑자기 범인이 된 거고? 악왕 전하는 왜 죽기 직전에 사람들한테 기왕 전하가 범인이라고 지목한 건데?"

황재하는 주자진의 손을 뿌리치고 실내로 들어가, 일단 거울 앞에 앉아 맑은 물로 얼굴의 변장을 닦아내며 어제 있었던 일을 처음부터 상세하게 말해주었다. 그러고는 물었다. "도련님 생각에는, 도대체 무엇이 악왕 전하를 움직여 목숨까지 내던져가며 기왕 전하를 사지로 내몰게 만들었을 거라고 생각해요?"

주자진은 새하얗게 질린 낯빛으로 황재하 앞에 멍하니 앉아 있다가 한참 후에야 겨우 입을 열었다. "섭혼술?"

황재하는 고개를 끄덕이긴 했으나 아무 말도 하지 않았다.

"하지만 섭혼술이라 하기엔 너무 뜬금없잖아? 악왕 전하가 어떻게 갑자기 목숨을 버릴 정도로 기왕 전하를 미워한단 말이야? 그리고 악왕 전하는 오랫동안 문밖출입을 안 하셨다며? 그런데 누가 전하께 접근해서 최면을 걸었겠어?"

"그리고 상난각에서는 어떻게 공중에서 사라졌는지도 의문이죠……." 황재하는 눈을 감고 고개를 절레절레 흔들며 낮은 소리로 말했다. "이 사건은 너무 무섭고 기이해서 저도…… 다음 걸음을 어디로 어떻게 디뎌야 할지 도무지 모르겠어요……."

주자진도 속수무책이어서, 그저 이 무시무시한 사건을 생각하며 멍하니 황재하를 바라볼 뿐이었다. 황재하 뒤에서 휘몰아치는 거대한 소용돌이가 눈에 보이는 듯했다. 피비린내 나는 어둠 속에서 기어 나온 거대한 짐승이 가시덩굴을 뻗어, 황재하가 미처 깨닫기도 전에 낚아채 단단히 붙들고는 서서히 끌고 가버릴 것만 같았다. 어떻게 해도 달아날 수 없게.

이마에서 식은땀이 흘러내렸다. 주자진은 자신도 모르게 자리에서 벌떡 일어나 떨리는 음성으로 황재하를 불렀다. "숭고……."

황재하는 손을 물에 씻으며 고개를 돌려 주자진을 보았다.

주자진이 떨리는 소리로 말했다. "도망치자……. 우리 같이 도망치자……."

황재하는 시선을 내려 손에 남은 물기를 보며 적취가 남긴 글자를 떠올렸다. '도망치다.' 평소 무슨 일이든 늘 자신감 넘치던 주자진마저 무시무시한 힘을 마주한 지금 이 순간에는, 오로지 도망밖에는 길이 없다고 생각하는 것이다.

황재하는 눈을 감고서 천천히, 힘겹게 고개를 가로저었다.

"말씀은 고마워요. 하지만 제가 도망쳐버리면, 기왕 전하는 어떻게 해요? 저 혼자 어두운 구석에 숨어 구차하게 목숨을 이어가면 뭐 하겠어요? 그건 제가 원하는 삶이 아니에요."

가족들이 죽고 범인으로 몰렸을 때도 황재하는 한 줄기 희망을 찾기 위해 위험을 무릅쓰고 장안으로 올라왔다. 결코 도망치는 삶을 택하지 않았다.

지금도 황재하의 선택은 마찬가지였다.

"제가 원하는 건, 진심으로 사모하는 사람과 밝은 햇살을 느끼며, 둘이 손을 잡고서 가고 싶은 곳은 어디든 함께 가는 삶이에요. 그런 인생을 살 수 없다면…… 이 일로 죽는다 해도 무엇이 아깝겠어요?"

주자진은 황재하의 창백한 얼굴 위로 드리운 단호한 표정을 보며 순간 가슴이 요동쳐, 아무 말도 하지 못하고 힘껏 고개만 끄덕였다. 황재하도 감정이 격해져 한참 동안 아무 말도 하지 못했다. 그렇게 한참을 말없이 주자진을 바라보다가 방 안으로 들어가 다시 옷을 갈아입었다. 그리고 모피 두봉을 몸에 걸치며 떠날 채비를 했다.

주자진은 황재하를 정전까지 배웅하고는, 중문을 지나 밖으로 나가는 황재하의 뒷모습을 지켜보았다. 찬바람이 윙윙 소리를 내며 휘몰아쳤다. 황재하는 걸치고 있던 두봉을 더 단단히 조여 맸다. 두꺼운 모피를 걸쳤어도 워낙 가녀린 몸이어서, 거센 바람 앞에서 쉽게 꺾이고 말 한 송이 구절초처럼 보였다. 하지만 시종일관 살을 에는 추운 바람에 흔들리면서도, 조금도 두려워하지 않고 활짝 꽃을 피웠다.

주자진은 멍하니 황재하의 뒷모습을 바라보다가 불현듯 깨달았다. 눈앞에 있는 사람은 황재하였다. 양숭고가 아니었다.

여인이었다. 얼굴이 아리땁고 피부가 고운, 머리끝부터 발끝까지 우아하고 사랑스러운, 매력적인 여인 황재하였다.

주자진과 호형호제하던 소환관 양숭고는, 이제 영원히 사라지고 없었다.

유감스러워해야 할지, 기뻐해야 할지, 주자진도 알 수 없었다.

12장

변화무쌍

황재하는 영창방 저택으로 돌아왔다. 바깥 날씨가 매서워 다들 실내에 들어가 있어, 저택은 무척 적막했다.

홀로 회랑을 걷노라니 기둥 너머에서 햇살이 비스듬히 비춰 들어와, 기둥 그림자를 지나면 햇살이 몸 위로 드리웠고, 또 한 걸음 내디디면 다시 기둥 그림자가 드리웠다. 황재하는 망연하게 아무 느낌도 없이 계속해서 앞으로 걸어갔다. 밝아졌다 어두워졌다를 반복하는 햇살 속에서 어디로 가야하는지도, 무엇을 할 수 있는지도 알지 못했다.

단서도, 방법도 없었다. 그렇게 마음을 졸이는 가운데, 어떻게 버티는지도 모르게 하루하루가 흘러갔다.

그러던 어느 날 해 질 녘, 멀리서 생황과 통소 소리가 아스라이 들려와 황재하는 깜짝 놀랐다. 어느새 시간이 흘러 벌써 정월 대보름이 되었다는 사실을 그제야 깨달았다. 정월 대보름에는 공식적으로 사흘간 쉬었다. 오늘은 열나흘이었다.

황재하는 저택 안을 이리저리 배회하다가 밖으로 나왔다.

거리 가득 찬란한 꽃등이 매달려 마치 야광주를 줄줄이 꿰어놓은 밤의 경치를 보는 것 같았다. 등롱을 들고 마실 나온 사람들이 저마다 떠들썩하게 웃으며, 남의 집 문 앞에 걸린 등롱의 수수께끼를 풀어보거나, 자신의 등에 적어놓은 수수께끼를 다른 사람들에게 풀어보게 했다.

쉬운 질문도 있었지만, 굉장히 어려운 질문도 있어 그 앞에는 많은 사람이 모여 온갖 머리를 다 짜내고 있었다. 황재하는 그 모든 광경을 그저 스치는 시선으로만 볼 뿐, 멈춰 서는 일 없이 계속해서 앞으로 걸어갔다.

갑자기 뒤에서 누군가가 황재하에게 물었다. "두보의 시 구절 '사람이 일흔까지 사는 것은 예부터 드문 일이라네'를 사자성어로 만들면? 권렴격[25]으로 맞혀보시오."

그 낯익은 목소리에 황재하는 순간 심장이 멎는 것 같았다. 정월 대보름의 떠들썩한 소음이 순식간에 아득히 먼 곳으로 사라졌다. 황재하는 천천히 고개를 돌렸다. 왕온이 거리 가득한 등불 아래 서서 미소를 머금은 얼굴로 황재하를 응시하고 있었다.

왕온은 여전히 맑고 부드러운 모습으로 살며시 웃으며 고개를 숙여 황재하를 내려다보았다. "정답은 무엇이겠소?"

황재하는 왕온을 바라보며 천천히 답했다. "소년노성(少年老成)[26]입니다."

"맞아, 그거였소!" 왕온은 그제야 깨닫고는 외쳤다. "오는 길에 어느 집 등에 적힌 수수께끼였는데 걸어오면서 아무리 생각해봐도 답이 생각나지 않았소. 그대는 어찌 듣자마자 단박에 맞히는 것이오."

황재하는 평온하게 웃는 왕온을 보며 순간 아무 말도 할 수 없었다.

---

25 마지막 글자부터 역순으로 읽어서 글의 뜻을 맞히는 수수께끼.

26 '어리지만 어른스럽다'는 뜻의 사자성어. 뒤에서부터 거꾸로 읽으면 '노인이 되는 수가 적다'라는 의미가 된다.

왕온이 이미 왕종실과 만나 그 일에 대해 이야기를 나누었는지는 알 수 없었다.

왕온은 미소를 머금고 황재하를 바라보며 말했다. "마침 그대를 보러 가던 참인데 이렇게 길에서 우연히 만나다니, 이런 걸 두고 마음이 통한다고 하는 것 아니오?"

황재하는 고개를 숙이며 왕온의 시선을 피하고, 왕온의 말도 피했다. "빨리 돌아오셨네요?"

"그대가 장안에서 홀로 새해를 맞으며 얼마나 외롭고 무료할까 싶어, 명절 제례를 지내자마자 곧바로 길을 재촉해 돌아왔소." 따뜻한 주황빛 등불 아래서 왕온은 황재하를 응시하며 나지막이 말했다. "그대는 좀 야윈 것 같소. 근자에 근심이 많았던 탓인가 보오?"

황재하는 고개를 끄덕이며 말했다. "네……. 악왕 전하의 일은 들으셨겠지요?"

"장안으로 돌아오는 길에 들었소. 가는 길마다 모든 사람이 이 일에 대해 떠들고 있으니 듣지 않을 수가 없었소." 왕온은 황재하와 함께 영창방 저택으로 향하며 미간을 찡그리고 말했다. "말도 안 되는 일이오. 기왕 전하는 절대 그런 일을 저지를 분이 아니오."

"그렇습니다. 이 일이 얼마나 기이한지 말로는 잘 설명하기도 어렵습니다." 황재하는 아무리 생각해도 논리적으로 설명하기가 어려워 눈썹을 찡그리며 탄식하듯 말했다.

왕온은 고개를 돌려 황재하를 보며 나지막하게 물었다. "왕 공공께 듣자니, 당시 그대도 그 자리에 있었다고……. 그럼 그대가 보기에는 확실히 기왕 전하가 악왕 전하를 죽인 것이 맞소?"

황재하는 고개를 가로저으며 단호하게 말했다. "기왕 전하께서 어찌 그런 일을 하시겠습니까!"

"그러게 말이오. 기왕 전하는 악왕 전하와 가장 사이가 좋지 않았소. 그런데 악왕 전하는 어찌 사람들 앞에서 기왕 전하가 천하를 무너뜨리고 사직을 어지럽힐 거라고 모함했는지 모르겠소. 그리고 기왕 전하가 어찌 악왕 전하를 죽이려 했겠소. 정말 쉽게 헤아리기 어려운 일들이오." 왕온은 한 치의 의심도 허용하지 않는 단호한 표정의 황재하를 보며 탄식하듯 말했다. "하나같이 상식적으로 말이 되지 않소."

황재하는 잠시 침묵한 뒤 입을 열었다. "저는 그 속에 분명 다른 내막이 숨어 있다고 확신합니다."

"나도 그렇소. 기왕 전하가 악왕 전하를 죽였다는 말은 믿지 못하겠소. 설사 죽일 수 있다 해도…… 아무도 모르게 그리 할 수 있는 방법이 무수히 많았을 텐데 말이오." 왕온은 그렇게 말하면서 고개를 숙여 황재하를 보았다. "무척 복잡하게 뒤얽힌 사건이라, 그대가 조사를 이어간다면 너무 고생스럽지 않을까 싶소."

황재하는 왕온의 다정한 말을 들으면서 결국은 참지 못하고 몸을 돌려 왕온을 등지고 섰다. 더 이상 왕온과 마주 볼 자신이 없었다. "왕 공공께 약속드린 말이 있었는데, 공자께는…… 죄송합니다."

"알고 있소. 왕 공공께 들었소. 우리의 혼사를 다시 진행하는 일에 대해 망설이고 있다고 말이오." 왕온은 한층 낮아진 목소리로 무심한 듯 덤덤하게 말을 이었다. "괜찮소. 인륜대사이니 신중히 결정하는 것이 맞소. 그리고 나 또한 그대에게 미안한 일을 했었지 않소. 그때 촉에서 그대를 쫓아가 죽이려 했으니 말이오."

왕온은 그때 진심으로 황재하와 이서백을 사지로 내몰았던 사람이다. 그런데 지금은 이서백에게 우호적인 듯 말을 하니, 황재하는 왕온의 진심이 어느 쪽인지 분간할 수 없었다. 지금 황재하를 비호하는 것 또한 서로의 이익을 위해서인지, 아니면 그저 호랑이가 먹이를 붙들고 있는 것인지 어찌 알겠는가?

하지만 고개를 들어 그토록 성실하고 진지한 왕온의 눈빛을 본 황재하는 잠시나마 그의 마음을 의심한 것이 미안하게 느껴졌다.

"사실 그대가 내 곁으로 오고 우리의 혼사를 다시 생각해보겠다고 했을 때는 정말 기뻤소……." 왕온은 잠시 웃더니 바람에 흔들리는 등롱을 향해 시선을 옮겼다. "재하, 이번 생애에 그대의 마음을 얻는 것은 심히 어려운 일이라는 사실을 나도 알고 있소. 하나 인연은 하늘이 정하고, 헤어짐은 사람이 하는 일이라 하지 않소. 그래서 나는 그냥 계속해서 최선을 다해볼 생각이오."

황재하는 눈이 뜨거워졌다. 금방이라도 그 안의 물기가 쏟아질 것만 같아 애써 참으며 멀리, 혹은 가까이 달린 등불들로 시선을 돌리고 아무 말도 하지 않았다.

왕온이 말을 이었다. "내가 할 수 있는 한 그대를 돕겠소. 다만 지금은 왕 공공도 그대를 의심하고 있으니, 왕 가가 그대를 크게 도와주진 못할 것이오."

황재하는 깊은 한숨을 쉬며 말했다. "악왕 전하가 돌아가실 때, 왕 공공께서 그곳에 찾아온 시점이 너무나 공교롭습니다."

왕온이 부드러운 목소리로 말했다. "믿어주시오. 이 일은 왕 가와는 무관하오."

황재하는 얼굴을 돌리며 고개를 끄덕일 뿐 다른 말은 하지 않았다.

"오늘 입궁하여 황후 폐하를 뵈었소. 황후께서도 그대에게 그리 전해달라 하셨소. 왕 가는 수백 년을 이어온 대가인데, 그 목숨을 유지하는 방도 또한 훤히 꿰뚫고 있거늘, 어찌 이런 기이한 권력 암투에 끼어들겠느냐고 말이오. 총명한 그대는 분명 배후에서 사주한 이가 누구인지 이미 잘 알고 있을 거라고 하셨소."

황재하는 천천히 고개를 끄덕였으나 잠시 생각에 잠기더니 이내 고개를 가로저었다. "아니요, 전 아직 잘 모르겠습니다. 과연 배후에 숨어 있는 그 모든 것이 어떻게 하나로 연결되는지 도무지 모르겠습니다."

"그대의 능력이라면, 마음 놓고 조사할 수만 있다면 순조롭게 파헤칠 텐데 말이오." 왕온이 가볍게 한탄하며 말했다. "지금은 그대가 힘이 없어 핵심이 되어줄 단서들에 손이 닿지 못하는 것일 뿐이오."

"일개 평민의 신분으로는 종정시에 들어갈 수도 없습니다. 기왕 전하도 만나 뵙지 못하는데, 단서는 말할 것도 없지 않겠습니까." 황재하는 낙담한 얼굴로 등롱의 바다 속에 서 있었다. 거리에 가득한 등롱 빛도 고개 숙인 황재하의 얼굴은 밝게 비추지 못하고 옅은 그림자만 드리웠다. 바람에 미세하게 흔들리는 등롱 빛이 물결처럼 황재하의 얼굴 위에도 천천히 흘러들었다. 그 옆모습을 바라보던 왕온은 황재하의 얼굴에 드리운 빛의 물결이 자신의 심장에도 물결을 일으키는 듯, 순간 가슴이 요동치기 시작했다.

왕온의 입에서 절로 말이 튀어나왔다. "내일 그대를 데리고 기왕 전하를 뵈러 가겠소."

황재하는 깜짝 놀라 고개를 돌려 왕온을 보았다. 놀라움과 의아함이 기쁨을 눌렀다. 왕온이 이서백을 만나도록 도와줄 거라고는 생각도 못 했기에, 한참을 머뭇거리다 입을 열어 가라앉은 목소리로 물었다. "지금 많은 눈이 기왕 전하를 주시하고 있을 텐데, 공자께서 제가 기왕 전하를 뵙도록 도우셨다가 혹 피해를 보는 것은 아닐는지……."

"그건 걱정할 것 없소. 내일은 정월 대보름 아니오. 종정시가 무슨 감옥도 아니고, 규정에 의하면 죄를 지은 황족이라도 명절에는 방문을 할 수 있소. 하물며 기왕 전하는 높은 신분의 황친 아니시오. 명절에 무얼 좀 보내드린다 하면, 그것이 그리 어려운 일이겠소?" 그렇게 말하는 왕온의 표정과 목소리는 가벼웠다. "지금 종정시 관리 중 말이 좀 통하는 이들을 몇 사람 알고 있으니, 가서 인사 몇 마디만 나누면 문제없을 거요."

황재하는 거리낌 없이 환하게 웃는 왕온의 얼굴을 보며 아랫입술을 깨물고 천천히 고개를 끄덕였다. "네……. 공자께 해가 되지 않기만을 바랍니다."

왕온은 잠시 생각하더니 말했다. "내일 진시 초에 데리러 오겠소."

다음 날 진시, 날이 살짝 흐렸다. 왕온은 황재하를 데리고 곡강지로 향했다.

이서백의 신분이 워낙 높기도 하고, 악왕 사건 또한 어디서부터 손을 대야 할지 갈피를 잡지 못한 상태여서, 이서백을 종정시 관아 안에 가둘 수는 없었다. 당시 많은 관아들이 곡강지 물가를 따라 누각을 지어 연회를 여는 장소로 사용하곤 했는데, 기왕은 수정방에 위치한 종정시 누각에 머물고 있었다.

왕온과 황재하는 북쪽에서 남쪽 끝까지 장안성 전체를 가로질러 수정방에 도착했다.

종정시 입구에는 호위병 10여 명만이 지키고 있다가 두 사람을 보고 막아서며 무언가 물으려 했다. 그때 호위병들 뒤에서 누군가가 헛기침을 하자 다들 옆으로 비켜섰다. 한 중년 남자가 앞으로 나와 왕온을 향해 공수했다. 두 사람은 가벼운 표정으로 대수롭지 않은 이야기들을 나누고는 곧 안으로 걸음을 옮겼다. 황재하도 두 사람을 따라 안으로 들어갔다.

전당을 지나니 정면에 곡강지 지류가 흐르고, 물굽이에는 매화나무가 그득 심겨 있었다. 한창 매화가 필 시기라 공기 중에 그윽한 향기가 은근히 떠돌았고, 무성한 꽃가지는 한 줄로 늘어선 가옥들과 어울려 우아한 정취를 자아냈다.

상상했던 것보다 환경이 훨씬 좋아 보이자 황재하는 조금 안심이 되었다. 중년 남자는 둘을 실내로 데리고 들어갔다. 시위들이 차를 가져다주고 물러가자 그제야 중년 남자가 웃으며 물었다. "온지, 오늘은 어찌 예까지 왔는가?"

"대보름 아닙니까. 낭야에서 선물을 조금 들고 왔는데, 아저씨도 한 번 맛보시라고 특별히 들고 왔습니다."

남자는 왕온이 건네는 걸 받으며 몇 마디 격식의 말을 한 뒤 황재하에게 시선을 주었다.

왕온이 말을 이었다. "제가 기왕 전하와도 오랜 친분이 있어 매년 하던 대로 전하께 드릴 선물도 가져왔는데, 지금은 이곳에 계시다 들었습니다. 그래서 오는 김에 전하 것도 가지고 왔습니다. 아, 아저씨가 대신 좀 봐주십시오. 제가 아직 식견이 부족해, 이 둘 중 어느 것을 소왕 전하께, 또 어느 것을 기왕 전하께 드리면 좋을지 모르겠습니다."

설 씨 성의 이 사내는 왕온과는 서로 마음이 잘 통하는 사이였다. 남자는 1척 길이의 비단 함 두 개를 열어 그 안의 물건을 들여다보았다. 하나는 엄지손가락만 한 작은 조롱박이 들어 있었는데, 매끄럽고 귀엽게 생겨 감상용으로 좋았다. 또 다른 하나는 손바닥 크기의 징니연[27]으로, 맑고 은은한 빛이 꽤나 고상해 보였다.

둘 다 작고 정교해서 안에 다른 무언가를 넣을 만한 물건은 결코 아니었다. 하지만 남자는 두 개 다 집어 들고서 한참을 들여다 본 뒤에야 만면에 미소를 지으며 물건을 다시 상자 안에 내려놓았다. "소왕 전하는 어린아이 같은 성격이시니 이 조롱박을 좋아하시겠네. 기왕 전하께는 이 벼루가 잘 어울릴 테고."

"조언 감사드립니다." 왕온은 남자에게 감사의 말을 전하고는 벼루가 담긴 비단 함을 황재하에게 건네며 말했다. "저는 아저씨와 좀 더

---

27 진흙을 구워 만든 중국 벼루의 일종.

얘기를 나누고 있을 터이니, 그대가 대신 좀 전해주고 오시오."

"네." 황재하는 짧게 대답하고는 비단 함을 들고 뒤쪽으로 걸음을 옮겼다.

시위병의 안내를 받으며 꽃이 흐드러지게 핀 매화 숲을 지나 굽이 진 강둑을 따라 난 복도에 이르렀다. 시위병들은 걸음을 멈추더니 거기서부터는 황재하 혼자 들어가게 했다.

강둑 위에 세워진 복도는 아래 공간이 비어 있어서, 발을 디딜 때마다 소리가 수면 위에서 메아리쳐 돌아왔다. 매화의 그윽한 향기가 황재하 주위를 감돌았다. 치맛자락이 복도 위로 떨어진 꽃잎을 스치며 가벼운 소리를 냈다.

세 번째 건물을 지나고 정중앙에 있는 건물 문 앞에 도착하니, 이서백이 이미 문 안쪽에 서서 황재하를 응시하고 있었다.

아무 무늬 없는 흰옷을 입은 이서백은 바깥에 만개한 흰 매화꽃처럼 맑고 속되지 않은 아름다움을 풍겼고, 깊고 그윽한 두 눈동자는 겨울밤 별처럼 반짝였다.

황재하는 가볍게 미소를 보이며 이서백을 향해 사뿐히 절을 했다. "전하."

이서백은 큰 걸음으로 다가와 황재하의 손을 잡아채 실내로 데리고 들어가더니 인사도 없이 대뜸 물었다. "여긴 무엇 하러 온 것이냐?"

황재하는 그 말엔 대답하지 않고 미소를 머금은 채 물었다. "발소리만 듣고도 저인 줄 아셨습니까?"

이서백은 미간을 찡그리며 황재하를 잡았던 손을 놓고는 고개를 돌려 황재하의 웃는 얼굴을 피했다. "경익에게 내 말을 전해 듣지 않았더냐? 절대 경거망동하지 말라 일렀거늘."

황재하는 들고 온 비단 함을 탁자 위에 올려놓고는 다시 이서백의 뒤로 다가가 작은 소리로 말했다. "하지만 전하가 보고 싶었는걸요."

이서백이 저도 모르게 두 주먹을 꽉 쥐었다. 주체할 수 없을 정도로 부드럽고 달달한 소용돌이가 온몸을 뜨겁게 흘러 피의 흐름도 더욱 빨라진 기분이었다.

이서백은 온 힘을 다해 자신을 억제하며 잔뜩 가라앉은 목소리로 말했다. "내가 잘 지내는 모습을 봤으니 이제 그만 돌아가거라."

황재하는 이서백의 뒤에 서서 미동도 않고 다시 물었다. "정월 대보름인데, 전하께서는…… 달리 더 필요한 건 없으신지요? 제가 돌아가서 사람들에게 일러 준비해 보내도록 하겠습니다."

"없다." 이서백은 딱딱하게 말했다.

황재하는 가만히 아랫입술을 깨물고 있다가 말했다. "자진 도련님과 함께 악왕부에 가서 악왕 전하의 시신을 검시했습니다. 왼쪽 가슴에 아래쪽으로 비스듬히 상처가 나 있는 것을 확인했고 검시 서류에도 그렇게 기록되었습니다."

"그래." 마치 그 말의 의미를 모른다는 듯 냉담한 대답이었다.

아무리 해도 이서백이 상대해주지 않자 황재하는 이서백을 향해 예를 갖춘 후 나지막한 음성으로 말했다. "그럼, 재하는 이만 물러가 보겠습니다."

그러고 잠시 기다렸으나 이서백은 역시나 아무런 반응도 없었다. 황재하는 숙였던 몸을 일으킨 뒤 가만히 뒤돌아 밖을 향해 걸음을 옮겼다.

황재하의 옷이 사락거리는 소리가 들리자 이서백은 결국 참지 못하고 몸을 돌려 황재하를 보았다. 문밖에서 눈꽃처럼 흩날리던 매화 꽃잎 하나가 바람에 날려 황재하의 귓전을 스치고 이서백의 볼에 닿았다. 그 부드러운 촉감이 황재하의 몸에서 나는 그윽한 향기를 닮아, 순간 이서백의 마음에 거대한 물결이 일렁였다.

마치 사납게 부는 광풍이 파도를 일으켜 천지를 휩쓸어버리듯이,

이서백의 의식 또한 그 물결에 완전히 침몰되는 것만 같았다.

더 이상은 참을 수가 없었다. 이서백은 서서히 멀어지는 황재하를 향해 힘껏 달려갔다. 그러고는 황재하가 뒤를 돌아보기도 전에 두 팔을 뻗어 황재하를 세게 껴안았다.

황재하는 순간 심장이 격렬히 뛰어 가슴이 터질 것만 같았다. 멍하니 그 자리에 서서, 이서백의 숨결에 귀밑머리가 가볍게 날려 볼에 닿는 것을 느꼈다.

황재하의 몸이 미세하게 떨리기 시작했다. 황재하는 힘겹게 고개를 돌리며 작은 소리로 이서백을 불렀다. "전하……."

이서백이 황재하의 귓가에 대고 나지막이 말했다. "잠시만 이대로 있어다오……. 잠시만…… 안고 있으마."

황재하는 눈을 감고 살며시 손을 들어 자신의 어깨를 강하게 감싼 이서백의 손 위로 살짝 포갰다. 이서백은 황재하를 거세게 껴안고서 황재하의 머리카락에 얼굴을 파묻었다. 마치 황재하의 숨결이 한 줄기도 새어나가지 못하도록 탐욕스럽게 흡입하는 것처럼 보였다.

황재하는 입술을 깨물며 이서백의 두 손을 오래오래 쓰다듬었다. 문득 이서백의 왼손이 미세하게 떨리는 것이 느껴졌다. 왼손에서 느껴지는 힘도 오른손보다 약했다. 황재하는 이서백의 왼손을 지그시 잡고는 그 손등 위에 뺨을 갖다 댔다.

이서백은 원래 왼손잡이였으나 그 부적이 나타나고 얼마 지나지 않아 왼팔에 상처를 입어 하마터면 불구가 될 뻔했다던 게 생각났다. 비록 회복되긴 했으나 오늘처럼 춥거나, 이처럼 습기가 많은 곳에서는 다쳤던 팔의 통증이 도지는 것은 아닐까 염려되었다. 하지만 황재하는 그에 대해 아무 말도 하지 않고, 그저 가만히 이서백의 손등에 뺨을 댄 채 눈을 감고 침묵했다.

거의 들리지도 않을 만큼 낮게 가라앉은 이서백의 목소리가 귓가에 들려왔다. "왕온이 데리고 온 것이냐?"

황재하는 고개를 끄덕이며 대답했다. "네."

이서백의 호흡이 미세하게 흔들리더니 황재하를 감싼 두 팔에 더욱 힘이 들어갔다. "너를 나와 만나게 해주었다고?"

"제게 잘해주세요. 다른 뜻이 있어서라 해도, 전 그런 것까지 신경쓸 겨를이 없어요." 황재하는 이서백의 품속에서 고개를 돌려 그의 얼굴을 올려다보며 말했다. "악왕 전하의 사건은 여전히 아무런 진전이 없으니, 만약 이 기회를 틈타 왕 공자께서 무슨 일을 벌인다 해도 어쩌면 저희에게는 전환점이 되어줄지 모릅니다."

이서백은 미간을 찡그리며 자신의 품속에서 온화한 눈빛으로 자신을 올려다보는 황재하를 응시하며 물었다. "만일 그 전환점은 없고, 오히려 너만 사건에 연루되면 어쩌느냐?"

황재하는 입가에 옅은 미소를 띠며 말했다. "조심하도록 할게요."

이서백은 한숨을 쉬고는 황재하를 안은 두 팔을 풀며 말했다. "정말이지 모르겠구나. 이렇게 고집스럽고 완고한 너를, 어쩌자고 나는 이리도 좋아하는 것인지."

고개를 숙이는 황재하의 얼굴이 불타는 듯 빨개졌다. "좋아하셔도 좋고, 미워하셔도 어쩔 수 없네요. 어쨌든…… 전 원래가 그런 사람이라."

이서백은 가만히 손을 들어 붉게 물든 황재하의 뺨을 어루만졌다. 황재하는 볼 위로 부드럽게 미끄러지는 이서백의 손끝을 느끼며 주체할 수 없을 정도로 긴장이 되어, 그냥 이 당황스러운 상황을 피해 눈을 감아버리고 싶은 충동마저 들었다.

하지만 이서백은 이미 손을 거두고는 황재하를 응시하며 물었다. "아직 왕온이 마련해준 거처에서 지내느냐?"

황재하는 고개를 끄덕이며, 뜨거워진 볼이 조금이라도 빨리 식도록 차가운 두 손으로 감쌌다. 이서백은 가만히 시선을 내려뜨렸다. 속눈썹에 가려진 그 눈에서 우려와 유감의 빛이 스치듯 지나갔지만 이내 얼굴을 돌리며 담담한 투로 말했다. "그것도 괜찮겠지. 지금 네가 기왕부에 머문다면, 너도 이 풍파에 휩쓸리게 될지 모르니 말이다."

황재하는 고개를 저으며 이서백을 바라보았다. "풍파에 휩쓸리는 건 두렵지 않습니다. 매사에 조심하도록 하겠습니다."

이서백은 고개를 끄덕이다가 다시 또 내저었다. "이만 돌아가거라. 가서 안심하고 기다리고 있거라."

황재하는 이서백의 거처를 나와 복도를 따라 다시 돌아왔다.

발소리가 복도 바닥 아래의 수면에 부딪혀 메아리쳤다. 수면 위로 꽃잎이 내려앉으며 보일 듯 말 듯한 동심원을 그렸으나 금세 흔적도 없이 사라졌다. 복도 끝에 도착하자 만개한 매화나무 아래 서 있는 왕온이 보였다.

왕온이 입은 푸른 옷 위로 흰 매화꽃이 가득 떨어져내려, 먼 산이 눈으로 뒤덮인 것 같기도 했고, 드넓은 하늘에 구름이 떠다니는 것 같기도 했다. 그토록 여유로운 풍경 속에 있건만, 왕온의 표정에는 희미하게 쓸쓸함이 묻어났다. 가득 꽃을 매단 매화나무 가지에 멍하니 시선을 둔 채 무슨 생각을 하고 있는지는 알 수 없었다.

황재하는 순간 긴장이 몰려왔다. '설마 조금 전에 기왕 전하의 거처까지 왔던 것은 아니겠지?'

하지만 이 복도는 누구든 걸으면 소리가 크게 날 수밖에 없으니, 왕온이 왔었다면 두 사람이 몰랐을 리 없다는 데 생각이 미쳤다.

그래도 왠지 모르게 마음이 뜨끔해 황재하는 복도에 서서 작은 소리로 왕온을 불렀다. "왕 공자님."

왕온은 그제야 정신을 차리며 천천히 고개를 돌려 황재하를 바라보았다. 왕온의 입가에 곧바로 옅은 미소가 드리웠다. "이렇게 빨리 돌아오는 것이오?"

황재하는 고개를 끄덕이고는 왕온과 함께 매화 숲 사이로 난 작은 오솔길을 따라 밖으로 나왔다.

떨어지는 매화 꽃잎이 두 사람의 몸과 머리 위로 눈송이처럼 내려 앉았다. 왕온은 고개를 들어 꽃이 만발한 가지를 보며 무심코 말했다. "며칠 전까지만 해도 얼음이 꽁꽁 얼 정도로 춥더니, 요 며칠은 또 봄 기운이 물씬 풍기는 것 같소. 금방 봄꽃들이 만발하겠소."

"그러게요. 땅이 춥고 따뜻한 것을 만물도 다 알겠지요." 황재하는 생각에 잠긴 채 그리 말하고는, 손을 들어 꽃가지를 살짝 잡아당겨 만 개한 꽃송이 하나하나를 스치듯 어루만졌다. 나뭇가지가 흔들리며 꽃 잎이 우수수 흩날렸다.

왕온은 고개를 돌려 황재하를 보았다. 찬란한 햇살이 꽃가지 사이 로 비쳐 들어와 황재하를 뒤덮었다. 왕온의 시선은 떨어지는 꽃송이 를 따라 황재하의 손목으로 향했다. 얇고 하얀 매화 꽃잎이 꽃가지를 붙잡은 황재하의 소매 속으로 미끄러지듯 들어갔다.

황재하는 소매 속으로 들어온 꽃잎을 느끼지 못하고 그저 천천히 걸음을 옮겼다.

왕온의 심장이 주체할 수 없을 정도로 뛰기 시작했다. 살짝 들어 올 린 황재하의 손목과 그 소맷자락을 보며 속으로 생각했다. '언제쯤이 면 자연스럽게 손목을 잡고, 저 흰 손목을 따라 올라가 소매 속에 들 어간 매화 꽃잎을 꺼내줄 수 있을까?'

종정시를 나온 왕온은 어림군으로 돌아가야 했다. 마침 가는 길이 라 황재하도 집까지 데려다주기로 했다.

황재하가 왕온과 함께 마차에 올라타려는데, 갑자기 뒤에서 누군가가 성큼성큼 다가왔다. "재하 아가씨, 아가씨가 어찌 여기 계십니까?"

고개를 돌려 보니 길가를 따라 빠른 걸음으로 걸어오는 장항영이 보였다. 황재하 가까이 다가온 장항영은 경계하는 눈빛으로 왕온을 보고는 소리를 낮춰 물었다.

"아가씨께서 어찌 저 분과 함께 계십니까? 혹…… 전하를 뵈러 오셨습니까?"

황재하도 의아한 마음을 감추지 못하고 물었다. "장 형은 여기 어쩐 일입니까?"

"오늘은 쉬는 날이라 성안을 돌아보고 있었습니다. 곡강지 쪽에 매화를 구경하러 오는 사람이 많다기에 혹여나 적취를 찾을 수 있지 않을까 하고요."

황재하가 작은 소리로 말했다. "적취는 행방을 숨겨야 하는 상황이라 이렇게 사람이 많이 모이는 곳에는 오지 않을 것 같은데요? 게다가 풍경을 감상할 마음은 더더욱 없을 거고요."

장항영은 고개를 끄덕였으나 그리 낙담하진 않았다. "그렇네요. 그럼 아가씨를 모셔다드리겠습니다."

황재하는 잠시 생각하더니 고개를 돌려 왕온을 보고 말했다. "왕 공자님, 오늘은 정말 감사했습니다. 제가 다른 볼 일이 있어서, 데려다주시지는 않아도 될 듯합니다."

왕온이 가볍게 말했다. "나도 어림군에 돌아가 처리해야 할 일이 있으니 그럼 먼저 가보겠소. 데려다주지 못해 미안하오."

왕온의 마차가 떠나자마자 장항영이 황재하의 옷자락을 잡아당겨 사람이 없는 작은 골목 안으로 데리고 가서는 황급히 물었다. "저 사람은 뭐 하러 아가씨를 여기까지 데리고 온 겁니까? 아가씨는 정말…… 무슨 문제가 생길 수도 있다는 생각은 안 하셨습니까?"

황재하는 장항영의 초조하고 간절한 듯한 표정을 보고 살짝 울컥

했으나, 표정을 관리하며 아무렇지도 않은 듯 고개를 내저었다. "무슨 문제가 있겠어요? 왕 공자께서 전하를 만날 수 있게 도와주었고 모든 게 다 순조로웠는걸요."

"순조로웠다니 다행입니다. 아가씨께 무슨 일이라도 생길까 너무 걱정이 돼서……." 장항영은 주위를 두리번거리더니 아무도 없는 것을 확인하고는 고개를 돌려 작은 소리로 말했다. "일전에 경육 공공이 제게 했던 말이 있습니다. 그때 촉에 매복을 심어놓은 일에 왕 가가 연루되었을 가능성이 많다고요."

황재하는 지금 이 순간 장항영이 그 얘기를 꺼낼 거라고는 생각도 못 했다. 눈을 들어 장항영을 보니, 걱정이 가득 담긴 간절한 눈빛으로 황재하를 보고 있었다.

황재하는 천천히 입을 열어 물었다. "혹시…… 전하께도 말씀드렸나요?"

"네, 진즉에 말씀드렸는데 아무 반응도 없으셨어요. 어쨌든 경육 공공도 그저 추측만 할 뿐 확실한 증거는 없었으니까요." 장항영은 그렇게 말하면서 왕온이 떠난 쪽을 바라보고는 다시 목소리를 낮춰 말했다. "전하께 일이 생긴 상황에서 왕 공자가 위험을 무릅쓰고 아가씨를 도왔다고 하니, 저도…… 왕 공자를 믿고 싶습니다. 하지만 혹여나 무슨 문제가 생길까……."

황재하는 가만히 고개를 끄덕였다. 장항영의 추측은 일리가 있었다. 어쨌든 왕온이 황재하를 몰래 데리고 들어가 기왕을 만나게 한 사실이 빌각되면, 분명 황재하에게 좋은 결과가 있지는 않을 것이다.

그래도 결국 황재하는 웃어 보이며 말했다. "전하는 워낙 무거운 죄명을 쓰셔서, 몰래 사람 하나 만난 정도의 사소한 죄목이 더해진다고 특별히 달라질 건 없을 거예요. 그리고 저는 기왕부에 있었던 사람으로서 개인적으로 주인을 찾아뵌 것인데, 규율에 따르든 옛 판례에 따르든 고작 해봤자 곤장 스무 대 정도지, 무슨 큰일이야 있겠어요?"

"어쨌든…… 이번엔 별일 없어서 다행입니다. 다음엔 꼭 조심하셔야 해요." 장항영이 안도의 한숨을 쉬며 말했다.

황재하는 장항영을 의심하고 있긴 했지만, 장항영의 진실된 모습을 마주하니 다시금 과거 장항영이 자신에게 베풀어준 도움과 관심 어린 행동들이 떠올라 저도 모르게 속으로 한숨이 나왔다. "장 형, 이렇게 마음 써주셔서 감사해요."

장항영은 고개를 내저었다. "아닙니다. 전하와 아가씨께 별 도움은 되어드리지 못하고, 그저 날마다 걱정만 하고 있지요."

황재하는 뭔가 생각이 난 듯 물었다. "맞다, 예전에 단서당에 계실 때 알고 지낸 의원이 없을까요? 골절상 쪽으로 실력이 있는 분으로요."

장항영은 잠시 생각해보고 말했다. "하 의원이라고 저희 아버지와 친한 분이 계신데, 접골에 있어서는 장안에서 꽤나 이름난 분이지요."

"지금도 진료를 보실까요? 가서 약을 좀 지었으면 하는데."

"아가씨 다치셨습니까?" 장항영이 즉시 물었다.

황재하는 고개를 저으며 말했다. "습통 약을 좀 지어오려고요. 누구 줄 사람이 있어서요."

단서당에서 진료를 보는 의원은 총 10명이었는데, 마침 하 의원도 이날 진맥을 보았다. 해묵은 상처인데 흐리고 습한 날이면 통증이 도진다는 황재하의 말을 듣고는 약방에서 약을 짓도록 처방전을 써주었다.

단서당의 약장(藥欌)은 일자로 늘어서 있었는데, 약을 제조하는 사람 10여 명이 손에 저울대를 들고 분주하게 움직이고 있었다.

장안에서 손꼽히는 큰 약방이었기에 약을 제조하는 장소도 방 다섯 칸을 하나로 터서 70~80개의 약장을 한 줄로 배열해 사용했다. 약장은 크고 넓었으며 높이도 제법 높았다. 아래 칸은 쭈그리고 앉아서 약을 꺼내야 했고, 위 칸은 작은 사다리 의자를 밟고 올라가야 했다.

장항영은 이들과 안면이 있었기에 줄을 서지 않고 바로 처방전을 건넸다. 약을 제조하던 이가 처방전을 받아 보고는 미간을 찡그리며 말했다. "오늘은 마황이 벌써 다 떨어져서 마침 다른 약방으로 얻으러 갔어요. 뒤쪽 작은 방에서 잠시 기다리시겠어요? 금방 도착할 겁니다."

장항영은 고개를 끄덕이고는 황재하를 데리고 길게 늘어선 약장을 돌아 뒤편에 딸린 작은 방으로 들어갔다. 방 안에는 약초들이 어지럽게 쌓여 있고 약초 냄새가 진동했다.

"단서당에서 폭약을 만드는 방이에요. 급할 때만 사용하는 곳이라 평소에는 사람들이 잘 드나들지 않습니다. 여기 잠시 앉아 기다리죠."

장항영의 말에 황재하는 고개를 끄덕이고는 모서리 쪽에 놓인 작은 의자에 가서 앉았다.

방에 잠시 앉아 있던 장항영은 황재하와 단둘이 방 안에 있는 것이 왠지 어색하다는 듯 몸을 일으켰다. "저는 마황이 도착했는지 가서 한번 보고 오겠습니다."

황재하는 알겠다고 대답하고는 벽에 머리를 기댔다. 실내를 가득 메운 약초 냄새가 온몸에 배어드는 듯했다. 바깥에서 약장 서랍을 여닫는 소리가 끊임없이 들려오고, 어렴풋이 이름을 부르는 소리도 들렸는데, 약을 조제한 뒤 약의 주인을 부르는 소리 같았다.

약초 향이 짙게 퍼진 따뜻한 방 안에 앉아 있노라니, 주위의 미세한 웅성거림은 자장가처럼 들렸다.

지난 보름간 내내 마음을 졸이며 한시도 긴장의 끈을 놓지 못했던 황재하는 서서히 눈이 감겼다. 눈앞의 짙은 어둠 속에서 갑자기 하얀 매화가 흩날리며 흰옷을 입은 이서백이 보이고, 귓가에 이서백의 나지막한 음성이 들려왔다.

'잠시만 이대로 있어다오……. 잠시만…… 안고 있으마.'

포옹은 거셌고, 귓속말은 부드러웠다.

잠깐의 휴식이었지만 평소보다 더 달콤한 꿈을 꾸었다. 그렇게 한창 잠에 빠져 고개가 점점 아래로 수그러지다가 하마터면 기둥에 머리를 부딪힐 뻔해 화들짝 놀라며 깨어났다.

눈을 뜬 황재하 앞에 시신 한 구가 누워 있었다.

뒤쪽 작은 방에 가서 잠시 기다리라고 말했던 그 청년이었다. 바닥에 누운 청년의 가슴에서 시뻘건 피가 콸콸 쏟아져 나오고 있었다. 황재하가 앉은 쪽이 약간 지대가 낮은지, 쏟아진 피가 황재하를 향해 흘러왔다. 마치 선홍색 뱀 한 마리가 황재하의 발을 향해 천천히 기어오는 것 같았다.

황재하는 눈앞의 장면이 실제인지 꿈인지 한참 동안 분간하지 못했다. 피가 흘러와 치맛자락에 닿기 직전에야 머릿속으로 한 줄기 한기가 스쳤다. 황재하는 자신을 향해 흘러오는 피를 피하려 즉시 치맛자락을 들고 벌떡 몸을 일으켰다.

그 순간, 쨍그랑하는 요란한 소리가 귓가에 울렸다. 고개를 숙여보니 비수 한 자루가 자신의 치마 위에서 바닥으로 떨어진 듯 보였다. 비수는 물론, 비수가 놓였던 치마까지 온통 피로 물들어 있었다.

그때 문이 열리고 누군가가 안으로 들어왔다. "아칠, 다들 바빠서 죽겠는데 대체 여기서 뭘 하고 있는……."

말을 채 끝맺기도 전에 사내는 피를 흘리며 바닥에 누워 있는 동료를 보았다. 그리고 그 동료의 시체 옆에 넋을 잃고 서 있는 황재하도 보았다. 사내의 손에 들린 약 포장지가 바닥으로 툭 떨어졌다. 잠시 멍하니 서 있던 사내가 크게 소리쳤다.

"누가 좀 와봐! 아칠이…… 누가 아칠을 죽였어!"

그 한마디 외침에 근처에서 대기하고 있던 환자들이 몰려와 작은 방을 에워쌌다. 약을 조제하고 있던 동료들도 다들 손에 든 것을 내려 놓고 서둘러 사람들을 뚫고 방 안으로 뛰어왔다.

황재하는 흠칫 몸을 떨었다. 흐리멍덩하던 머리가 그제야 조금 깨어났다. 황재하가 시신을 살펴보려 몸을 굽혀 앉는데 가장 먼저 방에 들어왔던 사내가 황재하를 붙잡으며 소리쳤다. "살인자! 네가 아칠을 죽였지!"

사람들이 곧바로 황재하를 둘러쌌다. 그중 두 사람은 황재하의 두 손을 붙잡아 뒤로 비틀었고, 또 다른 누군가는 밧줄을 가져와 황재하를 묶으려 했다.

황재하가 몸부림치며 소리쳤다. "이거 놔요! 내가 죽인 게 아니라고요!"

처음 시신을 발견한 사람이 황재하를 가리키며 크게 외쳤다. "당신 말고 여기 누가 있어? 아칠이 죽은 이 방 안에 당신 말고 또 누가 있었느냐고?"

"맞아. 우리는 다들 약을 조제하느라 아무도 약장 앞을 떠난 사람이 없어. 당신 말고 이 방을 출입한 사람이 누가 있어?"

"맞아. 당신밖에 없었어!"

주변이 온통 떠들썩한 가운데 황재하는 입을 벌려 무어라 변명하려 했으나 순간 어떤 생각이 머릿속을 스쳤다. 식은땀이 등골을 타고 흘러내렸다.

사람들은 멍하니 서 있는 황재하를 벽 쪽으로 몰고 가 밧줄로 묶었다. 그러는 동안 황재하는 아무런 반항도 하지 않고 그저 망연한 표정으로 눈만 크게 뜨고 있었다. 그때였다. 잔뜩 몰려든 사람들 뒤쪽에 서서 수수방관하고 있는 한 사람이 언뜻 보였다…….

장항영.

빼곡히 몰려든 사람들이 몸을 움직일 때면 살짝 벌어지는 틈새로 장항영의 얼굴이 보였다. 평온하기 그지없는 표정이었다. 놀라거나 애석해하는 등의 거짓 표정을 짓는 것조차 귀찮은 듯했다.

모여든 사람들은 밧줄에 묶여 끌려 나오는 황재하를 보며 얼른 관아로 보내라고 한목소리로 외쳤다.

그제야 장항영이 사람들을 헤치고 나와서 황재하 앞을 막아서며 말했다. "여러분, 부디 선량한 사람에게 누명을 씌우지 말아주십시오! 재하 아가씨는 저의 친구고, 그저 저와 함께 약을 지으러 왔을 뿐입니다. 절대 사람을 죽일 분이 아닙니다!"

약방 관리자로 보이는 노인이 차갑게 콧방귀를 뀌며 물었다. "항영, 자네는 안에 없었지 않은가? 그런데 이 여자가 범인이 아니라고 어떻게 확신하는가? 이 방 안에는 아칠 말고 이 여자밖에 없었는데, 이 여자가 아니면 누구 소행이냔 말이야?"

"하지만…… 하지만……." 장항영은 입을 열었으나 말문이 막힌 듯, 고개를 돌려 황재하를 바라보며 더듬더듬 말했다. "재하 아가씨는 그럴 분이 아니에요……."

황재하는 장항영을 보고 싶지 않아 얼굴을 다른 쪽으로 돌렸다. 그러고는 노인을 향해 말했다. "전 방 안에서 마황이 오기를 기다리고 있었고, 금세 잠이 들었습니다. 제가 자는 사이에 누군가가 이 방을 출입하는 건 그리 어려운 일도 아니었겠지요!"

"흥, 말이야 쉽지!" 노인은 손을 들어 방문을 가리키며 말했다. "이 방은 약장 뒤쪽에 있어서, 낯선 사람이 드나들려고 했다면 약장 앞에서 약을 조제하던 이들이 못 봤을 리 없소. 그런데 그냥 들어가게 됐겠소? 당신도 항영과 같이 왔으니 잠시 들여보내줬을 뿐인데!"

"설마 저 말고 아무도 출입한 사람이 없었겠습니까?" 황재하는 아랫입술을 깨물며 서서히 시선을 장항영에게로 돌렸다. 그리고 천천히 입을 뗐다. "최소한 장 형은 들어왔었을 텐데요?"

장항영은 입을 열어 굉장히 완강한 투로 말했다. "하지만…… 제가 아가씨의 결백을 증명해드릴 수는 없을 듯합니다. 저는 남녀가 유별하니 아가씨와 단둘이 실내에 있는 것이 옳지 않은 듯해 밖으로 나왔고 다시 들어가지 않았습니다. 내내 저기 약장 끄트머리에 있는 작은 의자에 앉아서 아실이 약을 조제하는 것을 보고 있었습니다……."

사람들 틈에 섞여 있던 아실이 고개를 끄덕이며 말했다. "저도 잔현(장 형)을 보았습니다." 아실은 덩치가 매우 왜소하고, 한눈에도 견습생으로 보이는 자였다. 혀가 짧은지 '장 형'을 '잔 현'으로 발음하는 등 발음이 똑똑치 않았다. "잔 현은 계속 저랑 이야기를 나눴고, 저도 잠시 약 한 첩을 꺼내러 갔던 거 말고는 줄곧 자리에 있었습니다."

황재하는 미세하게 떨리는 목소리로 장항영에게 물었다. "그럼, 저 사람이 약을 꺼내러 갔을 때 장 형은 어디 있었죠?"

장항영이 재빨리 대답했다. "전 계속 그 자리에 그대로 앉아 있었습니다……. 아실이 처방전에 적힌 약초 이름을 계속 소리 내어 읽어가며 약초를 꺼낸 것도 기억합니다. 처방전에 적힌 약초 몇 가지가 좀 멀리 있어서 약초를 꺼내면서 계속 이름을 중얼거리는 걸 들었거든요. 제가 기억하기로 백렴, 세신, 백출, 백연심, 백복령, 백부자, 감송, 단향, 정향 등이었을 겁니다……."

아실이 즉시 고개를 끄덕이며 말했다. "맞아요, 맞아요. 그 약초들이었어요."

노인이 곧바로 손을 휘저으며 사람들에게 황재하를 관아로 끌고 가라 명했다. "무슨 할 말이 더 있겠는가? 어서 관아로 끌고 가게!"

방 안은 한바탕 난리가 났다. 누군가는 아칠의 이름을 부르며 울부짖었고, 누군가는 황재하를 욕하며 분노했으며, 황재하를 거세게 밀치는 사람들도 있었다.

황재하는 사람들에게 밀려 휘청거리다가 하마터면 넘어질 뻔했다. 장항영이 재빨리 황재하 앞으로 달려와 사람들을 가로막으며 말했다. "다들 너무 흥분하지 마시고, 모든 건 관아 사람이 오면 그때 얘기해요. 전 재하 아가씨가 그럴 사람이 아니라고 믿습니다!"

황재하는 벽 모퉁이에 기댄 채 장항영의 보호를 받고 있었다. 장항영의 넓고 듬직한 등을 보며 순간 마음이 울컥해, 눈물이 솟구쳐 나오지 않도록 애써 참으며 아주 작은 소리로 말했다. "장 형⋯⋯."

난폭하게 황재하를 에워싸는 사람들을 막으며 장항영이 고개를 돌려 황재하를 보았다.

장항영은 여전히 영민하고 용감한 사람이었다. 여전히 황재하를 보호하는 듯 앞을 가로막고 서 있었지만, 황재하는 잘 알았다. 눈앞의 이 사람은 더 이상 자신이 알던 장 형이 아니라는 사실을.

황재하가 작은 소리로 말했다. "그래서, 적취가 내게 도망치라고 했던 거였군요⋯⋯."

순간 장항영은 멍한 표정을 짓더니 이내 표정이 딱딱하게 굳었다. 그리고 어금니를 꽉 물고는 천천히 고개를 다시 돌렸다.

황재하는 벽에 머리를 기댔다. 차가운 벽면에 뺨이 닿았다. 두 손을 얼마나 꽉 묶었는지 피도 통하지 않을 지경이었으나 황재하는 통증도 느끼지 못했다. 그저 벽 모서리에 기대선 채 미동도 않고 멍하니 있을 뿐이었다. 황재하를 욕하는 소리와 분노와 원망이 담긴 시선들은 대수롭지 않게 여겨졌다. 다만 단 하나, 장항영과 알고 지낸 그 시간들이 눈에 선하게 떠오르면서, 심장을 칼로 도려내는 듯한 아픔이 느껴졌다.

13장

낙양성
복사꽃과 오얏꽃

주자진은 어슬렁어슬렁 서쪽 시장 밖으로 나왔다. 왼손에는 해부용 산토끼를, 오른손에는 핏자국을 씻어낼 간수 한 통을 들고 있었다.

마침 단서당 앞을 지나는데 사람들이 잔뜩 모여 서서 분분히 떠들어대는 모습이 보였다. 침을 튀기며 열변을 토하는 사람에, 귓속말로 소곤대는 사람, 그리고 격분해 소리를 지르는 사람도 있었다.

주자진은 이런 떠들썩한 분위기를 제일로 좋아하는 사람 아닌가. 곧바로 가까이 다가가 물었다. "무슨 일이라도 났습니까?"

한창 이야기에 열을 올리던 사람들은 새로운 사람이 나타나자 더욱 침을 튀기며 말했다.

"말도 마시오. 단서당에서 누가 사람을 죽였다니까! 좀 전에 시체가 들것에 실려 나갔다오!"

"아이고, 아까 못 봤죠? 얼마나 잔인하게 죽였는지, 온몸이 피투성이더라니까!"

"더 놀라운 건 글쎄 범인이 여자였소!"

"세상에, 생긴 것도 예쁘장하고 나이도 겨우 열일고여덟 정도밖에 안 돼 보이던데, 그 가녀린 몸으로 그렇게 잔인하게 심장을 찔러 사람을 죽이다니 말이야……."

"아칠만 불쌍하지. 아칠네 온 가족이 위아래 할 것 없이 다 아칠이 버는 돈에 의지해 살았는데 이제 어쩌면 좋아."

즉시 자신의 신통한 대뇌를 굴리기 시작한 주자진은 금세 흥분하여 물었다. "아칠이란 사람이 혹 그 아가씨랑 놀아나고는 책임을 지지 않아서 그런 일을 당한 건 아닐까요?"

"그런 건 아닌 것 같던데. 장항영이 데려온 여자 같았는데 아칠하고 무슨 원한 관계가 있겠어."

주자진은 장항영이라는 말을 듣자마자 순간 외마디 비명을 내지르고는 급히 물었다. "장 형이 데려왔다고요? 설마…… 적취?"

옆에 있던 사람이 주자진을 향해 의아한 표정을 지으며 말했다. "적취는 무슨? 황 가라 하더구먼."

"열일고여덟 정도에 예쁘장한…… 황 가?" 혼잣말을 중얼거리던 주자진의 머릿속으로 순간 어떤 생각이 번뜩였다. 주자진은 아연실색하여 손에서 힘이 풀렸다. 귀를 붙잡혔던 산토끼가 바닥에 툭 떨어져 풀려나자 곧바로 깡충깡충 신나게 달아났다.

"황재하?" 주자진은 들고 있던 물통도 던져버리고는 옆 사람의 옷깃을 거세게 붙잡아 물었다. "황재하입니까?"

그 사람은 깜짝 놀라서 황급히 손을 들어 주자진의 손을 뿌리치며 말했다. "내가 그걸 어찌 알겠소? 나도 그냥 황 가라고 하는 것만 들었는데……."

"지금 어디 있습니까? 누가 데려갔어요?"

"관아에서……."

"경조부요, 대리사요?"

"아마…… 대리사였던 것 같은데? 아까 마침 대리사 사람 몇 명이 근처에 있다가 소식을 듣고 바로 와서는…….”

주자진은 말을 끝까지 듣지도 않고 곧바로 몸을 돌려 대리사로 달려갔다.

대리사 소경 최순잠은 괴로운 얼굴을 하고 있다가, 문을 박차고 들어오는 주자진을 보았다. “자진, 무슨 일로 또 이리 왕림하셨는가?”

“최 소경님, 그런 인사치레는 생략하고요, 단도직입적으로 물을게요.” 주자진은 급히 최 소경에게 다가가 어깨를 두르며 물었다. “오늘 여기 황재하라고 하는 여자가 잡혀왔나요?”

“그랬지.” 최순잠은 자신의 얼굴을 가리키며 말했다. “그게 아니라면 내가 왜 이런 괴로운 얼굴을 하고 있겠는가?”

“왜요?”

“왜긴 왜야, 그 생각 없는 놈들이 거리에 놀러 나갔다가 괜한 일을 만들어왔으니 그렇지. 경조부가 처리하게 됐으면 될 일을 우리 대리사가 맡게 생겼지 않나! 그놈들이 내려온 살인범이 누군가? 황재하라고!” 최순잠은 주위를 살피더니 한껏 괴로운 표정으로 말했다. “자네도 황재하를 알잖나? 바로 그 기왕 전하 곁에 있던 양숭고이자, 천하에 이름을 떨친 여 수사관 말일세!”

“당연히 알죠! 제가 황재하를 얼마나 오래 숭배해왔는데 어떻게 몰라요.”

주자진이 최순잠의 어깨를 두른 팔을 더 강하게 조이자 최순잠이 아파서 얼굴을 찡그렸다. “자진, 살살 좀…….”

“저랑 얘기 좀 해요. 최 소경도 알다시피 황재하가 누구예요? 천하의 뛰어난 수사관이라고요. 그런 황재하가 일을 저지른다면 단서 하나 없는 완전범죄를 저지르겠지, 그렇게 허술하게 했겠어요? 이건 누군가가 황재하를 함정에 빠뜨린 게 틀림없어요!”

최순잠이 잠시 생각해보더니 고개를 끄덕였다. "그럴 수도 있겠군……. 지금 기왕 전하께서도 종정시에 감금되어 계시니, 이때를 틈타 황재하를 해하려 했는지도 모르지."

"그러니까 황재하를 풀어주세요. 누가 함정을 판 건지 제가 황재하랑 같이 고민을 좀 해보고……."

최순잠이 주자진을 노려보며 말했다. "황재하는 지금 죄인의 몸으로 잡혀온 거잖나. 설령 기왕 전하가 오신다 해도 데려가고 싶다고 그냥 데려갈 수 있는 게 아니라고!"

주자진이 울상을 지으며 최순잠의 어깨를 놓아주었다. "알겠어요……. 그럼 잠깐 만나보게는 해주실 거죠?"

"지금 바로……?" 최순잠이 살짝 주저하며 묻자, 주자진이 다시 팔을 들어 최순잠의 어깨를 두르려 했다. 재빨리 주자진의 팔을 피한 최순잠이 말했다. "알았네, 알았어. 내가 직접 데려다줄게!"

두 사람이 수감실 입구에 다다랐을 때, 저 멀리 대청 쪽에서 누군가가 걸어오며 최순잠을 향해 공수하더니 낭랑한 목소리로 인사를 건넸다. "최 소경, 오랜만입니다."

최순잠은 그를 보자마자 주자진은 내버려둔 채 만면에 웃음을 띠며 다가갔다. "온지, 오늘은 무슨 바람이 불어서 이리 오셨는가?"

왕온이 청회색 돌길이 깔린 정원을 빠른 걸음으로 지나와 웃으며 말했다. "솔직히 말씀드리겠습니다. 최 소경께 청할 일이 있어서 이리 찾아왔습니다."

"오, 뭐든 말씀만 하시게." 최순잠은 주자진을 힐끗 보더니 수감실 쪽으로 밀며 말했다. "자진, 자네 먼저 들어가서 죄인을 만나보게. 난 오랜만에 온지를 만났으니 잠시 얘기 좀 나누고 들어가겠네."

최 소경의 말을 들은 왕온은 한층 더 미소를 띠며 물었다. "자진이 만나러 온 범인이 혹 재하인가?"

주자진이 재빨리 고개를 끄덕였다. "역시 왕 형은 촉이 장난 아니십니다!"

왕온이 최순잠을 향해 말했다. "함께 들어가보는 것도 괜찮겠습니다. 저도 그 일 때문에 왔습니다."

최순잠의 입이 떡 벌어졌다. 황재하가 왕온의 약혼녀라는 사실이 그제야 어렴풋이 떠오른 것이다. 최순잠은 왕온이 자신을 찾아온 이유를 곧바로 알아채고는, 괜히 황재하를 끌고 와 일을 복잡하게 만든 수하들을 속으로 죽어라 욕해주었다.

최순잠이 아주 어색한 표정으로 말했다. "그럼 함께 만나러 가보지."

황재하는 대리사 수감실 안 낮은 침상 위에 조용히 앉아 있었다. 치마폭에 말라붙은 핏자국은 여전히 크게 눈에 띄었지만 전혀 개의치 않았다. 그저 벽 높이 좁게 나 있는 창문을 올려다보며 조형물처럼 꼼짝도 않고 앉아 있었다.

날이 그다지 좋지 않아 창으로 어두운 빛이 약간 들어올 뿐이어서 실내는 어두웠다. 문을 연 세 사람은 낮은 침상 위에 어두운 표정으로 앉아 있는 황재하를 보았다. 창으로 어슴푸레 들어오는 빛 아래 유난히 부드러운 윤곽을 그리며 앉아 있는 황재하의 옆모습은 마치 자욱한 수증기 속에 있는 듯 몽롱한 느낌을 주었다.

성미 급한 주자진이 바로 크게 소리쳤다. "숭고, 이게 무슨 일이야! 네가 그런 일을 저질렀을 리 없어! 최근에 누구한테 미움 산 일은 없었는지 빨리 생각해봐!"

황재하는 주자진의 목소리를 듣고서야 고개를 돌려 문 쪽을 보았다. 주자진은 이미 안으로 뛰어 들어갔고, 왕온은 평온한 얼굴로 문밖에 서 있었으나, 그 시선은 황재하에게 붙박여 잠시도 떨어지지 않았다.

황재하는 긴 한숨을 쉬고는 일어나 그들에게 다가갔다. "다들 어떻게 오셨습니까?"

주자진이 바로 대답했다. "좀 전에 단서당 옆을 지나는데, 사람들이 장항영이 데려온 아가씨가 사람을 죽였다고 그러는 거야! 적취를 말하나 생각했지, 너라고는 꿈에도 생각 못 했다고!"

주자진이 한바탕 말을 쏟아내는 동안 왕온은 아무 말 없이 듣고만 있었다. 하지만 황재하는 왕온이 종정시 앞에서 자신과 헤어진 뒤 바로 사람을 붙여 뒤를 지켜보게 했으리라고 짐작했다.

최순잠은 잠시 지켜보다가 공무가 있어 먼저 가보겠다며 자리를 떴다.

주자진은 황재하의 소매를 붙잡고 정신없이 물었다. "도대체 어떻게 된 일이야? 어쩌다가 의원에서 약방 견습생을 죽였다는 모함에 빠진 거야?"

황재하가 반문했다. "어찌된 일일 것 같아요?"

"나야 모르지! 설마 그놈이 아가씨 혼자 있다고 널 어떻게 하려 했던 거야? 아니지……. 장 형이 그걸 가만 두고 봤을 리가 없잖아?"

왕온이 끼어들었다. "자진, 일단 재하의 말을 먼저 들어보지."

주자진은 곧바로 고개를 끄덕이더니 낮은 침상 위를 손으로 살짝 털어내고 앉았다.

황재하는 두 사람에게 사건의 경위를 빠짐없이 들려주었다. 전후 사정을 세세히 들려주느라 이야기가 끝났을 때에는 이미 해가 저물어, 아전 하나가 등잔을 가져다주었다. 방 안 전체에 빛이라곤 그것뿐이었으나, 그래도 칠흑 같은 어둠은 몰아낼 수 있었다.

좁은 수감실 안은 축축하고 어두웠다. 실내는 안 그래도 한기가 감돌았는데, 흔들리는 불빛이 세 사람의 그림자를 굴곡지게 드리워 한

층 더 기이한 느낌을 주었다.

주자진은 등잔이 놓인 탁자 위에 엎드려서는, 실망하고 놀라면서도 여전히 믿을 수 없다는 표정으로 물었다. "그러니까 네 말은…… 장 형이 사람을 죽이고 네게 누명을 씌웠을 가능성이 가장 크다, 그거지?"

황재하는 천천히 고개를 끄덕이며 말했다. "하지만 아직 의문이 드는 부분이 있어요. 장 형은 줄곧 약장 끝에 앉아서 그 아실이란 자와 함께 있었다는데, 어떻게 들어와 사람을 죽였는지 모르겠어요."

주자진이 갑자기 손으로 탁자를 쳤다. 등잔이 위로 살짝 튕겨 오르며 불빛이 순간 어두워졌다. "알겠어. 미리 아실을 매수해둔 게 틀림없어!"

"그렇게 보이진 않았어요." 황재하가 고개를 가로저었다.

"어쨌든 그 속에 필시 어떤 연유가 있을 것이고, 장항영 역시 절대 이 사건에서 자유롭진 못할 것이오." 줄곧 잠잠히 듣고만 있던 왕온이 드디어 입을 열었다. "그리고 나는 재하가 이 사건을 조사할 수만 있다면, 반드시 진상을 밝히고 누명을 벗을 거라고 믿소."

황재하가 미세하게 고개를 끄덕였다. "하지만 전 지금 갇혀 있는 몸이라 여길 벗어날 방법이 없어요. 여기 앉아서는 아무리 고민해봤자 사건을 해결하기 어려울 거예요."

"다시 한 번 현장에 가서 둘러볼 수 있다면 가장 좋을 텐데 말이오." 왕온이 그렇게 말하면서 주자진을 보았다. "맞다, 자진. 시신과 흉기를 검사하러 가야 하지 않는가?"

"시신과 흉기……." 주자진은 금세 눈을 반짝이며 벌떡 몸을 일으켰다. "맞아요! 어서 가서 봐야겠어요!"

"시신은 이미 성 남쪽 묘지로 보내졌고, 이제 곧 통행금지 시간이네. 뭘 그리 서두르나?" 문밖에서 최순잠의 목소리가 들려왔다. 최순잠이 문 앞에 서서 그들을 향해 웃으며 말했다. "시간이 많이 늦었으니 여기에서 식사나 하고 가시게. 주방에서 이미 술과 안주를 준비해 놓았네."

주자진이 문밖으로 향하며 황재하에게 말했다. "가자."

황재하는 씁쓸한 미소를 지으며 가만히 앉아 있었다. 왕온은 지금 황재하가 죄인의 신분인지라 함께 식사를 하러 갈 수 없음을 알고는 주자진의 어깨를 두드리며 말했다.

"재하는 갑자기 너무 엄청난 일을 당해 입맛이 별로 없을 테니 우리만 가도록 하지."

세 사람이 떠나고 문이 닫혔다. 수감실 안에는 황재하 홀로 남았다.

황재하는 조용히 침상에 걸터앉아 있었다. 그리고 한참을 있으려니 등이 쑤셔와 벽에 기대앉았다. 얼마 뒤, 문밖에서 자물쇠 여는 소리가 들리더니 등롱 불빛이 안으로 비춰 들었다. 왕온이 조그만 등롱을 들고 수감실 안으로 들어왔다.

얇은 등갓을 뚫고 나온 주황색 불빛이 좁은 실내를 비추며 왕온의 얼굴에 드리운 미소도 함께 비추었다. 불빛보다도 평온하고 부드러운 미소였다.

왕온은 들고 온 식함을 열어 반찬 네 접시와 닭개장 한 사발, 밥 한 그릇을 황재하 앞 작은 탁자 위에 내놓고는 젓가락을 건네며 말했다.

"배고프지 않소? 자, 일단 드시오."

황재하는 탁자 앞으로 몸을 당겨 앉고는, 고개를 숙인 채 젓가락을 건네받으며 물었다. "자진 도련님은요?"

"역시나 못 참겠는지, 이 밤에 바로 시신을 살펴보겠다고 갔소."

"그랬군요." 황재하는 고개를 끄덕이고는 먼저 닭개장 그릇을 들고 국물을 한 모금 마셨다. 워낙 추운 날씨에 음산하고 냉랭한 수감실 안에 있다가 따뜻한 국물을 마시니 온몸이 녹아내리는 것 같았다. 황재하는 그릇을 든 채 무의식적으로 눈을 들어 앞에 있는 왕온을 바라보았다. 불빛 아래 옥처럼 매끄러운 왕온의 웃는 얼굴은 지금 황재하의 손에 들린 탕 사발처럼 따뜻하고 온화해 보였다.

'만약 왕온 공자가 없었더라면, 지금 나는 어떻게 되어 있을까?' 황재하는 어렴풋이 이런 생각을 했다.

황재하가 한참을 멍하니 쳐다보자 왕온은 손을 들어 자신의 얼굴을 슥 문지르며 물었다. "어찌 그리 보시오?"

"아…… 아닙니다." 황재하는 급히 고개를 숙이고 젓가락을 들어 반찬을 집어 먹었다.

왕온은 가만히 앉아 있다가 황재하가 음식을 거의 다 먹어갈 즈음에야 입을 열었다. "내가 사람을 시켜 그대의 뒤를 밟게 한 것은, 그저 지금 상황이 너무도 위험하니 혹여 무슨 일이라도 생길까 걱정이 되어서지 다른 뜻은 없었소. 내게 화난 것은 아니오?"

황재하가 고개를 내저으며 말했다. "아닙니다……. 그럼, 공자께서는 제가 전하의 약을 사러 가서 화가 나셨습니까?"

"그렇소." 왕온이 덤덤히 말했다.

순간 황재하는 저도 모르게 젓가락을 쥔 손에 힘을 주며 고개를 들어 왕온을 쳐다보았다. 흔들리는 불빛 아래서 황재하를 응시하는 왕온의 눈빛도 마치 출렁이는 물결처럼 불안하게 흔들렸다.

왕온이 소리를 낮추고 말했다. "그대는 내게 약을 지어다 달라고 말했어야 하오. 이렇게 중요한 때에 어찌 굳이 위험을 무릅쓰는 것이오?"

왕온의 부드러운 그 말에 황재하는 머리가 멍해져 어떻게 반응해야 좋을지 몰랐다. 한참 후에야 고개를 숙이고는 머뭇거리다 입을 열었다.

"단서당조차 이렇게 위험한 곳이 될 수 있다는 사실은 짐작도 못 했으니까요……."

왕온은 자신도 모르게 미소를 지으며 희미한 불빛 아래 황재하를 응시했다. 불빛 때문인지 무엇 때문인지 황재하의 양볼이 붉게 물들 어, 창백하던 얼굴이 순간 더없이 아름다워 보였다. 심장이 주체할 수 없이 뛰어, 왕온은 자신도 모르게 손을 들어 갓 피어난 복사꽃 같은 황재하의 볼을 어루만지려 했다. 하지만 왕온의 손이 닿으려는 찰나 갑자기 황재하가 고개를 돌려 창밖 하늘을 살피며 멀리서 들려오는 북소리를 듣고 말했다.

"초경이네요."

왕온은 물론 황재하의 말뜻을 알아들었다. 허공에서 뻣뻣하게 멈 춰버린 손을 어색하게 내려 마치 빈 접시를 정리하려 한 것처럼 접시 하나를 식함에 챙겨 넣었다.

분위기가 어색해지고, 밥을 먹는 황재하의 동작도 딱딱해졌다. 왕 온도 아무 말 않고 기다렸다가, 황재하가 밥을 다 먹은 후 그릇과 젓 가락을 챙기면서야 다시 입을 열었다. "나도 이런 말을 꺼내고 싶진 않지만, 재하, 오늘 밤은 필히 결정을 내려줘야 할 것 같소."

황재하는 고개를 끄덕이고는 아무 말도 하지 않았다. 눈을 내려떠 짙고 촘촘한 속눈썹이 눈 속에 담긴 속마음을 가리는 동시에 얼굴 위 에 희미한 그림자도 드리웠다.

"내가 나의 정혼자 황재하는 보증해서 나오게 할 수 있으나, 기왕 부 환관 양숭고는 그리할 수 없기 때문이오." 왕온은 천천히 말을 이 으면서 황재하의 눈썹이 떨리던 그 짧은 순간까지도 놓치지 않고 황 재하를 응시했다. "그래서 재하, 그대의 언약이 필요하오."

불빛이 흔들리면서 실내의 따뜻한 주황빛도 함께 동요해, 황재하 에게는 진정한 따뜻함을 안겨주지 못했다. 이토록 외롭고 추운 밤, 절망적인 처지에 빠진 황재하가 미처 제대로 반응도 하기 전에 배후의 힘은 이미 황재하를 향해 흉악한 발톱과 이빨을 드러냈다. 피할 수도, 도망갈 수도 없었다.

황재하는 고개를 들어 주위를 둘러보았다. 견고하고 차가운 옥사, 높고 좁은 철창이 보였다. 이미 막다른 골목에 다다라 더 이상은 자신 앞에 아침 햇살이 비추지 않을 것만 같은 기분이었다. 그리고 왕온은 바로 그런 황재하 앞에 무지갯빛 다리를 놓아 이 절망에서 탈출할 수 있는 희망을 보여주었다.

그렇다, 희망이었다. 그 희망은 황재하의 것이기도 했고, 이서백의 것이기도 했다.

마지막으로 찾아온 이 지푸라기를 잡지 않는다면, 황재하와 이서백은 지금 이대로 장안의 어두운 밤 속에 침몰해버려, 물거품 사라지듯 소리소문 없이 사라질지도 모른다. 마치 이 세상에 존재하지 않았다는 듯이.

황재하는 가만히 두 손에 힘을 주어 주먹을 꼭 쥐었다. 손톱이 손바닥을 파고들었으나 아무런 감각도 없었다.

황재하는 눈을 감고 낮은 목소리로 말했다. "모든 것을…… 왕 공자님 뜻에 맡기겠습니다."

"역시 왕 형은 대단해. 대리사에서 널 꺼내오다니!"

다음 날 영창방 왕 가 저택으로 찾아온 주자진은 무탈하게 집 안에 있는 황재하를 보며 한참 동안 왕온을 칭송했다. "다른 것도 아니고 살인 사건에 연루됐는데 말이야!"

황재하는 의기소침해 있었다. 전날 너무나 갑작스럽게 변을 당한 데다가 밤새 잠을 이루지 못해 얼굴이 몹시 초췌했다. 주자진이 감탄하는 소리를 들으면서도 황재하는 아무 반응 보이지 않고 그저 가만히 손에 든 서책만 보았다.

그런 황재하의 모습을 보고 주자진이 가까이 다가가 물었다. "무슨 책을 그리 보고 있는 거야?"

"『귀내경』이라고, 의서예요."

주자진이 어리둥절해 물었다. "눈 뜨자마자 의서를 읽고 있는 거야?"

"그게 아니고, 밤새 읽었어요." 황재하는 서책의 어느 한쪽을 접은 뒤 서책을 책상 위에 얹어놓았다. "어젯밤 대리사에서 돌아온 뒤에 왕온 공자께서 호 의원 책상에 있던 20권 넘는 의서를 싸서 보내주셨어요. 그중 한 권이에요."

"호 의원이 누군데?"

"어제 아실이 지었다는 약의 처방전을 써준 의원이에요."

"밤새 20권이 넘는 의서를 다 읽었단 말이야? 그 의원 책상에 있던 서책을 왜?" 주자진은 영문을 모르겠다는 얼굴로 물었다.

황재하는 자세한 이야기는 들려주지 않고 의서 위에 천천히 손을 얹으며 이렇게만 말했다. "별것 아니에요. 그냥 뭔가 떠오르는 게 있어서 뒷받침해줄 근거가 있나 찾아본 것뿐이에요."

황재하가 더는 말하고 싶어 하지 않는 듯하자 주자진도 그 이상은 캐묻지 않고 화제를 돌렸다. "기왕 전하는 지금 그런 상황에 처해 계시니 너한테 무슨 일이 생긴 것도 모르시겠지. 왕 형이 있어서 그나마 다행이야. 왕 형마저 없었다면 너 정말 큰일 날 뻔했어."

황재하는 묵묵히 고개를 끄덕인 뒤 한참 후에야 입을 열었다. 낮게 깔린 목소리에 피로감이 짙게 묻어났다. "맞아요, 저 혼자서는 세상에서 가장 거대한 그 힘에 결코 저항하지 못할 거예요."

그리고 이렇게 엎어진 둥지 아래 놓인 처지가 된 황재하는 매 순간 자신의 안전을 지켜야만 했다. 이서백마저 최악의 상황에 놓인 지금, 황재하가 자신조차 스스로 지키지 못한다면, 어떻게 그 사람을 지킬 수 있겠는가?

주자진이 눈썹을 찡그리며 말했다. "그러게. 정말 꿈에도 생각 못했어. 장 형이 정말 그렇게…… 널 해칠 거라고는! 사실 너한테 그렇게 들었어도, 아직은…… 좀 믿기지 않아."

황재하는 딱히 긍정도 부정도 하지 않고 이렇게만 말했다. "그래요. 장 형이 아니라면 가장 좋겠죠. 어쨌든 지금 제가 할 수 있는 추측 중 최악의 추측일 뿐이니까요."

주자진이 순식간에 황재하 바로 앞까지 다가가 책상다리를 하고 앉았다. "너도 아직 확신하는 건 아니구나? 좀 더 잘 생각해봐. 그 시각에 아칠을 죽일 수 있던 사람이 장 형 말고 또 누가 있었을지 말이야."

황재하는 찻잔을 든 채 아무 말도 하지 않았다. 손에 든 차가 차갑게 식은 뒤에야 찻잔을 가볍게 탁자에 내려놓으며 물었다. "어제 아칠의 시신은 검시하셨어요?"

"검시했지. 범인은 고수야. 단칼에 심맥을 끊었더라고. 아칠은 자신을 죽이는 사람이 누군지 볼 새도 없이 곧바로 고꾸라졌을 거야. 아니, 근데 정말로 너도 그 방 안에 있었던 거야? 놀라서 깨지도 않았어?"

"아마도 약에 취해서 죽은 듯이 잠들었던 거 같아요. 폭약을 보관한 방이어서 미약의 기운을 전혀 느끼지 못했던 거죠."

황재하는 다시 찻잔에 따뜻한 차를 따라 손에 들었다. "그럼 흉기로 쓰인 그 비수는요? 뭔가 발견한 거라도 있어요?"

주자진이 고개를 내저었다. "없어. 동쪽 시장에서 20문이면 살 수 있을 것 같은 평범한 칼이고 녹까지 슬었더라고. 아마 오래전에 산 거 같아. 그 외에는 특별히 단서가 될 만한 게 없었어."

"상처는 별다른 의문점이 없던가요? 시신에서 범인을 특정할 만한 점은요?”

“없었어. 너무 깔끔하게 칼자국 하나가 다였어.”

황재하는 아무 말 없이 잠시 생각에 잠겼다가 입을 열었다. “가요, 단서당으로.”

주자진이 깜짝 놀라 물었다. “단서당으로 가자고? 거긴 어제 네가 살인 사건에 휘말린 곳이야!”

“다시 가서 살펴봐야겠어요. 대체 어떤 방법으로 약장 끝에서 폭약 방까지 들어와 살인을 저지르고도 그 살인 현장에 부재했다고 입증할 수 있었는지 말이에요.” 황재하는 바로 몸을 일으켜 후당으로 가서 황분과 물풀을 꺼내, 얼굴에 누렇게 황분을 바르고 물풀로 눈꼬리를 아래로 축 처지게 잡아당겼다. 입가와 눈가 모두 그렇게 물풀을 바르고 자연스럽게 마르길 기다렸더니 주름이 생겨 족히 열 살은 더 나이 들어 보였다. 그런 다음 머리엔 복두를 쓰고 남자 옷으로 갈아입은 뒤 육합화를 신고 주자진과 함께 말을 타고 문을 나섰다.

주자진은 감탄하며 말했다. “그렇게 차려입으니 왠지…… 숭고가 다시 돌아온 것 같은 기분이야.”

“황재하와 양숭고는 원래 같은 사람이었어요.” 황재하가 주자진을 흘끗 쳐다보며 말했다. “어명으로 시신을 검시하는 주자진과 주 사군 가문의 주자진 공자가 동일한 사람인 것처럼요.”

“음, 그건 그렇네. 모든 사람이 다 여러 다른 신분을 갖고 있는 거잖아. 어떤 사람은 너를 이 신분으로 알고 있고, 또 어떤 사람은 너를 다른 신분으로 알고 있어. 그 두 사람이 대화하면서 한 사람은 너를 황재하라 부르고, 또 한 사람은 양숭고라 부르지만, 황재하와 양숭고가 동일한 사람이라는 건 모르고! 하하하…….”

주자진은 말하다가 저도 모르게 웃음이 터졌다.

아무 생각 없이 주자진의 웃음소리를 들으며 계속해서 말을 달리던 황재하가 순간 거세게 고삐를 잡아 말을 세웠다. 주자진이 의아한 듯 고개를 돌려 보니, 황재하는 멍하니 허공을 올려다보며 넋을 잃고 있었다.

"왜 그래? 뭐라도 생각난 거야?"

"신분…… 다른 신분, 하지만 서로 같은 점이 만나는 교점…….'" 황재하는 미동도 없이 혼잣말을 중얼거리고 있었다.

주자진은 정신을 놓고 있는 황재하를 보며 그저 어리둥절한 표정으로 말했다. "맞아, 어떨 땐 다른 신분이지만 동일한 사람일 경우가 있잖아."

"또 어떨 땐, 서로 다른 물건이 한 가지 일을 가리킬 때도 있고요. 그렇죠?"

주자진은 머리를 긁적이며 되물었다. "그게…… 어떤 걸까?"

"예를 들어서 대련(對聯), 폭죽, 화로, 이 세 가지를 들으면 뭐가 떠올라요?"

"그야 당연히 설날이지. 너무 쉬운 문제 아니야?" 주자진은 천진무구한 표정으로 황재하를 보며 말했다.

"맞아요. 그럼 만약……." 황재하는 움켜쥔 말고삐에 더욱 힘을 주며 한 자 한 자 천천히 내뱉었다. "동심결, 비수, 옥팔찌라면요?"

"어? 그건…… 악왕 전하가 모친의 향로에서 태운 물건들 아니야?"

"맞아요. 그 세 가지 물건이 어떤 하나의 일을 연상시키는 게 틀림없어요…….'" 황재하는 생각에 잠겨서 말했다. "우리는 그 의미를 모르지만, 악왕 전하는 그 세 가지 물건을 보자마자 그 의미를 알았을 테고, 그것이 오해를 일으켜 결국…… 목숨까지 버려가며 기왕 전하를 사지로 몰려는 집념이 생겼을지도 몰라요."

주자진은 황재하의 표정을 보며 긴장이 되었다. "무섭게 왜 그래……. 그 세 물건이 뭘 의미한다는 거야?"

황재하는 생각에 몰두한 나머지 완전히 정신이 팔려 있었다.

주자진은 황재하가 말에서 떨어질까 봐 걱정되어 옆에서 황재하가 탄 말의 고삐를 붙잡고 물었다. "괜찮아? 조심해, 말에서 떨어질라."

황재하가 고개를 끄덕이며 다시 자세를 고쳐 앉았다. "가요, 단서당으로."

주자진은 황재하 오른편에서 말을 몰고 가면서 계속 참지 못하고 황재하를 향해 고개를 돌려 무언가를 말하고 싶어 했다. 하지만 황재하는 생각이 복잡해 주자진에게 신경 쓸 여유가 없었다. 그저 고개를 파묻고 앞으로 나아갈 뿐이었다.

주자진은 하늘의 구름을 올려다봤다가 다시 길가에 심긴 나무들로 시선을 주었다가, 금세 다시 옆에 있는 황재하를 돌아보았다. 결국 참지 못하고 입을 열었다.

"숭고, 하나만…… 물어봐도 될까?"

황재하가 고개를 끄덕이며 주자진을 돌아보았다.

주자진은 황재하를 보며 더듬더듬 말했다. "어쩌면…… 또 다른 가능성이 하나 더…… 있지는 않나 싶어서."

두려움으로 가득한 주자진의 얼굴을 보며 황재하도 바로 그 말뜻을 눈치챘다. "사실 또 다른 가능성이 하나 더 있죠. 제가 섭혼술에 걸렸을 가능성요. 저는 잠이 들었다고 생각하지만 사실은 인식하지 못한 사이에 사람을 죽였을 수도 있다, 그 말이죠?"

황재하가 지극히 담담한 표정으로 자신이 살인범일 수 있다는 추측을 입 밖으로 내자, 주자진은 뭐라 말해야 좋을지 몰라 아무 말도 못 하고 겨우 고개만 끄덕였다.

황재하는 무언가를 말하려 했으나 순간적으로 하려던 말을 잊었다. 그러고는 고삐를 잡아당겨 길 한가운데에 멈춰 섰다. 순간 날카로운 한기가 척추를 찌르는 듯한 고통이 느껴져, 온몸이 굳어 손끝 하나 제대로 움직일 수 없었다.

자신이 우선의 범죄를 폭로한 날이 떠올랐다. 줄곧 진범을 찾고자 했던 우선은 그토록 찾던 범인이 사실은 우선 자신이었다는 사실을 알고는 죽음보다도 더한 절망에 빠진 표정을 지었다.

그리고 지금, 황재하 또한 자신이 찾고 있는 것이 결국은 자신이 저지른 범행의 흔적은 아닌가 하는 생각이 들었다. 극도의 공포감에 황재하의 몸이 미세하게 떨렸다. 급격하게 안 좋아진 황재하의 안색을 보며 주자진도 당황하여 황급히 말했다.

"숭고, 신경 너무 쓰지 마……. 내가 그냥 엉터리로 추측해본 것뿐인데……."

황재하가 가까스로 정신을 가다듬고 낮은 소리로 말했다. "전 범인이 아니에요."

주자진도 곧바로 고개를 끄덕이며 얼른 동의했다. "물론이지, 네가 어떻게 그랬겠어……."

"우선의 경우를 보면, 섭혼술은 아무 까닭도 없이 사람 마음에 살기를 심어주는 건 아니었어요. 원래 적대적인 감정이 있던 사람에게 살기를 품도록 유도 작용을 일으키는 거죠. 원한과 악한 마음을 더욱 키울 수는 있으나, 없던 원한을 거짓으로 만들어낼 수는 없다는 말이에요. 그런데 약방에서 약을 짓던 그 청년은 저와 무슨 원한 관계에 있지 않았으니, 섭혼술이 발휘될 수 없죠."

"맞아, 절대 네가 그랬을 리 없어." 주자진은 그렇게 말하다가 다시 뭔가가 떠올라 어렵게 입을 열었다. "그럼 만약…… 정말로 장 형이 범인이라면…… 적취는 어떡해? 장 형 아버님도 아직 병상에 계신데 이런 일이 생기면 어르신은 어떡하지?"

황재하는 마음이 너무 복잡해 한참 뒤에야 간신히 입을 열었다.

"적취는 아마 알고 있었을 거예요. 그러니 우리한테 경고까지 해줬 겠죠."

"하지만 나는…… 진짜 범인이 너도 아니고 장 형도 아니라는 정 황을 찾아낼 수 있으면 좋겠어. 다른 사람이 몰래 폭약방 안으로 들어 갈 수 있었던 정황 같은 거 말이야……." 주자진은 거의 울 것처럼 속 상한 얼굴로 말했다. "네게도 아무 일이 없었으면 좋겠고, 장 형도 아 무 일 없었으면 좋겠어. 나는 너도 장 형도 그런 일을 저지를 사람이 라고 생각하지 않아……."

황재하가 아랫입술을 깨물고 낮은 소리로 말했다. "저도 마찬가지 예요. 하지만…… 진실은 그냥 진실이에요. 결과가 어떠하든, 그 마지 막에 밝혀지는 범인이 장 형이든 저든, 전 단지 유일한 하나의 진실을 찾아내길 원할 뿐이에요."

황재하와 주자진이 단서당에 도착하니, 마침 대리사에서도 나와 증 거를 수집하고 있었다. 대리사 아전들이 현장에 있던 이들의 진술을 기록하며 푸념했다.

"이런 하찮은 일을 왜 우리가 하는 거야? 경조부더러 와서 하라고 하면 안 돼?"

다른 누군가가 낮은 소리로 말했다. "아이고, 이게 겉으론 그냥 젊 은 놈 하나 죽은 사건으로 보이지만, 기왕부까지 연루된 일인데, 그게 어디 작은 일이겠어?"

"난 어째 낭야 왕 가가 연루됐다고 들은 거 같지? 살인범으로 지 목된 여자가 그 유명한 황재하라고 하던데? 왕 통령의 약혼녀 말이 야……."

"황재하가 양숭고로 신분을 숨기고 기왕부 소환관으로 있었다며? 예전에 황 사군께서 형부 시랑으로 계실 때 대리사를 자주 오가셔서 그때 황 사군은 한 번 뵌 적이 있는데…….”

“어쨌든 이 사건은 작은 일이 아니라고. 이왕 맡은 거 어쩔 수 없지 뭐.”누군가 대화의 종지부를 찍는 말을 했다.

약방은 진술에 필요한 몇 사람만 남기고 모두 물러가게 한 뒤였다. 황재하는 한눈에 장항영을 발견했다. 사건의 중요한 증인 중 한 사람이니 장항영도 심문에 불려 나온 건 당연했다.

약방에 그렇게 몇 사람 남지 않은 상황에서 황재하와 주자진이 들어서자 곧바로 대리사 사람들의 이목이 집중됐다. 주자진을 알아본 누군가가 즉시 일어나 공수했다.

“자진 공자님, 최 소경께서 저희를 도와주라고 보내신 겁니까?”

“최 소경께서 그러신 건 아니고…….”주자진이 고개를 내저으며 말했다. “오롯이 사건을 해결하고자 하는 나의 개인적 취미와 진실을 추구하는 집념 때문에 온 것이지!”

“자진 공자님은 역시 이 방면으로 열정이 넘치십니다!”몇몇 이들이 주자진의 어깨를 툭툭 두드리며 히득거리다가 황재하를 보고 물었다. “함께 오신 분은 누구입니까?”

“아, 내 사촌 아우일세. 아우도 사건 해결 같은 걸 좋아하는데, 미궁에 빠진 사건이 있다는 말을 듣고 자기도 한번 보고 싶다고 따라왔지.”주자진은 대충 둘러대며 안으로 들어갔다.

“뭐 미궁에 빠진 건 아니고, 이번 사건은 꽤나 간단합니다. 이미 어느 정도는 마무리된 것 같고요.”제일 우두머리로 보이는 자가 고개를 내저으며 말했다. “모든 창문은 다 잠긴 상태였고, 약방은 문 한 짝으로만 출입이 가능했습니다. 증인과 증거가 모두 다 갖추어져, 황재하 아가씨 외에는 범인일 수 있는 사람이 없습니다.”

주자진은 고개를 돌려 장항영을 보았다. 계속해서 황재하에게 시선을 두고 있는 걸 보니, 이미 황재하를 알아본 듯했다. 주자진이 재빨리 황재하 앞으로 가서 서 장항영의 시선을 막으며 말했다. "하지만 재하 아가씨는 그런 일을 저지를 동기가 없지 않은가."

누군가가 웃으며 말했다. "그야 모르죠. 보통은 증거를 확실히 잡아서 심문하면 다 이실직고하죠."

또 다른 누군가가 묘하게 웃으며 말했다. "증거가 없어도 심문하면 다 뱉어내기도 하지."

황재하는 평소 저들이 상습적으로 쓰는 그 방식을 잘 알고 있었기에 아무 말 하지 않았지만, 주자진은 초조한 마음에 재빨리 반박하며 말했다.

"어떻게 그게 가능하다는 건가? 그럼 무고한 사람을 고문해서 자백을 받아내고, 진짜 범인은 법망을 피해 달아나도록 그냥 둔다는 거야?"

"그럼 별수 있습니까, 저희도 얼마나 압박을 받는데요. 어떨 땐 상부의 한마디 말에 사흘 내에 사건을 해결해야 할 때도 있단 말입니다. 그런 상황에서는 저희가 뭘 어찌할 수 있겠습니까?"

"그럼요, 지난번 동창 공주님 사건 때도 만약 그리 깐깐하게 하지 않았더라면 그냥 전관색 하나 죽어서 끝날 사건이었죠."

주자진은 그런 관료 사회 방식에 익숙하지 않아 그저 분개하며 얼굴을 돌려 주위를 둘러보고 물었다. "지금껏 조사했으니, 뭐 진전이라도 좀 있는가?"

"원래의 그 결론 말고 달리 나온 건 없습니다. 맞다, 묘지에 가서 시신을 살펴보셨잖습니까? 거기서 뭐 발견한 건 없습니까?"

주자진이 고개를 가로저었다. "단칼에 심맥을 끊었다는 사실 말고 다른 건 발견되지 않았어."

"아이고, 그 여인 정말 수법도 독하지." 누군가 혀를 차며 말했다.

"기왕부에 있을 때 단련했겠지. 왜 기왕 전하도 동생을……." 아전

하나가 여기까지 말하다 급히 자신의 입을 막고는 마른기침을 몇 번 했다. 그러고는 자신의 실언을 감추려고 황급히 옆에 있던 사람을 붙잡고 질문을 했다. "자네 이름이 아실이라고 했던가?"

"에(네)……." 아실이 재빨리 고개를 끄덕였다.

"아칠이 죽을 때 약을 짓고 있었다고?"

"에, 계속 약을 지으면서, 잔 현과 애기(얘기)하고 있었습니다." 아실은 곧장 손을 들어 장항영을 가리켰다.

대리사 아전들이 아실의 발음에 웃음을 터뜨렸다. "애기하고 있었다는 게 무슨 말이야?"

옆에 있던 약방 관리자가 재빨리 나서서 대신 해명해주었다. "얘기를 나누고 있었다는 뜻입니다."

"소인…… 허(혀)가 좋지 않아서……." 아실이 재빨리 자신의 입을 가리키며 쓴웃음을 지었다.

관리자도 거들며 말했다. "맞습니다. 아실의 발음이 너무 안 좋아서 일전에는 약초 이름을 '말벌'로 잘못 발음한 바람에, 결국 벌 번데기를 무더기로 들여와서는 지금까지도 다 쓰지 못하고 약방에 수북이 쌓여 있습죠."

"괜찮네, 뭐 그리 큰 문제도 아닌데." 주자진이 아실의 어깨를 두드리며 말했다. "평소 생활하는 데 문제만 없으면 됐지. 장 형도 자네와 오랫동안 이야기를 나누는 게 가능했잖은가."

황재하는 옆에서 듣고 있다가 장항영에게 시선을 옮기며 담담한 투로 한마디 끼어들었다. "장항영과는 평소 사이가 어땠습니까?"

아실이 말했다. "잔 현도 전에 약반(약방)에서 일해서, 약재를 가져다주러 자주 왔었습니다. 그래서 아는 사이긴 한데 애기를 많이 나누진 않았어요. 어제는…… 아마 다른 사람들이 너무 바빠서 저와 애기를 많이 한 것 같습니다."

황재하는 미간을 찡그리며 잠시 생각하다가 다시 물었다. "장항영이 내내 옆에 있었나요? 자리를 떠난 적도 없고요?"

아실이 고개를 끄덕였다. "에."

"그렇다면 옆에서 장항영을 계속 보고 있었습니까? 그러니까, 장항영이 줄곧 당신 시야에 있었습니까?" 황재하가 다시 물었다.

아실은 자세히 생각해보더니 얼굴에 미심쩍은 표정을 살짝 띠며 말했다. "에. 저는 혼자 쉬고 있기 그래서…… 그 시간에 약을 한 첩 지었는데, 약재 이름을 읽으면서 약을 꺼내왔습니다. 약잔(약장) 이쪽 끝에서 저쪽 끝으로 가서 약을 찾기도 했고, 다시 이쪽으로 돌아와 찾기도 했습니다. 그런데 제가 조제한 약재 이름을 잔 현이 외우는 걸 보면 줄곧 옆에 있었던 게 맞습니다……."

황재하는 아실의 말을 듣고서 다시 한 번 물었다. "그러니까, 그 약재를 조제하는 데 약장 이 끝에서 폭약방까지 몇 번을 오갈 정도의 시간이 걸렸다는 거죠?"

아실이 연신 고개를 끄덕이다가 다시 한 번 더 말했다. "그때 제가 잔 현을 보진 못했지만, 확실히 제 옆에서 듣고 있었어요. 나준(나중)에 그 약재 이름도 다 말하지 않았습니까?"

주자진은 장항영을 쳐다보고는 조심스럽게 아실에게 물었다. "당시 장항영이 자네의 그 처방전을 본 건 아니고?"

"아닙니다! 처반전(처방전)은 매대 안에다 넣고 문진으로 눌러놓고 있습니다. 잔 현이 매대 쪽으로 들어오지 않는 한은 볼 수 없어요. 잔 현은 계속 약잔 옆에 앉아 있었으니까 절대 처반전을 봤을 리 없어요!"

대리사 사람도 고개를 끄덕이며 말했다. "맞습니다. 처방전을 보지 않았는데도 그 약재들을 댈 수 있다는 건, 그때 옆에서 아실이 중얼거리는 말을 듣고 있었다는 뜻이겠지요."

황재하는 고개를 돌려 장항영을 보며 천천히 말했다. "하지만 다들 믿으실지 모르겠지만, 아실의 그 처방전은 저도 본 적이 없지만 그 약재 이름은 지금 당장이라도 읊어드릴 수 있습니다."

모든 사람이 놀라 의아한 표정을 지었다. 다들 황재하가 하는 말이 무슨 뜻인지 이해하지 못했다.

황재하는 장항영 앞으로 다가가서 물었다. "어제 읊었던 그 약재들을 아직 기억하십니까?"

장항영은 미동도 않고 황재하를 바라보며 입을 열어 잠긴 목소리로 약초 이름을 댔다. "백렴, 세신, 백출, 백연심, 백복령, 백부자, 백지, 감송, 의이인⋯⋯."

"백렴, 세신, 백출, 감송, 백강잠, 백연심, 백복령, 백부자, 백지, 의이인 각 한 냥씩, 단향, 방풍 각 3전씩, 백정향 6전, 박하 2전. 이상의 모든 약재를 가루로 빻아서 진주 가루와 섞는다. 맞나요?" 황재하는 급하지도 느리지도 않은 어투로 아실을 향해 물었다.

아실이 눈을 휘둥그레 뜨고 힘차게 고개를 끄덕였다. "맞아요⋯⋯! 그 처방전이에요!"

주자진은 깜짝 놀라서 물었다. "네가 그 처방전을 어떻게 알아?"

황재하는 소매 안에서 『귀내경』을 꺼내 아침에 접어두었던 쪽을 펼쳐 사람들에게 돌려서 읽게 했다. 그러고는 천천히 입을 열었다. "이 세상에 의원을 생업으로 삼는 사람은 많지만 명의는 극소수이지요. 호 의원도 오랫동안 의원 생활을 하면서 그저 서책에 있는 처방전을 그대로 베껴서 사용할 뿐이었습니다. 장항영은 부친이 단서당에서 수십 년간 의원으로 있었고, 자신 또한 얼마간 약방에서 지낸 경험이 있어서, 아실이 처방전 맨 앞의 약재 몇 개를 읊으며 약재를 찾으러 갔을 때 이미 그게 어떤 처방전인지 알았을 것입니다."

대리사 사람들은 순간 서로 눈을 마주쳤다.

그중 누군가가 물었다. "자진 도련님, 그러니까 사촌 동생분의 말은, 장항영이 앞에 나열된 약재 이름을 듣자마자 그게 어떤 처방전인지 알아챈 뒤, 몰래 폭약방 안에 들어가 사람을 죽이고 다시 돌아와서는 전혀 자리를 비우지 않았던 것처럼 꾸몄다는 뜻인가요?"

주자진은 머뭇거리며 단호한 표정의 황재하를 보았다가 다시 당황한 표정의 장항영을 보았다. 그러고는 한참 후에야 고개를 끄덕이더니 아실에게 물었다. "당시 자네가 약을 조제한 속도를 생각해보게. 시간이 얼마나 걸렸겠는가?"

아실은 당황했지만 애써 기억을 더듬었다. "저…… 저도 전확하진 (정확하진) 않습니다. 처반전이 길고, 약장도 70~80줄이나 있어서, 그것이……."

약방 관리자가 한 줄로 늘어선 약장을 가리키며 말했다. "저희 약방은 다섯 칸의 방을 하나로 터서 사용합니다. 장안에서 제일로 큰 약방이지요. 약재의 종류로 따지면 수천 종에 이르고요. 자주 쓰지 않는 약재는 사다리를 놓고 올라가서 꺼내야 하는 경우도 있습니다. 그 처방전의 경우 아무리 숙련된 사람이라 해도 최소한 차 한 잔 마시는 시간 정도는 걸릴 겁니다. 아실의 경우라면……."

옆에 있던 누군가가 중얼거리듯 말했다. "그러고 보니, 아칠이 방에 뭘 가지러 갔던 그때, 아실이 마침 제 옆으로 와서 약재를 찾고 있었던 것 같아요. 손도 어설퍼서는 하마터면 저랑 부딪힐 뻔했거든요……."

"아실이 약을 조제하고 있던 중에 아칠이 방으로 들어간 거네요." 황재하가 차갑게 장항영을 쳐다보며 말했다. "말하자면, 장항영이 손쓸 수 있는 시간이 차 반 잔 마실 시간 정도는 있었다는 거죠."

장항영은 멍한 얼굴로 황재하를 바라보며 고개를 내저었다. "재하 아가씨, 아가씨는 제 생명의 은인이니 제가 아가씨 대신 죄를 뒤집어

쓸 수도 있습니다. 하지만 전 정말 사람을 죽이지 않았어요. 그 처방전을 외운 적도 없고요……. 제가 무엇을 어디까지 인정해야 할지 정말 모르겠습니다."

대리사 사람들은 장항영이 주자진의 사촌을 '재하 아가씨'라 부르자 깜짝 놀랐다. 주자진이 난처한 표정을 지으며 서둘러 해명했다. "그게 그러니까…… 여러 가지 불편할 점이 있을 것 같아서 남장을 하고 내 사촌 동생이라 말한 것이네. 사실은, 황재하 아가씨네. 자네들도 다 알지 아마……."

하지만 대리사 사람들은 이미 머리를 맞대고 의논하느라 주자진의 해명은 아무도 듣지 않았다.

그중 누군가가 말했다. "장항영에게도 범행을 저지를 시간이 있었음은 증명되었지만, 그렇다고 해도 장항영은 처방전을 본 적이 없다는데, 무슨 근거로 아실이 말한 걸 들은 게 아니라 원래 알던 처방전이라고 단정 짓는단 말입니까?"

"당연히 근거가 있지요." 황재하는 차갑게 말을 이었다. "그 근거는 아주 간단합니다. 바로 아실의 말 한마디입니다."

14장

그해 궁궐

아실은 순간 어리둥절해 입을 떡 벌리고는 자신을 가리켰다.
"저요?"

"네, 당신요. 혹은 당신의 발음이라 말할 수도 있겠네요." 황재하는
주자진 손에 들린 『귀내경』을 가져다 아실 앞에 보여주며 말했다. "여
기를 한 번 읽어주세요. 그 처방전의 약재 이름들입니다."

아실은 멍하니 앞에 선 사람들을 쳐다보다가 대리사 아전들이 고
개를 끄덕이자 그제야 조심스럽게 하나하나 읽어가기 시작했다. "백
렴, 세신, 백출, 감수(감송), 백간잠(백강잠), 백연심, 백복련(백복령), 백
부자, 백지, 의이인……."

사람들은 아실이 읽는 걸 들으면서도 여전히 영문을 모르겠다는
표정이었다. 황재하가 손을 들어 아실을 멈추게 한 뒤 말했다. "잠시
만요, 이걸 다시 한 번 읽어주시겠어요?"

황재하는 손으로 '감송'을 가리켜 보였다.

아실은 다시 한 번 더 소리 내어 읽었다. "감수……."

"여러분 눈치채셨습니까? 아실의 발음에는 조금 문제가 있습니다.

그래서 지금 계속 들었다시피, '처방전'을 '처반전'이라 발음하고, '약장'을 '약잔'이라 발음합니다. 그래서 전 처방전 속 약재 중 감송을 주의 깊게 들어보았습니다."

황재하는 처방전 중 '감송'을 손가락으로 가리키며 사람들에게 서책을 들어 보였다. "조금 전 아실이 이 두 글자를 읽을 때 어떻게 발음했는지 다들 확실히 들으셨을 겁니다. 과연 저의 예상을 빗나가지 않고, 아실은 두 번 다 '감수'라 읽었습니다."

황재하의 말을 이해한 주자진과 대리사 사람들은 순간 놀라서 눈이 휘둥그레졌다. 그리고 고개를 돌려 장항영을 보았다.

장항영의 낯빛이 순식간에 굳으며 얼굴에 미세하게 경련이 일었다.

황재하는 들고 있던 『귀내경』을 천천히 접어 손에 쥐고는, 느리지만 또렷한 목소리로 장항영에게 물었다. "이 처방전을 외운 적이 없고, 아실의 처방전도 본 적 없다고 했죠? 그렇다면 당시 약재 이름을 들었을 때 다른 약재인 '감수'로 알아들었어야 맞습니다. 그런데 아실 옆에 있었다는 사실을 입증해 보이려고 아실에게서 들었다는 약초 이름을 말할 때, 왜 감수가 아닌 '감송'이라고 했을까요?"

장항영은 새하얗게 질린 낯빛으로 멍하니 선 채 아무 말도 하지 못했다.

주자진도 그대로 얼어붙은 채 눈을 크게 뜨고서 장항영을 바라보았다. 도저히 믿을 수 없다는 표정이 얼굴 가득 떠올랐다. "장 형⋯⋯ 어떻게 해명할 건가요?"

대리사 사람이 옆에 있던 아전들에게 눈짓을 보냈다. 혹시 모를 장항영의 돌발 행동을 막기 위해 아전 네 명이 장항영 주위를 바싹 에워쌌다. 장항영은 마치 아무런 감각도 없는 듯 그저 멍하니 서서 표정만 시시각각 변할 뿐이었다. 필사적으로 무언가를 생각하는 것 같았으나 입으로 내뱉지는 못했다.

황재하가 천천히 입을 열었다. "어제 있었던 일을 제가 한번 읊어 볼까요? 제가 수정방 종정시 누각에서 나온 뒤 장 형은 바로 제게 붙어 기회를 노렸죠. 그때 제가 약을 지으러 가야 한다고 했으니 마음에 쏙 들었을 겁니다. 그렇게 본인에게 익숙한 장소인 단서당으로 저를 데리고 와서 폭약방 안에 데려다놓습니다. 약 기운이 가득한 방 안에서 미약을 사용해 저를 잠들게 만들었죠. 그리고 자신은 밖으로 나와서 누군가와 이야기를 나눕니다. 자신이 살인 현장에 없었다는 증거를 확보하기 위해서였죠. 다른 사람들은 눈코 뜰 새 없이 바빴던 터라 평소 친하지 않았던 아실을 택했습니다. 그렇게 어느 정도 시간이 흘렀을 때, 마침내 아실에게 처방전이 하나 전달되어옵니다. 마침 장 형이 아는 처방전이었기에, 약초 이름 몇 개만 듣고도 어떤 처방전인지 알았던 겁니다. 그런데 그때 운 나쁘게도 아칠이 물건을 가지러 폭약방 안에 들어갔고, 장 형도 곧바로 따라 들어가 아칠을 죽였습니다. 그리고 흉기는 제 치마 위에 던져놓고 다시 나왔죠. 그때까지도 아직 조제를 끝내지 못한 아실은 장 형이 약장을 돌아서 폭약방까지 갔다가 돌아왔다는 사실을 전혀 눈치채지 못했습니다!"

장항영은 얼굴이 하얗게 질려 있었다. 그 크고 우람한 몸이 제대로 서 있기 어렵다는 듯 살짝 휘청거렸다. 옆에 있던 아전들은 즉시 주위 사람들을 물렸다. 사람들은 자기들도 무서운 일에 휩쓸릴까 봐 자리를 피하며 뿔뿔이 흩어졌다.

황재하는 장항영을 응시하며, 확신에 찬 목소리로 또렷하게 말했다. "사람을 죽이는 일이 이토록 쉽지 않을 줄은 몰랐겠지요. 조금의 실수도 없이 완벽하게 처리했다고 생각했겠지만, 하필이면 아실을 택했던 바람에, 하필이면 아실의 발음이 명확하지 않은 바람에, 성공을 눈앞에 두고 마지막에 덜미를 잡힐 줄은 말입니다!"

"내가 쓸데없이…… 일을 더 꾸며서는……."

드디어 입을 연 장항영이 힘겨운 목소리로 말을 내뱉으며 시뻘겋게 부릅뜬 눈으로 황재하를 노려보았다. 그 눈빛이 마치 원수를 보는 듯했다.

"그냥 처음에 생각했던 대로 널 바로 죽였어야 했는데."

무서울 정도로 끔찍한 원한이 담긴 목소리였다. 주자진은 순간 간담이 서늘해졌다.

"장 형, 지금…… 지금 그게 무슨 말이에요!"

황재하는 아무 말 없이 그저 턱을 치켜들고서 눈 한번 깜빡이지 않고 고집스럽게 장항영을 쳐다보았다.

"내가 정말 어리석었어. 하필 직전에 마음이 약해져서는……. 원래는 방에서 바로 널 죽이려 했어. 어쨌든 현장에 내가 없었다는 증거만 확보하면, 아무리 의심을 받아도 그저 심문 한 번 받고 별 무리 없이 풀려날 수 있을 테니까……." 장항영은 이를 악물고는 후회막심한 얼굴로 소리쳤다. "하지만 널 데리고 온 게 나였으니, 어쨌든 가장 큰 용의자가 될 것 같아 망설여졌지! 그래서 널 방 안에 두고, 나는 현장에 없었다는 확실한 증거를 만들려고 밖으로 나왔어……."

황재하는 자신을 뚫어져라 노려보는 장항영의 분노 어린 시선을 피해 눈을 감고 고개를 돌려버렸다. 심장이 몹시 뛰었고, 목이 메어 아무 말도 나오지 않았다.

"그렇게 아실과 얘기하면서 기회를 엿봤지. 그리고 마침 어렸을 때 아버지가 내게 억지로 외우게 했던 그 처방전을 아실이 받은 거야. 드디어 기회가 왔지……. 그런데 그때 아칠이 약장을 돌아 폭약방으로 들어가는 걸 봤어. 그 순간엔 그냥 포기할까 했지. 눈 깜짝할 사이에 기회가 사라졌다고 생각했으니까. 아칠이 언제 나올지도 모르는데 언제 들어가서 널 죽이겠어……." 장항영은 거의 광분하여 실성한 듯 보였다. 아전 네 명이 서둘러 장항영을 붙잡았으나 장항영은 마치 아무 감각도 없는 듯 계속해서 황재하를 향해 소리쳤다. "그때 순간적으로 내 머릿속에 한 가지 생각이 스쳤지. 내 손으로 너를 죽일 수 없다면…… 다른 사람의 손을 빌려서 죽이면 되겠다고! 너한테 죄를 뒤집어씌우면 너는 감옥에 들어갈 테고, 자연스레 나 대신 다른 누군가가 너를 해치워줄 테니까! 게다가 너 역시 대당의 죄인 신분인 기왕이 널 구해줄 수 있으리라는 망상은 하지도 않을 테니 말이야!"

분노하며 소리 지르는 장항영의 모습에 황재하는 눈이 참을 수 없이 시큰거렸다. 가슴에서 시작된 통증이 뜨겁게 끓어올라 눈에까지 이르렀고, 마치 제방이 터지듯 눈 속에서 뜨거운 것이 흘러나오려 했다. 황재하는 흉악한 얼굴을 드러낸 장항영을 쳐다보며 가까스로 입을 뗐다. "장 형, 우리가 서로 알고 지낸 세월이 짧지 않죠. 그 시간 동안 동고동락하며, 생사의 갈림길도 함께 헤쳐 나왔고요……. 장 형은 늘 나를 도와주었고, 촉에서도 나를 구해주었어요. 그런데 지금은 나한테 왜 이러는 거예요?"

"그건 오로지 천하를 위해, 나의 이 대당을 위해서다!" 미친 듯이 소리치는 장항영의 목소리가 황재하의 귓가에 또렷이 들려왔다. "황재하! 너도 기왕과 한통속인 걸 내가 모를 줄 알아? 기왕부 시위병으로 있으면서 다른 사람은 몰라도 난 확실히 알았지! 기왕이 방훈의 망령에 사로잡혀 대당 천하를 무너뜨릴 음모를 꾸미고 있다는 걸 말이야! 난 너희들이 하는 짓을 다 알고 있었지만, 힘없는 내 지위로는 그 사실을 천하에 드러낼 방법이 없었어!"

황재하는 눈을 질끈 감고서 깊은숨을 들이쉬었다. 금방이라도 흘러나올 것 같은 눈물은 필사적으로 참았으나 휘청거리는 몸과 덜덜 떨리는 팔은 어쩌지 못해, 쓰러질 것 같은 몸을 벽에 기대 겨우 지탱하며 섰다.

주위 사람들은 기왕부 이야기에 다들 흥분해 방금 장항영이 한 말에 대해 귓속말로 수군대기 시작했다. 아전들은 격분하는 장항영을 필사적으로 붙들었으나, 워낙 체격이 큰지라 제압하기는커녕 하마터면 내동댕이쳐질 뻔했다. 네 사람은 사력을 다해 장항영을 끌어안고서 겨우 쇠사슬을 채웠다.

제압당해 바닥에 엎어진 장항영은 시뻘게진 두 눈으로 여전히 황재하를 죽어라 노려보며 잔뜩 쉬어빠진 목소리로 분노를 실어 소리쳤다. "황재하! 너와 기왕 이자가 반역을 꾀해 천하를 크게 어지럽히려 하니, 너희는 결코 편히 죽지는 못할 것이야! 내 이 미천한 몸, 목숨에 미련 같은 것도 없으니 이 한 목숨을 던져서라도 천하 사람들에게 너희의 죄행을 알릴 것이야!"

대리사 사람들은 간담이 서늘해져 더는 듣고 있을 수 없었기에 급히 사람을 시켜 장항영의 입을 봉하게 했다. 그때 장항영의 차가운 웃음소리가 들리더니 벌어진 입술 사이로 시커먼 피가 흘러나왔다. 두 눈은 여전히 황재하를 노려보았는데, 마치 크게 뜬 눈을 칼날 삼아 황재하를 베어버리려는 것만 같았다. 하지만 그 두 눈도 금세 잿빛으로 변하고, 장항영은 바닥으로 쿵 하고 고꾸라졌다. 그러고는 더 이상 아무 움직임이 없었다.

장항영을 제압하던 아전들은 장항영이 갑자기 바닥에 고꾸라지자 두려움에 떨었다. 누군가가 조심스럽게 발로 건드려보았으나 아무런 기척도 없었다. 아전 하나가 웅크리고 앉아 장항영의 코 앞에 손을 대고 호흡을 확인해보더니 화들짝 놀라며 장항영의 몸을 뒤집어 살펴보았다.

주자진이 재빨리 뛰어가 장항영을 끌어안으며 연신 그를 불렀다. "장 형, 장 형!"

얼굴은 흙빛이었고 호흡은 없었다.

장항영을 부둥켜안은 채 넋을 잃은 주자진은 한참 후에야 고개를 들어 황재하를 보며 나지막이 말했다. "장 형이…… 독약으로 자진했어."

벽에 기대고 있던 황재하는 눈앞에 검은 막이 둘러쳐진 듯 잘 보이지도, 잘 들리지도 않았다. 그저 어렴풋이 외마디 대답을 하고는 미동도 않고 벽에 기대어 서 있기만 했다.

주자진은 황재하가 반응이 없자 다시 말했다. "그때 여지원이 그랬던 것처럼 입 안에 독 납환을 숨기고 있다가 깨문 거야……. 그걸 배워서 써먹을 거라고는 생각도 못 했는데."

황재하는 그제야 정신이 돌아온 듯 중얼거렸다. "여지원? 여……적취?"

주자진은 입을 벌리기는 했지만 황재하가 무슨 말을 하고 있는지도, 자신이 무슨 말을 해야 하는지도 몰라 한참 동안 아무 말도 하지 못했다.

장항영의 시신이 주자진의 품에서 점차 식어갔다.

주자진과 황재하는 같은 생각을 했다.

'적취는 어떡하지?'

조용한 오후, 보녕방.

여느 때와 다름없이 아낙들이 오래된 홰나무 아래 앉아 바느질을 하며 이런저런 집안일들로 수다를 떨었고, 고양이와 개 몇 마리가 따뜻한 햇살 아래서 서로 싸움을 걸고 있었다. 설 명절이 지난 지 얼마 되지 않아 아이들 주머니에는 아직도 사탕 몇 알이 남아 있어, 아이들은 사탕을 걸고 양뼈치기[28], 제기차기로 떠들썩하게 놀았다.

장항영의 집 앞에 도착한 주자진과 황재하는 잎이 다 떨어진 무궁

---

28 양의 뼈를 도구로 삼아 탁자 위에서 맞추고 노는 놀이.

화 울타리 너머로 깨끗하게 정돈되어 있는 정원을 보았다. 포도나무 지지대 아래, 마른 창포 몇 줄기가 남아 있는 수로도 깨끗하게 청소되어 있었다.

주자진이 조심스럽게 물었다. "대리사 쪽에서도 곧 누가 와서 알려 주지 않을까?"

황재하는 고개를 끄덕이며 낮은 소리로 말했다. "그렇겠죠. 제 혐의 가 벗겨지고 나면 곧바로 문서를 작성해 집으로 보내올 거예요."

"어르신은…… 어떡하지?" 주자진은 수심에 잠겨 울상을 하고서 말했다.

황재하는 가지런히 가지치기가 되어 있는 무궁화 울타리를 보며 잠시 다른 생각에 빠져 아무 말도 하지 않았다.

"그런데…… 정말 우리가 들어가서 소식을 전해야 해?" 주자진은 자기 입으로 그 소식을 전하고 싶지 않은 눈치가 역력했다.

황재하는 잠시 망설이다가 말했다. "우리가 먼저 전하지 않으면, 혹 대리사 사람이 왔다 간 뒤 적취에게 무슨 일이라도 생길까 걱정돼 서요."

주자진이 깜짝 놀라서 물었다. "적취?"

황재하는 고개를 끄덕이고는 가서 문을 두드렸다. 주자진은 조급한 마음에 황재하의 소매를 잡아당기며 물었다. "그게 무슨 얘기야? 왜 갑자기 적취 얘기가 나와?"

"우리가 적취를 발견하고 장 형에게 알린 뒤, 다시는 적취를 볼 수 없었잖아요?" 황재하가 굳게 닫힌 문을 주시하며 천천히 말했다. "게 다가, 적취가 장 형과 함께 있는 것이 아니었다면, 우리가 위험에 처 하리라는 걸 어떻게 알았겠어요?"

"네 말은 그러니까, 장 형이 장안에 돌아왔을 때 이미 적취와 다시 만났다는 거지? 다만 우리한테 알려주지 않았을 뿐?"

"네. 우리가 장 형에게 적취를 봤다고 알려줘서, 더 철저히 숨도록 만든 셈이죠. 그 후 더 이상 적취를 찾을 수 없었던 이유예요."

두 사람이 대화를 나누고 있는데 안에서 노인의 목소리가 들려왔다. "누구시오?"

주자진은 재빨리 소리를 높여 말했다. "어르신, 접니다. 장 형 친구 주자진이오. 얼마 전에 절에서도 뵈었죠."

"오, 자진 공자군요."

장위익은 기뻐하며 문을 열었다. 변장한 황재하를 보고는 누구인지 눈치를 못 챈 듯해 주자진이 먼저 말했다.

"여기도 장 형 친구입니다."

"오, 그렇군요. 어서 들어오십시오." 장위익은 환하게 웃으며 두 사람을 안으로 들이고는 집 안을 흘끔거리며 차 끓일 준비를 했다.

"어르신, 걱정하지 마십시오. 적취 아가씨 일은 이미 장 형에게 들어서, 적취 아가씨가 여기 있는 건 저희도 알고 있습니다." 황재하가 말했다.

"그 녀석도 참……. 성질이 대쪽 같아서 뭘 잘 숨기질 못하니." 장위익은 살짝 멋쩍은 웃음을 지으며 말했다. "하지만 그건 또 두 분이 항영이의 가장 좋은 친구라는 뜻 아니겠습니까. 두 분을 믿으니 말해준 거지요."

장위익도 더 이상은 숨기지 않고, 두 사람을 자리에 안내한 뒤 위층을 향해 말했다. "적취야, 항영이 친구분들이 오셨구나. 내려와서 차 좀 끓여주겠니?"

"네, 내려가겠습니다." 금세 아래층으로 내려온 적취는 대청 앞에 앉아 있는 두 사람을 보고 간단하게 예를 갖춘 뒤, 어딘가 부자연스럽게 몸을 돌려 차를 끓이러 주방으로 향했다.

장위익은 빙그레 웃으며 두 사람 맞은편에 앉았다. "항영이는 아직 기왕부에서 돌아오지 않았는데, 두 분은 무슨 일로 찾아오셨는지요?"

장위익의 물음에 주자진은 순간 말문이 막혀 황재하만 바라볼 뿐이었다.

황재하도 장위익을 마주하자 어떻게 말을 꺼내야 할지 난감해, 한참 후에야 입을 열었다. "어르신 건강은 좀 어떠십니까? 꽤 기운이 좋아 보이십니다."

"그럭저럭 괜찮은 편이에요. 워낙 쉽게 낫는 병은 아니라서 하루 세 번 약을 챙겨 먹지요. 그때그때 두 시진 동안 달여서 시간도 잘 지켜 먹어야 하는 약이다 보니, 아주 나을 거라는 기대는 하지도 않았어요. 한데 적취 이 아이가 오고 나서는, 매일 사경에 일어나 나를 위해 약을 달이고, 하루 세 번을 꼬박꼬박 챙겨줬지요. 사실 나는 약 먹는 것도 좀 질렸는데, 적취가 어찌나 꿋꿋하게 따라다니며 약을 마시라 권하는지, 그렇게 몇 달을 먹으니 결국 서서히 기운이 돌아왔어요." 장위익은 부엌 쪽으로 시선을 둔 채 감탄하며 말했다. "장안 밖으로 도망쳤다가 오래지 않아 다시 돌아온 것도, 내 약을 달여줄 사람이 없어 병이 도지면 어쩌나 걱정되어서라고 하더군요! 두 분도 생각해봐요, 이런 아이를 어떻게 바깥으로 내몰 수 있겠어요? 온 가족이 다 달라붙어서라도 이 아이를 지키고 싶었지요! 다만 당시 항영이가 적취를 찾는다고 이미 촉으로 떠난 뒤여서 저희도 항영이에게는 소식을 알릴 수 없었어요. 항영이도 집에 돌아와서야 알았죠."

장위익의 말을 들으며 주자진과 황재하는 서로 눈만 마주칠 뿐, 무슨 말을 어떻게 꺼내야 할지 몰랐다. 주자진은 벌써 눈시울이 붉어져서는 아랫입술을 꽉 깨물었다. 입을 열면 금방이라도 왈칵 눈물이 쏟아질 것 같았다.

장위익도 두 사람의 표정이 이상한 것을 눈치챘다. 특히 주자진의 표정이 정말 심상치 않아 무슨 일인지 물어보려 입을 여는데, 때마침 적취가 차반을 들고 나왔다. 장위익은 일단 질문은 접어두고 찻잔을 들어 두 사람에게 건넸다.

차를 몇 모금 마신 뒤 장위익이 물었다. "맞다, 주 공자. 지난번에 내가 부탁한 그 일은 혹 알아봤습니까?"

주자진이 재빨리 고개를 끄덕였다. "그때 그 그림 말씀이시죠? 제가 대리사, 형부, 경조부 쪽 아는 사람들한테 증거품 보관실을 찾아봐 달라고 부탁했는데, 다들 자기들 쪽엔 없다고 하더라고요."

"그랬군요. 뭐 어쨌든 어딘가에는 있겠지요. 천천히 찾아도 됩니다."

황재하는 화제가 그리 흘러간 김에 물었다. "어르신, 그때 당시 입궁해서 진맥을 보셨던 상황을 구체적으로 들을 수 있을까요?"

"아, 그 일은 정말 내 생애에서 가장 명예로웠던 일이지요⋯⋯." 주름 가득한 장위익의 얼굴에 갑자기 생기가 넘쳤다. "회창 6년 3월 초순이었어요. 황혼 무렵이었죠. 막 그날 진맥을 마치려는데 갑자기 어떤 사람이 찾아왔습니다. 얼굴이 하얗고 연배가 있는 환관이었어요. 그래서 이상하다 생각했지요. 환관이면 궁중에서 진료를 해줄 텐데 어찌 나를 찾아왔는가 싶어서요. 그런데 환관의 말을 듣고는 얼마나 놀라고 기뻤는지 모릅니다."

주자진은 그 환관이 장위익을 궁으로 데려가려고 찾아왔으리라 확신했지만, 마음이 복잡하고 혼란스러웠던 탓에 중간에 끼어들며 말을 보탤 기운도 없어, 그저 조용히 장위익의 이야기를 듣고만 있었다.

장위익도 주자진의 반응에 전혀 개의치 않고 싱글벙글 웃으며 이야기를 이어갔다. "그 환관의 말로는, 폐하께서 단약을 잘못 복용하시어 혼미 상태에 빠졌다 깨어나길 벌써 수개월째 반복하고 계신다 했어요. 내 벗 중에 허지위라는 친구가 어의로 있었는데, 그 방면으로는 정통하지 않아서, 부작용 증상에 경험이 풍부한 나를 추천했다며, 입궁해서 폐하를 진맥해달라고 하더군요."

주자진이 물었다. "어르신께서 실력을 발휘해서 선황 폐하를 깨어나게 하는 데 성공하신 거군요? 그래서 그 그림을 하사받으셨고요?"

장위익은 잠시 망설이다가 말했다. "그게 말하자니 부끄러운데, 아마도 아주 잠깐 깨어나시게 했을 뿐일 거예요. 그런 뒤 전 바로 궁을 나왔지요."

"아마도요?"

주자진의 반문에 장위익은 한숨을 쉬고는 자신의 머리를 두드리며 말했다. "나이를 먹어서 그런지 기억이 가물가물해요. 특히 그날 일은 더 그래요. 아마도 너무 흥분했던 탓이겠지요. 기억을 떠올려보려 해도 영 흐릿하게만 느껴져서 꿈인 것도 같고 현실인 것도 같고, 기억이 정확지가 않아요."

황재하가 말했다. "기억나는 것만 들려주시면 됩니다."

"그러지요……. 그러니까 그때 폐하께 침을 놓았는데, 정말 조심스러웠지요. 임읍이니, 천충이니, 풍지니 하는 혈들은 겁이 나서 건들지도 못했어요. 그렇게 침을 12개를 놓았을 때 폐하께서 정신이 드셨답니다……."

주자진이 눈을 깜빡였다. "그 정도면…… 정확하게 기억하시는데요?"

장위익은 의기양양한 목소리로 말했다. "그게 내 직업인데 그건 당연히 기억하지요. 폐하께서 눈을 뜨시더니 나를 보셨어요. 옆에 있던 왕 공공께서 내가 침을 놓은 덕에 폐하가 깨어나셨다 말씀드렸더니, 폐하가 고개를 끄덕이셨죠. 그러고는 또 다른 환관이 와서 사례를 챙겨주려고 나를 데리고 나갔는데, 혹 내가 또 필요할지도 모르니 대기하고 있으라 했지요. 그래서 바깥에서 한 무리의 사람과 함께 기다렸어요. 그때 속으로, 폐하께서 깨어나셨는데 어찌 왕 공공 홀로 폐하를 알현할까 생각했던 기억이 나네요……."

황재하가 물었다. "밖에서 기다리던 사람들 중 혹시 목선 법사라는 분도 있었나요?"

장위익이 이마를 치며 말했다. "아, 대사라고 하는 사람이 한 사람 있었네요. 하지만 나랑은 잠시만 마주쳤을 뿐이고 그 대사는 곧 대전 안으로 들어갔어요. 황자들도 바깥에서 기다리는데 어찌 승려가 먼저 들어가는지 의아했지요."

"그러고는요?" 주자진이 재빨리 물었다.

"그 대사가 들어가고 한참 뒤 황자들도 들어갔어요. 나는 더 대기 하려 했는데 환관들이 이제는 내가 필요치 않을 것 같다고 해서 그만 나와야 했지요. 대명궁은 너무 넓어서 바깥으로 나오는 길까지 노환관이 데려다주었어요. 주변 전각을 구경하며 문까지 나오니 문 앞에서 허지위가 기다리고 있었지요. 거기 서서 잠시 얘기를 나누는데, 뒤에서 누가 와서는 폐하께서 하사하셨다며 뭔가를 건넸죠!" 장위익은 흥분하며 말했다. "금은비단이라 하여도 감지덕지인데, 세상에나, 방금 깨어난 폐하께서 친히 그리신 그림을 내게 내리셨다고 했어요. 그보다 기쁜 일이 또 어디 있겠습니까. 허지위도 여러 해 어의를 지내면서 그런 영예스러운 일은 한 번도 본 적이 없다 했지요……. 하나 안타깝게도, 그 그림을 받자마자 또 한 사람이 궁 안에서 뛰어나오며 소리쳤어요. 선황께서 붕어하셨다고요……. 에휴!"

주자진은 선황의 생김새가 어땠는지도 묻고 싶었으나 황재하의 눈짓에 그제야 오늘 이곳에 온 이유를 떠올렸다. 순간 마음이 무거워져 아무 말 없이 황재하만 흘긋 쳐다보자, 황재하가 그 눈빛의 의미를 알아차리고는 어쩔 수 없이 먼저 입을 열었다. "어르신, 초목에도 계절이 있고, 사람이 이 세상을 사는 것도 그러하지 않겠습니까. 너무 상심하지 마세요……."

"선황께서 붕어하신 지 벌써 10년도 더 됐는데, 아직까지 상심하고 있겠어요?" 장위익은 전혀 아무렇지도 않은 목소리로 말하고는 그제야 생각이 난 듯 물었다. "두 분은 항영이를 만나러 오셨죠? 언제 돌아올지 확실치 않으니, 차라리 기왕부로 가서 만나시는 게 어떻겠습니까?"

"아니…… 아닙니다, 어르신. 사실 저희가 온 이유는 알려드릴 일이 있어서……." 주자진이 우물쭈물 황재하에게 눈짓하더니 황재하를 한쪽으로 데려가서는 소리 죽여 물었다. "아니…… 지금은 일단 숨기고, 어르신 건강이 완전히 회복되면 그때 말씀드리는 게 어때?"

황재하가 미간을 살짝 찡그리며 말했다. "하지만 대리사에서 금방 사람이 찾아올 거예요. 숨길 수 있을 거라 생각하세요?"

주자진이 머뭇거리며 입을 열기도 전에 바깥에서 쾅쾅쾅 문을 두드리는 소리가 들리고 누군가가 큰 소리로 외쳤다. "계십니까? 안에 누구 계십니까?"

장위익은 곧바로 대답하고는 문을 열려 했다.

황재하가 손을 들어 장위익을 저지하더니 고개를 돌리며 소리 낮춰 말했다. "적취 아가씨, 어서 위층으로 올라가는 게 좋겠습니다."

내당에 있던 적취는 짧게 대답하고는 서둘러 위층으로 올라갔다.

장위익이 의아해하며 물었다. "어찌 그럽니까? 여기 이웃들이 우리 집을 자주 왕래하는데 내당까지 마음대로 들어오거나 하진 않아요."

황재하는 마음이 복잡하여 떨리는 목소리로 말했다. "어르신……. 생사는 사람의 힘으로 어찌할 수 있는 것이 아니지요. 그러니 너무 마음 아파하시지 않으면 좋겠습니다."

장위익은 의아한 눈으로 황재하를 흘끔 쳐다보았지만, 황재하가 무슨 얘기를 하는 건지 감을 잡지 못하고 손을 뻗어 문을 열었다.

문밖에는 관복 차림의 아전 두 명이 서 있었다. "장항영의 가족이십니까?"

장위익은 고개를 끄덕이며 되물었다. "우리 항영이가…… 왜요?"

"죽었습니다. 지금 성 남쪽 묘지에 안치되어 있으니 가서 시신의 신분을 확인해주셔야 합니다."

인간미라곤 없이 사무적이고 건조한 말투였다. 장위익은 순간 초점을 잃은 흐리멍덩한 눈으로 아전들을 보았다. "네?"

두 사람은 장위익의 손에 문서를 쥐여주며 말했다. "성 남쪽 묘지입니다. 이틀 안에 직접 오시든지 아니면 다른 가족이라도 와서 확인해주셔야 합니다. 그래야 저희도 사건을 종결할 수 있으니까요."

장위익의 얼굴은 새하얗게 질려 생기라고는 찾아볼 수 없었다. 두 사람은 그런 장위익을 보고 조금은 걱정이 되어 집 안쪽을 들여다보며 물었다.

"집에 또 다른 가족도 있는 거죠? 공문은 드렸으니 얼른 가서 확인해주셔야 합니다. 그럼 저희는 그만 가보겠습니다."

장위익은 여전히 경직된 채로 미동도 않고 서 있다가 간신히 입을 열어 웅얼거리듯 물었다. "어떻게…… 죽은 겁니까?"

"아드님이 사람을 죽이고 다른 이에게 누명을 씌우려 했습니다. 일이 발각되자 처벌이 두려워 스스로 목숨을 끊었고요. 어쨌든 좋게 죽은 건 아니니 빨리 시신을 확인해주시는 게 좋겠습니다." 두 사람은 그리 말하고는 바로 자리를 떠났다. 진작 문 앞에 모여들어 있다가 그들의 대화를 들은 사람들이 저마다 장항영의 집을 손가락질하며 놀람을 금치 못했다.

바깥에서 사람들이 시끄럽게 떠들어대자 황재하는 서둘러 문을 닫고는 장위익을 부축했다. "어르신……."

그와 동시에 장위익의 뻣뻣한 몸이 바닥으로 쓰러졌다. 황재하 혼자 힘으로는 버티지 못해 함께 몸이 뒤로 쏠리면서 문에 쿵 하고 부딪혔다. 황재하는 통증에 절로 신음이 터져 나왔다.

주자진이 재빨리 두 사람을 부축했으나 장위익은 이미 호흡이 고르지 않았다. 위층 창문으로 바깥 상황을 내다보고 있던 적취가 놀라서 급히 뛰어 내려왔다. 이미 목이 메어 있던 적취는 바닥에 꿇어앉아 장위익의 팔을 붙들고 크게 통곡하기 시작했다.

　몸을 일으키던 황재하는 어깨에 심한 통증을 느꼈다. 조금 전 문에 세게 부딪힌 듯했지만, 그저 멍한 얼굴로 어깨를 감싸 쥐고는 아무 말도 하지 않았다.

　주자진은 거의 숨이 넘어갈 듯 우는 적취를 보고는 덜컥 겁이 나서 말했다. "적취, 너무 상심하지 마요. 이건…… 정말 어쩔 수 없는 일이었어요……."

　주자진은 그렇게 말하면서 조심스럽게 장위익 손에서 공문을 빼내려 했지만, 장위익이 어찌나 세게 쥐고 있던지 전혀 빼낼 수 없었다. 주자진은 숨이 턱에 차도록 통곡하는 적취를 보며 재빨리 손으로 종이를 가리고 황재하에게 눈짓을 보냈다.

　황재하는 극심한 어깨 통증을 참으며 표정 하나 변하지 않고 꿇어앉아 옷으로 종이를 가리려 했다. 그런데 그때 적취가 몸을 숙여 장위익의 손에 들린 종이를 들여다보며 파르르 떨리는 목소리로 말했다. "이건……. 오라버니가…… 죽었다고요?"

　황재하는 적취가 이미 위층에서 다 들었다는 걸 알고는 고개를 끄덕이는 수밖에 없었다. "네……."

　"그럴 줄 알았어요……. 오라버니가 자기 몫의 독 납환을 준비하던 그날, 그런 확신이 들었죠. 오라버니 역시 제 아버지처럼……." 쏟아지는 비처럼 눈물을 흘리던 적취는 웅얼거리듯 말하며 장위익의 손을 천천히 바닥에 내려놓았다. 그리고는 장위익을 부축해 일으키려 했지만 왜소한 적취의 몸으로는 역부족이었다.

　"제가 할게요." 주자진이 장위익을 안아서 방으로 옮겼다.

황재하가 맥을 짚어보니, 맥박이 약하긴 했으나 그래도 안정적이었기에 조금은 안도했다. "너무 놀라서 잠시 쓰러지신 것 같습니다. 조금 안정을 취하면 깨어나실 겁니다."

　적취는 장위익을 보며 목 놓아 울었다.

　주자진은 뭔가를 말하려다 말기를 한참 반복하다가 끝내 적취에게 물었다. "지난번에 골목 끝 담벼락에 도망가라는 글자를 남겼던 게 맞습니까?"

　적취가 고개를 끄덕이더니 눈물을 닦으며 말했다. "오라버니가 촉에서 돌아온 뒤 뭔가 이상하다는 느낌을 받았어요……. 밤낮 수심에 잠겨 한숨을 내쉬고, 혼자 정원에 앉아 넋을 놓고 밤새우기 일쑤였죠. 제가 아무리 기분을 풀어주려 해도 소용없었어요. 한번은 저희 아버지 집을 뒤져서 독 납환 몇 알을 찾아와 몰래 숨겨놓더군요. 그리고…… 저를 어딘가로 데려가서는 저더러 망을 보게 하고 어떤 소년과 몰래 이야기를 나눈 적도 있어요."

　주자진은 의아해 물었다. "소년요? 장 형이 소년하고 무슨 얘기를 나눴기에요?"

　"그 소년이…… 황재하가 방해가 되는 건 공공도 더 이상 원치 않는다고 말했어요." 적취는 그렇게 말하면서 얼굴을 가리고 다시 울기 시작했다. "전 황재하가 양 공공이라는 사실을 알아서…… 정말 뭘 어떻게 해야 좋을지 몰랐어요. 오라버니가 황재하 아가씨를 죽이려 하다니! 그런데 갑자기 예전에 양 공공이 제 귓가에 속삭여주었던 말이 떠올랐어요. '도망쳐요!' 그 한마디 덕분에 전 아버지가 돌아가신 뒤에도 목숨을 부지할 수 있었어요……. 그래서 생각했죠. 양 공공께 빚진 그 말을 저도 돌려드려야겠다고요……."

　원래 모습을 전혀 알아볼 수 없게 분장한 황재하는 적취의 말을 들으며 마음이 울컥해 얼굴을 돌리며 작은 소리로 말했다. "황재하가…… 적취 아가씨에게 큰 호의를 받았네요."

주자진은 한숨을 쉬며 다시 물었다. "그럼 그 소년의 이름은 혹시 알고 있습니까? 뒤에서 장 형에게 황재하를 죽이라고 지시한 자가 대체 누군지 말이에요."

"그건 저도 몰라요……. 꽤나 준수하게 생긴 얼굴로 그리 잔혹한 말을 하면서도 무심한 듯 씨앗을 까먹고 있었어요. 그 모습이 정말 태연자약해 보였어요……. 저는 너무 무서워서 오라버니에게 그러지 말라고 했지만, 오라버니는 제 눈을 피하면서 너는 아무것도 모른다고만 했어요……." 고요한 집 안에 적취의 목소리만이 조용히 울려 퍼졌다. 힘이 하나도 없는 그 목소리는 더없이 애처롭게 들렸다. "전 이해할 수 없었어요……. 도무지 알 수 없었어요. 저 작은 정원에서 제가 만든 고루자를 먹으며 함께 웃고 떠들던 그때 그분들은 모두 친구가 아니었나요? 어떻게 이런 지경에 이른 건지……."

주자진은 뭔가 위로의 말을 하려 입을 열었지만, 미처 말을 하기도 전에 입가가 파르르 떨리며 왈칵 눈물이 쏟아져 결국은 아무 말도 하지 못했다.

황재하 역시 힘껏 아랫입술을 깨물고 눈물을 참느라 아무 말도 하지 못했다.

오직 적취의 가느다란 목소리만이 웅얼웅얼 들려올 뿐이었다. "아버지도 죽고, 오라버니까지 죽었어요. 전 이제 어떡하면 좋죠……."

황재하는 순간 놀란 마음에 재빨리 입을 열었다. "적취 아가씨, 절대 나쁜 마음 먹으면 안 됩니다! 장 형은 떠나고 없고…… 어르신께선 지금 병이 다시 도졌어요. 그러니 절대 아가씨는…… 아프시면 안됩니다. 씩씩하게 잘 버텨서 어르신도 돌봐드려야지요!"

적취의 얼굴은 생기 하나 없이 잿빛이었다. 침상에 누운 장위익을 보는 적취의 눈에서 눈물이 비처럼 쏟아졌다. 적취는 한참 후 눈을 감고 느릿느릿 고개를 끄덕이더니, 금세 다시 고개를 절레절레 저었다.

머릿속이 온통 복잡하게 뒤엉켜 있던 황재하는 그런 적취의 의중을 전혀 알 수 없었다. 그저 주자진에게 서쪽 시장에 가서 장항영의 형에게도 소식을 전해주라고 한 뒤, 자신은 적취에게 몸도 마음도 다 잡으라고 몇 번이나 당부하고 장항영의 부친을 부탁했다. 얼마 안 있어 장항영의 형과 형수가 집에 도착하자 그들에게도 적취를 잘 보살펴달라고 부탁했다.

장항영의 형과 형수 역시 창자가 끊어질 듯 슬퍼했다. 하지만 그 와중에도 장항영의 형은 서둘러 묘지로 달려가 시신을 확인했고, 형수 또한 적취를 데리고서 아궁이 앞에서 함께 약을 달이며 한시도 적취의 곁을 떠나지 않았다. 황재하와 주자진은 그제야 좀 안심이 되어 장항영의 집에서 나올 수 있었다.

돌아가는 길 내내 두 사람은 침묵했다. 주자진조차 입 한번 열지 않고 고개를 푹 숙인 채 침묵했다. 갈림길에 이르러 헤어질 때가 되어서야 고개를 든 황재하는 눈물범벅이 된 주자진의 얼굴을 보았다.

황재하는 주자진을 위로하고 싶었으나 자신의 얼굴 역시 차가운 눈물로 덮여 있음을 깨달았다.

황재하는 말없이 몸을 돌려 바로 영창방으로 들어섰다. 인기척 없는 그늘진 담 모퉁이에 이르렀을 때, 도저히 더 이상은 서 있을 힘도 없어서 벽에 몸을 기댄 채 간신히 호흡을 가다듬었다.

황재하는 손으로 얼굴을 가리고 반쯤 마른 눈물 자국을 닦아냈다. 햇빛이 들지 않는 응달에 세워진 담벼락은 유난히 차갑게 느껴졌고, 북풍이 칼날처럼 불어와 촉촉하게 젖은 두 눈이 시리도록 얼얼했다. 눈앞의 세상이 명확하게 보이지 않았다.

얼마나 지났을까 호흡이 진정이 된 후에야 황재하는 다시 왕 가 저택으로 걸음을 옮겼다.

저택 문을 들어서자 웬 소년 하나가 조벽 앞 평지에 앉아 햇살을 받으며 씨앗을 까먹고 있었다. 털옷에 파묻힌 준수하고 온화한 얼굴이 햇살 아래서 더없이 영민해 보였다.

지난번에 황재하가 왕종실의 거처에 갔을 때 무심하고 게으른 얼굴로 황재하를 맞이했던 소년이었다. 그늘진 문 앞에 서서 소년을 보던 황재하는 골수에서부터 한기를 느끼며 온몸에 소름이 돋았다. 하지만 소년은 황재하를 보고 예의 그 무심한 얼굴로 몸에 떨어진 씨앗 껍데기를 떨어내며 일어나 말했다.

"재하 아가씨, 왕 공공께서 오래 기다리셨습니다."

작은 물고기들이 가득한 회랑 안쪽은 난방이 되는 덕에, 이 추운 날씨에도 물고기들이 활발하게 움직였다. 금빛과 붉은빛으로 반짝이는 비늘들이 물결에 반사되어 각종 기이한 빛줄기를 만들어냈다.

그 빛줄기는 왕종실의 얼굴도 비추었다. 왕종실은 황재하의 목소리를 듣고 천천히 황재하 쪽으로 고개를 돌렸다. 영롱한 빛깔의 물고기 한 마리가 물결을 일으키며 만들어낸 오색 빛이 왕종실의 얼굴에 드리워, 창백하기만 했던 그의 표정이 더욱더 헤아리기 어려워졌다.

왕종실이 회랑 바깥으로 걸어 내려와 햇살 속으로 얼굴을 드러내자 황재하도 천천히 안도의 한숨을 쉬었다. 숨 막힐 듯 조여오던 압박감이 그제야 조금 가벼워진 듯했다.

왕종실은 황재하를 향해 걸어오며 보일 듯 말 듯한 미소를 띠고서 차가운 목소리로 말했다. "날도 추운데 그리 사방으로 나니는 걸 보면, 역시나 젊어서 생기가 넘치나 보군."

황재하는 왕종실을 향해 예를 취했다. "근래에 우여곡절이 좀 있었습니다. 공공께서도 온지 공자께 들으셨을 거라 생각합니다."

황재하가 왕온을 '온지'라 칭하는 것을 듣고 왕종실의 낯빛이 조금 온화해졌다. 왕종실이 느릿느릿 입을 열었다. "그랬지. 그대가 살인 사건에 연루되었다며 온지가 내게 상의하러 왔었네. 그래 온지에게 아무것도 걱정 말고 그저 그대가 스스로 처리하도록 가만히 두라 했네. 과연 황재하는 황재하더군. 아주 쉽게 처리했어."

황재하는 그저 가만히 고개만 끄덕였다.

"역시 내가 사람을 잘못 본 게 아니었어. 나는 그 나이 때로 돌아간다 해도 그대만큼 결단력 있진 않을 것이네." 왕종실의 얼굴에 차가운 미소가 드리웠다. 가느다란 목소리와 느릿느릿한 말투는 창백한 그 얼굴만큼 기이하고도 음산했다. "또 아주 깔끔하기도 했지. 오랜 친구였음에도 전혀 망설임 없이 치명적인 일격을 가하고 말이야. 자신을 해친 사람에겐 조금의 퇴로도 허용치 않는 치밀함이 있더군."

황재하는 속이 울렁거리기 시작했다. 가슴 어딘가가 꽉 막힌 듯 숨을 뱉어내기가 몹시 힘들었다. 분명 왕종실이 말한 것은 사실과 다름을 알고 있었다. 하지만 장항영의 죽음, 주자진의 침묵, 그리고 적취의 눈물이 떠올랐다. 황재하가 진심으로 대하던 이들 모두 이 사건으로 인해 이전과는 완전히 달라져버렸다.

'그들의 마음속에서 나는 이미 장항영을 죽인 사람으로 각인된 건 아닐까? 생사의 갈림길 앞에서 나 자신을 지키고 장항영을 사지로 내몰았다고?'

하지만 이런 생각은 잠시였다. 날카로운 칼로 순식간에 심장을 베이면 미처 피가 흐를 새도 없다.

황재하는 고개를 세우고 왕종실을 올려다보며 말했다. "그 사람이 장항영이었든 다른 누구였든, 오랜 친구였든 아니든 아무 상관 없습니다. 모함을 받은 이가 저든 아니든 그 또한 대수롭지 않지요. 황재하는 그저 진상을 밝히고 싶었을 뿐이며, 거기에 어떤 사람이 연루되었는지는 전혀 상관치 않습니다."

"하." 왕종실은 차가운 웃음소리를 내뱉었다. 하지만 황재하의 침착한 표정을 보고는 더는 아무 말 않고 황재하를 데리고 당상으로 가 앉았다. 차를 내온 시종들이 물러가고 두 사람만 남게 되자 그제야 왕종실이 입을 열었다. "장항영의 죽음은 뭐 그리 대수로울 건 없네. 기왕 전하께서도 종정시에 갇혀 계시는 마당에, 기왕부의 시위병 하나 죽은 일에 누가 눈 하나 깜짝이나 하겠는가."

황재하는 가만히 고개를 끄덕이고 말했다. "다만 장 형은 저와 관계가 좋았는데, 어떻게 다른 사람의 꼬임에 넘어가 저를 해치려 한 것인지, 그 점은 조사해볼 가치가 있어 보입니다."

"그 배후야 추측할 것도 없지 않은가? 그대가 악왕 전하의 일을 추적하고 있으니 당연히 사건의 진상이 밝혀져 기왕 전하가 풀려나는 걸 원치 않는 누군가가 있지 않겠는가. 후환이 될 수 있는 그대를 일단은 죽여야 했던 게지."

황재하는 왕종실이 가볍고 담담하게 하는 말을 들으며 저도 모르게 두 주먹을 불끈 움켜쥐었다. 손톱이 손바닥을 파고들면서 미세한 통증이 느껴졌으나 침착하게 마음을 억누르며 낮은 소리로 대답했다. "네……. 저도 그리 추측하고 있습니다."

왕종실은 황재하의 얼굴을 살폈다. 황재하는 아무런 표정 변화 없이 담담한 얼굴이었다. 그제야 왕종실이 찻잔을 들고 말했다. "오늘 아침에 전해진 소식이 하나 있네. 매우 중대한 일이라 사람을 통하기보다 직접 전달하는 게 나을 듯해 친히 찾아온 것이네."

왕종실이 드디어 본론을 말하자 황재하가 물었다. "어떤 일인지요?"

왕종실은 찻물 속에 떠다니는 찻잎 찌꺼기에 시선을 고정한 채 목소리를 낮추어 말했다. "어제 북방에서 은밀히 상소가 올라왔는데, 진무 절도사 이영이 제멋대로 군영 재정비에 들어갔다더군. 조정의 통제를 벗어나 북방에서 뭔가 움직일 태세를 취하는 모양이지."

황재하는 잠시 생각하고는 입을 열었다. "진무군 절도사 이영은 장안에서 상인으로 있을 때는 수차례 부침을 거듭했는데, 진무군을 통솔하면서는 담이 제법 커진 모양입니다. 독자적으로 군영을 확장하다니요."

"그렇지. 이영도 그 정도이니 다른 절도사들은 더 안심할 수 없겠지. 기껏 해봐야, 이영보다 속도가 느리거나 움직임이 작을 뿐 아니겠는가. 그게 아니면 날카로운 발톱을 잘 숨기고 있거나 말이네. 안 그런가?" 왕종실은 웃는 듯 마는 듯한 표정으로 황재하를 바라보았다.

황재하는 가만히 고개를 끄덕였다. 황제는 병이 중하고 태자는 아직 연소한 이때, 각 절도사들을 통제하던 기왕이 하룻저녁에 실세했으니, 누구 한 사람만 나서면 나머지 절도사들도 모두 따라 움직일 터였다. 그런데 지금 앞장설 그 한 사람이 나타난 것이다.

왕종실은 불안한 기색의 황재하를 보며 태연한 목소리로 말했다. "기왕 전하께는 이 일이 좋은 소식이기도 하고 안 좋은 소식이기도 할 테지. 그대 생각에는 어떤가?"

황재하는 고개를 끄덕이며 말했다. "그렇네요. 좋은 일일 수도 있고, 나쁜 일일 수도 있겠지……. 그저 폐하께서 어떻게 생각하시는가에 따라 달라지겠군요."

만일 황제가 기왕의 힘을 빌려 절도사들을 달래려 한다면, 엄청난 죄목을 짊어진 이서백이지만 예전의 위세를 회복할 날이 그리 멀지 않을 터였다.

하지만 황제는 이번 사태를 두고 기왕이 각 지역의 군사들을 협박한 것이라 생각할지도 모른다. 태자는 연소한데 황숙의 세력이 그처럼 크다면, 새 황제가 될 태자를 위해 황위에 가장 큰 위협이 되는 요소를 우선적으로 제거하려 들 게 뻔했다. 그렇게 되면 이서백은 과거의 영광을 회복하기는커녕 목숨조차 부지하기 어려워진다.

황재하는 심장이 조여오는 것을 느끼며 호흡조차 불안해졌다. "공공께서는 현명하시고 폐하께 가장 큰 신임을 받는 분이니, 폐하의 의중이 어떠한지 혹 아십니까?"

"본디 군주의 마음은 헤아리기 어려운 것이거늘, 하물며 일개 환관이 어찌 폐하의 의중을 알겠는가?" 왕종실은 조소하듯 입꼬리를 올리며 말을 이어갔다. "하나 며칠 되지 않아 폐하께서 결단을 내리실 듯하니, 지금은 그대도 그저 조용히 기다려야 할 것이야."

"네." 황재하는 낮은 소리로 짧게 대답했다.

왕종실이 또 무언가를 말하려는데 바깥에서 발소리가 들려왔다. 경쾌한 걸음걸이로 깡충깡충 뛰는 듯한 소리였다. 씨앗을 까먹던 그 소년이 문을 두드리고 들어와 왕종실 귓가에 대고 몇 마디 속삭였다.

왕종실은 눈을 들어 황재하를 흘긋 보고는 들고 있던 찻잔을 천천히 내려놓으며 작은 소리로 물었다. "이렇게나 빨리?"

소년이 고개를 끄덕였다.

왕종실이 황재하를 보며 말했다. "가지. 내 꽤 재미있는 장면을 하나 보여줄 테니."

황재하는 어리둥절해 저도 모르게 물었다. "재미있는 장면요?"

"그렇지. 아마…… 전혀 예상도 못 한 장면일 테지. 보고 나면 그대의 기분이 더 우울해지고 더 낙심하겠지만, 그래도 절대 안 보고 싶진 않을 것이네."

15장

무성한 꽃들이
그 길을 배웅하네

서쪽으로 달리던 마차는 개원문 부근에서 멈춰 섰다.

개원문에는 이미 많은 사람이 모여들어 성벽 위를 올려다보며 시 끄럽게 떠들어대고 있었다. 황재하도 마차에서 내려 고개를 들어 성 벽 높은 곳을 올려다보았다.

왕종실은 성벽 쪽으로 다가가는 황재하를 차가운 눈으로 바라보며 마차 문을 닫았다.

황재하는 한 걸음 한 걸음 앞으로 걸어갔다. 성벽 위에 노인 하나가 서 있었다.

찬바람이 거세게 불어왔다. 노인은 바람받이에 서서 목이 쉬도록 외쳤다. "기왕은 역모를 저지르고 형제를 죽인 천하의 용서받지 못할 인간이오!"

황재하는 천천히 다가가 인파 뒤에 서서 고개를 들어 노인을 바라 보았다. 노인의 목소리는 차마 듣기 힘들 정도로 쉬었고 얼굴도 잔뜩 일그러졌지만, 황재하는 노인을 정확히 알아보았다. 장항영의 부친이 었다.

"내 아들 장항영은 기왕부 시위병으로 있으면서 역모를 일으키려는 기왕의 야심을 진작부터 눈치챘으나 절대 그런 나쁜 짓에 동조하지 않았소! 이성을 잃고 미쳐 날뛰는 그런 인간들과 한패거리가 되는 것을 단호히 거부했지! 역적 기왕의 모든 악행이 발각되어 잡혀 들어간 마당에도, 여전히 기왕부에서는 기왕을 구하려고 애쓰고 있소. 그래서 우리 아들이 나라를 위한 충심으로 그 잔당을 잡으려 하였는데, 성공 직전에 그만 다른 이의 음모에 걸려들고 말았소! 그로 인해 우리 아들은 목숨을 잃었지만, 이는 우리 가문의 명예이자 영광이오!"

주위 사람들이 놀라 웅성거리는 가운데 황재하는 장위익의 신경질적인 외침을 들으며 꿈쩍도 않고 서 있었다. 장위익 뒤에서 쏟아지는 햇살에 눈이 부셔 눈을 제대로 뜰 수 없었다.

어지러울 정도로 내리비치는 햇살을 피해 황재하는 장위익을 향한 시선을 거둘 수밖에 없었다.

군중 속에서 누군가가 고개를 돌려 황재하를 보았다. 주자진이었다. 주자진은 경악과 혼란이 고스란히 드러난 얼굴로 황재하를 바라보며 잠시 망설이다가 사람들을 비집고 황재하를 향해 걸음을 옮기려 했다. 하지만 사람들이 어찌나 몰려들었던지 한 발짝도 움직이기 힘들어, 하는 수 없이 고개를 내저으며 황재하에게 눈짓을 보내고는 다시 성벽 위 장위익에게로 시선을 돌렸다.

"하늘에도 눈이 있고, 작금의 성상께서는 덕이 있으니, 온 천하의 백성들이 바라옵건대 하루빨리 이 재앙을 없애시어 우리 대당이 태평성대할 수 있도록……." 이후로는 장위익의 목소리가 끊겼다 이어졌다 하며 거의 들리지 않았다. 성벽 보초병들이 장위익에게 다가가 두 팔을 붙잡아 끌어내리려 했기 때문이다.

황재하는 미동도 않고 서서 성벽 위에서 벌어지는 혼란스러운 상황을 지켜보았다. 그날 상난각에서 이윤이 이서백을 향해 비난을 퍼붓던 장면과 매우 흡사했다. 서로 다른 두 사람이었지만 같은 말을 하고 있으니, 똑같은 상황이 다시 한 번 벌어진 기분이었다.

사람들의 목소리가 마치 벌 떼가 윙윙대는 것처럼 황재하의 귓가에 어지럽게 울려왔다.

"그럼, 기왕 전하가 정말로 역모를 꾸민 거란 말이야?"

"그러게 말이야! 먼저는 기왕 전하께서 악왕 전하를 죽이시더니, 이제는 측근 시위병이 기왕 전하를 막으려다가 성공 직전에 목숨을 잃었다니, 에휴……."

"거 내가 뭐랬어. 기왕 전하한테 방훈의 망령이 씌어서 곧 대당 천하를 무너뜨릴 거라고 그리 말했는데 내 말을 안 믿었지!"

"성상께서 고명하셔서 이미 기왕 전하를 가뒀는데, 기왕부에서 마지막 발악을 하는 자는 또 누구란 말이야?"

"보나마나 그 고자들 아니겠어? 나라와 백성을 위해 충심이 지극했던 악왕 전하와 저 사람 아들만 안타깝게 죽었지 뭐!"

"기왕이 악왕 전하를 죽인 증거도 확실하다며? 그런 금수만도 못한 짓을 저지른 자야말로 죽어야 하는데!"

"아유, 그래도 어찌됐든 기왕 전하가 방훈의 망령에 씌기 전에는 사직에 세운 공이 적지 않잖아. 폐하처럼 인자하고 덕이 많으신 분이 그리 쉽게 기왕 전하를 죽이시겠어?"

"사형까지는 몰라도 어쨌거나 합당한 벌은 내려야지. 서민으로 강등시키거나 유배를 보내거나, 아님 연금이라도 시켜야지 않겠어? 그렇지 않고야 어찌 법도로서 천하를 다스리겠어."

주위 사람들의 편중된 이야기를 듣던 황재하의 등에 식은땀이 흘렀다. 순식간에 눈앞이 아득해지면서 황재하는 자신이 어디에 서 있는지조차 분간이 되지 않았다. 그날의 상난각 위에 서 있는 것인지, 아님 개원문 성벽 아래 서 있는 것인지 헷갈렸다.

그때 갑자기 주위에서 날카로운 비명들이 터져 나왔다. 특히 부인네들과 아이들의 목소리는 더욱 날카롭고 참담했다. 하지만 황재하는 모든 감각을 잃은 듯, 그저 눈을 크게 뜬 채 성벽 위에서 벌어진 장면을 보고만 있었다. 장위익이 자신을 끌어내리려는 병사들을 뿌리치고 미친 듯이 고함을 지르더니 일말의 망설임도 없이 그대로 성벽 아래로 몸을 날린 것이다.

　눈 깜짝할 사이에 벌어진 일이었다.

　황재하는 한참 동안 멍한 상태로 있었다. 머릿속이 백지장 같았다.

　눈앞이 번쩍하며 온 천지가 순식간에 검은색으로 변하더니, 또 금세 흰색으로 바뀌었다. 한참이 지나서야 잿빛과 노란빛이 천천히 눈앞을 채우기 시작하더니 조금씩 색이 돌아왔다.

　놀라서 흩어지는 사람들 속에서 황재하만이 멍하니 미동도 않고 서 있었다.

　더 앞으로 다가가 가까이에서 구경하려는 사람에, 피 냄새라도 날까 겁난다는 듯 질겁하며 뒤로 도망치는 사람에, 겁에 질려 울어대는 아이를 급히 달래는 사람까지, 성벽 일대에 한바탕 소란이 일었다.

　누군가가 크게 소리쳤다. "죽었네, 죽었어! 아이고 끔찍해라! 머리가 다 터졌어!"

　일대 혼란이 얼추 정리됐을 때는 시신을 둘러싼 한 무리 말고는 모두 흩어지고 없었다. 황재하는 그제야 뻣뻣하게 굳은 몸을 이끌고 앞으로 다가갔다. 시신을 둘러싸고 모여 있던 사람들은 무섭게 일그러진 황재하의 표정을 보고 놀라 저도 모르게 길을 열어주며, 죽은 자와 아는 사이인 게 틀림없다고들 생각했다.

　황재하가 사람들 사이를 뚫고 다가가니 주자진이 장위익의 시신 옆에 웅크리고 앉아 넋을 놓고 있었다. 주자진은 초점 잃은 눈으로 황재하를 한번 쳐다보고는 그제야 자신의 겉옷을 벗어 장위익의 얼굴을 덮어준 뒤, 황재하 옆으로 와서 한참 동안 아무 말도 않고 서 있었다. 이 모습을 지켜보던 사람들도 서서히 흩어졌다.

드디어 경조부 사람이 왔다. 사람들이 보는 앞에서 장위익 스스로 성벽 위에서 떨어져 죽었기에 사건은 간단했고, 주변 사람들이 모두 증인이 되어주었다. 그래서 경조부 사람도 그저 간단히 방증 자료만 기록했다. 그들 중 우두머리는 마침 주자진과 여러 차례 만난 적이 있던 자라 주자진을 붙들고 작은 소리로 물었다.

"자진, 이번 일이 기왕 전하와 관련 있다는 말이 정말인가?"

주자진은 멍하니 있다가 결국 고개를 끄덕였다. "그게…… 어르신이 죽기 직전에 기왕 전하를 비난하긴 했지."

"뭐라고 했는데?" 경조부 사람이 다시 물었다.

주자진은 미간을 찡그리며 잠시 생각하더니 결국 고개를 내저었다. "너무 갑작스러운 일이라, 나도 너무 놀라고 떨려서 정확히 무슨 말이었는지 기억이 안 나……. 옆에서 구경하던 사람들한테 물어보면 될 거야. 어쨌든 엄청나게 많은 사람들이 들었으니까."

경조부 사람은 주자진이 기왕에 대한 나쁜 말을 전하고 싶지 않아서 그런 것을 눈치채고는 더 이상 캐묻지 않고 주자진을 향해 공수하고 말했다. "그럼 다른 목격자들에게 물어보도록 하겠네."

경조부의 검시관도 진즉에 당도하여 흰 천을 깔고 일산을 세운 뒤 검시를 시작했다.

"높은 곳에서 추락하여 사망한 건 틀림없군." 검시관은 초검에서 바로 결론을 내리고는 주자진에게도 시신을 한번 봐달라고 청했다. 이날 하루 동안 두 번의 큰 사건을 겪은 주자진은 말수가 현저히 적어졌다. 검시관과 함께 간단히 시신을 살펴보고는 역시 추락사가 분명하다고 판단했다. 두부가 깨져 피와 살이 뒤엉켰고, 경추가 절단되어 즉사한 것으로 보였다.

"그 많은 사람이 보는 앞에서 떨어져 죽었으니, 사인이야 의심할 여지가 없지." 검시관은 그리 말하면서 검시 서류에 서명했다.

옆에서 누군가가 말했다. "사인이야 쉽지만, 성루에서 떨어진 이유를 말하자면 꽤나 복잡한데…… 진술서에 다 써야 할까요?"

우두머리가 고개를 가로저으며 말했다. "그건 좀 쓰기 어려울 것 같은데, 일단 가서 물어보고 그다음에 다시 얘기하지."

주자진은 여전히 혼비백산한 얼굴로 고개를 돌려 황재하를 보았다. 조금 전까지도 넋을 놓고 있던 황재하는 이미 제법 침착함을 되찾은 표정이었다.

황재하가 천천히 입을 열었다. "도련님, 어르신이 성루에는 어떻게 올라갔는지 좀 알아봐주세요."

주자진은 알겠다고 대답하고는 곧바로 성루 계단 쪽으로 향했다.

얼마 지나지 않아 돌아온 주자진은 장위익의 유품을 수색하던 사병과 몇 마디 나누더니 유품 중 영패를 들고 와 황재하에게 보여주었다. "이 영패로 올라갈 수 있었대."

황재하는 왕부군의 영패를 알아봤다. 물론 장항영의 것이었다.

황재하는 영패를 받아들어 들여다보며 낮은 목소리로 말했다. "장형이 지니고 다니던 것일 텐데…… 어찌 어르신 손에 있었을까요?"

"그거야…… 묘지에 가서 장 형 시신에서 가져온 거 아닐까?"

"이런 공적인 물건은 진작 묘지에서 따로 챙겨두거나 아님 왕부로 보내지, 그냥 시신에 남겨뒀을 리 없어요." 황재하는 잠시 생각하더니 고개를 가로저으며 다시 입을 열었다. "그리고 그렇게 짧은 시간에 어르신이 보녕방에서 묘지까지 갔다가 다시 개원문까지 왔다는 건 말이 안 돼요."

"그럼 네 말은…… 장 형이 죽기 전에 이 영패가 이미 어르신 손에 있었다는 거야?"

황재하는 살짝 고개를 끄덕이고는 힘겨운 목소리로 말했다. "네. 어쩌면 이미 모든 걸 준비해뒀는지도 모르겠어요……. 만약 장 형이 실패해 죽게 될 경우, 어르신이 성루에 올라가 군중 앞에서 이 일을 알리기로요. 어쨌든 한바탕 거센 풍랑이 이는 건 막을 수 없겠네요."

주자진은 자신도 모르게 한 걸음 뒤로 물러났다. 마치 무언가가 목구멍을 옥죄는 듯 아무 말도 할 수 없었다.

"도대체 기왕 전하에게 왜 이렇게까지 악독하게 구는지 저도 잘 모르겠어요……. 장 형 아버님은 또 기왕 전하와 무슨 상관이 있다고 이렇게까지 연루되고요?" 황재하는 중얼거리며 천천히 몸을 돌렸다. "가요. 일이 이렇게 된 이상, 어쩔 수 없죠. 더 절망적인 곳으로 한 걸음씩 걸어가는 수밖에요."

주자진은 황재하를 쫓아가며 참지 못하고 물었다. "이제 어떻게 할 생각이야? 전하께서는…… 어떻게 하실 생각일까?"

황재하는 걸음을 멈추고 한숨을 쉬었다. "저도 모르겠어요. 우리가 맞서야 하는 상대는 정말 무시무시한 세력이에요. 지금은 다만…… 제가 소중하게 생각하는 것들이 모두 이 소용돌이에 휘말려 들어갈까 봐 걱정돼요. 제가 소중히 여기는 이들이 어느새 저와 맞서는 바둑돌로 사용될까 봐요……."

주자진은 가만히 황재하를 바라보며 꽉 쥐고 있던 두 손에서 힘을 풀었다. 그러고는 힘겹게, 하지만 한 자 한 자 힘주어 말했다. "난 절대 네 편에 서 있을 거야. 세상 모든 사람이 뭐라 말해도, 모든 사람이 널 배신한다 해도, 나 주자진은 절대 황재하를 믿을 거야."

황재하의 눈이 순식간에 붉게 물들며 뜨거운 눈물이 차올랐다. 애써 억누르던 눈물샘이 금방이라도 터질 것만 같아 황재하는 머리를 들어 크게 심호흡했다. 한참 후에야 빠르게 뛰던 가슴을 진정시키고 거친 숨을 달래며 낮은 소리로 말했다.

"감사해요. 저 황재하도 절대 자진 도련님을 실망시키지 않을게요."

왕종실의 마차는 조금 전 그 자리에서 기다리고 있다가 다시 황재하를 태웠다.

왕종실은 곧은 자세로 앉아 황재하를 가만히 바라볼 뿐 아무 말도 하지 않다가, 마차가 움직이기 시작하자 그제야 태연한 투로 물었다. "그래, 감상한 소감이 어떠신가?"

황재하는 고개를 숙이고 잠시 망설이다 입을 열었다. "왕 공공께서는 진작 아셨을 테니 그때 바로 막았더라면, 어쩌면…… 이런 일은 벌어지지 않았을 겁니다."

"황재하도 생각지 못한 일을 내가 어찌 상상이나 했겠는가?" 왕종실은 입꼬리를 살짝 올리며 웃는 듯 마는 듯한 표정을 지었다. 그러고는 곁눈질로 황재하를 힐끔 보고는 다시 입을 열었다. "게다가 저자는 나와 아무 관계도 없는데, 그대 때문이 아니라면 내가 뭐 하러 관심을 가졌겠는가?"

"왕 공공의 깊은 호의에 감사할 따름입니다." 황재하는 눈을 내리깔고 말했다.

마차는 길을 따라 덜컹이며 나아갔다. 황재하는 창문 너머로 말 위에 앉아 있는 그 소년의 준수한 옆모습을 보았다. 간혹 무심코 손을 들어 머리 위로 늘어뜨려진 나뭇가지를 툭 치는 등 천진난만한 모습이었다.

황재하의 시선을 눈치챈 왕종실이 말했다. "아택이라 하지. 십수 년 전에 거둔 아이이네. 당시 고아한 멋을 좋아해 운몽택(雲夢澤)이라 이름 지어주었는데, 지금은 아택이라 부르는 게 입에 익었지."

"왕 공공께서는 신책군 호군 중위라는 높은 직책으로 조정에서 지위가 상당하신데, 곁에 어린 시동 하나만 두면 불편하지 않습니까?"

"모든 일은 직접 나서서 해야 살아 있는 기분이 나지, 그렇지 않으면 무슨 재미가 있단 말인가?" 왕종실은 눈을 슬쩍 치켜뜨며 계속해서 말을 이었다. "게다가 내게는 무슨 일이 그리 있지도 않고. 폐하께서 악왕 전하 사건을 조사하라 명하셨긴 하나, 그 후 아무것도 묻지 않으시니 나도 달리 손쓸 일도 없고, 일체 모든 걸 그대에게 맡기고 있지 않나."

왕종실의 말투는 느긋했고 표정 또한 전혀 변화가 없었다. 황재하는 아무 말 없이 아택에게서 시선을 거두었다.

왕종실이 빙긋이 웃더니 갑자기 다른 이야기를 꺼냈다. "내친김에 그대에게 큰 선물을 하나 안겨줘도 무방하겠군." 왕종실이 마차 벽을 두드리더니 마부에게 일렀다. "수정방으로 가지."

마부는 알겠다고 대답하고는 곧바로 말 머리를 남쪽으로 돌렸다.

"기왕 전하께 데려다주시는 건가요?"

황재하의 물음에 왕종실은 아무 대답 않고 그저 마차 벽에 몸을 기대며 눈을 감고 휴식을 취했다.

마차는 북에서 남으로 거의 장안의 절반을 달려 수정방으로 들어섰다. 종정시 누각 근처에 이르러 마차가 멈춰 섰다.

왕종실이 황재하가 내리도록 마차 문을 열어주며 말했다. "우측 옆문을 통해 들어가게."

황재하는 짧게 대답하고는 옆에 난 작은 문으로 걸음을 옮겼다. 문 바깥을 지키던 시위병들이 막아섰으나 황재하가 손을 들어 왕종실의 마차를 가리키자 곧바로 들여보내주었다.

며칠 사이 강변의 매화꽃은 더 찬란하고 풍성하게 만개해 마치 꽃구름이 피어난 듯 보였다.

황재하는 이서백이 거하는 작은 건물을 향해 숲길을 천천히 걸어갔다. 수면 위에 놓인 복도에 올라서자 발소리가 가볍게 메아리치며 울렸다.

굽이진 복도 끝에 이르러 눈부시게 활짝 핀 매화나무를 도니, 이서백이 이미 문밖에 나와 황재하를 응시하고 있었다.

하늘은 쪽빛이었고, 물은 거울처럼 맑고 깨끗했다. 양쪽 기슭 가득 피어난 매화가 물 위에도 흐드러지게 비쳐, 온 천지에 비단을 깔아놓은 듯했다. 두 사람 곁을 스치는 바람에도 매화 꽃잎이 가득 실려와 분분히 흩날렸다

두 사람은 흩날리는 꽃잎 너머로 서로를 바라보았다. 지난번 만남 이후 겨우 며칠이 지났을 뿐인데, 마치 영겁의 시간 동안 떨어져 있었던 기분이 들었다.

이서백의 온몸에 흐르는 청아하고 우아한 기품은 조금도 옅어지지 않았다. 살짝 침울해 보이는 두 눈마저 안개가 감도는 이 날씨와 진자줏빛 비단옷과 잘 어우러져, 오히려 더 깊고 절제된 운치가 배어났다.

반면 연일 분주하고 고통스러운 시간을 보내느라 제법 야윈 황재하는 창백하고 수척해진 얼굴을 숨길 수 없었다. 봄날의 맑은 물빛을 닮은 푸른 저고리도 황재하의 낯빛을 살려주지 못했다. 이서백이 눈송이처럼 흩날리는 꽃잎 사이로 황재하를 향해 걸어와 손을 가볍게 잡았다.

"아직 이른 봄이라 옷을 더 많이 껴입어야 할 것이야."

이서백에서 들으리라 생각했던 것과 다른 뜻밖의 첫마디에 황재하는 간신히 "네"라고만 대답했다. 두 눈에 물기가 가득 차올랐다.

이서백은 팔을 들어 황재하의 가는 어깨를 감싸 안았다. 두 사람 주위로 천천히 흐르는 물소리가 들리고, 꽃잎이 끝없이 흩날렸다. 꽃잎이 점점이 수면 위로 떨어질 때마다 동심원이 하나, 또 하나 쉼 없이 그려졌다.

이서백은 한참 후에야 황재하를 놓아준 뒤, 황재하의 손을 잡고 실내로 들어갔다. "매일 바삐 다니며 피곤할 터인데 갖가지 변고까지 끊이지 않으니 얼마나 힘들겠느냐. 한데 나는 이곳에서 여유롭게 지내며 널 도와주지 못하니 미안하구나."

황재하는 고개를 흔들며 말했다. "전하께서 겪으시는 괴로움이 저보다 훨씬 더하지요. 전 다만…… 정신없이 분주하게 다니기만 할 뿐, 아무런 단서가 없어서 어디서부터 손을 대야 할지도 전혀 모르겠습니다."

이서백은 고개를 살짝 저으며 미소 지었다. 그러고는 황재하에게 차를 따라주고 자신의 잔에도 차를 따라 세 손가락으로 찻잔을 받쳐 들고서 황재하를 지그시 바라보며 나지막이 말했다. "너도 보았다시피 지금 형세는 내가 어찌할 수 있는 수준을 이미 넘어섰다. 내가 다시 한 번 네게 장안을 떠나 먼 곳으로 피하라고 말한다면, 받아들이겠느냐?"

황재하는 이서백의 손가락을 보았다. 녹색 찻물이 담긴 비색자 찻잔이 이서백의 길고 가느다란 세 손가락에 들려 있었다. 찻잔을 받쳐 든 이서백의 그 자태는 진작부터 황재하의 마음속에 깊이 새겨져 있었다. 두 사람이 처음 만난 날, 황재하는 마차 안 궤짝 구멍 틈으로 이서백의 얼굴보다 이 손가락을 먼저 보았다. 봄날 호수에 비친 배꽃을 닮은 색과 자태였다.

그때는 오늘과 같은 날이 있으리라고는 상상도 못 했다.

그처럼 낭패스럽게 의자 아래서 끌려 나온 자신이, 이서백과 이 세상에서 가장 가까운 사람이 되리라고는, 천하가 기우는 비바람 속에서도 손을 맞잡고, 절대 서로를 떠나지도, 포기하지도 않는 사이가 되리라고는 말이다.

그래서 황재하는 고개를 저었다. "만약 제가 이 폭풍을 피해 멀리

달아나 풍랑이 잠잠한 곳에서 기다린다면, 전하께서도 무사히 빠져나와 제 기다림이 헛되지 않도록 해주신다고 약조하실 수 있나요?"

이서백은 그으한 눈빛으로 황재하를 바라보다가 한참 뒤에야 고개를 천천히 가로저었다. "감히 그러진 못하겠구나."

황재하의 입꼬리가 올라갔다. 힘겹지만 더없이 결연한 미소였다. "그럼 전 여기 있겠어요. 적어도 전하와 조금은 더 가까이 있을 수 있으니까요."

이서백은 가만히 손을 들어 황재하의 머릿결을 어루만졌다. "나는 정말이지 이 풍랑이 너를 덮치지 않았으면 한다."

황재하도 손을 들어 이서백의 손등 위로 자신의 손을 포개며 낮은 소리로 물었다. "전하께서도…… 장항영의 일을 들으셨습니까?"

이서백이 고개를 끄덕였다. "이미 들었다."

"그럼, 장항영의 부친이…… 개원문 성벽 위에서 뛰어내린 일도요?"

이서백은 황재하의 물음에 전혀 놀란 기색 없이 담담하게 말했다. "그래. 듣기로 투신하기 전에 내가 곧 대당 조정을 무너뜨릴 거라고 비난했다지? 아무래도 나를 보는 사람들의 편견이 훨씬 더 심해지게 생겼구나."

황재하는 깜짝 놀라서 물었다. "장항영 부친의 일은 바로 조금 전에 일어났고, 저도 그곳에서 곧바로 마차를 타고 이리로 온 참인데, 전하께서 이미 알고 계신다고요?"

"그래. 내게 소식통이 따로 있지." 이서백은 잠시 생각에 잠겼다가 다시 고개를 끄덕였다. "참으로 좋은 한 수야. 일곱째의 죽음으로 나를 조정에서 밀어내더니, 이젠 장항영 부자의 죽음으로 내게 악령이 씌었다는 소문에 더욱 힘을 실었으니 말이다. 보아하니 내가 여러 해 동안 사직을 위해 애쓰고 큰 공을 세운 것도, 결국 그 앞에선 조금도 의미가 없는 모양이구나."

"천하 백성들의 입이야 원래 쉽게 움직일 수 있지 않습니까. 상대가 그것을 이용하겠다면, 저희도 똑같이 이용해서 반격의 기회로 삼을 수 있습니다."

이서백이 여전히 미소 띤 얼굴로 말했다. "그런 잔꾀는 조금만 조사하면 금세 명백히 드러나는 법이다. 천하가 어지럽기를 바라는 조정 무리들과 헛소문에 쉽게 휘둘리는 어리석은 백성들을 제외하고, 가장 큰 수혜자는 바로 소문을 퍼뜨린 당사자 아니겠느냐. 그러니 상대가 그런 수단을 쓴다 하여 우리도 가볍게 편승해서는 절대 아니 된다."

황재하는 고개를 끄덕였으나 금세 다시 미간을 찡그렸다. "하지만 전하께서도 아시다시피 각 지방의 절도사들이 이미 움직이고 있지 않습니까. 아무래도 걱정이 됩니다……."

"진무 절도사 이영을 말하는 것이냐?" 이서백은 별로 개의치 않아 하며 말을 이었다. "걱정 말거라. 그자는 일개 상인 출신이라, 설령 행군과 전투를 시작한다 해도 수하들이 절대 따르지 않을 것이다. 그런 상태로 무슨 성과를 거두겠느냐."

황재하는 이서백의 표정을 보며 초조히 말했다. "만일 폐하께서 전하가 각 지역 절도사들과 결탁했다고 여겨 이 일을 전하의 죄로 돌리시면, 전하께서는 또 하나의 죄목을 지게 되잖아요!"

"지금까지 진 것도 적지 않은데 거기에 하나 더 얹는다 해서 무엇이 달라지겠느냐."

그래도 황재하가 근심을 가라앉히지 못하자, 이서백은 다른 곳으로 화제를 돌렸다.

"이곳에서 지내면서 모든 일을 하나씩 되짚어보았다. 그런데 유일하게 아직까지 풀리지 않은 의문은, 그날 모두의 눈앞에서 일곱째가 어찌 그렇게 감쪽같이 사라졌는가 하는 점이다.”

“그건 정교한 기술을 쓴 게 틀림없습니다. 그 모든 장면을 연출하고 악왕 전하를 사라지게 만든 그 사람이 누구인가 하는 것이야말로 관건입니다. 분명 그 사람이 장항영 부자를 죽음으로 내몰았을 것입니다. 두 사건이 동일한 궤적으로 돌아가는 것을 보니, 하나로 연결되어 있는 것이 확실합니다.”

황재하는 오른손을 들어 비녀의 권초 문양을 눌러 안에 든 옥비녀를 뽑았다. 그러고는 작은 탁자 위에 가는 선 하나를 그린 뒤 손가락으로 선 끝을 짚으며 말했다. “저희는 이미 이곳까지 왔습니다. 그리고 처음으로 거슬러 올라가면 그 출발점은 아마도…….”

황재하는 손가락을 되돌려 선의 시작점을 짚었다. “기악 군주의 죽음이었을 겁니다.”

이서백이 고개를 가로저었다. “아니, 아마 4년 전 내가 서주로 갔던 때 시작된 일일 것이다.”

황재하는 고개를 끄덕이다가 이내 다시 고개를 저으며 작은 소리로 말했다. “혹은 10여 년 전 선황께서 붕어하신 그날부터였는지도 모르겠습니다.”

이서백이 고개를 끄덕이자 황재하는 선의 시작 부분에 살짝 점을 찍었다. ‘선황께서 붕어하신 날, 작고 붉은 물고기.’

그러고는 어느 정도 간격을 두고 또 하나의 점을 찍었다. ‘서주, 방훈의 난, 부적.’

그리고 조금 떨어져서 또 하나의 점. ‘지난해 늦여름, 기악 군주의 죽음.’

점점 사건 전개가 빨라지면서 점들의 간격이 밭아졌다.

네 번째 점. ‘작년 동지, 악왕 전하의 실종.’

다섯 번째 점. ‘정월 초하루, 악왕 전하의 죽음.’

여섯 번째 점. '오늘, 장항영과 그 부친의 죽음.'

그리고 이 큼지막한 사건들 외에 수많은 작은 사건들도 사이사이에 채워 넣었다.

목선 법사의 붉은 물고기, 측천무후의 비수, 장위익이 하사받은 선황의 그림…….

황재하는 옥비녀를 손에 쥔 채 얇게 그어진 선과 그 위로 촘촘하게 채워진 기록들을 가만히 들여다보았다. 각 점이 의미하는 사건들을 생각하니 등골이 오싹해졌다. 이서백 역시 시선을 내려 가만히 그 선을 보았다. 선 위의 점들이 마치 점점 더 가까이 다가오는 예리한 화살 같았다. 이제는 정말 바로 코앞까지 닥친 듯했다.

그 보이지 않는 화살에 눈을 찔린 듯 속눈썹이 파르르 떨려, 이서백은 참지 못하고 눈을 감고 잠시 가만히 있다가 뭔가가 떠올라 황재하에게 물었다.

"그런데 오늘은 어찌 들어온 것이냐?"

"왕종실 공공이 데려다주었습니다. 제게 큰 선물을 하나 주어도 무방할 것 같다고요."

"너와 내가 만나는 것이 큰 선물이 되는 것이냐?" 이서백은 눈을 들어 황재하를 보았다.

잠시 생각하던 황재하가 막 입을 열려는데, 이서백이 살짝 손을 들어 황재하의 말을 막았다. 그러더니 옆에 있던 수건을 들어 찻물에 적셔 탁자 위에 희미하게 그려진 흔적들을 단번에 닦아냈다. 황재하가 영문을 몰라 왜 그러는지 물어보려는데, 바깥에서 가벼운 발소리가 들려왔다. 누군가가 복도 위를 걸어오고 있었다.

이서백은 황재하에게 방으로 들어가 숨으라고 턱짓하고는 황재하의 찻잔을 들어 차는 자신의 잔에 붓고 빈 잔은 수건으로 잘 닦아 차반 위에 엎어놓았다.

발소리가 가까워지더니 귀에 익은 목소리가 들려왔다. "폐하, 바닥이 물과 가까워 미끄러울 수 있으니 조심하셔야 합니다……."

작은 방의 창문 아래에 몸을 숨긴 황재하 역시 그 목소리를 알아들었다. 황제의 측근인 서봉한이었다. 서봉한이 모시고 오는 이는 당연히 작금의 황제였다. 10여 명의 사람들이 황재하가 숨은 창문 밖으로 지나가며 발소리가 어지러이 울렸다. 황재하는 자신도 모르게 숨을 죽이며 몸을 한껏 웅크렸다.

이서백은 일어나 문 앞으로 나가 황제 일행을 맞았다.

황제가 주위를 둘러보며 말했다. "넷째야, 이곳 풍경이 참으로 좋구나. 지내면서 감상해보니 어떠하더냐?"

"앉아서는 떨어지는 꽃잎이 보이고, 누워서는 흐르는 물소리가 들리니, 이루 말로 표현할 수 없을 정도이지요."

황제는 고개를 끄덕이고는 이서백의 팔을 살짝 잡으며 말했다. "그토록 절경이라니, 참으로 좋구나. 오늘은 네게 차 한잔 얻어 마실까 하고 왔느니라."

"황공하옵니다, 폐하."

이서백은 그렇게 말하며 황제를 자리로 안내하고는 친히 차를 준비했다. 찻잔을 고르는 이서백의 손은 조금의 망설임 없이 조금 전 황재하가 마셨던 잔을 지나 다른 잔을 택했다.

황제는 시종 온화한 얼굴로 미소를 띤 채 찻잔을 들어 코끝으로 향을 음미했다. "세상만사 모든 일이 하나를 보면 열을 안다고, 넷째는 마음이 지혜로워 모든 일에 뛰어나지 않은 것이 없구나. 차향까지도 이토록 깊이 있으니 말이다."

"과찬이십니다, 폐하. 그저 주위 풍경이 수려하니 찻물 역시 본연의 향이 제대로 우러나는 것이겠지요." 이서백은 아무런 감정도 드러나지 않은 얼굴로 대답하고는 시선을 내려 자신의 손에 들린 찻잔을 보았다. 그 속의 반은 황재하가 마시던 차였다. 결벽증이 있는 이서백은 평소 다른 사람의 것은 손도 대지 않았지만, 황제가 차에 입을 대지 않는 것을 보고는 잔을 들어 올려 황재하가 마시던 차를 천천히 마셨다.

황제는 웃으며 고개를 돌려 서봉한에게 눈짓을 보냈다. 서봉한은 그 뜻을 알아채고는 호위와 함께 물러나가 먼 곳으로 자리를 피했다.

발소리가 멀어진 후에야 황제가 입을 열었다. "이제 아무도 없으니 허물없이 하자꾸나. 편하게 큰형님이라 부르거라."

"소신이 어찌 감히 그리 하겠습니까."

"그리 못할 것은 또 무엇이냐. 황실은 형제도 없단 말이냐?" 황제는 찻잔을 내려놓으며 가볍게 탄식했다. "우리 형제가 십수 명이었으나, 어릴 때 요절한 이도 있고, 한창 나이에 죽은 이도 있어, 짐이 즉위한 후 이제는 너와 아홉째만 남았구나……. 짐은 정말 너와 일곱째 사이에 그토록 깊은 원한이 쌓여 있으리라고는 생각도 못 했다……."

울음기 섞인 목소리로 말하던 황제가 결국 속상한 마음에 더 이상 말을 잇지 못하자 이서백이 담담한 투로 말했다. "폐하, 오해이십니다. 소신과 일곱째는 비록 누군가의 이간질로 오해가 생기긴 하였으나, 서로 풀지 못할 원한이 있던 것은 절대 아니옵니다."

황제는 이서백을 바라보며 잠시 머뭇거리다가 다시 천천히 입을 열었다. "그런데 어찌 사람들마다 그날 향적사 뒷산에서 네가 병사들이 보는 앞에서 일곱째를 죽였다고 말하는 것이냐……. 당시 현장에 있던 모든 사람이 네가 일곱째를 죽였다고 증언하지 않느냐."

이서백은 눈을 내리깔고서 손에 들린 찻잔을 보며 아무 말도 하지 않았다.

"넷째야, 일곱째는 늘 너를 존경하고 사랑했다. 너희 둘은 평소에 그 누구보다 사이좋던 형제가 아니었느냐. 대체 네가 무슨 일을 저질렀기에 그토록 너를 신뢰하던 일곱째가 목숨까지 버려가며 사람들 앞에서 너를 비난했단 말이냐?" 황제는 슬픔을 억누르며 나지막이 가라앉은 목소리로 말했다. "넷째야, 대체 무슨 일을 하려 하기에 일곱째의 목숨까지 돌보지 않을 정도인 것이냐?"

"폐하께서는 소신이 일곱째를 죽였다고 생각하시는 것입니까?" 이서백이 조용히 물었다.

"그렇지 않다. 그렇게 생각하고 싶지도 않고, 그렇게 믿을 수도 없다!" 황제는 미간을 찌푸리며 슬프고 괴로운 목소리로 말했다. "하나 상난각에서 일곱째가 너를 비난하는 것을 짐도 친히 보고 듣지 않았느냐. 또 그 많은 신책군 병사들이 네가 향적사에서 일곱째를 죽였다고 증언하고 있어. 그러니 짐이 어떻게 너를 믿을 수 있겠느냐?"

감정이 격해진 황제는 거기까지 말한 뒤 곧 호흡이 거칠어졌다.

"소신 폐하께 한 가지 묻고 싶은 것이 있사옵니다." 이서백은 손에 든 찻잔을 내려놓고 차분하게 말을 이었다. "그날 상난각에서 일곱째는 사람들이 보는 앞에서 몸을 던졌습니다. 그리 높은 곳에서 떨어졌으니 살아 있을 가능성이 없었지요. 그런데 어찌 이미 죽은 사람이 다시 향적사 뒷산에 나타날 수 있었을까요?"

황제의 낯빛이 순식간에 일그러지며 음침한 기운을 띠었다. 황제는 자신 앞에 마주 앉은 이서백의 평온한 얼굴을 응시하며 천천히 입을 열었다. "어쩌면 하늘에 계신 선조들께서 일곱째가 이 재앙을 피하도록 지켜주셨는지도 모르지."

"폐하께서는 일국의 군주이십니다. 소위 신통한 힘이라는 것은 부지몽매한 자들이나 속아 넘어가는 것일진대, 폐하께서도 정녕 그러한 것을 믿으신단 말입니까?" 이서백의 눈빛은 맑고 깨끗했으며, 목소리는 물과 구름이 흘러가듯 고요했다. "황족이든 일반 백성이든, 사람이라면 누구나 목숨이 하나밖에 없으니 절대 두 번 죽는 일은 없습니다.

그래서 만일 일곱째가 상난각에서 저를 비난한 뒤 자진한 것이 사실이라면, 향적사에서 제게 죽임을 당했다는 이는 필시 일곱째가 아닐 것입니다. 하나 만일 향적사 뒷산에서 죽은 이가 진짜 일곱째였다면, 상난각에서 저를 비난하고 뛰어내린 이는 분명 일곱째가 아니었겠지요. 폐하께서는 어찌 생각하십니까?"

이서백의 목소리는 평온하고 온화했으나, 황제는 미간을 찌푸리며 손을 들어 관자놀이를 꾹 누르더니, 등받이에 몸을 기대고는 이를 악물며 눈을 감았다.

"폐하께서는 현명하시고 결단력이 뛰어나시지요. 소신 폐하께 여쭙고 싶은 것은, 폐하께서 소신의 죄를 선고하려 하신다면 그 죄명은 과연 무엇입니까? 상난각에서 일곱째를 죽게 만든 죄입니까, 아니면 향적사에서 사람들이 보는 앞에서 일곱째를 죽인 것입니까. 둘 중 어느 것이 소신의 죄목입니까?"

황제의 이마에 핏대가 섰다. 황제는 한참 후에야 입을 열었다. "그 둘이…… 무슨 차이가 있느냐?"

"당연히 차이가 있습니다." 이서백은 평온한 움직임으로 황제에게 차를 따랐다. 그 목소리는 창밖에 흐르는 물처럼 맑고 여유로웠다. "만일 상난각에서 일곱째가 목숨을 끊은 일에 대해 죄를 물으신다면, 일곱째가 얼마 지나지 않아 향적사에 나타났으니 그 죄목은 성립되지 않겠지요. 만일 향적사에서 일곱째를 죽인 죄를 물으신다면, 그렇다면 상난각 위에서 죽음으로 소신을 모함한 자는 또 누구란 말입니까? 또한 이번 일도 죽음으로 소신을 모함하려 한 것은 아니었는지, 어찌 알겠습니까? 그러니 일곱째의 일은 다시 철저히 조사해야 할 것으로 생각되옵니다."

거기까지 말한 이서백은 낯빛이 극도로 좋지 않은 황제의 얼굴을 보고는 입가에 옅은 미소까지 보였다.

"폐하, 아무래도 일곱째의 죽음에 의혹이 많은 것 같습니다. 소신, 일곱째가 목숨과 맞바꾼 이 일을 흐지부지 넘어가게 둘 수는 없습니다!"

황제는 낮은 침상을 손으로 짚으며 간신히 입을 열었다. "그래서…… 어찌하려고?"

"소신 부족하나, 천하는 넓고 그중 저를 믿는 자가 한둘은 있으리라 생각합니다. 소신 이곳에서 조금의 두려움 없이 죽음을 맞을 수는 있사오나, 폐하께서도 그에 합당한 죄목을 온 천하에 알릴 수 있으셔야 할 것입니다. 그렇지 않으면 언젠가 그 진상이 드러나는 날, 조정과 백성들 사이에 큰 파란이 일어날지도 모릅니다." 이서백은 담담하게 말을 끝낸 뒤, 황제를 바라보며 가만히 대답을 기다렸다.

실내가 고요한 가운데, 창밖에서는 바람이 한차례 일어 꽃잎들이 어지러이 흩날리고 물결이 출렁였다.

황제 앞에 앉은 이서백은 자태 한번 흐트러지지 않고 표정조차 변하지 않은 채 여전히 평온하고 차분한 모습이었다. 반면 관자놀이를 누르고 있던 황제의 얼굴은 점점 더 일그러지며 새하얗게 질리기 시작했다. 이마에 송골송골 가는 땀이 맺히는가 싶더니 이내 온몸을 부들부들 떨었다.

황제가 몹시 고통스러워하자 이서백은 몸을 일으켜 황제의 관자놀이를 눌러주며 말했다. "폐하, 두통까지 있는 몸으로 어찌 친히 소신을 보러 예까지 오셨습니까? 사람을 시켜 부르셨으면 제가 직접 찾아 뵈었을 것을요."

황제는 머리를 누르며 낮은 신음을 내뱉더니, 자신의 관자놀이를 누르는 이서백의 손을 밀어내며 밖을 향해 힘없이 외쳤다. "봉한……."

생기 없는 가느다란 목소리였는데도, 멀리서 대기하던 서봉한은 황제의 말이 떨어지자마자 즉시 안으로 들어왔다. 그러고는 황제의 상태를 보더니 재빨리 소매에서 약병을 꺼내 단약 두 알을 황제의 입에 물과 함께 넣어주었다.

옆에서 차가운 눈으로 지켜보던 이서백은 서봉한이 황제를 부축해 낮은 침상 위에 기대앉힌 뒤에야 서봉한에게 다가가 낮은 소리로 물었다. "폐하의 옥체가 이리도 편치 않으신데, 어찌 출궁을 말리지 않았는가?"

서봉한이 괴로운 얼굴로 말했다. "기왕 전하, 폐하께서 전하를 생각하는 마음이 깊으시어, 진작부터 전하를 찾아와 이 일에 대해 묻고 싶어 하셨으나, 조정의 모두가 폐하를 말렸습니다. 전하께선 지금 구금되어 있으며 백성들의 원망이 극에 달한 상황인데, 폐하께서 전하를 만나러 오는 것은 합당하지 않은 처사라고 말입니다. 하는 수 없이 폐하께서는 궁 사람들을 속이고 몰래 전하를 뵈러 오셨습니다. 그 깊은 형제간의 정을 이 종이 어찌 막을 수 있겠습니까!"

침상에 기대어 이마를 짚은 채 미간을 찡그리고 있는 황제를 바라보며 이서백은 가벼운 한숨을 쉬고는 더 이상 아무 말도 하지 않았다.

황제의 두통이 가라앉은 듯하자 서봉한이 조심스럽게 물었다. "폐하, 이만 궁으로 돌아가시겠습니까?"

황제는 거의 보이지 않을 정도로 미세하게 고개를 끄덕였다.

이서백은 표정의 변화 없이 평온한 얼굴로 황제를 향해 몸을 굽혔다. "소신이 배웅해드리겠습니다, 폐하."

방에서 숨죽이고 있던 황재하는 황제가 떠난 뒤에도 한참 동안 꼼짝 않고 있다가, 이서백이 방 안으로 들어와 옆에 앉자 그제야 정신을 차리며 긴 한숨을 내쉬었다. 등이 땀으로 흥건하게 젖어 있었다.

이서백은 가볍게 황재하의 어깨를 두드리며 낮은 소리로 말했다.

"폐하의 살기가 이미 시작된 듯하구나. 어서 돌아가거라. 공연히 휘말리지 말고."

황재하는 이서백의 팔을 붙잡고 떨리는 목소리로 물었다. "전하는요?"

"방금 폐하께 말씀드리지 않았느냐. 나는 여기서 조금의 두려움 없이 죽음을 맞겠다고." 이서백이 손을 들어 황재하의 손을 잡더니 가볍게 깍지를 꼈다. 얼굴에는 보일 듯 말 듯한 미소를 띠었다. "만약 내가 이대로 도망가버린다면, 세상 사람 모두가 내가 일곱째를 죽인 범인이라 여길 것 아니냐. 내 명성이 더럽혀지고, 일곱째가 영문 모를 비참한 죽음을 당한 상황에서 목숨을 부지하는 것이 무슨 의미가 있겠느냐?"

황재하는 평안하면서도 단호한 그 얼굴을 바라보며 자신도 모르게 물었다. "진실이라는 것이, 정말 목숨보다 더 중요할까요?"

이서백이 웃음을 터뜨리더니 황재하의 앞머리를 쓰다듬으며 물었다. "천하제일의 수사관께서 어찌 그런 질문을 하십니까?"

황재하는 아랫입술을 깨물고는 가만히 고개를 끄덕이며 말했다. "전하의 말씀이 맞습니다……. 진실이 무엇이든 간에, 배후 세력이 얼마나 대단하든지 간에, 제가 해야 하는 일은 진상을 파헤쳐 지하에 계신 악왕 전하가 편히 쉬시도록 해드리는 것이지요."

"게다가 그 진실은 나의 안위와도 관계있지 않느냐." 이서백은 웃으며 황재하를 응시했다. 그러면서 잠시 무언가를 생각하다가 이내 안타까움에 고개를 흔들며 말했다. "어쩌면 네가 왕온 곁에 있는 것이 안전한 선택인지도 모르겠구나. 어쨌거나 지금 네가 맞서야 하는 힘은 네가 상상하는 것보다 훨씬 더 강한 세력일 테니 말이다."

"전 조금도 두렵지 않습니다. 그때 전하를 찾아 홀로 촉을 떠나 장안으로 오면서 이미 생각했습니다……." 황재하는 창가에 기댄 채 턱을 괴고 눈처럼 떨어지는 꽃잎들을 내다보다가 다시 고개를 돌려 이서백을 보았다. 자신을 응시하는 이서백의 깊고 그윽한 눈동자를 바라보며 천천히 입을 열었다. "그때 내디딘 그 걸음을 다시는 되돌릴 수 없을 거라고요."

순탄하게 권문세가에 시집가 평온하고 안정된 삶을 살며, 평생 부군을 섬기고 자녀를 양육하며 사는 삶……. 그것은 황재하가 나푸사를 타고 장안으로 달려오던 그 길 위에서 이미 지워버린 삶이었다.

이후 황재하의 인생은 또 다른 길로 들어섰다. 눈앞에는 안개가 자욱했고, 두 발이 디딘 땅은 어떨 땐 향기로운 풀밭이었다가 또 어떨 땐 가시밭길이었다. 안개가 걷힌 뒤에는, 눈앞이 낭떠러지일 수도 있고, 탄탄대로일 수도 있다.

하지만 무엇이 되든 상관없었다. 황재하는 여전히 고개를 꼿꼿이 세우고 맞이할 것이다. 설령 천신만고의 위험이 기다린다 해도 두렵지 않았다. 왜냐하면 그것이 황재하가 선택한 길이었고, 그 길 위에서는 줄곧 이서백과 함께일 테니까 말이다.

꽃처럼 눈부시게 물든 단풍의 배웅을 받으며 산을 넘고 물을 건너 이서백을 찾아 장안으로 달리던 그 길이 떠올랐다. 그리고 꽃이 눈처럼 휘날리는 오늘, 황재하는 정말 이서백 곁에 있었다.

"어찌되었든, 적어도 오늘은 저희가 함께했잖아요. 전하와 저, 그리고 무수히 피어난 꽃들까지요. 적어도 시간은 저희를 배신하지 않았어요."

"선물은 마음에 들었는가?"

돌아가는 마차 안에서 왕종실이 아무런 표정의 변화 없이 담담히 물었다.

황재하는 왕종실을 향해 고개 숙여 감사를 표했다. "네, 왕 공공께 감사드립니다."

만약 오늘 황제와 이서백의 대화를 듣지 않았다면, 황제가 이미 이서백을 향해 치명적인 이빨을 드러내기 시작했음을, 또 지금 이서백이 그토록 힘든 상황에 처했음을 황재하가 어찌 알았겠는가.

비록 이서백이 상대의 모순된 점을 공략하여 임시로 위기를 모면하긴 했으나, 상대도 반박할 마음만 있다면 언제든지 구실을 만들어 공격해올 것이었다. 지금 조정과 백성들은 이미 제대로 현혹되어 모두 이서백을 향해 의혹을 품었으니, 이서백에게 죄명 하나 씌우는 것쯤은 간단할 터였다.

황재하의 생각을 꿰뚫기라도 한 듯 왕종실이 물었다. "폐하께서 오늘 왜 친히 기왕 전하를 찾으셨는지 아는가?"

황재하는 대답 없이 그저 눈을 들어 왕종실을 보았다.

"내가 말했지 않은가. 지금 각 지역 절도사들의 움직임이 보고되었다고. 신책군이 장안은 능히 지킬 수 있겠지만, 각 지역 군사들은 여전히 기왕 전하의 통제만 받아들이고 있지. 폐하께선 중병을 앓고 계신데 태자는 아직 연소하니, 이런 정세라면…….." 왕종실은 눈을 가늘게 뜨고서 황재하의 표정을 유심히 살폈다. "오늘 폐하께서 기왕 전하에게 어떤 태도를 보이셨는지 모르겠군."

장안은 도로가 잘 깔려 있어서 마차는 크게 흔들리는 일 없이 달려나갔다. 황재하는 단정히 앉아 간단하게만 대답했다. "폐하께서는…… 이번 사건을 빨리 해결하고 싶어 하시는 것 같았습니다."

황재하의 표정을 살피던 왕종실은 황새하의 목소리와 표정에 별다른 변화가 없는 것을 확인하고는 말했다. "걱정 말게. 아무리 제왕이라 해도, 모든 일을 마음대로 할 수 있는 건 아니니."

황재하는 가만히 고개를 끄덕이며 대답했다. "네."

"게다가 이 일의 배후에는 각자 방책을 강구하는 이들이 많을 것이

네. 폐하뿐만 아니라, 그대와 나, 심지어…….” 왕종실은 등 뒤로 멀어
지는 수정방 쪽을 한번 돌아보고는 웃는 듯 마는 듯한 얼굴로 말했다.
“많은 사람이 이 기회를 잡을 것이야.”

16장

저녁노을이
비단 되어

영창방은 대명궁 근방에 자리하긴 했으나, 해 질 무렵인지라 집집마다 대문을 닫아걸고 저녁연기만 피워 올려 거리 곳곳이 쓸쓸해 보였다.

왕종실은 황재하를 왕 가 저택 앞까지 데려다주었다. 마차가 멈추자마자 왕온이 안에서 나왔다. 이미 한참 전부터 황재하를 기다리고 있었던 것이다.

왕온은 왕종실을 보고는 약간 어색해하며 인사했다. "왕 공공."

"그래." 왕종실은 제대로 인사도 나누지 않고 마차 문을 닫고는 바로 떠났다.

왕온은 멀어지는 마차를 바라보면서 웃으며 황재하에게 말했다. "내가 말했지 않소. 천하에 사람이 이리 많은데, 왕 공공은 재하 그대만 마음에 들어 하신다고. 평소엔 나도 잘 상대해주지 않는 분이시오."

황재하는 고개를 끄덕이며 피곤한 듯 미소만 지을 뿐 아무런 대꾸도 하지 않았다.

저택 시종들은 역시나 세심해 이미 저녁을 준비해놓고 있었다. 두 사람 분량이었다. 왕온은 자연스럽게 황재하와 함께 저녁을 들었다.

하늘 끝 붉은 노을이 실내로 비쳐 들어와 두 사람 주위를 붉게 물들였다. 황재하 앞에 마주 앉은 왕온은 노을에 물들어 금빛으로 반짝이는 황재하의 얼굴에서 시선을 떼지 못했다.

왕온의 시선을 느낀 황재하는 얼굴을 돌리고는 시종에게 등을 가져다달라 청했다.

노을빛이 점차 어두워지고, 검푸른 밤의 장막이 짙게 깔리기 시작했다. 두 사람은 등불과 노을빛 아래 서로를 마주하고 앉아 있었다.

결국 황재하가 참지 못하고 먼저 입을 열었다. "오늘은 무슨 중요한 일이라도 있어서 찾아오셨는지요?"

왕온이 살짝 미소를 짓더니 쥐고 있던 은젓가락을 내려놓으며 말했다. "첫째로는 그대가 감옥에서 나와 진범을 찾아내고 누명을 벗은 일을 축하하기 위해서요."

황재하는 시선을 아래로 내린 채 말했다. "모두 왕 공자⋯⋯ 온지께서 도와주신 덕분이지요. 그렇지 않았으면 어떻게 제가 대리사에서 풀려났겠습니까?"

"원래는 곧바로 장항영을 찾아가 진실을 캐내려 했으나, 왕 공공께서 그대가 알아서 잘 처리할 거라고 하셔서, 그대 스스로 해결하도록 두었던 것이오." 거기까지 말한 왕온은 열 손가락을 깍지 끼더니 황재하를 응시하며 말을 이었다. "그리고 둘째는, 만약 순리대로 나아간다면 기왕 전하께서는 한두 달 안에 무사히 기왕부로 돌아오셔서 원래의 삶을 되찾으실 것이고, 어쩌면 이전보다 더 큰 명망을 얻으시리라는 걸 말해주기 위해서요."

황재하는 순간 깜짝 놀라 눈이 휘둥그레져서는 믿을 수 없다는 표정으로 물었다. "그게 정말입니까?"

"물론이오, 내가 왜 그대를 속이겠소?" 놀라움과 기쁨과 의혹이 교차하는 황재하의 얼굴을 바라보는 왕온의 표정도 복잡해지며, 그 눈빛에서도 말로 표현할 수 없는 무수한 감정들이 표출되었다. "셋째는…… 재하, 이제 봄이 다가오고 날도 차츰 따뜻해지니, 그대와 내가 함께 촉으로 가기에…… 알맞은 때라고 생각하지 않소?"

왕온의 입가에 부드러운 곡선이 그려졌다. 황재하를 응시하는 눈빛에서는 어색함과 수줍음이 느껴졌고, 깍지 낀 두 손에서는 긴장된 마음이 고스란히 드러났다.

순간 놀란 황재하는 눈을 크게 뜨고 왕온을 보았지만 이내 다시 고개를 숙였다. 아래로 드리운 속눈썹이 황재하의 눈빛을 감춤과 동시에 황재하를 응시하는 왕온의 눈빛도 가려주었다.

왕온의 목소리는 여전히 부드러웠으나 말로 설명하기 어려운 음산하고 차가운 기운이 감돌았다. "그대와 내가 다시 돌아올 때 기왕 전하도 기왕부로 돌아와 계실 테니, 그리되면 좋은 일이 겹치는 것 아니겠소?"

황재하의 손이 미세하게 떨리기 시작했다. 황재하는 무의식적으로 손을 뻗어 팥알이 걸려 있는 손목을 세게 움켜쥐었다. 둥근 궤도 속에서 자연스레 한곳에 있을 수밖에 없는 붉은 팥알 두 알은 매끄러웠으며 약간의 온기도 느껴졌다.

황재하는 왕온의 말이 무엇을 의미하는지 알았다. 두 사람이 함께 촉에 돌아간다면 자연스레 부모님과 오라버니 묘소를 찾아 제를 드릴 것이고, 그다음에는 황 가 문중 어른들이 나서서 황재하를 시집보내려 할 것이고, 왕 가에서도 정식으로 황재하를 맞으려 할 것이다.

오늘 이서백을 찾아온 황제에게서는 의심의 여지 없이 살기가 느껴졌다. 그리 오래지 않아 이서백을 사지로 몰아붙일 것이 분명했다. 상황은 이처럼 위급하게 돌아가고 이서백과 황재하는 더 이상 물러설 곳이 없었다. 그런데 왕온은 혼사를 끝내고 돌아오면 이서백도 어려움에서 벗어나 있을 거라고 확신하듯 말했다. 지금 이서백과 황재하가 놓인 이 상황에 낭야 왕 가가 어떤 도움을 줄 수 있는지는 알 수 없었지만, 왕온이 이렇게까지 단언하는 것을 보면 틀림없이 어떠한 방책을 가지고 있는 게 틀림없었다. 그리고 이 기회를 왕온이 절대 놓칠 리 없었다.

좋은 일이 겹친다……. 황재하의 혼인과 이서백의 자유가 지금 이 순간 황재하의 결정에 달려 있었다. 하지만 황재하는 팥알을 세게 붙잡고서, 기이한 노을빛 속에 앉아 아무 대답도 할 수 없었다.

당혹스러워하며 망설이는 황재하의 모습에 왕온은 순간 참을 수 없는 원망과 분노가 솟구쳤다. 하지만 그런 자신의 눈빛을 황재하가 보기라도 할까 봐 이내 고개를 돌렸다.

당초 이서백이 왕온에게 했던 말이 떠올랐다. 이서백을 암살하려다 실패하고, 그 일로 가문 전체가 연루될까 걱정할 때에 이서백이 웃으며 도발하듯 말했다. '온지, 설마 그리도 자신이 없는 것이냐? 혼인을 약속한 그 종이 한 장이 없으면 재하가 너를 선택하지 않을 거라고 생각하는 게냐?'

그때 이미 알고 있었다. 자신이 이서백의 제안을 받아들여 파혼서를 쓰는 순간, 이번 생에 다시는 황재하와 함께할 기회를 얻지 못하리라는 사실을. 하지만 왕온은 그 제안을 받아들이는 수밖에 없었다. 자신의 가문을 지키기 위해서였다. 파혼서 한 장을 써주는 대신, 이서백에게서 장안으로 가 왕 가를 지켜주겠다는 약속을 받아냈다.

그래서 우연히 안국사에서 추위에 혼절한 황재하를 만나 왕 가 저택으로 데려왔을 때, 왕온은 그러한 기회를 준 하늘에 절이라도 올리고 싶은 마음이었다. 황재하가 고집스럽게 이서백과 얽힌 수수께끼를 파헤치려 하면서, 그 때문에 낭야 왕 가의 힘을 빌리려 한다는 것을 왕온이 어찌 모르겠는가. 하나 황재하가 일념으로 이서백을 돕고자 해도, 왕온은 아무것도 모르는 척하며 그저 스스로를 위로했다. 자신 또한 황재하를 이용한 적이 있으니, 서로 비기는 셈 치자고 말이다.

사실 두 사람 모두 속으로는 알고 있었다. 상대가 자신의 마음을 다 안다는 사실을. 다만 그 종이 한 장을 사이에 두고서, 둘 중 어느 누구도 먼저 속내를 드러내지 않고, 오히려 더 열심히 숨기고 지켰다.

계속 침묵만 지키는 황재하를 보며, 결국 왕온은 더는 기다리지 못하고 창문 너머로 마지막 남은 자줏빛 노을을 바라보며 입을 열었다. "넷째도 있소. 분명 그대가 듣고 싶은 이야기일 것이오."

"아닙니다……. 더 말씀하시지 않아도 됩니다." 황재하가 왕온의 말을 끊었다. 하늘가 노을빛보다도 더 어둡고 희미한 미소를 지으며 황재하가 고개를 들어 왕온을 바라보았다. "꽃이 피는 따뜻한 봄이면, 촉으로 가기에 좋은 때인 듯합니다."

황재하가 승낙할 거라고는 예상치 못했기에 왕온은 순간 얼떨떨했다. 오히려 황재하는 그 말을 내뱉고 나서 안도하는 듯 한숨을 쉬었다. 그리고 다시 천천히 입을 열어 혼잣말처럼 나지막이 말했다.

"그래요, 저희는 결국 혼인하게 될 것인데 조금 이르거나 늦는 것이 무슨 상관이겠어요. 그리고 기왕 전하는……. 전하가 이 어려움을 벗어나시도록 공자께서 도와주신다면, 전하를 향한 제 마음의 빚을 대신 갚아주시는 셈이 되겠지요. 그러면 전하와 저는 더 이상…… 빚진 것이 없으니, 서로에게 아무것도 아니겠지요."

황재하는 몽롱한 표정으로 시선을 줄곧 창밖 저녁노을에 두고 있었다. 마치 왕온에게 하는 말이 아닌, 황재하 스스로에게 하는 말처럼 들렸다. 왕온은 알 수 없는 슬픔이 고통스럽게 가슴을 찌르는 걸 느꼈으나, 얼굴에는 여전히 온화한 미소를 드리운 채 손을 뻗어 힘없이 가슴 앞에 모으고 있던 황재하의 손목을 붙잡았다. 황재하의 오른손이 팥알에서 떨어졌다. 왕온이 낮은 소리로 말했다. "넷째, 각 지방의 절도사들이 술렁이는 때가 우리에겐 아주 좋은 시기가 되어줄 것이오. 장안에서는 며칠 이내로 여론이 모일 거요. 기왕 전하가 죽으면 작금의 조정에 절도사들을 제압할 수 있는 힘이 없다는 현실이 드러나고 말 테니, 이런 때에 기왕 전하에게 손을 쓴다면 이는 자멸하는 것이나 마찬가지 아니겠소. 그러니 폐하께서는 그리 쉽게 손을 쓰시진 못할 것이오."

황재하의 머릿속에 순간 이서백이 했던 말이 스치듯 떠올랐다. 그 방법을 쓰는 것에 대해 이서백은 그리 찬성하지 않는 듯했다. 그런 소문의 주체가 되면 결국 다른 이에게 쉽게 발각될 테고, 오히려 더 큰 화를 부르게 되기 때문이었다. 하지만 기왕부와 그다지 연결 고리가 없는 왕 가라면, 소문의 근원을 조사한다 해도 실마리가 없어 찾아내기 쉽지 않을 터였다.

황재하는 가만히 고개를 끄덕이고는 아무 말도 하지 않았다.

황재하가 고개를 끄덕이는 것을 보고 왕온은 고개를 숙이며 미소 지었다. 그리고 두 손을 포개어 황재하의 손을 붙잡고는 한참을 가만히 있었다.

마지막 석양이 금빛과 자줏빛을 발했다. 그 아름다운 빛은 눈앞에서 시시각각 사그라져갔다. 왕온은 황재하의 손을 잡은 채 창밖 노을을 바라보았다. 차갑고 가녀린 황재하의 손이 모든 힘을 다 잃은 듯 왕온의 손바닥 안에 가만히 놓여 있었다.

그날 밤, 황재하는 촛불 아래 앉아서 붉은 팥알이 걸려 있는 금실을 손목에서 빼내 비단 주머니 안에 챙겨 넣었다. 그런 다음 비단 주머니를 베개 밑에 넣어놓고는 침상에 기댄 채 멍하니 창밖 밤하늘을 바라보았다. 정월의 엄동설한에 입김이 하얗게 얼었다. 추위에 잠긴 창밖의 별과 달은 한층 더 밝아 보였다.

정처 없이 방 안을 배회하던 황재하의 시선이 책상 위에 놓인 붉은 물고기 한 쌍에 멈췄다. 평소 조용하던 물고기 두 마리가 오늘은 극도로 흥분한 듯 물속을 왔다 갔다 헤엄쳐 다니며 어항 바닥에 놓인 팥알 주위를 맴돌고 있었다.

황재하가 조금 전 빼놓은 팥알처럼 선명한 붉은색을 띠고 윤기가 흐르는 무언가가 어항 바닥에 있었다. 황재하는 순간 가슴이 쿵쾅거렸다. 몸을 일으켜 책상 앞으로 다가가 그 붉고 둥근 것을 자세히 살펴보았다.

무수한 물고기 알이 둥글게 뭉쳐져 유리병 바닥에 붙어 있는 것이었다. 쌀 반 톨만 한 알 뭉치는 마치 작은 핏방울처럼 보였다.

황재하는 잠시 멍하니 있다가 물속에 손을 넣어 알을 건드려보았다. 아가십열은 원래가 손가락 길이 정도까지만 자라는 물고기인지라, 그만큼 알도 몹시 작았다. 먼지 같아서 살짝 건드리기만 해도 흩어졌고, 흩어진 뒤에는 찾기도 어려웠다. 마치 물속에서 핏방울이 사방으로 번지는 것처럼 있는 듯 없는 듯, 모여 있다가도 금세 다시 흩어져버렸다.

황재하는 왕종실이 이 물고기를 주면서 했던 말을 떠올렸다. 아가십열은 보통 알을 어떻게 부화하는지 모르기에 희소하다며, 알이 쉽게 얻어지는 것도 아니고 황재하는 그 부화 방법도 모르니 혹 산란하거든 말해달라고 했었다. 본인이 직접 가져가서 부화시키겠다면서.

황재하는 유리병을 받쳐 들고서 바닥에 가라앉아 있는 알을 자세히 살펴보았다. 그때 머릿속으로 촉에서 몰래 들었던 제등과 우선의 대화가 번뜩 떠올랐다. '자네 아직 기억하는가? 나의 그 자그마한 빨간 물고기가 어디로 갔는지?'

그때는 그 말의 영문을 몰랐으나, 지금은 모골이 송연해졌다. 무지

하고 무감각하며 알아서 자생하고 자멸하는 듯 보였던 이 작은 물고기가, 돌연 붉은 선혈이 응고되어 만들어진 것처럼 보였다. 그 속에 담긴 음산하고 공포스러운 기운에 황재하는 저도 모르게 유리병을 내려놓고 몇 걸음 뒷걸음질 쳤다.

한참 후에야 황재하는 책상 위 등을 입으로 불어 끄고 은은한 달빛에 의지해 침상으로 돌아갔다. 유리병 속 물고기들은 여전히 흥분해 있었다. 병 속에서 출렁이는 물결이 달빛에 반짝여 방 안 가득 기이한 빛의 파동을 만들어내면서, 왠지 불안을 가중시켰다.

황재하는 몸을 일으켜 유리병을 달빛이 들지 않는 구석으로 옮겨놓은 후에야 다시 몸을 누였다.

황재하는 가족의 죽음과 우선의 죽음을 생각했다. 그리고 짐독과 이서백의 부적을 떠올리며 천천히 몸을 웅크리고 눈을 감았다. 손을 뻗어 베개 밑 비단 주머니를 찾아 쥐고는 얼굴에 갖다 댔다. 부드러운 비단이 살갗에 닿을 뿐, 그 속에 무엇이 들었는지는 거의 느껴지지 않았다.

황재하는 속으로 간단한 길을 선택하자고 생각했다. 황재하가 소중히 여기는 사람들이 너무 많이 연루되었다. 황재하도 이젠 지쳤다.

인생을 어떻게 걸어가든, 결국 그 걸음엔 끝이 있게 마련이다.

누구와 함께하는 것이 뭐 그리 중요하겠는가? 이서백에게 다른 인생이 주어질 수 있다면, 그리고 소중한 이들이 더 이상 자신 때문에 비참한 결말에 이르지 않을 수 있다면, 다른 것들은 무엇이 대수겠는가? 황재하는 가만히 베개 위에 엎드려 눈을 감았다.

몽롱한 가운데 황재하를 부르는 부드러운 목소리가 들렸다. "재하, 재하……."

번쩍 눈을 뜬 황재하는 침대 앞에 서 있는 이서백을 보았다. 몸을 굽혀 황재하를 바라보는 이서백의 등 뒤에서 달빛이 비춰 들어와 이서백의 윤곽만이 황재하의 눈에 들어왔다.

몹시 지친 황재하는 손을 뻗으며 작은 소리로 이서백을 불렀다. "전하." 순식간에 눈물이 흘러내렸다. 이서백이 손을 뻗어 황재하에게 막 닿으려는 순간 이서백의 손이 핏빛으로 변했다. 크게 놀란 황재하의 눈앞에 서 있는 이는 이서백이 아니라 우선이었다. 우선이 황재하를 불렀다. "아하." 우선의 입에서 피가 뿜어져 나왔다. 그 피는 땅에 떨어지기도 전에 팔딱거리는 수많은 아가십열과 알로 변했다. 붉은 물고기들이 모여들더니 눈 깜짝할 사이에 날카로운 비수로 변해 누군가의 심장을 찔렀다. 악왕 이윤이었다. 이윤이 비수를 잡고 자신의 심장을 찔렀다. 미친 듯이 웃고 있던 이윤은 하늘 가득 타오르는 불꽃으로 변했다. 상난각에서 이윤 자신이 태운 불이었다. 하늘 위로 연기가 피어오르면서 온 밤하늘을 일그러뜨렸고, 보이는 모든 것을 기이하게 만들었다……

온몸을 떨던 황재하는 순간 경악하며 눈을 떴다. 창밖은 이미 날이 밝아 있었다.

베개 아래 비단 주머니도 그대로였고, 유리병 속 물고기들도 그대로였다.

새로운 하루가 밝았으나, 여전히 황재하를 기다리는 것은 수없이 많은 음모와 의혹뿐이었다. 피곤해서 일어나고 싶지 않았지만 황재하는 의연히 이 모든 것을 마주해야 했다. 안일하게 누워만 있을 수는 없었다.

황재하는 옷을 걸친 뒤 필묵을 가져다 서신 한 통을 썼다. 봉투에는 주자진의 주소를 기입해 어린 사환 편으로 보냈다.

단장을 끝내고 아침을 먹는데 주자진이 급히 뛰어 들어와 황재하 맞은편에 앉아서는 무슨 말을 하려다 말았다. 황재하는 죽 한 그릇을 덜어 주자진에게 건넸다. 주자진은 죽 그릇을 받아들고 황재하를 보며 망설이다 결국 입을 열었다.

"서신에 쓴 말이, 그러니까…… 적취를 주의해서 지켜봐달라는 거지?"

황재하가 고개를 끄덕였다. "너무 걱정이 돼서요. 혹여 누군가가 적취를 해치진 않을까 싶기도 하고, 더 걱정되는 건 스스로 나쁜 마음을 먹을까 봐요."

주자진은 난처한 듯 황재하를 바라보며 잠시 머뭇거리다 입을 열었다. "적취가……."

"적취가 왜요?" 황재하는 놀라서 재빨리 되물었다.

"네가 너무 힘들어할까 봐 말하지 않으려고 했는데……. 어제 남쪽 묘지에 갔다가 장 형의 형님을 봤는데, 거의 쓰러질 듯이 울면서 말하더라고. 동생도 죽고 아버지도 죽었는데, 이젠 적취마저 보이지 않는다고……."

황재하가 급히 물었다. "보이지 않는다니요?"

"그게…… 어르신이 몰래 집을 나간 뒤에 형님 부부랑 적취가 어르신을 찾아 나섰대. 결국 성루 아래서 어르신은 찾았는데, 적취가 어디로 갔는지 보이지 않는다는 거야……." 주자진은 이마를 짚으며 어찌할 줄을 몰랐다. "오늘 아침에도 일찍 가서 물어봤는데 아직 돌아오지 않았대……."

"돌아오지 않았다……." 황재하는 잠시 침묵하고는 다시 물었다. "혹시 각 관아에 가서 수소문해봤어요?"

여지원이 동창 공주를 살해한 일로 황제가 친히 나서서 그의 딸 여적취를 죽이라 명을 내리지 않았는가. 당시 대리사에서 초상화를 몇 장 그려 성문 앞에 며칠 걸어둔 것이 다였긴 했으나, 어쨌든 수배자인 적취가 갑자기 사라졌다면 십중팔구 불길한 일이었다.

"아니! 지금 바로 가서 알아볼게." 주자진이 재빨리 대답했다.

"적취라고는 말하지 말고, 잡혀온 여자가 없는지 떠보는 게 좋을 것 같아요." 황재하가 주자진에게 당부하며 말했다.

고개를 끄덕이던 주자진은 뭔가가 생각나 주위를 살피고는 목소리를 한껏 낮춰 물었다. "최근에 전하를 뵌 적이 있어?"

황재하가 잠시 망설이다 고개를 끄덕였다. "네."

"전하께선 잘 계셔?" 주자진이 서둘러 물었다.

황재하가 작은 소리로 대답했다. "그나마 괜찮으세요."

"그나마 괜찮으셔? 이 일을 어쩌면 좋아!" 주자진이 황재하의 말을 끊으며 초조한 얼굴로 말했다. "근래 장안 전체가 들썩이고 있어. 다들 기왕 전하가…… 죽을 거라며!"

황재하는 입술을 살짝 깨물며 물었다. "왜요?"

"장안에 불사리를 모시는 거 기억하지?"

황재하는 고개를 끄덕였다.

"당초 불탑을 지어 불사리를 장안으로 모시는 일에 전하께서 엄청 반대하시다가 나중엔 수를 줄여서 짓게 되었잖아. 사람들이 말하길 그게 다 전하가 악령에 씌어서 그랬다는 거야!"

"마지막엔 결국 길을 따라 불탑 72채를 지었잖아요."

"사람들 말로는 120채를 지어야 천하 악귀들을 제압할 수 있는데, 72채는 재앙을 면하는 정도만 가능하다는 거야. 기왕 전하가 자기 목숨을 지키려고 48채를 줄여서 72채만 짓게 했다고들 떠들어!" 주자진은 손을 들어 바깥을 가리키며 초조한 얼굴로 말했다. "그 유언비어가 갈수록 더 널리 퍼지고 있는데, 거기에 악왕 전하의 죽음과, 어제 장 형과 어르신이 죽은 일까지 더해졌으니……. 들리는 말로는…… 어젯밤에 10여 개 방에서 모인 어르신 100명이 연명해 상소를 올렸다고 해. 이는 더 이상 규율과 규칙을 따를 필요도 없는 일이라면서,

악왕 전하의 혼령을 위로하기 위해서라도 하루빨리 악마를 주살해야 한다는 내용이래!"

황재하는 깊은숨을 들이마시고는 천천히 물었다. "그럼…… 그 연명서가 이미 폐하 앞에 보내졌겠네요?"

"아마도……. 다만 최종적으로 폐하가 어떻게 처분하실는지 그건 모르지." 주자진은 두 손을 모아 합장하더니 기도하듯 말했다. "폐하께서 기왕 전하가 몇 해 동안 세운 공적들을 부디 기억하셔서, 비열한 인간들이 떠들어대는 그런 터무니없는 말들은 믿지 않으시기를, 그저 대리사나 형부에 사건을 일임하시기만을 바라고 바라옵나이다."

"그렇게 되면 좋겠네요." 황재하도 중얼거렸다.

하지만 절대 그렇게 되지 않으리라는 것을 황재하는 잘 알았다. 황제는 진작부터 기왕을 향해 살기를 품었으니, 때마침 올라온 상소는 황제를 부채질하기에 충분할 것이다. 어쩌면 상소를 올렸다는 그 무리들도 미리 준비되어 있었는지도 모른다.

황재하는 고개를 저으며 말했다. "대리사나 형부에서 누가 이 사건을 조사하려 들겠어요? 최 상서? 아님 왕 상서? 누가 겁도 없이 이 독이 든 성배를 마시겠어요?"

"왕 공공이 있잖아. 왕 공공이 종정시 이름으로 이 사건을 맡았잖아? 너도 왕 공공을 도와 사건을 조사하고 있고."

"종정시는 조정의 사법 기관에 속하지 않아서, 지금 저 혼자서 사건을 조사하고 있고, 아무도 도움을 주는 이가 없어요. 사건 자체가 의문투성이인 데다가, 두 분 전하와도 연루되어 있고, 조정 세력과도 복잡하게 얽혀 도처에서 방해와 견제가 있으니, 어디서부터 손을 대야 할지도 모르겠다고요."

"내가 도와줄게! 그럼…… 일단 그 먹 자국을 지우는 방법부터 찾아보는 게 어때?" 주자진은 진지한 얼굴로 자세를 바로 하고 앉았다.

"전에 내가 역 노인 집에 찾아가서 먹 자국 지우는 방법을 물었는데, 글쎄 나한테는 가르쳐주지 않겠다는 거야. 거기서 하루 종일 뒹굴며 버텼더니 결국 한다는 말이, 그 비법은 자기 밑에 들어오는 제자가 아니고는 절대 전수해주지 않는다나."

"그래서요?" 황재하는 사람한테 끈질기게 매달리는 데는 주자진이 천하제일임을 잘 알았기에 절대 실패하지 않았으리라 믿었다.

과연 말이 떨어지자마자 주자진이 황재하에게 바싹 다가붙어 말했다. "내가 그 즉시 여섯 개의 속수²⁹를 준비해 가서 역 노인 앞에 무릎을 꿇고 차를 올리며 스승으로 모시지 않았겠어? 결국 그날 오후에 그 비법을 받아냈지!"

황재하는 주자진의 행동에 탄복해야 할지 경멸해야 할지 분간이 되지 않아, 그냥 고개를 숙이고 죽이나 먹기로 했다. "그런데 왜 지금까지는 저한테 아무 말도 안 했어요?"

황재하의 물음에 주자진은 슬픈 낯빛을 하며 말했다. "말도 마. 그렇게 얻어낸 비법이 글쎄, 그 부적에는 아무 소용도 없는 거였어."

"그 비법은 어떤 건데요?"

"붉은 주사가 묻은 종이를 불에 살짝 쪼여서 그림이 따뜻하게 되었을 때, 식초를 묻힌 부드러운 천으로 눌러 흡수하는 거야. 주사가 완전히 사라질 때까지 계속 반복해야 해. 종이가 젖어서 흐물흐물해지지 않도록 계속 약한 불기운을 쪼이면서 해야 하고. 두꺼운 종이라면 괜찮은데, 얇은 종이라면 그 방법으론 되지 않을 거야. 그리고 두꺼운 종이라 해도 종이에 전혀 손상이 가지 않게 하려면 중간중간 틈을 두면서 반복해야 하기 때문에 주사를 흡수하는 데만 꼬박 하루가 걸려. 그렇게 주사가 제거된 뒤에는 다시 실내에서 차를 끓인 연기에 반나

---

29 스승을 처음 뵐 때 드리는 간단한 예물.

절은 노출시켜야 식초 냄새가 빠지고."

황재하는 생각에 잠긴 얼굴로 말했다. "그러니까 최소한 하루 하고
도 반나절이 든다는 거네요?"

"맞아. 하지만 한나절도 못 되어 부적의 색이 바뀐 적이 몇 번이나
있었다고 하지 않았어? 그럼 분명 이 방법을 쓴 건 아닐 거야." 주자
진은 괴로운 듯 머리를 움켜쥐었다.

"게다가 그렇게 놀라운 기억력을 가진 전하께서 부적이 그런 과정
을 거쳤다는 사실을 눈치채지 못하셨을 리 없고요." 황재하는 눈썹을
찡그리며 잠시 머뭇거리더니 다시 천천히 입을 열었다. "어쩌면, 우리
가 줄곧 착각했는지도 몰라요."

"뭘 착각해?"

"애초에 부적을 지우는 방법은 필요 없었는지도 몰라요. 그보다 훨
씬 간단한 방법이었는지도요……." 황재하의 미간이 더욱 찡그려졌
다. "하지만 지금은 기왕 전하께서 그 부적을 보실 수가 없으니, 당분
간은 저도 확인해볼 방법이 없네요."

"기왕 전하의 그 부적은 지금 어디 있는데?"

"아마 기왕부 어빙각에 그대로 있을 거예요. 전하께서 종정시에 갇
혀 계시니 가져가실 수 없죠."

주자진이 곰곰이 생각하더니 머리를 탁 치며 말했다. "내가 가지고
있는 그 상자를 몰래 가져가서 전하의 상자랑 바꿔치기 하는 거야. 그
러고 나서 전하의 상자는 전하께 가져다주면 되잖아?"

그 말에 황재하가 피식 웃었다. "뭐 하러 굳이 몰래 바꿔치기 해요?
이제 그 부적은 중요한 물건도 아니니, 도련님이 기왕 전하께 사람을
보내서, 왕부에 가서 물건을 가져올 수 있게 서신 한 통만 써달라고
하면 되는 일 아니에요?"

"오……. 그것도 맞는 말이네." 주자진은 한다면 하는 사람이었다.

곧바로 일어나 밖으로 나가며 말했다. "그럼 그렇게 할게. 부적을 찾으면 네가 살펴보게 바로 가져올게."

황재하는 그런 주자진을 못 말린다는 표정으로 바라보며, 바람처럼 횡하니 사라지는 주자진을 향해 이렇게만 외쳤다. "늘 조심하세요!"

그 순간 머릿속을 스치는 어떤 생각에 황재하는 흠칫하며 그 자리에 얼어붙었으나, 워낙 순식간에 스치고 사라져버린 생각이라 명확하게 떠오르지 않았다.

황재하는 조금 전 주자진이 했던 말을 따라해보았다. "내가 가지고 있는 그 상자를, 몰래 가져가서 전하의 상자랑 바꿔치기하는⋯⋯."

황재하는 갑자기 벌떡 일어나 크게 소리쳤다. "자진 도련님!"

벌써 대문 밖까지 나갔던 주자진은 황재하의 목소리를 듣고 놀라 급히 뛰어 돌아왔다. "무슨 일이야?"

"잠시만요." 황재하는 그렇게만 말하고는 탁자 앞에 앉아 머리에서 비녀를 뽑아 그림을 그리기 시작했다. 주자진은 무슨 영문인지는 몰랐으나, 그것이 황재하의 습관인 것을 알았기에 그저 문에 기대선 채 어지럽게 그려지는 그림을 보고만 있었다. 하지만 그다지 힘 있게 비녀를 움직이는 게 아니어서 탁자 위에 이렇다 할 흔적은 별로 남지 않았다. 아무리 들여다봐도 도무지 알 길이 없어 주자진은 생각하기를 포기했다.

황재하는 들고 있던 옥비녀를 다시 은비녀 안에 꽂아 넣고는 몸을 일으키며 말했다. "가요."

"어디를?" 주자진이 물었다.

"양기 목재소 작업장요. 그 목수를 만나봐야겠어요."

목재소들은 원래 정초가 불경기였으나 양기 목재소는 여전히 성업 중이었다. 뜰 안 가득 품질 좋은 목재들이 산처럼 쌓였고, 일꾼들은 작업하면서 한담을 나누고 있었다.

"이번엔 또 어느 집에서 이렇게 엄청난 걸 만드는 거야?"

"왜 그 낭야 왕 가의 왕 상서가 며느리를 들인다잖아. 황후 폐하의 사촌 동생인 어림군 우통령 왕온이, 장안에서 형부 시랑을 지내다가 성도부 부윤으로 갔던 황 사군의 딸과 혼례를 올린다는군."

일꾼들이 저마다 고개를 끄덕이며 찬탄했다. "오, 두 명문가의 결합이군. 그야말로 천생연분이네!"

주자진은 깜짝 놀란 눈빛으로 황재하를 보았다.

황재하 역시 이곳에서 이런 일을 만나게 될 줄은 꿈에도 생각 못했다. 사람들이 자신과 왕온의 혼사에 대해 떠드는 이야기를 들으며 뭐라 표현하기 어려운 기분이 되어 그저 등을 돌렸다. 속상하고 부끄러운 마음을 견딜 수 없었다.

주자진은 굳이 거기에 한술 더 떴다. "혼수품을 보려고 온 거였어?"

황재하의 얼굴이 금세 시뻘게졌다. 부끄럽기도 하고 화가 나기도 해서 눈을 부릅뜨며 주자진을 째려보고는 곧바로 몸을 돌려 안으로 들어가 손 씨를 찾았다.

주자진의 등 뒤에서 여전히 사람들이 떠드는 소리가 들렸다. "그런데 혼수품은 보통 여자 쪽에서 준비하지 않아? 어째 이번엔 왕 가에서 만든대?"

"아유, 황 사군 일가에 그 딸 하나만 남았으니, 그런 걸 준비해줄 사람이 어디 있겠어? 그러니 왕 가가 대신 준비해서 나중에 신부가 올 때 가져오게 하는 거지. 신부가 당당하게 시가로 들어오게 말이야."

"그 아가씨가 인생이 순탄치는 않았어도, 이런 낭군을 만났으니 그래도 복이 많은 셈이네!"

황재하는 마치 아무것도 듣지 못한 듯, 도끼와 끌 등을 가지고 작업에 열중하고 있는 손 씨를 향해 걸어갔다. 주자진은 그런 황재하를 가만히 바라보다가 얼른 뒤따라갔다.

황재하의 시선이 손 씨가 상자를 만드는 나무 탁자 위를 훑었다. 어지럽게 놓인 도끼와 대패가 나무 조각과 톱밥 등과 함께 복잡하게 뒤섞여 있었다. 그토록 정교한 상자와 그릇 들이 이곳에서 나왔다고는 상상하기 어려울 정도였다.

손 씨는 한눈에 주자진을 알아보고는 재빨리 인사를 건넸다. "오셨습니까? 오늘은 어떤 걸 만드시려고요?"

주자진은 황재하를 쳐다보았으나 황재하는 가만히 서서 보기만 할 뿐 아무 말도 하지 않았다. 하는 수 없이 주자진이 입을 열었다. "오늘은 그저 이분을 따라 구경하러 왔습니다."

"아, 그러십니까?" 손 씨는 손을 비비며 웃었다. "지난번에 사 가신 상자는 어째 쓰기가 괜찮으십니까?"

"꽤 좋더군요." 주자진이 아무렇게나 대답했다.

"그럴 겁니다. 당시 제 스승님께서 말씀하시길, 손기술 하나만 잘 배워놓으면 재물은 자연스레 따라오게 마련이라고 하셨지요. 물론 스승님 정도로 부자가 되는 건 꿈도 꿀 수 없지만, 그저 여러 손님들 덕에 밥이라도 먹을 수 있으니 그거면 되었지요."

황재하가 그 말을 듣고 물었다. "스승께서는 장안에서 이름난 목수셨으니 그 명성 덕에 돈은 많이 벌었겠지만, 그래도 수공예는 꽤나 힘들지 않습니까?"

"왜 안 그렇겠습니까. 스승님은 평생을 바쁘게 사셨지만 그래도 대부분은 푼돈짜리 일이었지요. 서너 해 전에야 고향에 땅을 10여 묘 사고 큰 저택도 하나 샀다고 하셨어요. 그래서 이제 일은 그만두고 고향으로 돌아가 여생을 편히 사실 거라고요……." 손 씨는 탄식하며 고개를 내저었다. "하지만 안타깝게도 저희 스승님은 그럴 팔자는 아니었나 봅니다. 고향으로 내려가는 길에 비적을 만나 일가족이 다…….

에휴!"

주자진이 물었다. "그럼 그 땅과 저택은요?"

"아마 친척들이 나눠 가지지 않았을까요? 저도 정확히는 잘 모릅니다."

황재하가 담담히 말했다. "정말 안타깝네요. 10여 묘의 땅과 대저택이면 보통 사람은 평생을 벌어도 가질 수 없는 것들인데, 힘들게 손에 넣었으나 그걸 누릴 복은 없었나 보네요."

"그러니까요. 아마도 스승님이 평생을 모은 돈일 거예요……. 전혀 그렇게 안 보였지만 말입니다." 손 씨는 그리 말하고는 다시 주자진에게 아첨의 미소를 보내며 말했다. "지난번에 만드셨던 상자를 하나 더 만드시는 건 어떠십니까?"

"됐어요. 그렇게 번거로운 상자를 또 만들어 뭐해요. 자물쇠를 풀려면 반나절은 붙잡고 있어야 하니, 기억력이 뛰어난 사람한테나 좋을까, 난 그리 자유자재로 잠갔다 열었다 하지를 못하겠더라구요." 주자진이 질색하며 말했다.

황재하는 방 안쪽 구조를 살펴보며 물었다. "혹시 스승님의 유품이 아직 남아 있을까요?"

손 씨가 고개를 내저었다. "짐을 다 정리해서 장안을 떠나셨는데 남긴 물건이 뭐가 있겠습니까? 쓰시던 도구들 정도만 제게 남겨주셨지요. 앞으로 더 이상 쓸 일이 없을 것 같다고요."

"그럼 그 도구들을 좀 볼 수 있을까요?"

"그럼요, 보여드릴 수 있죠. 그런데 세월이 지나 마모된 것도 있고, 또 제가 버린 것도 있고 그렇습니다……." 두 사람을 데리고 안쪽으로 들어간 손 씨는 쭈그리고 앉아 공구 상자를 꺼내 열고는 공구들을 하나하나 꺼내 바닥에 늘어놓았다.

황재하의 시선이 낡은 곱자와 묵두, 무명실 등을 지나 밀랍 덩어리

위에 멈추었다. "목수들이 밀랍도 사용하나요?"

"그러게요. 스승님께서 사용하신 모양인데 저도 이상하다 여기긴 했습니다. 게다가 밀랍은 잘 붙지도 않는 것인데 안에다 톱밥까지 섞은 것 같고요." 손 씨가 계속해서 설명했다. "제가 처음 이곳에 왔을 때 스승님께 듣기로는, 솜씨가 좋지 않은 목수들은 사개를 잘 못 맞춰서 이음매가 헐겁게 만들어지기도 하는데, 눈속임을 위해 그 접합 부분에 밀랍을 끼워 넣기도 한다고 했습니다. 그러면 손님들이 가져갈 당시는 아주 튼튼해 보이지만 얼마 못 가 밀랍이 서서히 떨어져 나가고 이음새가 부실해져서, 의자나 탁자 같은 건 삐걱거리고, 심하면 다리가 아예 빠져버리지요. 당시 스승님은 이 일을 배운 지 30년이 넘도록 단 한 번도 밀랍을 사용한 적이 없다고 자랑스럽게 말씀하셨어요!"

황재하는 손가락으로 밀랍을 살짝 찔러보았다. 오랜 시간 방치된 데다가 지금은 날씨도 추워 딱딱하고 시커멨고, 톱밥이 많이 섞여 보기에도 지저분했다.

주자진이 옆에서 말했다. "보아하니, 그쪽 스승님도 솜씨가 그리 좋은 건 아니었나 보네요. 결국은 그걸 사용했으니 말이에요."

손 씨는 수치심에 부아가 나서 말했다. "그런 적 없습니다! 저희 스승님은 솜씨가 워낙 뛰어난 분이셔서 이런 게 전혀 필요 없었습니다! 아마 밀랍은 다른 용도가 있었을 겁니다!"

"그럼 이걸 어디다 사용했단 말입니까? 톱밥이 이리도 많이 섞인 걸 보면, 딱 봐도 여기 탁자에서 사용한 것 같은데요." 주자진이 반문했다.

손 씨는 얼굴이 붉어져서는 아무 말도 하지 못했고, 황재하는 몸을 일으키며 작은 밀랍 덩어리 하나를 몰래 손에 쥐어 옆에 있던 기름종이로 쌌다. "잘 봤습니다. 워낙 실력이 뛰어난 분이셨으니 밀랍은 다른 용도로 쓰셨을 거예요. 절대 다른 목수들과 같은 용도가 아니었을 겁니다."

"제 말이 그겁니다……" 손 씨가 씩씩거리며 말했다.

황재하는 몸을 돌려 바깥으로 나갔다. 주자진이 따라오며 물었다. "그건 가져가서 뭐하게?"

"아무것도 아니에요." 황재하는 건조하게 대답했다. "어쩌면 이게 그 상자를 여는 비밀일 수도 있어요."

"뭐? 이 밀랍이 상자를 열 수 있다고?" 주자진은 순간 자신도 모르게 외쳤다.

황재하는 고개를 끄덕이고는, 뜰 안에서 바삐 움직이는 목수들 쪽으로는 고개 한번 돌리지 않고 바깥으로 향했다. 주자진은 그 뒤를 따라가며 초조한 목소리로 물었다. "숭고, 얘기 좀 해봐. 대체 어떻게 된 거야?"

황재하는 아무 대답 없이 빠른 걸음으로 목공소 뜰을 빠져나온 뒤에야 걸음을 멈추었다. 이른 봄날의 맑은 찬바람을 맞으며 긴 한숨을 내뱉은 황재하가 그제야 고개를 돌려 주자진을 보았다. "자진 도련님……"

주자진이 재빨리 다가가 아첨하는 표정으로 대답했다. "응?"

"작년 중추절에 촉에서 해결했던 사건 기억하세요? 공후를 연주하던 기녀 사건요."

"아, 욱리라는 제자가 스승인 벽도를 죽인 사건?" 주자진은 황재하가 왜 갑자기 그 사건을 언급하는지 영문을 알 수 없어 머리만 긁적였다.

황재하는 구름이 가득 드리운 하늘을 올려다보며 고개를 끄덕였다. "그때 벽도의 팔에 난 상처 덕분에, 누군가가 손목에서 뭔가를 빼갔다고 확신할 수 있었잖아요?"

"그랬지. 한 남자가 선물했다던 팔찌가 결국 사제지간을 해치는 꼴이 되었잖아. 에휴, 정말 안타까웠지. 두 여자 다 꽤나 예뻤는데." 여자에게 약한 주자진의 관점은 어쩔 수 없었다.

"사실 이 세상의 모든 일은 그 방법만 생각해내면 반드시 그에 상응하는 흔적을 찾을 수 있을 거예요. 안 그래요?" 황재하는 하늘에서 시선을 내려 주자진을 보았다. 황재하의 등 뒤에서 햇살이 비추었다. 역광 속에서 유난히 빛나는 두 눈 때문에 마치 황재하의 온몸이 빛을 발하는 것 같았다. "아무리 목수가 임의로 80개의 구리 막대를 박아 넣었다 해도, 기왕 전하께서 그저 손이 가는 대로 80개의 글자를 배열했다 해도, 마음만 먹으면 그 흔적을 남겨둘 수 있었을 거예요."

주자진은 곰곰이 생각하더니 어리둥절한 표정으로 물었다. "그러니까 네 말은…… 밀랍이 관건이다?"

황재하는 고개를 끄덕이며 작은 소리로 말했다. "맞아요. 그리고 마지막으로 한 가지 증거를 찾으면 돼요. 만약 이게 사실이라면, 그럼…… 이 모든 게 끝이 날 거예요."

그렇게 말하는 황재하의 표정은 슬픈 건지 기쁜 건지 알 수 없었다. 그저 두 눈에 엷은 안개가 차오르는 것이 보였다.

겨울날 옅은 햇살 아래, 희미하게 먼지에 덮인 장안은 암담하고 쇠미해 보였고, 잎을 다 떨어뜨린 나무들은 맥없이 길가에 늘어서 있었다. 이 세상에서 유일하게 황재하의 얼굴만이 빛을 발하고 있는 듯 보였다. 고집스럽고 의연하며 절대 위축되지 않는 그 빛이, 주자진은 익숙하면서도 낯설었다. 경외와 연민의 마음이 동시에 솟구쳐 어떤 말도 선뜻 나오지 않아, 그저 가만히 황재하를 바라보며 이렇게만 말했다. "끝이 나면…… 좋겠어."

주자진은 왕 가 저택까지 황재하를 데려다준 뒤 홀로 장안 거리를 걸으며 흐린 하늘을 올려다보았다.

그때 문득 떠올랐다. 황재하의 눈빛이 그토록 익숙하게 보인 이유가 말이다.

어느 겨울날, 친하게 지내던 어림군 병사들과 성 외곽으로 사냥을 나간 적이 있다. 말을 타고 평원 위를 거침없이 달리며 사슴들을 포위망 안으로 몰아넣은 뒤 둘러서서 화살을 쏘았다. 당황하여 어쩔 줄 몰라 하며 도망가던 사슴들이 한 마리 또 한 마리 쓰러졌다. 어느 한 마리도 화살을 피해 도망갈 수 없는 운명이었다.

포위망은 점점 좁혀졌고, 마지막 남은 사슴은 동료들의 사체에 둘러싸인 채 눈을 크게 뜨고서, 말고삐를 늦추며 다가오는 사람들을 쳐다보았다.

사슴의 눈망울은 맑고 깨끗했으며 빛이 났다. 짙고 긴 속눈썹 아래 유난히도 커 보이던 그 눈에 주자진이 들고 있던 화살이 투명하게 비쳐 보일 정도였다.

무슨 마음이 들었던 건지, 주자진은 들고 있던 활을 천천히 내려놓으며 멍하니 사슴을 바라보았다.

사체들 한가운데에 서 있던 그 길고 가느다란 네 다리와 네 갈래로 아름답게 뻗은 뿔이 유독 눈을 사로잡았다. 10여 명의 사람이 일제히 활시위를 팽팽하게 당기며 사슴을 조준했다.

죽음을 눈앞에 둔 순간, 사슴은 온 힘을 다해 펄쩍 튀어 오르더니 동료들의 사체를 뛰어넘으며 앞으로 내달렸다. 화살 두 개가 몸을 스쳐 아름다운 털 위로 피가 흘러내렸다. 상처 입은 사슴은 그대로 산속으로 사라졌고, 다시는 그 모습을 볼 수 없었다. 하지만 그때 보았던 그 사슴의 눈망울은 여전히 주자진의 기억 속에 남아 있었다. 조금 전 봤던 황재하의 두 눈이 그 사슴의 눈과 똑같았다. 절망을 마주하고서도 절대 눈을 내려뜨지 않고, 끝까지 고집스럽게 빛을 발하는 두 눈.

주자진은 순간적으로 머리가 아득해졌다. 마치 세상 모든 것이 자신에게서 멀리 떨어져 더 이상 가까이 다가갈 수 없을 것만 같은 기분이 들어, 뒤에 있던 나무에 몸을 기댄 채 한참을 가만히 있었다.

'숭고도 그때 그 사슴처럼, 최후의 순간에 필사적으로 튀어 올라 겹겹이 둘러싼 포위망을 뚫고 자신의 세상으로 도망칠 수 있을까?

그런데 부상을 입고 산속으로 들어간 그 사슴은, 결국 살아남았을까?'

17장

관직과 도성

그날 늦은 시간에 왕온이 황재하를 찾아왔다.

창가에 앉아 가볍게 한잔하고 있던 황재하는 왕온을 보고도 몸을 일으키지 않고 앉은 채로 고개를 끄덕여 보였다. 그러고는 마주 앉는 왕온에게도 잔에 술을 따라 건넸다.

왕온은 황재하의 양볼이 술기운으로 발그레하게 물든 모습을 보며 의아한 마음에 물었다. "원래 홀로 술을 마시는 걸 좋아하였소?"

"아니요, 처음입니다." 황재하가 살짝 붉어진 몽롱한 눈으로 왕온을 보았다. 발음 역시 똑똑치 않았다. "세상만사 힘이 들어 도저히 견딜 수가 없을 때, 술에 한바탕 취하고 나면 다음 날 모든 것이 달라질 수도 있다고 하던데요."

왕온은 등불 아래 흐릿하고 아찔한 황재하의 얼굴을 보았다. 복사꽃 같은 얼굴 위, 맑은 이슬을 닮은 눈망울에서 빛이 뿜어져 나오고 있었다. 평소 왕온을 보던 밝고 깨끗한 눈빛보다 더욱 깊이 마음을 뒤흔들었다.

왕온은 한숨을 내쉬고는 손을 들어 탁자 위의 술 주전자를 낚아채며 말했다. "알았소. 이 정도면 충분하오. 자고 일어나면 다 좋아질 것이오."

"지난번에는 공자께서 좌금오위에 있을 때 술을 마셨죠." 황재하는 그렇게 말하며 얼굴에 미소를 띠었다. 시선은 줄곧 탁자 위에서 흔들리는 촛불을 향해 있어 그 불빛이 황재하의 눈 속에서 아른거렸다. 매혹적인 눈빛 속에 한 점 별빛이 반짝였다. 왕온은 참지 못하고 그 별빛을 뚫어져라 응시했다. 마치 그 빛 속에 빨려 들어간 듯 도무지 시선을 뗄 수 없었다.

왕온은 주자진에게 이끌려온 황재하가 좌금오위 사람들과 함께 술을 마신 그날을 떠올렸다. 무더운 한여름 낮이었다. 비록 왕온이 황재하 대신 대부분의 술잔을 물리긴 했으나, 그럼에도 황재하는 양볼이 새빨갛게 물들어 얼굴이 복사꽃 같았다. 어쩌면 날씨가 더웠던 탓일 수도 있고, 아니면 술을 조금만 입에 대도 쉽게 취기가 올라오는 체질인지도 몰랐다.

황재하는 곧 기왕에게 불려 나갔고, 왕온은 기왕이 화를 내는 모습을 처음 보았다. 그렇게 사소한 일로……

왕온은 그때 이미 뭔가 이상하다는 생각을 했다. 그리고 지금, 자신 앞에 아련한 표정으로 앉아 있는 황재하를 바라보며 문득 깨달았다. 그때 자신을 불안하게 만들었던 알 수 없는 그 두려움의 정체가 무엇이었는지를.

황재하가 눈을 들어 왕온을 보고는 고개를 저으며 말했다. "조금밖에 안 마셨으니 걱정 마세요. 그냥 술이 마시고 싶었을 뿐이시, 한바탕 취하고 싶은 생각은 없으니까요. 복잡하게 뒤엉켜 있는 사건을 눈앞에 두고, 어찌 제가 긴장을 풀고 도피하겠습니까?"

왕온은 황재하를 바라보며 작은 소리로 말했다. "정말 도저히 버티지 못하겠다면, 내가 도와주겠소."

"감사합니다." 황재하는 고개를 끄덕이며 말했다. "하지만 어림군 일만으로도 바쁘실 텐데, 어찌 그 일까지 신경 쓰시게 하겠습니까."

"그대와 내가 어디 남이오? 어찌 그리 또 남 대하듯 하는 것이오?" 왕온은 황재하를 바라보며 안타까운 목소리로 말했다. "하지만 나도 내가 그대를 도울 수 없다는 걸 알고 있소. 이 점에 있어서는 내가 자진보다 못하지. 어쨌든 자진은 그대와 함께 사건을 조사하고 의혹을 풀어가고 있지 않소. 나에게는 자진이 가진 그런 재주는 없소."

"어찌 그리 말씀하십니까? 자진 도련님은 도련님만의 재능이 있는 것이고, 공자님 역시 아무도 비길 수 없는 공자님만의 능력을 가지고 계실 테지요."

"하나……." 왕온은 말하고 싶었다. 하나 그 사람 앞에서는 자신의 능력은 아무것도 아니지 않느냐고 말이다. 하지만 어떤 말들은 입 밖으로 내지 않는 편이 낫다. 왕온도 그저 속으로만 생각하고는, 고개를 내저으며 화제를 바꾸었다. "그대에게 알려줄 소식이 있소. 분명 기분이 한결 좋아질 거요."

황재하가 고개를 끄덕이며 왕온을 쳐다보았다. "무슨 소식입니까?"

"오늘 순찰을 돌다가 대리사 옆에서 누군가를 보았소." 왕온이 입가에 미소를 띠더니 부드러운 눈으로 황재하를 바라보며 물었다. "그게 누구였는지 맞혀보겠소?"

황재하는 왕온의 미소를 보며 잠시 생각하다가 순간 놀라서 물었다. "여적취입니까?"

"그렇소. 여적취였소." 왕온은 고개를 끄덕이며 미소를 지었다. "비록 장항영이 그대를 함정에 빠뜨린 것은 내 화가 나 참을 수 없지만, 평소 그대가 그 여인을 어떻게 생각하는지 알기에 일단 일행들은 먼저 가게 하고 나 혼자 조심스럽게 따라가보았소. 대리사에서 대체 뭘 하려는 것인지 말이오."

황재하는 마음이 초조하고 불안했지만, 평온한 왕온의 표정을 보니 나쁜 일은 아니었으리라 생각되었다. 그제야 안심하고는 왕온의 다음 말을 기다렸다.

"대리사 근처 골목을 계속 배회하는데, 표정이 꽤나 절망적이었소. 그래서 여적취를 데려와 그대와 만나게 하면 어떨까 고민하는데, 그때 옆에서 어떤 사람이 나타나더니 여적취의 팔을 붙잡아 구석으로 데려갔소. 어찌 겁도 없이 여기를 서성이느냐고 묻는 소리가 들리더군." 왕온이 목소리를 한껏 낮추어 물었다. "그 사람은 누구였는지도 한번 맞혀보시겠소?"

이번엔 정말 누구인지 감이 오지 않아서, 황재하는 그저 고개를 저으며 말했다. "관아 근처에 나타났고, 여적취를 아는 사람……. 그런 사람은 정말 몇 없을 텐데요……. 장항영과 잘 아는 사람인가요?"

"위보형이었소." 왕온이 낮은 소리로 말했다.

황재하는 깜짝 놀라서 저도 모르게 "아!" 하고 외마디 소리를 외쳤다. 하지만 동창 공주의 부마 위보형은 적취와 확실히 일면식이 있는 사람이었기에 그저 잠시 놀랐을 뿐이었다. 황재하는 다시 왕온에게 물었다. "위 부마가 적취를 데려갔나요?"

"그렇소. 여적취가 자신은 수배 중인 데다가, 이젠 장항영마저 죽고 없으니 그냥 대리사에 가서 자수하고 이대로 죽는 편이 낫겠다고 울먹이며 말했소. 하지만 부마가 그건 아무 의미가 없는 일이라며 말렸고, 결국 여적취를 데리고 그 자리를 떠났소. 그런데 광화리가 아닌 영가방 쪽으로 갔소. 그 뒤로는 나도 돌아와야 해서 두 사람이 어디로 갔는지는 정확히 모르겠소."

황재하는 미간을 살짝 찡그리며 생각에 잠겨서 말했다. "영가방은 기왕부와 소왕부가 있는 곳이어서 평소 관원들의 왕래가 잦아, 사람을 숨기기 적합한 곳은 아닐 텐데요."

"그러게 말이오. 나도 개인적으로 사람을 시켜 두 사람의 행방을 알아보라 했으니 소식이 오면 바로 그대에게 알려주리다."

황재하가 고개를 끄덕였다. 어느새 밤이 무르익어, 황재하는 일어나 술상을 치우고 과자와 과일을 몇 접시 가져왔다. 그러고는 과도로 등자의 껍질을 벗겨 왕온에게 건넸다.

등자의 과즙이 손가락에 끈적끈적하게 묻어 황재하는 일어나 대야에 물을 부어 손을 씻었다. 다시 자리에 돌아와 앉는데, 불빛 아래 왕온의 시선이 계속해서 황재하를 향하고 있었다. 불빛에 비친 왕온의 눈빛이 더없이 밝게 빛났다.

황재하는 자신도 모르게 고개를 숙여 그 시선을 피하며 물었다. "맛이 단가요?"

"그렇소." 왕온은 짧게 대답하고는 손을 들어 황재하에게도 한 조각 건넸다.

황재하도 한 입 베어 물었다. 새콤하고 달달한 맛이 입 안 가득 퍼졌다. 약간 떫은맛도 느껴졌다.

황재하는 그저 말없이 과일을 먹으며 얼굴을 숙이고 있었다. 미세하게 흔들리는 등불 아래 속눈썹이 흐릿한 그림자를 만들어 황재하의 표정을 가려주었다.

왕온은 달달하면서도 불안한 감정이 뒤섞여 저도 모르게 입을 열었다. "그대의 혼례복은 장안에서 가장 유명한 자수방에 맡겼소. 10여 명이 밤낮으로 서둘러 작업하니 이제 곧 완성될 것이오. 며칠 지나지 않아 도착할 것 같소."

황재하의 손이 미세하게 떨리며 등자 과즙 한 방울이 탁자 위로 떨어졌다. 잠시 멈칫한 황재하는 옆에 있던 수건으로 탁자를 닦고는 가볍게 고개를 끄덕이며 말했다. "참으로 송구합니다……. 다른 여인들은 다 자신이 직접 만들 터인데……."

"내 부인은 다른 여인들과 다르지 않소. 다른 사람 누구나 할 수 있는 일은 특별할 것이 무엇이겠소? 그대에게는 해야 할 더 중요한 일이 있지 않소." 왕온은 입가에 더없이 부드러운 미소를 띠며 나지막이 말했다. "지금 기왕 전하 사건은 왕 공공께 일임되었으니, 그대가 공공을 도와 사건을 해결한다면 그 역시 왕 가에 큰 도움이 되어주는 일 아니겠소. 혼례복 만드는 것이야 수많은 여인들이 다 할 수 있지만, 이 일은 천하에 그대 아니면 누가 할 수 있겠소?"

원래 혼사에 대한 일은 언급하고 싶지 않았으나, 왕온이 먼저 말을 꺼내자 황재하도 작은 소리로 입을 열었다. "오늘, 양기 목재소에 갔다가 목수들이 하는 얘기를 들었습니다……. 공자께서 베풀어주신 모든 것에 감사할 따름입니다."

"내 말하지 않았소. 우리 사이에 더 이상은 남 대하듯 하지 말자고. 이제 곧 부부가 되어 일심동체가 될 터인데, 그대의 일은 곧 내 일 아니오." 황재하를 바라보는 왕온의 눈빛이 부드럽게 빛났다. "재하, 혼례 전에 한 가지 약속해주었으면 하는 것이 있소."

황재하는 살짝 멈칫하며 생각했다. '혼례 전에 약속해주었으면 하는 일이라니, 그게 뭘까? 기왕 전하를 철저하게 잊어달라고? 아니면 혼인 후에는 가진 재능을 모두 포기하고 살아달라고?'

하지만 당장 황재하는 왕온 앞에 마주 앉아 있었고, 왕온의 눈빛이 시종 황재하를 주시하는 상황이었다. 황재하는 표정이 미세하게 흔들렸으나 솟구치는 불안과 망설임을 억누르며 왕온의 말에 대답하는 수밖에 없었다. "말씀하세요."

왕온은 고개 숙인 황재하의 얼굴을 바라보며 부드러운 목소리로 말했다. "재하, 난 우리가 혼례를 치르고 나면 절대 서로에게 깍듯이 예를 차리거나, 서로 지나치게 공경하기를 손님 대하듯 하는 그런 부부는 되지 않았으면 하오. 나는 소위 부부란 연리지와 비익조처럼 한

평생 하나로 얽혀서 서로의 곁에서 함께 늙어가는 것이라 생각하오. 우리는 서로에게 세상에서 가장 친밀하고 격의 없는 사이가 되어야 하는 것이오. 그러니…… 더 이상은 이렇게 냉정하게 스스로를 자제하거나, 딱딱하게 예의를 갖추는 사이가 아니었으면 하오."

왕온의 목소리는 부드러웠으나, 그 말투는 애절하고 슬펐다. 황재하는 깊은 양심의 가책과 슬픔을 느꼈다. 하지만 그런 마음의 동요도 한순간일 뿐, 이내 목이 메어오는 것을 억누르며 간신히 대답했다. "네."

'아직 꽃샘추위가 매섭긴 하지만, 마침내 봄이 오긴 왔네.' 주자진은 말을 몰고 장안 대로를 지나며 그렇게 감탄했다.

길가의 버드나무는 이미 연녹색 움을 틔웠고, 땅 위의 풀들도 이제 막 올라오기 시작해 멀리서 보면 마른 풀 위로 녹색이 한층 얇게 덮인 것처럼 보였다.

"벌써 2월 초라니, 바람도 부드러워지기 시작한 것 같네." 주자진은 혼잣말을 중얼거리며 늘어진 버들가지 아래를 지나 영창방 쪽으로 나아갔다.

그때 꼬마 하나가 연을 들고 신바람 나게 주자진 옆을 뛰어갔다. 연을 날릴 공터를 찾는 눈치였다. 아이가 들고 있던 나비 연을 본 주자진은 아이를 소리쳐 불렀다.

"꼬마야! 그래, 너 말이야. 이리 와봐!"

꼬마가 나비 연을 들고 주자진 옆으로 달려와 쭈뼛거리며 물었다. "왜 부르셨어요……."

"그게 뭐야, 네가 만든 거야? 이리 가져와봐!" 주자진은 꼬마에게서 연을 받아 들고 대충 무게를 가늠해본 뒤 집게손가락 위에 연을 올려놓고 아이에게 보여주었다. "머리가 무겁고 몸통이 가볍잖아. 이러면 균형이 안 맞아서 안 날아! 내가 조절해줄게."

주자진은 지니고 있던 작은 칼을 꺼내 연 위에 연결된 작은 막대를 손봐주었다. 그러고는 만족스러운 표정으로 아이에게 연을 돌려주며 말했다. "이제 가봐. 내가 학당 빼먹고 수년간 연 날린 경험에 의하면, 이제 엄청 높이 안정적으로 날 거야!"

주자진이 우쭐하여 으스대는데 골목 어귀에서 누군가가 손뼉 치며 웃는 소리가 들려왔다. "자진, 아직도 그렇게 애 같아서야 원. 조금도 변한 게 없어."

주자진은 고개를 돌려 보고는 재빨리 말에서 내렸다. "왕 통령."

왕온이 웃으며 말했다. "재하처럼 자네도 그냥 온지라 부르게."

주자진은 왕온의 말은 신경 쓰지 않고 그저 뛰어가는 꼬마를 보며 말했다. "그 당시에는 낭야에 계셨으니 제 명성을 모르셨겠지만, 국자 감 빼먹고 연 날리러 가는 건 죄다 제가 앞장선 거였지요!"

"나도 아네. 위 대인이 자네 이름만 들으면 심장이 아프다 하시더라고. 온 집안 아들이며 조카며 죄다 자네가 망쳐놓았다고 말이야." 왕온은 웃음기를 가득 머금고 말했다. 그러면서도 걸음은 멈추지 않고 뒤에 있는 자들에게 따라오라 눈짓했다.

주자진은 왕온 뒤에 있는 사람들을 보자마자 무슨 상황인지 알아채고 물었다. "이 물건은 숭…… 재하 아가씨한테 보내는 건가 봐요?"

"그렇네. 다음 달에 같이 성도로 가기로 했거든. 장안을 떠나기 전에 준비할 일이 좀 많아." 왕온은 웃으며 궤싹을 가리켜 보였다. "이 물건들은 아무래도 재하가 먼저 봐야 할 것 같아서 말이야."

이날 왕온이 가져온 물건은 사계절 옷과 갖가지 모양의 등거리, 손수건, 목도리, 침구류 등이었다. 그중 가장 중요한 품목은 단연 많은 사람이 투입돼 만든 그 혼례복이었다.

황재하는 내당에서 혼례복을 입어보며 옷의 치수와 길이 등 손볼 부분이 없는지 자수방 부인과 상의했다. 하지만 혼례복은 마치 황재하의 몸에 입혀놓고 만든 듯 조금도 고칠 곳 없이 꼭 맞았다.

자수방 부인이 감탄하며 말했다. "왕 공자님 안목이 참으로 대단하시네요. 저희 자수방 아이 중 한 명을 가리키시며 체격이 비슷하다고 말씀하시기에 그 아이의 치수대로 옷을 지었는데, 과연 한 치의 오차도 없이 꼭 맞네요."

황재하는 그저 고개를 숙인 채 손을 들어 정교히 수놓인 꿩 문양을 어루만졌다. 황재하의 부친은 성도 부윤을 지냈고, 왕온은 어림군 우통령이며, 왕온의 부친 왕린 역시 상서 자리에 있기에 황재하의 혼례복은 당연히 적의[30]였다. 꿩 한 쌍이 청록색 비단 위에서 생동감 있게 빛났다. 머리에 화잠까지 꽂으니 한층 화려하고 위엄 있게 보였다.

황재하는 꿩을 어루만지던 손을 거두어 혼례 때 얼굴을 가리는 희고 둥근 부채를 들어보았다. 옥으로 된 자루에는 금장식이 상감되었고, 부채의 양면은 금은실로 각각 자귀나무와 원추리가 수놓여 있었다. 자루 아래에는 혼례복과 동일한 색상의 청록색 동심결이 늘어뜨려졌다.

황재하는 멍하니 동심결을 바라보았다. 순간 눈앞이 흐릿해지면서 악왕부의 향로 속에서 발견한 동심결이 떠올랐다. 이미 불에 타 얼마 남아 있지 않던 동심결 조각.

'비수와 팔찌, 그리고 동심결. 그 비밀을 파헤쳐 온 천하에 진상을 알릴 방법이 과연 나에게 있기나 한 걸까?'

---

30 꿩이 수놓인 고급 예복으로 황후나 비빈, 또는 명문가 여인들이 중요한 예식 때 차려입던 비단옷.

그런 생각을 하노라니 마치 거대한 바윗덩이가 가슴을 짓누르는 듯 숨이 막혀 질식할 것 같았다. 황재하는 자리에 앉아 부채 위에 손을 얹었다. 그제야 정신이 돌아오며 눈앞의 현실을 깨달을 수 있었다.

이건 황재하 자신의 동심결이었고, 자신의 부채였으며, 자신의 혼례복이었다. 곧 자신이 치르게 될 혼례에 쓰일 물건이었다.

돌고 돌아 끝내 원점으로 돌아왔다. 우선에서 이서백, 그리고 마지막은 결국 원래대로 자신이 사랑한 적도 없는, 그냥 그렇게 예정되었던 이 사람을 선택했다. 가슴이 격렬하게 요동치며 더는 참기가 힘들었다. 진정하려고 힘껏 가슴께를 눌러보았으나 도저히 주체할 수가 없어 황재하는 의자 뒤로 털썩 몸을 기댔다. 호흡이 무거워지면서 순식간에 눈시울이 붉어졌다.

황재하에게 혼례복을 입혀보던 이들이 영문을 몰라 서로 눈만 마주치고 있다가 그중 한 사람이 물었다. "옷이 너무 조여서 힘드신가 봐요? 허리띠를 좀 풀어드릴까요?"

황재하는 아랫입술을 깨물고 고개를 내저으며 떨리는 목소리로 말했다. "아니에요. 그저…… 너무 기뻐서인지 조금 현기증이 나네요……. 잠시 쉬면 괜찮아질 거예요."

황재하는 비틀거리며 안쪽 방으로 들어가서는 아무도 들어오지 못하게 문을 닫았다. 문에 몸을 기댄 채 크게 심호흡하며 가슴속에서 끓어오르는 아픔을 억누르려 했지만, 결국 시커먼 어둠이 펼쳐지며 현기증이 덮쳤다. 두 다리에서 힘이 빠져 더 이상 몸을 지탱하지 못하고 스르르 주저앉았다.

그렇게 무릎을 세워 문에 기대앉아 있던 황재하는 한참 후에야 정신을 차렸다. 천천히 무릎을 껴안고 차가운 바닥에 앉아서 눈을 크게 뜨고 자신 앞에 펼쳐진 광경을 바라보았다.

모든 게 다 보이는 듯도 했고, 아무것도 보이지 않는 듯도 했다. 황재하의 텅 빈 눈빛이 눈앞의 물건을 하나하나 스쳐, 허공 어딘가에 멈췄다.

그렇게 멍하니 앉아 얼마나 지났을까, 바깥에서 문을 두드리는 소리가 들려왔다. 문 너머에서 왕온이 물었다. "재하, 자수방 사람들은 이제 돌아가야 한다고 하오. 뭔가 더 요청할 것은 없소?"

황재하는 희미한 목소리로 일단 짧게 대답했다. 너무 오래 눈을 뜬 채로 있었던 탓인지 눈이 심하게 아파 눈을 깜빡였다. 결국 두 줄기 눈물이 흘러내렸다.

손을 들어 눈물 자국을 닦은 황재하는 눈을 감고 크게 심호흡한 뒤 최대한 차분한 목소리로 대답했다. "없습니다. 모든 게 만족스러웠습니다."

왕온은 황재하의 목소리가 이상하다고 느껴졌지만, 그저 잠시 멈칫했을 뿐, 자수방 여인들에게 몇 가지 사소한 것을 당부하고는 곧바로 돌려보냈다. 그리고 고개를 돌리니 황재하가 이미 방에서 나와 있었다. 얼굴은 평온해 보였으나, 다만 낯빛이 약간 창백해 마치 여러 날 해를 보지 못한 사람 같았다.

황재하는 한참을 그 자리에 서서 왕온을 바라보았다. 마치 불어오는 바람 속에 조용히 피고 지는 부용꽃 같았다. 왕온은 황재하의 얼굴에서 조금이라도 기뻐하는 빛을 찾아보려 했으나 결국 그런 기색은 찾지 못했다.

두 사람의 경사가 바야흐로 다가오는데, 오로지 왕온만이 기대에 가득 차 한껏 들뜬 것 같았다. 찬물이 끼얹어진 왕온의 마음에 슬픔을 넘어서 분노의 감정이 솟구쳤다. 왕온은 아무 말 없이 고개를 돌리고는 옆에 있던 낮은 침상으로 가 앉았다.

분위기가 순식간에 차가워졌으나 주자진만 무슨 영문인지 몰라 두 사람을 번갈아 쳐다보며 물었다. "두 사람은 그럼…… 언제 성도로 가는 거예요?"

황재하가 왕온 쪽을 바라보자 왕온이 담담한 투로 말했다. "아마 며칠 더 지나야 할 듯하네. 근자에 눈이 내릴 것 같아서 산길을 지나기 편치 않을 듯해서 말이야."

"그건 그렇겠네요. 아니면 좀 더 있다가 가는 건 어때요? 남쪽으로 내려가기는 꽃 피는 3월이 제일 좋은데. 가는 길 따라 풍경도 구경하면서 유람 삼아 가다 보면 금세 도착할 거예요." 그렇게 말하던 주자진은 이내 괴로운 얼굴을 하고서 머리를 긁적였다. "그런데 저도 두 사람과 함께 내려갈까 하는데, 3월이면 너무 늦지 않을까요……."

왕온이 웃으며 말했다. "그렇지. 자네 약혼녀가 기다리다 지쳐서 자네가 안 오는 줄 알고 혼약을 깨기라도 하면 어쩌려고."

왕온은 농담으로 한 말이었으나 주자진은 순간 바싹 긴장했다. "그러게요……. 그러면…… 그러면 정말 큰일인데!"

황재하가 주자진을 진정시켰다. "걱정 마세요. 장안으로 온 지 고작 한두 달밖에 안 됐는데, 그렇게 곧바로 혼약을 파기할 리 있어요?"

주자진이 여전히 긴장을 풀지 못하고 말했다. "하지만…… 내가 혼인하기 싫어서 도망간다고 말하고 집에서 나왔단 말이야. 그런데 이제야 깨달았어. 나한테 시집오려는 여인이 없으니, 나는 평생 아내를 맞기가 힘들겠다는 걸! 그런데 양고기 아가씨는…… 지금 생각해보면 양고기 아가씨도 꽤 좋은 여인인 것 같단 말이야!"

조급해하는 주자진을 보며 황재하는 저도 모르게 얼굴에 미소를 띠었다. "도련님 형님도 분명히 그린 도련님의 마음을 눈치채고, 혼사를 그르치지 않게 부모님께 잘 말씀드려두었을 거예요."

"정말 그리 하셨으면 좋겠네……." 주자진은 미간을 잔뜩 찌푸리고 괴로운 얼굴로 왕온 곁으로 가서 앉았다. "두 사람 이제 혼인하고 나면 엄청 다정한 한 쌍이 될 텐데, 나 홀로 남겨져 어쩌지? 난 또 어디

가서 같이 놀 사람을 찾는담!"

황재하는 순간 머리가 멍해져서는 자신도 모르게 고개를 돌려 왕온을 보았다. 왕온 역시 황재하를 응시하고 있었다. 두 사람은 똑바로 마주친 서로의 시선에서 복잡한 감정을 읽을 수 있었다. 어색하고 답답한 분위기가 형태 없이 그들 주위를 가득 채웠다.

황재하는 조용히 고개를 돌리며 화제를 바꿨다. "자진 도련님, 오늘 무슨 용건이 있어서 찾아오신 거 아니에요?"

"아, 맞다! 하마터면 깜빡 잊을 뻔했네." 주자진이 재빨리 말을 이었다. "성 남쪽 묘지 곽 씨 할아버지가 나랑 좀 친하거든. 어제 오후에 사람을 보내와서 소식을 전해주셨는데, 장 형 사건은 대리사 쪽에서 이미 종결지었고, 어르신 사건도 이미 기록을 마쳤대. 그래서 오늘 장 형의 형님을 불러서 시신을 가져가게 할 거래."

황재하가 잠시 생각에 잠겼다가 물었다. "그렇다면, 만약 좀 더 조사를 해야 한다면 오늘 바로 가야 한다는 거네요?"

"더 조사할 게 있는 것이오? 장항영이 그대를 모함한 일은 이미 명백히 밝혀지지 않았소?" 왕온이 옆에서 물었다.

주자진도 고개를 끄덕이며 말했다. "맞아요. 별다른 건 없어요. 그리고 땅에 묻힌다 해도……."

땅에 묻힌다 해도, 만약 다시 조사하고 싶으면 예전처럼 몰래 시신을 파는 것도 가능하다. 다만 조금 역겨울 수 있다는 것뿐.

주자진이 황재하 쪽을 돌아보는데, 황재하는 이미 방으로 향하고 있었다. "잠시만 기다리세요. 옷 갈아입고 나올게요."

"어?" 주자진이 머뭇거렸다. "그게……."

주자진은 언뜻 뭔가 잘못됐다는 생각이 들어 왕온에게로 시선을 돌렸다. 왕온이 일어나 황재하 곁으로 다가가 나지막이 물었다. "재하, 방금 혼례복을 입어봤는데, 지금 가서 검시를 하겠다는 거요?"

주자진처럼 둔감한 사람도 그 순간에는 무엇이 잘못됐는지 알 수 있었다. 어쨌든 혼례를 앞두고 검시를 하는 건 불길한 행동 같았으니 말이다.

하지만 황재하는 고개를 들어 왕온을 바라보며 낮은 소리로 대답했다. "온지, 마음에 어떤 것들이 계속 떠나지 않고 맴돌아 불안함을 떨칠 수 없어요. 시신이 묻히기 전에 가서 직접 보지 않으면, 마지막 기회를 놓칠 것만 같아요. 나중에는 후회해봤자 소용없는 일이지요."

왕온은 고개를 숙여 황재하를 보았다. 그 고집스러운 눈빛을 보며 어쩔 수 없다는 것을 깨닫고는 그저 한숨을 쉬며 황재하의 어깨를 가볍게 쓰다듬었다. "나도 함께 가겠소."

세 사람은 딱 제때에 도착했다. 곽 노인이 자신이 거두어 키우는 아이와 함께 시체를 담은 커다란 자루를 수레에 싣고 있었다.

주자진이 재빨리 뛰어가며 소리쳤다. "어르신, 잠시만요!"

곽 노인은 주자진을 보고는 자루를 내려놓았다. "도련님, 오셨습니까? 이 두 분은……?"

"제 친구들입니다." 주자진은 간단하게만 대답하고는 곧바로 고개를 돌려 주위를 살피며 물었다. "장 가에서 아직 아무도 시체를 가지러 오지 않았지요?"

"왔었지요. 그 집 큰아들이 허름한 나무 관 두 개를 주문해두었다는데, 아직 관이 도착하질 않았다고 하네요. 그래서 시신만 먼저 성 남쪽 엽자령으로 보내달라는 부탁을 받았습니다." 곽 노인이 품속에 볼록 튀어나온 부분을 손으로 쓰다듬는 것을 보니 장항영 집에서 적지 않게 챙겨준 모양이었다. 노인은 만면에 미소를 띤 채 말을 이었다. "아버지와 동생이 다 떳떳지 못하게 죽었잖습니까. 그래서 시신을 집으로 보내지 말고 무덤으로 바로 보내달라고 하더군요."

황재하는 수레에 실린 시체 두 구를 보고는 한없이 처량한 마음이 들어, 고개를 돌려 하늘을 보며 긴긴 한숨을 쉬었다. 뜨거운 눈물이 흘러내리려는 것을 겨우 참았다.

주자진이 말했다. "그런데 시신이 아직 묘지 문을 나가지 않았으니, 관아에서 아직 조사할 수 있는 거지요. 그렇죠?"

곽 노인이 고개를 끄덕이더니 입을 열었다. "그렇긴 한데, 대리사에서 이미 사건을 종결했는데……."

주자진이 재빨리 노인의 손에 돈푼을 쥐여주며 말했다. "괜찮아요. 일단 먼저 살펴본 후에 보고하면 되는 거니까. 지금 바로 시신을 다시 봤으면 해요."

곽 노인은 아이에게 시신을 다시 끌어다놓자고 손짓하고는, 왕온에게서 시선을 멈추었다. 온화하고 단정한 분위기의 공자가 어찌 시체를 보러 왔는가 싶어서 의아했다. 노인의 시선이 이번에는 황재하에게로 향했다. 이번엔 더 놀라서 입이 다물어지지 않을 정도였다.

노인은 주자진을 붙잡고서 속삭이듯 물었다. "도련님……. 이분들도 같이 검시를 하는 겁니까?"

주자진이 고개를 끄덕였다. "그럼요. 집에 가서 도구 상자까지 다 챙겨왔으니 안 된다는 말은 하지 마세요."

"아니 그게…… 저 아가씨도 검시를 한다고요?"

"당연하죠! 저 아가씨가 빠지면 안 된단 말이에요. 저 아가씨가 누군지 알아요?" 주자진은 엄지손가락을 세워 보이며 자랑스러운 표정으로 말했다. "검시와 사건 조사로는 천하제일이죠!"

"무슨 그런 허풍을!" 곽 노인이 주자진을 흘겨보며 말했다. "천하제일은 누가 뭐래도 황 사군 댁의 재하 아가씨 아닙니까. 그다음은 기왕 전하 곁에 있던 양 공공이고요."

"잘 아시네요! 제가 데려온 이분이 바로 재하 아가씨입니다." 주자진이 득의양양하게 말했다.

곽 노인은 순간 얼음이 되어 황재하를 신기한 눈으로 쳐다보았다. 왕온은 그런 곽 노인을 보며 얼굴에 미소를 띤 채 황재하의 어깨를 살짝 두드렸다. "갑시다."

그들이 실내로 들어가자, 곽 노인은 다시 주자진의 소매를 잡아당기며 한껏 소리를 낮추어 물었다. "그럼, 함께 오신 공자는…… 저리도 풍채와 용모가 준수하고, 굳건한 기품이 느껴지는 걸 보니, 설마 말로만 듣던…… 기왕 전하십니까? 한데 내가 듣기로 기왕 전하는 지금 종정시에 갇혀 계신다고 하던데?"

주자진은 깜짝 놀라며 곽 노인에게 말했다. "이분은 어림군 왕 통령이에요. 기왕 전하라니요?"

"어? 기왕 전하가 아니에요?" 곽 노인은 순간 유감이라는 표정을 지었다. "사람들 말로는, 기왕 전하와 양 공공이 함께 여러 미제 사건을 해결했다며, 그 두 분은 그야말로 하늘이 맺어준 한 쌍의 재인이라 했거든요. 기왕 전하가 스물이 넘도록 아직 혼례를 올리지 않은 것도 다 그런 왕비를 기다리고 있는 거라고."

"그게 뭐예요……. 웬 헛소리를!" 노인의 말에 주자진은 기가 막힌다는 얼굴로 말했다.

"그러게요. 세간에 떠도는 소문들은 원래가 헛소리가 많지요." 곽 노인이 재빨리 웃어 보이며 말했다.

주자진은 더 이상 대꾸 없이 도구 상자를 등에 지고 시체 보관실 안으로 들어갔다. 시체를 보존하기 위해 두꺼운 벽에 작은 창문 하나만 낸 공간이어서 굉장히 어두웠다.

밝은 실외에 있다가 갑자기 컴컴한 데로 들어서니 아무것도 보이지 않아 주자진은 잠시 눈을 감고 있었다. 다시 눈을 뜨니 어두운 가운데 얼음장처럼 창백한 황재하의 얼굴이 보였다.

한참 멍하니 있던 주자진은 그제야 조금씩 깨닫기 시작했다.

기왕 뒤에 서 있을 때 황재하는 아무런 염려와 걱정 없이 늘 자신 만만했다. 기왕은 황재하의 말과 행동이 있기 전에 항상 한 발 앞서서 황재하를 위해 모든 것을 미리 준비하고 계획해주었다. 그리고 두 사람이 간혹 서로를 마주 볼 때면 절로 통하는 것이 있어, 말하지 않아도 상대의 생각을 읽었다. 그래서 주자진 혼자 늘 그 비밀을 추측하지 못했던 것이다…….

줄곧 알아채지 못했던 사실이 순식간에 이해되며 주자진은 당황한 마음에 어쩔 줄 몰랐다. 기왕과 왕온, 두 사람 모두 주자진과 가까운 사이였다. 그리고 황재하는 주자진의 마음속에서 세상 그 누구보다 소중한 사람이었다. 그런데 지금, 그 세 사람의 관계가 헝클어진 실타래처럼 되어버린 것이다. 주자진은 순간 머리가 하얘졌다.

왕온이 주자진을 힐긋 쳐다보고 물었다. "자진, 무슨 생각을 그리 하는가?"

"아…… 아니에요." 주자진은 그런 생각들을 머릿속에서 몰아내려 힘껏 자신의 머리를 쳤다. 그러고는 서둘러 상자를 내려놓은 뒤 안에서 장갑과 얼굴 가리개를 꺼내 황재하에게 건네고 자신도 허둥지둥 장갑을 꼈다. "여긴 좀 어두운 것 같은데. 시신을 저쪽 창문 아래로 옮기자."

주자진은 창밖에서 들어오는 햇빛에 의지해 상자 안에서 얇은 칼을 꺼내 들었다. 그러고는 합장하며 장항영을 향해 허리를 숙이고 말했다. "장 형, 죄송해요. 저희도 장 형의 죽음에 억울한 점이 있지는 않았는지 정확한 진상을 밝히기 위해……."

왕온이 옆에서 끼어들며 말했다. "장항영은 재하에게 죄를 뒤집어씌우려다가 자진한 것이 아닌가. 증거가 명확한데 검시를 할 필요가 있단 말인가?"

"그렇긴 하지만……." 주자진은 난처해하며 황재하를 보았다.

"그저 만일을 위한 것일 뿐입니다. 어쨌든 철저히 검시하고 나면 마음이 놓이니까요." 황재하가 왕온에게 말했다. "온지, 시신을 해부하는 장면이 편치 않으실 테니, 검시하는 동안 바깥에서 기다리고 계시면 좋을 것 같습니다."

왕온은 미간을 살짝 찡그렸으나 결국 고개를 끄덕였다. "그럼 난 밖에서 망을 보고 있겠소."

문 앞에 이른 왕온은 다시 고개를 돌려 두 사람을 보았다. 주자진은 이미 장항영의 옷을 벗기고 혹시 있을지 모를 흔적을 찾아 자세히 살피는 중이었다. 황재하는 얼굴 가리개를 한 채 주자진을 향해 시신을 뒤집어달라고 눈짓하고는 역시나 유심히 시신을 들여다보았다.

왕온은 잠시 망설였으나 결국 문을 나섰다.

문밖에 선 왕온은 밝은 하늘을 올려다보며 속으로 생각했다. '무슨 상관인가. 어쨌든 재하는 지금까지 수많은 시신을 보아왔지 않겠는가. 남자든 여자든, 늙은이든 아이든, 옷을 입었든 벗었든……. 그저 모든 것이 끝나기를 기다리는 수밖에. 혼인 후에는 분명 재하도 변할 테고, 다시는 이런 어처구니없는 일을 하지 않을 테지.'

주자진은 칼로 장항영의 가슴과 복부를 열어 안을 자세히 살폈다.

주자진이 장기까지 해부하고 나자 황재하는 바깥으로 나가 시체를 씻을 때 쓰는 통을 찾은 뒤 왕온에게 물 두 통을 길어다달라고 부탁했다. 장항영의 모든 장기를 씻을 요량이었다.

죽은 지 오래되어 혈액은 진작 응고되었으나, 황재하와 주자진은 내장을 일일이 물에 담가 씻어냈다. 왕온은 그 자리를 피해 문밖으로 나갔다.

나무에 기대선 왕온은 구역질이 일었으나 간신히 참았다. 하지만 잠시 뒤 다시 뒤를 돌아보았다가, 두 사람이 장기 씻은 물을 얇은 천으로 걸러내는 모습을 보고는 결국 더 이상은 참지 못하고 도망치듯 뜰 밖으로 뛰쳐나갔다.

황재하와 주자진은 물 두 통을 모두 걸러냈으나 특별히 눈에 띄는 게 없었다. 황재하는 잠시 생각하더니 입을 열었다. "기도와 식도를 열어보죠."

주자진이 아까보다 더 작은 칼로 바꿔 들고 폐엽을 가르려 하자 황재하가 기도를 따라 갈라달라고 손짓으로 말했다. 하지만 마찬가지로 아무것도 발견되지 않았다. 식도와 인후 쪽에서도 아무런 소득이 없었다.

황재하는 그릇으로 물을 퍼서 열린 목덜미 안의 체액과 응고된 혈액을 꼼꼼히 씻어냈다. 그러고는 구강에서부터 기도를 따라 아래로 내려가며 구석구석 뒤져보았다.

주자진이 물었다. "죽기 전에 먹었던 게 뭔지 찾는 거야?"

"네, 분명 아직 썩진 않았을 거예요."

그렇게 말하던 황재하는 순간 손을 멈췄다. 주자진이 재빨리 다가가 황재하를 도와 천에 물을 묻혀 그 부위를 최대한 닦아보았다. 양쪽 성대 사이의 틈에서 아주 작은 붉은색의 무언가가 보였다.

황재하는 주자진의 상자에서 집게를 가져와 붉은색의 작고 가느다란 물고기를 집어냈다.

물고기는 겨우 새끼손톱만 한 길이에 모기처럼 가늘었으며, 얇은 면사 같은 꼬리가 몸의 반을 차지했다. 이미 부패하기 시작해 눈이 움푹 패서 꼭 해골 같았다.

주자진은 재빨리 옆에서 조그만 자기 함을 가져다가 그 안에 물고기를 집어넣었다.

계속 팽팽하게 신경을 곤두세우고 있던 황재하는 그 물고기를 찾고 나서야 긴장이 풀렸다. 그제야 이마는 물론이고 온몸이 식은땀으로 젖은 것을 깨달았다. 황재하는 손을 들어 팔꿈치까지 걷어 올린 소맷자락으로 이마에 흐르는 땀을 닦았다. 그러고는 멍하니 옆에 있던 의자로 가서 앉았다.

주자진은 벌써 장위익의 시신으로 옮겨가 인후 부위를 열어 마찬가지로 자세히 살펴보았다. 얼마 지나지 않아 주자진이 "어!" 하고 외마디 소리를 외쳤다. 그러고는 장위익의 기도에서 무언가를 집어내 자기 함에 넣은 뒤 황재하에게 건넸다.

장항영의 시신에서 꺼낸 것과 생김새가 거의 똑같은 작은 물고기였다. 안 그래도 붉은 물고기가 붉은색을 띤 체내에 숨겨져 있었으니, 게다가 크기도 이처럼 작았으니 육안으로는 거의 찾아내기 힘들었던 것이다.

황재하는 그 두 마리의 물고기를 한참 동안 들여다보다가 천천히 장갑을 벗으며 말했다. "자진 도련님, 시신 봉합을 부탁드려요."

"알았어. 꼼꼼하게 봉합해놓을게." 주자진이 진지하게 말했다.

황재하는 주자진을 향해 가볍게 고개를 끄덕인 뒤 일어나 시체 보관실을 나왔다.

바깥에는 햇살이 찬란했다. 갑자기 쏟아지는 빛에 눈이 순간적으로 적응하지 못해, 동공이 급격하게 수축되면서 미세한 통증이 느껴졌다. 황재하는 얼굴을 가렸던 천을 벗으며 문에 몸을 기댄 채 긴긴 한숨을 내쉬었다.

뜰 앞쪽의 마른 나무 아래 서 있던 왕온은 황재하가 나온 것을 보고는 다가와 물었다. "다 끝났소?"

황재하는 고개를 끄덕인 뒤 물가로 가서 손을 꼼꼼히 씻었다. 그러고는 작은 소리로 왕온에게 말했다. "다 됐으니 이제 그만 가시지요."

왕온은 황재하의 창백하고도 허탈한 듯한 표정을 보고는 걱정이 되어 물었다. "너무 피곤한 것 아니오?"

황재하는 아무 대답 없이 그저 비틀거리며 계속해서 걸었다. 왕온이 황재하의 손을 붙잡아 묘지 밖으로 이끌었다. 순간 황재하의 손이 경직되었으나, 그냥 왕온에게 손을 맡긴 채 바깥 거리로 걸어 나왔다.

왕온은 영창방까지 황재하를 데려다준 뒤 돌아섰다. 그때 황재하가 왕온을 불러 세웠다.

왕온이 고개를 돌리니 황재하는 다시 생각에 잠긴 듯 한참을 망설이다가 결국 천천히 입을 열었다. "혹시 왕 공공을 뵙게 되면 저 대신 말씀 좀 전해주세요. 영창방에 공공께서 원하시는 물건이 있다고요."

왕온이 고개를 끄덕이고는 말했다. "잘 쉬도록 하시오."

황재하는 짧게 대답하고는 떠나는 왕온을 눈으로 배웅했다. 몸을 돌려 자신의 방으로 돌아온 황재하는 아가십열이 담긴 유리병을 들어 자세히 살펴보았다.

먼지처럼 미세한 크기의 물고기 알들이 여전히 물속에 있었다. 다만 어젯밤에 황재하가 흐트러뜨린 탓에 지금은 바닥에 가라앉은 모양이 마치 옅게 피가 번진 흔적 같았다.

황재하는 유리병을 살짝 흔들고는 그 속에서 유영하는 물고기와 그 알을 한참 동안 멍하니 응시했다.

왕종실은 아직 오지 않았다. 황재하는 서랍을 열어 안에 넣어두었던 밀랍을 꺼내 또 한참을 쳐다보았다. 모든 정황이 이미 형태를 갖추기 시작했다. 황재하는 비녀를 뽑아 탁자 위에다 대강의 정황을 천천히 그려나가기 시작했다.

얼마나 지났을까, 누군가가 가볍게 문을 두드리는 소리가 들리고 곧 문이 스르륵 열렸다.

고개를 들어 보니 왕종실이 문 앞에 서 있었다. 황재하는 얼른 비녀를 다시 꽂아 넣고서 앞으로 나아가 왕종실을 향해 예를 갖추었다.

"왕 공공."

왕종실이 고개를 끄덕인 뒤 안으로 들어왔다. 황재하는 탁자 앞으로 가 유리병을 들어 보였다.

"난 또 무슨 일이 있는 줄 알았네. 온지는 그대 일이라면 항상 그리 전전긍긍이라니까." 왕종실은 느릿한 말투로 말하며 탁자 쪽으로 걸음을 내디뎠다. "아가십열이 산란한 것 때문이었나 보군."

18장

순식간에 흩날리듯

"네. 아가십열의 알을 부화하는 방법은 무척 어렵다고 말씀하셨지 않습니까. 그래서 오늘 아침 물고기가 산란한 것을 보고는 서둘러 공 공께 알린 것입니다."

왕종실은 황재하의 손에 들린 유리병을 보며 말했다. "온지에게 진 작 그리 말했으면 좋았을 것을. 지금은 아무 용기도 들고 오지 않았네."

"용기쯤이야 어디나 있지 않습니까?" 황재하는 그렇게 말하며 방 안을 둘러보고는 단지 하나를 가져와 유리병 속에 든 것을 그대로 따 라 부었다. 그런 뒤 다시 유리병에 물을 채우고 물고기 두 마리는 손 으로 떠서 도로 유리병에 넣었다.

황재하는 유리병을 창가에 가져다놓고 단지는 왕종실에게 건넸다. 그러고는 편하게 탁자 앞에 앉아서는 과자 하나를 집어 입으로 가져 갔다.

줄곧 냉철한 눈으로 지켜보고만 있던 왕종실이 그제야 입을 열었 다. "손은 씻지 않는 것인가?"

황재하는 순간 명한 표정을 짓더니 과자를 내려놓고 자신의 손을 보며 말했다. "유리병 물은 오늘 아침에 갈아서 아직 깨끗합니다."

왕종실은 눈을 가늘게 뜨고서 황재하의 손가락을 응시했다.

황재하의 왼손 검지 끝에 아주 작은 물고기 알 하나가 붙어 있었다. 몹시 작은 크기의 붉은색 먼지 같은 것이 분홍빛 손톱 위에 붙어 있어서, 자세히 보지 않으면 절대 알아볼 수 없었다.

황재하는 아무 일도 없다는 듯 다시 태연하게 손끝으로 과자를 집었다. 그 작은 물고기 알은 과자 위로 옮겨 붙어 참깨와 뒤섞여 더 이상 분간되지 않았다.

황재하는 과자를 가볍게 한입 깨물고는 왕종실을 향해 물었다. "벌써 점심때가 다 되었는데, 공공께서도 좀 드시지요?"

생각에 잠긴 채 황재하를 바라보던 왕종실의 시선이 절로 과자로 향했다. 황재하는 아무것도 모르는 듯 입을 벌려 방금 베어 먹은 과자를 다시 입에 넣으려 했다.

"내려놓게." 왕종실이 차가운 목소리로 말했다. 순간 황재하는 멈칫하며 들고 있던 과자를 한 번 보고는 다시 이해할 수 없다는 눈빛으로 왕종실을 보았다.

왕종실의 눈썹이 미세하게 찌푸려졌다. 왕종실은 황재하의 표정을 유심히 살피며 입을 열었다. "아는 것인가?"

황재하는 망연한 얼굴로 눈을 휘둥그레 뜬 채 왕종실을 보며 물었다. "무엇을 말입니까?"

왕종실은 시선을 황재하의 손에 들린 과자 위로 무겁게 떨어뜨릴 뿐, 아무 말도 하지 않았다.

"이것 말입니까?" 황재하는 손에 든 과자를 왕종실을 향해 들어 보였다. 그러고는 단번에 입에 넣어버렸다. 엄지만 한 작은 과자를 황재하는 유쾌하게 먹어치웠고, 그 순간 왕종실의 안색은 급변했다.

늘 행동이 느리기만 하여 마치 동면 중인 뱀 같던 왕종실이 순식간에 황재하 곁으로 달려와 황재하의 목을 조이더니 등을 두드리며 낮게 깔린 목소리로 말했다. "뱉게!"

황재하는 몇 번 헛구역질을 하고는 왕종실의 손에서 벗어나려고 몸부림쳤으나, 왕종실의 손힘이 몹시 센 탓에 아무리 발버둥 쳐도 벗어날 수 없었다. 결국 왕종실에게 붙들린 채 방금 전에 먹은 과자를 토해냈다.

"사람을 시켜 약방에서 나부목과 협죽도를 지어오게. 미량을 갈아서 매 두 시진마다 한 번씩 먹도록 하게. 양은 하루에 두 전, 그리고 한 달간 꾸준히 복용해야 하네." 왕종실은 그제야 황재하를 풀어주며 말했다.

황재하는 목을 어루만지며 의아한 얼굴로 물었다. "협죽도는 독성이 있지 않습니까?"

왕종실이 차가운 목소리로 말했다. "그 정도 양으론 죽지 않아. 기껏해야 토하고 설사할 정도로 조금 불편할 뿐이지."

"어느 정도로 불편한 것인지요? 가령, 몸속에서 물고기가 부화하고 기생하는 것과 비교한다면…… 어느 것이 더 힘들까요?" 황재하가 차분하게 물었다.

창백하고 차가운 왕종실의 얼굴 위로 처음으로 놀란 기색이 드러났다. 왕종실은 눈앞의 황재하를 매섭게 노려보며 믿을 수 없다는 듯한 표정을 지었다.

황재하는 왕종실을 마주 보았다. 입가에는 심지어 미소까지 띠었다.

"흥……." 놀라고 분한 마음을 간신히 억누른 왕종실이 다시 차갑게 말했다. "어떻게 알았지?"

"성도에서 왕 공공과 친분이 있던 목선 법사가 우선에게 섭혼술을 써 저희 가족을 죽였지요." 황재하는 침착하게 말을 이어갔다. "목선 법사와 함께 그 계략을 모의했던 제등이 우선에게 묻는 말을 우연히 들었습니다. 그 작은 붉은색 물고기가 어디로 갔는지 아느냐고요."

왕종실이 차갑게 소리 내어 웃더니 팔짱을 끼고 말했다. "목선이 뭘 안다고? 물속에서 부화된 물고기는 물에 익숙해서 사람 몸속에 들어가면 곧바로 죽어버려 아주 잠깐의 효과만 있을 뿐이네. 몸속에서 부화한 것이라야 오랜 시간 사람 몸에 기생해 살면서 그 사람을 감쪽같이 다른 이로 만들어버릴 수 있지."

황재하는 아랫입술을 꽉 물고는 왕종실을 노려보며 물었다. "왕 공공께서는 장항영 집안과 무슨 원한이 있기에 그 집 사람의 목숨을 둘이나 앗아가신 것입니까?"

"너무 많이 나갔군." 황재하가 두 사람 사이에 드리웠던 막을 걷어내자, 왕종실은 오히려 더 평온한 듯 보였다. "천하에 그 물고기의 비밀을 아는 사람이 나 하나라고 생각하는가?"

황재하는 몸을 살짝 앞으로 기울이며 눈 한번 깜빡이지 않고 왕종실을 주시하면서 말했다. "그런데 공공 곁의 시동 아택이 장항영과 만난 적이 있더군요."

"장항영은 또한 기왕 곁에 있던 사람 아닌가." 왕종실은 평온하기 그지없는 표정으로 황재하의 시선을 맞받았다.

황재하는 잠자코 고개를 숙이며 잠시 생각에 빠졌다.

왕종실은 느긋하게 자신의 소맷자락을 정리하며 말했다. "그대는 분명히 알고 있네. 그대에게 내 행적이 발각되어 내가 분노하기라도 한다면 내 능력으로, 심지어 나의 소유인 이 집에서 절대로 그대를 살려둘 리 없다는 사실을 말일세."

황재하는 고개를 돌려 창문 너머 바람에 마구 흔들리는 나뭇가지를 바라보며 아무 대답도 하지 않았다.

"황재하는 내가 배후 주범이 아니라는 사실을 진작 확신했지. 지금 조정에서 내게 가장 큰 적이자, 가장 오랫동안 각축을 벌인 존재가 기왕인 것은 맞아. 하나, 또 다른 면에서 우리는 상호 의존하는 사이이기도 하지. 특히 지금과 같은 상황에서, 기왕부와 왕 가의 소멸은 그저 순서의 문제일 뿐 아닌가?"

인정하고 싶진 않았지만 황재하 역시 고개를 끄덕일 수밖에 없었다. 왕종실의 말대로였다. 만일 조정에 왕종실 같은 이가 없었다면, 어쩌면 이서백은 이미 여러 해 전에 다른 형제들처럼 소리소문 없이 이유 모를 죽음을 맞았을 것이며, 조정에서 이서백의 이름이 떠오를 일도 없었을 것이다.

"그게 아니라면, 내가 그대를 도와주는 이유가 무엇이겠는가?" 왕종실의 음산한 눈빛이 황재하를 천천히 훑고 지나갔다. "황재하는 기왕이 아끼는 인물이기도 하지만, 왕 가가 아끼는 인물이기도 하지. 그대가 기왕을 따르게 되든, 온지에게 시집을 오게 되든, 왕 가에게는 둘 다 나쁘지 않은 일이야. 모두 투자할 만한 가치가 있는 장사지."

잠시 침묵하던 황재하는 몸을 일으켜 천천히 왕종실을 향해 예를 취했다.

"내게 고마워할 필요는 없네. 나 또한 그대가 마음에 들어 그러는 것이니. 만약 그대가 정말로 환관 양승고였다면, 내 무슨 수를 써서라도 그대를 내 곁에 두었을 것이야." 그렇게 말하는 왕종실의 입가에 처음으로 진심이 담긴 미소가 번졌다. 온몸에 풍기던 음산한 느낌도 조금쯤 사라진 듯 보였다. "과연 그대를 보는 나의 관점에 대해 아주 명확히 알고 있었나 보군. 내가 그대를 구해줄 것을 확신할 정도로 아주 정확히 말이야."

"아니요. 그저 내기를 걸어본 것뿐입니다. 이 일을 공공께 그냥 물어봤다면 아무 결과도 얻지 못했을 테니까요." 왕종실이 거리낌 없이 모든 것을 말하자, 황재하도 자신의 손가락을 내밀어 손끝에 묻은 먼지처럼 작은 붉은 점들을 보이며 말했다. "사실은 미리 살짝 찍어둔 연지 가루입니다. 자말리 씨앗을 빻은 뒤 연지화 즙으로 붉은색 분말을 만든 것이지요. 독은 전혀 들지 않았으니 안심하셔도 됩니다."

"제등의 그 한마디로 아가십열의 비밀을 알아낸 것도 보통이 아니네." 왕종실은 그저 웃어넘기고는 뭔가 다른 일을 떠올리며 말했다. "일전에 내가 제등에게 짐독을 주었네. 원래는 범원룡과 목선 법사를 감시하라는 명목으로 주었던 것인데, 그런 범죄에 이용할 줄은 생각도 못 했지. 그 일은 내게도 잘못이 있으니, 그대에게 용서를 구하네."

황재하는 제등과 왕 가의 관계를 알고 있었고, 짐독 또한 궁중에서만 사용되던 비밀스러운 물건이니 왕종실과 관계있는 게 틀림없다고 이미 짐작했다. 하지만 왕종실이 이처럼 솔직하게 그 일을 말해주니 오히려 더 이상 할 말이 없어, 그저 고개를 가로저어 보이며 짐독에 대한 언급은 피했다.

"저도 그저 어렴풋이 추측했을 뿐입니다. 악왕 전하와 장항영 부자의 여러 광적인 행동들은 해석하기 어려운 점이 많았습니다. 그런 와중에 예전에 아가십열의 전설에 대해 들었던 것이 생각났습니다. 석가모니 곁에 있던 용녀가 순간 흩날리듯 물고기로 변한 거라고요." 황재하는 고개를 돌려 물속에서 조용히 유영하는 두 마리 아가십열을 보며 천천히 말을 이었다. "순식간에, 흩날리듯 변한다⋯⋯. 모든 일에는 반드시 그 원인이 있지요. 물고기를 그리 설명했다면, 필시 그 물고기에 대한 사람의 관점과 관련이 있으리라 생각했습니다. 그렇다면 기이한 맹독 같은 것으로 사람을 미치게 만드는 물고기이지 않을까 했지요⋯⋯."

"아니, 사람을 미치게 만들진 않네." 왕종실이 천천히 고개를 내저으며 말했다. "또한 독성이 있긴 하나 치명적이진 않지."

황재하가 미간을 찌푸리며 말했다. "촉에 있을 때 어떤 사람이 양귀비를 심는 것을 본 적이 있습니다. 서역에서 건너온 만병통치 약초라고 하면서요. 하지만 약재로 쓰는 것은 좋을지 모르나, 과하게 복용하면 신선이 된 것처럼 둥둥 떠다니는 느낌이 들고, 눈앞에 갖가지 광채가 아른거리며 환각 증상이 생기지요. 심지어 그에 중독되어 목숨을 잃기도 합니다."

"맞네, 아가십열 또한 그와 같이 사람을 망상에 사로잡히게 만들지. 그 사람이 중요하게 생각하는 것에 더욱 집착하고 분별없는 행동을 하게 만드네. 결국 그 집념에 사로잡혀 죽어야만 끝이 나지."

황재하는 고개를 끄덕이며 생각에 잠긴 채 물었다. "그걸로 다른 사람을 통제할 수도 있나요?"

"아니, 아가십열은 그저 그것을 삼킨 자의 본심을 가중시킬 뿐이지, 없는 생각을 만들어내진 못하네."

"그러면 설령 조금 전 제가 물고기 알을 먹었다 해도 다른 사람의 통제를 받는 일은 없을뿐더러, 기왕 전하가 사직을 위태롭게 할 거라 여기거나, 수단과 방법을 가리지 않고 전하를 없애려 들거나 하지도 않았겠네요?"

"당연히 그럴 리 없지. 아가십열은 원래 마음속에 있는 생각을 더 강하게 만들 뿐이야. 가령, 무슨 일에도 아랑곳 않고 기왕 전하를 지키겠다는 그대의 집념이 다른 사람을 향한 의심으로 이어지거나, 또 내가 기왕 전하를 음해한 범인이라 여겨 앞뒤 가리지 않고 나를 죽이려 들거나……." 왕종실이 차갑게 웃으며 말했다.

황재하는 태연하게 왕종실을 향해 웃으며 말했다. "공공, 그만 저를 용서하시지요."

왕종실이 살짝 미소를 지었다.

황재하는 곰곰이 생각했다. 왕종실은 장항영 부자를 죽인 일을 부인했으며, 곁에 둔 아택이 자신에게 숨어든 첩자일지 모른다는 분위기를 풍기기도 했다. 이는 결국 그 배후의 진범이 누구인지 황재하에게 암시해준 것이나 마찬가지였다. 그런데 장항영 부자가 아가십열에 중독된 뒤에 보인 광적인 분노는 기왕이 대당을 무너뜨리리라는 두려움에서 기인했다. 어쩌면 장항영 집에 있던 그 그림이나, 장위익이 그해 궁에서 보고 들었던 것과 관련이 있지 않을까?

황재하가 여전히 생각에 잠겨 있을 때 왕종실이 입을 열었다. "기왕 전하에 관해 한 가지 그대에게 알려줄 일이 있네."

황재하는 고개를 끄덕이며 왕종실을 보았다.

"어쩌면 그대도 들었을지 모르겠군. 장안 각 방의 노인장들이 연명 상소를 올려 기왕 전하를 엄벌에 처해달라고 청하였네. 아마 이 며칠이 폐하께서 기왕 전하를 어찌 처리하실지 결정하는 중요한 시기가 되지 않을까 싶군." 왕종실은 탁자 앞에 앉아 느릿느릿 말을 이었다. "그런데 그대도 이건 모를 걸세. 오늘 폐하께서 두통을 일으켜서 태자께서 건너가 시중을 들었는데, 갑자기 거의 혼절할 정도로 통곡을 하며 울었다 하네. 그래서 폐하께서 어찌 그리 상심해 우느냐고 물었더니, 태자께서 이리 말했다더군. 넷째 황숙이 천하를 도모할 것인데 부황의 비호가 사라지면 자신의 목숨도 지키지 못할까 두려워 그런다고 말이야."

황재하는 낯빛을 바꾸며 낮게 말했다. "태자 곁에 있는 자가 참으로 음흉하네요."

"그렇지. 그 어린 태자가 알면 무엇을 알겠는가? 곁에 있는 자가 충동질을 한 것이지. 태자의 최측근 환관인 전령자라 하는 자인데, 뜻은 크나 재능이 부족한 인물이네. 신책군을 노린 지도 꽤 오래되었지. 자신이 높이 올라가면 도성 일대에 평안이 찾아올 거라 착각하고 있네." 왕종실의 어투는 음산하고 냉랭했으나, 표정은 여전히 평온했다. 다만 말투가 느긋해 마치 아무 생각 없이 한담을 나누고 있는 듯한 느낌이 들었다. "이제 열두 살을 겨우 채운 아이 곁에서 시중드는 것에 불과한 자가, 그깟 총애 조금 받았다고 태자 전하께 자신을 '아부(阿父)'[31]라 부르게 가르치다니 말이야. 폐하께서는 그 말을 듣고도 그냥 웃어넘기며 대수롭지 않게 여기시더군."

천자가 권력을 잃고 대권이 환관의 손에 넘어간 지 이미 오래였다. 선황 선종은 오랫동안 칩거하다 비로소 마원지를 참살했고, 지금의 황제는 10여 년간 왕종실에게 기대고 있었다. 만약 기왕이 힘을 길러 새로운 권력으로 부상하지 않았다면, 작금의 장안은 여전히 환관들 손에 놀아나고 있었을지도 모른다.

다만 환관은 결국 환관일 뿐, 아무리 날고 기어도 천하의 주인 자리를 찬탈하진 못한다. 하지만 기왕은 왕제였다. 출신과 지위로는 천자 자리에 충분히 앉을 수 있다. 황제가 계속 강건하다면야 별문제가 아니었겠지만, 황제는 이제 머지않아 세상을 떠나게 될 터였다. 그런데 기왕이 이리도 혈기왕성하니, 고작 열두 살 된 태자가 어찌 그런 강적에 맞설 수 있겠는가?

황재하는 만약 자신이 황제의 입장이라면 어떨까 생각해보았다. 어쩌면 자신 역시도 이서백을 향해 그런 경계심을 품었을 것이다. 어쨌거나 이서백은 손쉽게 온 천하를 손에 넣고 천하 만민이 자신을 향해 절을 하도록 만들 수 있는 존재였다.

등에서 식은땀이 배어나왔다. 아무리 생각해도 황제가 이서백을 살려두어야 할 이유가 생각나지 않았다. 왕종실도 무슨 생각엔가 잠겨 아무 말 없이 황재하를 지켜보았다.

황재하는 간신히 마음을 진정시키고는 조금 전 왕종실이 한 말을 받아서 말했다. "공공께서는 어찌 그자를 마음에 두십니까? 그자는 전혀 두려워할 만한 대상이 못 되는 것을요. 태자가 어릴 때부터 자신

---

31 아버지 또는 숙부나 백부 등을 부르는 호칭.

과 가까이 지낸 것만 믿고 세력을 얻기도 전에 날뛰니, 그저 일개 어리석은 자가 아니겠습니까. 그리고 폐하께서는 생각이 깊고 내성적인 자보다 우둔하고 떠벌리기 좋아하는 자가 태자 곁에 있는 편이 낫다고 여기셨겠지요."

"치워야 할 때 그리 힘을 들이지 않아도 되니 말인가?" 왕종실이 차갑게 웃으며 옷을 털어 매무새를 가다듬었다. "예컨대, 폐하께서는 14년의 시간을 들이고도 결국 나를 치우지 못하셨지."

황재하는 그 말에 어떻게 반응해야 할지 몰라 침묵하며 가만히 있었다.

"폐하께서는 평소 내가 기왕 전하와 견해가 엇갈린다는 것을 잘 알고 계시지. 군이 이 사건을 내게 위임하신 데에도 당연히 의도가 있을 것이고." 왕종실은 몸을 일으키며 여유로운 말투로 말했다. "무지하고 어리석은 이들의 연명 상소는 걱정할 필요 없네. 내 명을 받들어 사건을 주관하는데, 어찌 그런 무지몽매한 소인배들에게 영향을 받겠는가."

황재하도 왕종실을 따라 몸을 일으켰다. 황재하가 무어라 입을 열기도 전에 왕종실이 소매에서 상소를 꺼내 황재하에게 보여주었다.

"여기 연명 상소는 그대 뜻대로 하지. 어찌 처리하면 좋겠는가?"

황재하는 고개를 숙이고 말했다. "폐하께서 공공께 이 일을 맡기셨으니 분명 공공께서 타당하게 처분하시리라 생각합니다. 제가 어찌 감히 끼어들겠사옵니까."

왕종실은 황재하를 힐끔 쳐다보고는 더는 아무 말 않고 곧바로 바깥으로 걸음을 옮겼다.

황재하도 그 뒤를 따라 밖으로 나왔다. 맑고 찬 공기가 훅 끼쳐와 온몸이 살짝 떨렸다.

왕종실은 원래 무척 추위를 탔으나 이때는 아직 새잎이 돋지 않은

앙상한 나무를 바라보며 기다란 몸을 우뚝 세우고 서 있었다. 목소리는 차분하면서도 차가웠다. "이제 곧 장안은 가장 떠들썩하고 가장 혼란스러운 시기를 맞을 것이네. 머지않아 불사리가 장안으로 들어오면 분명 온 성안이 시끄럽게 진동하겠지. 그리고 난 폐하께 기왕 전하가 종정시에서 나와 불사리를 모시러 갈 수 있게 하라 권할 생각이네." 왕종실은 담담하게 하늘을 올려다보며 말했다. "사람들은 기왕 전하한테 악귀가 붙었다고 떠들고 있지 않은가. 그런 사람들에게 보여주는 거지. 과연 기왕 전하에게 악귀가 붙었다면 감히 불사리를 모시러 나올 수 있겠는가 하고 말이야."

황재하는 순간 번뜩하여 물었다. "폐하께서 그러라 하실까요?"

"그럴 것이네. 기왕 전하가 과거의 영광을 회복할 수 있느냐 없느냐는, 그 불사리 관문을 통과할 수 있는지 여부에 달렸겠지. 이런 어려운 판국에 그 관문을 넘는 것도 커다란 난제이네." 왕종실이 고개를 틀어 황재하를 바라보며 차가운 미소를 보였다. "그리고 오늘 아침 위구르가 우리 변방 관문을 침입했다는 소식이 당도했네. 진무군이 사수하고 있지. 고생고생하며 군영을 확장하던 이영은 불쌍하게도 하룻밤 사이에 전투에 패해버렸으니, 헛수고만 한 셈이야. 옛날 일이 다시 되풀이되는 것 같네. 2년 전에 위구르가 침입했을 때도 모든 절도사들이 하나하나 나가떨어지며 후퇴하고 말았지. 그리고 그때 병사들을 이끌고 북상해 위구르를 격파한 사람이, 바로 기왕 전하였네."

"그럼 조정은 지금 정말 기왕 전하가 필요한 시점이네요?" 황재하는 뭔가 솟구치는 감정을 억누르며 겨우 마음을 진정시키고 말했다.

왕종실은 그런 황재하를 힐끗 보고는 다시 입을 열었다. "기뻐하기엔 아직 이르네. 예전에 서주에서 방훈의 난을 평정한 이후, 기왕 전하는 왼손을 못 쓰게 되지 않았던가?"

황재하는 가만히 입술을 깨물고는 천천히 고개를 끄덕였다.

"모든 것을 평정한 뒤, 이번에는 과연 무엇을 잃게 될지 그대가 어찌 알 수 있겠는가? 그리고 얼마나 큰 공을 세우든지 간에, 형제를 죽였다는 죄명을 없앨 수 있겠는가?" 왕종실은 소매를 털고는 감개무량한 듯 말했다. "때론 꽤 아쉽기도 해. 난 10여 년을 열심히 경영하며 그 자리에 있었으나 결국 기왕 전하의 그 타고난 재기는 뛰어넘지 못했어. 기왕 전하는 왕부에서 9년을 꼼짝 않고 숨죽이고 살았네. 기왕 전하의 인생 역시 그렇게 끝나겠구나 생각했지. 소리소문 없이 왕부에서 죽어간 다른 형제들처럼 말이야. 그런데 갑자기 방훈의 난을 제압하고서 단번에 일어서게 될지 누가 알았겠는가."

황재하는 왕종실 뒤에 가만히 서서 그 입에서 뿜어 나오는 하얀 입김만 쳐다볼 뿐, 아무런 반응도 하지 않았다.

"이번 일은 또다시 기왕 전하의 생존과 긴밀하게 연결이 되겠지. 그런데 최근 며칠 북방 형세에 변동이 있는 데다가 폐하의 몸 상태도 좋지 않으니, 분명 며칠 지나지 않아 폐하께서도 행동을 취하실 것이고, 기왕 전하가 수정방을 나오는 것도 피할 수 없는 일일 것이네. 어쨌든 죽든지 살든지, 죽이든지 이용하든지, 이젠 더 이상 지체할 시간이 없네." 왕종실의 말에 황재하의 눈이 살짝 커졌다. 하지만 왕종실은 아무것도 느끼지 못하고 계속 혼잣말처럼 중얼거렸다. "사람이 한평생 소중히 여기는 것은 명(命)이고, 한평생 필요로 하는 것은 운이라네. 기왕 전하는 자신의 그 명운을 붙잡았지. 소위 말하는 하늘의 때와 땅의 이익과 사람의 조화가 그대로 맞아떨어졌어. 하늘은 한바탕 반란을 일으켰고, 성상은 나를 제압할 힘을 초조하게 찾고 계셨다네. 기왕 전하는 반란을 평정하며 출중한 면모를 드러냈고, 성상의 지원으로 기회를 얻었으며, 타고난 재기로 결국 지금에까지 이르렀지."

왕종실은 그렇게 말하고는 고개를 돌려 황재하를 향해 차갑게 웃어 보였다. "다만 일이 이 지경에 이르고 보니, 기왕 전하의 명운이 다

했는지 아닌지는 이제 그대 손에 달린 듯하군."

황재하의 가슴속에서 뭔가가 솟구쳤다. 끓어 넘치는 그 무언가가 목구멍을 누르는 듯 호흡조차 하기 힘들어 황재하는 아무 말도 할 수 없었다.

"온지가 그대를 굉장히 많이 좋아하네." 왕종실의 얼굴이 유난히 창백해 보였다. 황재하를 바라보는 음산한 눈빛 속에 희미하지만 분명하게 동정의 빛이 어렸다. "황재하, 그대는 총명하고 영리한 사람이니, 어떤 선택이 자신에게 가장 좋은 인생을 가져다줄지도 분명 잘 알고 있을 테지."

황재하는 뻣뻣하게 고개를 숙이며 대답했다. "네, 알고 있습니다."

장안은 하룻밤 사이에 완전히 다른 도시가 된 것 같았다.

모든 백성이 떠들썩하게 마당에 물을 뿌리고 쓸고 닦았으며, 길거리도 자발적으로 물을 흩뿌리고 쓸어냈다. 하지만 백성들은 자신들의 그런 노력이 헛수고였음을 이내 깨달았다. 성안의 부호들은 진즉에 깨끗한 모래를 구해와 체에 정성스레 거른 뒤, 바닥에 고운 모래를 깔아놓고 불사리가 오기만을 기다렸다. 하지만 얼마 지나지 않아 그들 역시 아무리 귀한 모래도 별것 아님을 깨달았다. 왜냐하면 불사리가 지나는 길에 깔려고 가세가 기울 정도로 돈을 들여 수백 장 길이의 페르시아 융단을 사들인 사람도 있었던 것이다.

온 장안성이 들썩이고 있었다. 황제가 친히 명하여 지은 불탑과 오색 천막이 각 길의 입구마다 세워졌다. 성안 부호들은 수은으로 연못을 만들어 금과 옥으로 만든 나무를 세웠으며 길가 곳곳에 오색 천막을 세웠다. 거리의 나무 위에까지 사람들이 걸어놓은 비단 천으로 가득했다. 장안 모든 곳이 휘황찬란하게 치장을 하고서 불사리가 오기만을 기다렸다.

황재하는 좁은 소매의 도포 차림으로 남장을 한 채 말을 타고 장안 거리를 지나고 있었다. 하지만 거리 곳곳이 붐벼서 말에서 내려 걸어 가는 수밖에 없었다. 인파 사이를 천천히 걷다 멈추다를 반복하며, 곧 있을 성대한 행사에 대해 수다스럽게 떠드는 소리를 들었다.

"불사리를 장안에 잘 모시고 나면, 태평천하가 지속되고 우리 백성 들도 안락해지겠지! 정말이지 다들 이날을 얼마나 기뻐하며 기다렸 는지!"

"그건 모르는 일이지. 왜 헌종 황제께서 불사리를 모실 때 한유가 물정 모르고 막아서는 바람에 그날 바로 좌천됐잖은가? 이번에도 누 군가가 불사리 앞에서 불경한 일을 저지를지 어찌 알겠는가!" 한 노 인이 수염을 쓰다듬으며 말했다.

옆에 있던 자가 뭔가를 깨달은 듯 물었다. "어르신 말씀은 그러니 까, 기왕 전하가 불사리 모시는 일을 방해하려 들 거라는 뜻입니까?"

"그렇지 않겠는가? 원래 기왕은 처음부터 이 일에 불만을 표하며 폐하께서 불탑 짓는 걸 막으려 들었잖은가? 생각해보게. 이게 기왕과 무슨 상관이 있다고 그렇게 반대하고 나서며, 끝내 불탑을 줄이게 만 들면서까지 성상의 일을 막으려 했느냐 말이야?"

"저도 그런 소문을 들었습니다!" 또 어떤 사람이 비밀스러운 목소 리로 말했다. "듣기로, 기왕 전하한테 기이한 부적이 하나 있는데, 거 기에 방훈의 망령이 붙어 있다던데요. 매번 살육의 때가 되면 부적이 핏빛으로 가득해진다죠. 그래서 기왕 전하가 그 부적에 의지해 종횡 무진할 수 있었던 거랍니다. 남조를 평정하고 위구르를 대패시켰던 것도 모두 다 방훈의 악령 덕분이라고요!"

세간의 소문이라는 것은 이토록 황당무계했다. 황재하는 자신도 모 르게 고삐를 당겨 멈춰 서서는 계속해서 이야기를 들었다.

그 사람은 무리가 자신의 신비롭고 괴기한 이야기에 빠져들어 진지하게 듣는 것을 보고는 더 과장되게 침을 튀기며 말했다. "그런데 그 왜, 잘 되든 못 되든 그 하나에 다 담겨 있다는 말이 있지 않습니까. 그 부적이 성공을 가져다주긴 했지만, 또한 그것이 자신의 정신을 야금야금 갉아먹고 있다는 사실을 기왕 전하가 몰랐던 겁니다. 이젠 방훈의 악령에 완전히 사로잡혀서 자신의 정신은 깡그리 다 잃어버리고 역모까지 꾀하고 있으니 말 다했지요!"

"어쩐지 악왕 전하까지 죽였다 하더니, 이젠 가족의 정이고 뭐고 없나 봐!"

"황실에 무슨 가족의 정이 있겠어? 기왕부 측근 시위병까지 나서서 증언했지 않은가. 기왕이 천하를 무너뜨리려는 역모의 마음을 가지고 있다고 말이야. 그러니 그깟 형제 사이가 무슨 대수였겠어?"

사람들이 탄식하는 가운데 노인이 다시 입을 열었다. "맞는 말일세. 그래서 나도 여러 노인장들과 연명하여 천자께 상소를 올렸지. 국법을 중시하고 공을 가벼이 하여, 반드시 죄악을 명명백백히 밝히고 그 흉악한 자를 주살함이 마땅하다고 말이야!"

"어르신들께서는 그 연세에도 여전히 일심으로 나라를 위하시니, 참으로 귀감이 됩니다!"

사람들이 저마다 노인을 치켜세우며 칭찬하는데 누군가가 물었다. "그런데 기왕 전하가 전국 각지의 난을 평정해 사직에 큰 공을 세운 것은 사실이지 않습니까. 만약 정말 정신이 홀려서 그리했다면, 그간 세운 공을 봐서라도 사형까지 물을 죄는 아닐 것 같은데요."

"기왕의 죄가 물론 사형에 이를 정도도 아니고 심지어 이 나라와 사직에 큰 공을 세운 것도 맞네. 하나 지금 기왕의 몸에 살고 있는 건 이미 기왕이 아니라 방훈이란 말일세. 악귀를 잡아 죽이는 것인데 기왕의 죗값이니 공로니 하는 게 무슨 상관인가!"

또 다른 이가 말했다. "하지만 제가 볼 때 지금 조정은 아직 기왕 전하가 필요한 것 같습니다. 소문에……." 그 사람은 여기까지 말하고는 은밀한 표정을 지어 보이며 목소리를 낮추고 눈썹을 치켜세웠다. 가장 새로운 따끈따끈한 소식을 자신이 알고 있다는 사실에 잔뜩 흥분한 모습이었다. "조정에서 기왕 전하를 보내 진무군을 제압하게 할 거라더군요!"

"말도 안 돼. 진무군에 무슨 문제라도 있는 건가?"

"정확히는 모르겠지만, 어쨌든 얼마 전에 진무군이 대량으로 군비를 확충하고 있다는 소문이 나돌지 않았습니까? 혹 반란을 일으킨 건 아닐까요? 그래서 그걸 평정하려고……."

"이봐 젊은이, 그 방훈이야말로 반란군 출신 아닌가. 지금 기왕이 진무군을 치러 간다는 건, 그럼 반란군이 반란군을 친다는 말인가? 아주 난장판이 되겠구먼."

다들 크게 소리 내며 웃었다. 이들이 떠들어대는 이야기를 듣던 황재하는 죄다 어처구니없는 소리라 여겨 말고삐를 끌어 그곳을 벗어나려 했다. 그때 갑자기 북소리가 크게 울려 사람들의 이목을 집중시켰다. 사람들은 소리가 들리는 곳으로 우르르 몰려갔다.

황재하의 시선도 사람들이 몰려가는 곳으로 향했다. 철금루에서 자주 이야기를 전하던 그 중년의 이야기꾼이었다. 과연 사람이 많이 모이는 떠들썩한 곳에 이야기꾼이 빠질 리 없어, 이번에도 아주 생기 넘치는 모습으로 작은 북을 들고 거리로 나왔다.

역시 입으로 먹고사는 이답게 북채를 한 번 휘두르고 입을 여는 것이 예사롭지 않았다. 제일 먼저 태종 황제 능연각의 24공신[32]에 관한 이야기로 운을 뗐는데 사람들이 별로 좋아하지는 않았다.

---

32 태종이 공신들의 공로를 기리기 위해 공신 24인의 초상을 그리게 하여 황궁 내 능연각에 걸어놓았다.

"좀 더 재미있는 거 없소? 이왕이면 요염하고 향긋한 것으로 말이오!" 사람들의 마음이 통한 듯 무리들 속에서 낮은 웃음소리가 들려왔다.

이야기꾼이 말했다. "그럼 여러분들께 전대의 수양제가 겪었던 황당무계한 일에 대해 들려드리겠소. 문제가 늘그막에 중병을 얻은 때에 양제가 곁에서 시중을 들고 있는데, 때마침 탕약을 들고 오는 선화 부인을 보았단 말이지. 그저 힐끔 한 번 쳐다봤을 뿐인데, 양제는 넋을 잃고 속으로 생각했지. 천하에 어찌 저런 미인이 있을 수 있단 말인가……."

"그 후 문제가 붕어하자 양제는 동심결을 선화 부인에게 보냈고, 선황의 비빈을 거두어 밤마다 노래와 주색에 빠졌더라……. 100번도 더 들은 이야기요. 좀 더 새로운 거 없소?"

사람들이 박장대소하며 웃는 가운데 돌연 황재하의 낯빛이 변했다.

악왕부 향로 속에서 발견한 몇 가닥 끈이 빠르게 머릿속을 스치듯 지나갔다. 남은 끈의 모양으로 봐서 틀림없이 타고 남은 동심결이었다. 동심결, 비수, 옥팔찌……. 과연 서로 아무 관계도 없어 보이는 이 세 가지 물건에 정말로 하나로 연결된 의미가 담겨 있었다!

순간 극심한 공포가 엄습해오며 눈앞이 흐릿해졌다. 주위 모든 사람의 형상이 뒤로 물러가며 사라지더니 눈앞에 그저 희미한 길의 흔적만이 남았다. 얇게 비치는 오색 천막이 하늘을 가려, 천막을 통과해 길을 비추는 햇살 또한 찬란했다. 마치 담홍색 핏빛이 천지를 뒤덮은 것 같았다.

황재하는 창백해진 얼굴로 자신도 모르게 말고삐를 꽉 움켜쥐고는, 믿을 수 없다는 듯 두 눈을 크게 뜬 채 미동도 없이 담장 구석에 서 있었다. 아주 오랜 시간이 흐른 뒤에야 무겁게 가라앉은 숨소리가 귓가에 들렸다. 온몸의 털이 삐쭉삐쭉 섰다. 황재하는 두려움과 경계의 눈빛으로 무의식적으로 주위를 살폈다. 하지만 주위 사람들은 다들 아무 일도 없는 듯 태연히 걸어가고 있었다. 귓가에 들리는 무겁고 가쁜 숨소리는 황재하 자신의 것이었다.

그간 수많은 사건을 다루면서 온갖 흉악하고 무서운 수단과 방법을 수도 없이 겪었다. 하지만 이토록 많은 사람들 속에서 식은땀을 흘리며 순식간에 머릿속이 하얘진 것은 처음이었다. 그 진실이 너무나 무서워 귓가에 윙윙거리는 소리가 울렸다. 낯빛은 차마 눈뜨고 볼 수 없을 정도로 일그러져 길 가던 사람들이 힐끔힐끔 쳐다볼 정도였다.

황재하는 담장 구석에 몸을 기댔다. 온 장안성이 시끌벅적한 이때, 불사리의 길운을 바라며 한껏 기대에 부푼 사람들 속에서 황재하는 온몸의 감각을 잃은 듯 몸이 뻣뻣하고 차갑게만 느껴졌다.

한참이 지나서야 정신이 다시 돌아오기 시작했다. 이야기꾼은 이미 주제를 바꿔 기왕이 위구르를 무찌른 이야기를 하고 있었다. 재주껏 열심히 이야기를 이끌어갔으나 사람들은 이야기를 들어주지 않고 분분히 항의했다.

"지금 기왕은 죄를 지은 몸 아닌가. 다른 이야기로 하게!"

황재하는 힘껏 관자놀이를 누르며 벽에 기대어 서 있었다. 몸에 힘이 빠져 자리를 떠날 수도 없었다.

"자자 여러분, 오늘 내가 이 이야기를 꺼낸 데에는 다 이유가 있소!" 이야기꾼은 오색 천막 아래 있어서이기도 했지만, 흥분한 탓에도 얼굴이 벌겋게 달아올라 있었다. "다들 알다시피 위구르가 변방을 침입한 것은 한두 번 있는 일이 아니지 않소. 그런데 혹시 그 소식 들으셨소? 진무군이 격퇴당해 50리를 퇴각하며, 군영까지 빼앗겼단 말이오!"

청중들 사이에 한바탕 소란이 일었으나, 사람들은 이내 낙담한 표정으로 말했다. "퇴각이 뭐 대순가? 대당의 국운은 이미 쇠락했지, 그리고 뭐 변경에서 싸움에 진 것이 이번이 처음도 아니고. 예전의 기상은 사라진 지 오래야."

이야기꾼이 정색하며 말했다. "몇 해 전 기왕 전하가 위구르를 크게 무찌른 뒤로, 그들은 '기왕'이라는 말만 들어도 간담이 서늘해 함부로 덤비지를 못했소. 그런데 이제 기왕 전하가 어려움을 당해 목숨을 보전키 어려운 것 같으니 그 틈을 노려 침입해 들어온 것이오! 이는 우리 대당에 인재가 없다고 무시하는 행위가 아니고 무엇이겠소! 남의 집에 불난 틈을 타 도둑질하는 것과 같은 이 소인배들의 행실에 실로 통한을 금할 수가 없소이다!"

청중은 순간 격동하기 시작했다. 누군가가 나서서 소리쳤다. "절대 용납할 수 없지! 지금 당장 기왕 전하가 우리 대당의 군사를 이끌고 북방 변경으로 가서 위구르 놈들에게 본때를 보여줘야 해! 분수도 모르고 날뛰는 망나니들한테 우리 대당의 위엄을 보여줘야 한다고!"

"아무렴, 그래야지! 놈들의 코를 납작하게 해줘야 해!"

외적의 침략에 대한 이야기 앞에서 백성들은 즉시 선동되어 기왕이 악왕을 죽인 일은 금세 기억 저편으로 내던졌다. 그러고는 곧 그에 대한 상상을 펼쳐나갔다. 기왕이 북방 변경으로 달려가 이렇게 저렇게 위구르를 공격할 것이며, 어쩌면 곧바로 그들을 사막으로 몰아내 다시는 힘을 쓰지 못하도록 할지도 모른다는 이야기들이 이어졌다.

"그리고 또 하나, 여러분께 들려드릴 이야기가 있소이다. 기왕 전하가 악왕 전하를 죽인 그 사건 말인데, 상식적으로 너무 이상하다는 생각이 들지 않소? 그 속에 숨겨진 비밀을 이제 소인이 여러분께 하나하나 들려드리리다……."

이야기꾼은 그 뒤로도 사람들이 혹할 만한 별의별 말을 갖다 붙이며 청중을 더 소란스럽게 이끌었다. 황재하는 몽롱한 정신으로 말고삐를 잡아당기며 천천히 걸음을 옮겼다. 왕 가의 움직임은 확실히 빨랐다. 여론을 돌려야 한다고 말한 지 얼마 되지 않아 벌써 그 작업이 시작된 것이다.

고개를 들어 보니 수정방이 눈앞에 보였다. 황재하는 길가 버드나무에 말을 묶은 뒤, 말을 지키는 자에게 여물을 챙겨 먹여달라고 부탁하고는 종정시 누각 쪽으로 걸음을 옮겼다. 대문을 눈앞에 두고 황재하는 골목 끝 구석에 가만히 섰다. 홰나무 한 그루가 황재하의 모습을 가려주었다.

해가 점점 높이 떴으나, 나무 뒤에 서 있는 황재하의 손발은 점점 차가워져만 갔다.

황재하의 머릿속은 온통 동심결과 비수, 그리고 깨진 백옥 팔찌에 대한 생각으로 가득 찼다.

만일 누군가가 지금 황재하를 본다면 파르르 떨고 있는 입술과 공포로 가득한 얼굴을 뚜렷이 볼 수 있었으리라.

이미 모든 전후 관계를 알게 된 지금, 황재하는 여전히 두려움을 느꼈다. 소멸된 인간성이 두려웠고, 아직 모르는 미지의 어떤 것들이 두려웠으며, 자신의 손으로 이 모든 진상을, 어쩌면 이서백의 결백조차 드러낼 수 없다는 것이 두려웠다.

황재하는 힘겹게 자신을 억누르며 아랫입술을 깨문 채 잠자코 서서 기다렸다.

진시가 가까워오자 대열을 갖춘 어림군이 도착했다. 그들을 통솔한 이는 왕온이었다.

"폐하의 수령[33]이다. 기왕은 입궁하여 폐하를 알현하라 명하셨다."

한 치의 소홀함도 있어서는 안 되었기에 보초병은 수령을 받아 살펴본 뒤에야 왕온을 안으로 들게 했다. 황재하는 미동도 않고 홰나무

33　황제가 친히 내리는 명령 또는 명령서.

뒤에 서서 이 상황을 지켜보았다. 구불구불 위로 솟은 나무줄기가 황재하를 가려주어 얼굴의 반만 드러나 있었다.

잠시 후 이서백과 왕온이 밖으로 나왔다. 생기 없는 이서백의 표정은 푸른빛이 감도는 회색 도포 때문에 한층 더 가라앉아 보였다. 황제를 알현하라는 갑작스러운 소식에도 아무런 표정도 드러내지 않았고, 나는 듯이 말에 올라타는 모습 또한 평소와 조금도 다르지 않았다.

황재하는 이서백의 옆모습을 바라보았다. 기억 속 그 윤곽과 똑같이, 여전히 먼 산의 굽이진 물줄기처럼 아름다웠다. 황재하는 눈 한번 깜빡이지 않고 그저 멍하니 이서백을 바라보았다. 이서백의 동작 하나하나를 넋을 잃은 채 지켜보며, 이서백의 모든 호흡을 기억하려 했고, 흩날리는 머리칼의 모든 움직임을 마음속에 새기려 했다.

황재하는 소리 한번 내지 않고 가만히 아랫입술을 깨문 채, 말을 달려 앞으로 나가는 이서백을 눈으로 배웅했다.

아무 기척도 내지 않았건만 이서백은 무언가가 느껴졌는지 불현듯 고개를 돌려 황재하가 있는 곳을 바라보았다. 이서백의 날카로운 눈빛은 나뭇가지를 투시해 황재하를 자신의 눈앞으로 끌어다놓기라도 할 것만 같았다.

황재하는 무의식적으로 몸을 웅크리며 나무 뒤로 더욱 바짝 숨었다. 다행히 이서백은 잠시 멈춰 서는가 싶었을 뿐, 이내 시선을 거두고는 말을 달려나갔다.

이서백이 멀리까지 간 뒤에야 황재하는 안도의 한숨을 쉬며 홰나무에 등을 기댔다. 멀리 사라진 이서백과 그 곁의 무리를 등진 채, 황재하는 평생 가슴속에 묻어두어야 할 진실에 대해 생각했다. 멍한 얼굴로 한참을 그렇게 서 있다가 결국 눈을 감으며 긴 한숨을 내쉬었다. 기쁨과 씁쓸함이 함께 밀려왔다.

"왕 공공의 예상이 정확했어. 과연 이날에 맞춰 변화가 생기는 것을 보니." 혼잣말을 하던 황재하는 거기까지 말하고는 더 이상 말을 잇지 못했다. "하지만⋯⋯."

하지만 이로써 황재하는 왕 가에 더 많은 빚을 지게 되었다.

황재하가 눈보라 속에서 이서백의 곁을 떠났던 것은, 왕온을 이용해 왕 가가 이 일과 어떻게 연루되어 있는지 알아보고, 그 배후를 파헤치기 위해서였다. 그런데 한 걸음 한 걸음 걸어갈수록 왕 가로부터 이토록 많은 은혜를 입게 될 줄은 몰랐다. 지금 이런 상황에까지 이르고 보니, 황재하는 남겨놓았던 자신의 마지막 퇴로를 스스로 포기할 수밖에 없었다.

왕온은 물론 왕 가 전체가 황재하를 도와준 덕분에 사건에 더 깊이 들어가 배후의 진실을 볼 수 있었고, 기왕이 종정시를 나올 수 있었으며, 사건이 큰 전환점을 맞게 되었다. 그러니 황재하가 어떻게 약속을 깨뜨릴 수 있겠으며, 어떻게 왕 가와 등질 수 있겠는가?

이번 기회를 잘 이용하면 이서백은 이 모든 그물에서 완전히 벗어나, 천하를 종횡무진하며 자신의 재기를 발휘할 것이고, 다시는 이런 위험에 놓이지 않을 것이다. 어쩌면 서로를 잊고 지내는 것이, 두 사람에게 가장 좋은 결말이 될지도 모른다.

그러니 지금 황재하가 할 수 있는 유일한 선택은, 이서백이 이 모든 난관에서 벗어나 평안을 되찾는 즉시 그의 인생에서 사라지는 것이다. 다시는 만나지 않는 것이다.

이서백과 마지막 만남을 가진다 한들, 어떻게 작별의 말을 하겠으며, 어떻게 다시는 보지 말자는 말을 하겠는가.

19장

자욱한 어향 연기

불사리가 장안에 도착하는 날, 사경이 되자 서봉한은 궁녀 100명과 환관 100명을 이끌고 성에서 10리 밖까지 나가 망배[34] 했다. 묘시가 되어 날이 밝자 멀리 향불 연기가 피어오르는 것이 보였고, 불사리를 맞는 목탁 소리와 독경 소리가 희미하게 전해져왔다. 지난밤 성에서 가장 가까운 불탑에서 휴식을 취한 불사리 행진 대열이 다시 움직이기 시작한 것이다.

황제는 불사리를 맞이하기 위해 대규모의 의장대를 조직했다. 비단천으로 일산과 깃발을 만들고 불구(佛具)는 모두 금, 옥, 진주, 비취, 마노로 장식했는데 보석마다 최소한 100곡 이상의 양을 아낌없이 사용했다. 의장대는 법문사에서 장안까지 총 300리가 되는 거리를 말과 마차를 이용해 밤낮으로 나아왔다. 근처 촌락의 사람들이 이미 소식을 듣고 의장대를 따라왔다. 백성들은 손에 꽃과 향촉을 들고 좁은 길 양쪽으로 늘어서서 의장대를 맞이했다. "아미타불" 하고 염불하는 소

---

34 대상이 있는 쪽을 향해 멀리서 절을 함.

리가 들릴 때마다 사람들은 일제히 허리 숙여 절을 했고, 심지어는 감정이 격해져 통곡하거나 발을 동동 구르며 가슴을 치는 이도 있었다.

금위군의 인솔 아래 궁인들이 춤을 추었고, 민간 악단의 장렬한 행렬도 수십 리에 걸쳐 이어졌다. 천지를 뒤흔드는 소리 가운데 불사리가 성안으로 들어왔고, 장안의 모든 사람이 대로로 몰려나왔다. 조정은 관아의 모든 업무를 중단시켰으며, 대신들 역시 쏜살같이 나와 행렬을 맞이했다. 거리가 온통 사람으로 가득했다. 폭이 50장 넘는 장안 주작대로 위로 무수히 많은 사람이 몰려들어, 길가에 무릎을 꿇고 머리를 조아리며 절을 하는 이들의 머리만 시커멓게 보일 정도였다.

인파 뒤에 서서 제대로 보이지 않는 이들은 하는 수 없이 지붕 위로 올라가기도 했다. 장안 모든 향초 가게의 향촉은 진작 동나고 없었다. 사람들마다 미리 준비해둔 향촉에 불을 붙여 손에 들어, 장안성 전체에 향불 연기가 가득했다. 거리마다 향촉이 밝혀졌고, 집집마다 탁자 위에 향촉이 놓였으며, 사람들은 저마다 엎드려 절했다.

시끌벅적 정신없는 가운데, 흥분한 나머지 피를 내어 바닥에 뿌리는 이가 있는가 하면, 머리에 불을 놓거나 손가락을 태우는 이도 있었다. 심지어 어떤 이는 팔을 부러뜨려 공양하기도 했다. 주위 신도들은 그 사람을 우러러보며, 그가 부처의 광명을 더 많이 받을 수 있도록 불사리 바로 뒤에까지 들어 옮겨주었다. 도성 전체가 광란의 빛으로 가득한 가운데 드디어 불사리가 대명궁 안복문 앞에 도착했다.

안복문 밖에서 불사리를 맞이한 사람은, 그 누구도 예상치 못했던 기왕 이서백이었다.

"저…… 저건 악령이 붙어서 부처의 빛을 무서워한다는 기왕이 아닌가?"

"그런데 기왕이 불사리를 맞이한다고? 기왕이 불사리를 모실 자격이 있단 말이야?"

"폐하는 대체 어찌 눈이 가려져 저런 자를 보내 불사리를 맞이하게 하신단 말인가?"

하지만 그러한 의문들이 흘러나오고 얼마 지나지 않아 금세 새로운 이야기가 그 의문들을 압도했다. "며칠 전 그 이야기 못 들었는가? 기왕 전하가 악왕 전하를 죽였다는 그 사건에 또 다른 내막이 숨겨져 있었다는 이야기 말이네!"

"내막이 있을 게 또 뭔가? 악왕 전하가 기왕 전하 손에 죽었다는 건 틀림없는 사실이잖아. 거기에 무슨 거짓이 있을 수 있다고."

"그게, 악왕 전하가 악령에 씌어서 폐하를 암살하려 했다는 거야! 기왕 전하는 사직을 지키기 위해 악왕 전하와 싸우고 있었고. 그런데 악왕 전하가 죽기 전에 모든 걸 기왕 전하한테 뒤집어씌웠다는 거지!"

"그럼 자네 말은, 악왕 전하가 목숨을 버리면서까지 기왕 전하를 모함하려 했다는 거야?"

"다른 건 몰라도, 기왕 전하가 여러 해 이 나라를 위해 얼마나 많은 난을 평정했는가 말이야. 목숨을 잃을 각오로 전장에 뛰어든 것이 어디 한두 번이었는가? 소문에 듣자 하니, 지금도 위구르가 침입해 들어와 서북쪽이 굉장히 위태로운데, 그 위험한 상황에 이번에도 역시 기왕 전하가 어명을 받들어 북쪽 변방으로 출정한다더라고!"

"그…… 그건 안 될 말이지! 기왕 전하는 악령이 쓰인 몸인데 만일 그러다 변심이라도 하면 어쩌나?"

"악령에 쓰였는지 아닌지는 기왕 전하가 불사리를 무사히 영접하는지 여부를 지켜보면 알 수 있는 것 아니겠나?"

북소리가 천지를 진동하는 가운데 모래 위에 깔린 융단 길은 이미 끝이 났고, 거기서부터는 궁중의 붉은 비단이 궁문 앞까지 깔렸다. 서봉한과 주사 이건이 함께 불사리를 이끌고 붉은 비단 위로 걸음을 내디뎠다. 이서백은 궁문 정중앙에 서 있었다.

자줏빛 옷을 차려입은 이서백의 살짝 마른 얼굴이 초봄의 드넓은 하늘 아래 눈부시게 빛났다. 옥석 계단 아래까지 이어진 붉은 비단 위에 곧게 선 훤칠한 그 자태는 마치 바람을 맞으며 우뚝 서 있는 화나무 같았다. 그 모습을 본 사람들은 이서백이 악령에 씌었다는 생각을 버릴 수밖에 없었다.

만인이 주목하는 가운데 이서백은 앞으로 세 걸음 걸어 나갔다. 곁에 있는 자들이 건넨 향을 받아 든 뒤 절을 하고는 거대한 사리탑 위에 올려놓았다. 이어 불사리를 궁 안으로 영접하기 위해 정수를 버들 가지로 찍어 바닥에 흩뿌리는 의식을 했다.

이서백이 정수를 바닥에 뿌리자 장안성을 가득 채운 연기가 돌연 바람에 휩쓸려 날아가고, 하늘을 가렸던 얇은 구름층이 걷히더니 햇살 한 줄기가 쏟아져 내렸다. 햇살이 정확히 이서백을 향해 비추어, 이서백의 온몸이 찬란한 금빛으로 반짝였다. 마치 이 세상 유일무이의 불광(佛光)이 천지를 초월하여 인간 세계로 쏟아져 내린 것 같았다. 그것도 오직 기왕 이서백 한 사람을 비추기 위해서 말이다.

성안을 가득 채운 사람들은 드넓은 하늘 아래 다들 넋을 잃고 서 있었다. 악단과 예인들은 연주와 가무도 잊은 채 멍하니 서서 이서백이 버들가지를 아홉 번 흔드는 모습을 지켜보았다. 그때 구름이 다시 하늘을 덮었다. 마치 조금 전 이서백을 향해 쏟아진 햇살은 그저 환상이었다는 듯, 태양은 다시 구름 뒤로 몸을 숨겨 보이지 않았다.

"불…… 불광이다, 기적이야!"

누가 먼저 그리 외쳤는지는 모르지만, 그 말은 삽시간에 사람들 사이로 퍼져나갔다. 저마다 "불광의 기적이 나타났다" 하고 중얼거리며 불사리와 기왕을 향해 절을 했다. 방금까지만 해도 기왕이 악령에 씌었다고 말했던 사람들도 자기가 한 말은 깡그리 잊고 눈물 콧물을 쏟아내며 눈앞에 펼쳐진 기적에 함께 흥분했다.

"기왕이 오늘까지 이렇게 온 걸 보면, 참으로 운이 좋아."

궁문 안에 서 있던 왕종실은 바깥의 떠들썩한 광경을 보며 등 뒤의 왕온에게만 들릴 정도로 나지막이 말했다. "온 백성의 재물을 낭비해 벌인 이 놀음에서 결국 득을 본 자는 기왕이군."

왕온이 고개를 끄덕였다. "최근 며칠간 저희가 바깥에서 여론을 뒤집긴 했으나, 오늘 잠시 비춘 저 태양에는 한참 미치지 못하지요."

"그러니 세상일은 재미있고 우습다고 하는 것이지, 안 그러냐?" 왕종실이 잠시 차가운 미소를 짓고는 다시 무표정한 얼굴로 눈을 들어 대전 앞에 선 황제를 보았다.

새하얗게 질린 황제의 얼굴이 유난히 일그러져 있었다. 두통 때문인지, 아니면 조금 전에 기왕을 비춘 그 한 줄기 햇살 때문인지는 알 수 없었다.

하지만 그것도 잠시뿐, 황제는 이내 찡그린 얼굴을 폈다. 불사리가 이미 계단 아래에 도착했기 때문이다. 황제는 불사리를 맞으러 계단을 내려갔다. 순간 발을 삐끗하여 하마터면 넘어질 뻔했으나, 다행히 그 뒤를 따르던 황후가 급히 부축한 덕에 불상사는 면했다.

황후가 황제를 향해 나지막이 말했다. "폐하, 조심하십시오."

황제는 황후의 말을 귀 기울여 들을 여유도 없이 계속해서 불사리를 향해 한 걸음 한 걸음 걸어갔다. 흥분으로 황제의 온몸이 미세하게 떨렸다. 황후는 수행 환관에게 황제를 부축하라 눈짓한 뒤, 황제에게 불사리를 향해 예를 취하시라 일깨워주었다.

황제와 황후는 향을 피우고 기도를 올린 다음 새로 단장한 불당으로 사리를 모셨다. 경당[35]은 진주로 장식되었고, 부처 앞에는 각양각

---

35 경문을 새긴 돌기둥.

색의 옥석으로 조각한 꽃들이 놓여 있었다. 경서에는 금박을 입혔고, 목어는 침단목으로 만들었으며, 부들방석은 꽃잎이 36장이나 되는 연꽃 문양을 금실로 수놓았다.

사흘 동안은 황제가 친히 봉양해야 했기에, 각 관아는 그 기간 동안 휴가를 맞았다. 그래서 조정 대신들은 불사리에 절을 한 뒤 대명궁을 나와 집으로 돌아갔다. 대명궁을 나오던 이서백은 적잖은 관원들과 마주쳤다. 다들 이서백을 향해 예는 갖추었으나, 대부분 머뭇거리며 가까이 다가오진 못했다. 이서백은 전혀 개의치 않았다. 궁문 앞에 대기하고 있던 마차에 올라타려던 그때 누군가가 뒤에서 이서백을 불렀다.

"전하."

고개를 돌려 보니 왕온이었다. 왕온은 원래 궁중의 안전을 지키는 자리에 있었지만, 오늘은 불사리를 이끌고 오느라 가벼운 행장 차림이었다. 왕온이 말에서 내리며 이서백을 향해 예를 갖추었다.

이서백도 왕온을 향해 고개를 끄덕였다. "무탈했는가?"

"전하의 관심 덕분에 무탈하게 지냈습니다." 왕온은 말고삐를 곁에 있던 시위병에게 건네고는 이서백에게 가까이 다가가 공수했다. "속박을 벗고 궁으로 복귀하신 것을 감축드립니다."

이서백도 옅은 미소를 띠고 말했다. "온지, 자네도 축하하네. 듣기로 경사가 있다던데?"

왕온은 이서백의 빠른 정보력에 조금도 놀라지 않았다. "네, 그렇습니다. 불사리를 모시는 일이 끝나면 바로 혼례에 관한 일들을 진행할 것입니다."

"폐하께서 불사리를 사흘간 공양하신다 하니, 그럼 사흘 후에 성도로 출발하는 것인가?" 이서백은 표정 하나 바꾸지 않고 물었다.

왕온이 고개를 끄덕이며 이서백을 향해 미소 지었다. "성도로 가서 정식으로 재하를 맞아 돌아온 뒤, 장안에서 바로 혼례를 치를 것입니다."

마치 뾰족하고 날카로운 침에 찔린 것처럼 이서백의 속눈썹이 미세하게 떨렸다. 호흡마저 멈춰버린 듯했다. 이서백이 깊이 숨을 들이마시고 다시 입을 열려는 그때, 새 울음소리가 들려왔다. 드넓은 하늘에 갑자기 새 한 마리가 날아와 궁궐 처마 끝에 앉았다가 다시 먼 곳으로 날아갔다.

이서백은 눈을 들어 홀로 날아가는 새를 보았다. 하늘 끝으로 사라지는 새를 바라보는 이서백의 눈 속에 깊은 고독이 배어 있었다. 이서백은 한참 후에야 시선을 거두고 천천히 입을 뗐다. "일찍이 내 측근이었거늘, 곧 경사가 있을 거라는 사실도 모르고 있었군."

이서백의 표정을 본 왕온은 가슴 깊숙이에서 올라오는 불안을 억누르며 공수한 채 웃으면서 말했다. "용서하십시오. 재하와 제가 혼사 준비에 바빠 미처 전하께 소식을 전하지 못하였습니다."

이서백은 뒷짐을 지고 하늘을 보며 아무 말도 하지 않았다.

왕온은 부드러운 목소리로 계속해서 수다스럽게 말을 늘어놓았다. "엊그제 막 혼례복을 입어보았습니다. 몇 가지 손봐야 할 부분이 있어서 오늘 자수방 부인을 데리고 상의하러 갈까 합니다. 재하도 제게 달리 묻지 않았던 터라, 저도 미처 전하의 기쁜 소식을 재하에게 전하진 못했습니다."

이서백은 두 사람의 혼사와 관련된 이야기는 듣고 싶지 않아 손을 들어 왕온의 말을 끊으며 말했다. "그렇다면 내가 직접 가서 얘기하도록 하지. 성도에서 내 목숨을 구해준 적도 있고, 우리가…… 친분이 얕은 사이는 아니니 말이야."

왕온은 어두운 눈으로 다시 공수하며 이서백에게 말했다. "전하의 호의에 감사드립니다. 하나 일전에 성도에서 소관에게 이리 말씀하셨지요. 재하가 자유롭기를 원한다고 말입니다. 재하는 이미 선택을 내렸고, 저희 두 사람은 지금 혼례 준비로 바쁜 가운데 있습니다. 한데 전하께선 어찌하여 또다시 재하에게 근심을 안기려 하십니까?"

이서백의 시선이 왕온에게로 떨어졌다. 잠시 멈칫하던 이서백은 이내 몸을 돌리며 말했다. "본왕은 그저 옛 친구의 정을 다하려는 것뿐이야. 설령 온지가 부적절하다 생각할지라도, 반드시 직접 만나 정확히 해야 할 말이 있다."

냉혹하리만치 고집스러운 이서백의 목소리를 들으며 왕온은 순간 어찌 거절해야 할지 몰랐다.

"내가 약속했던 것이 있는데, 그것을 아직 지키지 못했으니 어쨌든 무슨 말이라도 해주어야 하지 않겠느냐?"

이서백은 더는 왕온에게 시선을 주지 않고 곧바로 마차에 올라타 출발을 명했다.

이서백의 고집스러운 태도에 왕온은 잠시 그 자리에 멍하니 있었다. 정신을 차리고 보니 이서백이 탄 마차는 이미 동쪽으로 향하고 있었다. 왕온은 빠른 걸음으로 뒤에 있던 시위병에게로 가서는 훌쩍 몸을 날려 말에 올라탔다. 그러고는 병사들에게 뭐라 이를 새도 없이 곧바로 채찍을 휘둘러 말을 달렸다.

뒤에 남겨진 어림군 병사들은 어리둥절하여 서로 눈만 마주쳤다. 왕온 측근의 어린 시위병이 재빨리 말을 타고 왕온을 바짝 쫓아가며 외쳤다. "왕 통령, 폐하의 명이 있지 않았습니까! 사흘 동안 궁의 호위를 더욱 철저히 하고, 왕 통령께서는 절내 대명궁을 떠나서는 안 된다고요!"

왕온은 고개도 돌리지 않고 말했다. "잠시 갔다 돌아올 것이야."

"하지만…… 폐하의 명입니다. 만에 하나 폐하께서 급히 왕 통령을 찾으시기라도 하면……." 어린 시위병은 급한 마음에 손을 뻗어 왕온의 말고삐를 잡으려 했다.

"비키거라!"

왕온은 곧바로 채찍을 휘둘러 시위병의 소매를 때렸다. 통증을 느낀 시위병은 급히 손을 거두며 왕온을 보았다. 평소 온화하고 너그럽기만 하던 상사가 갑자기 왜 이러는지 알 수 없었다. 하지만 황망하고 초조한 왕온의 얼굴을 보니 더 이상 뭐라 물어볼 수도 없어 자신의 말고삐를 잡아당겨 그 자리에 멈춰 섰다. 그러고는 왕온이 바깥 궁문을 지나 서쪽으로 질주하며 순식간에 시야에서 사라지는 모습을 멍하니 바라보기만 했다.

고요하고 적막한 영창방. 마침 점심시간이라 집집마다 피어오르는 연기가 이 계절 특유의 푸르스름한 잿빛과 뒤섞였다. 왕온은 골목에서도 말의 속도를 늦추지 않았다. 주위는 매우 조용했고, 멀리서 문과 창으로 희미하게 소리가 흘러나왔으나 왕온에게는 아무것도 들리지 않았다.

왕 가 저택 입구에 이르러 말에서 내린 왕온은 빠른 걸음으로 황재하의 거처로 향했다. 굳게 닫힌 방문 앞에 납매화가 피어 있었다. 그 금빛 찬란한 색 덕분에 황량한 정원이 밝아 보였다.

왕온은 크게 숨을 들이마셨으나, 심장 박동이 점점 더 격렬해지는 것을 느꼈다. 천천히 걸음을 옮겨 문 앞에 서서는 손을 들어 가볍게 문을 두드렸다. "재하, 방에 있소?"

"네, 잠시만 기다려주세요." 안에서 황재하의 낮은 목소리가 들려왔다.

조마조마했던 마음이 그 한마디에 눈 녹듯 사라졌다. 왕온은 대청 기둥에 몸을 기댄 채 눈앞에 피어 있는 납매화를 보며 입가에 미소를 띠었다.

얼마 지나지 않아 황재하가 문을 열고 나왔다.

왕온은 뒤를 돌아 황재하를 보았다. 은홍색 저고리 차림이었는데, 소맷부리와 옷깃 바깥으로는 속에 겹쳐 입은 연푸른빛 옷이 살짝 드러나 보였다. 짙고 연한 색이 서로 대비를 이루어 무척 아름다웠다. 황재화를 뚫어지게 쳐다보던 왕온은 얼굴에 미소를 띤 채 나지막이 말했다. "아직도 기억하오. 그대를 처음 봤을 때도 은홍색 옷을 입고 있었지."

황재하는 왕약에게 왕부의 예법을 가르치러 갔던 때 자신은 환관 복 차림이었다고 말하려 했으나, 입을 떼기 전 순간 떠오른 것이 있었다. 아마도 왕온이 자신을 처음 본 것은, 열네 살이던 해 대명궁에서였을 것이다. 악왕에게 그런 이야기를 들은 적이 있었다. 왕 황후의 부름으로 황재하가 입궁했을 때, 왕온이 악왕을 앞세워 몰래 숨어서 약혼녀를 봤다고 말이다. 확실히 그때 황재하는 은홍색 저고리를 입고 있었다. 열여섯의 왕온이 악왕을 앞세워 몰래 자신을 보고 있었을 것을 떠올리니, 절로 마음에 감동과 고마움 등의 복잡한 감정이 뒤섞였다.

황재하가 낮은 소리로 말했다. "그렇네요. 어찌 그때 모습을 아직도 기억하십니까."

왕온은 미소 띤 얼굴로 그윽하게 황재하를 바라보며 나지막이 말했다. "연푸른색과 은홍색이 어우러져 저녁노을이 비춘 매화 같았소. 그리 아름다웠으니…… 당연히 기억하고말고."

황재하는 고개를 숙이며 이야기를 다른 데로 돌렸다. "옷은 원래 같은 계열의 색을 배치하는 것이 보기 좋은 법이지요."

"그러게 말이오. 절대 자진처럼 되어선 안 되는 것이지." 그렇게 말한 왕온은 참지 못하고 웃음을 터뜨렸다. "듣기로 자진의 모친께서 눈이 좋지 않으셨다고 하오. 특히 연한 색과 어두운 색은 눈에 잘 안 보여서 자녀들에게 알록달록 화려한 색상의 옷만 입히셨다는군. 이제 다들 장성하여 어머니가 골라주는 옷은 안 입겠다고 하는데, 자진만은 여전히 기꺼이 입는다는 거요. 아마도 그런 옷을 입는 것이 몸에 배어서인지, 이젠 자기가 선택해 입는 옷도 그런 눈부신 색상이더군.”

가만히 고개를 끄덕이는 황재하의 머릿속으로 순간 무시할 수 없는 기억 하나가 번뜩하고 스쳤다. 악왕이 상난각에서 몸을 던진 그날, 왜 자색 비단옷 안에 검정 옷을 받쳐 입었을까?

“사실, 자진 때문이었소. 자진을 보면서 걱정이 되었소. 정혼자가 사건을 조사하는 능력이 탁월하다는 얘기를 들었기에 별의별 상상을 다 했소. 매일 이런 것들을 접하는 여자라면 혹 사납고 기가 센 여자는 아닐까 생각했지. 그래서 꼭 직접 그대를 봐야 안심이 될 것 같았소.”

왕온의 나지막한 웃음소리를 들으며 황재하도 왕온을 따라 살며시 웃었다. 하지만 사실, 황재하는 자신이 무엇에 웃고 있는지도 몰랐다.

납매화 아래 옅은 미소를 짓는 황재하를 보며 왕온은 가슴에 뜨거운 숨결이 일렁여, 저도 모르게 다가가서는 살짝 손을 내밀어 황재하를 끌어안았다. 그러고는 부드러운 음성으로 황재하의 귓가에 대고 말했다. “그때 능소화가 활짝 핀 회랑을 따라 걸어가는 그대의 뒷모습을 보고 몹시 긴장되고 심장이 두근거렸소. 그리고 회랑 끝에서 그대가 고개를 돌렸을 때…… 그때 처음으로 그대의 얼굴을 보았지. 순간 내 인생은 이미 모든 것이 완벽하다는 것을 알았소.”

왕온은 황재하를 안은 채 황재하의 머리카락 위로 얼굴을 묻었다. 머리카락 사이로 번지는 뜨거운 숨결을 느낀 황재하는 온몸이 경직되며 무의식적으로 몸을 빼내려 했다.

평소 늘 온화하던 왕온이었으나, 이때만큼은 평소와 달리 더 거세게 황재하를 끌어안으며 자신의 품에서 빠져나가지 못하게 했다. 그러는 한편 바깥 소리에 귀를 기울이는 것도 잊지 않았다. 하지만 높은 담장 안쪽으로는 적막만 흐를 뿐 다른 소리는 전혀 전해지지 않았다.

왕온은 황재하의 어깨를 누르며 최근 들어 더 마른 황재하의 몸을 살짝 젖혀 그 표정을 응시했다. 긴장한 듯한 얼굴 위로 두 눈에는 불안과 슬픔이 드러나 보였다. 왕온은 마음에 화상을 입은 기분이었다. 하지만 전처럼 그냥 놓아주지 않고, 손을 들어 황재하의 어깨를 가볍게 누르며 고개를 숙여 황재하의 귓가에 대고 나지막이 말했다.

"지금은 그대와 나에게 여러 우여곡절이 있긴 하나, 결국엔 부부가 될 것이오……. 재하, 난 이번 생의 소원은 이미 다 이루었소. 절대 그대를 저버리지 않을 것이오. 그리고 그대 역시, 그대를 향한 내 마음을 저버리지 않기를 바라오."

왕온의 음성은 평소처럼 부드러웠지만 그 안에 감춰진 미세한 떨림이 느껴져, 위협하는 것도 같았고, 간절히 애원하는 것도 같았다.

왕온의 음성처럼 황재하의 마음도 떨리기 시작했다.

줄곧 허리 옆으로 손을 늘어뜨리고 있던 황재하는 저도 모르게 자신의 치마를 움켜쥐었다. 너무 세게 쥔 탓에 경련이라도 인 듯 손이 떨렸으나 끝까지 놓지 않았다. 자신을 품에 안은 이 사람을 자연스럽게 안는 것은, 끝내 불가능했다.

황재하는 눈을 감고서 왕온이 강하게 자신을 껴안는 대로 가만히 있었다.

왕온은 황재하의 머리카락을 어루만지며 얼굴을 자신의 가슴에 기대게 했다. 시선은 여전히 앞뜰을 향한 채 납매화 너머로 동정을 살폈으나 여전히 적막감만 감돌 뿐 아무런 기척도 없었다.

왕온은 늘어뜨려진 황재하의 머리카락을 꼭 쥐었다. 부드럽고 미세한 온기가 서린 머리카락 사이로 차가운 무언가가 손가락 사이에 닿았다. 은 재질의 단순한 비녀였다. 옥으로 된 비녀 머리에는 권초 문양이 조각된, 지극히 평범해 보이는 비녀였다.

왕온은 신경 쓰지 않고 그저 고개를 숙여 황재하의 향기로운 머리카락 사이로 얼굴을 파묻었다. 왕온의 손이 천천히 미끄러지더니 다시 한 번 두 팔을 오므려 황재하를 자신의 품으로 강하게 끌어당겼다.

왕온은 떠나기 전에 다시 정원을 돌아보았다. 황재하가 회랑 아래에 서서 눈으로 배웅하고 있을 뿐이었다. 납매화가 주위를 희미한 금빛으로 물들이며 황재하를 비추었으나, 그 찬란한 색 속에 감싸인 황재하는 창백한 미소를 띤 채 마지못해 배웅했다.

왕온은 가만히 황재하를 향해 고개를 끄덕여 보인 뒤, 몸을 돌려 회랑을 따라 걸어 나왔다.

회랑의 물고기들은 여전히 유리벽 안쪽에서 여유롭게 유영하고 있었다. 뒤쪽에서 비춰 들어온 햇살이 물고기들을 감쌌다. 금색, 붉은색, 흰색의 비늘이 햇살에 반짝이면서 기이하고 아름다운 빛을 만들어내 회랑에 흩뿌려졌다.

왕온은 꽃 그림자 뒤로 보이던 황재하의 창백한 미소를 생각하며 망연히 점점의 빛들 사이를 지나갔다. 문을 나서는데 하인 하나가 왕온의 옷소매를 잡아당기며 알아들을 수 없는 소리를 냈다.

왕온이 힐끗 쳐다보자 하인은 손으로 허공에 글씨를 써 보였다. '조금 전 누가 아가씨를 찾아왔습니다.'

왕온은 집 안으로 시선을 돌렸다가 소리 없이 천천히 입술만 움직여 물었다. "누구였나?"

'모르는 사람인데 귀인인 것 같았습니다. 작은 뜰 문 앞까지만 갔다가 다시 돌아갔습니다. 손님이 안으로 들어가시지 않아서, 저도 공자님과 아가씨를 귀찮게 하지 않으려고 말씀드리지 않았습니다.' 하인이 다시 손으로 글을 써 보였다.

왕온의 얼굴에 저도 모르게 옅은 미소가 번졌으나, 눈빛만은 차가웠다.

하인은 잠시 뭔가를 생각하더니 왕온에게 기다려달라 손짓하고는 안으로 들어가 족자 하나를 들고 와 건넸다.

왕온은 천천히 펼쳐 보았다. 검은 먹을 덕지덕지 칠한 듯한 자국이 세 개 있는 그림이었다. 먹 자국은 하나같이 이상한 형태를 띠고 있어 구체적으로 무슨 모양인지 알아볼 수 없었다.

'아까 그 공자님이 놓고 가셨습니다.'

왕온은 고개를 살짝 끄덕이고는 천천히 족자를 말아 하인에게 건네며 다시 소리 없이 입술만 움직여 말했다. "한 시진 뒤 아가씨께 드리거라. 어느 시종이 와서 건넸다고만 말하고."

하인은 연신 고개를 끄덕이며 그림을 다시 잘 챙겼다.

"또 누가 찾아오거든, 재하 아가씨는 혼례 준비로 바빠서 손님을 만나길 원치 않는다고 전하거라."

왕온은 거기까지만 당부한 뒤 하인의 어깨를 토닥이고는 곧바로 떠났다.

봄이 한층 가까워졌다. 여전히 꽃샘추위로 쌀쌀하긴 했지만 땅에서는 이미 따뜻한 기운이 솟았다.

하룻밤 사이에 풀들이 땅을 뚫고 올라와 작은 뜰도 녹색으로 가득했다. 전날 흐드러지게 피었던 납매화는 햇살 아래 약간 시든 듯, 맑고 투명한 금색 꽃받침이 그새 부쩍 어두워 보였다. 그윽한 향도 이런 날씨 속에서는 한층 옅어졌다.

황재하는 작은 탁자를 정원으로 옮겨 꽃그늘 아래에 앉아, 붓을 들고 종이 위에 점을 찍거나 갈고리를 그렸다. 햇살이 황재하 위로 따뜻하게 흘러내렸다. 간혹 납매화 한두 송이가 몸 위로 떨어졌으나 황재하는 전혀 개의치 않고 가만히 붓을 든 채 생각에 잠겼다.

밖에서 하인의 발소리가 급하게 들려오는가 싶더니 고개를 들기도 전에 주자진의 음성이 전해졌다. "숭고, 숭고!"

황재하는 붓을 내려놓고 일어나 주자진을 맞았다. "자진 도련님."

주자진은 커다란 상자 하나를 안은 채 빠른 걸음으로 다가오며 말했다. "어서 좀 도와줘. 너무 무거워."

황재하는 주자진을 도와 함께 상자를 회랑 아래에 내려놓고는 물었다. "이게 뭔데요?"

"맞혀봐."

주자진이 득의양양한 얼굴로 상자 뚜껑을 열었다. 안에는 손발과 머리통이 어지럽게 널브러져 있었다.

황재하는 순간 이마를 짚었다. "뭐예요?"

"어, 곧 왕 형과 혼례를 올릴 거잖아. 너한테 주는 축하 선물이야." 주자진은 아쉬움 가득한 얼굴로 말했다. "에이, 정말 아깝긴 하네! 그래도 네가 혼인을 한다는데, 내가 가장 아끼는 걸 선물로 줘야지!"

황재하는 어이없어하며 상자 앞에 웅크리고 앉아 머리와 손발을 모아보았다. 손에 들어보니 꽤나 무거웠다. 백동으로 만든 것으로 안은 텅 비었고, 관절 부위는 서로 연결해 움직일 수 있도록 만들어져, 예전에 주자진을 덮쳤던 그 동상보다는 확실히 편리해 보이긴 했다.

"이것 좀 봐, 온몸에 총 360개의 혈을 새기고 근육이랑 혈관도 다 새겨 넣었어. 혈관이랑 근육은 황동을 박아서 튀어나오게 만들고." 주자진은 그렇게 말하면서 가슴 쪽에 난 작은 문을 열더니 안에서 나무로 만든 오장육부를 하나하나 빼냈다. "어때? 생생하게 살아 있는 것 같지? 내가 직접 조각해서 도색까지 한 거야!"

황재하의 얼굴에 차마 눈 뜨고는 못 보겠다는 표정이 떠올랐다. "이건…… 저한테는 그다지 필요 없을 것 같은데요. 이미 다 아는 것들이라."

"너 말고, 나중에 태어날 네 아이한테 주는 거야! 생각해봐. 훗날 아이가 태어나자마자 이 동상을 껴안고 같이 놀고 자고 한다면, 어릴 때부터 인체를 손바닥 보듯 훤히 알 거 아니야? 나의 검시 기술과 너의 사건 조사 능력이 합쳐져서 분명 이 시대의 뛰어난 수사관으로 자라나 천하에 이름을 떨칠 거야!"

황재하는 달리 뭐라 할 말이 없었다. "이렇게 마음 써주셔서 감사해요……."

아기가 대나무 말을 타거나 소꿉놀이를 하는 게 더 나을 것 같지만 말이다.

"별 말씀을. 우리가 어떤 사인데!" 주자진은 여전히 아까워하는 기색을 지우지 못한 채 자신의 가슴팍을 툭툭 쳤다.

황재하는 웃으며 고개를 끄덕이고는 하인을 시켜 상자를 방 안으로 들여놓게 했다. 난간에 걸터앉은 주자진은 손을 뻗어 탁자 위에 놓인 종이를 집어 들어서 쓱 훑어보았다.

아가십열, 부적, 악왕의 죽음, 장항영 부자의 죽음, 선황 붕어 시 의 문점, 진 태비의 정신 이상.

주자진은 의아한 표정으로 물었다. "이게 뭐야?"

황재하가 담담하게 말했다. "조사한 것들 중 이미 파악이 끝난 부분이에요."

"뭐? 이 많은 사건의 진상을 이미 다 알아냈다고?" 주자진은 깜짝 놀라서 종이에 나열된 사건들을 다시 한 번 읽어보았다. 그리고는 황재하의 어깨를 붙잡고는 침이라도 뿜어낼 듯이 흥분해서 말했다. "빨리 말해줘! 숭고, 부탁이야. 나도 진실을 알고 싶어!"

"안 돼요. 말씀드릴 수 없어요." 황재하는 고개를 흔들고는 소리를 낮추어 말했다. "도련님, 이건 너무 무서운 사건이에요. 진실을 아는 것만으로도 화를 입을 수 있어요. 도련님께 백해무익해요."

주자진이 크게 소리쳤다. "상관없어! 난 반드시 알아야겠어! 오늘 저녁에 당장 죽는 한이 있어도 알고 죽을래!"

"안 돼요." 황재하는 손을 들어 주자진의 팔을 뿌리치고는 진지하게 주자진을 응시했다. "저야 가족이 없는 몸이라 개의치 않지만, 도련님은 부모님과 형제, 그리고 여동생도 있잖아요. 만약 무슨 일이 생겨 가족들도 연루되면, 그땐 어떻게 하실 거예요?"

부모와 형제, 여동생 얘기가 나오니 주자진도 순간 멈칫하고는 한참 후에야 더듬더듬 물었다. "정말…… 그 정도로 심각한 거야?"

황재하는 천천히 고개를 끄덕이고는 나지막이 말했다. "기왕 전하조차 그 속에 말려들어 스스로를 지킬 방법을 찾지 못하셨는데, 도련님은 그럴 자신 있으세요?"

주자진은 한숨을 내쉬고는 고개를 가로저었다. "아니……. 없어."

황재하도 한숨을 쉬며 잠시 생각하더니 일어나 내당으로 가서 족자를 가져왔다. "이것 좀 보세요."

족자를 펼치자 정성스레 표구된 두꺼운 황마지 위로 기이한 먹 자국 세 개가 드러났다. 주자진은 순간 깜짝 놀랐다. "이건…… 장 형 아버님이 몇 번이나 내게 찾아달라고 부탁했던 그 그림 아니야?"

"아마 기왕부에 있었을 거예요. 그래서 도련님이 관아마다 수소문을 했어도 찾지 못한 거고요."

주자진이 눈을 크게 떴다. "기왕 전하가 보내오신 거야?"

"네. 분명 전하이실 거예요." 황재하는 그리 말하면서 햇빛에 족자를 비춰 다시 한 번 살펴보았다. 하지만 먹 자국 아래엔 두꺼운 종이 말고 뭐가 더 있는지 도무지 알 수 없었다.

주자진은 귀를 긁적이며 말했다. "이 먹 자국들 뒤에 숨겨진 비밀이 뭔지 정말 사람 초조하게 만드네……. 궁금해 미치겠어!"

"도련님은 그걸 알아낼 수 있잖아요." 황재하는 족자를 다시 말아 주자진의 손에 건네며 말했다. "자, 도련님 집으로 가요. 가서 먹 자국을 씻어내고 대체 그 아래 뭐가 감춰져 있는지 한번 보자고요."

"……이거 엄청 중요한 물건이라 훼손되면 안 된다고 하지 않았어?" 주자진은 족자를 받아 들며 조심스럽게 물었다. "지난번에 내가 말했듯이, 그 시금치 즙으로 위의 먹 자국을 없애고 그 아래에 그려진 먹 자국을 잠시 드러나게 할 수는 있는데, 아주 잠깐일 뿐이고 아래에서 드러난 먹 자국도 이내 감쪽같이 사라져버려……."

"상관없어요. 일이 이 지경에 이르렀으니, 이 그림이 훼손되고 말고는 이제 아무 의미 없어졌어요." 황재하는 한숨을 쉬고는 방 안으로 들어가 두봉을 걸치고 나왔다. "가요. 이제 마지막 남은 수수께끼를 밝혀보자고요."

대명궁 불당 안에는 어향[36]이 은은하게 피어올랐다. 목어 두드리는 소리와 불경 외는 소리가 뒤섞였으며, 경당과 꽃은 사리함을 더욱 돋보이게 했다. 피어오르는 향 연기 속에 불당 전체가 더욱 엄숙하고 신성하게 보였다.

왕 황후는 불전에 앉아 있는 황제 곁으로 다가가 살짝 무릎을 꿇고 앉았다. 황제가 경서 한 권을 다 낭송하고 정수를 뿌릴 때까지 기다렸다가 황후가 나지막한 목소리로 말했다. "폐하, 잠시 쉬시지요. 사흘 동안 침전에서 서너 시진 쪽잠을 주무신 것 말고는 매일 이렇게 기도를 드리셨지 않습니까. 폐하의 불심이 참으로 깊사오나, 옥체도 돌보

---

36 임금이 사용하는 향.

서야 합니다. 지금 폐하께서는 가벼운 병세도 있으니, 삼라만상을 통찰하시는 부처님께서도 당연히 이를 알고 이해해주실 것입니다."

황제는 손에 들고 있던 경전을 내려놓고 고개를 돌려 황후를 보았다. 황후의 얼굴에 염려가 가득했다. 황제는 자신도 모르게 한숨을 내쉬고는 고개를 끄덕여 보이며 황후를 향해 손을 내밀었다.

황후는 얼른 황제의 손을 잡고 부축해 일으켰다. 그런데 너무 오래 앉아 있었던 탓에, 황제는 몸을 일으키다 크게 한 번 휘청거리고는 그대로 바닥으로 엎어졌다.

다행히 황후가 재빨리 감싸 안으면서 함께 부들방석 위로 넘어져 다치지는 않았다. 승려들이 일어나 두 사람을 둘러싸며 부축해 일으켰다.

황제가 황후의 손을 잡고서 웃으며 탄식했다. "이젠 이 몸뚱이가 영 시원찮소……." 그 순간이었다. 황제는 눈앞이 캄캄해지는 걸 느끼며 이마를 짚고 쓰러졌다.

황후와 환관들이 쓰러지는 황제를 황급히 붙들었다. 황제는 이미 의식을 잃었는지 얼굴이 창백하고 입술이 검붉었다.

황후가 급히 소리쳤다. "태의를 불러라! 어서!"

환관 하나가 즉시 뛰어나가 태의원으로 향했다.

황제를 안고 있던 황후는 황제의 몸이 미세하게 경련을 일으키는 것을 느꼈다. 순간 가슴이 덜컹하며 이마에 가는 땀방울이 맺혔다. 황후는 아랫입술을 깨물고는 천천히 손을 들어 옆에 있던 등촉을 가까이 가져와 황제의 눈꺼풀을 들어 올려 비춰보았다. 풀어진 동공이 매우 느리게 수축했다.

황후의 눈이 순간 휘둥그레졌다. 수차례 호흡을 가다듬은 후에야 겨우 진정한 뒤, 황제의 머리를 자신의 구부린 팔에 기대게 하고는 고개를 돌려 천천히 입을 열었다. "장경."

옆에 있던 대환관 장경이 재빨리 대답하며 고개를 숙여 황후의 말을 기다렸다.

황제는 정신이 몽롱했으나 이미 깨어나 있었다. 힘없이 황후의 손을 잡은 채 입술을 몇 번 달싹였지만 소리에 힘이 없고 주변이 부산한 탓에 황후에게도 정확히 들리지 않았다.

"폐하, 천천히…… 천천히 말씀하시옵소서." 황후는 고개를 숙여 황제의 입에 귀를 가까이 가져다 댔다.

황제는 간신히 입을 움직여 소리를 냈다. "기왕……."

황후는 고개를 끄덕이고는 다시 고개를 들어 장경에게 말했다. "기왕에게 입궁하라 전하거라."

황제가 다시 황후의 옷깃을 붙잡았다. 입술이 바람에 흔들리는 촛불처럼 파르르 떨렸다. 황제는 더 이상 소리를 낼 힘도 없어 간신히 입 모양으로만 말했다.

"기왕을 죽이시오."

황후는 황제의 입 모양을 보고는 살짝 고개를 끄덕였다. 그러고는 고개를 돌려 밖으로 나가던 장경을 불러 세웠다. "기왕은 됐다. 가서 어림군 왕 통령에게 신책군 왕 중위를 모셔오라 이르거라."

대명궁 함녕전은 태액지 서쪽의 평탄한 지대에 위치했다.

왕종실과 왕온이 도착했을 때는 이미 석양이 서쪽으로 기울고 있었다. 전전에서 기다리던 여관 장령이 즉시 두 사람을 후전으로 안내했다.

왕 황후는 침대 가에 앉아 황제의 오른손을 두 손으로 힘껏 붙잡고서 멍하니 넋을 놓고 있었다. 장령이 황후를 부르자 그제야 고개를 돌려 그들을 보고는 곧바로 손을 들어 눈 주위를 닦아내며 말했다. "폐하의 옥체가 좋지 않으시네."

왕종실이 침대 앞으로 가까이 다가가 황제를 살펴보았다. 황제의 낯빛은 담황색으로 변했고 정신도 희미했다.

왕종실이 몸을 숙여 입을 열었다. "폐하?"

황제는 그저 눈을 한 번 깜빡거리는 것으로 왕종실의 목소리를 들었음을 표시했다.

왕종실은 침대 앞에 서서 황후를 보았다. 이미 표정을 가다듬은 황후는 담담한 투로 말했다. "폐하의 명이네. 기왕을 입궁시켜 죽이시게."

왕온은 표정이 급변하며 저도 모르게 황제 앞으로 한 걸음 나아갔다. 반면 왕종실은 두 손을 소매 속에 모은 채 느릿하게 말했다. "나쁘지 않지요. 십수 년 전에 이미 죽였어야 했으니 말이지요."

황후는 황제의 손을 잡은 채 천천히 말했다. "이제 기왕을 죽일 명분은 충분하네. 악왕을 죽였으니 말이야. 다만 죽이기가 쉽지 않은 인물이지."

황제의 시선이 왕종실에게로 향했다.

"마침 아가십열이 산란을 하였습니다. 그 많은 알 중에 기왕에게 한두 알만 하사하신다면 이 역시 황은을 입는 것이지요." 왕종실이 미간을 찡그리며 잠시 생각하더니 계속 말을 이었다. "다만 모든 일에는 만인이 납득할 명분이 필요하지 않습니까. 폐하께서는 인덕이 넘치는 군자이신데, 한 사람을 처리하더라도 공명정대함을 보이실 필요가 있지요. 소인 생각에는, 폐하께서 불사리를 통해 기왕의 악행을 드러내셔서, 천하 모든 사람이 이는 죽여도 되는 자이며, 마땅히 죽여야 하는 자임을 알게 하는 것이 좋을 듯합니다."

황제의 입 주위가 움찔하더니 입꼬리가 미세하게 올라갔다.

그 표정은 대전 안의 어둑한 햇살 속에서 유난히 흉악하고 무시무시해 보였다.

줄곧 황제의 손을 잡고 있던 황후는 그 기이한 미소에 저도 모르게 손을 풀었다가 금세 다시 힘주어 꽉 쥐었다. 그리고 고개를 돌려 왕온에게 물었다. "지금 궁 안에 어림군이 몇 명이나 있느냐?"

왕온은 잠시 멍하니 있다가 정신을 차리고 대답했다. "오늘 각 궁문에 보초를 서고 있는 자는 총 520명 남짓입니다. 유시와 묘시의 교대 시간에 300명 정도는 추가로 몰래 입궁시켜 움직일 수 있습니다. 그보다 더 많아지면 다른 군에서 알아차릴 수도 있으며, 기왕 역시 바로 정보를 얻게 될 것입니다."

"그렇다면 1,000명이 되지 않는다는 거군. 만약 기왕이 아무 방비도 하고 있지 않다면 괜찮겠으나, 미리 대비하고 있다면 그 수로는 부족할 것이야." 황후가 눈썹을 찡그리며 말했다.

왕종실이 평온한 표정으로 입을 열었다. "괜찮습니다. 기왕이 입궁하면, 그때 제가 신책군을 소집하여 불러들이면 됩니다. 그땐 기왕이 눈치채도 이미 어쩔 수 없지요. 그저 기왕이 궁 안에 있기만 하다면 말입니다. 설마 기왕이 하늘을 날겠습니까, 땅으로 꺼지겠습니까?"

왕온은 그들 뒤에 미동도 않고 서서, 말없이 세 사람을 바라보며 가만히 입술을 깨물었다.

왕온은 황재하에게 했던 약속을 떠올렸다. 황재하는 이미 한평생 왕온과 함께하기로 약속했고, 왕온은 황재하를 도와 기왕을 구해주기로 약속했다.

황재하는 이미 혼례복도 입어보았고, 곧 왕온과 함께 성도로 내려갈 준비를 하고 있었다.

그런데 왕온은 지금, 기왕 이서백을 죽여야 했다.

가슴이 얼음장처럼 차가워지고 머리는 웅웅 울렸다. 마음속으로 질문들이 끊임없이 떠올랐다.

'어떡하지? 기왕을 죽인 후 내가 기왕을 죽였다는 사실을 재하가 알아채지 못하게 할 수 있을까? 하지만 어떻게 속이겠는가? 상대는 황재하인데. 내 모든 생각을 손쉽게 꿰뚫어보는 여인 아닌가. 잠깐은 속일 수 있을지 모르지만, 기왕이 죽으면 천하 모든 이가 다 알게 될 텐데, 어떻게 한평생 속일 수 있단 말인가?'

그 짧은 순간, 온몸에 식은땀에 배어나왔다. 그리고 순간 깨달았다. 기왕이 죽든 죽지 않든, 이 음모를 모의한 한 사람으로 선택된 이상, 왕온 자신은 이미 황재하를 배신한 것이며 두 사람 사이는 영원히 다시 되돌릴 가능성이 없다는 사실을.

왕종실은 왕온의 이상한 낌새를 눈치챈 듯 손을 들어 왕온의 등을 가볍게 쳤다.

왕온은 퍼뜩 정신을 차리며 생각했다. '황제 폐하의 임종이 눈앞으로 다가왔고, 이후 왕 가의 수십 년 명운이 이 일에 달려 있다. 그런데 어찌 다른 일에 마음을 분산한단 말인가?'

왕온은 간신히 정신을 가다듬고 모든 생각을 뒤로 밀어둔 채 집중하여 황제만을 바라보았다.

마음을 진정시킨 황후가 몸을 숙여 황제에게 작은 소리로 물었다. "폐하, 태자에 대해 하실 말씀은 없으십니까?"

황후가 태자를 언급하자 황제의 호흡이 무겁게 가라앉더니 눈을 부릅뜨고 황후를 쳐다보았다. 한참 후 황제는 시선을 왕종실에게로 옮기더니 목구멍에서 헉헉 소리를 내뱉었다. 그러다가 또 한참이 지나서야 간신히 한마디를 내뱉었다. "현이……."

순간 황후는 황제가 자신을 믿지 못한다는 사실을 깨달았다. 황후의 손으로 태자 이현을 키우긴 했으나, 진짜 신분이 들통 난 이상 황후는 더 이상 혜안 황후와 자매지간도 아니었고 왕 가와 아무런 관계도 없는 여인이었다. 그러니 태자 이현과도 가까운 사이가 아닌 것은 분명했다.

황후는 황제의 손을 잡은 채 침대 옆에 무릎을 꿇고 눈물을 글썽이며 말했다. "폐하, 마음 놓으십시오. 현이 제 언니의 아이인 것은 조정 모든 사람이 아는 사실 아닙니까. 또한 진작 태자 자리에 올랐고, 일곱 살인 우리 걸이보다 다섯 살 더 많으니, 당연히 현이 보위에 앉는 것이 합당하지요. 게다가 현의 모친은 왕 가의 장녀였습니다. 이 조정에 왕 가가 살아 있는 한, 반드시 무사히 황위에 등극할 것입니다."

황후의 말에 왕종실도 고개를 끄덕이며 말했다. "폐하, 안심하십시오. 혜안 황후의 독자이자 폐하의 적장자이지 않습니까. 신을 비롯한 조정 신료들이 반드시 전력하여 어린 군주를 잘 모시겠습니다."

황제는 그제야 안도의 한숨을 쉬고는 눈을 돌려 황후를 보았다. 황제의 호흡이 다시 가빠졌다. 황제의 표정을 본 황후는 그 뜻을 알 수 없어 황제의 얼굴에 더 가까이 다가가 낮은 소리로 물었다.

"폐하, 또 하실 말씀이 있으신지요?"

황제는 멍하니 황후를 응시했다. 그렇게 한참 동안 황후의 아름답고 눈부신 자태를 바라보더니 눈을 감고 천천히 고개를 내저었다.

왕온은 말을 타고 영창방으로 향했다. 가는 길 내내 마음이 몹시도 무겁게 가라앉아 있었다.

장안은 이미 통행금지가 시작되어 모든 거리가 고요했다. 왕온이 탄 말의 발굽 소리만이 청회색 돌길 위에서 은은하게 메아리치며 또각또각 울려 퍼졌다.

왕온은 고개를 들어 하늘을 보았다. 초승달이 꼭 갈고리 같았다. 금홍빛 달이 검푸른 밤의 장막에 박혀 있으니, 마치 손톱에 찔려 피가 난 상처 같아 보였다.

왕온은 말을 멈추고 초승달을 가만히 올려다보았다. 불어오는 밤바람에 한기가 느껴졌다.

왕온이 저택에 도착했을 때는 이미 아무런 인기척이 없고, 황재하의 방에만 등불이 밝혀져 있었다. 왕온은 문을 가볍게 두드리며 물었다. "재하, 자고 있소?"

"아닙니다. 잠시만 기다려주세요." 안에서 몸을 일으키는 소리가 들리더니 이윽고 문이 열렸다. 왕온은 황재하의 단정한 옷차림과 흐트러지지 않은 머리카락을 보고는 아직 침상에 들지 않았음을 알고 물었다. "어찌 여태 잠자리에 들지 않았소?"

"내일 촉으로 떠나지 않습니까. 물건들을 정리하고 있었습니다. 평소 자주 쓰지 않는 물건인데도, 어찌된 영문인지 정리하려니 또 손에서 놓아지지 않네요."

왕온이 방 안을 들여다보니, 정리하다 만 보따리 몇 개가 침대 위에 흩어져 있었다. 안에는 옷가지와 각종 잡다한 물건이 들어 있었지만 그 족자는 보이지 않았다.

왕온은 의아한 생각이 들었지만 묻지는 않았다. "마침 그 말을 하러 왔소. 내일 성도로 떠나지 못할 것 같소."

황재하는 영문을 몰라 왕온을 보며 물었다. "궁에 일이 생겼나요?"

"아니…… 아니오." 왕온은 즉시 고개를 흔들며 말했다. "다만 내일은 불사리가 궁 밖으로 나가 각 사찰에서 공양을 올리게 되니 아무래도 한차례 소란이 예상되오. 편히 몸을 뺄 수가 없는 상황이어서 오늘도 내내 잡혀 있지 않았소. 내일도 자리를 비울 수 없을 듯하오."

황재하는 왕온의 억지 미소를 유심히 살펴보더니 고개를 돌려 하늘의 초승달을 올려다보며 아무 말도 하지 않았다.

황재하가 말없이 달만 바라보고 있자 왕온이 머뭇거리며 입을 열었다. "그럼…… 일이 있어서 이만 돌아가보겠소……."

"기왕 전하와 관계된 일인가요?" 황재하가 담담한 투로 물었다.

왕온은 순간 머리가 멍해져 자신도 모르게 되물었다. "그게 무슨 말이오?"

"아닙니다. 그저 무심코 한 말입니다. 길에서 듣자니, 종정시에서 나와 불사리 의식까지 이끄셨다고요. 공자께서 한밤중까지 이리 바쁘시니 전하와 관계된 일은 아닌가 하고 생각했습니다."

왕온이 미간을 찡그리며 한사코 부인했다. "아니오, 기왕 전하와는 전혀 관계없는 일이오."

황재하는 왕온의 표정을 보며 그저 살짝 미소를 지을 뿐 아무 말도 하지 않았다.

왕온은 그제야 자신이 과한 반응을 보였다는 생각이 들어 곧바로 해명하듯 말했다. "그게 아니라, 그대의 약혼자는 나이니 내게 더 관심을 기울여주면 좋겠다는 생각을 하고 있었소. 안 그러면 내가 질투할 것 같소."

황재하는 왕온이 농담처럼 하는 말을 들으며 저도 모르게 고개를 숙이고 말했다. "네, 알겠습니다……."

"그대도 참, 농담으로 한 말인데 뭘 그리 멋쩍어하시오." 왕온은 황재하의 손을 가볍게 잡고서 말했다. "앞으로 며칠은 더 불사리를 맞는 일로 밖이 소란스러울 것이오. 그 틈을 타 혹여 말썽을 일으키는 자들이 있을 수도 있으니 집 안에서 잘 쉬도록 하시오."

"알겠습니다." 황재하는 왕온에게 손이 잡힌 채 얌전히 대답했다.

황재하의 고분고분한 모습에 왕온은 마음이 출렁였다. 늘 손을 찌르기만 하던 장미꽃을 마침내 꺾어 모든 가시를 떼어내고 유리병 속에 고이 모셔놓은 것 같았다. 지금 황재하는 평소 볼 수 없던 부드럽고 온순한 모습으로 왕온 앞에 서 있었다. 왕온은 순간 요행을 바라는 마음이 생겨났다.

'어쩌면 재하가 모르게 할 수도 있지 않을까? 부모도 잃고, 기왕의 도움도 바랄 수 없는 상황이 되어서야 마침내 이 세상의 폭풍우가 얼마나 무서운 건지 깨달았는지도 모른다. 그래서 과거의 모든 것을 내려놓고, 사건이니 시체니 하는 것들은 기억 저편으로 묻어둔 채, 편안하고 안전한 길을 택해 나와 함께하기로 결정했는지도.

바깥에서 들려오는 말들은 못 들은 체하고 바깥출입도 삼간 채, 남편을 내조하고 자녀를 양육하는 보통 여인으로 지내며, 시대가 바뀌고 왕조가 바뀌는 일에는 관심도 두지 않을지도 모른다. 옛 주인에게 일이 생겼다 해도 어쩌면 몇 번 탄식하고 말지도 모르는 일 아닌가.'

황재하는 문 앞까지 왕온을 배웅한 뒤 캄캄한 어둠 속에 오랫동안 우두커니 서 있었다.

왕온은 골목 입구에서 고개를 돌려 황재하를 바라보았다. 옅은 색 옷차림으로 어둠 속에 서 있는 황재하는 어슴푸레한 밤빛에 집어삼켜져 옅은 윤곽으로만 보였다. 마치 흑암으로 뒤덮인 세상에 유일하게 남은 흰색 흔적 같았다.

왕온의 심장이 격렬하게 뛰기 시작했다. 다시 달려가 황재하를 거세게 품에 안고 싶은 충동이 솟구쳤다. 하지만 결국 마음을 다스리고는 곧바로 말을 차 달려나갔다.

지난 세월 황재하와 관련되었던 모든 일이 왕온의 머릿속으로 물 흐르듯 스쳐 지나갔다. 막 철이 들 무렵, 자신에게 이미 정해진 혼처가 있다는 사실을 알게 되었다. 열네 살 무렵, 처음으로 황재하에 대한 이야기를 들었고, 열여섯에 처음으로 황재하를 보았다. 그 옆모습이 고개 숙인 능소화처럼 고왔다. 열아홉, 황재하가 다른 남자를 마음에 품어 가족을 독살했다는 소식을 들었을 땐 수치심과 분노가 솟구쳤다. 그리고 지난해 봄, 황재하를 다시 만났다. 소환관으로 변장하고 있었으나, 그 자태는 왕온의 기억 속 황재하와 똑같았다…….

지금까지 황재하는 한 남자를 사랑했고, 또다시 다른 한 남자를 사랑했으나, 여전히 왕온을 사랑하진 않았다.

왕온은 이 세상에서 황재하를 얻을 자격이 있는 유일한 남자였으나, 아직까지 황재하의 마음을 얻지 못했다.

어둠이 짙게 깔린 장안 거리를 지나던 왕온은 하늘에 떠 있는 핏빛 초승달을 올려다보았다. 불현듯 한 가지 생각이 떠올랐다.

'어쩌면, 기왕이 죽어야만 나에게 기회가 생기는 게 아닐까.'

왕온은 무의식적으로 말고삐를 세게 잡아당겼다. 그런 생각을 했다는 사실을 스스로도 믿기 어려웠다. 하지만 이내 다시 맹렬히 뛰는 심장을 느끼며 깊이 심호흡한 뒤 핏빛 달을 올려다보았다. 입가에는 한 줄기 미소마저 드리웠다…….

왕온은 지금 자신의 얼굴이 그 흉악한 미소를 짓던 황제의 얼굴과 꼭 닮아 있을 거라 생각했다. 하지만 그런들 또 어떠한가. 황재하 마음속의 그 사람은 이후 다시는 이 세상에 존재하지 않을 것이다.

"재하, 나를 탓하지 마시오. 난 그저 황명을 받드는 것뿐이오. 나로서도 어쩔 수가 없소." 왕온은 긴 한숨을 내쉬고는 다시 말을 재촉해 대명궁으로 향했다. 밤하늘 아래 가만히 중얼거린 말들은 소리가 되기도 전에 이미 밤바람 속으로 흩어지고 없었다. "어찌됐든 내일이 지나면, 그대가 할 수 있는 선택은 오직 나 하나밖에 없는 것이오."

20장

오래전
연기의 흔적

장안의 밤. 초승달이 지고 별들이 하늘을 가득 채웠다.

초봄의 밤바람은 더없이 스산했고, 72개의 방은 적막하기 그지없었다.

한밤중 문을 두드리는 소리에 기왕부 문지기들은 화들짝 놀라 잠에서 깨어나 허둥댔다. 기왕이 어렵사리 다시 돌아오자마자 한밤중에 누군가가 문을 두드리는 것이었다.

문지기들은 불안한 마음으로 작은 문을 열어 밖을 내다보았다.

별빛 아래 두봉을 두른 가녀린 형상이 희미하게 보였다. 처마 밑 궁등 빛이 창백한 얼굴과 맑고 깨끗한 두 눈을 어렴풋이 비쳤다.

문지기들은 깜짝 놀라 소리쳤다. "양 공…… 아니, 재하 아가씨? 이 밤중에 어찌 예까지 오셨습니까?"

"전하를 뵈러 왔습니다." 황재하는 소리를 낮춰 말하고는 두봉에 딸린 모자를 벗으며 안으로 들어갔다.

어떤 이는 난처한 기색으로 황재하를 쳐다보았으나, 영민한 자는 이미 안으로 뛰어 들어가 소식을 전했다. "재하 아가씨께서 전하를 뵙기를 청하옵니다!"

　오늘 정유당 당직은 마침 경익이었다. 경익은 문지기의 목소리를 듣자마자 바로 일어나 옷매무새를 정리하고 달려 나왔다. 그리고 최대한 소리를 죽여 놀란 음성으로 말했다. "재하 아가씨!"

　황재하는 고개를 끄덕이고는 역시 소리 죽여 물었다. "전하께선 주무십니까?"

　"그럼요, 밤이 이렇게 깊었는데요. 게다가 내일 이른 아침 입궁하여 폐하를 알현하라는 전갈이 왔거든요."

　황재하는 이서백의 침소 앞으로 가 조심스럽게 문을 두드렸다. 영민한 경익은 바깥을 살피고는 재빨리 그곳의 하인들을 데리고 차를 끓이러 갔다.

　홀로 남은 황재하가 소리 내어 이서백을 불러볼까 고민하는데 스르륵 문이 열렸다. 문 안쪽에서 이서백이 가만히 황재하를 바라보며 서 있었다. 무늬 없는 하얀 두루마기를 걸치고, 머리카락은 틀어 올리지 않아 어깨까지 내려와 있었다. 막 잠에서 깨어났을 터였다. 문 앞에 걸린 등촉의 환한 불빛이 이서백을 비추어, 마치 은은한 형광 빛에 감싸인 듯 유난히 눈부셔 보였다.

　밤바람이 천천히 불어와 회랑에 걸린 궁등을 살며시 흔들었다. 물결처럼 출렁이는 등불 아래, 이서백은 황재하의 눈빛 속에서도 잔잔한 물결이 반짝이는 것을 보았다.

　황재하는 문밖에 서서 옷을 단정히 하고 이서백을 향해 예를 갖추었다. "늦은 밤 이리 찾아온 것을 용서하십시오."

　이서백은 고개를 끄덕였으나 아무 대답도 하지 않았다. 그저 한참 동안 황재하를 바라보다가 손을 뻗어 황재하의 팔을 잡아당겼다.

　소맷자락 너머 황재하의 부드러운 살갗에서 미세한 온기가 느껴지자, 이서백은 그제야 정신을 차리고 웃으며 자조 섞인 목소리로 말했다. "나도 참, 꿈인 줄 알았구나."

순간 황재하는 가슴이 두근거렸다. 이상하리만치 따뜻한 무언가가 눈 깜짝할 사이에 가슴을 가득 채웠다. 황재하는 이서백의 손을 붙잡으며 작은 소리로 말했다. "꿈이라면, 그 또한 나쁘지 않겠어요."

이서백은 살짝 미소를 띠고는 황재하를 안으로 이끌었다.

안으로 들어간 황재하는 낮은 침상 위에 이서백과 나란히 앉았다. 이서백은 손이 닿는 대로 비녀를 하나 집어 머리를 틀어 올리며 물었다. "어쩐 일이냐. 궁 안에 무슨 움직임이라도 있는 것이냐?"

황재하는 고개를 끄덕이고는 몸을 일으켜 이서백의 손에 들린 비녀를 가져갔다. 그러고는 서랍을 열고 빗을 꺼내 거울을 마주하고서 이서백의 머리를 빗겨주었다.

이서백은 손을 들어 황재하의 손목을 붙잡았다. 그리고 고개를 들어 황재하를 보았다.

황재하는 태연히 손을 빼서는 계속해서 이서백의 머리를 빗겼다. 그리고 천천히 머리카락을 틀어 올리며 말했다. "벌써 다 잊으셨어요? 촉에서 전하가 다치셨을 땐 제가 머리를 빗겨드렸잖아요."

이서백은 거울에 비친 황재하를 바라보았다. 맑고 깨끗한 청동거울에 고개를 숙인 황재하의 얼굴이 비쳤다. 마치 황혼 녘에 고개를 떨군 한 송이 연꽃 같았다. 그리고 속눈썹 아래로 반쯤 가려진 그 눈동자는 꽃잎 위에 떨어진 맑은 이슬방울 같았다.

이서백은 감정을 억제하기 어려운 듯 잠긴 소리로 말했다. "그때 너와 나는 한 치 앞도 알 수 없는 몹시 위급한 상황에 있었지. 한데 지금 돌아보면, 내 인생에 다시는 오지 않을 아름다운 시절이었더구나."

황재하의 속눈썹이 미세하게 떨렸다. 황재하는 고개를 들어 거울 속 이서백을 바라보았다.

두 사람은 청동거울 속에서 서로를 응시했다. 마치 각자 평생의 숙명을 바라보며 앞으로 나아가고 있는 것처럼, 오랫동안 서로에게서 시선을 떼지 못했다.

한참 후에야 황재하는 다시 고개를 숙여 이서백의 머리카락을 옥비녀로 고정시키고는 나지막이 말했다. "내일 아침, 입궁하지 마셔요."

"무슨 이유로?"

"왕 공자가 내일 촉으로 떠나지 못할 것 같다고 합니다." 황재하는 손을 아래로 떨어뜨린 채 이서백의 뒤에 서서 천천히 말을 이어갔다. "내일 불사리가 궁을 나와 각 사찰로 가서 공양을 드릴 예정이어서, 자리를 비울 수 없을 것 같다고요."

"내일 너희가 촉으로 떠나기로 한 것은 진작 결정된 것이고, 불사리가 내일 장안성 각 사찰로 이동하는 것 또한 이미 오래전에 결정된 일 아니냐. 그런데 왜 갑자기 자리를 비울 수 없다는 것이냐?" 이서백은 더 이상 거울을 통해 보며 말하고 싶지 않아 몸을 돌려 직접 황재하를 보며 말했다.

황재하는 가볍게 고개를 끄덕였다. "성상의 병이 중한 지 이미 오랜데, 이번에 불사리를 모시고 기도를 드렸음에도 나아지는 기미가 보이지 않았다면, 어쩌면 빠른 시일 내에…… 전하께 손을 쓰려 하실 것입니다."

이서백은 황재하를 향해 미소를 띠며 물었다. "설마 폐하께선 진무군이 포위당한 것은 전혀 생각지 않으신단 말이냐?"

"전하께서 저보다 더 잘 아시겠지요. 위구르는 이미 여러 해 반복해서 북방을 침입한 자들입니다. 매해 겨울, 의복과 양식이 떨어질 때마다 남쪽으로 내려와 약탈을 감행했지요. 하지만 전하께서 크게 무찌르신 뒤로는 예전처럼 기승을 부리지 못했습니다. 지금도 조정을 위협하고 있다고는 하지만, 어쩌면 그저 변경에 있는 몇몇 부대가 뿔뿔이 흩어진 것에 불과할 수도 있습니다. 그에 반해 지금 조정이 맞닥뜨린 문제는 천하가 걸린 일입니다. 하룻밤 사이에 황위를 계승해야 할지도 모릅니다. 폐하의 병이 중하고 태자는 연소한데, 전하는 이미 강대하시지요."

이서백은 말없이 황재하를 바라보았다. 황재하의 눈 속에 가득한 걱정과 두려움이 모두 자신 때문임을 아는 이서백은 옅은 미소를 지으며 일어나 황재하의 어깨를 가볍게 토닥였다. "걱정 말거라. 내가 볼 땐 사태가 그 정도로 살벌한 건 아닌 것 같구나."

"전하께선 전하 자신에 대한 믿음이 크신 겁니까, 아님 폐하에 대한 믿음이 크신 겁니까?" 황재하는 초조한 마음에 자신도 모르게 따지듯 물었다. "조정에 그리 오래 계셨으면서, 설마 아직도 형제간의 분쟁과 골육상잔의 일들을 믿지 않으신단 말입니까? 저는 전하께서 그 정도로 순진하시다고는 생각지 않습니다!"

이서백이 천천히 고개를 젓고는 웃으며 말했다. "걱정 말거라. 나는 네가 생각하는 것처럼 그리 순진하지도 않고, 지금의 상황 또한 네가 생각하는 것처럼 살벌하지는 않으니."

황재하는 순간 말문이 막히고 숨까지 막혀오는 것 같아, 시선을 아래로 내린 채 당장 뒤돌아 떠날까 생각했으나 간신히 참았다.

"전하, 이번 한 번은 저를 믿으셔야 합니다……." 황재하는 이서백 앞에 무릎을 꿇고서 이서백을 올려다보며 말했다. "이번은 정말 심각합니다. 전 절대…… 전하께서 위험을 무릅쓰지 않으셨으면 합니다. 또한 저의 소홀함으로 전하를 돕지 못하는 일이 생길까 두렵습니다. 만약 저 때문에 전하께서 어려운 일을 당하시게 된다면, 제 평생의 한으로 남을 테고, 평생 저 자신을 용서하지 못할 것입니다!"

이서백은 몸을 굽혀 바닥에 무릎 꿇은 황재하를 응시하면서, 입가에 옅은 미소를 띤 채 나지막이 물었다. "그럼, 너는 내가 어찌하길 원하느냐?"

황재하는 손을 들어 이서백의 두 팔을 붙잡고는 초조한 음성으로 말했다. "전하께선 타고난 재인이니 분명 가장 좋은 방비책을 마련하실 수 있을 것입니다. 그저…… 위험한 길에 뛰어들지 않으시면 좋겠습니다!"

"그러게, 너는 너무 순진하다." 이서백은 그윽한 눈으로 황재하를 바라보았다. 황재하가 무의식중에 두 팔로 자신의 팔꿈치를 붙잡은 것을 보고는 갑자기 씨익 웃더니 양팔을 펼쳐 황재하를 번쩍 안아 올렸다. 이서백의 두 팔 위에 안긴 황재하는 마치 구름 한 뭉치처럼 작고 가벼웠다.

황재하는 순간 어리둥절해하다가, 이내 두 뺨을 붉게 물들이며 몸부림쳤다. "전하, 저는 지금 전하께 진지하게 말씀을……."

"나도 네게 진지하게 말할 테니 듣거라." 이서백은 그렇게 말하고는 황재하를 천천히 낮은 침상 위에 내려놓았다. 그리고 자신도 그 곁에 앉아 말을 이었다. "먼저, 난 네가 내 앞에서 그리 애원하는 모습을 보이는 것이 싫다. 전에 네가 말하지 않았느냐? 한 그루 오동나무가 되어 내 옆에 나란히 서서 서로의 비바람을 막아주고 싶다고."

황재하는 침상에 몸을 기댄 채 손을 들어 자신의 두 눈을 가리고는 나지막한 목소리로 짧게 대답했다. "네."

"두 번째로, 난 확실히 벌을 받아 마땅하며, 폐하께서 날 제거해야만 속이 후련한 것은 당연한 일이다." 이서백은 가볍게 황재하의 머리카락을 어루만지며 작은 소리로 말했다. "진무군이 몰래 진영을 확대하려 한 일은 너도 알 것이다. 그런데 각 지역의 절도사들도 이미 움직이기 시작했다는 것은 알고 있느냐?"

깜짝 놀란 황재하는 눈을 휘둥그레 뜨고서 이서백을 쳐다보았다. "그래서……."

"그래. 4년 전 여러 절도사들과 연합하여 방훈의 난을 평정한 때를 기점으로 내 사람들이 각 현의 군영으로 조금씩 침투해 들어갔다. 그리고 나는 징용한 각 지역의 병사들을 장안으로 들여서 신무군과 신위군을 만들었고, 옛 제도를 본떠 남아십육위를 새로 만들었지. 그 사실을 알아차린 폐하께서는 호랑이를 키워 후환을 남긴 것을 뼈저리게 후회하셨다. 나 또한 성도에서 습격을 받았을 때, 폐하께서 더 이상은 나를 용인하지 않는다는 것을 깨달았지……. 지금 각 지역의 절도사는 많든 적든 모두 나의 견제를 받고 있고, 장안에는 내 통제하에 움직이는 정예부대도 있으니, 폐하께서 천하를 위해 나를 제거하는 것이 어찌 영민하신 결단이라 하지 않을 수 있겠느냐?"

황재하는 이서백의 말에 안도의 한숨을 내쉬고는 물었다. "다 전하께서 계획하신 것입니까?"

"그들이 직접 선택한 것이다." 이서백이 담담한 투로 말했다. "나는 그저 장작에 불이 붙었을 때 기름을 조금 더했을 뿐이지."

황재하는 지금 이 상황이 기쁜지 슬픈지 도무지 알 수 없어, 그저 소리를 낮추어 조용히 물었다. "혹 걷잡을 수 없는 지경에 이르게 될까 두렵진 않으십니까?"

이서백은 황재하의 그런 표정을 보고는 손을 들어 황재하의 미간을 손가락으로 살짝 튕기고는 말했다. "걱정 말거라. 불을 지필 수 있었다면, 불을 다스릴 수도 있을 것이니."

"전하께서 이미 계획이 있다면, 제가 너무 걱정이 앞섰네요." 황재하는 이서백의 확신에 찬 목소리에 안도의 한숨을 쉬며 낮은 소리로 말했다. "그러게요……. 어찌됐든 상황이 급박할 때는 무리한 수단이라도 부득불 사용할 수밖에 없으니까요."

"상황은 이미 더 이상 돌이킬 수 없게 되었다. 아마 내일은 왕온도 바쁠 것이야. 오늘 유시에 어림군의 교대 시간이 지났음에도 한 무리의 병사들이 나오지 않고 궁에 그대로 남았다. 아마 내일 일을 대비하는 것이겠지. 그리고 오늘 오후에는 폐하께서 불당에서 기도를 드리다가 갑자기 왕종실을 부르셨다고 하더구나. 생각해보아라, 도대체 무슨 큰일이 있기에 폐하께서 불사리 앞에서 기도드리는 것도 멈추고 신책군의 수령을 불러들이셨겠느냐?"

황재하가 중얼거리듯 물었다. "장안에 소집할 수 있는 신책군이 얼마나 됩니까?"

"최소 5,000에서 8,000정도. 사실 그들을 쓸 필요도 없을 것이다. 궁중 내 어림군이 두 차례의 교대 시간에 병사들을 충원하면 다 합쳐 1,000은 될 것이다. 때가 되어 나와 복병으로 숨어 있는 몇몇을 상대하기엔 차고도 넘치는 숫자지."

황재하는 고개를 끄덕이며 잠시 생각하더니 다시 입을 열었다. "그럼, 저도 전하를 따라 함께 가겠습니다."

이서백이 눈썹을 치켜세우며 의아한 눈으로 황재하를 보았다.

"이미 짐도 다 챙겨왔어요. 전 모든 준비가 다 됐습니다." 황재하는 문밖에 둔 자신의 보따리를 가리키며 나지막이 말했다. "생각해봤는데, 정말 더 이상 되돌릴 수 없는 상황에 이른 거라면, 최소한 전하께서 그동안 장안에서 키운 힘으로 최후의 순간에 도망쳐 나갈 수 있지 않을까 싶었습니다. 그리되면 저도 전하를 따라 곁에서 모시면서 영원히 헤어지지 않을 거예요."

이서백은 황재하를 응시하며 물었다. "왕온은?"

황재하는 아랫입술을 깨물고 목소리를 낮추어 말했다. "왕 공자께는 미안하지만…… 하지만 처음부터 약속한 일이 있습니다. 전 파혼서를 돌려주기로 했고, 왕 공자는 전하께서 곤경에서 벗어나시도록 도와주기로 했지요. 그런데 왕 공자께서 그 약속을 지키지 않고 오히려 저희의 적이 되었으니, 약속은 이제 무효합니다."

이서백은 황재하의 단호한 표정에 절로 한숨을 쉬며 말했다. "재하,

너는 정말 마음이 독하구나."

황재하는 순간 당황해 저도 모르게 목소리가 약해졌다. "네……. 하지만 만약 제가 왕 공자께 독하게 하지 않으면, 왕 공자가 전하께 독하게 할 거니까 그렇죠. 상황이 이 지경까지 오고 보니 이제 더 이상 양쪽을 다 살피진 못하겠어요. 그저 제가 따를 한쪽만 선택하는 수밖에요……."

"아니, 내 말은, 네가 너 자신에게 너무 독하다는 것이다." 이서백의 손이 황재하의 등을 따라 가볍게 미끄러져 내려가더니, 이내 두 팔 안에 황재하를 가두어 거세게 껴안았다. "너는 너 자신을 대체 어떻게 여기는 것이냐? 나를 위해 너를 왕온에게 내던지고, 또 나와 함께 도망가기 위해 모든 것을 버린단 말이냐. 너는 그리도 총명하면서 설마 모르는 것이냐. 이대로 나를 따라가면, 네가 얻을 수 있는 것은 끝 모를 도망 생활밖에 아무것도 없을지도 모른다는 것을 말이다. 그리고 만에 하나 내게 무슨 일이 생긴다면, 혹 내가 너를 버리기라도 한다면, 네 앞에는 뭐가 남겠느냐?"

"절대 전하가 저를 버리게 두진 않을 거예요." 황재하가 나지막이 이서백의 귓가에 대고 말했다. 목소리는 흐릿하고 어렴풋했으나, 확고함이 느껴졌다.

황재하가 귓가에 대고 속삭이자 이서백은 저도 모르게 미소가 지어지며, 더 이상 참기 어려울 정도로 온몸에 뜨겁게 열이 올라 목이 바싹 마르는 기분이었다. 이서백은 꽉 잠긴 목소리로 말했다. "너 자신에게 그렇게나 자신이 있는 게냐."

황재하는 이서백의 가쁜 숨소리와 자신의 귓가로 뿜어지는 뜨거운 숨결을 느끼며 살짝 몸을 떨었다. "아니요. 저는…… 전하에게 자신이 있는 것입니다."

"그래, 그 부분에서는 확실히 자신을 가져야 마땅하지." 황재하를 거세게 껴안고 있는 이서백은 가쁜 호흡과 맹렬하게 뛰는 심장 때문에 목소리마저 흐려졌다. "왜냐하면 난, 아무래도 이미 네 것이 된 것 같으니 말이다."

황재하는 순간 이서백의 말이 무슨 뜻인지 몰라 어리둥절했다.

이서백은 황재하의 머리카락에 얼굴을 파묻고는 마치 잠꼬대를 하듯 계속해서 말을 이었다. "네가 내게 화를 내고 왕 가를 찾아가 도움을 구한 그날, 나는 밤새 잠을 이루지 못했다. 아가십열을 데리고 침류각에 앉아서 밤을 지새웠지. 달빛이 얼음 위로 반사되어 눈부시게 환해 졸음도 오지 않더구나. 금방이라도 네가 그 달빛을 밟고 내 앞에 나타나 후회되어 돌아왔다고 말할 것만 같았다……. 참으로 우습지 않으냐?"

이서백의 가슴에 얼굴을 묻고 있던 황재하는 빠르게 뛰는 심장 소리를 들으며 작은 목소리로 말했다. "아니요. 만약 전하께서 절 떠나셨다면, 저 또한 매일 밤을 그렇게 전하께서 돌아오시기를 기다렸을 거예요."

"네가 곧 왕온과 성도로 내려가 혼사 준비를 한다는 것을 알게 되었다. 수정방에서 그 소식을 듣고는 거의 미치는 줄 알았지. 그때 난 속으로 결심했다. 만약 두 사람이 성도로 내려가는 그날까지 폐하께서 나를 풀어주지 않는다면, 모든 것을 불사하고 종정시를 탈출해 네게 달려갈 거라고 말이다……." 이서백은 두 팔을 더 강하게 조였다. 황재하를 안은 힘이 배로 세진 것 같았다. "무슨 일이 있어도, 반드시 널 빼앗아올 거라고, 영원히 널 놓아주지 않을 거라고……."

황재하는 이서백이 너무 세게 껴안아 살짝 아파왔지만, 오히려 미소를 지으며 손을 들어 이서백의 허리를 꽉 껴안았다.

"그리고…… 그날 이후, 내게 소원이 생겼다. 나 홀로 밤새 뒤척이며 전전긍긍할 뿐, 누구에게 말할 수 있는 소원도 아니었지. 하지만 오늘 밤, 네게 말해주마. 지금 이야기하지 않으면, 어쩌면 더 이상은 말할 기회가 없을지도 모르니 말이다."

황재하는 이서백의 품 안에서 고개를 끄덕이고는 물었다. "그런데 '그날'은 언제를 말씀하시는 거예요?"

이서백은 황재하의 물음에 대답하지 않았다. 다만 황재하의 귓가에 뿜어지는 숨결만이 한층 더 뜨겁고 거칠어졌다. 이서백은 미세하게 떨리는 목소리로 힘겹게 입을 열었다. "그날 이후, 난 마음속으로 거듭 생각했다. 만약 너의 손을 잡을 수 있는 날이 온다면, 내 마음이 원하는 대로 네 손을 꼭 잡고 절대 놓지 않을 거라고. 만약 너를 품에 안을 수 있는 날이 온다면, 내 마음이 원하는 대로 너를 품에 꼭 안고 절대 놓아주지 않을 거라고. 그리고 만약 다시 한 번 네게 입을 맞출 수 있는 날이 온다면, 그것이 네 손이든, 네 이마든, 아니면 네 두 입술이든……."

황재하의 얼굴이 순식간에 새빨갛게 달아올랐다. 이서백이 말한 '그날'이 언제였는지 황재하도 깨달았다. 왜 누구에게도 말할 수 없는 소원이라고 했는지도 말이다.

황재하는 무의식적으로 몸부림치며 이서백의 품에서 벗어나려고 등을 돌렸다. 하지만 거센 힘으로 황재하를 안고 있던 이서백에게 오히려 틈을 보인 꼴이 되었다. 이서백은 황재하의 어깨를 누르고는 고개를 숙여 매끄럽게 윤이 나는 황재하의 이마에 입을 맞추었다.

황재하는 가만히 눈을 감았다. 파르르 떨리는 속눈썹이 등불 빛 아래 옅은 그림자를 만들어 홍조 띤 얼굴에 드리웠다.

이서백의 부드러운 입술이 점차 아래로 내려가 황재하의 볼에 닿았다. 찬란한 불빛 아래 황재하의 두 입술은 복사꽃과 장미꽃의 색을 조화롭게 섞어놓은 듯한 빛깔을 띠었다. 마치 그 입술에 봄의 계절 전체가 담긴 듯, 사람의 마음을 설레게 만들었다.

이서백은 긴장한 황재하의 얼굴을 오래오래 응시하다가, 결국 그 아름다운 봄날 위에 스치듯 가볍게 입을 맞추었다. 그러고는 두 팔의 힘을 풀고 낮게 탄식하며 말했다. "그만할 것이니, 무서워 말거라."

아득한 기분에 감싸여 있던 황재하는 의아한 마음에 눈을 떴다. 이서백의 얼굴이 바로 눈앞에 보였다.

이서백이 손을 들어 황재하의 볼을 어루만지며 말했다. "내가 내일 죽을지도 모르는데, 어찌 무책임하게 너를 더 깊이 빠뜨리겠느냐."

"상관없습니다." 황재하가 손을 들어 이서백의 손등을 가볍게 쥐며 나지막이 말했다. "오늘 밤 이렇게 전하 곁에 왔으니, 저도 전하께 말씀드리고 싶어요. 전하께서 살아남으신다면, 저도 살 것입니다. 전하께서 북방 변경으로 가신다면, 저 또한 소환관으로 전하를 따라갈 것이고요. 전하께서 만약 불의의 일을 당하신다면, 저 역시 혼자 살아남지는 않을 것입니다."

황재하를 응시하던 이서백은 손을 뒤집어 황재하의 손을 마주 쥐고는, 손등에 입을 맞추었다. 그리고 살짝 쉰 목소리로 말했다. "어찌 그리 막무가내냐. 내가 직면한 이 어려움이 어떤 것인지 가장 잘 아는 사람은 아마 너일 것이다. 나조차도 내가 온전히 이 어려움을 빠져나갈 수 있을지 알지 못하는데, 어찌 너는 그 속에 든 무서움을 전혀 생각지 않는 것이냐."

"저도 당연히 알지요." 황재하가 천천히 고개를 가로저으며 말했다. "전하 곁에서 일어나는 그 모든 이상한 일들을 말입니다. 선황께서 피를 토하시면서 함께 토해내신 자그마한 물고기, 서주 성루에서 발견한 부적, 진 태비마마의 광증과 마마께서 남기신 암시, 그리고 악왕 전하의 기이한 실종과 죽음……. 이 모든 일의 진상을 파악한 뒤 알게 되었죠. 제가 마주한 것은, 이 세상에서 가장 강력하고 무서운 힘이라는 사실을요. 하오나 전하, 비록 미미한 제 힘으로는 그저 사마귀가 앞발을 들어 수레를 막는 정도에 지나지 않을지 모르나, 수레바퀴가 돌아가기 시작할 때, 아주 조금이라도 그 방향을 틀 수 있으면 하는 바람입니다. 그 아주 조금의 어긋남으로도, 미친 듯이 세상 모든 것을 압박하며 굴러오는 수레바퀴가 망가져버릴 수도 있지 않겠습니까."

황재하의 말에 이서백은 순간 흠칫하더니 무거운 표정으로 물었다. "이미 그 모든 진상을 알아냈단 말이냐?"

"네. 줄곧 의문으로 남아 있던 사건들이 모두 정리되었어요. 그 속의 모든 맥락과 그에 사용된 수법까지 모두 말끔하게 풀렸습니다." 환하게 흐르는 불빛 아래서 이서백을 바라보는 황재하의 눈빛은 맑고 투명했으며 조금의 주저함도 보이지 않았다.

이서백은 자신의 모습이 비친 그 눈동자를 보노라니 참기 어려울 정도로 가슴이 두근거려, 황재하를 끌어당겨 낮은 침상에 기대앉으며 나지막이 말했다. "그래, 어쨌든 조정에 나가기 전까지 아직 시간이 있으니, 먼저 그 부적에 관한 얘기를 해보아라."

이런 상황에서 이서백이 그런 말을 꺼내리라고는 생각도 못한 황재하는 잠시 머뭇거리다가 이서백의 어깨에 살며시 머리를 기대며 물었다. "피곤하지 않으세요? 준비하셔야 하는 일들이 있는 거 아니에요?"

"준비할 만한 것도 없다. 오늘이 지나면 다시 돌아올 수 있을지 어떨지도 모르는데, 그전에 내 인생의 가장 큰 수수께끼를 네가 어떻게 풀어냈는지 듣고 싶구나." 이서백은 그리 말하며 황재하의 어깨를 가볍게 껴안았다. "비밀도 풀리고, 너도 내 곁에 있으니, 무엇을 맞이하게 된다 해도 두렵지 않구나."

황재하는 고개를 비스듬히 들어 이서백을 쳐다보다가 다시 몸을 세워 앉으며 말했다. "전하, 그 상자를 보여주십시오."

이서백은 다시 한 번 황재하의 어깨를 가볍게 껴안은 뒤에야 몸을 일으켜 상자를 가져와 황재하 앞에 놓아주었다. "이 부적은 수시로 변하며 매번 내가 당할 불행을 암시했지. 어떻게 그처럼 기이한 일이 벌어지는지, 이 짧은 시간에 알아냈단 말이냐?"

"저와 전하는 모두 귀신을 믿지 않지요. 모든 것이 사람이 한 짓이거늘, 풀지 못할 의문이 어디 있겠습니까?" 황재하는 상자에 손을 얹고서 말했다. "굉장히 복잡한 수법일 것으로 생각했지만, 실제로는 간단했습니다. 예컨대 똑같은 부적 두 장과, 똑같이 생긴 상자 두 개면 되는 것이었습니다."

황재하가 거기까지 말하자 마치 마지막 남은 얇은 천 하나를 마저 뚫은 듯 이서백도 단숨에 깨닫고는 "아!" 하고 외마디 소리를 냈다. 그러고는 생각에 잠긴 채 말했다. "그런 거였군!"

"서주에서 그 부적을 손에 넣으신 뒤 별로 개의치 않고 그냥 챙겨두었다고 하셨죠. 필시 부대 안의 누군가가 전하의 모친께서 임종하셨다는 소식이 전해지기 전에 자신이 가진 부적과 전하의 손에 들어간 부적의 '고' 자 위에 붉은 동그라미를 찍었을 것입니다. 그 모양이 같아야 했기에 도장 같은 것을 사용했을 테지요. 그렇지 않으면 전하께서는 미세한 차이도 눈치채셨을 테니까요. 전하께서 처음 그 부적의 변화를 눈치채신 뒤 상대는 습격을 감행했습니다. 그리고 자신이 가진 부적의 '잔' 자 위에 동그라미를 찍었죠." 황재하는 그 두꺼운 부적을 손에 들고는 나지막이 말했다. "자진 도련님이 표구 가게 주인장에게서 알아낸 바로는, 식초와 찻잎의 재를 배합한 주묵이 서화에 종종 사용된다고 합니다. 찻잎이 식초 냄새를 없애주기도 하지만, 둘 다 색을 흡수하는 특성이 있어서 이 둘을 배합한 주묵을 사용하면 일정 시간이 지난 뒤 자연스레 색이 바래 옅은 흔적만 남는다고 합니다. 만약 당시 전하께서 그대로 큰일을 당하셨다면 그 부적은 그냥 버려졌을 테고, 습격으로 부상을 당해 장애를 입으셨다면 전하가 가지신 부적의 주묵이 퇴색되기 전에 일반 주묵으로 '잔' 자에 동그라미를 찍은 부적으로 바꿔놓으려 했을 것입니다. 그 부적은 영원히 색이 바래지 않을 테니까요. 하지만 전하의 부상은 회복되었고, '잔' 자 위의 동그라미 또한 자연스레 흐릿해졌으니 그들도 굳이 신경 쓸 필요가 없었습니다."

이서백은 고개를 끄덕이며 말했다. "이후 난 그 부적이 심상치 않다 생각했고, 평범한 자물쇠는 믿을 수 없어 특별히 구궁 상자를 만들었지. 이 상자를 열려면 긴 시간이 필요하고, 또한 나조차도 한 번도 생각해본 적 없는 글자 조합으로 자물쇠를 만들었기에 철저히 방비할 수 있을 거라 생각했다. 하지만 그런데도 손을 타고 말았지."

"네, 그 글자들의 순서를 모르면 자물쇠를 열기 위해 수만 번은 시도해야 하지요. 설령 그 배열을 다 외웠다 해도 어지럽게 흩어진 글자들을 순서대로 맞추려면 짧은 시간 안에는 불가능합니다. 게다가 상자는 늘 전하께서 가까이에 두셨으니 감히 간 크게, 심지어 그 많은 시간과 힘을 들여 상자를 열고 부적을 몰래 바꿔치기 하는 자가 있었을 리 없지요." 황재하가 고개를 끄덕이며 말했다.

"하지만 똑같은 상자가 하나 더 있다면 말은 달라지지. 경육과 장항영 등 내 측근에 있던 자들은 마음만 먹으면 언제든지 이곳을 드나들 수 있었을 것이고, 상자를 바꿔치기 해도 아무도 눈치채지 못했을 것이다. 어지러이 흩뜨려놓은 글자의 배열까지는 미처 똑같이 만들어놓지 못하는 상황이 생긴다 해도, 그 또한 자신들이 청소를 하며 건드려 그리되었다 말하면 그만이었을 테고." 이서백은 그렇게 말하고는 다시 곰곰이 생각하며 말했다. "다만, 그 글자들은 내가 아무렇게나 배열한 것이었다. 상자를 만든 목수야 한 번 훑어보긴 했겠다만, 그 짧은 순간에 어찌 80개 글자의 순서를 다 기억했겠느냐."

"맞습니다. 한 번 보고 모든 걸 기억하는 건 전하만의 능력이지요.

천하에 그런 재능을 가진 사람은 전하 한 분뿐이실 겁니다. 만일 그 목수에게도 그런 재능이 있었다면 어찌 평생을 애면글면 살다가 갑자기 영문도 모른 채 죽음을 맞았겠습니까?" 황재하는 그렇게 말하면서 자신이 가져온 보따리에서 무언가 딱딱한 물건을 꺼내 이서백 앞에 내려놓았다. "그 목수의 유품에서 찾은 물건인데, 제자에게 물려준 공구들 속에 있었습니다."

이서백은 그 물건을 손에 들어보며 미간을 살짝 찡그렸다. "밀랍?"

"네, 밀랍입니다. 보통은 솜씨가 서툰 목수들이 사개의 틈을 감추려 사용하는 것인데, 장안에서 이름난 목수에게 이런 것이 왜 필요했겠습니까?" 이서백 앞에 앉은 황재하는 턱을 괸 채 이서백을 바라보며 물었다.

이서백은 황재하의 눈빛을 바라보며 천천히 한숨을 내쉬더니 입을 열었다. "탁본."

황재하가 고개를 끄덕였다. "맞습니다. 경육 공공이 전하께 목수를 소개했을 때 이미 목수는 매수된 상태였습니다. 상자가 다 만들어지고 전하께서 직접 글자를 배열할 때, 목수는 진작 작업대 위에 밀랍을 얇게 한 층 깔고, 그 위로는 톱밥을 흩어놓았지요. 전하께서 글자 배열을 마치자 목수는 글자가 아래로 향하게 한 뒤 작은 구리 막대를 박았습니다. 그렇게 두드리는 틈에 글자는 기름 먹인 천과 톱밥 너머 밀랍 위에 자국을 남겼지요. 전하께서 상자를 가지고 떠나시자, 기름천을 걷어내고 밀랍을 떼어낸 뒤 톱밥을 떨어냈을 겁니다. 거기에는 전하께서 배열한 글자가 그대로 나타나 보였겠지요. 그래서 그 글자 조합 그대로 상자를 하나 더 만들어 경육 공공에게 주었던 것입니다."

"그렇게 해서 두 개의 완전히 똑같은 상자가 완성되었구나. 안에 든 연꽃 모양의 함이야 고작 24개의 돌기로 되어 있는 것이니, 구궁 상자도 복제한 자라면 그것은 더 쉽지 않았겠느냐. 경육은 그저 부적에 손을 댄 뒤 자기가 가진 상자 안에 넣어서 내 곁의 상자와 바꿔치기 하면 되었던 것이야."

"경육 공공은 수년간 굉장히 조심스러웠을 겁니다. 부적은 설령 미세한 차이가 있더라도 색의 변화가 워낙 눈에 띄어 다른 부분은 쉽게 발견되지 않았겠지만, 구궁 상자는 세심한 주의를 기울여 보관해야 했겠지요. 사소한 충격에도 두 상자에 차이점이 생길 수 있으니 말입니다. 다른 이도 아니고 뛰어난 기억력의 소유자인 전하를 상대로는 그 역시 치명적인 실수가 될 테니까요."

이서백이 가볍게 탄식하며 말했다. "하나 경육은 참으로 한결같았다. 수년간 시종 마음을 다해 내게 충성하였고 죽을 때도 나를 위해 죽었지 않느냐. 그 점에는 참으로 탄복한다."

"하지만 죽기 직전에 자신을 대신할 장항영을 세워놓기도 했죠. 안 그런가요?" 황재하가 조용히 말했다. "그들의 변화가 어쩌면 목선 법사와 관련 있는 것은 아닐까 하는 생각이 듭니다."

이서백이 살짝 고개를 끄덕였다. "그래……. 장항영이 만약 촉에 오지 않았더라면, 어쩌면 지금도 잘살고 있을지도 모르지."

황재하는 턱을 괴고 낮은 소리로 말했다. "하지만 공교롭게도 목선 법사는 모든 진상이 드러나기 전에 죽어버렸지요. 이제 모든 게 추측으로만 남을 뿐, 실제로 확인할 길은 없어졌습니다."

"한데, 장항영이 너를 사지로 몰았을 때는 목선 법사가 이미 죽고 없지 않았느냐. 그럼 장항영은 어찌하여 그리 변했단 말이냐?"

"붉은색 물고기입니다." 황재하는 나지막하지만 확신 있는 말투로 말했다. "전에 경육 공공의 방에서 속이 텅 빈 석구에 물기가 남아 있는 것을 보았습니다. 아마도 경육 공공은 그 안에 물고기 알을 보관하다가, 마지막 순간에 장항영을 택하여 아가십열을 장항영의 몸에 기생시켰을 것입니다."

이서백은 고개를 끄덕이며 탁자 위 유리병 안에서 조용히 자고 있는 붉은 물고기에게로 시선을 옮겼다. "순식간에 연기처럼 변했으며, 비명횡사하는 사람들 곁에 자주 출현한다는 아가십열……."

이서백은 환한 불빛 아래 황재하를 바라보았다. 모든 것을 훤히 꿰뚫는 듯한 황재하의 투명한 눈빛과 맑고 깨끗한 표정을 보며 이서백은 깊은숨을 들이켰다. 황재하로 인해 맹렬히 뛰는 가슴은 그렇게 해야만 겨우 진정시킬 수 있었다. "그럼 이제…… 모든 것을 밝힐 시기가 된 것이냐?"

황재하는 이서백을 향해 미소 지으며 대답했다. "네. 이 사건은 이미 종결되었습니다."

곧 묘시가 다가왔다. 날은 아직 어두웠으나, 입궁해 황제를 알현해야 할 시간이었다.

이서백은 의관을 갖추었고, 환관이 서책과 두루마리, 홀판[37] 등을 챙겼다. 이서백이 환관을 거느리고 문 앞까지 나오니 황재하가 이미 그곳에 서서 기다리고 있었다.

황재하는 다시 환관복 차림이었다. 검은색 옷에 청색 띠를 두르고, 머리카락은 단단히 말아 올려 환관 사모를 덮어 썼다. 살짝 창백한 듯 보이는 수수한 얼굴에 눈썹은 더 짙게 그려 넣었다. 이서백 곁의 양승고가 다시 돌아왔다.

이서백은 황재하를 향해 고개를 끄덕여 보였고, 뒤에 따라온 자는 들고 있던 모든 물건을 황재하에게 건넸다. 황재하는 상자를 받아 든 뒤 말에 올라 이서백을 따를 준비를 했다.

---

37 문무 대신들이 군주 앞에 등청할 때 손에 들고 군주의 명을 기록하던 나무판.

이서백이 힐끗 쳐다보자, 황재하는 얌전히 말에서 내려 이서백을 따라 마차에 올라탔다.

"초봄이라 날도 쌀쌀하고 아직 날이 밝지도 않았는데, 어찌 감당한 다고." 황재하가 예전처럼 낮은 의자에 자리를 잡고 앉는 것을 본 뒤 이서백이 놀리듯 말했다.

황재하는 여러 물건이 든 상자를 품에 안은 채 이서백을 바라보며 눈을 깜빡이고는 씨익 웃어 보였다. 이서백은 황재하를 흘끔 쳐다볼 뿐 아무 말도 하지 않았다.

황재하는 그런 이서백을 신경 쓰지 않고 말했다. "마치 작년으로 돌아간 것만 같아요……. 과거가 다시 한 번 펼쳐지는 기분입니다."

팔짱을 끼고 마차에 기대앉은 이서백의 입가에 절로 미소가 지어졌다. "그때 어떤 이가 내 마차에 숨어들었다가 그 자리에서 내게 끌려 나오고 곧바로 신분까지 들통났지. 그런데도 마차에서 내리기는커녕 오히려 생떼를 쓰며 자신을 도와달라고 하더구나."

"하지만 1년의 시간을 들여 전 결국 전하께 했던 약속을 지켰지요. 아가십열의 비밀을 밝혀드렸지 않습니까?" 황재하는 그때와 똑같이 탁자 위에 놓인 자그마한 붉은 물고기를 바라보며 두 손으로 턱을 괴고 물었다.

이서백은 황재하를 응시하며 가만히 고개를 끄덕였다. "지금껏 살면서 많은 사람과 거래를 해왔지만, 너와의 이 거래가 가장 남는 장사였다."

"지금의 상황에서는 아직 제가 전하께 정말 도움이 될 수 있을지 없을지 모르지 않습니까. 그런데 어찌 벌써 남는 장사라고 단정하십니까?"

"설령 네가 나를 돕지 못한다 할지라도, 내 인생에서 너와 만날 수 있던 것만으로 그 거래는 이미 충분하다."

이서백의 어조는 담담했으나 황재하의 가슴엔 거대한 파도가 출렁였다. 이서백을 올려다보는 황재하의 가슴속에서 따뜻함이 솟구쳐 온몸으로 세차게 퍼졌으나, 입에서는 어떤 말도 나오지 않았다.

이윽고 마차가 천천히 멈추었다. 대명궁에 도착했다.

마차 문을 열고 나간 이서백은 마차 위에 선 채 궁등 빛에 은은하게 그 윤곽을 드러낸 대명궁을 바라보았다. 그리고 이내 고개를 돌려 황재하를 보았다. 황재하도 상자를 품에 안은 채 마차에서 나와 이서백 옆에 나란히 섰다.

살을 엘 듯한 새벽바람이 휙 매섭게 불어왔다.

이서백이 황재하의 손을 잡고 말했다. "가자. 오늘 사람들에게 아주 재미있는 무대를 보여주자꾸나."

황재하는 이서백을 따라 단봉문으로 들어간 뒤 계속해서 북쪽으로 나아갔다.

용수거를 지나 소훈문으로 들어선 뒤 용미도를 따라 위로 올라가니 함원전이 눈에 들어왔다. 좌우로 날개를 펼친 형세의 서봉각과 상난각이 금빛으로 휘황찬란하게 빛나고 있었다. 그 한가운데 자리한 함원전은 동트기 전의 검푸른 하늘 속에서 더욱 웅장하고 화려하게 보여 그야말로 장관이었다.

최근 몇 년간 황제는 대부분의 조회를 선정전에서 열었으나, 오늘은 불사리가 출궁하는 날이어서 많은 조정 신료와 궁인들이 불사리를 배웅하러 모여들었기에 함원전에서 조회를 열었다.

전각 아래 있던 왕온은 용미도 위에 줄지어 걸린 초롱 빛에 비추인 황재하를 한눈에 알아보았다. 순간 낯빛이 일변한 왕온은 곧바로 다가가 황재하의 손목을 낚아챘다.

황재하는 손에 든 상자를 놓치지 않게 꼭 붙들고 고개를 들어 왕온을 보았다. 아주 잠깐 멈칫했을 뿐 곧 왕온을 향해 무릎을 굽히고 고개를 숙여 예를 갖추었다. "왕 통령."

왕온은 새하얗게 질린 낯빛으로 애써 소리를 낮추어 물었다. "그대가 어찌 이곳에 온 것이오?"

황재하가 턱짓으로 앞서가고 있는 이서백을 가리켰다. "기왕 전하를 따라온 것입니다."

"종정시에서 나오시자마자 그대를 찾아갔단 말이오?"

황재하는 고개를 가로저었다. "아니요, 어젯밤 공자께서 돌아가신 뒤, 제가 전하를 찾아갔습니다."

왕온은 황재하를 매섭게 노려보았다. 관자놀이의 핏줄이 불끈불끈 뛰는 게 보일 정도였다. 표정 또한 얼마나 무서운지 주위 사람들이 저도 모르게 힐끗힐끗 쳐다봤다. 하지만 황재하는 평온한 얼굴로 나지막이 말했다.

"온지, 제게 한 약속을 지키지 않으셨지요. 그래서 저도…… 공자님을 등질 수밖에 없었습니다."

왕온은 마치 벼락을 맞은 듯 아연실색하며 황재하를 보았다. 그러고는 산산이 부서지는 듯한 목소리로 말했다. "뭘…… 알게 된 것이오?"

황재하의 목소리는 몹시 작았으나 또렷하게 들렸다. "제가 아는 것은, 곧 기왕 전하가 아는 것이지요."

"그런데도…… 궁에 들어왔다는 거요?"

"기왕 전하가 오신다니, 저도 따라왔습니다." 황재하는 고개를 돌려 계단 끝을 올려다보았다. 이서백은 계단 제일 위, 대전과 가장 가까운 곳에 서 있었다. 수많은 사람이 황재하의 시야를 가렸지만 황재하는 이서백이 그곳에 있음을 알았다.

"기왕 전하도 목숨 걸고 진실을 밝히길 원하시는데, 미천한 소인이 어찌 목숨을 아끼겠습니까?"

하지만 왕온은 황재하의 말은 전혀 귀담아듣지 않았다. 눈 한번 깜빡이지 않고 황재하를 응시하던 왕온은 한 자 한 자 힘주어 천천히 물었다. "그래서 처음부터 끝까지, 그대가 내 곁에 온 것은 결국 기왕을 위해서였소?"

황재하는 잠시 침묵하더니 고개를 돌려 성루 아래 드넓게 펼쳐진 청회색 돌바닥을 바라보며 말했다. "촉에 함께 가겠다고 한 약속은 진심이었습니다."

'그래서, 모든 책임은 여전히 내게 있다고 돌리는 것인가?'

왕온은 황재하의 옆모습을 응시했다. 황재하의 말에 반박하며 비난하고 싶었으나, 슬픔에 잠긴 듯한 얼굴을 보니 아무 말도 나오지 않아, 그저 붙잡았던 황재하의 손을 사납게 내치며 천천히 입을 열었다. "그것이 소원이라면, 내 그리 해주겠소."

온통 주홍색과 자색이 일렁이는 가운데, 말단 환관 황재하만이 검푸른 옷을 입었다. 사경이 막 지난 시간이라 날이 아직 밝지 않아, 함원전은 수많은 등촉과 등불로 주위를 환히 밝혔다. 하지만 양옆의 상난각과 서봉각에는 사람이 없었기에 작은 등 몇 개만 켜져 있을 뿐이었고, 그곳을 주목하여 보는 이도 없었다.

황재하는 이서백을 향해 고개를 끄덕이고는 상자를 들고 상난각 쪽으로 쏜살같이 달려갔다. 황재하의 어두운 옷차림은 동틀 무렵의 어둠 속에서 거의 눈에 띄지 않았다. 시위병들도 용미도의 관원들을 세심히 지켜볼 뿐, 누군가가 어둠 속에서 상난각으로 뛰어가는 것은 신경도 쓰지 않았다.

상난각 난간 위에 올라간 황재하가 큰 소리로 "폐하!" 하고 외쳤다. 대전 입구에 줄지어 서 있던 주홍색과 자색 옷차림의 관리들이 그제야 뭔가 이상함을 눈치챘다.

무리가 일제히 고개를 돌려 상난각 쪽을 바라보았다. 함원전에서 가장 멀리 떨어진 난간 위에 황재하가 서 있었다. 검푸른 하늘을 배경으로 황재하의 모습이 바람 속에서 휘청거렸다. 옷자락이 어찌나 펄럭이는지, 금방이라도 바람에 떠밀려 날아갈 것만 같았다.

난간 위에 서 있는 자가 누구인지 아무도 알아보지 못하고 있는데, 막 용미도로 올라온 왕온이 황재하를 보고는 순간 얼이 빠져 멈춰 섰다가 곧바로 크게 소리쳤다. "정신이 나간 것이오! 어서 내려오시오!"

황재하는 왕온을 향해 손을 들어 보이며 말했다. "왕 통령, 절대 다가오지 마십시오. 이쪽으로 다가오시는 순간, 저는 바로 뛰어내릴 것입니다!"

왕온 뒤에 있던 시위병들은 여전히 누구인지 알아보지 못하고 욕을 해댔다. "어디서 굴러온 환관이야? 미친 거 아니야? 왕 통령, 제가 가서 끌어내겠습니다!"

"아니……. 누구도 가까이 가지 마라."

새하얗게 질린 왕온이 손을 들어 시위병들을 저지했다. 그러고는 고개를 돌려 이서백을 보았다. 이서백은 무리 속에 뒤섞여 대전 문 앞에 서서 담담한 얼굴로 황재하를 보고 있었다.

마음속에서 불길이 치솟았다. 왕온이 분노로 어쩔 줄 몰라 하고 있는데, 옆에서 몇몇 대신들이 수군대는 소리가 들렸다.

"저 모습은…… 그때 악왕 전하가 상난각에서 뛰어내린 것과 비슷하지 않은가?"

"그렇네! 어쩐지 어딘가 익숙한 느낌이 들더라니, 그날과 거의 똑같지 않은가. 다만 그때는 악왕 전하가 기왕 전하 때문에 목숨을 끊는다 하더니, 지금은 뛰어내리려는 자가 기왕 전하 곁의 소환관으로 바뀌었군……."

"그럼…… 설마 저 소환관도 앞서 죽은 이들처럼, 기왕 전하를 비난하려는 건가?" 누군가가 묘한 말투로 말했다. 그날 악왕이 뛰어내린 일뿐만 아니라, 장항영의 부친이 성루에서 뛰어내린 일까지 함께 떠올린 것이다.

"쉿, 기왕 전하가 여기 계시오……." 옆에 있던 자가 최대한 소리를 낮추어 말했다.

왕온은 표정 하나 변하지 않은 이서백의 얼굴을 보았다가 다시 고개를 돌려 위태롭게 서 있는 황재하를 보았다. 난간 위에서 휘청거리는 황재하를 보노라니 마음이 조마조마해 목구멍이 타들어 가는 것 같았다. 하지만 몸을 움직일 수도, 소리를 지를 수도 없어 그저 그곳에 서서 지켜보는 수밖에 없었다.

그때 황재하의 목소리가 멀리서 들려왔다. "폐하, 그리고 대인 여러분! 저는 지금 이 자리에서 악왕 전하가 하셨던 그날의 일을 재연해보려 합니다. 그저 하늘에 신령님이 계시다면, 저의 이 몸도 신선이 되어 푸른 연기처럼 사라지리라는 것을 증명해 보이기 위함입니다."

"말도 안 되는 소리! 저 소환관이 무슨 덕과 능력이 있다고 신선이 되겠다는 망상을 하는 거야?"

'그러고 보니…… 그때 신선이 되었다던 악왕 전하가 어찌 향적사 뒷산에서 기왕 전하의 손에 죽은 것일까?'

왕온의 마음속에 그런 의문이 떠올랐다. 고개를 돌려 좌우를 살펴보니 다른 이들도 의문 가득한 표정을 짓고 있었다. 역시 모두가 같은 생각을 떠올린 것이다.

왕온은 결국 참을 수 없어 소리쳤다. "어서 내려오시오! 그렇게 높은 성루에서 어찌 그 일 하나를 파헤치자고 목숨을 내건단 말이오?"

"왕 통령, 걱정하지 마십시오. 그리고 저의 시신을 찾으러 아래로 내려가실 필요도 없습니다. 왜냐하면 저 역시 악왕 전하처럼 흔적도 남기지 않고 사라질 테니까요……." 황재하는 즉시 손에 들고 있던 불쏘시개에 불을 붙였다. 그리고 바닥을 가리키며 말했다. "악왕 전하는 기왕 전하께 받은 물건을 태우셨지요. 저 또한 제가 지니고 있던 물건을 태우겠습니다. 그럼, 저는 이만 물러가겠습니다!"

그 말과 함께 뒤로 몸을 젖힌 황재하는 등 뒤로 펼쳐진 어둠 속으로 번쩍 몸을 날렸다.

그와 동시에 불쏘시개가 땅에 떨어졌다. 바닥에는 기름을 뿌린 물건들이 쌓여 있었기에 난간은 순식간에 불길에 휩싸이면서 눈앞의 흑암을 삼키고 새벽녘 하늘을 붉게 물들였다.

왕온은 황재하가 그렇게 쉽게 몸을 던질 거라고는 전혀 예상치 못했기에, 순간 크게 소리치며 눈시울을 붉힌 채 미친 듯이 상난각으로 달려갔다.

시위병들도 그 뒤를 바싹 따랐다. 왕온 일행이 황재하가 뛰어내린 상난각 뒤편으로 달려갔으나, 잡다한 물건들 위로 활활 타오르는 불길 외에는 정적만 흘렀다.

왕온은 난간으로 달려가 아래를 내려다보았다. 궁등 빛이 드리운 청회색 돌바닥만 보일 뿐 다른 것은 아무것도 없었다. 왕온은 한참을 멍하니 난간에 바싹 붙어 아래를 내려다보다가 용미도 근처에 꼿꼿이 서 있는 병사 둘을 발견하고는 크게 소리쳤다.

"여봐라, 거기 사람이 떨어지지 않았느냐?"

두 사람은 고개를 들어 왕온을 보고는 즉시 외쳤다. "아무것도 떨어지지 않았습니다!"

"떨어지지 않았다고?" 왕온이 다시 물었다.

"네, 벽돌 조각 하나도 떨어지지 않았습니다!"

왕온이 망연하여 몸을 돌리는데, 누군가가 기둥 뒤에서 청회색 하늘빛을 등지고 서 자신을 보고 있었다. 검푸른 환관복에 옥과 같은 얼굴, 바로 황재하였다.

황재하는 자신을 바라보는 왕온을 향해 고개를 끄덕여 보이고는 입을 열었다. "걱정을 끼쳐드렸습니다."

"뛰어내린 것이…… 아니었소?" 왕온은 여전히 놀란 상태였지만, 살아서 자신 앞에 서 있는 황재하를 보니 기뻤다. 왕온의 얼굴에 놀라움과 기쁨이 뒤섞인 혼란스러운 표정이 떠올랐다.

"네, 모든 건 그저 눈속임에 불과했습니다." 황재하는 이미 반쯤 비워진 상자를 들고서 왕온과 함께 상난각을 내려왔다. 조금 전 황재하가 뛰어내리는 것을 직접 보았던 대신들은 황재하가 상처 하나 입지 않고 왕온과 함께 태연히 걸어오자 너무 놀라 경악을 금치 못했다.

이서백은 의도적으로 왕온을 무시하고는 곧장 그 곁의 황재하를 향해 말했다. "여기 계신 모든 대인들께 설명해드리거라. 네가, 혹은 악왕이 어떻게 상난각 위에서 사라졌던 것인지."

"네, 전하." 황재하는 호기심 어린 얼굴로 자신을 바라보는 관원들을 향해 예를 취하고는 입을 열었다. "사실, 아주 간단한 눈속임에 불과합니다. 이 눈속임에는 세 가지 조건이 필요합니다. 첫째, 반드시 날이 어두워야 합니다. 낮에는 이것이 속임수인 것을 한눈에 간파할 수 있기 때문입니다. 둘째, 반드시 불을 피워야 합니다. 그래야 속임수를 쓴 흔적을 철저히 없앨 수 있기 때문입니다. 셋째, 짙은 색깔의 옷을 입어야 합니다. 검은색이 가장 좋겠지요."

"양 공공, 뜸 들이지 말고 어서 속 시원히 설명 좀 해보시게!" 최순잠이었다. 원래도 성미가 급한 데다, 대리사 소경이란 직책 때문에 누구보다 더 이 일에 관심이 깊었다. "본관도 그날 현장에서 직접 목도한 사람 중 하나인데, 아무리 머리를 굴려도 악왕 전하가 어떻게 사라지셨는지 도무지 알 수 없었소."

"사실 굉장히 간단합니다. 다들 눈치채셨는지 모르겠지만, 저는 악왕 전하와 다른 난간으로 올라갔습니다. 저희가 서봉각에 있었을 때, 악왕 전하는 상난각 좌측 난간을 택하셨지요. 우측에 있는 서봉각에서 정면으로 가장 멀리 떨어진 곳이기 때문입니다. 그리고 저는 오늘 상난각 뒤편 난간으로 갔습니다. 함원전에 계신 대인들께서 보실 때 정면으로 가장 먼 곳이지요. 말하자면, 이 눈속임은 오직 정면으로 보고 있을 때만 가능하며, 측면에서 보면 절대 통하지 않는 것입니다."

황재하는 그렇게 말하며 상자 속에서 그림 한 폭을 꺼내 펼쳐 보였다.

"왜냐하면 이 속임수에는 그림이 한 장 필요하기 때문입니다. 그림은 평면이지 않습니까. 정면에서 보면 배경과 어우러져 보이지만, 측면에서 보면 그저 얇은 종이 한 장일 뿐이어서, 곧바로 속임수임이 들통나지요!"

황재하의 손에 들린 그림은 온통 검은 칠이 된 것으로, 흰색의 여백은 난간과 똑같은 모양이었다. 단지 실물에 비해 조금 작을 뿐이었다. 황재하는 그림 뒤의 작은 나무막대를 펼쳐 그림을 평평하게 편 뒤 접혀 있던 작은 나무 지지대를 잡아당겨 세워 사람들에게 보였다.

그림 측면에 서 있던 사람들은 별다른 반응이 없었지만, 그림 정면에 서 있던 사람들은 다들 깜짝 놀랐다. 그 검은색 그림과 아직 동이 트지 않은 하늘색이 하나가 되었고, 하얀 여백은 뒤에 있는 옥석 난간과 하나가 되었다. 그리고 그림 뒤쪽에 놓인 지지대 위에 선 황재하는 정면에서 보면 마치 난간 위에 서 있는 것처럼 보였다.

진짜 난간 앞에 그림으로 그려진 또 하나의 난간이 있다고는 그 누구도 알아보기 어려웠다. 그리고 휘청거리며 흔들리는 몸짓은 발아래의 나무 지지대가 견고하지 않은 탓이었지만 마치 난간 위에 위태롭게 서 있는 듯한 착각을 주었다.

"당시 악왕 전하 역시 상난각으로 가서 미리 그곳에 준비해둔 지지대와 그림을 펼친 후에 사람들의 주의를 끌었을 겁니다. 그리고 그곳에서 뜻한 대로 기왕 전하를 비난한 뒤 곧바로 뒤쪽으로 몸을 던졌습니다." 황재하는 그리 말하고는 몸을 뒤로 젖히고 떨어졌다. 곧바로 그림 뒤로 사라진 황재하가 계속해서 말했다. "정말로 난간 밖으로 몸을 던진 것처럼 보이지만, 실제로는 그림 뒤편 바닥으로 무사히 떨어진 것입니다."

"그럼, 거기 남아 있던 물건들은? 그것들을 다시 다 챙기려면 분명 사람들의 이목을 끌지 않았겠소!" 최순잠이 즉시 물었다.

"그래서 한 가지 구실이 필요했지요. 지금껏 기왕 전하가 악왕 전하께 주었던 물건을 태운다는 빌미로 속임수 도구들도 완전히 다 태워버릴 수 있었습니다. 종이는 말할 것도 없고, 나무 역시 미리 기름에 담갔던 것이어서 불을 붙이자마자 활활 타올랐을 겁니다. 그리고 그때 악왕 전하는 겉에 입은 자색 옷을 벗어 불속에 던져 버린 뒤 상난각의 어두운 곳에 숨었습니다. 그날 저는 한 가지 사실을 주목했습니다. 그날 모든 사람이 안에 흰색 옷을 받쳐 입었는데, 유일하게 악왕 전하만은 속에 검은색 옷을 입고 계셨습니다. 자색과 검은색이라, 언뜻 봐도 무겁고 어두운 조합이지요. 보통은 옷을 입을 때, 그런 식의 색 배합은 하지 않습니다. 하지만 그날 악왕 전하는 굳이 그렇게 옷을 입으셨습니다. 그 이유가 무엇이겠습니까?"

"그거야…… 흰색 옷을 입으면 어둠 속에 숨어 있을 때 눈에 잘 띄니까 그런 거 아니겠소……. 자색은 그나마 조금 낫겠으나, 그렇다고 그 자색 옷차림으로 궁을 빠져나간다면, 금세 사람들에게 발견됐겠지." 누군가가 떨리는 목소리로 추측했다.

"맞습니다. 그래서 악왕 전하는 속에 받쳐 입었던 검은색 옷차림으로 어둠 속에 숨어 계셨습니다. 시위병 무리가 도착했을 때는 미리 준비한 검푸른 아전 옷을 입고 무리 속에 섞여 들어갔고, 혼란한 틈에 상난각을 내려와 즉시 궁을 빠져나간 뒤, 곧바로 향적사로 가서 몸을 숨기셨습니다." 황재하는 물건들을 그대로 버려두고 낭랑한 소리로 말했다. "소위 신선이 되어 하늘로 올라갔다거나, 조정과 사직을 위해 목숨을 바쳤다는 그 일 뒤에는 결국 이러한 내막이 있었습니다."

적막이 흐르는 가운데, 사람들은 저마다 참지 못하고 이서백을 슬쩍슬쩍 훔쳐보았으나, 어느 누구 하나 머릿속에 떠오른 의문을 감히 입 밖으로 내지 못했다.

'도대체 무엇 때문에, 아니면 도대체 누구의 지시로, 악왕 전하가 그런 엄청난 위험을 무릅쓰고 자신의 넷째 형님을 모함하려 했단 말인가? 후에 향적사 뒷산에서 죽은 것도, 혹 쉽게 짐작하기 어려운 내막이 숨겨진 것은 아니겠는가?'

21장

되돌리기 어려운
하늘의 흐름

사람들이 무어라 말을 꺼내기도 전에, 대전 내에서 금종옥경[38]이 울렸다. 황제가 조정에 당도한 것이다.

비록 길게 이어진 붉은 계단만큼 떨어진 데다 피어오르는 향 너머로 보긴 했지만, 계단 아래 서 있던 신하들은 황제의 얼굴을 보고는 저마다 이상하다 여겼다. 사흘간의 기도도 별다른 소용이 없었는지, 얼굴은 오히려 더 잿빛이 되었고, 걸음도 휘청거렸다. 서봉한에게 기대지 않으면 제대로 걸음을 옮기기도 힘들어 보였다. 휘청거리는 황제의 모습에 다들 어쩔 줄 몰라 했다.

조회가 끝나고 모두들 황제를 향해 만세를 외친 뒤였다. 대전 안 대학사가 조금 전 일어난 일에 대해 고했다. 순간 대전 안이 고요해졌다. 황제의 낯빛이 한층 더 일그러진 듯 보였다.

한참 후에야 황제가 입을 열었다. 그 목소리가 너무 작아서 바로 곁의 서봉한에게만 들릴 정도였다. 서봉한은 귀를 기울여 황제의 말을

---

38 황제의 중대한 의식이 있을 때 사용하던 악기.

듣고는 낭랑한 목소리로 말했다. "성상께서 말씀하셨습니다. 죽은 자는 이미 죽은 것이고, 산 자는 모름지기 자중하여 목숨을 소중히 여겨야 할 것이니라. 악왕은 이미 훙거하였고, 짐은 그 과오를 듣고 싶지 않으니 이쯤에서 끝내도록 하라."

순간 조정 대신들이 술렁였다. 황제가 그렇게 중대한 사안을 아무것도 묻지 않고 이대로 끝내리라고는 전혀 예상치 못했던 것이다. 악왕의 일은 그냥 넘어간다 할지라도, 기왕이 당한 억울함마저 그냥 이렇게 없었던 일로 친단 말인가?

사람들이 저마다 의문을 떨치지 못하는데, 서봉한이 다시 황제의 말을 전했다. "성상께서 말씀하셨습니다. 사흘간 기도를 쉬지 않느라 침식을 줄인 까닭에 기력이 소진하였을 뿐이니 여러 대신들은 염려치 말라. 오늘 불사리가 출궁하여 장안의 각 사찰로 보내지니, 이에 짐은 불광에 몸이 정결해지기를 바라고, 사직의 복과 안녕, 그리고 대당에 영원한 태평이 도래하기를 기도하느니라. 이에 명을 내리니, 불사리 전송사 이건은 속히 대전으로 들어 불사리를 모시라."

불사리는 입궁 때 이서백이 받들었기에, 궁인들이 사리함을 받쳐 들고 나오자 당연히 이서백이 몸을 일으켜 대전 문까지 배웅했다.

은을 조각해 만든 사리함은 무게가 굉장했다. 한 면이 족히 1척은 되었다. 윗면은 보상화[39]가 투각되어 안이 살짝 들여다보였는데, 안에는 보석을 박은 금관이 들어 있었다. 금관 안에는 옥관이 들어 있고, 불사리는 바로 그 옥관 안에 모셔져 있었다.

모든 대신이 바닥에 엎드려 불사리를 봉송했다.

사흘 전 불사리를 맞이한 때와 마찬가지로 이서백은 왼손으로 사리함을 짚고 오른손으로 버들가지를 들어 정수를 묻힌 뒤 아홉 번 가

---

39 모란꽃과 연꽃을 결합시킨 문양.

볍게 흔들었다.

물방울이 사리함 위로 단비처럼 흩뿌려졌다. 꿇어 엎드린 사람들 뒤에 선 황재하는 그 모습에서 눈을 떼지 않고 지켜보았다. 이어 이서백은 궁인에게서 사리함을 건네받아 사람들이 지켜보는 가운데 대전 문을 나온 뒤 계단을 따라 내려와 이건 앞에 섰다.

이건은 바닥에 엎드려 크게 절하며 공경의 예를 갖추고는 일어나 사리함을 받아 들었다.

사리함이 이서백의 두 손에서 떠나던 그 순간, 옆에서 시중들던 궁인들이 일제히 외마디 비명을 질렀다. "악!"

이서백의 손에 시뻘건 혈흔이 묻어 있었다. 그 모습이 무섭기 그지없었다.

사람들이 저마다 놀라서 소리를 지르는 가운데 이건은 사리함을 들어 아래를 살펴보았다. 사리함 밑면에도 핏빛 손자국이 두 개 나 있었다. 사리함을 받쳐 들었던 이서백의 손과 정확하게 일치했다. 이건은 대경실색하여 어쩔 줄 몰라 했다.

대신들이 저마다 시끄럽게 떠들어대는데 벌써 누군가는 몸을 일으켜 대전으로 뛰어 올라가 황제 앞에 엎드려 소리쳤다. "폐하! 악왕 전하께서 일찍이 속임수를 쓰신 일이 오늘 밝혀지긴 하였사오나, 악왕 전하는 필경 향적사에서 기왕의 손에 돌아가셨습니다! 악왕 전하가 진실을 폭로하자 기왕이 앙심을 품고 분한 마음에 친동생을 죽인 것입니다. 인륜을 저버리고 양심이라곤 털끝만치도 남아 있지 않은 자를 폐하께서는 어찌 그냥 덮어주시며, 불사리마저 그자의 손에 더럽혀지게 만드십니까? 지금…… 불사리가 현령하여 기왕의 두 손을 피로 물들였으니, 이는 천지가 격노하는 것이 아니고 무엇이겠습니까!"

그렇게 고하는 자는 바로 태자의 최측근 전령자였다. 태자 이현은 전령자의 말을 가장 잘 따랐기에 즉시 함께 대전 앞에 꿇어 엎드렸다.

그 모습을 본 대신들도 줄줄이 각성하며 대전 앞으로 몰려와 전령자의 말에 동조하고 나섰다. "천지가 격노하여, 결코 용서치 못할 죄를 즉시 처결하라고 불사리를 통해 깨우쳐주는 것입니다!"

이서백은 미간을 찡그리며 자신의 손을 내려다보았다. 그러고는 다시 고개를 돌려 자신에게 사리함을 건넨 궁인을 보았다.

황후 곁의 여관 장령이었다. 장령은 이서백이 자신을 바라보자 즉시 무릎을 꿇고는 질겁하며 말했다. "전하, 살려주십시오! 소인이 사리함을 건네드릴 때에는 깨끗했사옵니다! 믿지 못하시겠다면, 여기 제 손을 보십시오……."

장령은 온몸을 떨며 자신의 두 손을 사람들 앞에 펼쳐 보였다. 건조하고 하얀 손에 혈흔 같은 것은 조금도 묻어 있지 않았다. 대전 앞이 한바탕 소란에 휩싸이고 태자까지 이에 합세하고 나서는 가운데, 황제는 이미 서봉한을 보내 상황을 알아보라 명했다. 상황을 둘러본 서봉한은 재빨리 모든 이를 대전 안으로 들게 했다.

이건은 사리함을 안은 채 빠른 걸음으로 대전 안으로 들어갔고, 장령은 여전히 기겁한 얼굴로 그 뒤를 따랐다. 그 두 사람 뒤로 계단을 오르던 이서백이 황재하 곁을 지나며 눈짓을 보내자, 황재하도 서둘러 이서백의 뒤를 따랐다.

그때 왕온이 손을 들어 황재하의 소맷자락을 붙들었다. 황재하가 황급히 고개를 돌리니 어둡고 절망스러운 눈빛의 왕온이 보였다.

"황재하, 지금 여기서 떠난다면 내가 도울 수는 있소."

황재하는 천천히 고개를 흔들고는 소맷자락을 잡아 빼며 왕온의 손을 뿌리쳤다.

옷자락이 펄럭이며 손목에 걸린 금실도 함께 흔들렸다. 팥알 두 알이 공중에서 서로 헤어졌다가 이내 다시 숙명적인 궤적을 따라 미끄러져 내려와 가볍게 서로에게 닿았다.

황재하는 시선을 아래로 내려뜨려 서로 꼭 붙어 있는 팥알을 보며 작은 소리로 말했다. "말씀 감사합니다. 하지만…… 그럴 순 없어요."

조금 전까지만 해도 널찍하게 텅 비어 있던 대전 안이 사람들로 가득 들어찼다.

붉은 계단 아래, 황제와 가장 가까운 곳에 이서백과 이건, 장령이 섰다. 놀라고 당황한 이건은 어쩔 줄 몰라 하며 사리함을 위로 들어 황제에게 보였다. "폐하, 소신이 사리함을 받아들 때 이미 이리 되어 있었습니다. 어찌된 영문인지는…… 소신도 모르겠사옵니다!"

황제가 이건을 한 번 훑어보고는 손을 들어 내젓자 서봉한이 재빨리 수건을 가져다가 이건에게 주었다. 이건은 수건을 받아 사리함 바닥에 묻은 피를 깨끗이 닦은 후 다시 서봉한에게 건넸다.

서봉한은 피 묻은 수건이 꺼림칙해 선뜻 손을 내밀어 받지 못했다. 이건 뒤에 서 있던 황재하가 그런 서봉한을 보며 물었다. "서 공공, 소인이 그 혈흔을 한번 살펴봐도 되겠습니까?"

서봉한은 멍하니 목소리가 들린 곳을 쳐다보다가 황재하를 알아보고는 멈칫하더니 황제 쪽을 돌아보았다. 하지만 황제의 시선은 여전히 허공에 머물러 있었다. 반응이 둔하여 이쪽의 움직임을 아직 눈치채지 못한 것이다.

서봉한이 황제에게 고하기도 전에, 황재하는 이미 이건의 손에서 수건을 가져가 그 위에 묻은 혈흔을 살폈다. 수건의 마른 부분에 미세한 황색이 보여 수건을 코에 갖다 대고 유심히 그 냄새를 맡아보았다.

서봉한이 빠른 걸음으로 황제에게 다가가 귓가에 대고 말을 전했다. 황제의 목소리가 미세하게 흘러나왔다. 앞에 있는 몇몇 사람만 들을 수 있을 정도로 작은 목소리였다. "사 왕제, 짐은 네가 귀신에 홀려 일곱째를 죽였다는 걸 알고 있다……. 하나 짐은 그럼에도 네가 불사리를 영접하도록 했다. 짐의 뜻은…… 갈수록 더 깊이 미혹되는 네가 안타까워, 불사리로 네 생각과 마음이 깨끗하게 씻기기를 바란 것이다. 그런데…… 그런데…….”

황제는 기력이 받쳐주지 않아 더는 말을 잇지 못했다.

전령자가 즉시 큰 소리로 외쳤다. “영명하신 폐하! 기왕은 이리와 같은 야심을 가진 자로, 세상 사람의 눈은 속일 수 있을지 모르나, 신불은 진즉에 알고 계셨던 것입니다! 기왕이 들었던 사리함에서 혈흔이 배어나왔습니다. 이는 혈육의 피를 묻힌 손이라는 사실을 불사리가 경고하여 보여준 것일진대, 어찌하여 폐하께서는 형제의 정을 말씀하시며 황실의 체면을 염려하십니까?”

이서백은 살짝 고개를 돌려 경멸이 담긴 차가운 눈빛으로 전령자를 힐끗 보았다.

전령자는 흠칫 놀라며 몸을 부들부들 떨더니 그 자리에 꿇어앉아 더 이상은 찍소리도 못 했다. 옆에 있던 태자 이현도 전령자의 팔을 꼭 붙잡고서 겁이 나 고개조차 들지 못했다.

황제는 잠시 가만히 있다가 간신히 손을 들어 움직였다. 황제의 손끝이 어딘가를 가리키려는 순간, 황재하가 계단 앞으로 나아와 꿇어 엎드리며 또렷하게 말했다. “폐하, 이 혈흔은 누군가가 기왕 전하를 모함하려 거짓으로 꾸민 것이오니, 폐하께서 이를 밝히 조사하여주시옵소서!”

황제의 손이 멈추고 다시 천천히 내려갔다. “누구더냐?”

서봉한이 곧바로 황제의 귀에 대고 작은 소리로 말했다. “양숭고…… 황재하이옵니다.”

황제는 낯빛이 급변하더니 목구멍으로 컥 하는 소리를 내고는 입꼬리를 끌어올려 분노와 냉소가 뒤섞인 기이한 표정을 지었다. 서봉한이 미처 황제의 뜻을 알아채기도 전에 황재하가 이미 황제를 향해 머리를 조아려 절을 한 뒤 일어나 손에 있던 수건을 사람들에게 들어 보였다. "이 수건에는 선홍색 핏자국 외에 옅은 황색 가루도 묻어 있습니다. 소인이 조금 전 냄새를 맡아보았는데 강황이 틀림없습니다."

"강황?" 다들 어리둥절해 이런저런 추측만 하고 있는데, 황재하가 옆에서 흰 수건 하나를 가져와 이건이 품에 안고 있던 사리함 아래를 받쳤다. 그러고는 다른 손을 들어 사리함을 몇 차례 툭툭 쳤다.

이건은 순간 얼굴이 창백해지며 놀라 말했다. "공공, 이건…… 이건 불사리란 말이오!"

황재하는 전혀 아랑곳 않고 다시 수건을 쥐고 이번에는 정수를 들고 있는 궁인에게로 다가가더니 버들가지를 들어 정수를 적신 뒤 수건 위에 몇 번을 흩뿌렸다. 그러고는 수건을 들어 사람들에게 보였다.

사람들이 경악하며 탄성을 내질렀다. 조금 전까지만 해도 새하얗던 수건이 지금은 새빨간 혈흔으로 얼룩덜룩 물들어 있었다.

"이건 정수가 아니라 잿물입니다." 황재하는 궁인이 받쳐 든 정수를 가리키며 소리 높여 말했다. "그리고 사리함에 투각된 꽃문양 틈에는 입자가 고운 강황 가루가 숨겨져 있습니다. 이는 본시 세간의 무당들이 흔히 쓰는 속임수로, 강황이 잿물과 만나면 핏빛으로 변하기 때문에 마치 피를 흘린 것처럼 보이지요. 그래서 조금 전 기왕 전하께서 정수를 뿌린 뒤 그 손으로 다시 사리함을 들자 손에 그러한 붉은색 자국이 생긴 것입니다!"

대신들이 수군거리는 소리로 대전 전체가 웅웅 울렸다. 황재하는 저 높이 앉은 황제를 향해 예를 갖춘 뒤 큰 소리로 말했다. "폐하, 이번 일은 필시 어떤 소인배가 농간을 부려 궁중에서, 그것도 폐하의 목전에서 성상의 눈을 속이고 기왕 전하를 음해한 것입니다! 부디 이일을 명백히 조사하여주십시오!"

대전 전체가 당혹감으로 가득 찬 가운데, 황제가 서봉한을 향해 입술을 달싹였다. 서봉한은 그 뜻을 알아듣고 곧바로 대신들을 향해 말했다. "성상께서 불사리의 봉송을 더 이상 지체할 수 없으니, 사리함은 원래대로 봉송을 진행하라 하십니다. 이 일은 철저히 조사할 터이니 기왕 전하와 궁인은 대전에 남고 나머지는 모두 물러가십시오."

조정 대신들이 머리를 조아리며 모두 물러난 뒤 봉가[40]가 도착했다. 왕 황후가 가마를 따라온 여러 궁녀와 환관에게 둘러싸여 대전 안으로 들어섰다. 그리고 왕온과 왕종실이 그 뒤를 따라 들어왔다.

황제를 향해 걸어가던 황후가 의미심장한 눈빛으로 황재하를 스치듯 보았다.

황후가 예를 갖추자 황제는 가볍게 손을 내저어 보였다. 황후는 곧바로 황제 곁으로 올라가 낮은 침상에 비스듬히 걸터앉으며 황제에게 바싹 몸을 붙이고 물었다.

"무슨 연유로 기왕을 남으라 하셨습니까?"

황제는 장령을 가리키며 말했다. "황후의 여관이…… 기왕을 모함했다는 의심을 받고 있소."

황후의 알 수 없는 표정이 장령을 향했다. "이게 대체 무슨 일이냐?"

장령은 연신 머리를 조아리며 울먹였다. "소인도 사리함 안에 왜 강황이 숨겨졌는지, 왜 정수가 잿물로 바뀌어 이런 이상한 일이 벌어졌는지 정말로 모르옵니다. 고명하신 황후마마, 소인은 절대로 그런 일을 저지르지 않았사옵니다!"

황후의 눈빛이 이번에는 황재하에게로 향했다. '분명 저 아이가 그 비밀을 풀어냈겠지.' 황후가 기왕을 향해 말했다. "이 일은 내가 명확히 말씀드려야겠소. 장령은 본궁이 여러 해를 곁에 두도록 성실하고

---

40 황제 또는 황후가 타던 가마.

꼼꼼하여 단 한 번의 실수도 한 적이 없는 아이오. 이번에도 그저 사리함을 한번 만져보는 게 소원이라기에 본궁이 허락하여 후궁에서 가져다가 장령의 손에 들려 기왕에게 건네게 된 것이오. 불사리를 그토록 공경하는 아이가 어찌 감히 강황이니 잿물이니 하는 것으로 농간을 부려 기왕을 모함했겠소?"

이서백이 차분하게 대답했다. "황후 폐하의 말씀이 지당하십니다. 사실 본왕도 일개 여관이 감히 이런 일을 꾸몄으리라 생각하진 않습니다."

그제야 살았다는 듯 장령의 거칠던 호흡이 안정을 되찾았다. 장령은 재빨리 황후와 기왕을 향해 머리를 조아리고는 황급히 물러났다.

왕종실은 고개를 들고 양손을 소매 안에 감춘 채 시종 아무 말도 없었다.

황후에게 몸을 기대고 있던 황제는 조금이나마 기력을 회복하고는 입을 열었다. 여전히 목소리는 힘이 없고 낮았으나, 서봉한을 통해 전하지 않아도 될 정도는 되었다.

"넷째야, 짐이 네게 한 가지 묻겠다."

이서백이 공수로 예를 취하며 말했다. "말씀하십시오, 성상."

"앞서 짐은 일곱째의 일로 인하여 너를 종정시에 연금했다. 황실의 체면 때문에 지금까지도 너를 심리하지는 않았지……." 황제는 이 몇 마디를 하고는 다시 황후에게 기대어 거친 숨을 몰아쉬었다. 황후가 한참 동안 가슴을 쓸어내려주자 그제야 가쁜 숨을 멈추고 천천히 다시 입을 열었다. "지금 짐이 묻겠다. 일곱째의 일에 대해 짐에게, 그리고 조정과 천하에 어찌 설명할 것인지 생각은 다 끝났느냐?"

이서백은 두 손을 아래로 늘어뜨린 채 황제 앞에 서서 말했다. "소신 종정시에서 이미 폐하께 말씀드린 바 있습니다. 이 일에는 많은 의문점이 있으니 철저한 조사가 필요하다고 말입니다. 오늘 일로 보건대, 분명 조정에 소신을 모함하려는 자가 있으며 이미 그 수단과 방법을 가리지 않는 지경에까지 이른 것으로 사료됩니다. 청하옵건대, 삼사에서 이 사건을 심리할 수 있도록 하여주십시오. 소신도 적극 심리에 임하도록 하겠습니다."

"짐이 허하지 않는다면?" 황제가 몹시 날카로운 목소리로 이서백의 말을 끊더니, 다시 가쁜 숨을 몰아쉬었다.

황후가 황제의 등을 쓰다듬으며 이서백을 향해 말했다. "이 일은 황실의 체면과 깊이 연관되어 있거늘, 악왕이 이미 홍서한 마당에 기왕은 어찌 삼사를 동원하여 황실에 공연한 수치심만 더하려 하는 것이오?"

이서백은 붉은 계단 위 황제와 황후를 올려다보며 천천히 입을 열어 물었다. "그러하오면 폐하의 뜻은, 이 일은 심리도 하지 않고 그냥 이렇게 처결하시겠다는 것입니까?"

황제는 아무 대답 없이 그저 눈을 감았다.

그런 황제를 보는 이서백의 입가에 절로 미소가 드리웠다. 다만 기쁨이 담긴 미소가 아니라 차가운 조롱이 담긴 미소였다. "그럼 소신을 어찌 처결하실 생각이십니까?"

"나라에는 국법이 있고, 집안에는 가법이 있소. 그 어느 것이 됐든, 친동생을 살해한 범인을 용납할 수 있는 규율은 없소." 황후가 한숨을 쉬며 고개를 돌려 황제를 보았다. 황제가 미세하게 고개를 끄덕이자 그제야 다시 말을 이었다. "하나 조정의 체면도 무시할 수는 없지 않겠소. 폐하께서 기왕을 위해 준비한 것이 있으니 기왕은 알아서 처신해주길 바라오."

곧이어 황후 뒤에 서 있던 환관이 술잔 하나를 받쳐 들고 와 이서백 앞에 들어 보였다.

술잔을 슬쩍 들여다보니 미세한 먼지같이 생긴 붉은 물고기 알이 두 알 떠 있었다. 이서백은 옅은 미소를 지으며 말했다. "폐하의 은덕에 감사하옵니다. 더 이상은 많은 말을 하지 말라는 하명이셨군요. 하나 소신 폐하께 영별 인사를 드리기 전에 알고 싶은 것이 하나 있사옵니다. 이후 바깥에는 소신에 대해 어떻게 설명하실 것인지요?"

황후가 천천히 입을 열었다. "폐하께서 자비를 베푸셨으나, 기왕은 실수로 악왕을 죽인 죄책감에 시달려 실성을 하였다 할 것이오."

"그런데 소신이 이미 써놓은 자술서가 있는데, 소인의 신변에 이상이 생기면 곧바로 유포되어 그 숨은 내막이 만천하에 드러날 것입니다. 그때가 되면 하늘 아래 모든 사람이 소신은 누명을 썼으며 범인은 따로 있다는 사실을 알게 되겠지요. 그리되면 폐하께서 둘러대신 그 말씀은 소용없어지지 않을까 생각됩니다."

황후는 순간 놀라 황제를 쳐다보았다. 황제 역시 분노로 안색이 급변했다. 황제가 허리를 세워 앉으며 소리를 낮춰 물었다. "자술서?"

"굳이 말하자면 자술서라기보다는 한 편의 전기소설이지요. 인물들의 이름은 조금씩 감추었으나, 내용은 실제와 완전히 똑같습니다. 지난 10여 년 동안 벌어진 수많은 기이한 일이 다 담겨 있지요. 소신이 지니게 된 부적과 자그마한 붉은색 물고기부터 시작해 배후의 진짜 범인을 밝히는 것까지, 정확한 이치와 근거를 들었으니 생각이 있는 사람이라면 그 소설 속 인물이 실제로 누구를 가리키는지 대번에 알 것입니다."

황제는 하얗게 질린 얼굴로 이서백을 죽일 듯이 노려보며 거친 음성으로 말했다. "그럼, 네가 말하는 그 배후의 진짜 범인이 누구냐?"

이서백은 황재하를 돌아보았다.

황재하는 이서백을 향해 고개를 끄덕인 뒤 옆에 있던 상자를 열고 말했다. "폐하, 소인이 상세하게 말씀드릴 수 있도록 윤허하여 주십시오."

줄곧 가만히 서 있기만 하던 왕종실이 황재하에게 시선을 돌리더니 결국 입을 열었다. "두 분께서 사안의 경중을 깨달으시기를 바랍니다. 하늘 아래 모든 일이 그 나름의 진실을 갖고 있겠으나, 그 모든 진실이 다 입으로 발설될 수 있는 것은 아니지요."

"왕 공공, 무지한 소인을 용서하시기 바랍니다. 제가 아는 것은 그저 하늘의 도리는 명백하며, 선악에는 반드시 인과응보가 따른다는 것입니다. 신분 고하를 막론하고 누군가가 행한 일이 영원히 가려질 수는 없습니다." 황재하는 단호한 눈빛으로 한 치의 망설임도 없이 왕종실을 직시하며 말했다. "설령 거짓이 이 세상 사람들 대부분을 속이고, 어느 한순간은 완벽하게 진실을 감출 수 있을지 모르나, 결국 흘러가는 구름은 태양을 가리지 못하며, 깊은 흙탕물에 빠진 옥 조각도 언젠가는 진흙이 씻길 날이 올 것입니다."

"왕 공공은 어찌 그리 염려하시는 게요? 본왕은 그저 우리가 추측한 가능성을 들려드리고, 이에 대해 그 가부를 논해보자는 것인데 말이오. 지금 이 순간 그 모든 것을 행한 당사자가 이 대전 안에 있으니, 당연 그 일을 어찌 판단해야 할지, 또 어찌 해석해야 할지 들어볼 수 있지 않겠소." 이서백은 사람들의 낯빛이 급변하는 것은 본체만체하며 물 흐르듯 자연스럽고 거침없이 말했다. 그러고는 잠시 생각하는가 싶더니 황재하를 향해 다시 입을 열었다. "그럼 일단 악왕의 죽음부터 시작해보거라."

"네." 황재하는 무리를 향해 공수로 예를 갖춘 후 이야기를 시작했다. "오늘 동이 트기 전, 소인이 악왕 전하께서 사라지셨던 장면을 재연해 보였으니, 악왕 전하께서 어떻게 사람들이 보는 앞에서 사라졌는지는 더 이상 의문이 없을 것입니다. 지금 저희가 마주한 또 다른 의문은, 악왕 전하께서는 그렇게 하심으로써 이후 왕제로서의 지위를 모두 포기해야 할 뿐 아니라, 이름과 신분을 숨기고 평생 사람들 앞에 나설 수 없다는 사실을 아셨을 텐데도, 어찌 그토록 극단적인 방법을 택해 기왕 전하를 모함하셨는가 하는 점입니다."

"악왕은 나라와 사직을 위해, 그리고 천하의 백성을 위해 자신의 모든 것을 내던져서라도 기왕의 그 흉악한 야심을 들춰내려 한 것이지." 황후가 차갑게 말했다.

"정말 그럴까요? 악왕 전하께서 사라지시기 전, 기왕 전하께서 마지막으로 악왕 전하를 만나신 자리에 저도 함께 있었습니다. 그때 악왕 전하는 모친께서 정신을 놓으신 연유에 대해 조사해달라고 기왕 전하께 부탁하셨습니다. 그 뒤 악왕 전하는 두문불출하셨는데, 기왕부에서 왔다고 사칭한 인물에게서 어떤 물건을 두 차례 전달받았습니다. 여기서 질문을 하나 드려보겠습니다. 악왕 전하께서는 두문불출하셨던 그 열흘 남짓 사이에 어떻게 갑자기 기왕 전하께 그리 큰 원한을 품으셨을까요?"

"그야 누군가가 보내왔다는 그 물건들을 보고 뭔가 심경의 변화가 생겼겠지." 왕종실이 팔짱을 끼고 말했다.

"그렇습니다. 저는 악왕부를 찾아가 탐문하다가, 진 태비마마 영전의 향로 속에서 악왕 전하가 받으셨다는 그 물건을 발견했습니다. 이미 많이 훼손되었지만, 이 세 가지 물건입니다."

황재하는 상자 속에서 낡은 비수와 타다 남은 얇은 끈, 그리고 깨진 옥팔찌를 꺼내 바닥에 내려놓았다.

"비수, 동심결, 그리고 옥팔찌입니다." 황재하는 천천히 입을 뗐다. "저는 이 물건들의 연관성을 찾아보려 고심하였으나 어떠한 단서도 떠올리지 못했습니다. 그런데 어느 날 거리의 이야기꾼이 수양제가 선화 부인에게 동심결을 주었던 일에 대해 이야기하는 걸 들었습니다. 그제야 전 이 세 가지 물건 사이의 연결점을 깨달았습니다. 비수는 측천 황제를, 동심결은 선화 부인을 의미했습니다. 그리고 그 두 사람의 공통점은⋯⋯."

황재하는 거기까지 말하고는 아랫입술을 깨물며 더 이상 말을 잇지 못했다.

하지만 대전 안의 모두가 황재하의 말을 이해했다. 태종의 재인이었던 측천 황제는 훗날 고종의 황후가 되었으며, 선화 부인은 문제가 붕어한 후 수양제에게서 동심결을 받은 여인이었다.

죽음 같은 침묵이 대전을 뒤덮었다. 황제의 얼굴은 잿빛으로 변했고, 황후는 놀라서 어쩔 줄 몰라 했으며, 왕종실과 왕온은 경악하여 아무 말도 하지 못했다. 줄곧 평온했던 이서백마저 깊은숨을 들이켜며 마음을 진정시켰다.

유일하게 황재하만이 잠시 멈추었던 이야기를 다시 천천히 이어가기 시작했다. "하나와 셋 다음은 다섯이고, 백과 천 다음은 필시 만이 오지요. 악왕 전하 모친의 옥팔찌 역시 자연스레 그러한 의미를 가지게 된 것입니다. 그게 아니라면, 악왕 전하가 어찌 그리 격분하여 모친이 생전에 가장 아꼈던 옥팔찌를 깨뜨려 다른 두 물건과 함께 향로 속에 버렸겠습니까? 악왕 전하는 어떠한 암시를 받았으며, 어떤 의도에 걸려든 것일까요?"

황재하가 거기까지 말했을 때 서봉한마저 식은땀을 줄줄 흘렸고, 대전 안에 있던 환관과 궁녀 모두 사시나무 떨듯 몸을 떨기 시작했다. 오늘 이 비밀을 들으면 목숨을 보전하지 못하리라는 사실을 깨달은 것이다.

황후가 서봉한을 향해 낮은 소리로 말했다. "너희들은 일단 물러가 있거라."

"네, 황후 폐하!" 서봉한은 엄청난 승은이라도 입은 듯 황급히 몸을 숙여 절한 뒤 계단을 내려가 궁인들을 이끌고 대전을 빠져나갔다. 그러고는 대전의 모든 문을 닫았다.

굳게 닫힌 대전 안에 여섯 사람만 남은 뒤에야 왕 황후가 천천히 물었다. "황재하, 네 말은 누군가가 기왕을 모함하여 진 태비와 부적절한 관계였다고 암시했다는 것이냐?"

"네, 그렇습니다. 악왕 전하와 기왕 전하는 평소 형제애가 가장 깊었습니다. 그러한 두 분을 이간질하기란 확실히 쉬운 일이 아니었지요. 하지만 이용 가치는 오히려 더 컸습니다. 기왕 전하께 치명적인 일격이 되어 엄청난 해를 입힐 수 있었으니까요. 범인은 악왕 전하가 성정이 부드럽고 예민하며 늘 모친의 일을 마음에 두고 있다는 사실을 파악했습니다. 그래서 이미 돌아가신 진 태비마마께 큰 모욕을 안겨, 악왕 전하가 기왕 전하께 복수를 결심하도록 만들었습니다!" 황재하의 목소리가 분노로 미세하게 떨리기 시작했다. "악왕 전하는 상난각에서 뛰어내리기 전에 기왕 전하를 비난하면서 조정의 기강을 추잡하게 만든다고 말씀하셨습니다. 당시에는 그 말이 조금 이상하게 느껴졌는데, 지금 다시 돌이켜보니…… 다 그 나름의 이유가 있었습니다."

"황당하기 짝이 없군……." 황제의 거친 목소리는 기력이 쇠한 탓에 한층 더 음산한 느낌을 주었다. "하늘 아래 감히 어느 누가 태비를 모욕한단 말이냐? 그리고 누가 감히…… 짐의 아우에게 그리한단 말이더냐? 일곱째는…… 일곱째는 어려서부터 총명하고 침착하여, 매사에 신중히 생각하고 행동하는 아이였다. 그런 아이가 어찌 그런 속임수를 경솔히 믿어 충동질에 놀아난단 말이야?"

"그렇습니다. 악왕 전하가 가장 마음에 사모했던 분은 악왕 전하의 모친이었습니다. 그리고 가장 존경한 분은 황제 폐하를 제외하면 기왕 전하가 아니었을까 생각됩니다. 그런데 자신에게 가장 소중한 그 두 사람을 의심하기 시작한 이유는, 바로 이것 때문이었습니다." 황재하는 가져온 자기 함을 열어 사람들에게 보였다. "아마 왕 공공께는 무척 익숙한 것일 테지요."

자기 함 안에 든 것은 이미 반은 부패한 작은 물고기 두 마리였다. 모기처럼 가는 것이 보기만 해도 소름 끼쳤다.

물고기 사체를 본 왕종실의 얼굴에 감탄의 빛이 떠오르며, 늘 창백하기만 하던 얼굴이 그제야 조금 생기 있어 보였다. "황재하, 참으로 그대에게 탄복할 수밖에 없군. 이렇게 작은 것을 찾아내다니."

"묘지에서 장항영 부자의 시신을 해부한 뒤 내장을 씻어내고 마지막으로 성대 사이의 틈에서 발견한 것입니다." 황재하는 담담하게 말을 이어갔다. "똑같은 자그마한 물고기가, 똑같은 위치에 있었고, 죽은 이들은 모두 생전에 똑같은 반응을 보였습니다. 죽기 직전 급격한 성정의 변화를 일으켜, 원래는 너그럽고 조용했던 이들이 이상하리만치 과격해졌지요. 장항영은 죽기 직전 저를 가리켜 악인을 도와 나쁜 일을 도모하는 사람이라 비난하며 천하 만백성을 위해 저를 제거해야 한다고 말했습니다. 그리고 장항영의 부친은 아들이 죽은 뒤 성루에 올라 장안 백성들이 모인 앞에서 기왕 전하가 역모를 꾀했다고 헛소문을 퍼뜨렸습니다. 이 모습들은 모두 악왕 전하가 보이신 모습과 똑같지 않습니까?"

황후는 믿을 수 없다는 표정을 지은 채 애써 평정을 유지하려 했으나, 머리에 달린 보요[41]는 황후의 뜻과 상관없이 흔들렸다. "네 말은 그러니까, 악왕에게도 누군가가 몸속에 작은 물고기를 넣었을 것이다?"

"그렇습니다. 그 아가십열 때문에 악왕 전하는 광적으로 분노하며 스스로 목숨을 끊기까지 하셨습니다. 그리고 죽기 직전 사람들을 향

---

41 머리 장식이나 관모에 다는 장신구로, 걸을 때마다 흔들린다 하여 '보요(步搖)'라 이름 붙여졌다.

해 기왕 전하가 자신을 죽인 것이라 뒤집어씌우셨지요!"

황후는 차갑게 비웃고는 소매를 떨치며 말했다. "황당하기 이를 데 없구나! 악왕이 기왕 손에 죽은 것은 천하 만민이 다 아는 사실이다. 악왕이 죽기 전 친히 기왕을 범인으로 지목한 것을 왕 공공과 수많은 신책군 병사가 모두 직접 보고 들었거늘, 이제 와 갑자기 악왕이 자진한 것이라 주장한들, 그 말만 가지고 누가 믿을 수 있겠느냐?"

"소인은 그저 말로만 그리 주장하는 것이 아닙니다. 제게 그 증거가 있습니다." 황재하는 상자에서 시신 검안서를 꺼내 손에 받쳐 들고 말했다. "악왕 전하가 돌아가신 뒤, 대리사와 종정시에서 주자진 공자에게 검시를 부탁했습니다. 검안서는 당시 서명하여 봉인한 것이니 증거로 삼기에 전혀 손색이 없으며, 지금 제 손에 들린 것은 그 것을 그대로 베껴 쓴 것입니다. 여기에 아주 명확하게 쓰여 있습니다. 악왕 전하의 가슴 부위 상처는 좌측 아래로 비스듬히 난 것으로, 악왕 전하를 마주 보는 입장에서는 우측 아래로 비스듬히 난 것이지요. 그 말은 즉, 만약 악왕 전하가 자진한 것이 아니라면 범인은 왼손잡이일 수밖에 없다는 것입니다."

황후는 안색이 더욱 나빠진 채 아무 말도 하지 못했다.

"하지만 조정의 모두가 알다시피, 기왕 전하는 방훈의 난을 평정한 뒤 습격을 당해 왼손으로는 그저 일상적인 동작만 할 수 있을 뿐, 지금은 오른손을 주로 사용합니다. 사람을 죽이려면 충분한 힘과 각도가 관건인데, 지금 기왕 전하의 왼손으로 어찌 그것이 가능하겠습니까?"

말문이 막힌 황후는 그저 애꿎은 옷소매만 털어낼 뿐 황재하의 말에는 대답도 하지 않았다.

황재하는 왕종실을 보며 말했다. "아가십열에 대해서는 마침 왕 공 공께서 전문가이신지라, 아가십열의 비밀 또한 공공께서 제게 알려주셨지요. 소인 아는 것이 없고 견식도 부족하니, 수고스럽겠지만 왕 공공께서 이에 대해 자세히 설명해주시면 감사하겠습니다."

왕종실이 무심한 듯 차가운 미소를 지을 뿐 입을 열지 않으니, 이서백까지 나섰다. "왕 공공, 말씀해보시오."

왕종실은 한참을 머뭇거리다 결국 못마땅한 표정으로 입을 열었다. "황재하, 그대의 말에 조금 잘못된 부분이 있네. 아가십열의 알은 먼지처럼 작아서, 그것을 삼키면 곧바로 목구멍에 달라붙어서 부화를 시작하지. 부화된 물고기는 크기가 매우 작아 성대 사이의 틈에 붙어서 피를 빨아 먹는다네. 하나 오래 살지는 못하고 곧 체내에서 죽어 썩어 없어지게 되는데, 이 어린 물고기는 독소가 있어서, 죽은 뒤 뿜어낸 미독이 혈액을 타고 뇌로 들어가 심각한 편집증을 일으키네. 마음에 품은 의혹이 있다면, 더더욱 그것에 매달려 광증을 일으키고 극단적으로 변하지. 결국 죽어야만 끝이 나네."

황재하는 고개를 끄덕이며 말했다. "사람에게 물고기를 삼키게 하는 것은 어려우나, 먼지처럼 미세한 물고기 알은 쉽지요. 또한 물고기가 사람 몸 안에서 부화하기까지는 시간이 필요합니다. 기왕 전하가 악왕부를 방문했을 때는 이미 악왕 전하의 몸 안에 물고기 알이 기생하고 있었지요. 범인은 또한 정신을 놓으셨던 진 태비마마가 당신의 내전 안 탁자 위에 손톱자국을 남긴 것처럼 꾸며, 태비마마의 죽음이 기왕 전하가 천하를 도모하는 일과 관련이 있다고 암시했습니다. 그런 뒤 악왕 전하가 모친의 유언과 아가십열의 독으로 혼란스러워하는 틈을 타 비수와 동심결을 보냈습니다. 그렇게 해서 악왕 전하는 문밖출입을 일절 하지 않고도 때맞추어 마지막 암시를 접할 수 있었지요!"

황후는 가까스로 마음을 진정시키고는 왕종실에게서 시선을 거두어 몸을 옆으로 돌려 황제를 더 가까이 부축해 안았다. 황제는 얼굴이 한층 더 잿빛이 되었고 몸도 차가웠다.

황후가 낮은 소리로 물었다. "폐하, 괜찮으십니까? 돌아가서 쉬시겠습니까?"

황제는 초점 잃은 눈으로 황후의 손을 꼭 움켜쥐며 무언가를 말하려 했으나 소리가 나오지 않았다. 그렇게 한참 입술만 달싹이다가 마침내 낮은 음성으로 말했다.

"아니…… 짐은 더 듣고 싶소."

이서백이 시선을 천천히 황제에게로 옮기며 평소처럼 맑고 차가운 목소리로 말했다. "왕 공공도 아시다시피 선황이 붕어하시던 그날, 본왕은 선황이 토하신 피에서 아가십열 한 마리를 찾았소."

왕종실은 입가를 살짝 들어 올리며 미소를 짓더니 태연히 팔짱을 끼고 말했다. "네, 그 아가십열을 전하께서는 줄곧 곁에 두셨지요. 다만 전하께서는 그것을 키우는 방법을 터득하지 못하셔서 소인은 늘 속으로 애석하게 생각했습니다."

이서백은 왕종실의 말에는 전혀 신경 쓰지 않고 하던 말을 계속 이어갔다. "그해 선황께서 붕어하실 때, 우리 황자들은 모두 바깥에서 무릎을 꿇고 있었는데 왕 공공은 선황의 측근으로서 내전 안에 들어가 있었소. 그뿐만 아니라 각지에서 불러들인 승려와 법사 중 섭혼술을 할 줄 아는 목선 법사는 특별히 내전으로 들여 선황을 위해 기도를 올리게 하였소. 맞소?"

왕종실은 고개를 끄덕였다. 일이 이렇게 되자 왕종실도 더는 회피하지 않았다.

"장항영의 부친이 당시 입궁하여 선황을 치료했는데, 그가 놓은 침으로 부황은 마지막으로 깨어나셨소. 한데 부황께서 깨어나셨는데도 공공은 황자들을 들이지도, 조정 대신들이 부황의 유지를 듣도록 하지도 않고, 그저 목선 법사를 데리고 선황 곁을 지켰소. 그날 대체 무슨 일이 있었던 것이오. 하늘 아래 이제 그것을 아는 자는 오직 왕 공 공 한 사람뿐이오."

왕종실은 그 말을 듣고는 입꼬리를 올리며 단조로운 미소를 지었다. "뭐가 더 있겠습니까. 그렇게 깨어나신 선황은 장위익이 놓은 침 덕분인 것을 아시고는 필묵을 가져오라 하셨지요. 시종은 선황께서 유조를 남기시리라 생각하고는 황마지를 가져다드렸습니다. 그런데 폐하께서는 붓을 드시더니 종이 위에 어지럽게 먹칠을 하여 그저 세 개의 먹 자국만 남기고 붕어하셨지요. 소인과 진 태비마마는 선 황께서 장위익에게 그림을 하사하려던 것이라 여겨 사람을 시켜 장 위익에게 전해주었습니다. 지금 그 그림은 아마 장위익에게 있을 것 입니다."

왕 공공의 말에 황재하가 물었다. "공공께서는 폐하께서 그때 남기 신 것이 정말 그림이었다고 확신하시는지요?"

"먹을 덕지덕지 칠한 것이 세 덩어리가 있어서 나도 당최 무엇인지 알아볼 수가 없었네. 비록 그 의미는 알 수 없었지만 폐하께서 장위 익에게 주고자 하신 것은 틀림없네. 당시 줄곧 폐하 곁을 지키던 진 태비마마께서 직접 사람을 시켜 장위익에게 가져다주라고 하셨지. 그 뒤로는 나도 그 그림을 다시 본 적이 없어." 왕종실이 차갑게 대답 했다.

황재하는 왕종실을 똑바로 쳐다보며 천천히 말했다. "공공께서는 백지 위 먹물은 절대 변하지 않을 거라 생각하시겠지요. 덕지덕지 칠 한 그 먹 자국이 가리고 있는 진실이 세상에 다시 드러나는 날은 영 원히 오지 않을 거라고 말입니다. 그래서 그것이 그림이라고 그토록 확신하시는 것 아닙니까?"

황재하가 거기까지 말했을 때 이서백은 순간 고개를 살짝 옆으로 틀어 대전 바깥을 보았다. 무슨 소리를 들은 것 같았으나 확실하지 않왔기에 다시 고개를 돌렸다.

왕온은 원래 명을 받들어 이서백에게서 한시도 눈을 떼지 않고 있었다. 하지만 황재하가 사건을 설명하는 동안 막 떠오른 햇살이 대전 밖에서부터 황재하를 비추기 시작하자, 검정 옷과 검정 사모에 대비된 황재하의 피부가 백옥처럼 반짝이며 투명하게 빛나 그 모습에 한순간에 빠져버렸다. 왕온은 이서백을 지켜보는 일도 잊고 오로지 황재하의 말만 경청했다.

그때 왕종실이 고개를 쳐들며 무심한 듯 말했다. "먹 자국이 가리고 있는 진실이라니? 나는 내가 본 대로 사실만을 말했을 뿐이네."

"하지만 왕 공공께서 혹 아시는지 모르겠습니다만, 이역의 한 서운[42]에 기록되기를, 시금치 즙에 양귀비와 천향초 등을 배합하면 겹쳐진 먹물 자국을 벗겨낼 수 있다고 합니다. 종이에 이 즙을 바르면 표면에 있는 먹 자국이 벗겨져 그 아래에 있는 것이 보이게 되지요……." 황재하는 다시 몸을 숙여 상자 속에서 두루마리 종이를 꺼내 들었다. 그러고는 돌연 표정을 굳히며 왕종실 앞에 종이를 펼쳐 보였다.

황마지 위에는 글자들이 또렷이 드러나 있었다. 줄곧 힘없이 황후에게 기대어 있던 황제조차 눈을 크게 뜨고는 거친 숨을 몰아쉬며 몸을 일으켰다.

황마지 위의 글자는 세 군데로 나뉘어 쓰여 있었다. 몸이 허약한 가운데 떨리는 손으로 써나간 것이라 글자들의 이음새도 좋지 않았다. 하지만 아무리 필적이 조잡하고 붓놀림에 힘이 없어도, 어떠한 문장인지 똑똑히 알아볼 수 있었다.

---

42 길흉을 점치기 위해 천상 등을 관찰하여 기록한 서책.

오래도록 천명을 따르다 이제 돌아가노라.

기왕은 짐이 곁에 두고 사랑하였으며, 총명하기가 태종과 같으니, 이후 사직을 그에게 맡기노라.

왕 귀장이 그를 보필하라. 천자의 명이니라.

왕종실의 낯빛이 급변했다. 줄곧 냉담하고 거만하던 표정이 순식간에 사라지고는 저도 모르게 한 걸음 뒤로 물러났다. 왕종실 뒤에 서 있던 왕온 역시 경악하며 그 오래된 황마지를 바라보았다. 종이 위에 적힌 글의 의미는 알았으나, 이 거대한 사태 앞에서 어찌해야 좋을지는 알 수 없었다.

황후가 갑자기 몸을 일으키더니 얼른 무릎을 꿇으며 황제를 부축해 안았다. 가슴이 맹렬하게 요동치며 어떤 말도 나오지 않았다.

하지만 황재하는 붉은 계단 앞으로 다가가 선황의 친서를 황제가 볼 수 있도록 올리고는 천천히 입을 열었다. "폐하, 당시 선황께서 붕어하시던 그 밤에 대체 무슨 일이 있었는지, 소인이 추측으로 말씀드리는 것을 용서하여주십시오. 왕 공공은 폐하를 등극시키기 위해 고심하다가 두 가지 준비를 하게 됩니다. 하나는 자그마한 붉은색 물고기였으며, 또 하나는 목선 법사였지요. 왕 공공은 선황께서 약을 드실 때 아가십열의 알까지 삼키시도록 손썼습니다. 그리고 시간을 계산하여 알이 부화할 때를 맞춰 장위익을 불러들여, 여러 날 정신을 잃고 계셨던 선황께 침을 놓아 깨어나시게 했지요. 원래는 목선 법사의 섭혼술로 선황을 교도해 운왕에게 황위를 물려준다는 유조를 쓰시도록 할 계획이었습니다. 그런데 뜻밖에도 선황께서 병환으로 피를 토하시면서 물고기도 함께 토해내어 아가십열은 효과를 발휘할 수 없었습니다. 그래서 목선 법사도 그저 유조가 쓰인 뒤 그 자리에 있던 진태비마마의 정신을 사로잡아 그 비밀이 외부로 새어나가지 못하도록 한 것입니다. 소인이 추측한 내용이 맞는지요?"

함원전의 붉은 계단 위아래가 한순간 적막에 휩싸였다.

황제와 왕종실은 그저 이를 악물 뿐, 황재하의 말을 인정하지도 반박하지도 않았다.

황재하는 순간 눈앞이 핑 돌며 현기증이 났다. 이토록 엄청난 비밀을 숨김없이 밝혔으니, 칼날이 자신을 덮치는 순간이 이미 눈에 훤히 보이는 것만 같았다. 하지만 크게 한 번 숨을 들이마신 뒤 안간힘으로 버티며 계속해서 말을 이어나갔다. "결국 선황께서 세상에 마지막으로 남기신 것은 어느 하나 힘을 쓰지 못하게 되어버렸습니다. 선황께서 붕어하신 뒤, 유조는 훼손되었으며, 그 유언의 내용을 알고 있던 태비마마께서는 정신을 놓으셨고, 기왕 전하를 보필해야 했던 왕 귀장은 살해당했으며, 기왕 전하는 왕위를 박탈당했습니다. 그리고 이제 폐하께서는 기왕 전하께 독주를 내리시어 이 땅에서 생존할 자격마저 박탈하려 하십니다!"

선황의 오랜 친서를 노려보던 황제의 얼굴 근육에 경련이 일었다. 새하얗게 질린 낯빛에 피부까지 실룩거리는 모습이 유난히 공포스러웠다. 선황의 유조를 한참 들여다보던 황제는 눈을 감고 침상에 몸을 기대더니 낮은 소리로 웃으며 말했다.

"왕종실, 짐이 진즉에 말했지. 그냥 찢어버리거나 태워버리라고. 선황이 임종 직전에 남긴 종이가 어디 갔느냐고 감히 따져 물을 자가 어디 있겠느냐고 말이야……. 아니면 그 의원 집에 불을 놓아…… 이 종이도 함께 다 태워 없었으면 간단히 끝날 것을……. 네가 군이 언젠가 쓸모가 있을 거라며 남겨두었지!"

"소신은 믿을 수 없습니다……. 이건 말도 안 됩니다!" 왕종실은 낮은 소리로 외쳤다. "세상에 어떻게 그런 수법이 있단 말입니까? 덧칠한 먹물을 벗겨내고 그 아래의 필적을 드러낼 수 있다니요?"

"왕 공공, 세상은 넓고 별의별 것들이 다 있지요. 공공께서는 자신의 견식을 너무 과신하셨나 봅니다." 황재하는 탄식하며 말했다. "진 태비마마만 가련하게 되셨지요. 그날 밤도 진 태비마마는 선황을 곁에서 돌보셨으니, 당연히 이 일을 아셨습니다. 그래서 목선 법사의 섭혼술에 당하셨고, 선황의 유조를 장위익에게 내리신 뒤에는 결국 정신을 놓으셨지요. 그렇게 평생을 지내시다가 돌아가시기 직전에 딱 한 번 정신을 되찾으셨습니다. 그때 악왕 전하께 경고의 말씀을 남기셨지만, 악왕 전하는 그 말씀을 반대로 이해하셨지요."

"정신을 되찾은 적이 있었다고?" 왕종실이 쓴웃음을 지으며 물었다. "그래서 무어라 했는가?"

황재하는 크게 숨을 들이켜고는 천천히 황마지를 다시 챙겨 말했다. "태비마마께서는 악왕 전하께 종이 한 장을 남기셨습니다. 덧칠로 훼손된 선황의 유조와 똑같은 것이었지요. 필시 정신을 놓으시기 전 머릿속에 가장 깊이 박혔던 장면이었을 겁니다. 정신을 놓으신 중에도, 선황의 유조가 있으니 기왕 전하께서 황위를 되찾으려는 날이 오리라 여기신 것입니다. 악왕 전하께 기왕 전하를 멀리하라 이르신 것은 조정의 쟁투에 말려들게 될까 염려하신 까닭이지요. 그런데 뜻하지 않게, 악왕 전하는 태비마마의 그 말씀을 기왕 전하를 성토한 것으로 오해했고, 거기다 자신 또한 연상의 여인을 오랫동안 사모했기에 기왕 전하에 대한 의심과 증오를 키우게 되었습니다. 그 후 악왕 전하는 광적으로 변하여 그저 하나에만 집착하고 매달리게 되었지요. 사리에 맞지 않는 부분들도 개의치 않았고, 죽음에 이를 때까지도 전혀 깨닫지 못하셨습니다."

황제는 눈을 부릅뜨고 황재하를 보았다. 무언가를 말하려 했으나 연신 헉헉대는 소리만 날 뿐 끝내 목소리가 되어 나오지 못했다. 왕종실이 무심한 듯 차갑게 웃으며 물었다. "일이 이렇게 되어 악왕 전하도 이미 훙서하신 마당에, 네 이야기는 다 너의 추측에 불과하지 않느냐. 이제 와 십수 년이 지난 선황의 유조를 가져와서 대체 뭘 하겠다는 거지? 지금의 천하는 이미 폐하의 천하일진대, 설마…… 기왕 전하께서는 이것으로 큰 파란이라도 일으키시겠다는 것입니까?"

"본왕이 원하는 것은 아무것도 없소. 다만 폐하께서 나에 대한 방비를 너무 깊게 하셨소." 계단 아래 우뚝 선 이서백이 고개를 들어 담담한 투로 말했다. "폐하, 소신이 서주를 평정한 뒤로 폐하께서는 저를 통해 왕 공공을 통제하길 원하셨으나, 동시에 제가 두 마음을 품을까 염려하시어 제게 그처럼 기이한 수단과 방법을 쓰셨지요. 실은 전혀 그러실 필요가 없었습니다."

황제는 그저 차갑게 웃으며 황후를 붙잡고 천천히 몸을 바로 세워 침상에 기대앉았다. 여전히 입은 굳게 닫은 채였다.

"폐하께서는 그저 소신 곁에 사람을 심어 수시로 저의 동향을 지켜보시면 되었을 터인데, 어찌 그런 기이한 부적을 보내어 매 순간을 의혹 속에서 편히 살지 못하게 만드셨습니까?"

황제는 차갑게 입가 근육을 끌어올렸다. 마치 웃는 것 같기도 하고, 증오하는 것 같기도 한 표정이었다. "어째 짐이 듣기로는…… 그 부적은 방훈의 악령이 변하여 네게 복수를 하러 찾아온 것이라던데?"

이서백은 황제를 똑바로 주시하며 차분하고 느린 목소리로 말했다. "폐하께서 그토록 부심하여 소신 곁의 그 부적을 통제하셨던 목적이, 설마 사람들이 소신을 악령이라 부르게 만들려 하심이었습니까? 또 그것을 위해 악왕을 조종하고, 친히 우리의 동생을 죽게 만드신 거란 말입니까?"

"아니! 짐은…… 너희를 죽이고 싶지 않았다." 황제의 목소리는 거칠고 뻑뻑해, 마치 썩은 나무뿌리가 쪼개지는 소리 같았다.

"짐이 어릴 적부터 가장 흠모하고, 또 가장 질투한 이가 바로 너였다, 서백……. 너는 총명하고 사랑스러워 부황의 총애를 한 몸에 받았지. 짐은 열 살 때 좁고 외떨어진 운왕부에 버려졌으나, 너는…… 더나이가 들도록 여전히 부황께서 내보내기 아까워하셨지. 나는 매번 입궁할 때마다 부황 품에 앉아 있는 너를 보았고, 매번 운왕부로 돌아와 한바탕 크게 울었다…….”

황제는 얼굴을 일그러뜨리며 몸을 움츠렸다. 마치 그때 그 아이로 돌아간 듯, 금방이라도 울음을 터뜨릴 듯했다. 황후는 황제의 등을 가볍게 쓰다듬어주며 조용히 위로했다. “폐하, 너무 격동치 마시고 마음을 편히 하시옵소서…….”

“하지만 결국 짐이 황제가 되었지. 첫째는 짐이 왕 가의 여인을 맞았기 때문이었고, 둘째는…… 짐이 나약하고 무능해 보였기 때문이다. 너에 비해서 통제하기가 훨씬 쉬우니 말이다……. 안 그런가, 왕공공?” 황제는 다 쉰 목소리로 말하며 왕종실을 똑바로 노려보았다.

미동도 않고 그 자리에 서 있던 왕종실은 어금니를 앙다물었다가 잠시 후에야 황제를 향해 예를 갖추며 입을 열었다. “폐하, 괜한 생각이십니다.”

“흥…….” 황제는 왕종실의 말에 상대하지 않고 이서백을 향해 중얼거리듯 말했다. “부황께서는 임종 전에 네게 황위를 물려주려 하셨다. 그러니 짐은 등극하자마자 곧바로 너를 죽였어야 마땅했어……. 하나, 짐이 그리하였느냐? 그러지 않았지! 짐은 네가 평생 기왕부 안에서 아무런 명성도 없이 썩어가는 것을 보고 싶었다. 그래서 하늘에 계신 부황께 당신께서 그토록 기대했던 아이가 얼마나 무력하게 짐 앞에 꿇어 엎드린 채로 평생을 살아가는지 보여드리고 싶었지……. 하하…….”

황제는 처절하게 웃었으나 숨이 간들간들하여 결국엔 제대로 소리도 내지 못했다. 목구멍으로 헉헉 하는 소리만 새어나왔다.

황재하는 가만히 이서백을 바라보았다. 이서백은 그저 입술을 꽉 깨문 채 계단 위 황제를 응시할 뿐 아무 말도 하지 않았다.

"방훈이 난을 일으켰을 때 절도사들이 지시에 따르지 않자, 너는 상소를 올려 네가 가서 그들을 움직이겠다고 하였다. 그래…… 짐은 네가 어떻게 그 이리 떼를 움직일지 보고 싶었다. 결국에는 처참하게 죽음을 맞을 테니 말이다! 그렇게 외지에서 시체로 발견될 줄 알았던 네가, 뜻밖에도 살아서 돌아왔다……. 너의 의기충천한 날들은 그때부터 시작됐지. 대당 황실의 기세도 그때부터 새로워지기 시작했다. 왕종실조차 네가 두려웠는지 빠른 시일 내에 너를 제거하라고 권하더구나……. 하나 짐은 절대 그러지 않았지! 짐은 다시없을 기회를 잡아, 산 위에 앉아서 호랑이끼리 싸우는 걸 구경했다. 너희 두 사람이 죽어라 싸우는 것을 짐은 그저 앉아서 구경만 하면 되었지. 무위(無爲)로 나라를 다스리는 것이다……."

왕종실은 아무 말도 하지 않고 그저 차가운 눈으로 이서백을 바라보았다.

황후는 부들부들 떨리는 황제의 팔을 끌어안으며 낮게 말했다. "폐하, 너무 격동하시면 아니 됩니다. 신첩이 부축해 모실 테니 일단 후전으로 가서 쉬십시오……."

황제는 팔을 휘둘러 황후를 뿌리치려 하였으나, 그럴 만한 힘도 남아 있지 않았다. 그저 헉헉대며 쇠약해진 숨결로 중얼거렸다. "짐은 널 죽이고 싶지 않았다……. 짐은 그 부적으로 네가 두려워하기를, 공포심을 가지기를 원했다. 심지어는 그 공포심 때문에 짐을 찾아와 도움을 청하기를 원했다. 그럼 얼마나 좋았겠느냐?"

이서백은 죽일 듯이 자신을 노려보는 황제의 어둡고 희미한 눈빛을 바라보며 천천히 손을 들어 예를 갖추었다. "폐하, 용서하시옵소서. 소신은 이 세상에 귀신이 있다고 믿지 않습니다."

"너는…… 아니 황재하도 있지, 너희 둘은 부적의 예언이 하나하나 들어맞는 것을 보면서도 귀신을 믿지 않았느냐……?" 황제의 손이 무력하게 침상 아래로 떨어졌다. 힘껏 주먹을 움켜쥐려 하였으나, 다섯 손가락을 다 구부릴 정도의 힘도 없었다. 괜한 힘만 낭비하던 황제는 눈을 부릅뜨고 이서백과 황재하를 노려보았다. 목소리는 희미하여 거의 들리지 않았다. "넷째야, 네가 만약 이 정도로 고집이 세지 않았다면…… 만약 기꺼이 고개 숙여 너 자신의 운명을 받아들였다면…… 짐과 네가 어찌 오늘과 같은 지경까지 이르렀겠느냐?"

"그럼 일곱째는요?" 이서백이 천천히 물었다. "일곱째는 폐하를 늘 존경하고 사랑했습니다. 그런 일곱째가 폐하의 무엇에 방해가 되었습니까? 그저 저를 없애기 위해 일곱째까지 내버리셨습니까?"

"짐도 그러고 싶지 않았다!" 황제의 목소리가 몹시 떨렸다. 크게 소리쳐 말하고 싶었으나 힘이 조금도 남아 있지 않아, 그저 한 자 한 자 가슴을 쥐어짜며 토막 난 문장으로 간신히 말을 이었다. "일곱째가 여러 번…… 짐에게 청하였다. 모든 것을 버리고 망천으로 가서, 왕마힐이 수행 생활을 한 별장에서 폐문 수행을 하고 싶다고……. 짐이 어찌 그리하라 허락하겠느냐? 일곱째는 현 황실의 왕제가 아니더냐……. 수행을 하더라도…… 왕부 안에서 해야지……."

"소인도 폐하께 악왕 전하의 청을 윤허해주시라고 권했었지요." 황제가 더 이상 힘이 없어 말을 잇지 못하자 왕종실이 담담한 투로 말했다. "당시 폐하께서는 옥체가 급격히 나빠져, 기왕 전하를 어찌해야 할지 근심이 깊으셨습니다. 촉에서 두 번이나 습격을 감행했으나 모두 실패로 돌아갔지요. 기악 군주까지 앞세웠는데 말입니다. 기왕 전하는 저희를 굉장히 곤란하게 만들었습니다. 그래서 저희는 전하께서 장안으로 돌아오기 전, 날수를 계산하여 악왕 전하께 물고기 알을 먹이고 그 밖의 여러 계책들도 세웠습니다. 그리고 끝내 악왕 전하가 천하 만민 앞에서 기왕 전하의 죄목을 폭로하도록 하는 데 성공했지요. 말하고 보니, 참으로 쉽지 않은 과정이었습니다."

상황이 여기까지 치닫자 왕종실은 모든 것을 솔직하게 드러냈다. 이서백은 긴긴 한숨을 쉬었다. 꽃문양이 투각된 창문을 통해 햇살이 비스듬히 비춰 들어왔다. 대전 안이 빛과 그림자로 나뉘어 밝은 곳과 어두운 곳이 극명하게 구분되었다.

이서백 등은 희미한 햇살 아래 서 있었고, 황제와 황후는 가장 어두운 곳에 앉아 있었다. 대전 안을 밝히던 궁등이 하나하나 잇따라 사그라지며 더 이상 빛을 내지 못하자, 황제와 황후의 얼굴이 흐릿해졌다.

22장

자신전과 함원전

날이 차가웠다. 창문을 통해 들어온 연약한 햇살만이 광활하고 싸늘한 대명궁 함원전 안에 옅은 빛을 한 층 드리웠다.

이서백은 천천히 손을 뻗어 옆에 서 있던 황재하의 손을 잡았다.

창문 너머에서 들어오는 햇살은 비록 약했지만, 어쨌거나 이 궁정 안에서는 보기 드문 따뜻한 기운으로 대전 안을 채운 셈이었다. 두 사람은 손을 잡고 침상에 앉은 황제와 황후를 쳐다보았다. 비록 높은 곳에 있었으나, 어둠 속에서 몸을 웅크린 그 모습이 가련하고도 안쓰러웠다.

이서백은 고개를 돌려 황재하에게 미소를 지어 보였다.

황재하는 조금 전 마치 누에고치에서 명주실을 뽑아내듯 한바탕 사건의 진상을 밝혀낸 데다가 마음의 중압감까지 더해져 극심한 피로를 느끼던 참이었다. 하지만 이서백의 웃는 얼굴을 보니 다시 힘이 나, 깍지 낀 이서백의 손을 더 꼭 쥐며 얼굴에 옅은 미소를 지었다.

두 사람과 멀지 않은 곳에 서 있던 왕온은 말없이 고개를 돌리며 반걸음 뒤로 물러났다. 오른손이 허리춤에 달린 칼 위로 옮겨갔다.

일이 이 지경까지 이르자 황제도 더는 숨기지 않고, 그저 황후를 향해 고개를 끄덕였다.

황후는 황제의 등에서 손을 떼더니 줄곧 황제 쪽으로 틀어 앉아 있던 몸을 똑바로 하고, 손을 들어 손뼉을 두 번 쳤다.

텅 비어 있던 대전 안에 갑작스럽게 발소리가 울렸다. 무장한 어림군이 대전 밖에서 쏜살같이 뛰어 들어왔다. 활과 칼을 든 병사들이 이서백과 황재하를 에워쌌다.

지금껏 아무 말도 없이 서 있던 왕온이 몇몇 수하들과 함께 황제와 황후에게 예를 갖추었다. "폐하, 두 사람을 어찌 처리할지 하명하시옵소서."

황제는 목구멍에서 헉헉 소리를 내며 아래쪽에 서 있던 이서백을 한참 동안 내려다보다가 낮고도 모진 목소리로 말했다. "넷째야, 내 어찌 나의 아우가 칼과 활에 죽는 모습을 보겠느냐? 오늘 짐은…… 너와 마지막 술잔을 들어 형제의 정을…… 끝내기로 하겠다."

왕종실이 차가운 눈으로 이서백을 쳐다보고는 직접 술 단지를 들고 이서백 앞으로 다가가 술잔 두 개에 술을 가득 따랐다.

이서백은 쟁반 위에 놓인 술잔 두 개를 내려다보았다. 좌우로 놓인 금빛 잔 내부가 은은하게 반짝였다. 언뜻 조금도 달라 보이지 않았다.

왕종실이 술잔 하나를 들어 이서백에게 건넸다. 여전히 차갑고 음산한 얼굴이었다. 이서백이 술잔을 받자 왕종실은 남은 술잔 하나를 들고 붉은 계단을 올라가 황제의 탁자 위에 올려놓았다.

술잔 속에서 미세하게 흔들리는 술을 한참 동안 들여다보던 이서백의 눈에 미소가 어렸다. "성은이 참으로 망극하옵니다. 다만 이 술을 마신 뒤 폐하께서는 소신을 어떻게 처치하실 생각이신지요?"

황후가 침상에 앉은 황제 대신 술잔을 들고는 이서백을 향해 예의를 갖추며 말했다. "기왕은 잔을 비우시지요. 그 뒤는 폐하께서 알아서 결단하실 터이니."

이서백은 왕종실을 흘끔 쳐다보고는 다시 황제와 황후에게로 시선을 돌렸다. "소신 폐하께 이 잔을 올립니다."

이서백이 술잔을 입으로 가져가기만 하고 마시지는 않자, 황후가 황제 옆으로 가까이 앉아 술잔을 황제의 입에 가져다 대주었다.

하지만 황제는 입술을 미세하게 떨더니 황후의 손목을 잡고는 힘겹게 입을 열어 말했다. "짐은…… 다 마시지 못할 것 같으니, 황후가……."

황후는 황제의 뜻을 알아듣고는 고개를 돌려 이서백에게 술잔을 들어 보였다. "폐하의 옥체가 편찮으셔서 이 술을 다 마시지 못하실 듯하니, 본궁이 대신하여 잔을 받겠소."

이서백은 잔을 든 채 잠시 침묵했다. 붉은 계단 위아래가 쥐 죽은 듯 고요했다.

사방은 병사들로 둘러싸였고, 창문을 통해 들어온 햇살이 날카로운 칼날을 비추며 반짝였다. 반사된 섬광이 병사들 얼굴 위로 일렁여 마치 더 많은 칼날이 겨눈 듯 보였다.

술잔은 손에 들렸고, 예리한 칼끝은 몸을 향했다.

궁지에 몰려 더 이상 도망갈 곳이 없었다.

황재하는 등에서 식은땀이 흘러 옷이 다 젖을 정도였다. 황재하가 이서백 뒤에서 작은 소리로 말했다. "전하, 잔을 비우신 뒤 저희는 곧바로 궁을 나가야 합니다……. 어쩌면, 알을 빼낼 방법이 있을지도 몰라요."

"만약 방법이 없다면?" 이서백은 술잔으로 입을 가리고 미세하게 입술을 움직여 말했다.

방법이 없다면…… 이서백 또한 우선처럼, 그리고 장항영과 악왕처럼, 사악한 생각에 미혹되고 집착하여 끝내 헤어나오지 못할 것이다. 죽음에 이를 때까지도 깨닫지 못할 것이다…….

황재하는 아랫입술을 깨물며 작은 소리로 말했다. "전하께서 어떤 모습으로 변하시든, 재하는 평생 전하를 떠나지도 버리지도 않을 것이옵니다."

이서백은 고개를 돌려 황재하를 바라보았다. 단호하면서도 맑고 투명한 눈빛을 보았고, 그 눈동자에 비친 자신의 모습을 보았다. 이서백은 황재하 눈동자의 가장 깊은 곳에서 조금의 흔들림도 없이 자리하고 있었다.

이서백의 입술에 갑자기 한 줄기 미소가 어렸다. 이서백은 한 손으로 잔을 받쳐 들고, 다른 한 손으로 황재하의 볼을 어루만지며 작게 말했다. "그러하냐? 하지만 그런 모습을 너에게 보이는 것은, 내게 죽기보다 더 힘든 일이다."

황재하는 순간 목이 메여 무슨 대답을 어떻게 해야 할지 몰랐다.

이서백은 이미 황재하에게서 손을 거두고는 몸을 돌려 황제를 향해 잔을 들어올렸다. "소신 폐하의 성은에 감사할 따름입니다. 이 잔은 소신이 지난 몇 해 동안 제멋대로 굴며 본분을 넘어선 것에 대한 마땅한 벌이라 생각합니다. 소신은 폐하가 내리신 잔을 기꺼운 마음으로 받겠사오나, 재하는 무고하게 이 일에 휘말려 오직 소신을 위해 폐하께 무례를 범했사오니, 폐하께서는 소신의 이 잔을 봐서라도, 재하가 이 일에 연루되지 않고 대명궁을 나갈 수 있게 하여주시옵소서."

황제에게 올린 말이었으나, 황후가 먼저 고개를 끄덕이며 말했다. "황재하가 비록 무례를 범하긴 하였으나, 우리 가문의 사건과 동창공주 사건을 해결한 공이 있는 것 또한 사실이오. 폐하는 자비하신 분이니, 기왕이 기꺼이 머리 숙여 죄를 인정한다면, 당연히 황재하에 대해서는 더 이상 추궁치 않으실 것이오."

말을 끝낸 황후는 술잔을 들어 단번에 들이켜고는 텅 빈 잔의 바닥을 이서백을 향해 들어 보였다.

이서백은 잔을 입가로 가져가며 황재하를 향해 작게 속삭였다. "가거라."

"전하!" 황재하가 참지 못하고 낮게 소리치며 이서백을 막으려 달려들려던 그때, 왕온이 황재하의 팔을 붙들었다.

황재하의 눈앞에서 이서백이 술잔을 들이켰다. 그 장면을 지켜보는 황재하의 눈에서 절로 눈물이 솟구쳤다. 황재하가 급한 마음에 고개를 돌려 왕온을 쳐다보자, 왕온은 복잡한 표정을 하고서 칼과 병사로 에워싸인 곳에서 황재하를 끌고 나와 대전 문을 가리키며 말했다. "가시오."

황재하는 고개를 돌려 병사들 너머 이서백을 보며 눈물을 흘렸다. "아니요……. 전하를 기다리겠습니다."

왕온은 황재하의 시선을 따라 병사들에 둘러싸인 이서백을 보았다.

문득 촉에서 이서백이 찾아와 긴 대화를 나눴던 그날 밤이 떠올랐다. 그날 왕온은 이서백에게 이렇게 말했다. '하늘이 내린 인재인 전하께서도 아무리 책략을 세우고 전략을 짠다 해도 국가 앞에서는 지푸라기와 같은 목숨일진대, 의지할 곳 하나 없는 일개 고아 소녀의 목숨은 더할 나위 있겠습니까. 지극히 작은 실수 하나가 곧게 자란 한란을 그대로 꺾어버리기도 하지요.'

그에 이서백은 단 한마디로 대답했다. '내 힘으로 온전히 지킬 것이다.'

이서백은 정말로 그 말을 굳게 지켰다. 언제, 어느 곳에 있든지, 어떤 상황에 처하든지, 이서백은 시종 황재하를 지켰다. 지금 이 상황에서도, 이서백은 그 하나의 목표를 위해 죽음도 마다하지 않았다.

왕온은 이서백을 바라보며 중얼거렸다. "제가 졌습니다."

황재하는 왕온의 말뜻은 알지 못한 채 그저 대전 문 안쪽에 서서 눈 한번 깜빡이지 않고 이서백을 바라보았다. 몸만 돌리면 곧바로 이 무거운 위기에서 벗어날 수 있건만, 황재하는 여전히 그 자리에 서서 발끝도 움직이지 않았다.

　이서백은 황제와 황후를 향해 공수로 예를 올리고 말했다. "소신 그럼 이만 물러가겠습니다."

　천천히 황제 곁으로 가서 앉은 황후가 이서백을 향해 물러가라 손짓하려는 순간이었다. 황제의 가느다란 목소리가 들려왔다. "잠깐……."

　이서백은 걸음을 멈추고 살짝 고개를 들어 황제를 보았다.

　황후에게 몸을 기대앉은 황제는 이미 모든 힘을 다 소진한 기색이 역력했으나 끝내 다시 입을 열었다. 그 모습이 어찌나 흉포한지, 뒤에 세워진 병풍 위에서 수염과 발톱을 세우고 분노하고 있는 용과 닮아 보였다. 황제는 다 쉬어버린 힘없는 목소리로 천천히 한 자 한 자 내뱉었다. "넷째야, 서두르지 말고…… 조금만 더 있거라."

　이서백은 계단 앞에 멈춰선 채, 눈을 가늘게 뜨고 고개를 들어 황제를 똑바로 쳐다보았다.

　선황이 붕어하기 전 일어난 모든 일을 알았을 때도, 원래 자신의 것이었던 황위를 빼앗겼다는 사실을 알았을 때도, 이서백의 눈 속에서는 여전히 광채가 빛났건만, 지금은 그 빛이 꺼져버렸다.

　이서백은 자신의 형을, 이 대명궁과 천하의 주인을 바라보면서 아무 말도 하지 않았다. 한순간 음산하고 냉혹한 빛이 이서백의 두 눈을 뒤덮었다. 황제 곁에 앉아 있던 황후는 그 눈빛에 모골이 송연해지고 절로 긴장되어, 몸을 더 꼿꼿이 세우고는 손을 뻗어 황제의 팔을 끌어안을 뿐, 아무런 말도 할 수 없었다.

　하지만 황제의 눈빛은 이미 흐트러져 있었다. 이서백을 향한 그 시선은 마치 허공을 향한 듯 보였다.

황제가 말했다. "선황이 돌아가실 때, 우리가 너무 서두르는 바람에…… 부황께서 약을 토하시고 말았거든……."

황제는 기력이 다하여 숨을 헐떡이면서도, 이서백을 이곳에 남겨 철저히 죽음으로 몰아넣으려 마지막 안간힘을 썼다. 그런 황제를 지켜보며 이서백은 차가운 미소를 지었다.

"폐하, 지나친 염려이십니다. 그리고 사실, 잠시 저를 남게 하신들 무슨 소용이 있겠습니까? 소신 진즉에 협죽도를 준비해놓았으니, 돌아가서 보름만 복용하면 몸속의 물고기쯤은 말끔히 죽일 수 있습니다."

줄곧 꼿꼿하게 옆에 서 있던 왕종실은 아무 말도 하지 않고, 그저 천천히 한 걸음 뒤로 물러나며 수수방관했다.

이서백의 차가운 말에 황제는 순간 몸을 일으키려 안간힘을 쓰면서 손을 허공에 휘두르며 소리쳤다. "어림군…… 어림군 어디 있느냐?"

왕온은 황재하를 힐긋 쳐다본 뒤 곧바로 몸을 돌려 황제에게 대답했다. "폐하! 어림군 우통령 왕온, 병사들을 통솔하여 이곳에 대기 중입니다."

황제는 마지막 남은 힘으로 간신히 몸을 일으켜, 흐릿한 시야 속 이서백을 가리키며 날카롭게 소리쳤다. "가족을 살해한 자를 이 조정이 어찌 그냥 둘 수 있단 말이냐? 죽여라!"

황후는 뻣뻣하게 굳은 황제의 몸을 단단히 붙잡고는 감히 아무 소리도 내지 못했다.

사태가 이렇게까지 전개되자 함원전에서의 혈전은 더 이상 피할 수 없었다.

황재하는 순간 머릿속이 윙윙거렸다. 온몸의 피가 너무 빨리 돌아온 신경이 팽팽하게 곤두서며 눈앞이 캄캄해졌다. 입을 크게 벌려 호흡하며 뒤로 한 걸음 물러나 벽에 몸을 기댄 채, 고집스럽게 눈을 부릅뜨고서 어림군에 둘러싸인 이서백을 보았다.

왕온은 황재하가 끝까지 떠나지 않자 더 이상은 상관하지 않고, 허리에 비스듬히 차고 있던 긴 칼을 칼집에서 빼내 들었다. 칼날을 기울여 이서백을 향해 다가가던 왕온은 마지막으로 한 번 더 황재하를 돌아보았다. 그리고 입술을 살짝 움직여 말했다.

황재하는 왕온의 낮은 음성을 들었다. "금방이오. 한순간이면 끝나오."

왕온의 검은 눈동자가 미세하게 수축했다. 그 눈을 보며 황재하는 촉에서 위험을 만났던 그때를 떠올렸다. 습격을 당한 그날 밤, 매복병들은 기왕부 시위병들을 공격해 흩어버렸고 왕온은 뒤에서 이서백과 황재하를 추격하며 명을 내렸다. '흑마와 백마를 탄 두 사람은 반드시 죽여야 한다!'

그때도 왕온은 명을 받들고자 왔고, 지금도 역시 명을 받들고자 가고 있었다.

어떠한 상황에서든, 왕온에게는 가문의 영광과 왕 가 종갓집 장손으로서의 사명, 이 두 가지가 영원히 다른 모든 것보다 절대적으로 우위에 있었다.

어림군 병사들은 이미 왕온의 신호를 받고 황재하의 곁에서는 물러났다. 황재하는 홀로 벽에 몸을 기댄 채 가만히 손에 들고 있던 상자를 열어 물건 하나를 꺼냈다.

태종이 측천황제에게 하사한 한철 비수였다. 공손연이 동생의 복수를 할 때 썼던 예리한 무기이자, 악왕이 모친의 영전에서 망가뜨린 뒤 버려둔 흉기였다.

이미 훼손되어 칼날이 구부러졌으나, 여전히 사람을 죽일 수 있을 정도의 무기는 되었다.

황재하는 비수를 움켜쥐고서 날카로운 검들 사이로 이서백을 지켜보았다.

이서백도 고개를 돌려 황재하 쪽을 보더니, 황재하를 에워쌌던 어림군이 왕온의 지시로 모두 물러난 것을 확인한 뒤에야 다시 천천히 고개를 돌렸다. 이서백은 대전 한가운데에 우뚝 서서는 자신 앞으로 다가온 왕온은 쳐다보지도 않고, 그저 붉은 계단 위 황제를 보며 물었다. "폐하, 정녕 소신을 제거해야만 후련하시겠습니까?"

줄곧 기진맥진한 상태이던 황제가 이서백의 그 말을 듣고는 몸을 움직였다.

황제는 손을 들어 즉시 이서백을 가리켰다. 그러고는 매섭게 숨을 들이쉬더니 이내 신경질적인 목소리로 말했다. "오늘 이 대전에서, 기왕을 반드시 처단하라!"

거의 실성한 듯한 황제의 말투에 어림군 병사들은 순간 얼떨떨한 표정을 지었다. 다들 간신히 검을 치켜들고서 왕온을 따라 한 걸음씩 이서백과의 거리를 좁혀갔다.

왕종실은 왕온을 향해 고개를 끄덕이고는 즉시 몸을 돌려 빠른 걸음으로 대전을 나갔다. 신책군을 호령하러 가는 것이었다.

황재하는 겹겹이 에워싼 포위망을 뚫어져라 노려보고 있었다. 칼끝이 점점 더 가까워지면서 이서백도 더 이상은 벗어날 방법이 없어 보였다.

황재하는 오른손에 힘을 주어 비수를 단단히 움켜쥐었다.

'만약 이 비수로 왕온의 뒤를 공격한다면, 상황을 전환시킬 기회를 만들 수도 있지 않을까? 그 순간의 기회를 전하께서 잡으신다면, 함원전을 빠져나갈 수도 있지 않을까?'

하지만 함원전을 빠져나간 뒤, 바깥에 대기 중인 만 명 가까운 신책군은 또 무슨 수로 대적할 것이며, 이 넓은 대명궁을 어찌 완전히 빠져나갈 수 있겠는가?

그런 생각을 하며 황재하는 왼손을 살짝 들어 올려 자신의 가슴을 눌렀다. 순식간에 머리가 맑아졌다. 그동안 심장을 찔려 사망한 시체들을 수없이 봐왔다. 그리고 이제 자신 차례가 될지도 몰랐다. 비수가 망가진 상태였기에 칼이 들어가다가 늑골에 걸릴지도 모르니 신중해야 했다.

황재하가 칼을 찌를 부위를 제대로 찾기도 전에, 어림군의 협공을 받던 이서백이 몸을 돌려 반격을 시작했다. 눈앞에 빼곡한 칼들 사이로 갑자기 차가운 섬광이 번쩍하더니, 무슨 상황인지 미처 깨닫기도 전에 챙 하는 소리가 들렸다. 이서백에게 가장 가까이 다가가 있던 검두 자루의 칼끝이 한꺼번에 잘려나가 바닥에 나뒹굴었다.

이서백이 비수처럼 손에 쥔 가느다란 검의 날이 보였다. 어장검이었다.

어장검은 쇠 또한 진흙 가르듯 베어버릴 정도로 날카로운 검이었다. 이서백은 진퇴와 공수의 변화가 굉장히 빨라서 눈 깜짝할 사이에 많은 병사들의 칼날을 베어버렸다. 하지만 대전 안에만 해도 100명 넘는 병사가 있었다. 이서백이 아무리 무공이 뛰어나다 한들 혼자서, 그것도 단검 하나로 당해낼 수는 없었다.

10여 명의 병사를 연이어 상대한 이서백은 기세가 조금씩 약해졌다. 왕온은 그 틈을 놓치지 않고 두 손으로 칼자루를 꽉 움켜쥐고는 이서백을 향해 앞으로 나아갔다.

그때, 갑자기 대전 문 쪽에서 외침이 들려왔다. "멈추어라!"

붉은 계단 위에서 아래를 내려다본 황후는 문 안으로 들어서는 이가 누구인지 대번에 알아보았다. 그러고는 절로 낯빛이 변해서 물었다. "왕 공공, 어찌 그대 혼자란 말인가? 신책군은? 바깥에 대기하던 어림군은?"

왕종실은 얼굴이 평소보다 더 창백해 보이고, 머리카락도 살짝 헝클어져 있었다. 칼을 높이 든 왕온 앞으로 다가간 왕종실은 왕온의 손을 아래로 누르며 낮은 소리로 말했다. "물러서라."

무언가 잘못된 것이 틀림없었지만 왕온은 어쩔 도리가 없었다. 그저 이미 숨을 헐떡이기 시작한 이서백을 슬쩍 쳐다보고는 말없이 칼을 칼집에 넣으며 병사들을 향해 물러서라 손짓했다.

대전 안이 고요해지자 그제야 바깥의 소리가 들려왔다. 검날이 부딪치는 소리가 산발적으로 들려왔다.

왕온은 즉시 함원전 밖으로 달려나갔다. 용미도 위에는 피로 물든 호위병 시신 몇 구가 나뒹굴었고, 대전 바깥을 지키던 그 많은 시위병들은 온데간데없었다. 그 대신 함원전 좌우의 용미도를 막고, 함원전 전체를 에워싼 것은 다름 아닌 흑갑군이었다.

왕온도 물론 알고 있었다. 기왕 이서백이 장안 십사 중 정예병을 선발해 서주와 남조, 농우를 함께 평정했으며, 바로 그 정예군을 재편해 만든 신무군과 신위군만이 검은 갑옷을 입는다는 사실을 말이다. 그들은 징집된 다른 병사들과는 달랐다. 가장 적은 편제를 갖추고도 가장 큰 전적을 세웠고, 그 전력은 사람을 벌벌 떨게 만들 정도로 위세가 대단했다. 왜냐하면 장안의 군사들 중 유일하게 그들만이 전장에 나가 제대로 사람을 죽인 경험이 있었기 때문이다. 게다가 한 번도 패한 적이 없었다.

신무군이 왕온을 에워싸려 달려왔다. 곧바로 대전 안으로 몸을 피하려던 왕온은 마지막 희망을 품고 궁문을 바라보았다. 어쨌거나 신무군과 신위군은 수가 많지 않으니, 신책군이 제때 도착하기만 한다면 제압할 수 있을지도 몰랐다.

하지만 왕온의 눈에 들어온 것은 굳게 닫힌 궁문이었다. 옹성 성벽 위에 검은 갑옷을 입은 살수들이 빼곡히 서서 아래를 향해 활을 쏘고 있었다.

왕온은 단번에 무슨 상황인지 깨달았다. 왕종실이 통솔하는 신책군은 궁문 입구 옹성 안에 갇힌 게 분명했고, 바깥에서 궁문을 막고 있는 자들은 남아십육위가 틀림없었다. 신책군은 옹성 안에 포위되어 앞으로 나아갈 수도 뒤로 물러설 수도 없는 상황인 데다가, 위에서 화살까지 쏟아지니 목숨을 건지기 어려울 터였다.

왕온의 온몸에 식은땀이 배어나왔다. 왕온이 다시 몸을 돌려 대전 안으로 뛰어 들어가려던 그때, 칼날 하나가 왕온의 가슴을 겨누었다. 그리고 빠르지도 느리지도 않은 목소리가 들려왔다. "왕 통령, 오랜만입니다."

왕온은 자신 앞에 선 사람을 보고 깜짝 놀라 물었다. "경양? 촉에서 죽은 것이 아니었던가?"

"촉에서 왕 통령의 깊은 호의를 입었던 터라, 원래는 좀 더 일찍 돌아와 그 은혜에 보답했어야 하는데, 전하께서 맡기신 일이 있어 이리 늦었습니다." 경양의 어조는 예전과 똑같이 뜨뜻미지근하여, 볼에 튄 혈흔도 그다지 눈에 띄지 않을 정도였다.

"그렇다면, 각지에서 일어난 이상한 움직임도 그대의 연락으로 이루어진 것인가?" 왕온은 가까스로 침착한 표정을 지으며 말했다. "참으로 기왕 전하의 오른팔답게 엄청난 일을 해냈군."

경양이 가볍게 웃어 보이며 말했다. "과찬이십니다. 며칠 전에야 전하께서 맡기신 일을 겨우 완수해, 하마터면 제때 못 맞출 뻔했습니다."

칼이 가슴을 겨누었는데도, 왕온은 그저 힐끔 보고는 천천히 자신의 칼을 경양의 칼 위로 올리며 말했다. "안심하시게. 어림군이 자네 전하께 정중히 대하고 있으니 말이야. 믿지 못하겠으면 들어가서 직접 보면 되지 않나."

왕온은 뒤로 한 걸음 물러서며 경양의 칼끝을 피했다. 경양이 더는 칼을 겨눌 마음이 없는 듯하자 왕온은 곧바로 몸을 돌려 빠르게 대전으로 향했다.

안 그래도 수십 명밖에 남지 않은 어림군 병사들은 흑갑군에게 겹겹이 포위당한 데다가 경양이 무리를 이끌고 들어오자 놀라고 당황하여 서로 눈만 마주쳤다.

그때 이서백이 소리쳤다. "살고 싶은 자는 지금 당장 무기를 내려놓고 물러가거라!"

당황한 병사들은 그저 그 자리에 멍하니 서서 왕온만 바라보았다.

왕온은 마치 아무것도 듣지 못했다는 듯 다시 칼을 비스듬히 잡고서 황제와 황후를 보았다. 그때 왕종실이 왕온의 어깨를 누르며 소리를 낮춰 말했다. "온지, 왕 가에까지 피해가 가게 할 작정이냐?"

왕온은 순간 머리가 멍해지며 자신도 모르게 손에서 힘이 풀렸다. 날카롭기 그지없던 칼이 드디어 바닥에 떨어졌다. 쨍그랑 소리가 울리자 곧이어 다른 병사들도 무기를 버렸다. 쨍그랑 소리가 쉴 새 없이 울려 퍼졌다.

왕온은 뒤로 몇 걸음 물러나 여전히 대전 안에 서 있는 황재하를 보았다. 하지만 황재하의 눈 속에 왕온은 없었다.

황재하의 두 눈은 오로지 이서백에게만 향해 있었다. 이서백에게 위험이 닥쳤을 때는 엄청난 재난을 눈앞에 맞이한 듯한 눈빛을 하더니, 이서백이 큰 어려움을 벗어나자 곧바로 눈앞에 환한 빛이 밝혀진 듯한 눈을 했다.

처음부터 끝까지, 슬픈 순간이든 기쁜 순간이든, 황재하가 바라보는 사람은 오로지 한 사람, 이서백이었다.

왕온은 눈을 감으며 고개를 다른 쪽으로 돌렸다. 폐부가 타는 듯 아파왔지만, 무거운 짐을 벗어버린 듯 홀가분하기도 했다.

모든 게 끝났다. 때로 어떤 일, 혹은 어떤 사람에게는 영원히 가 닿을 수 없다는 사실을 깨달았다. 어쩌면, 손에 넣고 나서야 서로에게 연이 없음을 알게 되는 것보다는 좋을 것이다.

설령 혼자서만 영원히 그리워해야 할지라도.

왕온은 긴 한숨을 내쉬며 왕종실의 뒤로 가만히 물러섰다. 무기를 내려놓은 병사들은 서로 앞다퉈 대전을 빠져나간 뒤 곧바로 흑갑군에게 제압되었다.

한순간이었다. 그저 햇살이 비춰 들어오는 각도가 조금 더 높아지고, 대전 안에 혈흔이 조금 생겼을 뿐이나, 이미 함원전의 형세는 완전히 뒤바뀌었다.

황제는 얼굴이 절망적인 잿빛으로 변했고, 들이마신 숨을 제대로 내뱉지도 못했다. 황후는 황제 앞에 무릎 꿇은 채 소리 없이 눈물을 떨구었다.

이서백은 그런 그들을 한 번 훑어본 뒤 다시 몸을 돌려 황재하를 보았다.

황재하는 이미 들고 있던 비수를 챙겨 넣은 뒤였다. 이서백이 자신을 바라보자 미소를 지으며 고개를 끄덕여 보였다. 낯빛이 조금 창백했지만, 마치 아무 일도 없었다는 듯한 표정이었다.

모든 것이 일단락되고, 대전 밖 소란도 점차 가라앉았다.

이서백은 한산한 대전을 가로질러 황재하에게 다가가 나지막이 말했다. "먼저 가라지 않았느냐. 어찌 내 말을 듣지를 않느냐?"

황재하는 고개를 들어 비스듬히 비춰 들어온 역광에 감싸인 이서백을 보았다. 막 큰 위험에서 벗어난 이서백은 외관이 조금 흐트러지긴 했지만, 오히려 더 멋있고 위용 있어 보였다.

이서백에게 웃어 보이고 싶었으나, 입꼬리를 올리기 전에 눈물부터 그렁그렁 맺혔다. 황재하는 크게 숨을 들이마시며 간신히 호흡을 진정시킨 뒤에야 다시 이서백을 올려다보며 작은 소리로 말했다. "전하께서 먼저 저를 속이셨잖습니까. 곁에 서 있지도 못하게 하시고."

이서백은 참지 못하고 미소를 지어 보이며 나지막이 말했다. "네가 애초에 나를 믿지 못해서 그런 것 아니냐. 모든 것을 나만 믿으면 된다고 했거늘."

황재하는 입꼬리를 한껏 위로 올렸으나, 천천히 흘러내리는 눈물을 감출 수는 없었다. "네, 앞으로는 꼭 명심할게요."

이서백은 고개를 돌려 황제와 황후를 바라보고는 다시 자신 앞의 황재하를 보았다. 순간 하늘이 자신에게 엄청난 후의를 베풀어 세상 모든 일이 뜻대로 순조롭게 이루어진 듯했다.

이서백은 미소 띤 얼굴로 손을 들어 황재하의 눈물을 살짝 닦아주고는, 고개를 숙여 황재하의 귓가에 대고 나지막이 말했다. "가자, 이제 돌아가자꾸나."

황재하는 고개를 끄덕이고는 다시 입을 열어 물었다. "전하, 정말 협죽도를 미리 준비해놓으셨습니까?"

"아니, 속인 것이다. 아무래도 가는 길에 들러서 좀 사야겠구나."

이서백의 말이 끝나자마자 옆에서 누군가가 말했다. "기왕 전하께서는 협죽도를 사실 필요가 없을 듯합니다."

왕종실이었다. 이서백을 향해 공수로 예를 취한 왕종실이 낮은 소리로 말했다. "두 개의 잔 중 하나에는 아가십열의 알이 들었고, 다른 하나는 재하 낭자가 지난번 저를 속인 것처럼 연지 가루를 넣어놓았지요."

황재하와 이서백은 서로 눈을 마주치고는 천천히 왕 황후에게로 시선을 옮겼다.

황후는 이미 혼절한 상태의 황제를 냉정한 얼굴로 바라보고 있었다. 이제 황제를 어찌 대하는 게 좋을지 계산하고 있는 듯 보였다.

왕종실은 워낙 목소리가 작고 음산하여 저 높이 앉은 황후에게는 들리지 않을 터였다.

"폐하는 두 술잔에 모두 알을 넣으라 하셨습니다. 첫째로는 만일을 대비하기 위함이었고, 둘째로는 황후마마를 홀로 남겨두고 싶어 하지 않으셨지요."

황재하와 이서백은 서로 눈을 마주쳤다. 모골이 송연해지며 아무런 말도 나오지 않았다.

황제는 당연히 황후가 신경 쓰였다. 특히 황후가 왕 가의 혈육이 아니며, 나아가 태자와 아무런 혈연관계가 없음을 알고 난 뒤에는 더욱 그러했다. 백성들이 '황제는 고상한데 황후는 무를 숭상한다'고 떠드는 말까지 떠올리니, 절대 황후를 혼자 살려둘 수는 없었다.

낭야 왕 가 또한 장기짝으로써의 쓰임이 이미 다했을 뿐만 아니라, 오히려 차츰 걸림돌이 되었다. 자연스럽게 버릴 것은 버리고 하루라도 빨리 단호하게 끊어내야 했다.

왕종실은 이서백과 황재하가 무슨 생각을 하는지는 알았으나, 개의치 않고 계속해서 낮은 소리로 말했다. "하지만 소인은 결국 기왕 전하야말로 이 조정의 기둥이라는 생각이 들었습니다. 만약 폐하께서 떠나신 뒤 기왕 전하께서 지탱해주시지 않는다면, 이 대당 천하는 매우 위험한 상황에 놓일 것이 틀림없지요. 그래서 재하 낭자가 연지 가루로 질 속였던 것이 생각나, 저도 그대로 해보았습니다. 그러니 전하께서는 염려치 않으셔도 됩니다. 소인, 폐하의 명을 거스르더라도, 감히 전하를 상하게 할 수는 없었습니다."

왕종실이 그렇게 말하자 이서백도 공수로 답했다. "왕 공공의 깊은 호의에 감사하오."

왕종실이 갑자기 황후에게도 들릴 만큼 목소리를 높여 말했다. "기왕 전하, 낭야 왕 가는 줄곧 전하께 선의의 마음을 가지고 있었습니다. 과거 혹 그렇지 아니한 일들이 있었다 해도 이는 모두 군명을 어길 수 없었던 것임을 기억하여주시옵소서. 선황께서 붕어하신 그날 일어난 일은 황후 폐하조차 모르시는 일이었습니다. 또한 저희 왕 가가 황제 폐하를 위해 했던 모든 일은, 부득불 달리 도리가 없어 그리한 것이었습니다……."

이서백이 평온한 표정으로 말했다. "나 또한 공공께 감사한 마음이오. 어찌되었건 재하가 많은 보살핌을 받은 것이 사실이니 말이오. 왕 공공께서 우릴 도울 마음이 없었더라면, 재하 역시 이 모든 진실에 다가갈 수 없었을 것이며, 이 모든 상황이 이토록 순조롭게 마무리되지 않았을 것이오."

황재하는 순간 왕 가 저택에서 왕종실이 고의인 듯 아닌 듯, 자신에게 무언가를 일러준 것이 생각났다. 황재하는 그날 들은 이야기를 다시 곰곰 생각해보았다. 왕종실이 악왕 사건을 조사하는 데 황재하를 참여시킨 것은 정말 어명으로 이 일을 맡은 것에 대한 부담감을 조금이나마 덜기 위해서였을까? 실제로 황제는 이 일의 진상 따위는 조금도 관심이 없었다. 왜냐하면 자신들의 손으로 직접 설계한 일이었으니 말이다. 그리고 진무군이 패하였으니 위구르를 섬멸하기 위해 급히 다시 기왕을 기용할 것이라는, 왕 가에서 퍼뜨린 그 소문 때문에 비록 황제가 기왕을 처리하려는 시기가 더 앞당겨지기는 했지만, 어쨌든 그 덕분에 이서백이 종정시에서 나올 수 있었던 것도 사실이었다. 만약 황제가 갑자기 병이 중해지지 않았다면, 과연 이서백이 정말 이렇게 빠져나갈 수 있었을까? 황재하는 왕종실을 보았다. 왕종실의 얼굴은 여전히 창백했고, 여전히 웃는 듯 마는 듯한 미소가 드리워져 있었다. 하지만 그 미소를 바라보는 황재하의 등에서는 식은땀이 배어나왔다.

황재하의 시선이 용상 위에서 간당간당 숨을 몰아쉬는 황제에게로 향했다. 기왕이 힘을 잃으면, 그다음 차례는 십수 년간 황제에게 목구멍의 가시 같은 존재였던 왕 가였다. 하지만 결과적으로 지금, 황제의 병환은 이미 되돌릴 수 없는 지경에 이르렀고, 기왕은 뭇 백성들의 미움을 받고 있었으나, 유일하게 왕 가만이 그저 왕종실의 수완 하나에 기대어 이서백의 인정(人情)을 얻어, 다가올 재난을 피하고 가문을 지켜냈다.

지난 십수 년간 긴 대국을 치르면서, 자신은 이 소용돌이 속에서 어부지리로 이득을 챙기고 있다고 생각했던 황제는, 어쩌면 지금 이 순간 그 이득을 챙겼던 어부가 과연 누구였을까 의문을 던지고 있을지도 모른다.

이서백은 당연히 황재하가 무슨 생각을 하는지 꿰뚫어보고 있었다. 하지만 그저 황재하의 어깨를 가볍게 토닥이고는 황후를 향해 말했다. "폐하께서 많이 놀라신 탓에 옥체가 더 상하지 않을까 염려되옵니다. 폐하를 함녕전으로 모시는 것이 좋을 듯합니다."

황후는 이미 정신이 혼미한 황제에게서 손을 거두어 황제의 몸이 침상 위에 쓰러지도록 그냥 두었다. 그러고는 손을 들어 얼굴에 남은 눈물자국을 닦아낸 뒤 몸을 일으켜 붉은 계단 위에 서서 이서백의 등을 내려다보았다.

황후가 냉담한 목소리로 말했다. "오늘 일이 이 지경까지 이르게 됐군. 기왕은 군대까지 동원한 것 같은데, 혹 이 자리를 대신 차지하기라도 하려는 것이오?"

이서백의 시선이 금칠로 장식된 용상으로 향했다. 각종 진주와 옥으로 장식되어 금빛과 푸른빛으로 휘황찬란하게 빛나는 어좌 위에 자신의 형님이 누워 있었다. 낯빛이 어둡고 숨결이 미약하여, 누가 봐도 목숨이 얼마 남지 않았음을 알 수 있었다.

하지만 황제에게 신경 쓰는 이는 아무도 없었다. 화려하고 아름다운 황후마저 더없이 높은 그곳에 황제를 홀로 내버려둔 채 오로지 자신의 안위만을 생각하며, 황제를 어떻게 처리해야 할지 고민하고 있었다.

이서백이 갑자기 웃음을 터뜨리며 황후에게 반문했다. "부황께서 붕어하시고 10년이 지난 지금에서야 본왕의 것이었던 자리를 돌려받을 수 있게 된 것입니까?"

황후는 낯빛이 미세하게 변했으나 마지막 자존심만은 지키려 아래턱을 살짝 치켜들었다.

왕종실이 이어서 입을 열었다. "원래 그리되었어야 했지요. 당시 선황께서는 황태숙의 자리에서 황위에 등극하신 뒤, 천하를 질서정연하게 치리하신 덕분에 백성들이 이를 참으로 다행한 일로 여겼습니다. 기왕 전하께서는 영명하고 용맹하기까지 하시니, 황위에 등극하신다면 천하가 태평케 되는 것도 머지않은 일일 것입니다."

"그다음엔?" 이서백이 물었다.

왕종실은 순간 말문이 막혔다. 이서백이 무엇을 가리키는지 몰랐기 때문이다.

"그다음엔, 일단 내 황위를 위협하는 사람을 죽여야 하지 않겠소. 예를 들면, 나의 조카들인 열두 살 된 태자 현이와, 황후 폐하의 소생인 일곱 살 걸이 말이오. 안 그렇소?"

황후의 몸이 순간 흠칫하더니 얼굴의 모든 혈색이 사라졌다. 화려한 연지도 시퍼렇게 질린 채 부들부들 떨리는 입술을 감춰주지는 못했다.

왕종실은 침묵하며 아무 말도 하지 않았다. 얼굴에는 망설이는 빛이 역력했다.

이서백은 마치 황후가 그 자리에 없는 것처럼 천천히 말을 이었다.

"한데, 조정 대신들 중에는 폐하께 나를 죽이라 상소를 올리고, 지금까지도 나를 죽어 마땅한 사람으로 아는 이들이 있지 않소. 그런 자들을 어찌 나의 신하로 그냥 살려둘 수 있겠소? 그리고 나를 모함하려 악왕을 죽인 일과 관련해서도 머리를 베어야 할 이들이 있을 것이오. 또 이 황위는 폐하를 압박해야 얻을 수 있을 터이니, 또 한 번 죽여야 할 자들이 나오겠지. 그리되면 조정 전체가 피로 물갈이를 할 텐데, 뭐 그 또한 새로운 시작이지 않겠소?"

황재하는 잠자코 웃으면서 고개를 절레절레 흔들었다. 그러고는 조금 전 정신없이 도망치던 어림군 병사들이 발로 차버린 자신의 상자를 챙겨 그 안의 물건들을 정리했다.

"세간에도 함부로 혀를 놀리는 자들이 셀 수 없이 많지 않소. 내가 군주와 동생을 죽였다든가, 기왕이 천하를 무너뜨릴 줄 진작 알았다든가, 내가 황위를 찬탈하려 한다든가……. 그런 헛소문도 일일이 다 셀 수 없을 정도로 많던데, 그 또한 사직을 위협하고 민심을 동요시킬 테지. 그리 두어서야 되겠소? 그러니 장안 사람 대부분을 죽이면, 백성들이 나를 좀 두려워하지 않겠소? 그리되면 황위가 안정적으로 자리 잡을 수 있을 것 같은데, 어찌 생각하시오?"

왕종실이 말했다. "전하께서는 어질고 너그러우신 분이니 그리 되지 않을 수도 있습니다."

"혹 지금은 내가 그들을 죽이고 싶지 않다 할지라도, 저 자리에 오래 앉아 있으면 어떤 사람으로 변할지 누가 알겠소? 폐하처럼 말이오. 폐하께서도 처음부터 나와 일곱째를 죽이려 하셨던 건 아니나, 다만 그 자리에 있으면 결국 그런 일을 도모하게 되고, 마음이 쉽게 변하는 것 아니오. 그때가 되면 어느 누가 자신의 생각과 자신이 하려는 일을 스스로 통제할 수 있겠소?" 이서백은 거기까지 말하고는 그제야 고개를 저으며 조소하듯 말했다. "폐하의 성은에 내 명성은 더럽혀질

대로 더럽혀져 이미 악한 역적의 무리가 되어버렸소. 그런 내가 감히 황제의 자리를 탐한다면, 천하 만민이 욕을 하고 천고에 씻을 수 없는 죄명을 얻게 되지 않겠소? 태자인 현이 즉위하면 조정은 자연스레 안정을 취하게 될 터인데, 어찌 나 한 사람의 사욕을 위해 천하 백성들을 도탄에 빠뜨리겠소?"

황후는 그제야 안도의 숨을 길게 내쉬었지만, 아직 놀란 마음이 진정되지는 않은 듯 그저 멍한 얼굴로 이서백을 바라보며 감히 입도 뻥긋하지 못했다.

이서백이 먼저 말했다. "황후 폐하, 제게 그 자리를 차지하려는 것이냐고 물으셨지요? 이 자리에서 황후 폐하께, 그리고 천하 모든 사람에게 말씀드리겠습니다. 저는 그 자리는 물론, 심지어 이 붉은 계단을 올라가는 것조차 아무런 관심도 없습니다!"

이서백은 그렇게 말하고는 곧바로 몸을 돌려 황재하를 바라보았다. 이미 상자를 다 정리한 황재하가 이서백을 향해 방긋 웃어 보이며 다가왔다.

이서백은 황재하를 응시하며 나지막이 말했다. "가자."

황재하는 고개를 끄덕이다가 뭔가가 떠올라 상자 속에서 선황의 유조를 꺼내 왕종실에게 건넸다. "왕 공공, 이건 공공께 드리지요. 품으신 의문에 대한 답이 될 것입니다."

왕종실은 반신반의하며 두루마리를 천천히 펼쳐보았다. 선황의 유조를 살펴보던 왕종실의 두 눈이 휘둥그레졌다. "이건…… 이건 그때 그 유조가 아니야!"

"네, 진짜 유조는 이미 없어졌습니다. 왜냐하면 먹을 벗겨내는 데 사용한 그 방법으로는, 그저 표면의 먹물을 빨아들여 제거하면서 아래의 필적이 아주 잠깐 드러나는 것일 뿐이지요. 그래서 그 글자 그대로 얼핏 보면 똑같아 보이는 것을 한 장 더 만든 것입니다. 실은 손에 들고 가까이서 살핀다면, 위조라는 건 금세 알 수 있지요." 큰 어려움을 벗어나서인지, 이서백의 손을 맞잡은 황재하는 얼굴에 꽃이 핀 것처럼 방긋방긋 웃어 보였다. "사실 공공의 말씀이 맞습니다. 이 세상에 그처럼 신비로운 방법은 애초에 존재하지 않습니다."

왕종실은 멍하니 황재하를 바라보다 한참 후에야 쓴웃음을 지으며 말했다. "생각도 못 했군. 내가 그대의 발에 걸려 넘어지게 될 줄이야."

황재하는 웃으며 왕종실을 향해 고개를 끄덕이고는 왕온에게로 시선을 돌렸다.

왕온은 왕종실 뒤에 서서 황재하를 바라보며 아무 말도 하지 않았다. 낭야 왕 가의 종갓집 장손 왕온은 가문의 가장 큰 희망이었다. 그가 자랑스러워하는 수백 년 역사의 이 명문가는 왕온 자신이 지탱해 나가야 했다. 너무 많은 짐을 짊어져야 했던 왕온은, 처음부터 황재하를 위해 모든 것을 내던지지도, 모든 것을 포기할 수도 없는 운명이었다. 왕온의 마음속에서 황재하는, 영원히 가문보다 뒤에 있을 수밖에 없었다.

그리고 지금, 황재하는 자신을 세상 그 어느 것보다 높은 곳에 올려놓는 한 사람을 찾았다.

그래서 왕온은 기꺼이 패배를 인정하고 황재하의 손을 놓아줄 수밖에 없었다. 황재하는 잡고 있던 이서백의 손을 놓고 왕온을 향해 깊이 고개 숙여 진심으로 예를 갖추었다.

왕온도 황재하를 향해 고개를 숙여 보였다.

왕온은 혼약서를 언급하지 않았고, 황재하도 파혼서를 언급하지 않았다.

그러나 굳이 말하지 않아도, 이로써 모든 것이 끝났다.

원래 어림군이 지키던 궁중의 주요한 곳들은 이미 신위군으로 교체되어 있었다. 이서백이 용미도로 나오자, 일제히 환호성이 터졌다.

이서백은 살짝 고개를 돌려 황재하를 보았다. 황재하는 이서백 뒤로 반걸음 떨어져서 따랐다. 이서백은 좀처럼 걸음을 빨리하지 않았고, 황재하는 한순간도 걸음을 늦추지 않았다.

이서백은 미소 띤 얼굴로 장안의 가장 높은 곳에 멈춰 서서는 드넓게 펼쳐진 대명궁과 저 멀리 장안 성벽을 바라보았다.

초봄의 햇살 아래 장안의 버드나무는 이미 선명하게 푸르렀고, 꽃나무도 모두 새잎과 꽃봉오리를 내었다. 연둣빛과 연분홍빛이 하늘 아래 가장 번화한 도시를 휘황찬란하게 장식하여, 눈길 닿는 곳마다 그 산뜻한 색에 눈이 부셨다.

이것이 장안이었다. 72개 방이 있는 100만 인구의 장안이었다.

이것이 대당이었다. 강남의 봄비와 북방의 휘영청 밝은 달을 품고 있는 대당이었다.

드높은 하늘 아래, 멀리서 바람이 불어오고, 봄날이 펼쳐졌다. 이서백은 미소 띤 얼굴로 손을 들어 태연히 뒤로 내밀었다.

잠시 뒤, 자그마하고 부드러운 손 하나가 살포시 이서백의 손안에 들어왔다. 이서백은 손에 힘을 주어 황재하의 손을 꼭 붙잡았다.

열 개의 손가락이 서로 교차했고, 다시는 떨어지지 않았다.

에필로그

오래도록 평안하리

장안에서 가장 떠들썩하고 번화한 철금루는 오늘도 손님으로 가득했다.

"여러분, 오늘 이 노인이 또 이야기를 들려드리러 왔소이다. 자, 오늘 이야기는, 얼마 전 선황께서 함녕전에서 붕어하시고, 새로운 황제가 선황의 관 앞에서 즉위한 일에 대해 말해볼까 하오. 여기 계신 분들은 그때 선황의 뜻을 받들어 황위를 세운 사람이 누군지 아시오?"

사람들이 즉시 이구동성으로 답했다. "더 누가 있겠습니까? 당연히 기왕 전하시지요!"

이야기꾼이 북을 두드리고는 다시 입을 열었다. "그렇지! 금년 들어 조정이 떠들썩하지 않았소. 기왕 전하가 대당 천하를 무너뜨리려 한다고 말이오. 그런데 선황께서 붕어하신 뒤 기왕 전하가 동궁으로 가서 어린 황제를 맞아 황위에 등극하도록 도우셨지 않소. 기왕 전하께서 이토록 충심이 지극하신 것을 그 누가 알았소? 그러니 과거 주공께서 소문을 그리 두려워하신 게지! 생각들 해보시오. 얼마 전에 기왕 전하께 악령이 붙어 악왕 전하를 죽이고 천하 강산을 무너뜨리려

한다는 소문이 돌 때만 해도 진실이 무엇인지 아무도 몰랐지 않소!"

"기왕 전하는 원래부터 대당 황실의 기둥이었지요! 선황께서 붕어하신 뒤에도 기왕 전하가 든든하게 버티고 계시니까 어린 황제께서 황위를 잘 이어받을 수 있었지 않습니까?"

"그러고 보니 왕 황후께서, 아, 아니지, 이젠 왕 태후시지, 태후께서는 예전에도 조정 일에 간섭이 많았지 않습니까? 그래서 다들 '황제는 고상한데 황후는 무를 숭상한다'고 말했고요. 지금은 어찌 하고 계신지 모르겠네요?"

사람들이 한바탕 자신의 의견을 내놓으며 시끄럽게 떠들자, 이야기꾼이 채를 들어 북을 두드렸다. 철금루 전체가 쥐 죽은 듯 조용해지자 이야기꾼은 그제야 입을 열었다. "그 일에 대해서는 내 아주 분명하게 말해줄 것이 있지. 변변찮은 이 노인이 재주는 없으나, 유일하게 귀와 눈은 밝아서, 그 이야기에 대해 내 진작 얻은 정보가 있소. 선황께서 붕어하시기 전에 옆에서 시중들던 황후께 물으셨소. '짐이 가고 나면, 그대는 어찌할 것이오?' 황후께서는 울면서 대답하셨소. '신첩이 유일하게 원하는 것은 그저 폐하를 따라가는 것입니다.'"

"황후 폐하가 돌아가셨소?" 누가 재빨리 물었다.

"당연히 아니지. 폐하께서 황후 폐하를 달래며 설득하셨소. '어린 황제는 여전히 그대의 손길이 필요하오. 그런데 어찌 그 어린 것을 의지할 사람 하나 없이 남겨둔단 말이오?' 그래서 황후께서는 폐하 뒤를 따라가겠다는 생각은 단념하셨으나, 너무 상심하신 탓인지, 글쎄 당시 선종 황제의 진 태비마마처럼 정신을 놓으셨다는 게 아니겠소. 지금 행궁에 은거하고 계신데, 이번 생애에는 아마 고치기 어려울 것 같다지."

"아이고, 정말 생각지도 못한 일이네. 선황과 참으로 정이 깊으셨던 모양이야." 사람들은 저마다 탄복하며 말했다.

철금루 2층 별실에는 등황색 비단옷 차림에 청자색 내의를 받쳐 입고, 허리엔 석류 색깔 허리띠를 찬 주자진이 앉아 있었다. 주자진은 깜짝 놀라서는 숨도 제대로 못 쉬고 재빨리 고개를 돌려 이서백과 황재하를 쳐다보았다.

"들었어요, 들었어? 이야기꾼이 하는 말 들었어요?"

"들었습니다." 황재하가 건조한 투로 말했다.

"그게 말이 돼? 정말 그게 말이 된다고 생각해? 황후 폐하처럼 그렇게 독하고 강한 분이 어떻게 선황 때문에 슬퍼서 정신을 놓겠어?"

이서백은 아무런 표정의 변화 없이 그저 손으로 창문을 가리켰다. 주자진은 즉시 알아듣고는 재빨리 일어나 쾅 소리가 날 정도로 창문을 단단히 닫았다. 황재하가 술 주전자를 들어 주자진의 잔에 반쯤 따르고는 낮은 소리로 말했다. "폐하께서 당신의 남은 생이 얼마 남지 않은 것을 아시고 왕 공공께 아가십열 알을 가져오라 하셨어요. 원래는 기왕 전하께 내리시려던 것인데, 결국 왕 황후께서 삼키게 되었죠."

주자진은 차가운 숨을 한 번 들이켜고는 다시 물었다. "왕 공공은 황제 폐하께서 황후 폐하를…… 해치려 한다는 걸 알았고? 왜 폐하를 막지 않은 거지?"

황재하와 이서백은 서로 눈을 마주치며 속으로 같은 생각을 했다. 왕 황후는 원래 왕 가 사람이 아니었으며, 왕 가에서 황제 곁에 안전하게 심어놓은 바둑알에 불과했다. 진짜 왕 가 여인인 왕부의 아들 이현이 순조롭게 황위에 오른 지금, 왕작, 혹은 매만치는 더 이상 이용 가치가 없었다. 그러니 황후가 살아 있는 것이 왕 가에게 무슨 득이겠는가.

"에휴, 내가 요즘 그 아가십열이라는 게 무서워서 물 마실 때마다 혹시나 안에 뭐가 들은 건 아닌가 열심히 살펴보고 나서야 마신다니까." 주자진은 그러면서 고개를 숙여 술잔을 들여다보았다. 붉은색 이물질 같은 것은 보이지 않자 그제야 안심하고 마셨다. "에이, 귀찮아 죽겠네. 차라리 빨리 촉으로 돌아가는 게 낫겠어. 어쨌든 거긴 이런 물고기를 키우는 사람은 없을 거 아니야."

"걱정 마세요. 왕 공공은 이미 떠났으니까요." 황재하는 그렇게 말하긴 했지만, 저도 모르게 자신의 술잔을 유심히 들여다보았다. 황재하 역시 그 일의 여운이 아직 가시지 않은 것이다.

"떠나셨어? 어디로?"

"천자가 바뀌면 신하도 모두 바뀌는 법이죠. 지금 어린 황제의 최측근은 전령자라는 자인데, 얼마 전 왕 공공 수하의 신책군이 막대한 손실을 입어서 결국 왕 공공은 파면을 당했고, 신책군은 곧바로 새로운 호군 중위를 세웠는데 그게 바로 전령자예요."

"신책군이 막대한 손실을……? 대체 무슨 일로?" 주자진이 물었다.

이서백은 고개를 들어 하늘을 올려다보았고, 황재하는 아래층을 가리키며 말했다. "아무래도 또 재미있는 이야기를 시작할 것 같은데요? 안 들어봐요?"

주자진은 방금 자신이 한 질문은 까맣게 잊고 서둘러 정원 쪽 창문을 열어젖혔다. 과연 또 다른 이야기가 시작되고 있었다.

"새 황제 폐하가 등극하면서, 지금 장안 모든 진영의 장수들이 계속해서 바뀌고 있지. 신책군은 그렇다 치는데, 기왕 전하 수하에 있던 신위군과 신무군에는 아주 희한한 상황이 벌어졌다고 하오. 고향으로 돌아가고 싶은 사람에게는 평소 녹봉의 10배를 주고, 고향에 땅도 10마지기나 주어 안정적으로 살 수 있게 해줬다지. 계속해서 군에 남아 공을 세우고 싶어 하는 자들 중 장안에 남고 싶은 사람은 어림군으로 편입시키고, 전장에 나가고 싶어 하는 사람은 농서로 보낸다고하더군. 원래 위구르와 전쟁도 치르고 전장의 경험이 가장 많은 자들이니 이번에도 아마 머지않아 승전보를 들려주리라 기대할 수 있을 것이오. 그런데 이번에 위구르로 출정하는 군대의 선봉이 어림군 왕 통령, 그러니까 낭야 왕 가의 왕온이라지."

청중들은 저마다 의견이 분분했다. 기왕이 새 황제의 의심과 염려를 불식시키기 위해 병권마저 모두 내려놓았다며, 탄복인지 한탄인지 모를 탄식 소리를 내는 이도 있었고, 기왕을 따라 전장을 다닌 것이야 말로 최고로 잘한 일 아니었겠느냐며, 갑옷을 벗고 다시 고향으로 돌아가는 길에 땅 10마지기와 10배의 녹봉을 두둑이 챙긴 자들을 부러워하는 이도 있었다. 또 어떤 이는 왕온은 작금의 왕 가에서 가장 특출한 자제인데, 뜻밖에도 조정에서 그 일생을 소모하지 않고 종군을 택했다며, 역시나 가슴에 큰 뜻을 품은 대장부라고 침을 튀기며 칭송했다…….

"왕 형이 떠난다고? 그럼 우리도 가서 배웅해야지." 주자진은 황재하가 난감한 표정을 짓자, 그제야 두 사람이 혼약 관계에 있었으며 심지어 혼례복까지 맞추었던 사실을 떠올렸다. 주자진은 황재하보다 더 난감한 얼굴을 하고서 황급히 화제를 바꾸었다. "그게 그러니까…….오늘 날씨가 참 좋아. 차 맛도 유난히 더 좋은 것 같네……."

"벌써 점심때가 다 되었네요. 차는 그만 마시고, 식사할 수 있는 곳으로 모실게요." 황재하는 사뿐히 몸을 일으키며 이서백을 향해 눈짓했다.

이서백은 미소를 띠고서 말했다. "가지."

주자진은 순간 어안이 벙벙하여 말했다. "말도 안 돼요. 아니 간신히 이렇게 어렵게 만났는데, 차 한 잔만 사주고 가신단 말입니까? 밥도 안 사주시고요? 아니 꼭 밥이 아니더라도 뭐 죽이나 전병이라도……."

황재하가 이서백을 따라 밖으로 나가면서 말했다. "같이 가자고요!

아마 도련님도 엄청 만족하실 거예요. 철금루에서 먹는 100끼보다, 훨씬 더 좋아하실걸요…….”

“믿을 수 없어! 하늘 아래 그 정도로 맛있는 게 있다고?”

“믿…… 믿을 수 없어! 하늘 아래 이 정도로 맛있는 게 있다니!”

소왕부 응접실은 사면에 복사꽃과 오얏꽃이 만개했고, 버들가지가 바람에 날려 하늘거렸으며, 푸른 풀이 가늘고 부드럽게 솟아올랐다. 하지만 그 풍경을 감상하는 사람은 아무도 없었다. 특히 주자진은 더 그랬다. 입 안 가득 고루자를 집어넣고, 왼손에 하나를 쥐고, 오른손에도 하나를 들었으며, 눈길은 탁자 위 고루자를 향해 있었다.

소왕 이예는 기분이 좋아 하하 소리 내어 크게 웃더니 탁자를 치며 물었다. “그럼 자진, 한번 말해보게. 이게 자네가 평생 먹은 것 중 제일 맛있는 고루자인가?”

“오! 제일이라고 말할…… 수 있을 것도 같습니다!” 주자진은 입 안 가득 든 것을 삼키고 차 반 잔을 들이켠 뒤 말했다. “예전에 장 형네 집에서 먹었던, 적취가 만든 그 고루자랑 막상막하예요!”

황재하는 바삭바삭한 고루자 하나를 손에 집어 들고는 이서백과 눈을 마주치며 웃었다. 그러고는 작은 소리로 물었다. “전하는 어떠신가요?”

“음, 확실히 괜찮군.” 이서백이 고개를 끄덕이며 말했다.

이예는 득의만면하여 말했다. “넷째 형님, 형님이 모르시는 게 있습니다! 당시 제가 보녕방에서 고루자 하나를 먹고서는 정말 그 맛이 너무 그리워서 정신까지 혼미해질 정도였지 뭡니까! 아쉽게도 고루자를 만드는 아가씨가 보녕방의 그 멍청한 놈을 어찌나 좋아하는지, 도무지 소왕부로 빼내올 수가 없었다니까요!”

“네가 좋은 것을 보고 어디 그냥 지나칠 사람이냐? 당초 내 곁에 있던 재하까지 데려가려 하지 않았더냐." 이서백이 웃으며 말하고는 고개를 돌려 황재하를 보았다.

이예가 재빨리 손을 들어 보이며 말했다. "아닙니다, 제가 어찌! 그 땐 제가 사람 보는 눈이 없어서, 참으로 소환관인 줄 알았지 뭡니까. 기왕비가 되실 분이란 걸 진즉에 알았더라면 감히 그런 생각을 안 품었겠지요!"

황재하가 양볼에 홍조를 띠며 말없이 고개를 숙였다.

하지만 이서백은 태연자약하게 말했다. "알면 됐다. 앞으로는 마음에 드는 사람이 보이거든 일단 누구의 사람인지 제대로 확인부터 하거라."

서로 눈을 마주친 이예와 주자진은 치통이라도 앓는 듯한 표정을 지었다.

왠지 분위기가 묘해 주자진은 재빨리 다른 화젯거리를 찾았다. "소왕 전하, 그런데 고루자를 만든 이 고수는 대체 어디서 모셔오셨습니까?"

"오, 그것이 말하자면 좀 복잡하네. 오늘은 기왕 전하를 위해 만들었다며, 고루자를 다 만든 뒤에 옷을 갈아입고 나와 형님을 뵙겠다고 했는데, 어찌 아직이지?" 소왕이 복사꽃과 오얏꽃이 무성하게 핀 곳을 쳐다보며 말했다. "그러고 보니, 내게 그 사람을 소개해준 이는 아마 다들 아는 사람일 텐데, 바로 위 부마네."

"위 부마…… 위보형?" 주자진은 순간 자리에서 벌떡 일어났다. 머릿속에 뭔가 한 가지 떠오르는 것이 있어 더듬더듬 물었다. "설마…… 설마 그러니까, 이 고루자를 만든 사람이, 설마, 그러니까, 그러니까……."

주자진이 정확히 말을 하기도 전에 복사꽃이 우거진 작은 오솔길 위로 가녀리고 어여쁜 여인이 걸어오는 모습이 보였다. 청옥색의 폭이 좁은 비단옷 차림에, 틀어 올린 머리 위로는 비취색 나비 장식이 꽂혀 있었다. 그 자태가 전설 속의 복숭아처럼 고왔으나, 다만 얼굴 위로 근심이 한 층 드리운 듯 보였다.

여인이 그들 앞으로 걸어와 사뿐히 무릎을 꿇고 고개를 숙이며 작은 소리로 말했다. "적취, 기왕 전하와 소왕 전하를 뵈옵니다. 그리고 재하 아가씨와 자진 도련님을 뵙사옵니다."

황재하는 서둘러 일어나 적취를 부축하여 일으키고는 무릎에 묻은 풀잎을 떨어주었다. 다들 그저 미소만 지을 뿐 말없이 있었으나, 주자진은 입을 떡 벌린 채 차가운 숨을 들이켜며 말했다. "적적적……적취 아가씨!"

적취는 주자진을 향해 살짝 고개를 끄덕여 보이고는 황재하의 손을 잡고 가만히 옆에 섰다. 많이 야윈 듯했으나, 그래도 표정은 한결 편안해 보이는 적취의 모습에 황재하는 안심이 되었다.

"잘 지내고 있어요?"

적취는 눈이 절로 촉촉해졌으나, 눈물을 흘리지 않으려 애쓰며 황재하의 손을 살짝 움켜쥐고는 낮은 소리로 대답했다. "신경 써주셔서 감사드려요……. 사실 전 진즉에 죽은 목숨이었어요. 대리사에 자수하고 목숨을 끊으려고도 생각했습니다. 하지만 위 부마께서 저를 설득하며 말씀하셨지요. 제 아버지는 저를 위해 모든 것을 아끼지 않고 다 버리셨고, 오라버니 또한…… 절대 제가 목숨을 하찮게 여기는 걸 원치 않을 거라고요. 제 목숨은 아버지와 오라버니가 지켜준 것이니…… 반드시 스스로를 소중히 여겨야 한다고요."

황재하는 적취의 귀밑머리를 가볍게 어루만지며 낮은 소리로 말했다. "그리 생각하는 걸, 두 분이 지하에서 들으면 분명 기뻐하실 거예요."

적취는 아랫입술을 깨물고 가만히 고개를 끄덕이다가 이내 손을 들어 흐르는 눈물을 닦았다.

적취의 기분이 가라앉은 듯 보여 황재하는 고개를 돌려 주자진에게 말했다. "자진 도련님, 이제 아셨죠? 천하에서 제일 맛있는 고루자를 만드는 사람은 역시 적취뿐이에요."

"맞아! 적취를 뛰어넘을 사람이 없지!" 주자진은 힘껏 고개를 끄덕이며 그 말을 증명이라도 해 보이듯 커다란 고루자 하나를 통째로 입안에 집어넣었다.

주자진의 칭찬에 적취는 애써 옅은 미소를 지어 보였다. 이예는 다시 이서백 옆으로 돌아와 앉는 황재하를 보고는 물었다. "형님, 두 분도 곧 혼례를 올리시죠?"

"그래, 다음 달 초엿샛날. 황 가 친지분들도 벌써 하나둘 장안으로 들어오고 계신다." 이서백이 말했다.

"네? 이리 빨리요?" 이예와 주자진이 이구동성으로 말했다. 그 어투마저 똑같았다.

두 사람은 흘끔 시선을 마주쳤다. 이예가 먼저 말했다. "저는 궁중 여관들이 어찌나 싫은지! 제 유인이 출산했을 때 문지방이 닳도록 매일 들락거리며 끊임없이 옆에서 재잘대는데, 제가 다 귀찮아 죽겠더라고요!"

주자진도 거들며 말했다. "황 가 어르신들도 보통이 아니던데요! 지난번에 촉에서 말입니다, 전하께서 기왕 전하이신 것을 알고는 어르신들이 옆에 찰싹 달라붙어서 무슨 말이 그리도 많던지, 보는 제가 다 괴롭더라니까요!"

이서백과 황재하는 서로를 마주 보며 웃었다. 이서백이 황재하의 손을 잡고는 웃으면서 말했다. "뭐 그런 걸 가지고. 세상에서 최고로 좋은 여인을 아내로 맞으려면, 뭐라도 감수할 수 있지."

황재하는 저도 모르게 이서백을 향해 눈을 흘기고는, 경악하는 표정의 주자진과 이예를 앞에 두고 이서백의 귓가로 다가가 나지막이 말했다. "이러시면 두 분이 놀라지 않습니까?"

"어차피 우린 금방 떠날 것인데, 마지막으로 우리에 대한 인상을 완전히 뒤엎어버리는 것도 재미있지 않느냐?"

황재하는 뭐라 할 말이 없었다. "다 큰 어른이, 이제야 재미있는 일을 찾기 시작하셨습니까?"

"그래, 왜냐하면 내 인생은 이제야 막 시작되었거든." 이서백은 웃음을 머금고 황재하를 보며 나지막이 말했다. "너를 만나고서 말이다."

황재하는 더더욱 할 말이 없었다.

주자진은 소름이 돋은 팔을 힘껏 때려가며 혼잣말로 중얼거렸다. "정말 대단하지, 대단해. 스물넷에 뒤늦게 아내를 얻으시더니, 좋아서 저리 되실 줄을 누가 알았겠어……. 이걸 누가 믿어주려나?"

인생의 어스름한 연기는 이미 다 걷혔다. 두 사람의 인생은 이제 아름답고 눈부신 햇살을 맞이하고 있었다. 그러니 이서백이 조금 지나치게 좋아하는 모양새라 해도 나쁠 것은 없었다.

'어쨌든 예전의 그 차갑고 딱딱하던 얼굴보다야 지금이 훨씬 좋잖아?' 소왕부를 떠나 집으로 돌아오면서 황재하는 그런 생각을 했다.

이서백은 디우를 탔고, 황재하는 나푸사를 몰았다. 그리고 주자진은 '소양이'를 타고 있었다. 그렇다, 예전에 '소하'라 불리던 그 말의 이름을 바꾼 것이다. 뜻밖에도 말은 아주 빠르게 새 이름에 적응한 듯 보였다. 주자진은 매번 어느 가게든 들어갔다가 나오면 꼭 "소양아" 하고 불렀고, 소양이는 그 즉시 알랑알랑 달려왔다. 그러다 가게 문을 들이받은 것이 한두 번이 아니었다.

디우는 여전히 사나웠다. 유일하게 나푸사만이 디우와 나란히 갈 수 있었다. 알아서 뒤로 처진 소양이 위에서 주자진이 물었다. "적취는…… 이제 괜찮은 거겠지?"

"걱정 마세요. 새 황제가 등극하셨으니 조만간 대사면이 있을 거예요. 게다가 지금 성상께서는 이미 세상에 없는 누이 일엔 별로 관심이 없으시거든요. 매일 격구를 치느라 바쁘셔서요."

"아……." 주자진은 고개를 끄덕이며 생각에 잠겨 말했다. "내 성도 포두 대장 자리는, 아직 유효한 거겠지?"

"물론이다. 너는 선황께서 직접 명한 관리가 아니더냐." 이서백은 그렇게 말하고는 잠시 생각하더니 다시 소리를 낮추어 말했다. "성도에 돌아가거든 부친께 말씀드리거라. 범응석과는 최대한 빨리 선을 그으시라고 말이다."

"네?" 주자진은 눈이 휘둥그레져서는 물었다.

"예전에 재하가 촉에 있을 때부터, 범 씨 부자를 향한 백성들의 원성이 자자했다. 하나 황 사군이 여러 해 노력했음에도 무너뜨리지 못하고 도리어 화를 입었지. 그자들의 농간으로 재하마저 누명을 쓰고 도망쳐야 하지 않았더냐. 내가 재하 일가의 억울함을 대신해 조만간 그자들을 처리할 것이다."

주자진이 흥분하며 물었다. "정말입니까? 언제 명을 내리실 건데요?"

"며칠 지나지 않아 곧 명을 내릴 것이니, 네 부친께도 잘 말씀드리거라."

"그 임무를 맡은 사람은 누군데요?"

"그건 중요치 않아요. 중요한 건 감군[43]이 경양 공공이라는 거죠." 황재하가 주자진을 향해 눈을 깜빡이며 말했다.

---

43 군대를 감독하는 직책.

"경양 공공! 나랑 아는 사람이라니, 잘됐어! 앞으로 아버지께서 내가 터무니없고 제멋대로라며 나무라실 때 내 편이 되어줄 사람이 생긴 거야!" 주자진은 그렇게 말하고는 다시 물었다. "맞다, 두 사람 초엿새에 혼례를 올린다고? 그럼 난 또 무슨 선물을 준비하나……."

순간 황재하의 얼굴에 괴로운 표정이 드러났다. "뭐든 다 좋아요. 다만 그 동으로 만든 동상만은 절대 사양할게요."

"알겠어." 주자진은 진지하게 고개를 끄덕였다. "나무로 만든 동상도 있거든. 그건 더 고급스러워서, 뇌도 꺼내볼 수 있어. 두 사람 아이가 갖고 놀기에는 그게 제일 좋을 거야."

그 말이 채 떨어지기도 전에 디우가 소양이를 향해 발길질을 했다. 놀란 소양이는 미친 듯이 앞으로 튀어나갔고, 주자진은 소양이를 통제하지 못하고 마구 고함을 질렀다.

"기왕 전하! 저 다 봤습니다! 일부러 그러신 거죠! 으악…… 비켜, 비켜요…… 으아아아아……."

소양이가 내달리는 앞쪽은 한바탕 난장판이 벌어졌다. 그때 갑자기 어디선가 개 한 마리가 튀어나와 주자진을 향해 달려들더니 도포를 물었다. 개는 이빨도 강하고 근성은 그보다 더 강했다. 소양이가 광분하여 반 리 가까이를 달렸는데도 끝까지 놓지 않았다.

이서백과 황재하가 막 주자진을 따라잡았을 때, 주자진은 길 위에서 이리 뛰고 저리 뛰며 개 주둥이에서 옷자락을 빼내려고 안간힘을 다하고 있었다. "야, 이 망할 놈아! 이거 놓지 못해! 놓으라고……."

황재하는 말고삐를 잡은 채 이서백을 한 번 흘겨보고는 얼른 주자진을 향해 물었다. "자진 도련님, 괜찮으세……."

말을 하다 말고 황재하가 눈을 껌뻑거리더니, 의아한 듯이 물었다. "부귀?"

"부귀?" 주자진이 미처 정신을 차리기도 전에 개는 이미 주자진의 옷자락을 놓아주고 기쁜 듯이 황재하에게 달려가더니, 꼬리를 정신없이 흔들며 황재하를 향해 짖었다.

홀쩍 말에서 뛰어내린 황재하는 개의 머리를 쓰다듬으며 미소를 지었다. "부귀, 자진 도련님이 널 못 알아봐서 화가 났어? 그래서 물었어?"

"아니에요. 제가 물라고 시켰어요!" 갑자기 어디선가 목소리가 들리더니 눈썹을 치켜세운 여인 하나가 불쑥 옆에서 튀어나왔다.

황재하가 고개를 돌리자 꽤 예쁘게 생긴 여인이 서 있었다. 무척이나 뽀얀 얼굴에, 화가 난 탓인지 양볼이 불그레하게 물들어 아리따운 한 송이 부용화 같았다.

부러울 정도로 새하얀 그 피부를 보던 황재하는 불현듯 늘 안개로 뒤덮인 촉을 떠올렸다. 황재하는 순간 흠칫하더니 의아해하며 입을 열었다. "양고기 아가씨?"

부귀에게 뜯겨나간 도포 아랫단을 치켜들고서 급히 뛰어오던 주자진은 양고기 아가씨를 보고는 화들짝 놀랐다. "아니, 아가씨가…… 아가씨가 어찌 여기 있는 겁니까?"

양고기 아가씨는 고개를 돌려 매섭게 주자진을 노려보았다. "하 포두께서는 몰라서 물으십니까? 혼처가 정해진 걸 알자마자 짐을 챙겨 이곳으로 줄행랑치시지 않았습니까? 성도부에 저 혼자 남겨놓고 사람들의 웃음거리로 만들려고요!"

양고기 아가씨가 눈을 부릅뜨고 쳐다보자 주자진은 그만 얼굴이 붉어져 급히 손을 들어 얼굴을 가리며 떠듬떠듬 물었다. "그…… 그런데…… 여기까지 이 먼길은, 어인 일로……?"

"어인 일은 무슨 어인 일이에요? 복수하러 왔죠. 부귀 데려다 포두나리 물게 하려고요!" 양고기 아가씨는 거리 한가운데서 사납게 소리쳤다.

그동안 얼마나 많은 고기를 얻어먹은 것인지, 부귀는 이미 완전히 양고기 아가씨 휘하에 들어, 양고기 아가씨가 손을 들어 가리키기만 하면 그게 무엇이든 물어버리는 충견 같았다. 주자진은 부귀에게 쫓겨 온 사방에 먼지를 일으키며 도망 다녔다. 황재하는 그런 주자진을 도와줄 수도 없어 그저 옷에 묻은 먼지나 떨어내며 양고기 아가씨에게 말했다. "다음에 시간 되실 때 자진 도련님과 함께 기왕부에 놀러 오셔요."

"네, 그러겠습니다." 양고기 아가씨는 두 사람을 향해 예를 갖추어 인사한 뒤 다시 주자진을 노려보며 손을 휘저었다.

이서백과 황재하는 그저 나 몰라라 하고는 다시 말 머리를 돌려 기왕부로 향했다.

봄 햇살은 밝고 아름다웠으며, 성안 곳곳에 꽃이 피었다. 두 마리 말은 발길 닿는 대로 꽃잎 가득 떨어진 땅을 밟으며 나아갔다.

"다음 달에 혼례를 치르고 나면 모란꽃이 피기 시작하겠구나."

"그럼 모란꽃을 보고 떠나요."

이서백은 황재하를 향해 웃어 보이며 나지막이 물었다. "그럼 혼례가 끝나고, 먼저 어디로 가면 좋겠느냐?"

"'봄빛 가득한 3월에 양주로 내려가네' 하는 시도 있잖아요. 4월의 양주도 괜찮을 것 같아요."

"양주 하니까 한 가지 생각나는 것이 있구나." 이서백이 뭔가를 떠올리며 말했다. "황후 폐하가 행궁에 유폐되고서 한 번 찾아가 뵌 적이 있다. 장령과 장경 등이 아직 곁에 남아 있었는데, 정신을 놓고 발작할 때면 그저 밤낮으로 설색만 찾으며 슬피 우신다는구나."

황재하는 놀라 멍한 표정을 지었다. "뜻밖이네요. 그렇게 많은 사람을 죽이고 악행을 스스럼없이 저지르셨는데, 결국 가장 마음에 걸린 건 바로 그 일이었나 봅니다."

"그래. 황후 폐하는 마음이 독하고 수단이 악랄해, 자신이 저지르는 모든 죄악을 대수롭지 않게 여기며 넘어갔다. 딸의 죽음만이 마음에 걸리는 일이었던 게지." 이서백은 가볍게 한탄하며 말했다. "측천 황제의 그 비수를 황후께 돌려주려 했다. 어찌되었든 운소육녀의 유품이기도 했으니까. 하지만 거절하시더구나. 그리고 기회가 된다면 양주 운소원으로 보내달라고 청하셨다. 비록 여섯 자매는 이미 뿔뿔이 흩어졌으나, 어쨌거나 그곳은 그들이 젊은 시절 비바람을 피할 수 있으리라 꿈꾸었던 곳 아니겠느냐."

"네. 그럼 저희 양주로 가요. 가는 김에 운소원에 들러서 비수를 돌려주면 되니까요. 운소원에 미인이 그렇게 많다는데, 저도 꼭 한 번 가서 보고 싶어요." 황재하가 웃으며 말했다. "그리고 천하 곳곳을 다니며 세상의 다양한 풍경과 다양한 사람을 만나보고 싶어요."

이서백은 고개를 돌려 눈앞에 수 갈래로 펼쳐진 장안의 거리를, 그 익숙한 풍경을 보았다. 눈을 감고도 다닐 수 있는 곳이건만, 이제는 염증이 났다. "나만 장안에 있기 싫어하는 줄 알았더니."

"누가 좋아하겠어요? 여기 남으면 날마다 일어나는 궁중 암투에 전전긍긍하며 살아야 할 텐데요." 황재하가 살짝 한탄하듯 말했다. "지금의 폐하도 성군은 아니신 듯하니, 아무래도 태평성세는 어려울 것 같습니다."

이서백이 고개를 끄덕이며 말했다. "그래. 비록 선황께서 붕어하신 뒤 조정 대신들을 대폭 물갈이하여 나와 가까운 자들은 대부분 내보낸 것 같다만, 어린 황제는 아마 커갈수록 나에 대한 의심과 질투도 더욱 커질 것이다. 그때가 되면 조정이 나를 중히 여기는 것 자체에도 불만을 가지겠지. 나는 매사에 사력을 다하고 노심초사하다가 그런 끝을 맞는 삶은 싫다."

"그러니 함께 떠나요. 이름과 신분을 감추고 봄비 내리는 강남도 보고, 바다 끝도, 하늘 끝도 구경해봐요. 천하가 이처럼 넓으니 기이한 사람과 기이한 일들이 얼마나 많겠어요? 평생을 봐도 모자랄 거예요." 황재하는 고개를 돌려 이서백을 향해 미소 지었다. "그러다 몇십 년 뒤에 한 번 돌아와서, 노년을 보내기에 좋겠다 싶으면 그때 눌러살면 되지요."

이서백은 살짝 고개를 끄덕였다. 나란히 가던 두 사람의 눈에 마침 꽃이 알맞게 핀 산앵두나무가 들어왔다. 낮은 담장 안에 심긴 것이었으나, 가지 대부분을 담장 밖으로 내민 채 붉은 꽃잎들을 가볍게 바닥에 떨어뜨리고 있었다. 나무 아래에 다다른 두 사람은 마치 약속이나 한 듯 동시에 말고삐를 잡아당겨 멈춰 섰다.

"그 물고기도 데리고 가실 거예요?"

"아니. 이미 왕종실에게 돌려보냈다." 이서백은 고개를 들어 가지에 핀 꽃들을 올려다보았다. 청량한 바람이 천천히 불어와 두 사람 위로 꽃잎이 가볍게 떨어졌다. "아가십열을 돌보는 방법은 왕종실이 더 잘 아니 말이다. 게다가 지금은 관직에서 물러나 산 좋고 물 맑은 곳에 살고 있을 테니, 물고기한테도 번잡하고 시끄러운 곳보다 더 좋지 않겠느냐."

"정말 뜻밖입니다. 3대에 걸쳐 천자에게 엄청난 영향력을 발휘했던 왕 공공이 이렇게 조정에서 완전히 물러나게 됐다니 말입니다." 황재하가 탄식하듯 말했다.

이서백이 고개를 돌려 황재하를 보며 작은 소리로 말했다. "왕 공공이 떠나면서 네게 선물을 하나 남겼더구나."

"그 왕 가 저택 말씀이세요? 저택이 예쁘긴 한데, 전…… 싫습니다." 황재하가 고개를 절레절레 흔들며 작은 소리로 말했다. "저택 전체가, 작은 물고기들이 살고 있는 그 회랑과 똑같은 분위기예요. 정교하고 아름답지만 음침하고 스산한 느낌을 줘요."

"네가 원하든 원치 않든 상관없다고 하더구나. 하나 이미 저택에 아택을 남겨놓고는 널 기다리라 했다고 한다. 물론, 그 아이도 다른 하인들처럼 목소리를 잃었다."

온몸의 털이 바짝 섰다. 꽃이 핀 봄날의 풍경도 그 순간만큼은 암담하게 보였다. 황재하는 떨리는 목소리로 말했다. "아택은 선황이 왕공공 곁에 심어놓은 자가 확실했나 보군요."

"그래. 그러니 왕종실 같은 사람이야말로 진정으로 성공할 수 있는 자이지. 안 그러느냐?" 이서백이 싱긋 웃으며 말했다. "나를 사지로 몰기로 결정한 때에, 왕온이 너를 찾아가 촉으로 가는 일을 미룬다고 말하지 않았느냐. 왕종실처럼 매사 주도면밀한 사람이 어찌해서 그 중요한 때에 왕온이 너에게 다녀오도록 허락했는지 의아해했지 뭐냐. 분명 아무도 눈치채지 못한 또 다른 방책이 있을 거라고 말이다."

"누가 알겠습니까." 황재하는 거기까지 말하고는 생각에 잠긴 채 말했다. "적어도 전하의 잔에는 아가십열 알을 넣지 않았으니, 제게는 엄청난 은인이긴 하지요. 그러나 황위 찬탈에 손을 보탠 사람인 것 또한 변함없는 사실이니, 그 죄는 절대 용서받을 수 없고요."

"그러고 보니 왕종실이 기왕부에 들러 작별 인사를 하면서 이런 얘기도 하더구나. 사실 자신은 왕 가의 한 분파이긴 하지만, 그리 깊은 혈연관계도 아니어서 본가가 자신에게 그리 중요하다 여긴 적은 없다고 말이다. 그러면서도 왕 가에 힘을 실어주고 선황이 황위에 오르도록 도운 이유는, 그저 내 부황이 미워서였다더구나." 손을 들어 떨어지는 꽃잎을 살며시 받은 이서백이 담담한 어조로 말했다.

"전하께서 사람을 보내 제게 앵두 비뷔를 만들어주라 하신 그날 찾아온 거군요?"

이서백은 고개를 끄덕이고는 작게 탄식하며 말했다. "그래, 막 여산에서 보내온 것이라며 앵두를 가져왔더구나."

"사실 왕 공공은 제게 잘해주셨어요." 황재하는 가만히 머리를 숙이고 말했다. "그런데 왜 그렇게 선황을 미워하셨을까요? 선황께서 왕 공공을 굉장히 신임하셨던 걸로 아는데 말입니다. 갓 스물이 넘은 왕 공공에게 신책군을 맡겼으니, 그런 총애가 또 어디 있겠습니까."

"내 비록 왕종실과 왕래는 전혀 없었으나, 조정에서 굉장히 중요한 위치에 있는 환관이었기에 그 배경을 자세히 조사해보지 않을 수 없었다." 이서백은 가볍게 손을 흔들어 꽃잎을 바람에 날려 보내고는 말했다. "왕종실이 어렸을 때 함께 놀던 여인이 있었는데, 여산 아래 가장 이름난 앵두 농가 딸이었지."

황재하는 깜짝 놀라 눈을 휘둥그레 뜨고는 아무 말도 하지 않았다.

"왕종실이 어느 사건에 연루되어 궁형에 처해지자 그 여인이 직접 앵두 비뤄를 만들어 왕종실이 떠나는 길을 배웅했다더구나."

"그 여인은 지금 어찌되었는데요?"

이서백은 가만히 황재하를 바라보며 말했다. "누가 알겠느냐? 여러 아이들의 어머니가 되었거나, 아니면 이미 할머니가 되었거나 하지 않았겠느냐. 하지만 왕종실은 이번 생애에서 더는 그 여인과 인연이 없었다. 왕종실의 집안이 이미 오래전에 발생한 사건에 연루되었다는 이유로 부황께서 그 일가 전체를 처벌하셨기 때문이다."

그래서 왕종실은 입궁하여 여러 해 선종 황제를 지극정성으로 모시면서, 과거의 모든 일들은 그저 가슴속에 묻어둔 채 어느 누구에게도 발설하지 않았다. 매년 여산에서 보내오는 앵두를 받는 것도, 자신의 모든 것을 영원히 앗아간 그날의 기억을 절대 잊지 않고 기억하기 위해서였다.

황재하는 암울한 마음에 고개를 흔들었다. "왕 공공 얘기는 그만하기로 해요. 어쨌든, 비바람은 이미 모두 지나갔으니까요. 다만 다음 생애엔 왕 공공의 바람대로 무지하고 무감각한 물고기로 태어나시길 바랄 뿐이에요."

이서백이 고개를 끄덕였다. 가벼운 바람이 불어와 꽃잎들이 어지러이 춤을 추며 떨어져 내렸다. 두 사람은 말 위에서 서로를 응시한 채 아무 말도 하지 않았다.

그 자리에서 서성거리던 디우와 나푸사가 서로에게 다가가 목을 비비기 시작했다. 말 위에 있던 두 사람도 자연스레 거리가 좁혀졌다. 말들이 다시 고개를 돌리고 서로에게서 떨어지려 할 때였다. 순간 이서백이 팔을 뻗어 순식간에 황재하의 허리를 낚아챘다.

이서백의 팔에 안겨 눈 깜짝할 사이에 디우 위로 몸이 옮겨진 황재하는 당혹스럽고 부끄러워 어쩔 줄 몰라 했다. "놀랐잖아요."

"전에는 늘 어깨만 스치고 지나쳤지만, 이번엔 절대 그냥 놓아줄 수 없지." 이서백은 황재하의 허리를 안은 채 고개를 숙여 황재하의 어깨 위에 가볍게 턱을 올렸다.

자신이 선물한 비녀가 귓가에 가볍게 와닿자 이서백의 얼굴에 미소가 지어졌다. 이서백은 손을 들어 비녀의 권초 무늬를 찰칵 눌러 옥비녀를 뽑아 손에 들었다.

이서백은 옥비녀를 들어 햇살에 비추며 물었다. "여기 위에 적힌 글자를 유심히 본 적 있느냐?"

황재하가 어리둥절한 표정으로 물었다. "글자요?"

이서백은 황재하가 자세히 볼 수 있도록 비녀를 눈앞에 가까이 가져다주었다.

햇빛을 받은 비녀 위로 매우 가늘고 작은 글자들이 보였다. 머리카락처럼 가늘게 조각되어 쉽게 알아보기 힘들었다.

마음 깊이 품고 있거늘, 어느 날엔들 잊으리오.

의아한 표정으로 비녀를 받아 든 황재하는 다시 자세히 살펴보며 물었다. "이 비녀는 전하께서 주신 뒤로 늘 제 품에서 떠난 적이 없는데, 언제 여기다 글자를 새기셨습니까?"

이서백은 대답은 않고 그저 미소를 머금고 황재하를 보았다. 두 사람 뒤에 찬란하게 서 있던 꽃나무가 바람도 불지 않는데 스스로 꽃잎을 떨어뜨렸다. 두 사람 위로 천천히 꽃비가 내렸다.

황재하는 순간 깨달았다……. 그렇다면, 이서백이 비녀를 선물한 그때일 수밖에 없었다.

오래전, 이서백이 여전히 차가운 말들로 황재하를 대하며, 황재하의 체면에는 무관심으로 일관하던 그때였다.

그때 이미 이서백은 이 구절을 황재하에게 선물한 것이다.

이서백이 뒤에서 황재하를 꼭 껴안았다. "둔하기는. 네게 비녀를 준 그날, 내 앞에서 직접 시험해보라 하지 않았더냐. 그때 네가 이 글을 발견할 줄 알았다. 그런데 지금까지도 모르고 있다가 내가 말해줘서야 알다니 말이다."

"그야…… 평소에는 옥비녀를 꺼내서 들여다보지 않을뿐더러, 이 비녀를 꺼낼 때는 보통 정신없고 분주한 때였지 않습니까. 이 위에 머리카락만큼 가는 글자가 새겨져 있을 줄 어찌 알았겠습니까……." 황재하의 볼이 새빨개졌다. 얼굴이 불타는 것만 같았다.

서로의 숨결이 들릴 뿐, 주위는 온통 조용했다. 꽃나무가 두 사람의 모습을 가려주었다. 이서백에게 안긴 황재하는 가슴이 몹시 뛸 거라 생각했지만, 고요한 가운데 자신을 안고 있는 넓은 가슴에서 견고함과 안정을 느끼며 붉게 물들었던 얼굴색도 서서히 옅어졌다. 황재하는 편안한 숨을 내쉬며 자신의 허리를 두른 이서백의 두 손 위에 자신의 손을 살며시 포갰다.

두 사람은 아무 말도 하지 않고, 움직이지도 않았다. 그냥 그렇게 조용히 말 위에서 흩날리며 떨어지는 꽃잎들을 바라보았다.

인생은 무한하고, 천지는 광활했다. 구주 만리, 무수한 꽃들이 두 사람이 말을 타고 자신들을 만나러 오기를 기다리고 있다. 백년 인생의 여전히 긴긴 세월이, 두 사람이 손을 맞잡고 함께 살아가기를 기다리고 있다.

꽃나무 아래 서로를 안은 지금 이 순간, 세상에서 가장 화려하고 시끄러운 이곳 장안에서, 가장 평온하고 아름다운 세월을 찾아 누린 것처럼 말이다.

장안, 오래도록 평안하리.

잠중록 4

1판 1쇄 발행 2019년 8월 7일
2판 1쇄 발행 2023년 2월 1일

지은이 처처칭한 옮긴이 서미영
펴낸이 김영곤 펴낸곳 (주)북이십일 아르테
아르테출판사업본부 문학팀 김지연 임정우 원보람
해외기획실 최연순 이윤경 디자인 소요 이경란
출판마케팅영업본부 본부장 민안기
출판영업팀 최명열 김다운
마케팅2팀 나은경 정유진 박보미 백다희
제작팀 이영민 권경민

출판등록 2000년 5월 6일 제406-2003-061호
주소 (우 10881) 경기도 파주시 회동길 201(문발동)
대표전화 031-955-2100 팩스 031-955-2151

(주)북이십일 경계를 허무는 콘텐츠 리더
아르테 채널에서 도서 정보와 다양한 영상자료, 이벤트를 만나세요!
인스타그램 instagram.com/21_arte 페이스북 facebook.com/21arte
포스트 post.naver.com/staubin 홈페이지 arte.book21.com

ISBN 978-89-509-7952-2 04820
978-89-509-7953-9 (세트)